TALiS Odette

LE JUGE MICHEL

ALAIN LAVILLE

LE JUGE MICHEL

FRANCE LOISIRS
123, boulevard de Grenelle, Paris

Édition du Club France Loisirs, Paris,
avec l'autorisation des Presses de la Cité.

ISBN 2-7242-1716-0

Au juge Pierre Michel.

Quelques personnes citées dans ce livre m'ont suggéré et surtout fait suggérer de renoncer à sa publication, et selon les cas menacé de procès ou de représailles. « Souvenez-vous du docteur Fully », m'ont dit les uns. « Souvenez-vous du juge Michel », m'ont dit plus simplement les autres, et écrivez un roman...
Ce livre paraît. Que ceux qui par leurs témoignages m'ont permis de l'écrire soient ici tous remerciés.

A. L.

LE DERNIER MATIN

Le juge Michel est seul.

Au rez-de-chaussée de la villa Les Buis. Derrière les volets gris de la fenêtre percent les premières blancheurs du mercredi 21 octobre 1981. Depuis huit longs jours le juge a quitté la chambre conjugale pour le petit salon, à gauche de l'entrée-salle à manger, où un jour il avait déjà transporté leur lit, avec Jacqueline, sa femme, pour s'abriter de leurs voisins du dessus trop bruyants. Il dort sur un canapé recouvert de tissu bleu, ou plutôt veille, car les somnifères ne terrassent plus sa peur et ses angoisses.

Depuis huit longs jours le juge Michel attend ainsi le petit matin en compagnie d'un livre, d'un dossier, mais surtout de ses Gitanes filtre. Sur la moquette bleue le cendrier crache ses mégots.

Le juge a choisi le petit salon pour ne pas déranger Jacqueline avec ses insomnies. Et puis... si jamais on venait l'abattre là, au moins il serait seul.

Béatrice, neuf ans et demi, l'aînée et Emmanuelle, six ans et demi, se préparent. Jour privilégié des deux filles du juge. Pas d'école le mercredi, et leur père rentre déjeuner pour s'occuper d'elles. Jacqueline aussi. Elle est professeur d'histoire-géographie au collège Sainte-Anne, à quelques enjambées de la villa Les Buis. Ils ont choisi cette bâtisse trop humide, un peu sévère, partagée en deux appartements, pour sa situation, en dehors du centre de Marseille, près d'autres pavillons, et parce qu'elle est ancienne, qu'elle a un passé, une vie.

Le juge Michel s'habille. Chemise bleu clair, pantalon gris, blazer bleu marine et mocassins assortis. Visage de fatigue et de lassitude, un peu froid, regard lourd derrière les lunettes, mais toujours beau. De cette beauté qui a dérangé tant d'inculpés, humilié tant de caïds, ou prétendus tels. Puis il enfile son anorak noir au bras droit frappé d'un écusson rouge et blanc A.D.A.C. et prend le trousseau de clés qui ne le quitte plus. Depuis huit longs jours...

Chaque soir, une fois rentré dans le jardin aux herbes rases, le long de l'allée de ciment, le juge barricade la maison. Prend garde que chaque porte donnant sur l'extérieur, chaque fenêtre, même munie de barreaux, soit bien verrouillée.

Toujours de peur qu' « on » s'en prenne aussi à sa famille. Pour mieux l'atteindre, mieux le blesser, mieux le tuer.

Deux tours de clé. La porte principale de la villa s'ouvre. Le juge Michel s'avance lentement. L'odeur des buis grelés de rosée parfume déjà une jolie journée d'automne. Un regard du juge vers le boulevard Marin et l'allée des Buis. Toujours inquiet. Sa moto, une Honda Twin bleu foncé, presque noire, immatriculée 2609 GT 13, attend sous un auvent de vieux bois.

Il coiffe son casque intégral, surmonté d'un papillon rouge, glisse sa pochette de cuir dans l'unique sacoche de la moto. Un regard vers le barbecue. Bientôt l'hiver et plus de filet de bœuf qu'il cuit sur le gril le dimanche, mais la corvée des poêles à gaver de charbon. La villa n'a pas de chauffage central. Un regard vers la fenêtre, un signe de la main à Emmanuelle et Béatrice.

— A tout à l'heure.

Le juge passe le portail de la grille aux pointes de fer vert bouteille. Le soir il lui donne aussi deux tours de clé.

*

Allée des Buis. Avenue de Mazargues. Le juge se retourne plusieurs fois. Doit éviter un autre motard, se rapprocher du trottoir. Un marchand de meubles l'aperçoit.

— Il se retournait sans cesse.

Avenue du Prado. L'interminable rue Paradis, rectiligne et froide. Le chemin le plus court, mais avec déjà deux embouteillages au carrefour Prado-Mazargues et au feu de la place Ernest-Delibes. Le juge Michel préfère le plus long, par le boulevard Michelet, mais toujours, depuis le début d'octobre, il alterne, change au dernier moment. Dérisoire précaution. Comme quitter la villa « Les Buis » à des heures différentes, à un quart d'heure, une demi-heure près.

Rue Grignan. Rue Fortia. Le tribunal correctionnel de Marseille. Un regard vers la porte de fer forgé du 34. Un salut à un avocat, puis à une greffière. Le juge gare sa moto sur le trottoir, le long du mur surmonté d'une grille, à côté du parking réservé aux magistrats. L'accroche avec une lourde chaîne anti-vol.

Deux fois déjà le juge n'a pas retrouvé sa moto. Une première fois devant le palais, au bas des murs gris-noir. Il a pensé à la vengeance d'un truand sortant furieux d'un interrogatoire. Et il n'avait pas encore pris de contrat d'assurance !

La seconde fois en bas de l'immeuble Méditerranée où habite un substitut qui l'avait convié à dîner avec d'autres magistrats. Il a pensé à un de ces voleurs spécialisés dans le maquillage et la revente des motos, souvent en vue de règlements de comptes.

Le juge Michel, son casque et sa pochette sous le bras, se retrouve en face de la Buvette du Palais, bistrot officiel des magistrats et des avocats. Franchit la porte de bois clair. Au bout de la vaste salle, cantine à l'heure du déjeuner, Michel Tucillo s'active à son percolateur.

— Tu me sers un café.

Avec un croissant et pas de sucre, comme d'habitude.

— Il avait l'air préoccupé. Il ne plaisantait pas.

Le juge traverse la rue Fortia, monte les marches de pierre cirée, pareilles à du marbre, prend sa clé chez Robert Seux, le concierge, où chaque magistrat a son casier de bois. Et enfin, à gauche de la sombre salle des pas perdus, parvient au rassurant couloir des cabinets d'instruction du rez-de-chaussée. Cabinet n° 3, presque dans le prolongement de la porte du couloir. Dans la journée le juge Michel s'éloigne de moins en moins de cet abri, appelant même le poste 3306, la Buvette du Palais, pour que Michel Tucillo, ou sa sœur Cléo, lui apporte une bouteille d'eau minérale.

Il est huit heures et quart.

Le juge a toujours été un lève-tôt, un travaille-tôt.

Il compose un peu plus tard le 54-90-75, standard du Palais de justice et demande « le juge Michel ». Poste occupé, bien sûr.

Pour écouter quelques mesures des « Quatre saisons » de Vivaldi, musique d'attente depuis le mois de juin.

Le juge a l'impression que seule la musique l'apaise.

Au milieu du mur, à droite de l'entrée du cabinet numéro 3, placard de l'instruction triste et trop haut de plafond, dans son cadre gris acier le calendrier éphéméride est arrêté au mardi 20 octobre.

Pierre Michel ne l'effeuille pas.

Pour la première fois en sept ans.

Comme s'il savait que la vie, sa vie, s'était déjà arrêtée.

*

Pierre Michel sait.

Depuis le début du mois d'octobre.

Qu'il est condamné à mort.

Il a reçu des menaces précises, venant directement de ceux que lui, premier juge d'instruction à Marseille, menace d'une autre façon.

Sept ans passés au Tribunal de Grande Instance l'ont amené à comprendre, à force de travail, de recoupements, de patience et d'enquêtes personnelles, la hiérarchie du crime organisé dont les maîtres sont souvent insoupçonnables, insoupçonnés, ou alors soupçonnés mais jamais ou rarement inquiétés.

Le juge Pierre Michel s'apprête au moins à convoquer, par tous les moyens possibles, l'un d'entre eux, figure de légende du milieu marseillais et de la mafia française, fille spirituelle de la mafia sicilienne. Puis à l'inculper, par tous les moyens possibles.

Gaétan Zampa.

Et à démanteler une autre mafia qui vend des libertés médicales aux détenus des Baumettes, comme des rascasses sur le vieux port.

*

Pierre Michel sait.

Et il se tait.

Seules quelques phrases lui ont échappé tout au long du mois le plus difficile de sa vie. Comme s'il avait voulu se rassurer, se persuader que rien, ni personne, ne pouvait arrêter son combat.

A son père, Georges Michel, qu'il appelle chaque semaine par téléphone à Metz, quatre jours plus tôt, il a dit d'une voix mal assurée :

— Je suis sur une grosse affaire. Vous allez entendre parler de moi. Il y aura de grosses inculpations.

Il a dit, plus sûr de lui, à Chantal Coux, juge d'instruction, dans son cabinet numéro 5 :

— Bientôt je serai plus célèbre que Mamie Nova.

L'allusion ne visait pas l'effigie d'une marque de yaourts, mais Françoise Llaurens-Guérin, juge chargée du dossier de la tuerie d'Auriol, surnommée ainsi par ses collègues de l'instruction.

Or, pour dépasser ce dossier d'assassinat, assorti notamment d'une inculpation de Pierre Debizet, patron du Service d'Action Civique, il faut que « l'affaire » soit effectivement « grosse », très grosse.

Devant Chantal le juge Pierre Michel a lancé encore :

— On dit aux Baumettes qu'il y a un contrat sur moi.

Quand on parle de contrat à la prison des Baumettes, c'est un contrat de mort.

*

Le juge qui sait, en sait trop, est devenu un homme traqué au fond de lui-même. Une arme alors ? Il s'y refuse, sachant qu'un revolver ne protège pas un juge des tueurs, qu'un gilet pare-balles ne garantit pas de toutes les balles. La police alors ? Menacé sérieusement depuis au moins un an, il a toujours repoussé les gardes du corps, policiers en civil ou même amis bien intentionnés.

— Je veux être vulnérable. Ce sont les risques de mon métier, tel que moi je le conçois.

Alors cet homme solitaire et secret n'a rien dit au commissaire Jean-Pierre Sanguy, le chef du Service Régional de Police Judiciaire de Marseille, ni au commissaire Alain Pierre Boidé, le chef de la Brigade des Stupéfiants, les deux policiers qui travaillent sans cesse avec lui. Pas plus qu'à Jacqueline, son épouse, et à Meriam Amami, sa greffière, les deux femmes les plus proches de lui.

*

— Ils veulent ma peau, mais pourquoi ?

Le juge Michel est assis derrière son bureau de bois stratifié couleur café. Sans un regard pour les lourdes chemises de carton qui l'encombrent. Comme chaque matin, à neuf heures et quart, Meriam Amami vient de franchir les deux portes grises s'ouvrant l'une après l'autre du cabinet n° 3.

Meriam Amami, trente ans, le visage ovale surmonté d'un casque de cheveux bruns, d'origine tunisienne, est fille de policier. Elle est éprise de justice et lorsqu'elle évoque le juge Michel, elle dit « nous ». Et c'est à elle, sa greffière, son double, qui depuis cinq ans a suivi tant et tant d'affaires avec lui, qu'il raconte encore, comme la veille, comme l'avant-veille, sa drôle d'affaire. La seule qu'il n'a pas à instruire et la seule dont il est le condamné. Avant même d'avoir été jugé.

L'affaire du magnétophone...

— Mais que veut-on mettre en doute ? répète le juge Michel. Mon honnêteté. Vous le savez bien, vous, qu'il n'y a rien d'anormal.

— Bien sûr.

— Mais alors pourquoi ? Qu'est-ce que je leur ai fait ? Ce n'est quand même pas seulement à cause du Syndicat ?

Sa « hiérarchie » s'acharne depuis une semaine sur le juge le plus efficace, le plus redoutable de Marseille, et sans doute de France, pour un magnétophone dont l'histoire devrait être enfouie au plus profond de la paperasse administrative. Depuis huit mois, le gêne dans l'instruction de certains dossiers. Le juge Michel ne cesse de s'interroger :

Est-ce parce qu'il est membre du Syndicat de la Magistrature, marqué à gauche, alors que tous les membres de sa hiérarchie appartiennent à l'Union Syndicale des Magistrats, de tendance modérée ?

Pourtant, il se contente de payer sa cotisation sans participer aux congrès, sans monter en première ligne lorsqu'il y a décision de grèves ? Est-ce parce que l'on sait qu'il a voté François Mitterrand le 10 mai ? Ou alors est-ce l'effet des haines et des jalousies qu'a engendrées sa réussite ?

Ou alors, comme il le croit parfois, le crime organisé qui a des hommes au tribunal et qui s'acharne également ainsi à le perdre...

*

Les boutons couleur argent du magnétophone brillent sous le rideau blanchâtre de la fenêtre donnant sur la rue Joseph-Autran. En équilibre sur un rebord du mur, cet appareil gonflé de poussière permet déjà de comprendre le juge Pierre Michel.

Février 1979. Quatre mois après le massacre du Bar du Téléphone et ses dix morts, le juge Michel ordonne des écoutes téléphoniques légales pour que progresse une enquête déjà presque morte. Pour surveiller plus de quarante « témoins » les inspecteurs du Service Régional de Police Judiciaire ont droit à quatre magnétophones. Pas un de plus. Faute de matériel et de crédits. Le juge Michel décide ce que déciderait tout juge digne de ce nom :

— Il faut acheter au moins un magnétophone tout de suite, et de bonne qualité. On est déjà si mal parti...

Comme on doit attendre le visa du greffier en chef, puis les réquisitions du procureur pour que l'opération se déroule dans les règles des frais de justice alloués aux juges d'instruction, l'inspecteur principal Yves Allègre doit avancer 3 225 francs. Pour un magnétophone de marque Uher, mesurant quarante centimètres sur vingt-quatre, nanti d'un puissant micro, de l'appareillage nécessaire aux écoutes et de six longues bandes magnétiques qu'il achète dans un magasin de la Canebière spécialisé en haute-fidélité. Trois mois plus tard, l'inspecteur Allègre est remboursé. Pas un doute ne demeure sur un dossier de frais de justice destiné désormais aux archives.

Mais le substitut Lucien Azibert, et d'autres magistrats tatillons, ignorent l'oubli et connaissent la tracasserie. Le 9 octobre 1981, le Service Régional de Police Judiciaire de Marseille restitue, par hasard, presque trois ans après, le magnétophone au juge Michel. Juste au moment où le juge Michel Maestroni, dont le cabinet d'instruction n° 2 jouxte le sien, a besoin du même appareil. Pour d'autres écoutes téléphoniques. Lorsque le juge Michel propose de confier directement le magnétophone à son collègue, la « hiérarchie » et d'abord le substitut Azibert s'émeut, s'étonne.

Que cache donc cet empressement ? Le juge Michel n'a-t-il pas, dans le secret du cabinet n° 3, profité de ses fonctions pour s'offrir un magnétophone ? Et pourquoi le garde-t-il ?

On lui reproche d'être un voleur... d'avoir voulu s'approprier un magnétophone qu'il n'avait d'ailleurs jamais vu et dont il ne se souvenait même plus ! Il y a de quoi mettre en doute la probité du juge Michel. En cinq ans, il s'est seulement contenté, entre autres, de démanteler cinq laboratoires de drogue, d'arrêter plus de cent trafiquants dont un patron de la mafia sicilienne. Et il est condamné à mort...

*

— Ils sont fous ! soupire le juge dont le visage d'habitude si doux, si lisse, est dévoré de fatigue.

Jamais depuis qu'ils font « cabinet d'instruction commun » Meriam Amami n'a vu Pierre Michel aussi tourmenté. Quand il allume une Gitane filtre — et il les consume les unes au bout des autres — ses mains se crispent. Derrière les lunettes, son regard chamois, d'habitude difficile à soutenir, se plisse d'inquiétude. Il ne cesse de balancer ses 1 m 80 dans le fauteuil de skaï noir et balaie de la main gauche ses cheveux châtains déjà griffés de mèches blanches. Un de ses vieux tics qui devient soudain mécanique du désespoir.

— Ça ne va vraiment pas, songe sa greffière en regardant le juge se lever et marcher à grands pas vers les portes grises.

La veille aussi, il a arpenté les couloirs de l'instruction, du sous-sol au rez-de-chaussée, et du rez-de-chaussée au premier étage où se tiennent les cabinets 13 et 14 des juges François Pagés et Jean-François Roudes. Il a étonné ses collègues en discutant de leurs dossiers. Comme pour mieux oublier les siens et oublier les menaces. Mais sans la force de jouer avec les mots, lui dont les calembours et les farces sont légendaires. Il a seulement dit en essayant de sourire :

— Après le Bar du Téléphone, j'ai le massacre du magnétophone.

*

La veille, mardi, Paul Carrias, vice-président du Tribunal de Grande Instance, chargé de l'instruction, appelle le juge Michel au téléphone à 10 h 30. Le juge décroche. Il prend toutes les communications depuis une semaine. Comme s'il ne voulait pas que certaines voix inquiètent sa greffière. Paul Carrias reçoit Pierre Michel dans son antre, au premier étage du grand Palais de justice, de l'autre côté de la rue Fortia. Quand le juge revient, Meriam Amami le trouve affolé.

— Essayez de retrouver les papiers de ce magnétophone. On ne les a pas perdus au moins.

La greffière fouille la grande armoire de fer, déniche après des heures le dossier poussiéreux, le photocopie en deux exemplaires, et suivant les ordres du juge, le transmet à la hiérarchie. Pierre Michel s'attarde ensuite à son bureau, le visage las et tourmenté. Pas pour disséquer ses dossiers comme les autres fins d'après-midi, les annoter, les « faire parler », mais pour griffonner le brouillon de « son rapport hiérarchique à transmettre à Henri Aldemar, premier vice-président du Tribunal et président par intérim ».

— C'est Carrias qui me l'a demandé, mais il n'est pas dans le coup. Il est plutôt gêné. Quand je pense que j'ai des interrogatoires à préparer avec des questions capitales. Ils vont me faire perdre la tête. Tous des méchants cons.

Quand Meriam Amami quitte le tribunal, le mardi, le juge écrit encore son « rapport hiérarchique ». Michel Debacq, un auditeur de justice autrefois en stage dans le cabinet du juge Michel vient le saluer. Il a 25 ans. Ses cheveux bouclés, ses lunettes métalliques et son visage rond lui donnent une allure d'étudiant. Il voit sur le bureau du juge trois feuilles blanches sillonnées d'une épaisse écriture noire, avec des nuages de ratures et de gribouillis.

— Ça ne va pas ?

— Je m'emmerde, soupire Pierre Michel...

Sa voix tremble.

— C'est plus dur que coincer un gros bonnet de la drogue !

Il raconte, avec des sanglots dans la voix, la dérisoire histoire du magnétophone.

— On me demande de me justifier comme si j'avais volé ce magnéto. Je suis écœuré. Je n'aime pas agir comme ça, mais il faut que je le dise à tous ceux de l'instruction. Qu'ils sachent comment on me traite là-haut. Comme un voleur...

*

Michel Debacq se trouve encore dans le cabinet n° 3 ce mercredi matin, à 9 heures et demie. Bien que son stage d'auditeur de justice l'ait conduit vers d'autres cabinets d'instruction, le juge Michel lui confie encore des dossiers.

— Vas-y, Debacq, installe-toi. Je te laisse avec Mlle Amami. Je vais essayer de savoir pourquoi on veut ma peau !

Les lèvres se sont pincées et le sourire s'éclaire, ironique, malicieux, mais cela ne dure pas. Les deux portes se cognent. Michel Debacq s'assoit à la place de Pierre Michel. Il doit confronter trois gardiens de la paix à un jeune homme accusé de violences à la sortie du stade-vélodrome un soir où jouait l'équipe de football de l'Olympique de Marseille. Une affaire sans grande importance. Le ballet de l'instruction commence.

Vers 10 heures, le téléphone sonne. Meriam Amami, derrière sa machine à écrire électrique, décroche le combiné gris. C'est Béatrice, la fille aînée de Pierre Michel.

— Je veux parler à papa.

— Il te rappellera dès qu'il revient. Il s'est absenté.

L'enfant semble inquiète.

Au bout d'une demi-heure de confrontation, le juge Michel ouvre les deux portes du cabinet n° 3 et passe la tête. Le visage de plus en plus lourd de fatigue, comme un homme qui a fourni un terrible effort physique et qui va s'effondrer.

— Ça va ? Pas trop de problèmes ?

— Ça va.

Pierre Michel s'éloigne encore. La règle veut qu'un juge d'instruction assiste aux interrogatoires et confrontations qu'effectue un auditeur de justice, mais surtout lorsqu'il s'agit de « petites affaires » cette règle désuète est rarement appliquée.

Vers 11 heures, nouveau coup de téléphone. Michel Debacq prend l'appareil.

C'est encore Béatrice.

— Je veux parler à papa.

— Il vous rappellera. Ça ne va pas être long.

L'enfant semble vraiment inquiète.

A 11 h 30 la confrontation s'achève. Les policiers, puis le jeune accusé s'éloignent dans le couloir-salle d'attente de l'instruction aux carreaux gris-noir, aux murs délavés, à moitié écaillés, percés des cabinets des juges ressemblant aux chambres d'un hôpital de misère. Le juge Michel revient, une Gitane entre les doigts. Il feuillette le procès-verbal, le commente d'un ton critique, comme toujours, mais sans conviction. Quand il commence à le signer d'un stylo mal assuré, il regarde Meriam Amami puis Michel Debacq comme s'il cherchait dans leurs regards un dernier soutien, une ultime tendresse.

Michel Debacq, un peu gêné, s'écrie :

— Votre fille a téléphoné. Deux fois.

Pierre Michel laisse alors rouler son stylo à plume façon argent et bondit sur le téléphone. Les yeux presque fermés, il compose le 77-30-21. Béatrice sa fille aînée décroche.

— Qu'est-ce qui se passe ma chérie ?

Béatrice est seule à la maison avec Emmanuelle, sa sœur. Jacqueline Michel n'est pas revenue du collège Sainte-Anne. Il y a de la peur dans la voix de Béatrice.

— Ne t'inquiète pas, sourit Pierre Michel. Maman va rentrer et moi je serai là bientôt.

Il ajoute :

— N'aie pas peur. Tout se passera bien.

Quand il repose l'appareil et qu'il signe la fin du procès-verbal, Pierre Michel ouvre encore son paquet de Gitanes. Mais la cigarette, la fumée, cette manie dont il a essayé si souvent de se corriger, ne l'apaise pas. Pourquoi sa fille aînée a-t-elle cette voix apeurée ? Que s'est-il passé dans la villa Les Buis ? A-t-elle reçu encore des menaces le concernant ? Est-ce qu'on lui a parlé de mort ? A croire que tout se ligue contre lui aujourd'hui, que chaque seconde qui passe est un nouveau combat.

— Pourquoi m'en veut-on ?

— Je ne sais pas, murmure Meriam Amami.

— Je vais téléphoner à Carrias pour qu'il me reçoive. Qu'on en finisse.

— Pour le gars du stade-vélodrome, demande Michel Debacq de plus en plus mal à l'aise lui aussi... on ne va pas le laisser au trou. L'affaire est claire maintenant.

— Oui. J'en parlerai au substitut, à Viangali. On va le sortir des Baumettes. Ne t'inquiète pas.

Le plus inquiet c'est lui, le juge Michel, et lorsque le vice-président Carrias lui propose de le recevoir dans le quart d'heure, il demeure un instant sur le qui-vive. Puis part en bougonnant comme s'il cherchait une solution.

Quand il est de retour dans le cabinet n° 3 vers midi, Meriam Amami est partie déjeuner chez elle. D'ailleurs elle n'a pas faim, elle a peur. Sans savoir pourquoi. Le bureau est vide, Pierre Michel prend son anorak noir, ramasse son casque intégral et sa sacoche de cuir d'où dépasse *le Provençal* qu'il reçoit chaque jour au Palais. Mais au moment de tirer la première porte, il croise le regard de Michel Debacq. Depuis la veille, l'ancien auditeur attend d'être seul avec son juge, son maître, presque son ami pour essayer lui aussi de comprendre ce qui ne peut être qu'une machination. Et dans ce cabinet d'instruction de cinq mètres sur six, aux murs hauts d'au moins cinq mètres, à la peinture vaguement jaunie, éclatée par endroits, où la fenêtre est doublée d'un grillage cellulaire, en souvenir d'anciennes évasions, assis comme deux inculpés, deux hommes sans pudeur parlent, mais l'un d'eux est blessé. Et sa voix est sourde. Presque rauque.

— Tu vois, Debacq, hier soir, en préparant le rapport, je pensais que tout ça était orchestré par Azibert, relayé par Aldémar, mais je sais maintenant que Villatte, le procureur, est aussi au courant. Carrias a été très sympa. Il pense que ça ne peut venir que du Syndicat.

Azibert et Aldémar sont à l'U.S.M. Il faut vraiment être con pour s'arrêter à ça... Au début moi aussi j'étais à l'U.S.M. et j'ai changé. Alors, ils veulent ma peau ! Ils veulent me descendre. C'est vraiment concerté. Je sais qu'Aldémar ne veut même pas me voir avant que j'aie transmis mon rapport écrit... Tu te rends compte. Je le donne cet après-midi. J'ai lu le brouillon à Carrias. Il le trouve bien... Je voulais que ça soit lui qui le transmette. Il m'a dit : « Donnez-le vous-même à Aldémar. » Il a raison. Ils sont trop lâches. Il va bien falloir qu'Aldémar s'explique d'homme à homme.

— Oui.

— Mais qu'est-ce que ça cache ? On n'emmerde pas un mec pour un truc pareil, trois ans après...

Quand je pense qu'on a travaillé ensemble sur des tas de dossiers, que la fille d'Aldémar a gardé les deux miennes lorsqu'on avait besoin de sortir le soir — il habite à côté de chez moi. Et puis je l'ai aidé comme j'ai pu quand son fils a eu des problèmes, et qu'il est mort. J'irai peut-être voir Villatte aussi cet après-midi. Je ne vais quand même pas me laisser faire. Surtout en ce moment...

En disant cela, Pierre Michel se frotte les yeux puis les joues. Et cet homme doté d'un humour féroce que l'on dit dur, implacable, redouté de tous les inculpés, se met à pleurer. De lourdes larmes coulent de ses yeux. Des vraies larmes d'un homme qui pleure comme un enfant. Et devant quelqu'un qu'il connaît peu et depuis peu. La veille déjà, dans le cabinet n° 1 de son amie Marie-France Brayzat, il a sangloté en évoquant ces embrouilles pour un magnétophone. Et il a ajouté une phrase terrible.

— Pour la première fois de ma vie, j'ai peur.

*

C'est parce qu'il a peur, vraiment peur, que le juge Pierre Michel a les larmes à fleur de peau. En face de lui, Marie-France Brayzat a tremblé. S'il avait été dans une période normale de sa vie, jamais Pierre Michel n'aurait pleuré comme ça dans son cabinet d'instruction. Et ne pleurerait pas encore aujourd'hui. A Marie-France Brayzat il a donné un semblant d'explication :

— Non seulement les menaces sont graves, mais la hiérarchie me lâche.

Est-ce cette double mise à mort qui lui dicte son silence ou l'espoir que le temps, si souvent son allié, va encore le servir, et qu'il échappera au moins à la mort physique ?

*

La pendule ronde et blanche, aux gros chiffres noirs du cabinet n° 3 indique midi et quart. Michel Debacq, témoin troublé des larmes de son juge, demande :

— C'est parce que... vous êtes fatigué, ou ce sont les menaces ?

Le juge Michel ne répond pas, allume une Gitane. La veille encore il disait à un avocat :

— Ça devient trop dur. Je n'en peux plus. Je ne m'en sortirai pas.

Il pensait à Gaétan Zampa.

Michel Debacq voudrait comprendre. Il demande encore :

— C'est à cause d'une affaire de drogue ? Vous avez trouvé quelque chose de gros ? Sur Saint-Maximin ? C'est Saint-Maximin... c'est ça ?

Pierre Michel ne répond toujours pas, balance sa main gauche en arrière, et frotte ses yeux mouillés de la main droite.

— Allez, on s'en va... les petites m'attendent.

Pierre Michel ramasse son casque et sa sacoche, sort la clé ronde de sa poche. Au milieu du mur à droite de l'entrée, dans son cadre gris acier le calendrier éphéméride est toujours arrêté au mardi 20 octobre.

Quand le juge Michel sort de son cabinet d'instruction surgit Etienne Ceccaldi qui, de l'affaire des corrompus de Lyon à celle des ententes pétrolières de Marseille, sait ce qu'être menacé et s'opposer à la hiérarchie veut dire.

— Alors mon brave ! Ils ont su que tu voulais monter ta chaîne stéréo. Ils vont te mettre en prison ! Je te protège, va...

Puis Etienne Ceccaldi dégainant une arme imaginaire pointe deux doigts vers le juge Michel.

— Pan, pan, cette fois je t'ai eu le premier.

Un rite né un an plus tôt entre Michel et Ceccaldi. Ceccaldi expliquait à Pierre Michel qu'à l'époque où, encore juge d'instruction, le milieu lyonnais le menaçait de mort, il ne se séparait jamais de son colt 45. Pas pour éviter la mort, mais au moins pour se défendre et mourir l'arme à la main. Il conseillait à Pierre Michel de l'imiter. Le juge du cabinet n° 3 a souri.

— Tu sais bien que je déteste les armes, et s'ils veulent nous tuer, ils nous auront toujours.

Pourtant le juge Michel a inventé ce jeu ironique et le perpétue en éternel potache. Mais ce mercredi 21 octobre il ne riposte pas, ne mime pas d'être blessé ou mort. Pour la première fois depuis un an.

Le juge Michel ferme la porte extérieure du cabinet n° 3, marche vers la loge du concierge, pour suspendre la clé dans son casier de bois. Déjà le tribunal n'est plus qu'à moitié éclairé. Entre midi et deux, c'est le temps des économies d'énergie et inondé seulement d'une ombre de lumière pisseuse, il semble encore plus vieux, plus gris, plus triste.

— C'est le cimetière de la justice, a coutume de dire Pierre Michel. Avec son ascenseur pour l'échafaud... Et il montre l'antique ascenseur de ferraille menant aux deux étages dont le poids d'acier noir monte et descend à longueur de journée.

*

Tandis que Michel Debacq et Etienne Ceccaldi descendent les marches de pierre cirée, le juge Michel enfile son anorak noir. Franchit la porte du tribunal en regardant de chaque côté. Toujours inquiet. Tourmenté. Puis traverse rapidement la rue Fortia, décroche la lourde chaîne de sa moto et coiffe son casque intégral.

Un soleil rondelet coincé dans des vagues de nuages illumine la rue Fortia. Un léger souffle de mistral fait trembloter les dernières feuilles des platanes en bouquet de la place Monthyon. Le juge Michel descend la rue à petite vitesse. A droite, au coin de la rue Grignan, en face du Palais Bar, Alex Panzani, grand reporter au *Provençal,* assis sur sa Honda CI 80, bavarde avec Etienne Ceccaldi qui chevauche sa Honda 450. Seul Michel Debacq est debout au bord du trottoir.

— Tu viens bouffer avec nous, demande Ceccaldi.

— Non c'est mercredi et en plus ma fille m'a appelé. Elle m'attend. On se verra dans l'après-midi et on parlera de tout ça.

Avant de redémarrer, le juge Michel détaille la moto de son collègue.

— Dis donc, on voit que tu as les moyens !

— Mais... je te la passe si tu veux.

— Un de ces jours, d'accord.

Le juge Michel a acheté sa première moto trois ans plus tôt pour aller de son domicile au palais plus rapidement qu'en voiture — il avait une GS et possède depuis trois mois une 505 Peugeot. Il a pris goût à la moto et envisage de passer un autre permis pour acquérir justement une 450 Honda. Si le temps est très froid ou si des tempêtes de pluie balaient Marseille, le juge Michel prend aussi parfois l'autobus 23 qui relie la Préfecture proche du tribunal à son quartier de Mazargues.

Quand il s'éloigne, le juge Michel donne une tape vigoureuse sur l'épaule d'Alex Panzani. Celui-ci le regarde longer la rue Grignan et se dit soudain qu'il va l'accompagner. Il leur arrive souvent ainsi de rouler roue dans roue, même moto contre moto, et de parler. Alex Panzani habite rue François-Rocca, une artère étroite au bout de la rue Paradis. Ou ils se séparent là, au pied de son immeuble, ou ils vont boire un verre, manger le plat du jour, au bar-tabac, au coin de l'avenue de Mazargues et de l'avenue du Prado dans le quartier de Saint-Giniez. Le juge Michel s'en revient déjeuner chez lui plusieurs fois par semaine, mais il ne déroge jamais le mercredi. Alex Panzani le sait. Alors, comme il a déjà cent, puis deux cents mètres de retard, il renonce à poursuivre le juge Michel. Il ne pourrait plus le rattraper.

L'EXÉCUTION

Le juge Michel est seul.

Son casque fermé comme celui d'une armure, il se confond avec son engin dans la même couleur sombre. Seules ses mains nues figées sur les poignées du guidon semblent le rendre vulnérable. Il ne porte pas de gants. Il n'a jamais aimé ni les gants ni les chapeaux. Après la rue Grignan, il a suivi la rue Breteuil, le boulevard Perrier, puis la contre-allée du Prado avant de rouler sur le long ruban du boulevard Michelet. Le chemin le plus rapide. L'inverse du matin. Toujours pour alterner. De même qu'il a quitté le tribunal à une heure différente de la veille. Toujours sa façon dérisoire de se rassurer, d'essayer de conjurer les menaces de mort.

Et puis ce mercredi 21 octobre, il doit rouler plus vite. Il est 12 h 45 et débarrassé de son casque et de son anorak, sa moto à l'abri sous l'auvent de vieux bois, il pénétrera dans l'entrée-salle à manger seulement à 13 heures. Ne disposera guère que d'une bonne heure pour déjeuner, profiter d'Emmanuelle et Béatrice, les écouter parler de l'école ou de leurs collections de poupées Barbie, peut-être lire *le Provençal* ou *La vie du Rail,* sa revue préférée, qu'il reçoit par abonnement chaque mercredi.

Pierre Michel est seul.

Il doit être au palais à 14 h 30 et même un peu avant. Pour potasser « le » dossier. Il a convoqué à cette heure précise l'un des inculpés de l'affaire de Saint-Maximin dont vient de lui parler Michel Debacq, l'auditeur de justice, à propos des menaces.

L'affaire de Saint-Maximin dans le Var est une importante affaire de drogue. Ne serait-ce que par la personnalité de celui qui a financé le laboratoire d'héroïne découvert dans une villa le mercredi 8 juillet 1981 : Mitzigar Nazarian. Un Arménien de 56 ans, fiché à la brigade des Stupéfiants depuis au moins vingt ans et frère de Raffi Nazarian, un conseiller municipal de la mairie de Marseille élu sur la liste d'entente socialiste de Gaston Defferre en 1977...

Le laboratoire aurait dû rapporter à Nazarian plus de 8 millions de francs.

Le juge Michel ne s'est pas intéressé seulement au frère du conseiller municipal. A ce chemin de la drogue qui passe par la mairie de

Marseille... Aux implications, complications, électorales et politiques, qui peuvent en découler.

A 14 h 30, il doit interroger Marc Chambault. Un étrange personnage très lié à Nazarian. Pendant deux ans l'homme de main de Léon Toscano, Italien arrêté dans une autre affaire de drogue et en relation avec la mafia sicilienne. A 47 ans, il a déjà accompli beaucoup de « besognes » et dans tous les milieux.

Mais ce qui a fasciné le juge Michel ce sont deux petites lignes à la page 3 du procès-verbal de la perquisition N° 743/67 effectuée le 8 juillet 1981 au domicile de Marc Chambault.

Dans le scellé de saisie N° 59 figure en effet : « un morceau de feuille de papier portant au stylo bleu « Gaétan Zampa dit Tany, etc. »

Ce « etc. » bref et concis que l'inspecteur de la Brigade des Stupéfiants a cru bon de taire sur le procès-verbal cache l'un des numéros de téléphone les plus recherchés du crime organisé. Celui d'un bar à Paris où il est aisé de contacter « Gaétan Zampa, dit Tany ».

C'est lui l'intouchable, le parrain, l'un des grands maîtres du milieu marseillais et français que le juge Michel veut convoquer bientôt dans le cabinet n° 3. Il a suivi son ascension depuis qu'il est juge, mais n'a jamais eu l'occasion de l'inquiéter. Il sait qu'il ne peut être l'un des premiers dans la hiérarchie du milieu sans tout contrôler des marchés parallèles et surtout celui de la drogue ?

*

Le 28 septembre, à 11 heures du matin dans le cabinet n° 3, le juge Michel s'est déjà acharné à faire parler Marc Chambault de Gaétan Zampa. Il a décoché les questions comme autant de flèches, regardant la machine I.B.M. de Meriam Amami frapper les hésitations de l'inculpé, ses affolements, ses peurs.

L'un des plus terribles, les plus... dangereux interrogatoires de sa carrière.

— Pourquoi avez-vous un numéro de téléphone où joindre Gaétan Zampa ?

— Comme ça. On me l'a donné.

— Qui ?

— Je ne sais plus.

— Pourquoi ?

— Mais je vous l'ai dit.

— On n'a pas un numéro pour rien. Ça devait bien vous servir à quelque chose ?

— Mais non... c'est comme ça.

Et puis Marc Chambault s'est soudain contracté. Son visage de baroudeur, cerclé de moustaches rousses a pâli. Il ne souriait plus. Il a crié dans le cabinet n° 3.

— Mais j'ai une femme et des enfants, moi.

Et a ajouté, toujours terrifié :

— Vous aussi, non, Monsieur le juge... vous avez une femme et des enfants. Vous ne devez pas parler de lui.

Le juge Michel est revenu encore à la charge, sûr de lui, bien calé dans son fauteuil, serrant ses mains sur un Rubik's Cube.

— Est-ce que vous connaissez Zampa ?

— Avez-vous rencontré Zampa ?
— Zampa participait-il à l'affaire ?
— Zampa s'occupe-t-il de drogue ?
Mais la machine s'est arrêtée de frapper, Chambault de parler. Le premier acte s'achevait.

*

Le second acte, Pierre Michel l'a préparé une fin d'après-midi en écoutant un concerto sur France Musique. Avec autant de soins qu'un rapport hiérarchique... il a constellé une feuille blanche de sa grosse écriture noire, préparant les futures questions de ce mercredi 21 octobre, écrivant souvent Z pour Zampa. Pour aller plus vite. Quels recoupements et déductions se sont alors construits dans sa mémoire ? Même le papier ne le dit pas. Ce sont seulement des points de repères, des idées de questions pour établir les liens de Chambault et de Zampa, mais surtout, plus loin encore, les liens de Gaétan Zampa avec la mafia et avec le trafic international de la drogue.

*

Le juge Michel est seul.
Sur sa moto. Comme il le sera dans moins de deux heures face à Marc Chambault. Il a le projet de descendre aux geôles du tribunal où attendent les détenus avant et après leur interrogatoire. Seul avec son juge, Chambault sera peut-être moins terrorisé à l'idée de parler de Zampa.
Tant pis pour les puristes de l'instruction. Si le juge Michel n'avait pas usé de ces dialogues hors du cabinet n° 3 et hors de la procédure, en serait-il arrivé à devenir l'ennemi public n° 1... du milieu marseillais, de la mafia française et sa cible. Le juge Michel en a fait sa cause personnelle avec le démantèlement de la mafia des Baumettes et de ses complicités à un très haut niveau. Marc Chambault doit lui parler, même peu. Il pourra alors réussir — il en est certain — à rencontrer Zampa dans le cabinet n° 3 et à l'inculper, au moins, de complicité. Il sait qu'il a droit de le convoquer à titre de témoin, de lui demander pourquoi Marc Chambault possède le numéro d'un endroit où le joindre ou le faire joindre. Après, il pourra toujours s'attaquer à la façade financière de l'intouchable, et à d'autres intouchables encore, dont les noms encombrent sa formidable mémoire. Le juge Michel est devenu l'un des hommes qui connaît le mieux le milieu français. Joueur de poker depuis sa jeunesse, il a toujours su maîtriser le jeu et attendre les bonnes cartes. Dans chaque partie, il s'est investi tout entier, acharné à gagner par tous les moyens. Et sept ans ce n'est pas si long pour tenir enfin la carte maîtresse et gagner la partie.
Le tout sera que Gaétan Zampa réponde à sa convocation.
Il a toujours été difficile à joindre lorsqu'on le cherchait...

*

Les deux hommes en blousons et pantalons noirs, visages dissimulés sous des casques intégraux rouges à bandes blanches, qui attendent à la hauteur du 50 boulevard Michelet connaissent bien les habitudes du motard Pierre Michel. Il suffit de l'avoir suivi une fois ou deux malgré ses changements d'itinéraires, pour s'être installé à l'endroit parfait pour une exécution.

Il est 12 h 48, le juge Michel arrive à hauteur de la Cité qui n'a de Radieuse que le nom, née de l'imagination de Le Corbusier et baptisée Maison du Fada par les Marseillais. Un lugubre paquebot de béton grisâtre éclairé d'auréoles délavées, bleues jaunes et rouges avec des escaliers en serpents en guise de coursives.

Le juge Michel allume son clignotant, s'engage à droite dans la traverse débouchant sur la contre-allée. Il stoppe et regarde encore à droite pour vérifier si le passage est libre avant de s'engager dans les jardins de la maison du Fada, puis le long de l'impasse Marie-de-Sormiou qui n'en est plus une. Devant lui, une prostituée fait « l'apéritif » et attend le client du haut de sa jupe fendue, abritée sous un gros œuf de ciment rose et gris rempli d'ordures, ouvert sur l'immense garage Talbot-Peugeot. Derrière lui, quelques commerçants attardés du « Marché aux fleurs », où les fleuristes sont de plus en plus rares, remballent leurs marchandises et leurs étals de bois. Les deux hommes ont aussi choisi l'heure idéale pour une exécution.

Les nuages se sont enfuis et le soleil fait briller le rouge de l'autre moto qui n'a pas cherché à doubler, mais qui s'arrête juste à la hauteur du juge. Une Honda 900 Bol d'Or immatriculée 7584 JV 13, au réservoir rouge barré de bandes bleues. Le passager à l'arrière, sur le tan-sad, est un tueur et il va tuer.

Il est 12 h 49.

Le tueur a sorti de son blouson un pistolet 9 mm de type parabellum.

La première balle s'enfonce dans l'épaule gauche et déséquilibre le juge.

— A cet instant précis, dit Bernard Michel, l'un de ses frères, il a dû comprendre qu'il était foutu et penser à celui qui avait commandé son assassinat.

A celui qu'il allait inculper : Gaétan Zampa.

Le tueur noir saute sur le macadam sans se presser. La seconde balle brise le cou, la gorge, à l'endroit même où s'achève le casque intégral, et court jusqu'au cerveau. Pour la troisième, l'ultime, le coup de grâce, le tueur s'arc-boute vers le juge et la balle pénètre au milieu de la poitrine, touche le cœur.

Il est 12 h 50.

Une minute pour une exécution.

Sous un platane dont les quatre épaisses branches se courbent comme une girafe, le juge Pierre Michel est allongé au bord du trottoir, recroquevillé en fœtus, faisant corps avec sa machine comme s'ils étaient le seul élément d'une sculpture de César. Son casque frôle le pied grisâtre d'un panneau de sens interdit. Sa main droite s'accroche encore à la poignée. Sa main gauche est repliée sur sa poitrine. Un mocassin bleu s'est échappé de son pied gauche et a roulé sur le goudron.

Le tueur et son chauffeur roulent déjà sur l'impasse Marie-de-Sormiou. Un homme dans une R 5 rouge s'est lancé à leur poursuite. Mais au bout de cent cinquante mètres, avant la montée proche du repaire de Charly le clochard, à l'endroit où des graffiti sur le mur indiquent « Trop de flics », le tueur saute sans se presser de son tan-sad et braque son arme face au pare-brise. L'homme à la R 5 rouge n'ira pas plus loin.

Pendant ce temps, un fourgon de gendarmerie, de retour de la prison des Baumettes, comme chaque jour, à la même heure, et dont le conducteur a l'habitude de saluer le juge d'un signe de la main, s'arrête sur le boulevard Michelet. Le second gendarme, petit et moustachu, s'approche du corps cerné déjà de badauds et de témoins.

De la poche du blazer bleu marine le gendarme retire une carte de cuir marron pliée en deux, barrée de tricolore, avec écrit en lettres dorées « Ministère de la justice ». Il lit : « Pierre Michel — 1er juge d'instruction — 4 allée des Buis 13008 Marseille » et s'exclame :

— Ben ça alors, ça va faire du foin ! C'est un juge. Comme Renaud.

Déjà l'épicier de la rue Bousquet, en face, Hamou Peragi, a appelé Police-secours, de même qu'un témoin anonyme installé dans la cabine téléphonique en face de l'agence du Crédit Lyonnais. Ils s'adressent en fait aux marins pompiers chargés à Marseille de tout accident sur la voie publique. Le gendarme moustachu disposant seulement d'une liaison directe appelle aussitôt son P.C. qui prévient le poste radio de l'Evêché, l'hôtel de Police de Marseille. A ce moment un autre témoin qui, comme un lycéen et une lycéenne en vélomoteur, a assisté à l'exécution remonte dans sa voiture en soupirant :

— Je ne dirai rien. Ils ont déjà tué un juge. Si je parle, ils ne me rateront pas.

*

Pendant ce temps, Jacqueline Michel revenue du collège Sainte-Anne s'impatiente. Sans savoir exactement ce que sait et ce que prépare son mari, elle sait depuis un mois que de graves menaces planent sur la vie du juge. Dans le petit salon de la villa Les Buis elle appelle le standard du Palais de justice. Personne dans les bureaux. On lui passe la Buvette du Palais.

Françoise Albertini, premier substitut et marraine d'Emmanuelle, la fille cadette des Michel, déjeune près de l'entrée à la table où Pierre Michel l'a souvent retrouvée. La table du « clan de l'instruction ». Françoise Albertini prend l'appareil sur le comptoir, face à la machine à café.

— Pierre va arriver. Il est parti. Ne t'inquiète pas.

Elle vient de raccrocher et part se rasseoir quand le téléphone sonne à nouveau. Michel Tucillo décroche. C'est encore pour elle. Le substitut de permanence au palais lui annonce « Pierre Michel est mort ».

C'est elle, l'amie du couple depuis l'arrivée de Pierre Michel à Marseille, comme son mari Barthélémy, « Mémé », juge au siège du tribunal qui compose quelques secondes plus tard le numéro de la villa Les Buis. Elle apprend à Jacqueline Michel l'assassinat de son mari.

*

Entre-temps, le téléphone sonne allée des Buis. Jacqueline Michel, entourée de Béatrice et Emmanuelle toujours curieuses, décroche. Une voix d'homme, sourde, apparemment déguisée ·

— Je veux parler à M. Michel.
Jacqueline est intriguée et inquiète.
— Mais il n'est pas là. Qui êtes-vous ?
Pas de réponse. Le silence.
— Qui êtes-vous... qui êtes-vous ?
Quelqu'un à 13 heures-13 h 05 veut déjà s'assurer que le juge Michel est mort sous les balles des tueurs. Un complice ? Le commanditaire ? Un de ses associés ? Quand Jacqueline Michel repose l'appareil, elle entend le cri des sirènes des marins pompiers, le miaulement des signaux policiers. Tandis que les gyrophares bleuâtres clignotent alentour dans le quartier de Mazargues, elle sait sans être encore prévenue. A cause de la voix au téléphone.
Quelqu'un de bien renseigné... Onze Pierre Michel figurent sur l'annuaire des Bouches-du-Rhône de l'année mais pas le juge Michel. Il y a longtemps que pour éviter les menaces nocturnes et téléphoniques il a demandé comme la plupart de ses collègues à figurer sur la liste rouge.

*

Le juge Michel usait du téléphone comme prétexte à ses canulars les plus gros les plus noirs. Il trompait encore ses amis en imitant tous les accents, et surtout, celui de l'Est de la France. Quand « Mémé » le mari de Françoise Albertini appelle Joseph Ramon, le beau-frère de Pierre Michel, pour le prévenir, c'est Marie-Claire, la belle-sœur qui prend le téléphone.
— Marie-Claire, il est arrivé un accident... Pierre a reçu des balles...
Marie-Claire éclate de rire :
— Pierre, arrête de faire le clown... tu es toujours pareil.
Il lui faudra quelques minutes pour la convaincre.
Elle croyait encore à une farce macabre de Pierre Michel qui a si souvent appelé au téléphone amis ou collègues pour leur dire gravement :
— Le juge Michel vient d'être assassiné.

*

Jacqueline Michel sait que l'affaire du magnétophone n'était pas une blague. Elle l'a vécue de trop près.
Lorsque Albert Villatte, le procureur, et Henri Aldemar se présentent à la villa Les Buis pour... les condoléances d'usage, elle les écoute, leur répond avec... la politesse d'usage, mais c'est tout.
Comme si leur place n'était pas là, comme si ces gens de justice n'avaient plus rien à voir avec Pierre Michel. Elle demande surtout qu'on ne lui rende pas d'hommage. Elle hait comme les haïssait le juge Michel, la bêtise et l'hypocrisie.

*

A 13 h 15, ça grouille, ça s'agite et ça parle autour du juge Michel toujours lié à sa moto, un dérisoire pied en chaussette grise dépassant de la machine. Sont là maintenant tous ceux ou presque, qui ont fait et défait la vie du juge Michel. Des magistrats venus du Palais de justice, des bistrots du quartier, ou de leurs domiciles. Certains bouleversés et sincères. D'autres bouleversés, mais avec l'air de circonstance. Plus inquiets de l'assassinat de la justice à Marseille que de la mort de celui qui était la justice.

Des avocats aussi, rares, et désemparés, même s'ils ont eu à livrer de difficiles combats contre Michel. L'un d'eux tient déjà comptoir ouvert à la Buvette du Palais ponctuant son requiem de :

— Cette fois, il n'y a pas eu d'erreur judiciaire.

Le juge Michel l'appelait l'avocaillon ou le nabot, selon les jours. Il avait été jadis son ami. Désormais le juge cherchait à le faire tomber avec la mafia des Baumettes.

Daniel Borde, un autre avocat qui s'est souvent opposé au juge Michel, mais à la loyale, se rend en taxi au C.R.A.C.M., le centre anticancéreux, proche de l'Hospice Sainte-Marguerite. Son chauffeur demande à un badaud pourquoi on n'avance plus sur le boulevard Michelet.

— Il paraît qu'on a tué un juge.

L'avocat comprend sans savoir :

— Alors, c'est Michel...

Et puis des journalistes, des policiers. Ceux du S.R.P.J. et ceux de la Sûreté, arrivés presque au même moment, oubliant dans ce moment tragique toute guerre des polices. Jean-Claude de Munk, un inspecteur principal de la Sûreté, a déjà enfilé ses gants de plastique pour la fouille et les constatations. De même que le juge Michel était un juge moderne, élégant, portant des vêtements bien coupés, de Munk avec son costume clair, sa chemise ouverte surmontée d'un foulard et ses cheveux frisés est un flic moderne. Il s'impatiente comme le juge Michel se serait impatienté, devant le cadavre d'un juge assassiné.

Pourtant le procureur Albert Villatte, engoncé dans son blazer, les mains dans les poches de son pantalon gris, paraît sceptique derrière ses lunettes fumées à fine monture.

— Attendez, j'aimerais que ce soit fait en présence du médecin légiste.

A l'heure du déjeuner il est difficile de trouver le docteur Bernard Mariotti. Jean-Claude de Munk et son collègue, l'inspecteur principal Jean-Marc Scoccimaro, en sont quittes pour ôter leurs gants et marquer l'emplacement du corps à la craie blanche avant de mesurer les distances le séparant de la contre-allée.

Le juge est figé dans la mort et personne n'a encore songé à le recouvrir de la classique et dérisoire couverture de laine grise destinée aux morts de la rue, morts en dehors des normes.

Etienne Ceccaldi est arrivé avec Michel Debacq sur le tan-sad de sa Honda 450. Françoise Llaurens-Guérin, « Mamie Nova » est là, portant un sac noir, et son mari, le juge Pierre Guérin... Il ne sait pas encore qu'il sera chargé d'instruire l'assassinat du juge Michel et qu'il s'installera dans le cabinet n° 3.

Jean-Claude de Munk s'impatiente. Il a ses raisons. Il a rencontré le juge Michel après la tuerie du Bar du Téléphone et depuis le considère comme un bon copain. Il consulte le procureur Villatte.

— On attaque ?

— Attendez. On a envoyé des motards chercher Mariotti.

Encore une fois le policier a enfilé ses gants de plastique pour rien. A Marseille, la justice n'a pas l'habitude de se presser, et le procureur Villatte s'est toujours hâté avec lenteur. A 13 h 40 arrive enfin le médecin légiste. Un secouriste a daigné recouvrir le corps du juge d'une couverture. Il y a presque une heure qu'il est mort. Sa chemise rayée bleu et blanc est inondée de sang dans son dos, comme son pantalon gris.

Il est 14 h 15 lorsque deux policiers le hissent dans une estafette blanche tandis qu'on roule sa moto, dont l'unique sacoche s'est détachée au bord de l'autre trottoir. Direction la morgue du Pharo où le docteur Mariotti pratiquera une autopsie qui n'en apprendra guère plus.

Au milieu des pièces de monnaie, des clés et des papiers Jean-Claude de Munk découvre, dans le portefeuille du juge Michel, le brouillon d'une lettre pliée en quatre. Le juge voulait le travailler à l'heure du déjeuner, le lire à Jacqueline Michel. La lettre d'explications pour un magnétophone qu'il a encore montrée à Meriam Amami avant de quitter le cabinet n° 3 en précisant :

— Carrias la trouve bien. On la tapera cet après-midi. Après Chambault et après Zampa... et avec ça « ils » seront bien avancés.

L'inspecteur de Munk interroge le commissaire Jean-Pierre Sanguy, le chef du S.R.P.J.

— Je la mets en procédure ?

— Bien sûr.

La lettre d'explications, ce sont les derniers mots qu'a tracés de sa main le juge Michel. Comme une lettre d'adieu à ceux qui ne l'ont jamais vraiment compris. Des fonctionnaires de la justice sans envergure et sans feu sacré. De même que lui, Pierre Michel, l'homme fait juge, courageux, intransigeant, n'a sans doute jamais compris Marseille et ses règles du jeu.

*

Le mercredi 21 octobre 1981, c'est la seconde fois en France depuis la Libération qu'un magistrat, un juge, vient d'être assassiné. Au lendemain de la tuerie du Bar du Téléphone, un autre mercredi, le 4 octobre 1978, Gaston Defferre, maire de Marseille, déclarait :

— A Marseille les truands se sont tués entre eux, et si je déplore ce drame, celui-ci est moins grave que la répétition de crimes qui se sont produits dans d'autres villes françaises.

« On ne tue pas de magistrat à Marseille. »

On ne tue pas de magistrat à Marseille... mais on a tué le juge Pierre Michel.

Il est vrai que cet homme venu de l'Est a voulu percer les mystères et les secrets de Marseille, aller plus loin que jamais un juge ne l'a été dans la cité de Phocée. Il s'est acharné, avec hargne et de toute son âme à révéler les chemins menant de l'argent à la drogue et de la drogue à l'argent, qu'il soit monnaie de singe ou monnaie honorable, et donc de jeter en pleine lumière les noms des hommes de l'ombre, des financiers, des cerveaux du crime organisé.

Il s'est attaqué à ceux que l'on n'inquiète jamais. Faute de preuves et faute de désir de prouver quoi que ce soit.

A Gaétan Zampa et les autres...
Il y était enfin parvenu.
Il allait inculper Gaétan Zampa.
A Marseille au moins c'est une raison suffisante pour mériter la mort.

PREMIÈRE PARTIE

L'APPRENTISSAGE

I

SON DESTIN S'APPELAIT MARSEILLE

Evelyne porte une robe indienne à fleurs mauves, sans manches, laissant apparaître deux bras nus étrangement pâles, criblés de taches brunes. Les piqûres de l'héroïne. Sa voix est un souffle.

— J'ai chaud.

Evelyne a dix-huit ans. D'après le rapport de police. Devant lui, tremblant sur la chaise de bois, Pierre Michel aperçoit une femme sans âge, usée, au visage cireux, ratatiné comme une vieille pomme. Elle doit peser 35 kilos. Pas plus. Elle souffle encore :

— J'ai chaud.

Evelyne a décroisé les cordons roses fermant sa robe à hauteur du corsage, dévoilant d'autres traces. De coups. Quand les policiers ont arrêté Evelyne, elle abandonnait son corps pour quelques dizaines de francs dans un hôtel sombre de la rue Thubaneau, dans le triangle arabe, au bas de la gare Saint-Charles. De quoi mendier ensuite auprès d'un revendeur son héroïne de la nuit.

Pierre Michel se penche vers la greffière.

— Qu'est-ce que je dois faire ?

— Posez-lui des questions.

Que demander à Evelyne ? Pierre Michel connaît l'essentiel de sa vie. La mère est morte d'un cancer. Le père, contrôleur à la S.N.C.F., présent au hasard des changements de train, ne contrôle plus sa fille unique depuis longtemps. Elle traînait son ennui dans la parfumerie où elle était vendeuse. La drogue a fait le reste. Des parfums et de l'éther d'abord, une pincée de haschich ensuite, et puis l'héroïne qui dévore son corps.

Evelyne ébouriffe ses cheveux de cuivre d'un grand geste de la main.

— J'ai chaud.

— Je vais ouvrir la fenêtre.

— Non, j'ai froid. Vous ne voyez pas que j'ai froid. J'ai des jambes de bois. Vous me faites mal.

Evelyne s'est levée brusquement. Elle a laissé tomber le mouchoir sur lequel elle crispait ses mains et relève sa robe, découvrant d'autres sillons, d'autres griffures le long de ses cuisses.

— Mais arrêtez.

— J'ai chaud. J'ai la fièvre.

Le garde en uniforme s'est précipité.

— Allons, du calme. C'est toujours comme ça. Ils ne savent pas quoi inventer.

Mais Evelyne brandit déjà sa robe au-dessus de la tête. Son corps presque nu se contracte.

— J'ai chaud, j'ai froid.

Pierre Michel s'est levé et maîtrise Evelyne avec des gestes maladroits, aidé du garde que l'aventure semble distraire.

— Allez, remettez cette robe et racontez-moi.

Sa voix est douce, apaisante, et Evelyne laisse redescendre sa robe froissée comme un rideau de théâtre. Elle regarde le juge de ses yeux noirs, presque fermés. Elle essaye de parler, mais sa bouche se fige, ses dents se mettent à claquer, et elle tombe d'un seul coup sur les carreaux gris avec un bruit de branche brisée. Elle gémit, sanglote, bave, et en même temps son visage s'éclaire d'un affreux sourire. Tandis que le garde s'agenouille près d'elle, Pierre Michel a ouvert les deux portes du cabinet d'instruction. Il appelle le planton de garde face à la baie vitrée.

— Descendez aux geôles et faites préparer une voiture. Il faut transporter la petite d'urgence à l'hôpital.

Une heure plus tard, Pierre Michel s'inquiète devant la greffière.

— Elle a pu partir ?

— Oui. Elle doit déjà être arrivée à Entremont.

*

Pierre Michel s'est rendu plusieurs fois dans ce bâtiment réservé aux toxicomanes niché dans un coin du parc de l'hôpital Salvator. Pour assister des juges qui inculpaient des drogués à peine sortis de l'adolescence. C'est un pavillon désuet, humide, aux murs crasseux avec une salle commune de seize lits, flanquée de deux chambres réservées aux filles comme Evelyne. Sous la direction du docteur Tosti, on y traite l'état de manque sans neuroleptiques, sans drogue.

Pierre Michel ne s'habitue pas à croiser tous ces regards tendus vers des espoirs d'héroïne. Car ces malades sont la plupart « accrochés » à l'héroïne. Pour eux, elle n'est plus un état de plaisir, mais un besoin.

*

Pierre Michel est auditeur de justice. Le juge qui l'a en stage dans son cabinet d'instruction l'a laissé seul avec Evelyne. Pour un interrogatoire banal, anonyme. Au tribunal de Marseille, les camés défilent comme les assassins, les violeurs, les braqueurs et les voleurs à la tire.

Pierre Michel n'avait jamais vu la drogue en face et ça le bouleverse. Il s'interroge.

Comment soigner les drogués ? Faut-il les laisser à Entremont, les enfermer ou les abandonner à la liberté, à la drogue qui les possède ?

Un magistrat passe dans le couloir de l'instruction. Pierre Michel raconte Evelyne d'une voix brisée. Le magistrat hausse les épaules.

— Bah, vous en verrez d'autres...

— Il n'y a pas de raison que la drogue reste la spécialité de Marseille, comme... les calissons d'Aix ou le foie gras du Périgord.

Le magistrat est marseillais, fils de Marseillais, petit-fils de Marseillais. Il regarde Pierre Michel droit dans les yeux.

— Mais vous êtes fou mon ami. Il y en a d'autres qui s'en occupent. Ce n'est pas vous qui allez révolutionner Marseille. On n'a pas de leçon à recevoir des Parisiens !

— Je suis de Metz, pour vous servir.

— C'est encore pire. Vous auriez dû rester là-bas. Quelle idée de venir vous perdre ici !

Et le magistrat tourne les talons.

C'est pourtant simplement la rencontre d'une femme qui a conduit Pierre Michel à Marseille.

*

1965. Pierre Michel a vingt-deux ans. Il est professeur de sciences naturelles au C.E.T. de Jarny, à quarante kilomètres de Metz. Il devait enseigner l'économie politique. Le poste était pourvu, on lui a proposé les maths ou les sciences naturelles.

Pierre Michel, plutôt réservé, timide, avec son visage romantique, un peu prisonnier de son éducation bourgeoise et catholique, manque d'autorité. Les élèves en profitent, surtout les filles qui le bombardent de billets doux, lui fixant des rendez-vous après la classe. Pierre Michel est déjà très beau, et ses collègues l'ont remarqué. Parmi elles, Jacqueline Ramon, de deux ans son aînée. Le bon vouloir de l'Education nationale a mené vers les brumes de l'Est cette professeur d'histoire-géo, native de Sallèles-d'Aude, un village de 1 800 habitants près de Narbonne, où ses parents sont viticulteurs. Jacqueline est grande, mince, brune et son accent chante le soleil.

Ils s'aiment, mais Jacqueline s'inquiète. Elle a un métier. Pierre n'en a pas, et elle a surgi dans sa vie au moment où comme il le dit, « il se traîne », sans avoir encore décidé ce qu'il fera, ce qu'il sera.

Pierre, comme les cinq autres enfants de la tribu Michel, Bernard, André, Pierre, Jean-François, et Jacqueline, a fréquenté le vieux lycée Fabert à Metz jusqu'au baccalauréat. Puis la faculté de Droit de Nancy où il a passé sa licence. Depuis, il hésite. Il aurait aimé être avocat, mais son frère Bernard son aîné de huit ans l'est déjà, et il imagine mal deux Maître Michel dans la famille. Il ne tient pas non plus, bien qu'il admire sa carrière, à reprendre un jour l'étude de son père, notaire à Metz depuis 1938.

Alors, deux ans plus tard, la nouvelle affectation de Jacqueline décide pour lui. Elle est nommée à Marseille. Il part pour Marseille.

— Là-bas, au moins, on aura le soleil.

Pierre Michel s'inscrit à la faculté de Droit d'Aix-en-Provence pour préparer son doctorat. On lui offre en même temps un poste de documentaliste et d'assistant, chargé de travaux dirigés. Mais au contraire de Jacqueline, il ne se sent pas de vocation pour l'enseignement. C'est un moyen comme un autre d'avoir un petit salaire, et d'attendre de rencontrer peut-être sa vocation. Ce qui ne rassure pas Jacqueline quand Pierre Michel parle mariage. Elle voudrait qu'il ait un métier, mais lui veut d'abord l'épouser. D'ailleurs pour demander la main de Jacqueline à ses parents, il passera trois jours à attendre à Sallèles-d'Aude, habitant dans un hôtel du centre de Narbonne.

Pierre Michel est déjà tenace, entêté, capable de tout pour réussir ce qu'il a décidé de réussir.

Et il réussit.

Jacqueline Ramon et Pierre Michel se choisissent un mariage pas tout à fait comme les autres. Le 5 octobre 1968, dans l'église romane du Plan-du-Castellet, aucun membre de leurs deux familles n'est présent pour les accompagner vers l'autel. Ils sont seuls avec les quatre témoins. Ils ont demandé que la messe soit entièrement chantée en latin. Pierre Michel a choisi un chant grégorien et a expliqué à ses proches :

— Ce mariage nous appartient. Nous voulons être seuls.

*

Dans la maison familiale de Jussy où se sont déroulés les dimanches et les vacances de son enfance, sur la colline criblée de sapins et de fougères, Pierre Michel a appris et aimé la solitude. Il partait seul ou avec son frère Bernard, pour de longues balades le long des sentiers, et surtout le long des voies ferrées, aux rails souvent rouillés, où les trains ne passaient plus depuis longtemps. Aussi fasciné par les chemins de fer et les traverses de vieux bois, que par les machines à vapeur.

Pourtant, quand il voit naître la maison de Jussy, pierre après pierre, pièce après pièce, Pierre a dix ans et déjà pas mal d'errances derrière lui. Georges, son père, et Lucie, sa mère, tous deux de sang lorrain, ont dû fuir en 1939 leur province de l'Est, rattachée à l'Allemagne par les nazis, emportant au milieu de rares bagages, leurs trois premiers enfants, Bernard, François et André.

Pierre sera un « enfant de la guerre », et verra le jour le 2 juillet 1943 à Saint-Amans-Soult, dans le Tarn. Comme sa sœur Jacqueline, née au cours d'une autre étape de l'exode, en 1942, à Toulouse.

Pierre Michel est âgé de deux ans quand la tribu revient à Metz, dans un appartement de la rue des Clercs, à une portée de fusil du vieux Palais de justice aux pierres noires. Son père est né quatre rues plus loin, Place Saint-Louis, au 36, de l'autre côté des Arcades, et c'est là, au premier étage, au fond de la cour intérieure, qu'il a installé son étude de notaire.

Dans le couloir menant au bureau de son père, une photo sépia représente un homme au sourire clair, à la moustache conquérante. C'est Jung Michel, l'arrière-grand-père de Pierre Michel, maire de Metz de 1920 à sa mort, en 1926, et ministre des Finances de l'éphémère gouvernement Alsace-Lorraine, du 10 au 11 novembre 1918.

— On n'a même pas donné le nom de mon ancêtre à une rue de Metz, plaisantera toujours le juge Michel. Quelle honte !

Georges Michel achète toute la maison en 1957, et Pierre n'en finit pas de découvrir cette bâtisse ancienne dont chaque pierre grise est un éclat de rêve. Il demeure de longs après-midi, assis sur un carré d'herbe, à rêver face à la niche de pierre où trône une étrange statue de femme que le temps a amputée de son bras droit et de sa main gauche. Sur le fronton intérieur de la maison, avant de passer la porte s'ouvrant sur la place Saint-Louis, des mots sont gravés dans la pierre :

« Dornés, mort pour la patrie en 1848, habita cette maison. Jamais homme ne mérita plus que lui d'être aimé avec vénération. »

Chaque fois qu'il sort, Pierre Michel lève la tête et aperçoit l'inscription. Toute sa vie, au hasard des voyages au pays natal, il la lira encore et s'en souviendra comme d'un souvenir d'adolescence impossible à effacer. Car la mort l'occupe, le préoccupe. Etudiant, il lit tous les textes philosophiques qu'il trouve sur le sujet, aime à en disserter. Peut-être parce que la mort deux fois est entrée dans sa famille, deux fois a bousculé sa vie.

Son frère François, neuf ans, se noie dans une rivière un après-midi de février 1946. Pierre a trois ans. Trop jeune pour comprendre l'absence et le deuil. Plus tard, il regardera la photo de l'absent, haïssant la mort dans ce cliché noir et blanc figé sur l'enfance, et la narguant sous le masque de l'humour, souvent très noir.

Et puis un autre Michel, son oncle, le frère de son père, père lui-même de Jean-Christian Michel, plus tard médecin, puis clarinettiste connu dans le monde entier, meurt à Alger. En 1960, ce soir-là, l'O.A.S. qui tuait parfois par séries a choisi de s'en prendre aux pharmaciens. En se portant au secours de son préparateur arabe Victor Michel reçoit lui aussi une rafale de mitraillette.

Il y a déjà deux Pierre Michel. L'un terriblement secret, terriblement seul, et l'autre fraternel, généreux, soucieux de justice et soucieux de donner beaucoup aux autres. Il n'est pas à un paradoxe près, et la mort bouleversante de son oncle qui a habité Metz et qu'il a très bien connu l'incite à militer... dans l'O.A.S. Il ne se contente pas de défendre auprès de ses camarades du lycée Fabert l'idée d'une Algérie française, il participe à des réunions, distribue des tracts, quitte à être reconnu par des amis de ses parents. D'ailleurs, il a l'impression de ne trahir personne puisqu'il ne se trahit pas.

— Il faut s'engager à fond, s'impliquer totalement dans ce que l'on pense ou ce que l'on fait.

Ce sera sa ligne de vie.

Un après-midi, il est arrêté à Nancy, en pleine rue, avec une poignée de tracts à la main. Il a 17 ans. Commissariat, Palais de justice, maison d'arrêt. Le voilà en butte à un juge d'instruction qui s'obstine à le laisser enfermé et à refuser les permis de visite à ses parents. Bientôt ce sont les épreuves du baccalauréat. Pierre Michel attend, ne se plaint pas. Aucune intervention ne fléchit le juge. Il ne veut même pas qu'on passe des livres à Pierre Michel dans sa cellule. S'arrange pour lui donner la liberté quand le bac est passé. Un an de retard dans ses études, c'est déjà une lourde sanction. Pierre Michel sera de plus condamné à une peine de prison avec sursis pour distribution de tracts et participation à une ligue dissoute. Sans exprimer un regret.

— Il faut assumer ce que l'on a choisi d'être à un moment donné.

*

Le 3 octobre 1972, Pierre Michel est docteur en droit. Sa thèse, rédigée sous la direction du président Levasseur, est consacrée à l' « élément moral dans les infractions dans le droit à l'information ». Mais Pierre Michel n'est pas plus avancé pour autant. Comment utiliser ce diplôme ? Il suffit de cette question posée à un magistrat du tribunal de Marseille venu donner des cours à la Faculté d'Aix-en-Provence pour que le destin de Pierre Michel bascule vers la justice.

— Vous avez un bon esprit d'analyse et de synthèse. Vous n'allez pas pourrir ici dans un amphithéâtre. Vous ferez un bon juge... On en manque !

Un juge ? Pierre Michel songe à celui qui l'a maintenu en prison à Nancy et songe à son casier judiciaire. Même s'il y a eu amnistie, une trace doit bien exister encore quelque part. Et qui dit juge dit virginité judiciaire. Pourtant, l'idée séduit Pierre Michel et il songe aussi que six cents kilomètres le séparent de ce passé. Peut-être assez pour qu'on l'oublie dans un dossier marseillais. Reste pourtant un obstacle.

— Mais je n'ai pas fait Bordeaux !

— Et alors ? Vous êtes docteur en droit. Ça suffit.

Pierre Michel devient ainsi un « article 22 », c'est-à-dire un auditeur de justice selon l'article 22 de l'ordonnance du 22 décembre 1958 sur le statut des juges, nanti seulement de son diplôme, sans passer par l'Ecole Nationale de la Magistrature de Bordeaux. Mais au prix d'une grande patience, du plus long des apprentissages.

Comme si le destin voulait d'abord qu'il renonce à ce métier, son dossier d'inscription comme auditeur pour l'année 1972-1973 s'égare en effet dans les méandres du tribunal. Mais Pierre Michel a déjà donné sa démission à la Faculté d'Aix. Il écrit, téléphone, fait antichambre. A peur. Et si on avait appris sa condamnation dans l'Est et si on l'avait éliminé d'office. Mais non. On l'a bel et bien oublié. Or, Jacqueline est sur le point d'accoucher. Il ne peut perdre son salaire. Alors lorsque le président du tribunal de Marseille le reçoit et lui propose, en guise d'excuses, un emploi de vacataire sans statut particulier, Pierre Michel s'empresse d'accepter.

Le voilà donc pendant un an au plus bas de l'échelle, « petit chose » de la justice payé au S.M.I.C. de l'époque — 1 700 francs et qualifié officiellement d'auxiliaire de bureau au Tribunal de Grande Instance. Une fonction que l'administration se plaira d'ailleurs à mentionner dans l'annuaire de la Magistrature jusqu'en 1980. Avant que Pierre Michel demande sa suppression. Pas par honte car durant cette année 73, Pierre Michel, « auxiliaire de tout le tribunal », à la demande, passant d'un cabinet d'instruction au bureau d'un président de chambre, apprend la justice et apprend Marseille sur le tas. La meilleure des écoles. Nègre de magistrats enclins au farniente provençal, il rédige même déjà des réquisitoires complets !

*

Pierre Michel désirait une fille. Béatrice est née le 15 mars 1973. Le jour du baptême dans la petite église de Sallèles-d'Aude, la famille Ramon a rencontré pour la première fois la famille Michel.

*

Le 1er novembre 1973, lorsqu'il est enfin nommé auditeur de justice, Pierre Michel connaît déjà le moindre recoin du tribunal, et on l'a initié à quelques-uns des secrets cachés au fond des dossiers et des mémoires. Pourtant seul le hasard, encore le hasard, le laisse à Marseille. Cette année-là, six auditeurs de justice ont été prévus dans le budget du tribunal marseillais, mais pas Pierre Michel. Il devrait retourner sans doute à Aix, ou plus loin, effectuer ses stages. Mais un mois auparavant, l'un des candidats se désiste.

Il est donc dit que, quoi qu'il arrive, il doit rester à Marseille.

Ville que malgré le soleil, la mer et les couleurs heureuses du ciel, il n'aime pas, mais qui le fascine.

Pour tout ce que lui racontent policiers, magistrats, journalistes locaux sur le milieu, sur les mystères marseillais, sur les parrains qui, dans la coulisse tirent les fils, sur les protections politiques, policières, les fortunes respectables bâties sur l'argent des trafics de la drogue, et de fausse monnaie.

L'année de cette étrange initiation ajoutée à son matricule d' « article 22 » lui donnent encore plus d'acharnement à mener à bien son stage.

*

Quand arrivent les cinq autres auditeurs, Elisabeth Dubessy, Marguerite Leca, Michel Morel, Emmanuel Binoche et Jean-Paul Astier, tous déjà liés par leur périple bordelais, ils s'étonnent.

Ils sont plutôt rigolards, s'habillent presque tous de jeans, chemises fantaisie et pull over à carreaux. Pierre Michel porte un costume au pli impeccable, une cravate au nœud parfait. Il a gardé un peu de sa froideur messine. Un certain complexe de son éducation qui le laisse paraître distant. Et lorsque un après-midi de janvier 1974 le procureur adjoint, Pierre Alphand, les reçoit officiellement, Pierre Michel s'incline très bas :

— Mes respects, monsieur le Procureur.

Derrière lui fusent sourires et quolibets. Les « Bordelais » n'en reviennent pas.

— Qu'est-ce que c'est que ce singe !

— Ça va être le vrai lèche-bottes.

Un mois de stage et Pierre Michel, malgré sa « différence », sera adopté par le clan des « Bordelais ». Certains deviendront même ses amis de toujours.

D'ailleurs, Pierre Michel s'efforce d'aller vers eux comme il s'efforcera toute sa vie d'aller vers les autres. Il s'invente même parfois un passé pour ne pas paraître trop sérieux...

— J'étais le roi des cancres, viré de tous les lycées, détesté des professeurs. Je me demande comment j'en suis là.

Il avouera ensuite qu'il était un « premier de la classe ».

Pierre Michel aime mystifier. Etudiant à Nancy, il adorait les faux nez, fausses barbes, fausses lunettes, fausses nouvelles, allant déjà jusqu'à annoncer par téléphone sa mort à ses copains de fac. A Marseille, au tribunal, son humour froid et sombre provoque des ravages. Jeux de mots. Imitation de magistrats. Canulars au téléphone. Ce que ne comprennent peut-être pas les « Bordelais » persifleurs c'est que, derrière cet autre masque, Pierre Michel a enfin trouvé sa voie : la justice et la recherche de la vérité. Qu'il est déjà prêt à tout sacrifier pour cela.

*

Evelyne, la jeune droguée, est assise sur la chaise de bois dans le cabinet d'instruction. Elle a encore maigri et sa robe indienne à fleurs mauves se gonfle comme une voile.

— Je peux fumer ?

Sur le bureau traîne un paquet de gauloises froissé, et le cendrier en coquillage regorge de mégots.

— Oui... bien sûr.

Pierre Michel tend une grosse boîte d'allumettes, puis se ravise. Il marche vers Evelyne et allume la cigarette.

— On vous laisse fumer là-bas ?

— Un petit peu.

— Ça va mieux ?

— Oui.

La veille, le tribunal a reçu une lettre du père d'Evelyne. Il dit qu'il ne peut se déplacer à cause des trains, des horaires, et il demande qu'on remette Evelyne en liberté.

— Qu'est-ce que vous feriez si vous étiez libre ?

— J' sais pas.

— Si on ne vous garde pas à Entremont, vous allez vous retrouver aux Baumettes.

— Ah oui...

— Ça ne vous fait rien ?

— Non. Il y a la fiole là-bas.

— La fiole ?

— Oui. Des médicaments pour dormir. On peut planer là-bas.

Sur la machine à écrire, la feuille du procès-verbal est encore vierge. La greffière écoute. Pierre Michel aussi, et il marmonne comme s'il parlait pour lui seul :

— Qu'est-ce qu'il faut faire ?

Puis dit très fort cette fois :

— Vous allez sans doute être remise en liberté. Le Parquet est d'accord. Mais... je voudrais que vous arrêtiez... D'accord.

Evelyne a des yeux de cire. Elle est prête à toutes les promesses devant cet apprenti juge maladroit qui hésite, tâtonne, cherche, qui, avant d'arriver à Marseille, n'avait de sa vie jamais vu un drogué et bafouille :

— Il faut que je m'occupe d'eux. Ça me rend malade.

*

Le juge René Saurel a gardé de ses vingt ans de barreau à Oran sa faconde pied-noir. Dans son cabinet d'instruction n° 3 devenu le cabinet maudit depuis qu'y passent les petits et les gros bonnets de la French Connection, en s'avançant par-dessus son bureau à se rompre le cou, il roule son accent rocailleux.

— Michel, le plus difficile c'est de mettre les gros poissons dans la nasse. Ils apportent la finance, s'occupent de l'organisation, mais ils ne tripotent jamais la came. Il n'y a que le chimiste, le passeur et le revendeur qui se salissent les doigts. Et ce n'est pas avec des soupçons qu'on fait une bonne pêche. Il faut des preuves.

Pierre Michel n'est pas en stage chez René Saurel, mais chez Paul-Louis Aumeras, premier substitut chargé de superviser tous les grands dossiers de drogue du juge Saurel. Les yeux bleus, avec une tignasse châtain assortie à son perpétuel bronzage, Aumeras le charmeur est un redoutable magistrat. Il impressionne Pierre Michel par sa façon de s'adresser aux inculpés lors des audiences.

*

Au volant de son Ami 6 brinquebalante dont le coffre ne tient que par des ficelles Pierre Michel arrive tôt le matin, s'attarde le soir et suit procès-verbal après procès-verbal, filature après filature, les filières de l'héroïne que René Saurel a démantelées avec Marcel Morin, le chef de la Brigade des Stupéfiants.

— Ce ne sont pas des affaires comme les autres, tonne René Saurel en cognant sur son bureau dans le cabinet n° 3. Les Stups râtissent les éléments, et après, il faut reconstituer le puzzle. Des fois, il n'y a presque rien. Il faut tirer sur le fil. Il faut diriger les enquêteurs. Vous savez Michel, jamais les policiers n'ont mis un pied devant l'autre sans mon feu vert. Et puis, il faut y aller avec des interrogatoires coups de poing ! Les trafiquants n'avouent jamais. Mettez-vous bien ça dans la tête. Il faut les coincer.

Ce n'est pas tant le juge René Saurel qui fascine Pierre Michel, mais ses méthodes, ses résultats. Un jour, il est même allé jusqu'à ordonner une perquisition dans les locaux de l'Evêché pour s'assurer qu'un policier ne lui avait pas caché un indice !

Mais Pierre Michel rencontre aussi en René Saurel un homme, un juge qui s'est épuisé à épuiser les filières de la drogue.

— J'en ai marre, Michel. Je suis là depuis 1969. Avant, on ne trouvait rien. On ne s'en occupait pas. Seulement si ça continue, je vais y laisser ma peau.

Le juge qui a combattu et abattu la French Connection est un homme las. Des haines et des menaces. Il montre dans le tiroir de son bureau un épais dossier de lettres toutes anonymes le condamnant à mort, raconte des coups de téléphone au palais la journée, en pleine nuit chez lui.

— Ils disent qu'ils veulent ma peau. Ah ils n'aiment pas qu'on s'occupe d'eux, c'est normal... De 1964 à 1972, on n'a trouvé que six laboratoires de drogue dans la région marseillaise, et en 1972, six ! Avec celui de Joseph Césari, capable de raffiner de la morphine-base avec une pureté de 98 %.

Pierre Michel écoute ces nouvelles leçons marseillaises, et sa mémoire fait le reste. Associe l'image de ces chimistes, de ces trafiquants milliardaires à celle d'Evelyne, la jeune droguée, et à celles de tant d'autres victimes de l'héroïne qu'il côtoie presque chaque jour. Il veut toujours en savoir plus. Sur les parlementaires américains qui ont affirmé en 1971 : « Au cours des dix dernières années, dans toutes les affaires de stupéfiants à Marseille se sont trouvées impliquées l'une ou l'autre de ces quatre familles corses, les frères Jean et Dominique Venturi, Marcel Francisci, les frères Guérini et Joseph Orsini. Sur John Cusack, le directeur du Bureau des narcotiques américain pour l'Europe, qui en 1971 toujours a déclaré :

— Il y a huit à dix laboratoires clandestins en fonctionnement à Marseille, financés par trois ou quatre gros bonnets de la drogue agissant en toute impunité.

En apprenant que tous ces Venturi, ces Francisci et autres présumés parrains sont libres comme l'air parfumé de Provence il a l'impression de débarquer sur une planète inconnue. Alors on lui en raconte encore, à ce « gars de l'Est » comme pour l'épater. Et en comprenant que des liens établis entre des politiciens et des truands pendant les périodes obscures de la Résistance et de la guerre d'Algérie permettent à ces derniers de bénéficier encore de larges et chaudes couvertures politiques, Pierre Michel commence à comprendre Marseille, ville de l'embrouille, de la magouille et de la débrouille.

— Ici, tu sais, lui explique un vieux briscard de la barre qui a côtoyé des générations de truands, pour vivre tranquille, il te faut dans la manche, un médecin pour te soigner, un magistrat pour t'arranger tes problèmes, et un journaliste pour étouffer l'affaire... Pour la drogue, avant, c'était pareil. On fermait les yeux.

Et Dominique Venturi est toujours une relation de la mairie de Marseille et Gaston Defferre le maire de la ville.

*

Evelyne, la jeune droguée, est morte. D'une overdose. Comme si cette « dose de trop » ne s'exprimait qu'en anglais. Au fond de la poche de sa robe indienne, entre un tube de rouge à lèvres, un billet de cinquante francs, et une seringue à l'aiguille presque rouillée, un gardien de la paix a trouvé un sachet plat et blanchâtre.

Ça fera un élément de statistique en plus, mais Pierre Michel a mal. Il vient de découvrir la longue course de la drogue. Des champs d'opium de Turquie à l'overdose d'une paumée de Marseille, en passant par la fortune des nantis de la drogue.

— Je méprise vraiment tous ces types.

*

Dans le couloir de l'instruction, un homme s'est assis sur la banquette de vieux cuir, entouré de deux policiers. Le juge René Saurel doit l'interroger. Pierre Michel a déjà lu les premiers éléments du dossier. Ce petit Corse malingre, au teint olivâtre, aux yeux perçants, mobiles et durs, est un des caïds de la French Connection. De ses splendeurs passées, il porte un costume de flanelle grise, bien coupé, une chemise de dentelle et ses souliers en croco brillent comme des étoiles. La mémoire de Pierre Michel s'est arrêtée sur le trafiquant.

Jean-Baptiste Croce, ancien matelot des courriers d'Extrême-Orient, a su mener sa barque jusqu'à s'acheter entre avril et août 1971 trois bateaux de plaisance valant 430 000 francs. Sans doute pour escorter son yacht de 1 million 500 000 francs, baptisé, sans humour, l'Escapade. Quand la police l'a arraché à sa vie de notable, il se tenait au comptoir de son Café de la Paix, sur l'esplanade du port de Bastia. Un luxueux établissement signalé comme lieu de rencontre des trafiquants, dont le préfet de Corse avait signé l'ordre de fermeture sans qu'il soit jamais exécuté. Et qui s'ajoutait à un appartement à Marseille et deux appartements et une villa à Bastia.

Jean-Baptiste Croce est simplement accusé d'avoir organisé l'entrée aux Etats-Unis d'une tonne d'héroïne pure. Autant de doses et d'overdoses vendues aux frères et aux sœurs de drogue d'Evelyne. Bénéfice net : 50 millions de francs.

*

— Je vous raccompagne, dit Pierre Michel, à Muriel, une toxico arrêtée en même temps qu'Evelyne et venue lui annoncer sa mort par overdose qu'il connaissait déjà par la Brigade des Stupéfiants.

Muriel marche devant Jean-Baptiste Croce. Le trafiquant-milliardaire ne la regarde pas. Qu'y a-t-il de commun entre un Bastiais de 54 ans, trafiquant dans l'âme, et Muriel, une étudiante en lettres, droguée dans l'âme ? L'héroïne. Avec au bout, pour l'un la fortune et pour l'autre, la mort, ou presque la mort.

Pierre Michel se passe la main dans les cheveux. Son tic déjà, avec la cigarette. Il fume au moins un paquet par jour depuis la Faculté.

— Ces types sont une malédiction. Je te promets que je vais m'en occuper.

C'est ce jour-là que Pierre Michel a décidé de son combat personnel : traquer avec hargne les trafiquants de drogue, du passeur sans envergure au financier intouchable. Il s'y est engagé de toutes ses forces. Et il a défié Marseille.

II

LA DROGUE, SON ENNEMIE

— Un type comme Croce, je le condamnerai à mort, et avec plaisir.

Tandis que le soleil de juin inonde Marseille de parfums d'olive, de pastis et de farniente, Pierre Michel s'explique en balançant sa main dans ses cheveux, le visage un peu dur.

— Une tonne d'héroïne, ça représente vingt-cinq millions de doses. Pour avoir balancé tout ça aux Etats-Unis, il faudrait le tuer d'une overdose.

L'actualité du jour, du mois et de l'année, à Marseille, c'est le grand procès de la French Connection. Avec une ribambelle de passeurs, de pourvoyeurs, de financiers, et le seul gros bonnet que la justice ait pu garder dans les murs des Baumettes : Jean-Baptiste Croce. Joseph Mari, son alter ego, s'est suicidé dans sa cellule, Joseph Marro, son lieutenant, est en cavale. Pierre Michel se déchaîne.

— Mais quand est-ce qu'on votera la peine de mort pour les trafiquants ? Il faudrait mobiliser l'opinion.

Pierre est à table, en maillot de bain, face à la piscine. Comme les « Bordelais » : Dubessy, Morel et Binoche, Régine Rousseau, une avocate, et André Fraticelli qui les a entraînés au restaurant privé de la résidence La Cadenelle, près du Prado où il est propriétaire d'un luxueux appartement, pour déjeuner sous les pins parasols. André Fraticelli, « petit frère » en corse, est le petit Corse qui monte. Avocat au cabinet du bâtonnier Raymond Filipi, l'un des ténors du moment, il est nerveux, passionné, toujours prêt à monter à l'assaut. Les « Bordelais » l'appellent Frati, s'étonnent un peu qu'il puisse déjà payer pour son appartement des charges élevées et qu'il possède déjà une villa à Saint-Cyr-les-Lecques, dans le Var, entre La Ciotat et Bandol, où il les invite souvent.

Frati a 34 ans, trois ans de plus que Pierre Michel, s'est inscrit au Barreau en 1972 après un stage à Madison, aux Etats-Unis. Pierre Michel l'apprécie. Sans doute à cause de sa fermeté et de son ambition. Avec pourtant une réticence quand Frati, à bonne école depuis deux ans, proclame avec son petit sourire ironique :

— Ce qui m'intéresse, c'est d'être l'avocat des truands. Je défendrai le Corse, l'Arménien et le paria.

Croce, corse et paria du moment, accapare les esprits. Pierre Michel, flanqué de l'escadron des « Bordelais », prend place chaque matin sur un banc de la Septième Chambre correctionnelle, ornée de fresques poussiéreuses, représentant une justice délavée. Il poursuit son apprentissage en étudiant ce procès pas du tout comme les autres. Et découvre qu'à défaut de prouver l'innocence impossible des inculpés de la French Connection, sans se soucier du fond les avocats pourrissent le procès d'obscures nullités de procédure, d'incidents de prétoire, et déclarent leurs clients en faillite, vendent leurs biens, pour qu'au moment des fortes amendes à payer aux douanes, ils soient déclarés « économiquement faibles ». Avec pourtant assez d'économies pour verser de confortables honoraires à leurs maîtres du barreau et de l'arnaque...

Pierre Michel est impitoyable :

— On ne peut pas dire qu'Isorni ait fait des merveilles.

André Fraticelli... prend la défense de l'avocat.

— Il a fait son métier.

Pierre Michel sourit.

— Quand on vient plaider à Marseille, ce n'est plus un métier, et surtout avec tous ces malades...

*

Au procès de Jean-Baptiste Croce, Pierre Michel, pas encore initié à toutes les mœurs locales, découvre en effet une autre industrie marseillaise, complément naturel du trafic de l'héroïne, dont elle dévore, un peu, les bénéfices : la complaisance médicale.

Se déroulent ainsi, d'audience en audience, des scènes dignes d'une tragique Commedia del Arte.

Pierre Michel assiste à l'arrivée d'Ange Mosca, un des inculpés. Deux infirmiers en blouse blanche ont dû porter le brancard où il reposait sous des couvertures, le long des escaliers du rez-de-chaussée, puis l'ont hissé tant bien que mal dans l'ascenseur noir jusqu'au premier étage, avant de le rouler vers la Septième Chambre. Même au temps glorieux de Carbone et Spirito, on n'avait jamais vu ça, et le substitut Aumeras ravit Pierre Michel en accueillant l'inculpé soigné dans une clinique psychiatrique...

— Je m'étonne de cette faculté qu'ont les gens de tomber malades la veille de la comparution pour être rétablis le lendemain du procès.

Ange Mosca a pensé qu'en montrant la « réalité » de sa folie, le procès serait reporté. Le président du tribunal a juré de commencer sans lui, tandis que son avocat s'ingéniait à protester contre les paroles honteuses du substitut Aumeras... Et Ange Mosca, bourré de tranquillisants, la tête enfouie sous un oreiller, agite tout au long de l'audience sa touffe de cheveux gris dépassant des draps, grognant et faisant grincer le brancard quand on évoque ses activités !

Le substitut Aumeras persévère :

— La semaine dernière, Ange Mosca était en parfaite santé puisqu'il est allé voir sa belle-sœur aux Baumettes...

Pierre Michel a déjà apprécié la détermination du substitut, pris à partie le premier jour des débats. Toujours en essayant de dénoncer les complaisances médicales, Aumeras a tonné :

— Sept des trente inculpés ne sont pas présents. Je considère comme très suspecte pour quatre d'entre eux la délivrance des certificats médicaux qui a provoqué leur internement.

On n'a jamais vu ça à Marseille ! Mettre en doute la folie de personnages aussi importants dans la hiérarchie du crime organisé que les frères Ange et Etienne Mosca, Barthelemy Regazzi et Jean-Claude Luchesi, c'est le monde à l'envers... Les gros bonnets, pour qui la corruption médicale est une seconde nature, et bien sûr leurs avocats, n'en reviennent pas.

Et, sans qu'il ait été cité nommément, le professeur Boudouresque, professeur de clinique neurologique à l'hôpital de La Timone, où Etienne Mosca est en traitement, président du Conseil départemental des médecins des Bouches-du-Rhône, conseiller national de l'Ordre des Médecins, a cru bon de répliquer :

— Ma conscience médicale a été mise en cause. S'il en est ainsi, je demande une enquête du Garde des Sceaux. Je ne permets à personne d'élever à mon encontre le plus infime soupçon.

Entre-temps, Etienne Mosca, le frère du fou au brancard, terrifié à l'idée d'être finalement obligé de parler, s'est suicidé... Les barbituriques ont tué les secrets que n'aurait pu maîtriser un certificat médical, offert par les intouchables de la filière.

*

Pierre Michel suit alors une drôle de guerre, et comprend que les financiers de la drogue souhaitent tous les incidents, masques provisoires de leurs activités. Et comprend qu'à Marseille surgit toujours l'affaire de l'affaire... que provoque un trublion, plus ou moins innocent, plus ou moins manipulé, qu'il soit magistrat, policier, avocat ou truand, les quatre pouvoirs marseillais, ses quatre « mafias ».

Il a donc fallu après l'éclat du professeur Boudouresque que le Procureur de la République publie un communiqué :

« M. le substitut Aumeras s'est borné à indiquer que les conditions du placement volontaire de certains inculpés dans des cliniques privées lui paraissaient suspectes, compte tenu des documents contradictoires figurant au dossier. Et à aucun moment, il n'a mis en cause le président Boudouresque. »

*

Le procès peut enfin continuer... Une chance... Le mois précédent, d'autres artifices de procédure et manigances de manche avaient obligé à le renvoyer. Déjà maître Isorni avait été du clan de ces avocats batailleurs.

Au bord de la piscine Pierre Michel continue ses attaques et regarde Frati :

— De toute façon, votre Isorni, il ne fait pas que des merveilles. Quand il a défendu Guérini, par exemple, il a été vraiment moyen.

Pierre Michel évoque le nom de Guérini, comme un vieil habitué de l'Hôtel de Police. Comme s'il avait été à Marseille le jour de juin 1967 où Mémé a été arrêté pour l'assassinat d'un voyou qu'il croyait être l'assassin de son frère Antoine, le patron du clan des Marseillais.

Comme s'il avait été à Paris ce jour de janvier 1970 où les Assises de la Seine ont envoyé Mémé Guérini pour vingt ans à Fresnes.

Pierre Michel en sait déjà plus sur l'histoire de Marseille et de son milieu que tous les autres auditeurs, et que bien des juges ou des policiers en place... Et ça le fascine de plus en plus.

A la table d'en face, une femme, les cheveux et le regard noirs. Ses mains constellées de bijoux brillent sous le soleil. En entendant Pierre Michel évoquer Mémé Guérini elle s'est levée, agitant un énorme collier sur sa poitrine. Sa voix est sèche :

— C'est vous qui avez parlé de Guérini ?

— Oui...

— Qu'est-ce qu'ils vous ont fait les Guérini ?

— Mais rien...

Pierre Michel n'en revient pas. De quoi se mêle cette femme ? Mais André Fraticelli s'est précipité, a pris la femme par le bras, lui parle, en corse, avec de grands gestes, puis l'aide à se rasseoir. La femme qui doit avoir cinquante ans détourne la tête et continue son déjeuner. André Fraticelli, souriant, explique à voix basse :

— C'est la femme de Mémé Guérini... Lily. Je lui ai dit que tu étais un ami.

Les yeux de Pierre Michel ne regardent plus que Lily Guérini.

De sa table, il voit ce qui reste des anciens rois de Marseille. Une femme au visage volontaire, prête à attaquer dès qu'on prononce le nom sacré. Et des reliquats de leur immense fortune. C'est peu pour un clan qui a régné sur la ville.

André Fraticelli défend pourtant leur cause avec sa fougue habituelle :

— Un jour, Mémé sortira de prison. Il est malade...

On en revient aux rapports troubles de la médecine et de la justice. Pierre Michel, que le juge Saurel et le substitut Aumeras ont déjà instruit sur le sujet, a complété son étude en écoutant certains avocats dans les couloirs du tribunal. On ne se méfie pas encore de lui. « L'article 22 » a même droit à des clins d'œil complices quand d'éminents membres du Barreau marseillais racontent à un collègue comment ils s'apprêtent à arracher un client fortuné et... « malade » à l'enfer des Baumettes.

*

A l'hôpital de la prison de Fresnes, Mémé Guérini traîne ses 67 ans. Hémiplégie, infarctus, et maintenant l'arme ultime pour une grâce médicale : le cancer. Vrai ou faux ? Dès les premières années de détention, le médecin-chef de la prison conclut que la grâce médicale s'impose. Georges Fully, médecin, inspecteur général de l'administration pénitentiaire, homme intègre et désintéressé, est persuadé que d'autres, dans ses services, le sont moins. Il pratique lui-même une contre-expertise : « L'état du prisonnier est compatible avec la détention. » Et malgré son mépris du truand et de ses huit avocats, engagés comme jadis des hommes de main, dans le seul but d'obtenir sa liberté, Georges Fully est objectif. Trop. Là encore, on n'a jamais vu ça dans le monde du crime organisé. Un fonctionnaire de haut rang insensible à quelques dizaines de millions de centimes sans souci du fisc ! Un médecin de la pénitentiaire, qui ne rêve pas de maison à Saint-Tropez ou de folles croisières ! Un « honnête homme » ! Trop pour mériter de vivre.

Un colis piégé, le 20 juin 1973, devant la porte de son appartement quai des Grands Augustins à Paris, et le gêneur cesse de gêner. La police sait que quatre cent mille francs ont été versés par Mémé Guérini et les siens en faveur de la Fondation pour la Grâce médicale... A un médecin qui prétendait en verser la moitié au docteur Fully, tout en espérant que la grâce s'imposerait, et qui ensuite, ne la voyant pas venir, a dénoncé le traître Fully. Quel médecin ? Nelly Azerad, la cardiologue plus tard héroïne de l'affaire de Broglie ? Peut-être... Il manquera toujours la preuve déterminante. Et toujours est-il que, si Mémé Guérini jure qu'il n'a pas commandé la mort de Fully le médecin a été déchiqueté pour un pactole qu'il n'a jamais touché, et surtout voulu toucher.

Depuis, Solange Troisier a remplacé le docteur Fully et promis de « faire le ménage » dans l'antre des grâces médicales. En commençant par suspendre Nelly Azerad et en ordonnant une enquête administrative. Depuis, traînant toujours son cancer et son cœur de vieux Parrain en colère, Mémé multiplie les interventions. On évoque encore des donations pour la Fondation... Un chiffre rond. 200 000 francs, mais Solange Troisier veille.

*

— Pierre on s'en va, on va rater le début de l'audience.

Lily Guérini s'éloigne de sa table, serrant contre elle un sac de crocodile gonflé comme un soufflet. Elle marche lentement sur les dalles de pierre, puis disparaît dans un escalier, les yeux cachés sous d'épaisses lunettes noires. Pierre Michel soupire :

— Quelle classe quand même.

— Ne t'inquiète pas, dit l'avocate, ils ont eu leur grande époque les Guérini. Ils étaient reçus partout et recevaient des ministres, des magistrats. A l'époque s'ils avaient su qu'ils intéressaient un simple troufion du palais comme toi, ils t'auraient invité.

— Tu parles !

— En se disant que le jour où tu serais juge, ils pourraient te demander un service. Ils tissaient leur toile dans tous les milieux. Tu connais l'histoire des souliers en croco.

— Non.

— Mémé ne portait que des souliers en croco, mais les gardait seulement lorsqu'ils craquaient, et les jetait. Eh bien, pendant la guerre, il les offrait au procureur qui lui donnait chaque soir, à l'apéro, des nouvelles du Palais. Ça aide... Les Guérini avaient même des employés municipaux à leur service. Pour les formalités de tous les jours, ça sert. C'est même eux qui réglaient les nominations dans la police. Si un flic ne leur plaisait pas, ils le faisaient muter... Comment veux-tu qu'on les ait inquiétés. C'est ça Marseille, et ça n'a pas changé. Tu en apprendras d'autres... Ici tout est lié encore plus qu'ailleurs. Les Guérini ont beaucoup donné...

— Même à Defferre ?

— Tu es trop curieux. Ça te perdra.

— Vous, bien sûr, vous acceptez tout ça. A Metz, on les aurait fusillés.

— Eh ne t'énerve pas. Il n'y a quand même pas qu'ici qu'on marche dans les combines. Bien sûr que le beau-frère et le mari de ton amie... ont été très liés au Parti Socialiste. Après la guerre, ils ont aidé à bloquer le Parti Communiste. Et en plus ils ont marché à fond dans la Résistance. Ton Mémé a reçu la Légion d'honneur pour faits de guerre. De toute façon, si tous ces types-là s'engagent, c'est qu'il y a une contrepartie au bout. Francisci, lui, Marcel, avec ses frères il était avec les gaullistes.

— Alors il faut que je reste à Marseille.

— Pourquoi ?

— C'est la seule ville où on peut être juge.

— A Lyon aussi, à Nice, à Paris.

— Ce n'est pas pareil. Même sans les Guérini il y a un vrai milieu ici. Une grosse pieuvre qui bouffe tout Marseille. Avec la came, ils sont les rois. Mais je les aurai. J'y mettrai le temps qu'il faut.

L'avocate prend un accent très marseillais.

— Peuchère, tu vas me faire rire... Ton Saurel, s'il décroche pas, il va se retrouver en train de jouer aux cartes à Saint-Pierre.

— A Saint-Pierre ?

— Pour un futur justicier de Marseille, tu ferais bien de visiter le pays. C'est le cimetière.

*

Le procès de Jean-Baptiste Croce et des siens s'est éternisé pendant huit jours avec des plaidoiries incertaines, ses maladies de pacotille et ses balbutiements d'accusés. Lorsque le jugement est rendu le 10 juillet, Pierre Michel est assis dans la salle de la Septième Chambre correctionnelle.

— Jean-Baptiste Croce est condamné à 18 ans de prison, Joseph Marro à 18 ans de prison par défaut, Ange Mosca à 15 ans de prison...

Alors que les avocats demandaient un acquittement général... le tribunal a suivi les réquisitoires du substitut Aumeras et distribué à tous les accusés 177 ans de prison et une amende de 50 375 000 francs pour les Douanes. Pierre Michel jubile devant les « Bordelais » stupéfaits.

— C'est formidable... mais ce n'est pas encore assez, tant qu'ils vendront leur pourriture.

Mais Ange Mosca, le fou, l'interné agonisant sur son brancard, ne passera jamais quinze ans dans une cellule. Il a quitté le service psychiatrique de l'hôpital en toute discrétion quelques jours avant le jugement. Et par la porte principale. Sans doute une lubie, une folie. On ne le reverra jamais.

Le substitut Aumeras avait, hélas, raison. Et quand Pierre Michel le quitte pour un stage à l'instruction, ce sera l'un de ses derniers conseils.

— Pierre, méfiez-vous toujours des histoires médicales. C'est le grand truc des grands trafiquants. Ils ont de quoi payer leur liberté

*

Aumeras a toujours donné sa confiance à Pierre Michel, lui abandonnant même, dans un autre procès de drogue, un réquisitoire à l'audience. Ce jour-là, Pierre Michel, brillant, dur, ironique, a impressionné tout le tribunal. Les journaux de Marseille ont signalé le talent d'un jeune auditeur de justice.

Pour la première fois.

*

Pierre Michel se retrouve en stage chez Monique Mabelli. La première femme nommée juge d'instruction à Marseille, en 1969. Le féminisme aidant, on a jugé qu'il était temps de confronter une femme à ces messieurs du grand et du petit milieu. Elle y réussit avec poigne. Pierre Michel la surnomme « la reine mère ». Plus tard, il dira d'elle :

— Elle a été ma mère spirituelle, Aumeras, mon modèle, et Saurel, mon guide. Si je n'avais pas réussi avec ça !

*

Pierre Michel est reçu 26e sur 179 à l'examen de fin de stage. « L'article 22 » triomphe des cinq « Bordelais ». Les 179 se réunissent à Paris pendant une semaine pour se répartir à l'amiable les postes disponibles, et ça va de Nice à Dunkerque... Dans la salle des pas perdus, au palais de Justice de Paris, l'assemblée quotidienne est houleuse ! Elisabeth Dubessy et Michel Morel qui se marient le mois suivant, postulent pour Lyon, ville natale de la jeune femme. Ils se contentent de Béthune, Pas-de-Calais !

Certains en sont à s'inventer des parents malades à soigner, des enfants à élever en province, des fiançailles dans la région qu'ils souhaitent. Toujours au soleil ! Pour Pierre Michel pas de choix. Il doit rester à Marseille. Pas seulement pour Jacqueline, mais parce qu'il veut être juge à Marseille, et le proclame :

— Je veux Marseille.

L'année précédente, six postes étaient disponibles à Marseille. Pour 1975 seulement deux, et très demandés. Jean-Pierre Somnier, le fils du procureur de la République de Béthune... l'espère aussi.

— Tu veux Marseille. C'est moi qui l'aurai !

Pierre Michel consulte le tableau de classement. Somnier est 29e.

— Je veux Marseille. J'y ai droit.

Somnier s'incline. Il obtiendra ensuite l'autre poste.

*

Rue de la Faisanderie dans les locaux de l'ancienne école de la magistrature, Paul-André Sadon, le directeur des services judiciaires du ministère de la Justice doit confirmer chaque promotion. En recevant les candidats cinq par cinq dans l'ordre de leur classement. Rendez-vous est fixé à neuf heures le lundi 3 janvier. Pierre Michel venu à Paris, dans son Ami 6 essoufflée avec Jean-Paul Astier, classé 28e, a passé le dimanche à Metz. Le matin, ils ont prévu de se retrouver place de la Concorde, mais l'Ami 6 se heurte aux rues embouteillées. Ils arrivent devant la porte de l'immeuble à neuf heures deux, laissent l'Ami 6 en double file, courent dans l'escalier jusqu'au second étage. Les trois autres candidats sont déjà dans le bureau. Quand Pierre Michel et Astier qui a choisi Toulon s'assoient enfin devant lui, Paul-André Sadon soupire :

— Vous avez failli perdre vos choix, messieurs les Marseillais. Votre soleil attirait déjà vos camarades de promotion.

Pour une minute de retard de plus, Pierre Michel n'aurait jamais été nommé juge d'instruction à Marseille.

*

Pierre Michel est nommé juge d'instruction pour une période de trois ans par décret du 31 décembre 1974 publié au Journal Officiel du 10 janvier 1975. Officiellement installé dans ses fonctions le 31 janvier 1975. Assis sur le fauteuil tendu de velours rouge, il a presque 32 ans mais porte encore les traits d'une perpétuelle adolescence, et son visage reflète une immense pureté. Ses cheveux débordent un peu sur ses oreilles et sa mèche brune, légèrement dorée, s'effiloche en virgule jusqu'au bord de ses lunettes de myope, à l'épaisse monture d'écaille. A ses côtés sur un autre fauteuil aussi rouge Jean-Pierre Somnier lui ressemble comme un frère. Ils ont oublié leur rivalité de Paris. Pierre Michel l'enfant de l'Est devient marseillais et apte à lutter contre Marseille.

La robe noire de magistrat bordée d'hermine avec son épitoge, l'écharpe rejetée en arrière et accrochée à son épaule, serrée d'une large ceinture bleu ciel sied à Pierre Michel. Ses mains nues sont croisées sur sa toque ourlée d'un ruban argenté, recouvrant la paire de gants blancs qu'il ne mettra pas. Lorsqu'il s'avance sur l'estrade, à l'invite du président du Tribunal de Grande Instance, Jean Le Gueut, il est raide comme la justice. Trois jours avant, il a prêté serment devant la Cour d'appel d'Aix. Il est devenu le Juge Michel.

*

Au tribunal de Marseille tout juge d'instruction débutant doit se soumettre à la loi des bureaux. Commencer sa carrière dans les sous-sols, près des geôles humides et grises, où les prisonniers venus de l'Evêché ou des Baumettes attendent leur rendez-vous avec la justice. A Pierre Michel échoit le cabinet d'instruction n° 9. Une pièce étroite et froide, où brille du matin au soir la lumière de la lampe ou du globe pendu au plafond. On appelle ce cabinet et sa réplique du 8, « l'enfer ». Après, au rez-de-chaussée, où s'étirent les cabinets 1 à 10, c'est « le purgatoire ». Au premier étage les cabinets 13 à 14 font office d'un « paradis » d'allure pourtant sinistre.

Le juge Pierre Michel est en enfer, et quel enfer. Une autre tradition consiste, au tribunal de Marseille, à spécialiser des juges dans les affaires de mineurs, et surtout les jeunes juges. Sous prétexte de les confronter à des affaires difficiles, on leur donne les dossiers réclamant le plus de patience et de temps. Pierre Michel accueille dans son antichambre des geôles des enfants voleurs, des adolescents fugueurs, des criminels en herbe, des violeurs aux visages d'ange et bien sûr des drogués, ceux qui planent à coups de L.S.D. ou de haschich et les accrochés de l'héroïne.

C'est pour eux qu'il accepte de tout cœur ce travail ingrat.

*

Rémy Warnery, éducateur de l'éducation surveillée, a quarante-trois ans. Ses cheveux gris presque blancs et son visage carré, un peu buriné, le font ressembler à un sage. On lui a attribué un bureau, coincé sur le palier, à gauche, entre le premier et le second étage. Ou plutôt un réduit de quatre mètres carrés, meubles compris !

Ainsi sont les locaux du tribunal correctionnel de la seconde ville de France. Dans un dédale d'escaliers, de couloirs et de passages étroits, se mêlent des bureaux aux plafonds démesurés comme les cabinets d'instruction, d'autres gagnés sur d'anciennes salles d'audience, illustrés de fresques incarnant, mal, la justice, et d'autres en forme de placard à balais. Celui de Rémy Warnery, avec son poste de radio laqué blanc, modèle années 60, son masque de plâtre, sa bouteille de Cognac montée en lampe, son gros réveille-matin rouge sang, et sa brassée de dessins et de poèmes fixés au mur, c'est un coin de chaleur, de tendresse dans la froideur du Palais. On y loge au plus à trois en se serrant, et si un quatrième veut participer il doit s'appuyer au mur, la porte grande ouverte.

Et Pierre Michel s'y appuie souvent :

— Warnery, j'ai eu deux drogués dans mon cabinet. Je ne savais pas quoi leur dire. Je n'ai pas pris de décision. La liberté, c'est bien beau, mais... qu'est-ce qu'il faut en faire ? Ça me fout la trouille.

La drogue, ses destructions et ses blessures souvent mortelles, Rémy Warnery connaît. Et même trop bien. Rares sont les jours sans qu'il n'ait à écouter, à aider, à aimer les toxicos, filles et garçons. Pierre Michel semble désemparé en s'approchant de la table de l'éducateur. Ce n'est pas la première fois.

— Qu'est-ce que vous feriez à ma place ?

— J'irais les voir à Entremont.

— Il faut être dur avec eux ?

— Ce n'est pas si facile, ni d'être dur ni de ne pas être dur, mais vous verrez, on va faire du bon travail ensemble. Je le sens.

Entre le juge et l'éducateur, ce sera désormais à la vie, à la mort. Dans la même foi et le même combat.

*

Béatrice Michel est née le 25 avril 1975. Prématurée. De deux mois. A l'heure du déjeuner, Pierre Michel accompagne moins souvent ses collègues à la Buvette du Palais. Il rejoint Jacqueline à l'hôpital de La Timone. Derrière la vitre embuée d'une couveuse, ils aperçoivent le petit corps de Béatrice pour qui la petite enfance est déjà un combat de vie. Elle doit affronter une fracture du crâne, un bras cassé.

Quand Pierre Michel apprend l'assassinat du juge Renaud, le 3 juillet 1975, un jeudi, il s'apprête justement à se rendre à l'hôpital. Et, préoccupé par la santé de Béatrice, il en parlera seulement le lendemain avec des collègues.

— Je l'avais eu au téléphone une fois, quand j'étais auditeur. Il cherchait un renseignement sur Bendjelloul...

L'ancien ennemi public, arrêté à Lyon, puis à Marseille.

— ... ça avait l'air d'être un type accrocheur. Mais, putain, arriver à le tuer, il fallait qu'il en ait là-dedans.

Et Pierre Michel se frappe le front, et dit simplement à un substitut :

— Ça m'étonne que ça ne soit jamais arrivé à Marseille...

*

A la fin de juillet les médecins permettent enfin à Jacqueline et Pierre Michel de conduire Béatrice dans la villa Les Buis où sa chambre l'attend. L'épreuve n'est pas terminée. Il faudra beaucoup de soins, de tendresse et de temps avant que Béatrice puisse vivre comme les autres. Et l'amitié de Françoise Albertini, la marraine de Béatrice. Comme Pierre est juge désormais, Jacqueline prend un congé de deux ans pour veiller sur leur seconde fille. Pierre Michel évoque rarement cette naissance difficile, même devant ses proches. Dans ce combat personnel qui le tourmente longtemps, il puisera de nouvelles forces, disant seulement :

— Il faut tout tenter pour que vive un enfant et donc lutter contre ceux qui « s'occupent » de la drogue. Imaginez qu'un jour, Béatrice, ou Emmanuelle, connaisse la drogue, que pourrais-je faire... Tant que les trafiquants ne seront pas tous en prison, tous condamnés à mort, on ne pourra pas lutter efficacement contre la drogue.

*

Pierre Michel et Jacqueline ont d'abord habité un appartement en H.L.M., puis le juge a déniché le rez-de-chaussée de la villa Les Buis, dans le quartier de Mazargues, près de chez Henri Aldemar, le premier vice-président du tribunal, qui habite au 36, allée des Buis. Pierre Michel apprécie ce logement ancien, comme les demeures messines de l'enfance. Avec des cheminées de marbre, et, dans la cuisine, la pile, l'évier provençal creusé dans la pierre.

Tant pis pour les trois poêles à charbon qu'il doit remplir chaque matin d'hiver.

*

Après neuf mois d'enfer dans les combles obscurs du Palais, Pierre Michel a droit à une place au purgatoire. Il gagne le rez-de-chaussée, remplaçant un collègue en vacances, assurant la liaison entre le départ d'un juge et l'arrivée d'un autre.

Dans le cabinet n° 3 le juge Saurel est à bout. La dépression nerveuse le gagne. Il doit abandonner pour un mois le cabinet maudit qu'ont visité des centaines de trafiquants et suggère à la hiérarchie :

— Mettez Michel à ma place. Il est mûr pour les affaires de drogue.

Le juge Saurel échappe ainsi aux menaces de mort que le milieu las des réussites de l'ancien avocat d'Oran allait finir par mettre à exécution. Les candidats ne se bousculent pas derrière les deux portes grises du cabinet de la drogue. La « hiérarchie » de l'époque ne demande pas mieux que de donner la clé de ce nouvel enfer à Pierre Michel. Le juge Saurel, avant de s'éloigner vers la présidence de la 7e chambre, où il aura à traiter... des affaires de drogue, passe le « témoin » à son successeur. L'héritage, que se transmettent de juge en juge les occupants du « 3 » : une lampe de porcelaine de Gien, relique du bâtonnier Lincon, chargé d'instruire le procès des oustachis tueurs du roi Alexandre de Yougoslavie, en 1934, à Marseille ! Mais malgré sa passion des objets anciens — Pierre Michel a commencé sa collection de vases Gallé — ce sont d'autres « témoins » qu'il attend. Ceux qui sommeillent dans les dossiers épais du juge Saurel et de la Brigade des Stupéfiants depuis souvent plus de quinze ans et qu'il va s'acharner à traquer.

Après trois années d'apprentissage, c'est dans le cabinet n° 3 que commence sa vraie vie.

III

LE MILLIARDAIRE DE BOUC-BEL-AIR

— Venez à l'intérieur de la maison, monsieur le juge, crie un inspecteur de la Brigade des Stupéfiants de Marseille. Ça vaut le déplacement.

Le quartier s'appelle joliment « Sous-le-Crêt », à cause de la colline proche, et Bouc-Bel-Air est une bourgade paisible de 4 927 habitants à 36 km de Marseille.

Dans toute la maison, vont et viennent les policiers. On fouille chaque recoin, on sonde les murs, et les sous-sols.

— On n'a pas trouvé de labo, hurle l'inspecteur. Et Malvezzi se fout de notre gueule.

Le juge Michel découvre un incroyable décor. Hall d'entrée pavé de marbre rose. Murs tapissés d'armes de collection, pistolets rares, fusils compliqués, astiqués comme des cuivres, valant chacun plusieurs dizaines de milliers de francs. Dans chaque pièce, entassés au rez-de-chaussée et à l'étage, meubles de prix, toutes époques mêlées : buffet Louis XV, armoire Directoire, bureau Empire. Comme si les antiquaires de la région avaient fourgué tous leurs stocks à l'empereur de la came.

— Venez dans la salle de bains...

Pierre Michel n'en croit pas ses yeux. Les robinets sont en or, et le plombier s'est ingénié à les multiplier. Rien que pour la baignoire, où on loge à cinq, il y en a dix.

— C'est du plaqué, mais de bonne qualité, ricane l'inspecteur. Dès que la came rapporte, ça leur tourne la tête. Quand je pense que Malvezzi a commencé comme pêcheur d'oursins. Je me demande ce que je fous aux Stups.

Pierre Michel s'est approché d'un petit meuble ouvert près de la baignoire.

— C'est un haut-parleur ! Ils bossent en musique.

— Il y a la stéréo dans toute la maison. Et c'est une très bonne chaîne. Il ne se refuse rien...

Et même pas le comble du ridicule. Dans les W.-C., aux murs de porcelaine, et aux poignées encore plaquées or, un système compliqué permet d'entendre une sonate de Mozart lorsqu'on a tiré la chasse ! Le siège est un trône de bois décoré de fresques représentant des angelots musiciens.

Les policiers viennent aussi de découvrir dans un tiroir un volume plus intéressant que les éditions rares et les livres anciens rangés par centaines dans la bibliothèque. Le « Livre de pharmacie chimique et de préparation industrielle des médicaments du professeur Lespagnol ». Corné à la page décrivant le processus de transformation de la morphine-base en héroïne.

Le juge Michel jubile. Il marche dans la villa de son premier laboratoire de drogue ce 24 avril 1976. Le premier depuis quatre ans à Marseille et dans les Bouches-du-Rhône. Le premier depuis les exploits du juge Saurel. Enfin... un labo sans labo. Les enquêteurs n'ont toujours pas trouvé le matériel du chimiste et continuent à se disperser dans la maison.

Dehors, Henri Malvezzi se tient debout devant une échelle de bois, près de la tour de pierres sèches. Yeux noirs coiffés d'une forêt de sourcils. Nez allongé. Lèvres lourdes. Pas très grand. Milliardaire de la drogue et... vexé, méprisant. Lucien Aimé-Blanc, le chef de la Brigade des Stupéfiants le harcèle.

— Où est le labo, Malvezzi ?

— Je ne comprends pas.

Pierre Michel regarde l'étrange villa bien abritée des regards au bout d'un chemin de caillasses. La tour d'abord, percée de trois fenêtres en arceau, gonflées de barreaux noirs, comme une prison, et surmontée d'un dôme en harmonica. Et puis, de chaque côté, appuyés contre la tour, deux bâtiments crépis de blanc, avec de larges portes vitrées donnant sur la pelouse rasée de frais. Pierre Michel se recule encore et fixe l'architecture tarabiscotée, cachant derrière elle d'autres bâtisses aux tuiles roses. A croire que chaque fois que le labo a « tourné », le chimiste a rajouté une aile à sa propriété.

Le juge Michel jubile.

Trois jours auparavant, au risque d'être repéré, il est venu se balader à Bouc-Bel-Air, pour « humer » le parfum de son premier labo, son premier dossier important. On lui reprochera souvent ce besoin de précéder l'événement, d'être le premier ou l'un des premiers à voir et à savoir. Il ne conçoit pas autrement le métier qu'il a choisi, dans la ville qu'il a choisie.

*

— Où est le labo, Malvezzi ?

Les yeux perdus sur son mini-tracteur qu'il a arrêté au milieu de la pelouse lorsque l'armée des Stups l'a envahie, Malvezzi répond toujours d'un air arrogant :

— Je ne comprends pas.

— Où est le labo ?

— Vous vous trompez, commissaire.

Le juge Michel soupire.

— Et ça, c'est une Bible...

Il montre le livre de chimie du professeur Lespagnol.

*

— Le plus difficile, c'est de trouver le laboratoire, répétait Rene Saurel lorsque Pierre Michel était encore un fantassin de la justice.

Combien de fois, depuis, le samedi ou le dimanche le juge s'est-il aussi promené entre Marseille et Nice, découvrant à perte de vue les collines encombrées de cabanons et de villas en jurant à ses compagnons de route :

— Tout doit continuer comme avant. Les labos tournent de plus belle. Ça ne s'arrêtera jamais. Il y a trop d'intérêts en jeu.

A l'Evêché, certains lui ont dit que c'était du rêve, que la French Connection était morte et bien morte. Et puis est arrivé à Marseille, dans les premiers mois de 1975, le nouveau chef de la Brigade des Stupéfiants, le commissaire Lucien Aimé-Blanc, successeur de Marcel Morin. Quand le juge Saurel a laissé la place, un nouveau tandem est né. Michel-Aimé-Blanc après Saurel-Morin. Pour le plus grand malheur des industriels de la came.

*

Lucien Aimé-Blanc avec ses yeux bleus lumineux, et ses cheveux frisés, toujours en friche, ressemble à un farfadet. Né à Marseille, il a passé sa licence en droit à Aix-en-Provence avant de naviguer à Paris de la Brigade Mondaine à la Brigade Anti-Gang, puis de la Brigade des Stupéfiants à l'Office Central de Répression du Trafic des Stupéfiants. C'est dire s'il connaît la musique ! Et même bien. Il joue de la guitare de jazz et son père a été pianiste, accompagnateur de Charles Trenet, tout en continuant à conduire les tramways dans les rues de Marseille et à s'occuper des jeunesses socialistes. Avant de mourir en juillet 1944 dans le train 7909 à destination du camp de Dachau. Georges Fully, futur médecin-chef de l'administration pénitentiaire, future victime de la mafia des libertés médicales, était du même wagon et s'en est sorti. Il s'est occupé de la paperasse pour que Lucien devienne pupille de la nation.

Le juge Michel a compris dès les premiers jours de leur collaboration qu'il avait trouvé un allié de poids. D'ailleurs un Marseillais à la tête des Stups à Marseille, c'est du jamais vu.

*

Le juge Michel se dirige souvent vers la rue d'Oran, en haut de la Canebière où un immeuble gris et noir cache les Stups comme une honte. Les Stups et la Financière, deux des brigades clés de l'Evêché et de Marseille, n'ont même pas droit à une chapelle.

Des murs pisseux, pas d'ascenseurs, et le juge monte les longues dalles de pierre de l'escalier à claire-voie. Au premier étage, la porte des Stups, trouée d'un petit judas, étonne le juge du cabinet n° 3. On entre en effet sans sonner ou frapper. A chaque fois, arrivé devant le comptoir de bois ciré, le juge se dit que ces locaux exigus, tenant de l'H.L.M. et du commissariat de quartier, avec ses odeurs de tabac froid, de pastis et de poussière, ont suffi aux flics pour briser la French Connection et d'autres filières. Il en éprouve un petit bonheur nostalgique.

Le juge ne s'avance jamais dans le couloir aux carreaux de plastique blanc et noir sans un regard pour les énormes fichiers, mémoires du trafic. Petits tiroirs métalliques gris pour les biographies et verts pour les portraits de ces messieurs-dames. C'est là que Lucien Aimé-Blanc a passé des soirées à potasser photos, fiches et rapports avec « l'encyclopédie de la drogue » : Antoine Barbaza, inspecteur divisionnaire sans cesse sur la brèche depuis 1963.

De son côté le juge Michel a appris et révisé sa drogue en compulsant d'autres documents poussiéreux dans la solitude du cabinet n° 3, ou le dimanche, sur la table de l'entrée-salle à manger dans la villa Les Buis. Les deux compagnons, engagés dans le même combat, aussi passionnés l'un que l'autre, se sont ainsi acharnés à étudier les « queues » des dossiers légués par Saurel et Morin.

Le juge a pu vérifier le grand principe du trafic des Stupéfiants. Les Stups possèdent dans leurs fichiers et leurs mémoires une centaine de noms. Petits, mais surtout gros bonnets, financiers souvent, à la base des labos et des filières, suspectés, filés depuis parfois vingt ans, mais sans qu'on possède une preuve, une seule, contre eux. Et souvent retirés du circuit, fortune faite et investissements réalisés dans des affaires les plus honnêtes qui soient.

Ainsi Mitzigar Nazarian, un Arménien de 56 ans, soupçonné d'être un très gros importateur de morphine-base.

Ainsi Louis Giralt, un Biterrois de 58 ans, soupçonné de financer des importations de morphine-base. Et à qui Lucien Aimé-Blanc, policier de terrain, et habitué des bars à truands, a dit en arrivant à Marseille :

— Je suis là pour deux ans. Alors pendant ces deux ans, tiens-toi tranquille...

Ainsi Henri Malvezzi, 42 ans, le roi de Bouc-Bel-Air. Un soir Lucien Aimé-Blanc s'est attardé dans le cabinet n° 3.

— On a tout sur lui. Fortune colossale, biens immobiliers. Il faut se lancer.

— Et le labo ?

— On essaiera de le trouver... De toute façon, on coincera Malvezzi sur ses revenus. Aux dernières nouvelles, la dernière fois qu'il a eu une fiche de paie, c'était dans une société de nettoyage à 2700 francs par mois.

Pierre Michel a déjà le mandat d'arrêt aussi facile que la liberté provisoire pour les petits toxicos. Le parquet lui reproche déjà ces deux générosités...

Son premier labo... Le juge Michel a tendu aussitôt au commissaire un formulaire de mandat d'arrêt.

— Encore un chèque en blanc.

— Non, une lettre de cachet, monsieur le juge !

*

Se poursuit la fouille de la villa de Bouc-Bel-Air. Un inspecteur enfouit le livre de chimie du professeur Lespagnol dans un sac de saisie en plastique et lui colle le numéro 12.

— J'en ai vu qui gardaient leur recette sur un vieux morceau de papier déchiré, et plein de graisse. Dire que ça vaut de l'or.

Malvezzi, le nez vers ses menottes, ne sourit pas. Ne dit rien, ne sait rien.

Chimiste, lui, jamais. A moins que l'hérédité... Son père a été condamné à Marseille en septembre 1973, à douze ans de prison. Chimiste de talent il a introduit en France la bagatelle de 400 kilos d'héroïne pure en provenance de Turquie, et l'a livrée en Allemagne Fédérale. Dans les affaires de drogue, l'esprit de famille est toujours respecté. Plus encore chez les chimistes qui se transmettent de génération en génération les recettes de la drogue, comme d'autres celles des confitures ou des gâteaux de leur grand-mère.

*

Dans le cabinet n° 3 aux côtés du chimiste de Bouc-Bel-Air s'avance une jeune femme vêtue de blanc. Petite. La peau brune. De longs cheveux blonds en cascade. De grands yeux bleus plantés sur un visage trop maigre. Différente des femmes qui hantent d'habitude le milieu des trafiquants, souvent belles mais toujours niaises. Troublante. Le juge Michel est troublé.

Arlette Vidal, la compagne de Henri Malvezzi a été arrêtée le même jour que lui. Elle se promenait avec son frère Robert le long de la Canebière pour acheter quelques robes de plus. Elle s'est étonnée quand deux inspecteurs des Stups lui ont indiqué d'un signe de la main un fourgon de police au bord du trottoir. Pourtant, à 28 ans, son destin c'est la drogue, côté boutique, et elle n'a pu le combattre.

Pierre Michel est entré en justice à Marseille à cause d'une femme. Arlette Vidal est entrée dans le monde de la drogue à cause d'un homme. Elle est née à Oran, a suivi sa famille à Toulon où son père travaille dans l'aéronautique. A quitté la maison à 18 ans, rencontré Jean-Louis Giudecelli. Neveu de Dominique Giudecelli, 18 ans de prison pour trafic de stupéfiants. L'a épousé en 1967. Et comme il côtoyait des trafiquants, a côtoyé des trafiquants. Dont Malvezzi souvent attablé dans leur Bar Maritime à Marseille. Quand elle a divorcé en 1970, elle partageait déjà sa vie depuis un an.

Arlette Vidal ne manque pas de courage. Deux fois hospitalisée pour de graves maux d'estomac. Un accident de ski. Un de voiture. Elle s'est pourtant occupée avec fermeté des affaires et de... la fortune de son compagnon.

Et elle tient tête au juge Michel. Avec son accent très marseillais.

— Ce n'est pas la peine de hurler dans mes oreilles. Vous êtes misogyne ? Je crierai plus fort que vous... s'il existait un délit d'outrage à inculpé, vous seriez déjà en prison !

Le juge Michel possède un rapport très complet de Lucien Aimé-Blanc sur la fortune de Henri Malvezzi. Sans trace de labo, le seul motif d'inculpation.

— Quel méli-mélo...

Ça recommence comme pour Croce et les autres. Là encore Pierre Michel retient les préceptes d'Aumeras et Saurel. Inculper les épouses légitimes, les compagnes, les maîtresses, des « droguistes » de recel de biens provenant du trafic de stupéfiants. Avant, avec une séparation de biens devant notaire tout pouvait tomber dans l'escarcelle vierge et honnête de ces dames.

— Donc, Malvezzi, vous n'avez rien à vous. Tout est à vos femmes !

Comme un cultivateur attend le produit de sa récolte pour acheter de nouvelles terres, Henri Malvezzi a gonflé, année après année, livraison de drogue après livraison de drogue, son patrimoine immobilier. D'abord par Rosette son ex-femme, ex-prostituée, interposée. Sans ressources officielles depuis 1966, excepté 100 000 francs provenant de la vente d'une villa, elle a acheté un appartement à Marseille en 1968, un autre à Ajaccio en 1970, 4 studios au Motel's club d'Ajaccio en 1971, et en 1969 et 1971, deux terrains route des Sanguinaires à Ajaccio où s'est bientôt élevée près de chez Tino Rossi une villa de rêve, aussi luxueuse et folle que celle de Bouc-Bel-Air. Malvezzi a seulement commis l'erreur de demander lui-même le devis des travaux et de les régler, en espèces, les trafiquants ayant horreur des vulgaires chèques. Et aussi de veiller lui-même à l'installation des trois postes téléphoniques. Toutes ces acquisitions dont Rosette reconnaît que les prix ont été sous-évalués, représentent déjà près de 1 million de francs.

Quant à Arlette Vidal, elle s'est chargée du palais de Bouc-Bel-Air dont le prix de revient connu est de 500 000 francs, mais qui en vaut le double. Ancienne comptable, qualité précieuse pour la compagne d'un Malvezzi, elle se souvient même de la superficie du terrain : 13 315 m^2, contrat signé le 11 août 1971 ! Au passage, elle a acquis deux studios à Praloup, en 1974, et une villa à la Pomme en 1975. Et, n'ayant pas épuisé les économies du ménage, Arlette et Henri ont financé la création de deux sociétés.

D'abord la société civile immobilière Les Reflets, dans laquelle Malvezzi apparaît comme porteur de parts à égalité avec une femme encore : Andrée, un prête-nom. Il a ainsi financé au nom de la société, le cabaret Le Lymphus à Praloup, en versant en 1974, 950 000 francs. Sans parler des Sociétés Hymor Net et Maltech Organisation qui, à leur demande, ont embauché, la première, Arlette Vidal, la seconde, Malvezzi, aux salaires de 25 000 francs par mois, sans qu'ils travaillent une seconde ! Une chaude couverture qu'on devait bien à un couple ayant prêté au directeur de ces sociétés plus de 1 million de francs. En ajoutant les deux bateaux, une longue vedette Coronet pour la pêche et la plaisance et le Zodiac, la Land-Rover, les quatre B.M.W. et la Mercedes dernier modèle, que s'est offerte Malvezzi, le juge Michel arrive à l'addition de 2 935 650 francs, soit près de 300 millions d'anciens francs.

Et encore... Les bénéfices du chimiste sont évalués à plus d'un milliard et demi de centimes par la brigade des Stups.

— J'ai fait un héritage, et j'ai investi, dit Malvezzi au juge Michel.

— Vous me donnerez l'adresse de votre parent.

— Avant de mourir, mon ami Katchadourian m'a donné une centaine de millions d'anciens francs, dit Arlette Vidal.

— Lui, évidemment, j'aurai du mal à le rencontrer.

Katchadourian, abattu à Marseille le 12 août 1973 au cours d'un règlement de comptes, était commerçant en morphine-base : le destin...

— Ce sont des amis qui m'ont aidée, dit Rosette.

— Appelez-les de mon bureau. Je les verrai volontiers !

*

Tandis qu'un fourgon cellulaire entraîne Henri Malvezzi et Arlette Vidal vers la prison des Baumettes, le juge Michel demeure avec Lucien Aimé-Blanc.

— Il faut trouver le labo. Sinon ça sera dur. Avec de bons avocats aussi truands qu'eux, ils ont des chances de s'en tirer.

*

Les inspecteurs de la Brigade ont passé deux jours à essayer de faire parler la maison de Bouc-Bel-Air, centimètre après centimètre. En vain. Pas trace de cache. Pas trace de matériel.

« C'est un fortiche, gronde Lucien Aimé-Blanc qui lui aussi n'a qu'une idée en tête : trouver le labo. »

Henri Malvezzi a été arrêté une seule fois, en 1958, à Nouméa avec un peu d'opium acheté à des marins turcs !

— Je trouverai ce labo. On n'a pas le droit de se faire avoir. Il y a trop de mômes qui en crèvent.

Le juge Michel en perd le sommeil.

Quand les petits camés et les accrochés, surpris à échanger des doses le long du Vieux Port place Thiars ou sous le parking du Cours d'Estienne d'Orves, défilent dans le cabinet n° 3, qu'avec Rémy Warnery, l'éducateur, ils essaient de les guider vers une vie sans drogue, ça lui fait encore plus mal. Avec sa fortune, Malvezzi peut s'offrir des avocats pas regardants sur l'origine des honoraires et en sortant des Baumettes il pourra commander de nouveau en Angleterre des rouleaux de tapisserie précieuse comme ceux des chambres de la villa de Bouc-Bel-Air.

Le juge Michel est vraiment obsédé par ce labo introuvable.

— Lucien, on a déjà réussi trop de coups ensemble. Il n'y a pas de raison.

*

A Marseille, dans le milieu, la haine est déjà sur le juge Michel. Même du temps de Saurel on n'avait jamais vu autant d'acharnement de la part d'un juge.

Dès qu'il est arrivé dans le cabinet n° 3, le cabinet maudit, il l'a dit comme un défi :

— Ça va changer.

Et, pour commencer, a parlé de Jo Poli.

— On sait où il est. Je le veux. Ça sera un début.

— Mais il n'y a pas de preuves.

— On en trouvera !

Qui le premier, de Lucien Aimé-Blanc ou du juge, a lancé :

— On va coincer Poli.

Ils ne le savent même plus. Ils ont coincé Poli. Les Stups connaissaient l'endroit où il ne se cachait même pas. Le S.R.P.J. de Bastia a fait le reste. Le 12 mars 1976, le juge Michel a vu entrer dans son cabinet son premier gros bonnet : M. Jo, dit Jo le dingue.

*

Joseph Poli, beau ténébreux de 39 ans aux cheveux noirs, demeurait depuis trois ans dans une immense propriété viticole à Saint-Florent, veillant sur ses cultures et son vin, respecté comme un notable. Et pour cause ! Il a pris pour épouse la fille du président de la chambre de commerce de Bastia.

Mais son commerce à lui, c'est la drogue et pas n'importe laquelle. L'héroïne, la plus pure qui soit. Dans son petit palais au milieu des vignes, le trafiquant a été fort courtois.

— Je n'ai jamais touché à la drogue. Je suis un honnête propriétaire récoltant.

Puis il a pris trois avocats d'un coup...

Comme tout honnête trafiquant qui se respecte, le casier judiciaire de M. Jo frôle la virginité. Truand connu du milieu niçois, il a été mêlé à une affaire de meurtre, vague règlement de comptes, mais relâché... faute de preuves. Depuis, en dehors de quelques besognes électorales adroites et à droite souvent pour le compte du S.A.C., et seulement dans le nord de la Corse, dans sa terre natale, il s'est reconverti dans la drogue, et a occupé un haut poste dans la hiérarchie de la French Connection. A lui, l'ami fidèle de Jean-Baptiste Croce, de rapporter en France les gains provenant de la vente d'héroïne aux Etats-Unis. Mais pas vu, pas pris. On est seulement certains que durant l'été 69 il a livré cent kilos d'héroïne de Marseille à New York en passant par San Antonio au Texas. Seulement, ce n'est pas avec cette misère... que M. Jo a accumulé sa fortune investie avec scrupule dans une nuée d'affaires commerciales.

En l'inculpant, Pierre Michel a tranché :

— Si vous aviez enquêté sur lui, vous en auriez eu pour cinq ans, et encore sans être sûr de prouver quelque chose. Je le mets d'abord au trou, et on verra après ! C'est le seul moyen. On l'aura bien sur la finance.

Et il a ajouté :

— Méfiez-vous. Ce n'est pas le genre à aimer l'air des Baumettes.

*

Le juge Michel a raison. Il commence à connaître, à Marseille ou ailleurs, le recours suprême des inculpés fortunés. Et Lucien Aimé-Blanc n'est pas pour rien dans son initiation. N'a-t-il pas en sa possession trois documents aussi explosifs que la bombe meurtrière de son « père adoptif », Georges Fully.

Une première note de synthèse de l'Office Central de Répression du Banditisme de 1971 sur une écoute téléphonique de Nelly Azerad, cardiologue à la prison de Fresnes, en conversation avec des membres de la famille Guérini.

Une seconde note de synthèse de 1972 sur les grâces médicales qu'aurait obtenues Nelly Azerad pour quatre truands.

Un rapport de l'Administration pénitentiaire daté de 1975 et signé de son directeur, Georges Beljean, selon lequel Nelly Azerad se serait tenue tranquille pendant deux ans après la mort du docteur Fully, et évoquant 14 dossiers de grâce douteux.

S'il y a quelqu'un de concerné par l'assassinat du docteur Fully, désireux de trouver ses assassins, et de démanteler la filière des grâces et des libertés médicales, c'est bien Lucien Aimé-Blanc.

En attendant, si Mémé Guérini traîne toujours son cancer à Fresnes, à Marseille, le juge Michel et le commissaire des Stups ont assisté à d'étranges cavales.

*

Jean-Baptiste Colonna, ami de Joseph Poli, et premier « coup » d'Aimé-Blanc en arrivant aux Stups, est resté seulement cinq mois et douze jours en prison. Fils de Jacques Colonna, abattu en son temps après l'affaire des cigarettes du Combinatie, neveu de Jean Colonna, maire de Pila Canale, amputé des deux jambes après une rafale de mitraillette lors d'une discussion d'affaires, Jean-Baptiste exploitait le bar La Folle Epoque, place Félix-Bouet, près de la préfecture... et du Palais de justice. Et consacrait ses loisirs à l'exportation d'héroïne aux Etats-Unis. Rien qu'une tonne entre 1968 et 1972 !

A peine arrivé aux Baumettes, Colonna s'est senti des douleurs à l'estomac, et a gagné la salle des consignés de l'Hôtel-Dieu où l'on a pansé son ulcère ; quelques lames de rasoir avalées dans sa confiture du matin. Le temps pour lui d'étudier l'architecture baroque des lieux. Et d'y revenir très vite en usant d'une autre lame : un couteau de cuisine qu'il s'est consciencieusement planté dans la poitrine au cours d'une crise de dépression...

Lucien Aimé-Blanc, déjà l'un des policiers les mieux informés de France, a alors rédigé un rapport annonçant l'évasion, et l'a envoyé aux services dits compétents : « Jean-Baptiste Colonna est sur le point de s'évader. Il a réuni des complicités et tout est prévu. »

A Marseille, les poubelles de l'Administration pénitentiaire et de l'Evêché ont toujours été pleines de rapports de police. Ce n'est pas un Marseillais bon teint, même chef des Stups et nanti d'un solide réseau d'informateurs qui allait empêcher ce qui devait être.

L'évasion de Colonna est un exemple de précision. Six hommes sont malades en même temps que lui. Dans la nuit du 25 au 26 juillet, l'un d'eux hurle soudain et déchire ses draps. Cette crise d'épilepsie attire les quatre gardiens de la paix de service. Les trois premiers se précipitent pour calmer le « fou » dûment appointé. Colonna jaillit de son lit et frappe le quatrième, pas trop fort... on est entre amis, puis retrouve au-dehors une voiture complice. Auparavant, il a dû franchir une première porte, longer un couloir, puis ouvrir une seconde porte. Deux portes fermées à clé jour et nuit. Il en possédait bien sûr un double. Et puis, à Marseille, pour éviter tout souci aux futurs évadés, la salle des consignés se trouve dans un charmant bâtiment indépendant et de plain-pied situé à côté de l'entrée de l'Hôtel-Dieu. Une petite cour à traverser et l'on débouche sur la place Daviel. Et encore, pour que, vêtu de son seul pyjama, Colonna ne souffre pas des froidures de l'été provençal, sa voiture l'attendait dans la cour, devant la porte. Lucien Aimé-Blanc était écœuré. Pierre Michel encore plus.

— On se demande à quoi ça sert de les arrêter. Colonna, on le retrouvera jamais. La Corse est accueillante.

On ne l'a jamais retrouvé.

Il y en a eu d'autres encore... A l'Hôtel-Dieu, aux Baumettes-passoire, partout où Marseille compte des détenus.

Ainsi, Francis Tourdre, dit Francis le Rouge, également patron d'un cabaret sur le Vieux Port, le Passe-Temps, et trafiquant de drogue, s'est évadé le 15 janvier précédent de l'hôpital de la Conception où on le soignait dans une chambre individuelle, bien sûr, des suites d'une douloureuse grève de la faim aux Baumettes. Une voiture l'attendait, bien sûr, au bout de la cour, mais il a eu le temps de mettre une laine sur son pyjama réglementaire. C'était encore l'hiver.

Et à Paris, tous les rapports de Lucien Aimé-Blanc sont restés lettre morte.

*

— Pour trouver le labo, il faudrait des indics, plaisante Lucien Aimé-Blanc. C'est comme ça qu'on sort les vraies affaires. Mais pour celle-là, je n'ai rien.

Napoléon avait beau affirmer que le juge d'instruction est l'homme le plus puissant de France, c'est un homme seul. Toujours seul. Qui n'a pas d'indic, tout au plus un coup de téléphone ou une lettre anonyme de dénonciation. Et qui doit compter seulement sur son intuition, sur le bon-vouloir des inculpés et... de la police.

Pas le juge Michel.

IV

UN JUGE VRAIMENT PAS COMME LES AUTRES

Lucien Aimé-Blanc est assis face au juge Michel dans le cabinet n° 3, le 14 juin 1976 dans l'après-midi.

— Tu avais raison. Sans indics on est fichus. Voilà le plan de ton labo, enfin, celui de Malvezzi !

Sur une feuille de papier, le juge Michel a dessiné un croquis de la villa de Bouc-Bel-Air, et il a indiqué d'un gros trait noir un endroit sous le toit du garage.

— Vous pouvez y aller. C'est un tuyau maison.

Tout l'après-midi, le juge Michel interroge sa greffière dès que le téléphone sonne.

— C'est les Stups ?... C'est Lucien ?

Rien, seulement à la fin de la journée un farfadet essoufflé et déçu.

— Les gars n'ont rien trouvé. Ça ne colle pas. Ils ont tout sondé.

Le juge Michel ouvre un tiroir de son bureau et se met à penser tout haut :

— Ce n'est peut-être pas assez précis. Je te le redonne dans quelques jours.

*

Devant le garage aux murs de pierres sèches, la greffière, en robe d'été, les bras nus, s'est assise face à une table de jardin de bois laqué blanc. Elle a installé sa machine à écrire et frappe les feuillets sous le soleil tandis qu'un inspecteur énonce dans un bruit de ferraille et de verre, en tirant un à un les objets :

— Deux pompes à faire le vide... quatre malaxeurs agitateurs... quatorze cornues... douze masques à gaz... quatre tamis.

Les mains d'Henri Malvezzi s'agitent sous ses menottes. Debout face à la table où il disputait de longues parties de cartes en sirotant son pastis avec Arlette Vidal et la famille, il assiste à la mise en pièces du labo, pourvoyeur de sa fortune. Son regard noir dirigé vers Pierre Michel qui tire nonchalamment sur sa cigarette et sourit à Lucien Aimé-Blanc. Le juge s'est habillé léger, pantalon de toile crème et chemisette bleue à grosses poches pour cette partie de campagne très fructueuse. Cette fois, les indications étaient précises, mais pour plus de sûreté, il a requis un architecte.

— Ça doit être là, lui a-t-il dit en entrant dans le garage. Entre la chaufferie et la toiture.

L'homme de l'art a pris une échelle, mesuré trois fois, comparé avec l'extérieur et demandé au maçon, requis aussi par le juge, de démolir une cloison.

Sous les yeux éberlués de Henri Malvezzi, mais aussi de pas mal d'inspecteurs des Stups, est apparu un faux grenier emmuré de quatre mètres sur un, regorgeant du matériel du parfait chimiste... de la drogue. La greffière n'en finit pas de remplir les procès-verbaux de saisie. Il y a même deux mille sachets en plastique, vides, utilisés pour exporter l'héroïne par 500 grammes, et une machine pour les souder.

— Vous voyez que tout arrive, monsieur Malvezzi, dit le juge Michel. Il n'y a plus qu'à vous expliquer.

Henri Malvezzi se tourne vers ses deux avocats, Marc-Michel Leroux et Daniel Borde. Comme s'il cherchait quelqu'un pour le calmer. Comme les journaux marseillais du lendemain, comme de nombreux parrains du trafic... il ne comprend pas. Comment Pierre Michel a-t-il pu trouver cette cache imprévisible, et trois mois après, le 9 juillet 1976 ?

Désespéré, il soupire :

— Si j'avais su... C'est Katchadourian, l'ami d'Arlette. Avant de mourir, il m'a dit « cache-moi ça ». Je croyais que ça servait à faire du pastis.

Pierre Michel plisse ses lèvres, ironique :

— Quel pastis !

*

Il faudra que les inspecteurs demeurent à la villa jusqu'à minuit pour inventorier tout le matériel, puis deux fourgonnettes de police pour le déposer dans les locaux de la Brigade des Stupéfiants. Elisabeth Quick, ingénieur chimiste du Laboratoire Interrégional de Police scientifique, a examiné tout l'appareillage. Les prélèvements montrent les traces caractéristiques d'héroïne pure sur la plupart des pompes et cornues. Conclusion :

« Le labo a au moins produit 60 kilos d'héroïne tous les quatre jours pendant quatre ans. »

Deux fois plus que le laboratoire de Césari.

L'enquête en Turquie démontrera d'ailleurs que son fournisseur aurait livré huit tonnes de morphine à Henri Malvezzi depuis qu'ils travaillent ensemble.

Quand le milliardaire de Bouc-Bel-Air, après tant de labeur, a démonté ses outils, il n'a pas osé s'en débarrasser. Il faut tant de patience et de précautions pour « monter un labo » à l'abri des filatures...

*

Qui a fourni au juge Michel l'emplacement du labo ?

Trois jours plus tard, au Son des Guitares, la boîte de nuit corse du quartier de l'Opéra, où l'on rencontre policiers, magistrats, truands et avocats, Lucien Aimé-Blanc lance :

— C'est Jo Poli qui a donné Malvezzi.

Malgré l'orchestre qui joue déjà des ballades corses, la voix du chef des Stups a porté jusqu'aux oreilles des compatriotes du trafiquant.

— Champagne, crie le patron, Casanova, très gêné.

Lucien Aimé-Blanc répétera cette phrase dans d'autres endroits comme le Mas de la rue Lulli, fief de Robert Lenoir, pour qu'on sache bien qu'avec Pierre Michel désormais, ils iront jusqu'au bout.

Quand on l'interroge sur ces « rumeurs », le juge Michel se contente de sourire.

— Il est Jo Poli pour être honnête.

*

Deux mois plus tôt, Jo Poli le viticulteur-trafiquant demande à rencontrer le juge Michel. Pour se plaindre de la vétusté de sa cellule et de son ordinaire... Le juge le convoque en présence d'un de ses trois avocats. Et le provoque :

— C'est le vin de votre propriété et la sieste au soleil qui vous manquent ?

— J'exige qu'on me change de cellule.

— Voyez ça avec le patron de votre hôtel. Je ne suis pas responsable des chambres.

— Vous vous moquez de moi.

— Notez, mademoiselle Amami.

— Mais vous êtes fou.

— Notez, mademoiselle Amami.

La machine crépite dans le cabinet n° 3. Jo Poli s'approche du bureau, les poings serrés.

— Mais vous n'avez pas le droit. Je vais vous...

Le garde retient Jo Poli qui allait frapper du poing sur le bureau. Son avocat essaye de le calmer aussi.

— Laissez-moi.

— Notez, mademoiselle Amami : « Mais vous êtes fou (sic), et l'inculpé se lève, et veut frapper du poing. »

— Mais vous êtes fou.

— Notez encore « mais vous êtes fou (sic) ».

— Je suis venu pour me plaindre.

— Et vous n'avez rien à dire sur votre commerce d'héroïne. C'est ça qui m'intéresse.

Le juge Michel parle sans élever la voix, toujours charmeur, très élégant dans un nouveau costume de flanelle grise.

— Alors, monsieur Poli, je vous écoute.

L'autre serre les poings et répond du bout des lèvres, avec un regard de mépris pour le juge.

— Je n'ai rien à dire.

— Vous êtes certain que vous n'avez rien à dire.

— Mais non je... je n'ai rien à dire.

— Notez encore, mademoiselle Amami.

Phrase inutile car la greffière note chaque mot, même si l'inculpé ou le prévenu le répète dix fois, mais complicité aussi car le juge Michel énerve, indispose et provoque. De cette tactique sont nés bien des aveux.

— Mais elle a déjà noté, répond machinalement Jo Poli.

Son avocat ne dit rien. Il sait que ça ne sert à rien.

— Et alors, réplique le juge Michel. Comme ça, nous allons avoir un grand procès-verbal, et dans votre dossier ça comptera. Ça ne fait jamais bonne impression de déranger un juge quand on n'a rien à dire. Mademoiselle Amami, précisez bien que l'inculpé a demandé à voir le juge.

— Mais c'est de la folie.

— Notez, mademoiselle Amami.

— Vous connaissez Malvezzi.

— Non.

— On vous a vu avec lui à la Belle Epoque chez Colonna.

— C'est faux. Je n'ai rien à dire.

— Notez, mademoiselle Amami. « L'inculpé parle en brandissant le poing... »

Jo Poli s'éloigne enchaîné au gardien, puis son avocat. Le juge Michel attend une dizaine de minutes. Il se dit que Jo Poli doit être prêt à tout pour la liberté, plus que d'autres encore, car à Saint-Florent, en attendant la vendange, avec toutes ses protections, ses amis du S.A.C., ses appuis politiques, il pensait qu'il ne serait jamais pris. Le juge Michel quitte le cabinet n° 3, descend l'escalier à droite, vers les geôles, parle doucement au chef des gardes, et entre à sa suite dans la pièce étroite aux murs suintant d'eau et de graffiti. Poli, assis sur le banc de pierre planté dans le mur en attendant le fourgon pour les Baumettes, s'est redressé, menaçant :

— J'ai rien à dire, monsieur le juge.

— Où en êtes-vous, maintenant qu'il n'y a plus personne pour noter ?

— Je n'ai rien à dire.

— On va faire un marché. Le procès-verbal de tout à l'heure, je le déchire, et en échange je trouve le labo de Malvezzi. Et puis, en plus, je me débrouille pour qu'au procès vous soyez « arraché ».

Jo Poli regarde le juge droit dans les yeux.

L'arracher, c'est l'arracher aux Baumettes, et le juge lui parle comme parlerait un retraité du quartier de l'Opéra. Il devait s'attendre à tout, sauf à ça. Et c'est vrai que les faits reprochés à Poli remontent à 1969, au-delà de la prescription il peut être acquitté, si le dossier n'est pas « travaillé ». Jo Poli ne répond pas. Le juge Michel continue à parler, sûr de lui.

— Je me débrouillerai pour qu'aux Baumettes, Malvezzi soit dans la même cour de promenade, et si ça ne suffit pas, dans la même cellule.

C'est ainsi que Jo Poli, l'un des caïds de la French Connection, confesse Malvezzi quelques jours plus tard et que celui-ci, confiant, trop confiant, dessine la cache de son labo sur l'envers d'un paquet de Gitanes.

Peu importe s'il faut s'y reprendre à deux fois. Le juge Michel a gagné.

Il a découvert seul son premier labo.

Il a découvert aussi qu'un juge, seul, ne pouvait, surtout pas à Marseille, compter sur sa seule fonction de juge et qu'il lui fallait, comme dit Lucien Aimé-Blanc, « faire du renseignement ». Et user de méthodes que le code de procédure pénale est loin d'avoir prévues. Dès lors, en évoquant ce qui sera l'une de ses techniques très particulières, il dira :

— Pour le labo de Malvezzi, je n'avais pas le droit d'être prudent. Je dois prendre des risques, sinon je n'ai pas de résultats. Il y a des juges qui attendent que ça leur tombe tout rôti. Pas moi. C'est comme au poker. J'ai des cartes et je joue.

Un jeu dangereux. Car aux Baumettes, et dans le milieu, on a vite compris que Jo Poli est une « donneuse ». Et Pierre Michel ne le dément pas. Des policiers des Stups, qui sont vraiment stupéfaits des acrobaties d'instruction de ce jeune juge, vraiment pas comme les autres, essaient de le mettre en garde.

— Vous ne devez pas lui faire perdre la face. Il va devenir une cible dans le milieu. Il risque de ne pas le pardonner.

Le juge Michel n'a qu'une réponse, et toute sa vie il le répétera :

— Je n'ai pas de parole avec les truands, surtout les gars de la drogue. Tout est bon pour les coincer.

*

Un an plus tard, Jo Poli sera relaxé par le tribunal correctionnel de Marseille, les faits qu'on lui reproche étant antérieurs à trois ans. La prescription. Arlette Vidal demandera alors un entretien au juge Michel, dans le cabinet n° 3. Si Jo Poli avait été condamné, elle n'aurait pas parlé, mais il a « balancé », et Henri Malvezzi son compagnon est toujours aux Baumettes.

Alors elle « balance » ce qu'elle sait au juge Michel, et elle en sait beaucoup sur l'homme du S.A.C. en Corse du Nord. Après cette intervention, suivie d'un appel du Parquet, un nouveau procès a lieu à Aix-en-Provence et Jo Poli est condamné à dix-huit ans de détention.

Condamné, mais jamais retrouvé. Il ne s'est pas présenté à l'audience, alors qu'on raconte, encore aujourd'hui, qu'il prend l'apéritif chaque jour à midi dans un grand café de Bastia.

*

Pierre Michel n'oubliera jamais l'intervention d'Arlette Vidal. Elle n'oubliera jamais non plus que, ce jour-là, le juge du cabinet n° 3 lui a promis d'essayer de l'aider et, au quartier des femmes aux Petites Baumettes, ne cessera de le défendre. Pourtant, dans la prison de Marseille, quartier des hommes et quartier des femmes, la haine est sur le juge Michel. On l'appelle déjà « le juge flic ». Le milieu marseillais a pris l'habitude depuis des décennies de vivre sa vie, souvent sa grande vie, sans être trop dérangé. Juste ce qu'il faut pour que la police justifie son existence.

Le juge Michel passe déjà, aux yeux des personnes respectables du crime organisé, pour « un illuminé, un idéaliste, un suicidaire », et aux yeux des demi-sel de l'Opéra, pour « un jobard, un danger ». Pourtant, à 33 ans, il n'a qu'une seule ambition : démanteler le milieu et briser le crime organisé.

Une ambition démesurée...

Le juge Michel n'est plus tout à fait l'homme froid et réservé de ses débuts. Etre juge, c'est interroger, dialoguer, parler. Il prend goût à ces dialogues et, de plus, il sait écouter.

A partir de cet été 1976, il entreprend de tisser un réseau, non pas d'indics versatiles, mais de gens de tous les milieux, susceptibles de lui apporter des informations.

Policiers mécontents, que leurs supérieurs hiérarchiques négligent, parce que leurs indications dérangent, ou mettent en cause des truands bien protégés. Gardiens des Baumettes bien placés pour entendre les conversations, les projets des détenus, leur négoce des libertés médicales. Inculpés comme Jo Poli, capables, en dehors des interrogatoires, de se laisser aller à des confidences, dans le cabinet d'instruction ou dans le secret des geôles. Et aussi avocats, prostituées, parents d'inculpés, avec qui il troque des parloirs, des libertés provisoires, contre des renseignements.

Pour Pierre Michel un juge moderne et un juge à Marseille, c'est ça.

— Quelqu'un qui se préoccupe d'avoir des renseignements, qui enquête lui-même, qui ne se repose pas sur une commission rogatoire donnée à des flics, qu'on ne peut pas suivre pas à pas sur le terrain...

Il rompt avec la solitude du juge dans son cabinet devant des dossiers poussiéreux. Et, à l'exemple de René Saurel, parti avec Aumeras pour New York au moment des premiers interrogatoires concernant la French Connection, il décide de se déplacer le plus souvent possible.

Pour commencer, modestement, il se rend en Corse inculper, une semaine après sa découverte du labo de Henri Malvezzi, deux des amis du trafiquant : Toussaint Bartoli et son fils Antoine, de pauvres bougres, le premier élevant des porcs, le second ramassant les ordures ménagères et s'occupant, pour rendre service à un « pays », du Zodiac de Malvezzi. Le bateau est au nom d'Antoine Bartoli, mais le juge Michel veut prouver qu'il appartient à Malvezzi. Il consent à libérer le père en novembre, mais propose un marché peu habituel à l'avocat du fils, Sixte Ugolini.

— Si votre fils dit que le bateau est à Malvezzi, je le relâche.

Le juge Michel tient les mêmes propos à Antoine Bartoli qui, finalement, consent à avouer... la vérité.

— Le Zodiac est bien à Malvezzi.

Sixte Ugolini sait très bien que son client n'est pas un gros bonnet. Il demande :

— Alors, maintenant qu'il a parlé, vous me le mettez en liberté ?

Pierre Michel sourit.

— Non. Je fais une confrontation.

Confrontation entre Bartoli et Malvezzi. Le roi de Bouc-Bel-Air, furieux d'avoir été trahi et qui dès le premier jour maudit le juge, au point de vouloir à chaque interrogatoire renverser son bureau, refuse de parler du bateau.

— Mettez ce que vous voulez. Je n'ai rien à dire.

— Alors tant pis, dit ensuite le juge Michel à Sixte Ugolini. Malvezzi ne dit rien. Je ne relâche pas Bartoli.

Sixte Ugolini, l'avocat, ne comprend pas.

— Très bien. Je convoque la presse et je raconte notre transaction. J'irai jusqu'à la Chancellerie.

Pierre Michel est bon prince.

— Quand j'ai un adversaire à ma hauteur, je m'incline.

Il libère Bartoli, mais il en sera toujours ainsi.

Il s'attaquera jusqu'au bout aux droits de la défense, quitte à les bafouer en instruisant chaque affaire à charge, et en proclamant bien haut :

— L'avocat d'un trafiquant est aussi coupable que lui. Il profite de l'argent de la drogue, de l'argent de mort. Je ne vois pas pourquoi je serais régulier avec eux.

Et il n'hésite pas à enlever des procès-verbaux des dossiers, cacher des pièces importantes, oublier des contre-expertises décevantes, protéger ses « flics » s'ils ont commis une erreur de procédure... à sa demande.

Après l'affaire Poli-Malvezzi, un ancien des Stups a soupiré :

— On est bien tombés. Ce Michel, il est pire que Saurel, et en plus, il est très intelligent. On va rigoler...

Pourtant, c'est aux Stups que s'est déclenchée, toujours selon la tradition marseillaise, l'affaire de l'affaire. Trois semaines après la première pose des scellés sur la villa de Bouc-Bel-Air, une nuit, les gendarmes, intrigués par la lumière, ont surpris un homme en train de boire le champagne saisi d'Henri Malvezzi, assis dans un fauteuil du salon. Apparemment, il était là depuis quelques jours et ils le connaissaient bien. C'était un inspecteur de la Brigade des Stups de Marseille ! Il a préféré démissionner peu après, pour devenir détective privé !

Une semaine plus tôt, la villa de Malvezzi avait été visitée par des cambrioleurs, attirés par les robinets en or et autres décorations.

*

Henri Malvezzi est assis dans le cabinet n° 3 sur la chaise de bois ciré, au dossier branlant qu'ont usée des « générations » de trafiquants.

L'interrogatoire porte sur deux B.M.W. que le milliardaire de la drogue a achetées en avril 1973, à deux semaines d'intervalle. Il a demandé au vendeur, Bernardini, de lui aménager des caches spéciales dans la tôle intérieure du passage des roues.

— Vous reconnaissez avoir fait pratiquer ces interventions ?

— Oui.

— Pourquoi ?

— Pour ranger des outils.

— De drôles d'outils !

Henri Malvezzi n'évoque jamais la découverte du laboratoire, mais, à chaque interrogatoire, on a l'impression qu'il va se jeter sur le juge Michel.

— C'est vous qui avez acheté un motoréducteur le 8 juin 1971 aux établissements Cienzo à Marseille. Paulette Cienzo vous a reconnu sur photo, puis dans ce cabinet.

— Je vous répète, monsieur le juge, que j'ai acheté cet appareil pour M. Katchadourian, sans savoir à quoi ça pouvait servir.

— A Marseille, ça sert surtout à broyer la morphine-base.

Malvezzi ne répond pas. Le calme et le sourire du juge Michel, mais aussi sa beauté, son charme qui seront toujours une insulte pour les truands, le mettent hors de lui. Le garde en uniforme, le même que pour Poli, surveille les mains de Malvezzi qui se croisent, se décroisent.

— Je vais être obligé, dit Pierre Michel, d'envoyer les Stups au cimetière pour me ramener votre ami Katchadourian. S'il apprend que vous l'avez balancé !

Henri Malvezzi a poussé la chaise, s'est précipité vers le bureau du juge et le soulève. Pierre Michel s'est reculé contre la fenêtre. Le bureau est retombé sur les carreaux, des dossiers s'éparpillent, le combiné du téléphone pendouille sur le côté. Malvezzi s'arrête de lui-même et marmonne :

— Vous êtes un pourri.

— Je le sais, mais avec des gens comme vous, ça colle. Entre pourris, on se comprend.

— Vous êtes un pourri, répète Malvezzi que son avocat essaye de calmer encore.

Pierre Michel s'est assis de nouveau et dit à sa greffière qui commence à avoir l'habitude des duels du cabinet nº 3 :

— Notez, mademoiselle. « Vous êtes un pourri. » (Sic. Deux fois.)

Puis le juge Michel dit en regardant bien Malvezzi :

— Je suis un pourri... D'ailleurs je ne souhaite pas que vous ayez trente ans de prison, mais que votre fils meure d'une overdose.

V

RENCONTRE AVEC GAÉTAN ZAMPA

— C'est Zampa qui est là-bas...

Le juge Michel se retourne et regarde l'homme que l'on présente déjà comme le Parrain de Marseille, l'un des maîtres du crime organisé. Au coin du comptoir du Bar Henri, en équilibre sur deux tabourets de bois, le juge Michel et un inspecteur des Stups évoquent le départ de Lucien Aimé-Blanc pour Paris où le commissaire est nommé chef de l'Office Central de Répression du Banditisme.

— Deux ans aux Stups à Marseille, ça suffit. Faut pas faire plus. Le patron est trop repéré. Dès qu'on le voit quelque part, tout Marseille le sait.

— Il regrettera Marseille. C'est sa ville et il n'y a qu'ici qu'on peut faire de bons coups.

A travers les serpents verdâtres de la fenêtre, style 1900, seul devant un café, Gaétan Zampa fixe la rue mouillée de pluie. Grand, les cheveux noirs, les sourcils courts comme si on les avait gommés, ses yeux durs se mettent à cligner dès que la porte s'ouvre. Le juge Michel semble fasciné.

— On dirait un loup.

Gaétan Zampa est élégant, mais sans plus. Chemise bleue ouverte et costume gris souris. Des bottines en chevreau, achetées sans doute à Milan. Il y passe une partie de l'année, y possède paraît-il une vaste maison.

— Zampa, c'est l'œil de la Mafia en France, a dit au juge Michel un policier sans illusion, ancien casseur de gangs dans les années 60, qui a connu l'homme à ses débuts. Alors, on ne peut rien contre lui.

*

Six heures du soir en novembre. L'heure des premiers pastis, des premières rixes, des premières corruptions de la nuit. Marseille éparpille ses quinze arrondissements sur 23 000 ha ; mais tout naît, tout vit, tout meurt dans un croissant exigu. Le Bar Henri, où Gaétan Zampa vient d'accueillir un autre consommateur aux tempes grises, est au centre de ce croissant, dans le quartier de l'Opéra.

L'Opéra avec ses murs blancs et lisses, sa grille sans charme ressemble à une caserne. Autour, dans un dédale de rues étroites et courtes, marquées du sceau de la culture : Molière, Corneille, Lulli et Saint Saëns s'égrènent boîtes de nuit, bars aux silhouettes pulpeuses derrière les carreaux, bars sans attrait que protègent d'épais rideaux, et trottoirs à tapins. C'est là que le milieu arrange ses petites et ses grandes affaires. Et même les Seigneurs pour qui la réussite prend le chemin d'un appartement cossu du 6e ou du 8e ou d'une propriété dans l'arrière-pays ne résistent pas à ce périmètre de la laideur, à peine coloré de quelques enseignes lumineuses et du maquillage empâté des putains de la rue.

Ils achètent un bar, un restaurant dans le quartier, prennent des parts, ou les font prendre par un quelconque homme de paille. A Marseille l'homme de paille, l'homme de papier, l'homme d'artifice se recrute sur l'heure. Les initiés savent que plus de 40 000 personnes sont aptes à rendre un petit ou un grand service dès qu'on leur demande à portefeuille ouvert.

*

Le juge Michel possède la fiche de police de Gaétan Zampa dans un tiroir de son bureau, comme celle d'autres truands qu'il n'a jamais eu à interroger. Lorsqu'on lui demande pourquoi, il répond avec un grand geste de la main :

— On ne sait jamais.

*

Dès l'après-guerre, le père de Gaétan Zampa, Mathieu, ne résiste pas à l'attrait du quartier de l'Opéra. Il s'offre un bar rue Lulli, La Ruche. Mathieu Zampa est dans son fief. Arrivé de Naples, sa ville natale, dans les années 20, l'émigré est devenu un notable du milieu, spécialisé dans le proxénétisme et la traite des blanches. Comme il le dit de son fort accent italien, il travaille « pour l'exportation ». Il place ses protégées sur le continent africain et surtout à Abidjan et Casablanca où il dispose de bordels tenus par ses lieutenants. Mathieu Zampa qui garde le mystère sur ses activités napolitaines, mais qui est toujours en relation avec la Mafia, s'occupe aussi de jeux clandestins, parfois de trafics d'armes à la demande. Mais tous ceux qui l'approchent de près ou de loin évoquent sa mentalité intraitable, son caractère vif et nerveux, et ne cherchent pas à en savoir plus.

Gaétan naît le 1er avril 1933 dans le quartier populaire de la Caillole que son père n'a jamais voulu quitter malgré la bonne marche de ses « affaires ». Son vrai prénom, déclaré à l'état civil, c'est Gaétano, et pour faire couleur locale, sa mère Lucie a ajouté Louis Albert. L'enfance de Gaétan comme celle de sa sœur Violette et de son demi-frère Jean-Lucien Toci sera rythmée au cri des pelles, des pioches et des grues qui érigent face à la fenêtre de sa chambre un lugubre bâtiment cerné de hauts murs. Gaétan Zampa fêtera ses dix ans quand s'achève devant ses yeux la construction de la prison des Baumettes.

*

Gaétan Zampa, à sa table du Bar Henri, parle à l'homme devant lui sans presque desserrer ses lèvres, très fines. Ses yeux durs se mettent toujours à cligner dès que la porte s'ouvre.

— Il est inquiet. Ça se voit.

Dans la salle du bar, il n'y a plus que cet homme qui intéresse le juge Michel.

*

Gaétan Zampa a fréquenté l'école de la Caillole le temps d'apprendre à lire, à écrire et surtout à compter. Son père ne lui en demandait pas plus. Et le temps d'apprendre à se battre en défendant ses copains, fils d'émigrés italiens comme lui. Il est grand, craint et chef de bande. Déjà.

Quand son père le met en apprentissage, son atelier c'est La Ruche, où bourdonne tout ce que Marseille compte de gros insectes connus de l'Evêché et d'abeilles fichées aux Mœurs. On le retrouve derrière le comptoir, dans la salle et souvent l'arrière-salle où s'ébauchent les trafics de demain. A 18 ans il pourrait les yeux fermés passer le baccalauréat de la pègre.

Il sait tout des combines, des trafics, connaît les patrons de l'ombre ; notables ayant pignon et respectabilité sur rue, les hommes de tête et les hommes de main. Elevé dans le sérail, il est le second patron de La Ruche et les amis de son père sont ses amis. Son visage émacié, dur, qui n'admet guère la réplique, plaît à toutes les abeilles. Sans même que son père ait à le pousser, il s'intègre dans le circuit de la prostitution, base de l'éducation d'un « Marseillais » ambitieux. Et d'où vient l'argent anonyme qu'il faut savoir reconvertir dans un secteur plus dynamique : les casses puis le trafic des stupéfiants. En affaires, et Gaétan a de qui tenir, cela s'appelle l'investissement. Rien de tel pour compléter la formation du parfait malhonnête homme. A cette époque, en plus de ses parents, tout le monde se met à l'appeler Tany. Pour qui veut se faire un nom à Marseille Tany Zampa c'est quand même plus « accrocheur » que Louis Albert Zampa.

*

Gaétan Zampa est de nouveau seul à sa table. Les deux garçons du Bar Henri ne s'occupent pas de ce client particulier. Comme s'il était chez lui. Peut-être, d'ailleurs, a-t-il des intérêts dans ce bar. Quel expert pourrait dire, au-delà des contrats d'apparence, qui finance quoi dans les bars et boîtes du quartier de l'Opéra et les cafés du Vieux Port ? A Marseille, on prête aussi facilement son nom que sa voiture.

*

En 1955, plutôt que d'achever sa formation sur les terres de l'enfance, Gaétan Zampa, à la manière des Compagnons, monte à Paris participer à son premier chef-d'œuvre ès pègre. La bande des Trois Canards. Du nom du bar du 48 de la rue de La Rochefoucauld près de Pigalle, qu'a acquis Marius Bertella en 1951, quand lui aussi est arrivé de son Marseille natal en compagnie de deux amis, Eugène Matrone et Gaétan Alboréo.

Première leçon de cet Harvard du haut banditisme. Le racket. Il permet de gagner un maximum d'argent avec un minimum de risques. S'ils refusent de payer, on descend à la cave, salle de tortures, des proxénètes, des patrons de bordels, des fraudeurs, et parfois des honnêtes gens.

Selon le degré de résistance, on les met au pas à la lampe à souder et à la brûlure de cigarettes. Les trois fondateurs des Trois Canards, Marius, Gégène et Coco, ont eux-mêmes appris leur métier en séquestrant un bookmaker dans une cave de Carry-le-Rouet. Une semaine. Pour deux millions de l'époque.

Gaétan Zampa apprend avec bonheur que les victimes ne se plaignent jamais, ni à leurs proches, ni à la police, que les amendes vont de dix à cinquante millions de centimes, au forfait, avec ensuite des mensualités pour la « protection ». Aux Trois Canards, il rencontre les noms les plus illustres du Gotha de la grande truanderie, que l'on retrouvera tous plus tard, au hasard des « grandes affaires » : Georges Boucheseiche, Pierre Dubail, Julien Le Ny et Jean Palisse, les ravisseurs de Ben Barka, François Marcantoni, Charles Lascorz, François Scaglia, François Anastasios, dit le Grec, Sauveur Pironti, Jacky Imbert, Elie Ferrero, Roger Lentz, dit Poupon, les frères Mario et Angelo Lari... et bien d'autres encore. Futurs trafiquants de drogue, proxénètes, racketteurs ou délinquants « en col blanc », spécialistes des fausses factures, traites de cavalerie, escroqueries immobilières et carambouilles.

Gaétan Zampa en profite pour réunir autour de lui des Napolitains, des Siciliens, prêts à tous les coups. Sa première vraie bande qui, aux Trois Canards, lui vaut d'être jugé digne d'une grande carrière. Ses professeurs ne se trompent pas.

Le 11 août 1959, Gaétan Zampa entre au Larousse des truands, le fichier spécial de la lutte contre le banditisme. Fiche n° G 59/54-58/54-59, circulaire spéciale 59/590 établie, enfance oblige, par le Service Régional de Police Judiciaire de Marseille :

« Individu susceptible de commettre des agressions, ne vit que d'expédients. A surveiller très étroitement. Fréquente la pègre marseillaise. » Le signalement précise que Tany Zampa, alias la Noisette, possède une cicatrice rectiligne de 3 centimètres oblique interne à 3 centimètres du sourcil gauche. On ne peut être plus précis sur un souvenir de discussion d'affaire trop animée.

*

Le juge Michel racontera plus tard qu'il n'osait plus ce jour-là sortir du Bar Henri :

« Ce n'est pas tous les jours qu'on a devant soi Gaétan Zampa. »

Lorsque le juge Renaud est mort assassiné les gagne-petits de la justice se sont étonnés, parce qu'il sortait la nuit. Est-ce qu'un juge a le droit à Marseille d'entrer au Bar Henri ou au Son des Guitares ? Doit-il rester enfermé, face à ses dossiers poussiéreux ? Pierre Michel ne connaît pas Lyon, mais à Marseille, le Palais de justice est à une portée de fusil de l'Opéra, l'Opéra, à quelques pas de l'hôtel de ville, la mairie ouverte sur les rues menant à l'Evêché. Quant à l'hôtel de police, il est en plein quartier du Panier où sont nés et ont vécu des générations de truands. Une filière que personne ne songe à démanteler.

Alors pourquoi un juge marseillais se priverait-il d'aller parfois sur le terrain ?

*

Gaétan Zampa s'en revient souvent vers la niche familiale. Discret comme il le sera toujours sur ses activités dans la capitale. Mais un homme de poids du milieu l'a remarqué aux Trois Canards. Robert Blémant, l'ancien commissaire de la D.S.T., entré en pègre après la Libération, sous la houlette des Guérini et désormais seul. Il engage Zampa et son clan des Siciliens pour surveiller ses intérêts marseillais, un cabaret, Le Drap d'Or, rue Haxo, à deux pas du Bar Henri... qui n'existe plus, et un bar-cercle de jeux clandestins, le Paris-Montmartre.

Gaétan Zampa pénètre ainsi dans l'univers des cercles et du jeu, rencontre Marcel Francisci, ami de Blémant, aperçoit leur ennemi Jean-Baptiste Andréani. Le commissaire, devenu un maître du milieu, s'intéressant au jeu, au trafic des stupéfiants, lié à Jo Renucci, le lieutenant d'un des chefs de la Mafia, Lucky Luciano, est un conseiller précieux pour Zampa, considéré comme son second.

Tany la Noisette ne néglige pourtant pas ses affaires. A Marseille, l'année 1961 commence la nuit du 2 au 3 janvier par un hold-up à la Caisse des Allocations Familiales de la rue des Convalescents. Butin : 1 600 000 francs. Auteur : Inconnu. Les policiers marseillais sont persuadés que Gaétan Zampa, le furet du milieu, est passé par ici, comme il repassera par là, et par pas mal d'endroits. On ne prête qu'aux riches ! Mais une guerre d'intérêts a éclaté entre Blémant, allié à Francisci, et le clan Guérini, allié à Andréani, pour le contrôle du Grand Cercle à Paris. Une réunion du clan, au mois de janvier 1965, condamne à mort l'ancien policier. On lui reproche surtout d'avoir donné sa confiance à Zampa et à ses Siciliens...

Gaétan Zampa ne sera pas là pour protéger son maître quand il sera exécuté le 5 mai suivant.

Une nuit d'avril, Gaétan Zampa sort du club Le Méditerranée, propriété de Mémé Guérini sur le Vieux Port, où se montrent jeunes et vieux loups du milieu. Monte dans sa Jaguar décapotable, bleu nuit. Trois inspecteurs de la P.J. le filent. Avec la routine la roue tourne. Contrôle d'identité. Fouille du véhicule. Sous le siège sommeillent quelques objets à crosse et à canon. Le tribunal se hâte et malgré un avocat bien choisi, Gaétan est condamné à six ans de prison assortis de cinq ans d'interdiction de séjour dans les Bouches-du-Rhône pour vol, recel et transport sans motif légitime d'armes et de munitions. Direction la Centrale d'Haguenau, dans le Bas-Rhin, ruche sombre et sordide plus sinistre que la prison des Baumettes.

*

— C'était sévère pour Zampa, a dit un jour au juge Michel un vieux flic de l'Evêché, mais ils ont voulu lui faire payer le hold-up, et l'éloigner de Marseille. Il devait y avoir du Guérini là-dessous. Et puis, erreur de jeunesse, Zampa n'était pas encore assez protégé...

*

Très occupé, des Trois Canards à la protection de Robert Blémant, Gaétan Zampa n'a jamais eu le temps d'épouser Christiane Convers, une grande brune de 25 ans née à Marseille un jour de fête nationale. Gaétan Zampa n'est pas homme à perdre son temps, même en prison. Le mariage a lieu le 9 juin 1966 à la Centrale d'Haguenau.

Ensuite il ne faillit pas à la tradition de la liberté médicale... A partir d'avril 1968 il est l'objet d'une surveillance médicale spéciale pour... maladie mentale. L'un des hommes les plus réfléchis, les plus habiles du milieu, malgré sa condamnation, se fait l'émule des dingues de la French Connection. Grâce médicale, que de folies commises en ton nom !

Dès le mois d'octobre c'est à l'hôpital psychiatrique de Stephans-Feld, près de Strasbourg, que Tany le fou reçoit les visites de Lucie et Christiane Zampa, sa mère et sa femme.

En novembre il est transféré à l'hôpital de la prison de Fresnes. Enfin un lieu de détention où quelqu'un de fortuné peut espérer la liberté plus qu'ailleurs. Mais comme sa libération prévue à l'origine le 8 janvier 1971, tarde à venir, il finit par guérir de ses « troubles mentaux », et le 14 mars 1969 gagne la maison d'arrêt de la Santé à Paris puis la maison centrale de Poissy. Balades en fourgon et changements de cellule lui ont redonné un moral tout neuf.

Et puis, il a fini par gagner un an sur sa peine. En liberté conditionnelle le 15 janvier 1970, il commence sa longue errance d'adresse en adresse, de prête-nom en prête-nom, et son ascension dans la hiérarchie suprême du crime organisé.

Pendant sa détention, le trône le plus envié de Marseille s'est libéré. On dit même que de sa cellule, Zampa a commandité la mort d'Antoine Guérini. Pour venger son maître Blémant et se venger de la haine du clan corse. Mémé condamné, la place est libre, ses Siciliens l'attendent. Mais, pour être le premier à Marseille, encore faut-il être à Marseille. Et tout de suite. Pas dans cinq ans, quand s'achève son interdiction de séjour.

A sa sortie, Tany déclare se retirer 43 rue Marx-Dormoy à Grenoble, tout en demandant auprès de la direction de la Réglementation une autorisation de séjour à Marseille. Encore une fois l'appareil médical aide un truand. Pour lui renouer le contact avec sa ville.

Comme si à Paris ou à Grenoble la compétence des chirurgiens ne lui convenait pas, durant l'été 70 Gaétan Zampa subit une première opération de l'estomac, un ulcère, dans une clinique du quartier de Saint-Giniez à Marseille. Et jusqu'au 4 août, passe sa convalescence à Manosque, dans les Alpes-de-Haute-Provence, 62 avenue de la Gare chez un « ami » : Robert Sérafian. Un de ses anciens lieutenants. Ensuite la cavale recommence. On ne sait jamais où est Zampa. Seule Christiane, sa femme, est domiciliée 16 rue Caisserie à Marseille.

En avril 1971 la circulaire spéciale des services de police indique : « Depuis son départ de Manosque son lieu de résidence n'a pu être déterminé. En cas de découverte il y a lieu de procéder à un minutieux examen de situation dans le but de déterminer son domicile et ses activités actuelles. »

Mais pourtant remise à jour en octobre 1971 elle stipule que... Zampa (alias Noisette) a obtenu deux autorisations du préfet des Bouches-du-

Rhône pour venir consulter son médecin à Marseille les 29 et 30 juin 1971. Qu'il devrait normalement résider à Grenoble où il est assigné à résidence mais que son adresse et ses activités actuelles sont inconnues. Qu'il y aurait lieu, au cas où il serait interpellé, de procéder à un examen de situation assorti de photographies.

Au cas où...

Seul, le préfet des Bouches-du-Rhône, qui semble beaucoup s'intéresser au truand, pourrait s'en charger !

Pendant ce temps, comme les socialistes d'alors sont orphelins de Guérini, et que les campagnes électorales, surtout à Marseille, appellent des hommes de choc, le clan des Siciliens est souvent sollicité, et Tany se mêle aussi de politique. A Marseille, la réussite d'un grand truand est toujours à ce prix.

*

Le juge Michel a su d'instinct, en s'initiant à Marseille, quels étaient les grands et les petits maîtres du milieu. A la façon qu'on a de prononcer certains noms à l'Evêché, il a compris ceux qui étaient protégés et ceux qui ne l'étaient pas. Le temps des Guérini n'est pas si loin qu'on croit.

Et il a décidé de s'attaquer un jour ou l'autre à Gaétan Zampa.

*

Gaétan Zampa reçoit un joli cadeau de fin d'année le 31 décembre 1971 : l'autorisation de résider une semaine à Marseille. Il en profite pour subir une nouvelle opération à l'estomac à la clinique de la Maison-Blanche 17 boulevard Gaston-Crémieux.

Pour les gens bien informés, toutes ces « interventions » sont un paravent. Zampa doit régler ses affaires... Mais, décidément bien en cour, Gaétan Zampa, toujours interdit de séjour dans les Bouches-du-Rhône, obtient, suivant une note du ministère de l'Intérieur, direction de la Réglementation, datée du 29 mars 1972, l'autorisation de résider dans le département. Pour trois mois d'essai renouvelable chaque mois et devant être visée par le préfet des Bouches-du-Rhône. La préfecture devrait donc pouvoir fournir l'adresse de Zampa à Marseille.

Devrait...

Qui est intervenu pour Gaétan Zampa ? A Marseille il y a toujours une explication pour ce genre de phénomène.

— Té, c'est la bonne mère.

La bonne mère qui domine la ville a bon dos, mais elle a l'habitude depuis les premiers bandits marseillais de 1932. Gaétan Zampa peut donc vaquer à ses affaires et se préparer à la succession des Guérini. Pour cela il faut des hommes et Gaétan Zampa en rencontre, en recrute, en rejette... C'est alors un homme très contrôlé. Ainsi, le 23 mars, six jours avant son « essai » dans les Bouches-du-Rhône il a été interpellé par la Sûreté urbaine en compagnie de Robert Serafian. Son lieutenant... Et le 30 avril, la Sûreté urbaine qui semble manquer d'urbanité l'a croisé aux côtés de trois hommes aux allures de tueurs, de gardes du corps.

En octobre 1972 la circulaire policière précise enfin une adresse pour

Tany : « Zampa est domicilié 179 rue Paradis, 1er étage, à Marseille. Cet appartement est loué par les époux Zampa au nom de Lucie Lande, Vve Zampa. » Mathieu Zampa est mort peu de temps auparavant. De sa belle mort. Gaétan n'a pas pleuré. Il s'est seulement juré d'être digne de son père, et sachant que la descendance du clan est assurée, Tany a baptisé son fils Mathieu.

*

Pierre Michel, étudiant à Aix-en-Provence, ne savait pas encore qu'il serait juge d'instruction lorsque s'est dressé devant Gaétan Zampa son premier rival Francis Vanvenberghe et qu'ils ont semé dans Marseille le sang, la peur et la mort.

*

Grand, les cheveux noirs, le visage allongé, avec des yeux noisette, Francis Vanvenberghe, dit Francis le Belge, né à Marseille, dans le quartier de la Belle de Mai, de mère espagnole, a 13 ans de moins que Tany. Mais il a depuis longtemps passé ses brevets de grand banditisme : proxénétisme, agressions à main armée, trafic de stupéfiants. Quand Gaétan Zampa s'en revient dans son fief, le Belge a déjà conquis Marseille. Il se dépense et dépense sans compter. Il n'a jamais de sa vie rempli une déclaration de revenus, mais se balade avec des liasses plein les poches. Comme Zampa a besoin de se refaire, sinon une santé, un coffre-fort, il lui avance 400 000 francs.

De quoi sceller un pacte que Zampa l'orgueilleux n'a pas mis à son programme de nouveau roi du milieu. Il tarde à rembourser, puis vient une arnaque portant sur une misère : 2,5 millions de francs d'héroïne. Vanvenberghe estime que Zampa l'a dupé...

A moins d'être frères et corses, comme les Guérini — et encore à la fin de sa vie, Antoine parlait peu à Mémé — deux truands ambitieux ne peuvent se partager Marseille. A l'Evêché, au Palais de justice et à l'hôtel de ville, les autorités compétentes sortent alors leurs machines à calculer, les doigts de la main n'y suffisant plus.

Plus de douze morts en moins d'un an.

Des proxénètes, des tueurs, des racketteurs... Il faut être un expert diplômé du quartier de l'Opéra pour s'y retrouver dans cette guerre des gangs.

*

Le juge Michel sait qu'à Marseille, si certains murs et trottoirs se mettaient à parler, ils cracheraient le sang. Depuis que la cité s'est choisi un milieu à ses dimensions, s'est installée une sinistre répétition de la mort. Bars, boîtes et restaurants changent d'enseigne, les rues se coupent et se découpent, se débaptisent, mais Marseille reste Marseille et la géographie du crime demeure.

Du Bar Henri, où le juge se dit qu'il a de la chance de rencontrer Gaétan Zampa, il suffit de longer la rue Saint-Saëns, traverser la rue Breteuil, pour respirer les odeurs de poisson mort, d'iode, d'essence et de fruits, le parfum du Vieux Port. Le juge Michel s'en va souvent flâner sur les quais tristounets où passent pêcheurs sans poissons et Marseillais en maraude, toujours une galéjade au coin des lèvres.

Il a marché plusieurs fois vers le Tanagra, bar du Vieux Port, où Le Toréador et l'Aga Khan, Lomini et Bistoni, deux hommes de Zampa, ont rencontré un après-midi pistolets mitrailleurs Thomson et colts 45. Sont morts aussi au passage un client et la patronne déjà présente 6 ans plus tôt, au comptoir du même bar, le Rustique, et alors, témoin du meurtre de son mari, d'un serveur et d'un client, de passage. Elle avait ri de la malédiction, changé seulement l'enseigne. Le juge Michel s'attarde souvent devant ce bar devenu épicerie, pensant qu'un règlement de comptes y aura lieu encore. A Marseille, les lieux, comme les hommes, n'échappent pas à leur destin.

*

— Cette fois, ça doit être Francis le Belge, a-t-on commenté, après le massacre du Tanagra, dans les milieux autorisés, où l'on parle de la guerre des gangs, comme d'une partie de poker.

— Du temps des Guérini, ça ne serait jamais arrivé, ont dit les parrains retirés des affaires.

— Les passants grognent. Defferre, aussi. Les chefs vont s'agiter... a-t-on dit à l'Evêché, où l'on attend de passer la barre des dix morts pour s'émouvoir.

En attendant, le 1er avril 1973, jour anniversaire de ses 40 ans, et lendemain du massacre, la Préfecture supprime soudain à Gaétan Zampa son autorisation de résider à Marseille. Mais déjà, en pleine « guerre », le 28 décembre 1972, Zampa s'est présenté au commissariat de Manosque.

A indiqué à l'inspecteur de permanence qu'il vivait dans la localité chère à Giono, 6 rue des Alpes, chez Jean Toci, son demi-frère. On n'a, bien sûr, pas vérifié cette adresse de complaisance. La résidence de Zampa est toujours inconnue. Il ne s'est même plus manifesté, 179 rue de Paradis, où habite toujours sa femme.

*

10 avril 1973. Le juge Saurel délivre une pluie de commissions rogatoires pour homicides volontaires et tentatives d'homicides volontaires. Branle-bas de combat dans la police marseillaise. 50 inspecteurs du S.R.P.J., 10 de la Sûreté, 10 du Groupe d'intervention, 20 gendarmes, s'en vont à la pêche aux quatre coins de la région, mais elle n'est pas miraculeuse. Tous les gros poissons ont disparu, et Gaétan Zampa, le premier.

Tany a enfin compris qu'on ne peut prétendre s'imposer au Marseille parallèle sans avoir de bons « indics » à l'hôtel de police. Pourquoi perdre les traditions, même si elles viennent d'un clan qu'on a haï ? Il connaît déjà « beaucoup de monde », de la gauche à la droite, à l'Evêché, à la mairie. C'est un homme généreux...

Francis le Belge, son ennemi, a moins de savoir-faire. La jeunesse... On l'arrête finalement à Paris, dans l'appartement d'une prostituée, en compagnie de son « premier tueur à gages ». En tout, on arrive à 35 arrestations, mais point de Zampa, et point de Barthelemy Regazzi, son lieutenant du moment. Zampa ne s'est pas contenté de gagner Paris comme le Belge, mais l'Italie, les racines de sa famille, la terre de la Mafia, si proche de lui déjà. Apparemment, la police, ou une certaine police, lui a laissé toutes chances de s'échapper.

*

Pierre Michel a vu alors pour la première fois de sa vie marseillaise un triomphe policier, une grande fête de l'Evêché. Spectacle tragiquement pagnolesque.

M. Lagugné-Labarthet, contrôleur général de la police et chef du S.R.P.J., convoque la presse, sourit devant micros et stylos, en serrant fiévreusement dans ses mains ses lunettes d'écaille.

— L'objet principal de ces opérations a été de frapper un grand coup ! La police ne se borne pas à compter les coups, comme l'opinion le pense trop souvent, elle connaît beaucoup de choses et est parfaitement informée...

Zampa aussi...

« ... Nous avons voulu montrer à l'opinion que le public est protégé et nous allons essayer, par la même occasion, d'élucider quelques affaires en cours. »

Dans *le Provençal* du 11 avril 1973 en page 3, on peut lire au bas de la page en petits caractères en conclusion d'un long article intitulé « Grand coup de filet de la police marseillaise » :

— En revanche, ils (les policiers) n'ont pu découvrir Gaétan Zampa, chef de la bande rivale, dont certains éléments, comme Paul Paulakis, ont été toutefois interpellés. »

Et le lendemain, 12 avril, toujours en page 3 :

— Le chef d'une bande rivale serait un certain Gaétan Zampa actuellement en fuite. »

A croire que le journal de Gaston Defferre protège lui aussi Zampa.

Des affaires en cours ? Sur 35 personnes interpellées, 25 sont remises en liberté après 24 heures de garde à vue. Et l'expertise des armes saisies au cours de la « grande rafle » ne permit aucun rapprochement avec les règlements de compte de l'année écoulée. Il y a longtemps que la Méditerranée a enfoui dans ses eaux bleues et noires les armes de Vanvenberghe, de Zampa et de leurs troupes. Quant aux inculpations, à part celle du Belge, elles ne mettent pas en péril les carrières.

Le tribunal de Paris condamne, le 7 novembre 1973, Francis le Belge à trois ans de prison pour proxénétisme et port d'armes prohibées.

M. Lagugné-Labarthet, maître de la police marseillaise, a aussi déclaré :

— Pendant des mois tous les policiers étaient sur le pied de guerre. On peut dire que nous avons mis hors course un véritable gang international.

A cause du Belge, peut-être...

— ... A Marseille et à Paris, l'affaire s'est jouée en même temps. Pour éviter les fuites, nous sommes convenus d'une même heure pour agir partout à la fois. »

Quelle farce !...

Gaétan Zampa s'en revient à Marseille à la fin d'octobre 1973, quelques jours avant la condamnation de son rival. Personne ne l'inquiète, ni police, ni justice, et c'est d'un pas tranquille qu'il obtient, malgré son interdiction de séjour, l'autorisation de résider dans sa ville. En raison de son état de santé... Toujours la médecine. Se retrouver soudain aux leviers de commande, sans adversité, ça a de quoi soulever l'estomac.

La circulaire de police de Gaétano Gaétan Louis Albert Zampa alias Noisette, alias le Grand, dûment remise à jour indique alors :

« Gaétan Zampa demeure à Marseille, 179 rue de Paradis. Il entretient des rapports constants et étroits avec des malfaiteurs notoires et s'est imposé comme l'un des chefs de file d'un clan comprenant des récidivistes qui, pour la plupart, sont comme lui inscrits au fichier central de répression du banditisme. Il fait actuellement l'objet d'une surveillance particulière de la part du S.R.P.J. de Marseille. »

On ne peut plus particulière...

*

Le juge Michel dira plus tard :

— J'ai ressenti quelque chose d'intolérable en pensant qu'un homme si « lourd » pouvait parader dans un bar et que je devais me contenter de le regarder.

*

Gaétan Zampa se consacre à l'installation de son empire et, fidèle aux Trois Canards, apprend à ses hommes l'art du racket. Ils protègent des dizaines de cabarets, restaurants de nuit dans tout le Sud-Est et jusque dans la région de Grenoble où ils affrontent ses rivaux, les racketteurs responsables de l'incendie du Cinq Sept à Saint-Laurent-du-Pont, des 147 morts pour une mise à l'amende. Mais son autre rival, Francis le Belge, n'en reste pas moins un chef. Les Baumettes, depuis que le milieu est le milieu à Marseille, n'ont jamais empêché un caïd d'occuper le terrain. Dans la prison-passoire, ordres et contre-ordres sortent aussi vite qu'entrent foie gras, champagne et pastis.

*

Le juge Michel regarde toujours Gaétan Zampa.

A la même heure, 4 heures de l'après-midi, le 29 avril 1975, un policier « banalisé » entre dans un bar proche, le Chenonceaux, l'un des endroits fétiches de Tany. Opération de routine. Il reconnaît soudain l'homme assis à une table près de la fenêtre, comme Tany au Bar Henri. Vincenzo Parizi, tueur à gages, évadé d'une prison de Milan où l'a conduit un double meurtre, et homme de main de Francis le Belge. Cinq jours plus tôt, il a été blessé dans une fusillade aux Saintes-Maries-de-la-Mer, au restaurant La Brouzetière, et s'est enfui. Deux hommes l'accompagnent visages décidés et bosses sous la veste. De son tabouret, le policier se dit que si Parizi est de passage à Marseille, ce n'est pas par amour du pastis. Il avertit aussitôt l'Evêché. Demande du renfort. Trois inspecteurs entrent dans le bar, dix minutes après son appel.

De l'endroit où il se trouve, Pierre Michel aurait pu voir la scène. Au moment d'entrer au Chenonceaux, les inspecteurs voient soudain une R 16 noire en stationnement manœuvrer à toute allure. A l'intérieur, deux hommes. Les inspecteurs se précipitent. La 16 recule, emboutit au passage une 2 CV, puis pique droit sur les policiers. Un premier inspecteur l'évite, sort son arme, tire un coup de feu en l'air. Les deux autres bloquent la rue.

Qui sort de la R 16, le visage dur, les yeux qui parpalègent ? Gaétan Zampa, presque beau joueur, et Jacques Ortoli, 67 ans, truand, depuis vingt ans à la solde de Zampa, dont il est devenu plus ou moins le conseiller technique. Il se dit cultivateur ! Sur la banquette du véhicule, entre les deux hommes : un Smith et Wesson calibre 38, article préféré des laboureurs de l'Opéra. Les policiers assistent alors à une nouvelle galéjade.

— L'arme appartient à Zampa, prétend Ortoli.

— Elle appartient à Ortoli, prétend Zampa.

La nuit, dans les geôles de l'Évêché, porte conseil aux cultivateurs et le lendemain, devant Monique Mabelli, la « reine mère » de Pierre Michel, Ortoli se souvient.

— L'arme est à moi. Je vous le jure.

Pierre Michel est dans le couloir de l'instruction, lorsque la « reine mère » envoie Zampa en correctionnelle pour port d'armes prohibées.

Un accident de parcours.

Il en arrive aux plus grands. A Carbone, Spirito, Guérini et les autres... Tany rejoint le Belge aux Baumettes avec une condamnation de huit mois.

Vraiment un accident de parcours.

Déjà ce même mois, des policiers du S.R.P.J. qui, pour une fois, ont su trouver Maître Zampa, l'ont présenté avec 23 autres personnes à Antranik Paroutian, industriel, ancien gros bonnet dans le réseau Patrizzi, import-export d'héroïne, et séquestré pendant une semaine, façon Trois Canards, pour une rançon de 3 millions de francs, dont la police ne parvient pas à savoir si elle a été versée !

Reconnaît-il Zampa comme l'un de ses quatre geôliers ? Non. Il ne sait rien, ne comprend rien, et n'a jamais vu ce Monsieur. Quel ancien trafiquant de drogue oserait reconnaître le nouveau Parrain, déjà intouchable ?

Encore un accident de parcours...

*

Au Bar Henri, Gaétan Zampa agite ses yeux comme si derrière les vitres peinturlurées allait surgir un tueur. Le juge Michel s'interroge. Est-ce qu'il est armé ? Est-ce qu'un Zampa peut décemment, seul, ou même accompagné d'un compagnon de route sortir sans arme ?

Gaétan Zampa se lève, va quitter le Bar Henri. Le juge Michel dissèque chacun de ses gestes :

— J'ai eu envie de le suivre, racontera plus tard le juge. Pour essayer de voir où il habitait, de quelle façon il rentrait chez lui ou ailleurs. Il prenait des précautions.

*

Encore une remise de peine... et Gaétan Zampa quitte les Baumettes le 19 janvier 1976. Les services de police lui demandent d'indiquer une adresse pour le Fichier Central du Banditisme.

— 68 avenue du Prado à Marseille, dans le 8e arrondissement.

Zampa n'est jamais qu'un des maîtres du milieu. Pourquoi vérifier, entre gens de si bonne compagnie... Zampa n'a pourtant jamais habité, et n'habitera jamais à cette adresse.

*

Six mois jour pour jour après sa libération, le 19 juillet 1976, survient le casse du siècle, à Nice. Une ribambelle de truands de haute volée, entrés par les égouts et un tunnel dans l'agence centrale de la Société Générale. Butin : six milliards d'anciens francs, peut-être plus. La Police Judiciaire établit rapidement une liste de « possibles ». Zampa est soupçonné d'avoir prêté la main, ou plutôt la tête, aux égoutiers de la cambriole. On décide à l'aube du mardi 26 octobre de procéder à une vague d'arrestations. A la marseillaise ! Lorsque deux inspecteurs se présentent à l'adresse indiquée, Tany n'y habite pas. Air connu. Pas plus qu'il n'habite ailleurs. Amis, famille, relations. Il est introuvable.

A Marseille, les antennes ne se contentent pas de fleurir les toits aux tuiles grises de l'Evêché.

A Nice aussi, d'ailleurs. Six figurants sont arrêtés, et un second rôle, Henri Michelucci, licencié ès-cambriolages et ami très proche de... Gaétan Zampa. Puis, Jean Toci, son demi-frère.

Dès le lendemain, presse et radio annoncent la fuite de « Gaétan Zampa, l'un des cerveaux du casse du siècle ».

Qu'à cela ne tienne ! 15 jours plus tard, Gaétan Zampa, selon ce qui deviendra une habitude, se manifeste. Son avocat, Jean-Louis Pelletier, passé du Barreau d'Aix-en-Provence au Barreau de Paris, et aussi conseil de Jacques Mesrine, ennemi public n° 1 d'un autre genre, se présente le lundi 8 novembre chez le juge d'instruction Bouaziz chargé de l'affaire du casse du siècle.

— Quelles sont les charges contre mon client ? Il a dû quitter Marseille pour régler quelques affaires. Il voudrait connaître exactement le rôle qu'on lui prête dans cette affaire à laquelle il est totalement étranger.

Le juge Bouaziz est formel :

— Votre client ne figure pas parmi les inculpés dans cette affaire et, si votre client a quelque chose à dire, il n'a qu'à se présenter à la police.

D'un pas léger, comme toujours, Gaétan Zampa l'introuvable se rend alors au commissariat d'Aix-en-Provence le mardi 12 novembre, après avoir pris rendez-vous avec le commissaire Jousselin, de la Police Judiciaire. Une heure d'entretien et Gaétan Zampa se contente de donner ses nom, prénoms et... adresse. Sans même qu'on rédige un quelconque procès-verbal ou qu'on lui demande son emploi du temps le jour du casse. Il y a des questions à ne pas poser au n° G 59.54.58/54.59 du fichier central du banditisme.

Gaétan Zampa sort libre du commissariat.

Mais, avant de retourner en Italie où il réside de plus en plus souvent pour ses affaires... Gaétan Zampa prend le soin de convier à déjeuner le commissaire Jacques Tholance, policier intègre et efficace, alors chef d'une section criminelle de la Police Judiciaire de Nice, dans un restaurant de poissons et coquillages, aux Halles de Nice. Pour l'entretenir de son éventuel projet de création d'un bordel dans le centre de la ville ! Zampa est accompagné d'une amie, et se demande s'il a des chances d'obtenir les autorisations nécessaires.

— Mais, raconte le commissaire Tholance, muté ensuite à Marseille où il arrêtera quelques truands de bon calibre, Tany ne cessait de me questionner pour savoir ce que savait exactement la police ! Me parler de son bordel, c'était un prétexte !

Entre-temps, la police a arrêté Albert Spaggiari, prétendu cerveau du casse du siècle. Avant qu'il ne s'évade. En sautant en souplesse de la fenêtre du cabinet du juge Bouaziz, qui n'a pas voulu entendre parler de Zampa. On arrêtera aussi, à Bruxelles, un complice porteur d'une partie du butin retrouvé : 4 800 000 francs. Une misère... Il s'appelle aussi Michelucci. C'est Daniel, le frère d'Henri, également grand ami de Zampa.

Mais pourquoi Tany s'inquiéterait-il puisque personne, dans la police ou la justice, ne l'inquiète.

*

Gaétan Zampa a mis son manteau de loup gris-noir. De la fourrure n'émerge que son visage un peu tassé. Avant de franchir la porte du Bar Henri, il se retourne et fixe le juge Michel. Celui-ci ne cille pas.

— Je me suis toujours demandé s'il me connaissait, s'il savait qui j'étais, dira le juge Michel, ou s'il m'avait pris pour un flic. En tout cas, il ne m'a pas souri.

VI

DÉJÀ LA MORT, DÉJÀ LA HAINE

C'est la nuit. Lourde, encore noire, mais déjà blanchie par des éclairs de jour. Une lampe en amande balaie le chemin de Morgiou comme un projecteur. Le paravent de béton, arrêt de l'autobus 23, est vide. De l'autre côté, le bar, aux rideaux de bois, porte brune et close, n'a que son enseigne à offrir dans l'ombre : « Ici mieux qu'en face ».

En face, les deux battants du portail immense, lisse, couleur d'algue et dévoré de rouille se sont ouverts d'un seul coup dans un bruit de chaînes. Une hésitation, un moteur qui craque et les deux battants claquent en avalant la GS grise. Le juge Michel conduit. Il est 3 h 42 du matin. Il est seul, mais des deux côtés d'autres attendent. La mort.

Le téléphone a sonné la veille à l'heure des informations dans la villa Les Buis.

— Monsieur Michel... c'est pour cette nuit.

La mort.

*

Comme René Saurel, déchiré entre les filières de drogue et les menaces, comme Bernard Palanque, après l'affaire Gabrielle Russier, Ilda di Marino, premier juge d'instruction, souffre d'une dépression nerveuse. Au moment de clore le dossier Rambla-Ranucci. Elle quitte le cabinet d'instruction n° 4 qui a tant retenti de cris et de colères pour devenir juge au siège. Le métier de juge d'instruction est un métier qui use et met les nerfs à vif. A Marseille plus qu'ailleurs.

Pierre Michel, à peine nommé juge, doit boucler le dossier, vérifier s'il est complet, puis le communiquer au Parquet le 21 février 1975 pour qu'il soit transmis à la Cour d'Assises des Bouches-du-Rhône. Mais Pierre Michel ne veut pas devenir l'intérimaire, le remplaçant qui transmet comme une mécanique. Il étudie chaque chemise, chaque sous-chemise du dossier haut de presque un mètre, l'emporte chez lui, l'étale comme une vague sur la table de l'entrée-salle à manger.

Christian Ranucci, 22 ans, nie désormais ce dont il s'est accusé le jour de son arrestation avec force détails. Le meurtre de Dolorès Rambla, 8 ans, criblée de quinze coups de couteau, le lundi de Pentecôte 1974, dans les bois de Peypin.

— Mais je ne peux pas transmettre un dossier pareil, s'écrie Pierre Michel. Il y a trop de points dans l'ombre. Des témoignages sont flous. Il manque des enquêtes...

Il s'en ouvre à la hiérarchie. Que n'a-t-il pas dit là ? A Marseille, quand un dossier est clos, il est clos. C'est comme s'il était déjà jugé. Mais le juge Michel, déjà suspect par son zèle, insiste.

— Je suis sûr que Ranucci est coupable. C'est lui qui a indiqué où se trouvait le couteau, mais il faut que tous les points soient éclaircis. On n'a pas le droit de bâcler une telle affaire.

Le président du tribunal, le procureur et ses hommes de main parlent d'une même voix.

— Terminez vite ce dossier, tel qu'il est. Vous n'allez pas vous mettre à fouiller les points de détail. A Aix ils l'attendent.

Pierre Michel vient de débuter comme juge. La hiérarchie le tient encore et lui a même conseillé s'il veut « faire carrière » de s'inscrire à son syndicat favori : l'Union Syndicale de la Magistrature qui prêche la modération. Certes on n'a pas le droit de dessaisir le juge Michel du dossier Rambla-Ranucci, mais il n'est pas encore de taille à lutter contre la justice à l'étouffée, spécialité de la cuisine marseillaise. Il se rend, les armes à la main.

— Ce n'est pas un dossier que je vous donne, mais un brouillon d'instruction.

C'est tout juste si, par punition, il ne retourne pas en enfer, au sous-sol, dans le cabinet-lumière, s'occuper de vols à la roulotte ou de querelles de voisinage. Alors il signe l'acte de renvoi et c'est lui le dernier magistrat du Palais à recevoir Christian Ranucci dans le cabinet orphelin d'Ilda di Marino pour la récapitulation finale du dossier. Ranucci en chemisette, jeans et tennis, a l'air de sortir d'un campus. Il bafouille, bredouille, s'indigne devant le juge Michel et avant de s'en aller, il lui tend la main par-dessus le bureau.

— Merci monsieur le juge. Vous êtes chic, vous.

— J'ai eu l'impression d'avoir un enfant devant moi, dira Pierre Michel, et puis je n'imaginais pas, même en étant persuadé de sa culpabilité, que ça irait aussi loin.

A Aix, le 10 mars 1976, les jurés de la Cour d'Assises condamnent Christian Ranucci à mort. Valéry Giscard d'Estaing n'use pas de son droit de grâce.

*

Le juge Michel n'a pas dormi. Il a attendu dans le petit salon, villa Les Buis, que le temps s'écoule et que vienne l'heure de partir. Aux Baumettes, en entrant dans la cour, il se demande encore pourquoi Ranucci lui a dit un jour qu'il était chic. Lui qui n'a rien fait ou rien pu faire, et que dans des lettres écrites en prison le condamné à mort accuse de s'être mal occupé de son dossier.

Dehors journalistes, photographes et le service d'ordre : deux fourgons de police, tous phares allumés, et trois fourgons de C.R.S. Et le curieux de service, sur sa mobylette, le casque à la main, devant les murs, interpellant « ceux de la presse ». Il chuchote :

— La nuit est vraiment fraîche... Je me demande si on va vous laisser assister au coupe-coupe. S'ils vous font entrer, vous direz que je suis avec vous.

« Ceux de la presse » n'en reviennent pas. L'homme a l'allure d'un employé des pompes funèbres, les yeux humides et le visage rouge brique.

— Mais oui, mon père a vu une tête rouler dans la sciure. Il me l'a toujours raconté. C'était sur la place des Carmes à Metz.

Le juge Michel n'apprendra qu'ensuite l'existence de ce macabre badaud et de son souvenir de Meurthe-et-Moselle, le pays natal. Mais lui il n'a pas le désir de voir. Il se demande ce qu'il fait là à attendre la mort d'un autre. Quel mauvais hasard l'a fait choisir lui et pas un des treize autres juges d'instruction pour clore ce dossier ? Et puis il a du mal à comprendre pourquoi ils sont si nombreux dans le grand hall après la première cour. Il salue de la tête le procureur de la République adjoint Tallet, le président Antona, le contrôleur général Cubaynes, chef de la Sûreté urbaine de Marseille, le commissaire Bocri, Paul Lombard, Jean-François Le Forsonney et André Fraticelli, les avocats de Ranucci et l'aumônier des prisons. L'heure n'est pas aux poignées de main.

Le juge Michel a sorti son paquet de Gitanes, mais il n'a pas la force d'en allumer une. Il s'appuie contre un mur rugueux. Il a le visage aussi pâle que la vague lumière qui descend du plafond. Maintenant, vingt-deux C.R.S. en tenue de combat, casque « à bulle » à la main, bardés de matraques, fusils, lance-grenades, musettes de munitions, pénètrent dans l'enceinte. Huit agents prennent position devant les deux battants de ferraille.

Dérisoire spectacle dont le procureur de la République adjoint Tallet devient le chef d'orchestre. Il souffle :

— C'est le moment d'y aller.

Le défilé s'ébranle. Le juge Michel est l'avant-dernier, et suit sans vraiment regarder derrière ses lunettes. C'est un escalier, puis un couloir souterrain jonché de couvertures grises marquées A.P. (Administration Pénitentiaire). Pour que les pas des hommes venus du dehors ne réveillent pas la nuit de ceux du dedans. Le directeur des Baumettes a peur de la révolte que provoque souvent une exécution capitale. Les prisonniers méprisent les tueurs d'enfants, mais ils ont su par la presse et par la voix des Baumettes que Ranucci criait son innocence. Ils sont prêts à toutes les colères.

Ce sont des marches de pierre en arrière, en avant, des plaques de ciment, puis le prétoire de la prison, et enfin le pavillon des condamnés à mort. Deux cellules. La première fermée. Porte de bois massif ourlée de serrures géantes et de fers longs comme le bras. Avec au milieu, le signe distinctif connu des seuls initiés de la détention et de la mort. Un minuscule panneau d'interdiction rouge rayé de blanc. La seconde déjà ouverte, sur une grille noire à barreaux serrés. L'interdiction est morte.

La porte s'ouvre avec un bruit de marteau. Le gardien-chef, en survêtement de sport verdâtre, partage l'assemblée en deux rangées, à l'oblique, devant la cellule. Le juge Michel aperçoit la silhouette crispée face au mur. Les condamnés à mort sont d'abord condamnés à une vie avec la lumière jour et nuit et Ranucci s'est toujours protégé ainsi. La grille s'ouvre doucement sous les mains de deux gardiens et ils se jettent sur Ranucci. Deux cris déchirent le silence. De mort déjà. Le juge Michel s'étonne de ce combat sauvage visant seulement à passer des menottes. Le procureur adjoint énonce les mots rituels.

— Votre recours en grâce a été rejeté. Ayez du courage.

Ranucci gronde.

— Qu'est-ce qu'on a encore été raconter à Giscard ?

Avec son pyjama rayé, Ranucci ressemble à un déporté des camps allemands et son visage est aussi maigre, délavé, dévoré de fièvre et de peur. De son nez coule un long filet de sang. Il crie vers ses avocats.

— Mais je suis innocent... je suis innocent.

Le juge Michel n'écoute plus, et suit le défilé, le dernier maintenant. Le premier, c'est Ranucci, pieds nus et mains griffées par les menottes dans son dos. Portes et couloirs n'en finissent plus. Le juge Michel se sent tout à fait de trop. Puis il y a encore le cérémonial inutile. Ranucci sur le tabouret, sans menottes, dédaignant l'aumônier, repoussant le verre d'alcool, crispant ses lèvres sur trois bouffées de cigarette et le bourreau qui jauge, juge et gémit :

— Est-ce qu'on peut disposer ?

Le juge Michel a un haut-le-cœur. Il n'a pas mangé le soir, juste avalé quelques tasses de café, sentant que la mort le ferait vomir. Il détaille un à un les aides du bourreau, gros et gras, au visage balafré de couperose et vêtus de bleus de chauffe. Ils sont hommes de l'art et de deux brefs coups de ciseaux, le premier tranche dans la veste que le second rabat sur les épaules. Ils rasent la nuque et enroulent les bras et les chevilles de ficelle de mauvais chanvre avec des gestes de bouchers. Le juge Michel détourne les yeux puis se force à regarder celui que, par hasard, par hasard seulement, il a mené une première fois vers la guillotine. Par une signature.

— A ce moment-là, dira-t-il, c'est moi qui me suis senti coupable.

On a encore ouvert une porte, minuscule, donnant directement sur l'échafaud. Le juge Michel aperçoit les bois de la mort, bien cirés, luisant comme un cuivre rare. Le docteur Tosti, médecin de l'Administration Pénitentiaire, s'est approché. C'est lui qui va constater. Pierre Michel s'est retourné comme beaucoup d'autres et a marché au fond du couloir presque en courant. Il serre ses mains contre un mur trop blanc et ne regarde pas. Le premier aide appuie Ranucci vers la planche verticale, qui redevient horizontale. Le bourreau, le seul sans veste, en chemise avec d'épaisses bretelles grises, attache le harnais. Le second aide force la nuque de Ranucci du tranchant de la main. Le pouce du bourreau claque sur le bouton, le lourd couperet tombe en sifflant et donne la mort à 4 h 13 du matin.

*

Le juge Michel attendra que le fourgon bleu foncé emportant la dépouille mortelle de Christian Ranucci vers le carré des suppliciés du cimetière Saint-Pierre s'évade des Baumettes, que les bois de justice démontés et bâchés de noir sur un camion gris foncé retournent à leur prison, et que les avocats roulent vers d'autres causes et cas de conscience pour quitter le lieu de la décapitation.

Dehors ce n'est plus tout à fait la nuit, ni encore le jour. La prison est à nouveau silence. Les C.R.S. s'éloignent. De l'autre côté de la rue de

Morgiou l'enseigne du café que l'on devine mieux devient une injure : « Ici mieux qu'en face ».

Revenu à la villa Les Buis, Pierre Michel ne se couche pas, ne s'asseoit pas. Il marche de l'entrée au petit salon, dans le brouillard de ses Gitanes. Il essaie de manger une pomme, mais il la vomit. Il n'ira pas au tribunal pendant deux jours, délaissant ses dossiers et son combat. Parce qu'il a vu la mort bien en face, ses yeux dans les yeux de Ranucci, et que ça lui fait horreur. Il dira à Patrick Barrou, l'un de ses beaux-frères, parrain de sa fille Emmanuelle, l'un de ses plus proches qui déjeune trois jours plus tard avec lui :

— Quand on a vu ça, on ne peut pas être pour la peine de mort, ni pour toute autre forme de mort.

*

S'il existait un guide des prisons et maisons centrales de France, les Baumettes seraient dans les profondeurs du classement, affirment des spécialistes qui ont visité la France des enfermés. Passés les hauts murs, tout y est noir, sordide, et des cellules aux cours dégringolent des odeurs de pourriture, de viande morte, d'urine et de désinfectant.

C'est une poubelle où l'on jette petits et grands truands et à l'image de Marseille y germent la combine, le trafic et la délation. Des clans de détenus se forment, se déforment, préparant leur rentrée dans le monde. L'architecte qui l'a conçue, ou alors son premier directeur, un certain Paul Cazanave, ont empreint les murs d'enceinte d'une morale pour enfants de chœur. En levant les yeux, mais les détenus qui pénètrent dans la prison marchent droit devant eux et se moquent du ciel, on peut apercevoir quatre statues grotesques perchées dans des niches. D'abord, à droite, vers les collines, un homme de pierre incarne la Colère. Le sculpteur l'a représenté armé d'un couteau, tournant presque le dos, avec un rictus signifiant qu'il va frapper. Puis loin, l'Avarice. Une sorte d'Harpagon replié sur un coffre avec des pièces d'or. A gauche, en direction de la ville, la Gourmandise. Le sculpteur devait être buveur d'anis car elle est devenue un homme, plié en deux par l'ivresse, tendant son gobelet du bout de l'anse. Et puis encore à gauche, en marchant vers la Traverse de Rabat, la Paresse. L'architecte de ces chefs-d'œuvre a forcé son talent. C'est simplement un homme accroupi, la tête sur les genoux, les bras le long du corps, les mains posées sur les pieds.

Voilà donc les péchés que fustige la prison d'une ville où le milieu a toujours régné en maître. Si les Marseillais se contentaient de succomber à ces quatre broutilles, on pourrait transformer les Baumettes en parc de loisirs.

C'est vraiment la prison du Fada.

Mais sur ces hauts murs de pierre roussâtre et de moellons gris, le sculpteur a oublié une statue. Celle de la Haine. Elle pourrait s'incarner par un homme armé, les yeux sévères et la bouche déformée, brandissant une effigie de Pierre Michel.

Pierre Michel est juge depuis un an et demi et déjà la haine est sur lui aux Baumettes. Sur les murs hideux des cellules au milieu des dessins obscènes courent les graffiti. Ça a commencé par « Michel Peau de Vache », « Juge Michel-enfant de salaud », pour arriver à « Michel-

Renaud, même combat » et « A mort le juge Michel ». L'Administration Pénitentiaire n'ouvre pas le courrier adressé aux juges, et dans le tiroir de son bureau abondent les lettres anonymes. Encore des dessins phantasmes, des mots de colère, mais surtout de haine. Avec souvent des semblants de poèmes qui ne sont que des menaces, comme celui reçu dans le courant du mois de juin 1976 :
« Le juge Michel est une putain et une balance
« Il a fait cracher Poli et il le raconte à toute la France.
« On le retrouvera dans le caniveau
« Mort comme un chien de salaud
« Quand il sera dans le cimetière
« On viendra lui jeter des pierres. »

La prison est un bouillon de culture, et c'est aux Baumettes que fermente le mythe de Pierre Michel. Lors des promenades, les détenus parlent surtout de « leur affaire ». Lorsque le nom du juge est prononcé, les épaules se soulèvent, les visages se tendent d'un air de dire :

— Mon pauvre vieux, tu n'as aucune chance.

Certains avocats, spécialisés dans le droit pénal et habitués jusqu'alors à la tolérance marseillaise, aux arrangements avec le ciel du tribunal, alimentent la haine.

— C'est terrible. Vous êtes tombé sur Michel. Je vais essayer d'éviter la catastrophe, mais avec lui c'est perdu d'avance.

— Pourquoi ? demandent ceux qui n'ont pas encore rencontré « le monstre ».

Ces avocats-là déjà ennemis du juge lèvent les bras d'impuissance.

— Michel ? il va vous enfoncer au maximum. C'est un fou.

A Marseille est fou celui qui veut la justice totale, sans compromission. Le juge Michel est fou à sa façon. S'il se contentait comme tant d'autres de lire une pièce de dossier sur deux, de partir à l'heure exacte prévue depuis des jours et des jours, pour ne pas manquer les actualités régionales, de ne pas déroger, aux Baumettes, on dirait avec l'accent :

— C'est un brave ce juge Michel.

Ou autrement dit :

— C'est un con. On lui fait avaler tout ce qu'on veut.

Mais le juge Michel fouille, scrute, questionne et dérange. A part Jacqueline et ses filles Emmanuelle et Béatrice, plus rien ne compte d'autre que son métier. De même qu'à 17 ans il s'est engagé dans l'O.A.S., a connu la prison, il s'engage à fond dans son métier. Et ça bouleverse de mois en mois toutes les idées reçues du milieu du crime organisé.

D'abord le juge Michel pratique ce qu'il appelle en souriant « l'esprit de famille ». Lorsqu'un inculpé se rebelle et empêche le juge d'avancer, il fait écrouer sa femme ou sa maîtresse, les deux s'il y a lieu. Pour complicité. Se moquant de cette loi du milieu qui veut qu'on ne touche jamais à la femme d'un truand. Après, Pierre Michel est prêt à tout. Il propose la remise en liberté en échange d'un tuyau, d'une indication et cela peut très bien se dérouler comme pour Poli dans les geôles humides du Palais. Les gardiens des geôles ont l'habitude de ses bons mots.

— Laissez passer le prêtre. Je vais à confesse.

Dans le secret des geôles, il écoute les femmes des truands négocier leur liberté à coups de renseignements. Sans procès-verbal. Et la moindre indication, même si elle concerne d'autres truands, d'autres affaires s'ajoute à la formidable mémoire du juge Michel. Ensuite le juge convoque le truand, et faisant mine de lire dans le dossier, soupire :

— J'ai reçu un rapport de police m'indiquant que vous connaissez un autre inculpé. Vous le rencontrez dans un bar du Vieux Port...

Le juge Michel parvient ainsi à faire avouer de nombreux inculpés. Il pratique aussi le chantage au parloir, échangeant les permis de visite contre des indications, encourageant les épouses de truands.

— Dites à votre mari que s'il parle, j'en tiendrai compte.

Pierre Michel a du charme, les femmes, qu'elles soient avocates, juges ou égéries du milieu, le trouvent beau, séduisant. Alors il en joue, et ce qu'on ne dirait pas à un juge d'instruction terne, vieux et sans allure, on le dit au juge Pierre Michel, comme une confidence. Certaines femmes de truands impressionnées par ce « truand de l'instruction » sont même prêtes à tomber amoureuses et le lui font comprendre. Pierre Michel va jusqu'au bout de sa manigance, et il obtient souvent des indications qui surprennent les inspecteurs de l'Evéché.

Pierre Michel est le premier à se moquer du juge Michel.

— Un jour, raconte-t-il, il y a une fille très belle qui voulait « travailler » pour moi. Vous me voyez annoncer au procureur que je fais des extras comme proxo pour m'acheter un appartement...

Au bout de ces méthodes peu classiques que les truands se sont mis à redouter comme la peste, le juge Michel n'a qu'un but : Que tombent tous ceux qui doivent tomber. Alors des bas-fonds de Marseille aux villas cossues où résident les maîtres du jeu marseillais, c'est de lui qu'on dit : « il doit tomber ».

Des Baumettes encore lui viennent ces vers de haine un matin de juillet.

« Le juge Michel est si fort
« Que le jour où je l'ai mis à mort
« Il est ressuscité
« Pour me faire condamner
« Mais je l'ai tué encore
« Et cette fois il est bien mort. »

VII

LES FANTÔMES DES TROIS CANARDS

Jacky Imbert s'avance dans le cabinet n° 3. Le juge Michel, les coudes appuyés sur des dossiers, un crayon entre les doigts, savoure ce moment avec intensité. Interroger, un matin de novembre 1977, le nouveau rival de Gaétan Zampa, miraculé de la guerre des gangs, c'est aussi un miracle. A l'Evéché, même, on a défilé dans les bureaux de la Brigade anti-gang sous tous les prétextes, pour, une fois au moins dans sa carrière de policier, avoir vu l'intouchable autrement que dans le fichier du grand banditisme, circulaire spéciale n° 909/68.

Le juge Michel sait que Jacky, dit le Mat à cause de sa peau caramel, ne se livre plus depuis longtemps à des confidences devant un juge et que l'entretien sera bref. Alors, ses yeux s'attardent sur l'homme en costume de flanelle bleue. Même taille que Gaétan Zampa, à trois centimètres près..., même embonpoint léger, visage aussi dur, froid, regard aussi inquiet.

Il y a de quoi.

Jacky le Mat est tombé comme un débutant dans un piège qui ne lui était même pas destiné ! Deux inspecteurs de la brigade des rafles en opération anti-hold-up comme chaque vendredi l'ont aperçu dans une drôle de posture et ont alerté l'Evéché. Le commissaire Picone et ses adjoints de l'anti-gang se sont chargés de l'arrestation.

— Que faisiez-vous le 25 novembre à 10 h 30 devant le 12 rue Negresko, dans une BMW bleu nuit immatriculée 50 GP 13 garée au bord du trottoir ?

Jacky Imbert répond d'une voix calme :

— J'ai rencontré des amis, et je me suis arrêté pour discuter. Je suis monté avec eux à cause du froid. C'est tout.

— Vous étiez trois dans la BMW avec Etienne Armao et Georges Masia. Vous étiez le seul a être armé. Dans un étui accroché à la ceinture un pistolet Herstall 9 mm, et dans la poche droite de votre caban, un Smith et Wesson 38 spécial. Les deux armes chargées, balle engagée dans le canon et non d'arrêt ôté.

Jacky Imbert répond sans sourire : — Depuis mon accident je me sens menacé. Alors je prends mes précautions.

Certes... on a retrouvé la R 17 gris métallisé de Jacky Imbert le long du boulevard Michelet, tournée vers l'Ordélisque de Mazargues, prête à le conduire loin de Marseille.

Le juge Michel n'en attendait pas moins. Et regrette de n'avoir à ouvrir qu'un rituel dossier de détention d'armes prohibées. Une simple banalité de Correctionnelle. Il imagine face à un tel adversaire une joute de dix heures au moins avec un dossier solide, des faits, des documents prouvant qu'il est un des maîtres du crime organisé. Jacky Imbert regarde le juge droit dans les yeux comme s'il lisait dans ses pensées.

— Je n'ai rien d'autre à dire, monsieur le Juge.

Jacky Imbert a l'assurance tranquille des ressuscités du milieu. Il est assez rare qu'un truand meure dans son lit, ou alors dans des draps de sang. Ceux qui échappent à la mort urbaine, coin de trottoir, caniveau, volant de voiture, arrière-salle de bistrot entrent dans la légende. Jacky Imbert pour un « accident ».

*

1er février 1977. Jacky Imbert gare la BMW empruntée à une amie, épouse d'un patron de bar à pigeons et truands du quartier de l'Opéra à Marseille sur le parking de sa résidence. Les Trois Caravelles à Cassis, face à la mer, où il habite depuis le début de l'année. Deux hommes cachés derrière un rempart de fusains tirent quand le Mat sort de la voiture. Fusil de chasse et 11,43. Vingt-trois projectiles. Se penchent sur lui rapidement.

— Il n'est pas fini. Je l'ai vu bouger.

— Tu as des visions. Viens, on le laisse là comme un chien.

Enlèvent leurs cagoules et disparaissent vers Marseille, par la Gineste, dans une voiture de grosse cylindrée. A l'hôpital d'Aubagne, Jacky le Mat agonise. Sept balles de 11,43 et des dizaines de chevrotines de calibre 12 ont percé la tête et le bras droit. Au milieu de la nuit on le transporte à l'hôpital de La Timone, à Marseille. En réanimation. Déjà mort pour les médecins. Pour les policiers aussi. Les antennes de l'Evéché vibrent jusqu'au quartier de l'Opéra. Le milieu applaudit. Le voilà entré par la grande porte dans son vaste cimetière itinérant. L'Evéché se réjouit. Voilà peut-être le dernier acte d'une guerre des gangs.

Mais Jacky le Mat à qui l'on a dû raser sa moustache noire en croissant a vu le visage, reconnu la voix de ses deux assassins et ça lui donne toutes les forces.

*

Le juge Michel a devant lui Jacky Imbert tel qu'il est sorti de la Timone. Le bras droit figé et la main atrophiée. Morts. Le Mat a appris à compter seulement sur sa gauche. L'œil droit trop fixe. Mort. Il en a perdu l'usage. Quand la police l'a interrogé sur son lit d'hôpital il a répondu avec la voix, la loi du silence :

— Je ne me connais pas d'ennemis. Je m'étonne qu'on ait voulu me supprimer. Je n'avais d'ailleurs sur moi aucun moyen de défense et vous n'avez trouvé aucune arme à mon domicile.

La marque des grands, des invulnérables.

Au contraire de ses « assassins ».

Gabriel Regazzi a rencontré une rafale de mitraillette le 3 mars 1977 devant le cimetière Saint-Pierre à Marseille où il venait de se recueillir sur la tombe de son fils.

Jean-Pierre Roche, dit Bimbo, contrôleur général des services hôteliers au casino Ruhl à Nice, au volant de sa Mercedes blanche, a rencontré le conducteur d'une Simca rouge et son 11,43 le 31 juillet 1977 alors qu'il se rendait chez son directeur Jean Dominique Fratoni. Dans sa poche, un ticket réservé pour le match de boxe Monzon-Valdès à Monaco, cadeau amical d'Alain Delon, et la photocopie d'un chèque de 50 000 francs, cadeau amical de...

Il est toujours dangereux de retirer sa cagoule devant un cadavre encore lucide.

*

A l'Evéché, encore surpris de se retrouver dans les bureaux de l'anti-gang, l'une des deux « gâchettes » de Jacky le Mat, s'est laissé aller.

— On devait donner le trac à quelqu'un...

Quand les policiers lui ont rapporté cette phrase Jacky le Mat s'est étonné.

— Je ne comprends pas.

Les hommes de l'anti-gang et le juge Michel ont compris. Georges Carvin, un des hommes de main de Gaétan Zampa habite au bas de la rue Negresko, et Zampa élit parfois domicile boulevard Michelet. L'un ou l'autre ou les deux doivent donc au hasard d'une patrouille de police de n'avoir pas payé aussi l'accident de Cassis.

A chacun sa façon d'être invulnérable.

Un point pour Imbert, puis un point pour Zampa.

*

Tandis que son bras droit à peine plié, serré contre la chaise, Jacky le Mat s'impatiente, le juge se résout à demander, à la suite de l'Evéché :

— Vous refusez toujours de préciser votre domicile actuel ?

— Oui. Depuis mon accident. Vous comprenez...

Le juge Michel comprend surtout son impuissance.

Si le Mat se hasardait à donner une adresse, elle serait sans lendemain comme les adresses que fournit Zampa. Après son « accident » de Cassis il a prétendu être directeur artistique du Cabaret Lola, rue Fontaine, à Pigalle. Le gérant a prétendu ne pas le connaître.

Le juge Michel mesure une fois de plus les limites de son métier, les limites de la police, et il enrage. Avoir la chance de recevoir officiellement un vrai caïd, mais ne pouvoir se pencher sur ses revenus, ses relations, quel sentiment d'inutile pour un juge comme Pierre Michel.

Et pourtant, quand le juge Michel l'aura inculpé, qu'il sera passé aux flagrants délits, qu'il aura supporté la pourrissoir des Baumettes après cet accident de parcours, le Mat pourra revenir à sa guerre de gangs et à sa vie de nabab. Dans ses propriétés des Caraïbes, de Floride, d'Italie, et sur ses yachts, surtout sur le Kallisté, voilier de onze mètres et de 2 millions de francs, avec lequel il aime participer à ses régates internationales. Le Mat, membre du Yacht Club de France, a toujours travaillé dur pour s'offrir les plus beaux bateaux. Personnage à part du crime organisé, il ambitionne d'évincer Zampa et d'être le premier à Marseille et Paris pour s'en aller ensuite sacrifier à son amour de la mer.

Le juge Michel connaît autant par le dossier de police que par ses relations à l'Evéché, et ses « évêques » comme il appelle désormais ses très honorables correspondants à l'hôtel de police, la carrière exemplaire de Jacky le Mat.

*

Jacky Imbert ne s'appelle pas Jacques ni Imbert, mais Georges Lancone. Nom difficile à porter quand on a de l'ambition. Il est né le 30 décembre 1929 à Toulouse. Son certificat d'études pour tout bagage, à 19 ans, en 1947, il part à Oran et s'engage pour quatre ans au 15e régiment de Tirailleurs sénégalais. En 1948, il est réformé pour troubles mentaux ! Ce qui est loin d'être une tare quand vient le moment de solliciter une liberté médicale. Le Mat demeure à Oran, le temps de visiter la prison de 1949, pour un vol qualifié dans une bijouterie. Et de comprendre que la « couleur locale » d'un le Mat plaît aux femmes, et que « travailler » seul n'apporte que des ennuis. Comme le père de Gaétan Zampa autrefois il devient l'un des plus grands pourvoyeurs en prostituées des Maisons d'Oran et d'Afrique du Nord.

Commencent sa fortune et sa passion des bateaux, mais aussi de l'avion. Il apprend à piloter, achète un Cessna qui lui sert même d'outil de travail. Il enlève en plein jour Raymond Infantès, le plus important tenancier de bordel d'Oran, le ligote, l'embarque pour Marseille au-dessus des mers, et arrivé dans sa nouvelle ville d'adoption le laisse reposer dans un « Hôtel — discrétion assurée ». Pour son premier envol dans le racket, le Mat lui réclame 50 millions de centimes de l'époque, 1962. Et il a des arguments... le racketté paie, et regagne Oran par la même voie des airs.

Jacky Imbert a réussi ainsi son examen d'entrée dans la bande des Trois Canards. Il rejoint les empereurs du racket au moment où ils viennent de décider de régler à leur façon la guerre des cercles de jeux, opposant à Paris Marcel Francisci et Jean-Baptiste Andreani en les « protégeant » tous les deux. Et s'ils rechignent à en payer le prix, les Trois Canards canardent. Quand dans la nuit du 14 au 15 avril 1963, Jean-Baptiste Andreani sort du grand cercle pour marcher jusqu'à son domicile, il est blessé grièvement de deux coups de fusil de chasse. A l'intérieur de la camionnette où attendent les tireurs, des physionomistes de service ont reconnu le profil impénétrable de Jacky Imbert.

A la chute de l'empire Guérini Jacky Imbert est devenu l'un des maîtres des Trois Canards, où d'ailleurs on n'accepte que les maîtres. Comme Gaétan Zampa qu'il a rencontré sur les bancs, ou plutôt dans les étranges caves de la faculté du crime organisé. Avec en commun le même courage, presque la même intelligence, au génie de la même ambition : régner sur le milieu français, ils sont faits pour s'entendre. Et ils s'entendent.

Les Trois Canards deviennent l'une des affaires les plus florissantes de France avec des milliards de bénéfices nets d'impôts et des actionnaires nets de presque toute condamnation. Pour les investissements futurs de la fortune née du racket, ils décident de se séparer tout en restant en étroites relations. Ils cloisonnent le crime organisé, à l'américaine. Les uns choisissent la drogue, les autres se prennent d'un amour fou pour la race chevaline. Jacky Imbert est sportif. Il l'a prouvé. A lui les haras et les champs de courses.

*

La moto permet au juge Michel de découvrir le Marseille qui l'intéresse. Décors de sang comme l'ancien Bar du Tanagra, mais aussi autres lieux : rues des règlements de compte, hôtels et bars des salariés de l'arnaque. Pas seulement dans le quartier de l'Opéra. Souvent le soir, ou à l'heure du déjeuner, avant de rentrer chez lui, au lieu de prendre à gauche sur l'avenue du Prado, le juge s'engage vers la droite. Avant d'arriver à la plage il tourne, avenue du Parc Borely, et s'arrête devant le Skating Park. Un rectangle de pierres blanches surmonté d'un fer à cheval.

Les Marseillais nostalgiques se souviennent de l'endroit justifiant encore son enseigne, et de sa piste de patin à glace. Désormais temple de jeu, on y rencontre, dans la cour intérieure des boulistes convaincus, dans la salle des jockeys en escale de l'hippodrome d'en face, et dans l'arrière-salle devant les tables couleur gazon des assidus des cartes. Souvent les trois clans se confondent, et des affaires se règlent entre amis du Skating. On joue gros jeu sur tous les jeux.

En regardant les véhicules stationnés sur le terre-plein et toujours d'excellentes marques, Pierre Michel sait que son regard a souvent croisé les bolides de le Mat.

*

Dans un des garages du Skating, les policiers du S.R.P.J. ont trouvé le soir du 14 mars 1974 la moto rutilante de Jacky Imbert qui, dans le cabinet n° 3, face au juge Michel, demeure toujours aussi dur, impénétrable, comme il l'était à l'Evéché ce jour-là en expliquant au cours d'une inutile audition de plus de dix heures, qu'il avait laissé là sa moto par hasard, pour quelques jours, et en donnant un alibi sans faille pour l' « accident » de la veille.

Aux noirceurs du crépuscule, un homme est sorti du Skating Park, où chaque après-midi, il brûlait un peu de monnaie sur les tapis verts. Quand il est monté, avenue du Parc Borely, dans sa Simca-Matra-Bagheera achetée la semaine précédente, trois coups de fusil de chasse dans le dos l'ont exécuté. Au fond de sa poche, 300 000 francs en liquide, mais le vol n'était pas le motif du crime ! L'homme, un ami de Jacky Imbert, allait être interrogé neuf jours plus tard dans les locaux de la police des Jeux à Paris pour l'affaire du prix Bride Abattue, tiercé éminemment truqué.

Le juge Michel « connaît » cet homme Vincent Ascione, seule vraie faille d'un tiercé truqué parmi d'autres et donc aussitôt éliminé. Il l'a rencontré dans un dossier du juge Saurel, en tant que relation privilégiée des frères Long, les Dalton de l'héroïne, chimistes adeptes du laboratoire itinérant, arrêtés en 1972. Comme tout nom lié à l'univers des trafiquants, il a gravé celui d'Ascione dans sa mémoire.

*

Une figure que Vincent Ascione, Marseillais d'origine napolitaine, bedonnant, élégant, et médecin privé du crime organisé. Sa façade à lui, c'était un château de trente pièces à Bouc-Bel-Air... sur la route d'Aix-en-Provence. Le château de la Malle devenu maison de retraite privée où, entre quelques vieillards fatigués et des impotents en cure de sommeil, M. le Directeur recevait au milieu des pins et des oliviers des truands surmenés par leur cavale. Les frères Guérini ont été parmi les meilleurs clients de cet ancien chauffeur de taxi riche au point de paraître honnête. Christian David, l'assassin du commissaire Galibert, y a pris ainsi quelques jours de repos avant de gagner les Etats-Unis.

Quand les policiers de la brigade des Jeux ont perquisitionné dans la villa de Vincent Ascione de huit pièces « Les grands vergers », à Cabriés, où il avait l'habitude de convier de jeunes et jolies femmes, ils ont découvert dans une serviette de cuir, lestés d'un chargeur de 11,43, 160 000 francs de tickets perdants du prix Bride Abattue, joués sur les mêmes carnets que les tickets gagnants et suspects, il a bredouillé :

— J'ai misé toutes mes économies sur ce coup et j'ai perdu.

Il avait été simplement chargé de perdre pour équilibrer la combine, mais avait oublié de brûler la seule preuve d'un dossier fragile.

Erreur de vieillesse... A Paris où l'a convié la Brigade des Jeux il pouvait être amené à parler. De ses relations comme Ferdinand Perrier, Nanan, qui se reposait dans une chambre de la villa en compagnie d'une jolie mineure lorsque sont arrivés les policiers. Nanan ? Un Marseillais racketteur, tueur à gages, libéré de prison depuis peu après un meurtre, et exhibant comme source de revenus, un chèque de 60 000 francs du P.M.U. pour un tiercé récent. Les policiers peu curieux l'ont laissé à sa liberté. Et ont laissé la liberté curieusement à Ascione sous prétexte de le filer pour surveiller ses relations. Le temps de se retourner, ou de ne pas se retourner.

Après la mort de son hôte apparemment pas pris en filature ce jour-là, on n'a jamais revu Nanan, fiché au grand banditisme, circulaire spéciale 922/35, ami de Jacky Imbert et ancien pilier des Trois Canards...

Un nouveau cadavre sans assassins... Tradition marseillaise. L'enquête sur la mort de Vincent Ascione a conclu à un crime passionnel ! Celle de la Police Judiciaire. Pas celle des correspondants de la Brigade des Jeux à la section locale des Renseignements Généraux. On n'est jamais à une guerre des polices près.

*

Le juge Michel signifie son inculpation à Jacky Imbert : détention d'armes prohibées, comme Gaétan Zampa deux ans plus tôt, et association de malfaiteurs. Aucune émotion sur le visage du Caïd. Défaite ou victoire, il demeure toujours aussi froid, à peine nerveux. Les habitués des hippodromes, à Marseille ou Cagnes-sur-Mer, s'en souviennent. Assis sur son sulky, les rênes serrées dans ses mains encore valides, il n'a jamais souri. Car, s'intéressant soudain aux courses, avec d'autres anciens des Trois Canards, le Mat n'a pas voulu d'une place de spectateur privilégié, comptant ses tickets toujours gagnants. La police a longtemps pénétré le milieu. Le Caïd a pénétré le milieu... des courses.

*

1972. Jacky le Mat entraîne les chevaux d'un certain Azarian dans un haras de Nans-les-Pins, Var. Devient à 43 ans l'un des meilleurs drivers amateurs de France. 29 victoires. Champion régional des gentlemen du Sud-Est. Avant de passer professionnel, et de continuer sa carrière, au haras du Rousselet, à Puy-Sainte-Reparade, il s'occupe des chevaux de Pierre Désiré-Allaire, le roi du trot, découvreur de cracks. Co-propriétaire de Une de Mai, celui-ci vient de gagner 40 millions de francs en courses pour la seule année 1972, et, dit-on, en a perdu 6 en une seule nuit au Cercle de l'Opéra, à Paris, devant une table de poker.

Quand Alain Delon décide de se constituer une écurie de courses, et n'obtient pas aisément ses couleurs à cause de ses relations avec quelques anciens de l'école des Trois Canards... Le Mat surgit à ses côtés pour le conseiller. Jean-Pierre Roche, « Bimbo », bras droit de Jean Dominique Fratoni, bras gauche de Gaétan Zampa, futur cagoulard exécuté, ami de l'acteur et du racketteur, s'est chargé de les présenter. La femme de Bimbo dirige pour le compte de Gaétan Zampa La Camargue, une boîte de nuit niçoise, fief des noctambules de tous les milieux et surtout du Milieu.

Sans lui infliger les mesquins problèmes d'un truand de l'écran, malgré son épais casier judiciaire, la Société du Cheval Français a donné sans heurt sa licence à le Mat. Il peut ainsi s'occuper avec fougue des chevaux qu'Alain Delon a fini par acheter avec Pierre-Désiré Allaire, et qui forment l'écurie Alain Delon-Mireille Darc.

Pour le Mat, aspirant à la succession de Mémé Guérini, qui fréquentait et appréciait Alain Delon avant de se retirer à Fresnes, quelle prestigieuse association... Il caracole, son sulky en tête, remporte même le Prix de la Côte d'Azur avec Bravo Tudor W. Et fier de son nouveau talent, encourage son fils unique Jean-Louis à monter sur ses grands chevaux. On voit ainsi à Cavaillon, le 3 septembre 1972, le fils d'un caïd remporter « la septième » sur Val de Saïne.

Mais, pour un diplômé des Trois Canards, qui dit courses dit, bien sûr, rapport financier et courses arrangées entre gens de mauvaise compagnie. Membre de droit de la « liste des 22 », tous premiers suspects dans l'affaire du Prix Bride Abattue, le Mat est finalement exclu à vie des champs de courses le 24 mai 1977, fiche d'interdiction n° C 75.46.

Quelle importance ! Le driver sait déjà tout des courses et de leurs secrets. Et il a d'autres chevaux à fouetter. S'occuper de ses bateaux. Le Iéna, longue embarcation aux voiles de craie doit être mis à l'eau et justifier les deux millions de francs investis. Surveiller ses intérêts dans les salles de jeux, et autres plaisirs de la nuit où le racket ramène à la raison les rebelles. Fisc oblige, le Mat est aussi salarié au Bus Palladium, la boîte de nuit de la rue Saint-Honoré à Paris. Comme attaché de presse ! Toujours l'intime d'Alain Delon, il joue même les chauffeurs de maître, le conduisant parfois, au volant de véhicules rapides dans les rues de Paris. Il se présente d'ailleurs comme son conseiller cinématographique.

*

Le juge Michel, dans le cabinet n° 3, grave dans sa mémoire le visage et l'allure d'un inculpé qu'il est certain de ne pas revoir de sitôt. Il lui trouve des allures de samouraï, façon Jean-Pierre Melville.

Avec son regard à demi mort, le Mat doit enseigner sans peine l'art de jouer les tueurs impassibles. Mais trop d'assurance, de maîtrise de soi le rendent inquiétant. Comme tous ceux que rien ne paraît plus inquiéter. Seulement, qui se hasarderait, à part des tueurs imprudents, des flics en patrouille chargés de tout autre mission, ou un juge désigné... au hasard, à s'opposer à cet « exclu à vie ».

Au Parc Borely à Marseille ou à Cagnes-sur-Mer, on le voit ainsi dans les premiers rangs des tribunes, entouré de fidèles aux poches bosselées, et pas seulement de bordereaux du P.M.U., se guidant avec des jumelles fabriquées en Allemagne aux mesures de son visage.

Du haut d'un appartement plongeant sur l'hippodrome, d'autres jumelles s'attardent sur les chevaux. Le regard bleu d'un compagnon de Jacky le Mat, gros bonnet de la French Connection, qui a usé sa part de bénéfices pour quelques montes de belle allure courant sous des casaques de complaisance. Spectateur esthète comme l'ancien driver, il connaît déjà les résultats de plusieurs courses. Pour quelques millions de centimes de plus chaque mois.

Pierre Michel, joueur de poker, joueur dans la plupart de ses dossiers, aime le jeu et commence à bien connaître l'autre jeu. Certains responsables des sociétés de courses protestent lorsqu'on raconte que l'on arrange 80 % d'entre elles, mais le juge a appris dans son initiation marseillaise que seule la vérité dérange.

A Paris, dans un autre cabinet, le juge Michaud chargé du dossier du Prix Bride Abattue, toujours à l'instruction quatre ans après..., piétine comme un cheval « retenu ».

Le juge Michel se demande comment il aurait pu en être autrement. Il n'a pas attendu d'avoir face à lui son premier « Trois Canards » pour suivre les étranges péripéties d'un dossier mort au moment où on l'a ouvert.

Mort et semant la mort, parce que s'y mêlent Marseille, le Skating Park, le crime organisé et des personnages qui lui sont déjà familiers. Hélas !

*

Le juge Michel a rencontré Vincent Ascione, mort d'amour pour les courses, au détour d'une fiche des Stups. Quant à Eugène Matrone, à force de l'évoquer avec ses amis des Stups et de l'Evêché, il a l'impression de l'avoir déjà interrogé !

Surprise en effet au mois de mars 1975. Deux mois après le Prix Bride Abattue, on annonce l'arrestation d'Eugène Matrone, Gégène le Manchot, l'un des patrons du Skating Park, d'ailleurs constitué en société anonyme à responsabilité limitée, ce qui laisse d'une manière anonyme la société du Skating ouverte à des responsabilités très limitées.

Eugène Matrone, voilà encore l'un des chefs historiques des Trois Canards, mais aussi, à 52 ans, un des rares anciens combattants de la guerre des cigarettes. Il secondait Planche Paolini, le général d'une des deux armées lancées à l'assaut du Combinatie, mais ne doit son surnom à aucun fait d'arme.

Un mauvais pétard de feu d'artifice, un 14 juillet, est passé par là ! Une offense, même si ses amis du milieu s'obstinent à lui attribuer un accident de voiture aussi peu glorieux. Reste que si ses deux frères, deux assidus du Skating, ont été condamnés pour des broutilles, Gégène le Manchot a échappé à toute poursuite judiciaire. Alors on le retrouvera, avec le même bonheur, présent lors des cérémonies officielles à la Mairie de Marseille, entouré d'admirateurs-gardes du corps, et présent comme il se doit, dans les fichiers de la rue d'Oran, premier étage, porte des Stups.

Devenu bourgeois du milieu, respecté pour sa baraka, il assume les fonctions redoutables et redoutées de juge de paix, et se montre un joueur acharné, amateur éclairé de triplet, le tiercé marseillais. Le regard noir, sourire figé, il s'est écrié, quand les policiers ont investi le Skating :

— J'aime mieux que ça soit vous que des truands, mais n'empêche que ce n'est pas des façons. Vous m'avez fait peur. Je me plaindrai à l'Inspection Générale des Services, la police de la police.

Puis on l'a conduit à l'Evêché, mais pas relâché comme d'habitude...

— Tant pis, je vais aller aux Baumettes ? Enfin... ça me permettra de voir mes amis. J'en ai beaucoup là-bas.

Pourquoi un manchot nommé Matrone se serait-il soucié d'une arrestation ? On a soufflé son nom en 1961 pour le hold-up du casino de Forges-les-Eaux, pour l'affaire du Prix d'Entressen, en 1971, au Parc Borely, rapportant à un garagiste de ses amis 1,1 million de francs pour 150 000 francs de mise. On l'a soufflé pour la mort d'Ascione sortant du Skating Park... et, bien sûr, pour quelques juteuses filières d'héroïne.

Mais souffler n'est pas jouer lorsqu'on a affaire à un ancien des Trois Canards.

*

Le juge Michel s'en aperçoit dans le cabinet n° 3 avec l'impassible le Mat. Le juge Michaud, flanqué des enquêteurs de la Brigade des Jeux, s'en est aperçu avec « ses » Marseillais. Ils connaissent leurs droits, et le droit au silence. Même un avocat sans talent aurait pu arracher Gégène le Manchot à sa cellule. Il s'est contenté de répéter :

— C'est vrai. J'ai rempli dans un bureau du P.M.U. dix fiches d'identité aux noms d'autres personnes pour qu'elles puissent toucher le tiercé du Prix Bride Abattue, mais c'était pour leur rendre service.

Depuis, le juge Michel l'a vu, lors d'un de ses arrêts près du Skating, la mine réjouie, superbe, comme tout canard qui se respecte. Comme tous les canards, ou presque, arrêtés en même temps que lui, et tous répertoriés aux Stups.

Elie Ferrero, dit Lilou, 53 ans, commerçant de viande en gros à Cagnes-sur-Mer, ami très proche de François Scaglio, lui-même chef historique des Trois Canards, professeur de racket dès l'ouverture des cours, joueur de boules émérite, arrêté par hasard à New York par le Narcotic Bureau, condamné à huit ans de prison en 1962 dans la même affaire que Jacques Angelvin le présentateur de la télévision, relâché pour son aide amicale avec les Stups locaux, et depuis puissance occulte du cercle de jeux de l'Opéra, dont l'entraîneur Pierre-Désiré Allaire deviendra membre du conseil d'administration... où il jouera gros jeu, mêlant ainsi tous les jeux, même les plus dangereux.

Sauveur Pironti, dit Loule, 33 ans, élève prodige des derniers cours des Trois Canards, sans profession autre que joueur de boules et joueur tout court, sans revenus avoués, mais se permettant de perdre un soir de spleen, 2 millions de francs au chemin de fer. Et qui, repéré pendant deux ans, chaque jour, comme son ami Ascione, derrière les tables de jeux du Skating, s'est mis en cavale en novembre 1975, la veille de l'arrivée, dans le fief marseillais des Trois Canards. des inspecteurs de la Brigade des Jeux.

Un canard se doit d'avoir des antennes en haut lieu... Au mois de janvier 1976, les Stups ont eu plus de chance. Le juge Saurel avant de laisser le cabinet n° 3 à Pierre Michel a inculpé Pironti pour une « vieille histoire ». L'expédition entre juillet 1971 et mars 1972 de 800 petits kilos d'héroïne aux Etats-Unis... Avec ses deux lieutenants, François Di Marino et Jacques Chialva, qui l'accompagnent dans le double jeu de la drogue et de la course truquée. Le juge Michaud les a eus ainsi sous la main.

Le juge Michel, dans le cabinet n° 3, a pris la suite du dossier Pironti. Mais, comme Jacky Imbert, Loule ne sait rien, ne comprend rien, et attend simplement d'être libéré pour jouer encore. A quoi ?

*

Le scandale du Prix Bride Abattue a vraiment fait long feu. 14 jockeys inculpés sur 24, dont Pierre Costes, cravache d'or 1973, le minimum pour truquer une course. Une ribambelle d'exécutants chargés de jouer pour des « intendants » comme Ascione, inculpés aussi. Jacky Imbert libre comme l'air si vivifiant de Cagnes-sur-Mer, en a profité pour devenir le maître clandestin de l'hippodrome, à la tête de parieurs toujours chanceux. Il s'est même permis de découvrir, pour Pierre-Désiré Allaire un trotteur en déroute : Grandpré, condamné par tous les vétérinaires à la suite d'un accident : un de ses sabots transpercé par une herse. Le Mat a arrangé l'affaire entre Paul Nivol et son employeur. Grandpré, acheté 300 000 francs, est devenu sous la houlette de Pierre-Désiré Allaire le vainqueur du Grand Prix d'Amérique, rapportant plus d'un million de francs. Est-ce à ce moment que le milieu a essayé de mettre la main sur le professionnel des courses et que le Mat, furieux de ne pas connaître les bénéfices de sa découverte, s'est rebiffé ?

Toujours est-il que Pierre-Désiré Allaire, plus tard inculpé d'escroquerie et d'infraction à la législation sur les courses et incarcéré, avouera avoir joué 40 millions de francs en 1971.

Toujours est-il que le Mat a encore accru sa fortune personnelle. Et qui s'est intéressé soudain aux prodiges de ce canard pas du tout boiteux ? Gaétan Zampa. Une pirouette après le casse du siècle, et Tany a repris en main toutes ses affaires, s'assurant qu'il devenait le seul maître de Marseille.

*

Gaétan Zampa a proposé à son ancien condisciple de partager les gains des courses avec lui. Une entrevue réunit les deux hommes dans un appartement au-dessus d'un café du Vieux Port où Tany a ses habitudes. Les deux caïds viennent déjà de s'affronter à propos d'une vedette d'audience internationale. L'un voulait la racketter, l'autre pas. Le refus de le Mat de donner aussi les courses à Zampa a marqué le signal de la nouvelle guerre des gangs.

Seulement, après le miracle de Cassis, les tueurs à gages, même les plus blasés et les mieux payés, ne se bousculent pas pour éliminer le Mat. Alors, en attendant, quelle meilleure machination que de l'envoyer rejoindre Francis le Belge aux Baumettes ?

Un lieutenant de Gaétan Zampa commence par acheter à l'un des hommes de main de le Mat la date et les noms des chevaux gagnants du prochain triplet truqué. Le Prix de Nîmes ; le 10 septembre 1977, au Parc Borely. Il faut jouer Eye, Faure de Glatigny et Foundra, trois chevaux moyens, qui seront déclassés à la cote. Sur les dix-huit autres partants, neuf drivers ont reçu 100 000 francs chacun, le tarif habituel à Marseille, et doivent retenir leurs chevaux. Pour des paris de 60 000 francs, le gain de l'équipe doit être de deux millions. Le rapport habituel à Marseille.

Des « amis » de Gaétan Zampa, enrôlés pour l'occasion, se pressent aux guichets du Parc Borely, et gonflent les paris à coups de liasses. La consigne : jouer à tout va les douze chevaux possibles... Sur certains bordereaux figurent sept, huit, neuf chevaux joués plusieurs fois. Le P.M.U. a beau être bon enfant à Marseille, la machination réussit. Quand le P.M.U., inquiet, décide de noter l'identité des gagnants, seuls les plus « petits » se présentent. Il reste dans les caisses plus d'un million de francs de bordereaux impayés.

Tany attend l'inculpation de Jacky le Mat. D'autres de ses « amis » se sont chargés d'alerter les enquêteurs... En vain. Parmi les vingt et un inculpés, figure bien un Imbert driver, joueur et truqueur : Jean-Louis, à qui son père a mis le pied à tous les étriers. Ce fils très digne... avoue avoir versé leur dédommagement aux drivers. Avec quel argent ? Celui de son père et de ses associés, mais allez le prouver. La machination a échoué...

A la suite de ce triplet, la Société des Courses, pour lutter contre les combines, décide d'allouer 40 000 francs au driver vainqueur de chaque triplet, au lieu de 10 000. Une galéjade de plus. Il suffira d'investir 30 000 francs de plus par driver acheté. Tant pis. C'est la loi du marché. Et tant pis pour Zampa. La guerre reprend de plus belle. Le 23 octobre, Jean-Claude Regazzi, le neveu du cagoulard, homme de Zampa, tombe sous une rafale de trente balles de mitraillette dans le quartier bien nommé de Plombières. Et, en décembre, Jacky est arrêté à cent mètres d'un des domiciles de Tany... qui entre-temps est devenu à sa suite un proche d'Alain Delon dont il assure la protection.

Le juge Michel était déjà dans la salle d'audience des flagrants délits quand Gaétan Zampa en a pris pour huit mois. Il entend le président condamner le Mat à une peine plus lourde que son meilleur ennemi : dix-huit mois. Le Mat est impassible comme toujours. Dix-huit mois loin de ses bateaux, de ses empires et de ses hommes, ce n'est qu'un accident de parcours. L'exemple prouve que des Baumettes il est aisé de diriger ses hommes. Une guerre des gangs à Marseille ne s'arrête pas aux portes d'une vulgaire maison d'arrêt.

*

Pierre Michel est juge d'instruction à Marseille depuis deux ans, et la réalité du crime organisé vient de s'imposer à lui. Le combat pour le trône de Marseille entre Gaétan Zampa et Jacky Imbert est un paravent masquant d'autres combats.

Au-delà d'une instruction sans lendemain pour le Prix Bride Abattue, lui apparaît l'existence d'une Mafia française, et pas seulement mafia des courses, née surtout de la franc-maçonnerie des Trois Canards. Avec à sa tête les patrons, jadis racketteurs de choc et apparemment retirés des affaires, à l'abri derrière les hautes façades de la corruption. Avec des hommes-écrans, prêts à passer pour les vrais patrons si police et justice s'en mêlent. Avec des lieutenants sachant à peine qui sont les vrais patrons, et chargés de recruter encore hommes de main, hommes de paille, tueurs, avocats, selon les besoins.

Ils ont choisi pour un temps le monde des courses pour laver dans la grande lessive des milliards du tiercé les bénéfices de l'héroïne et pour « placer » les bénéfices du racket.

Quand Patrice des Moutis, Monsieur X, le mathématicien génial, passionné de turf, s'est mis, à la régulière, à gagner pour la seule année 1967 25 millions de francs et a obligé le P.M.U. à changer aussitôt ses règlements, les anciens des Trois Canards n'ont retenu que le chiffre de ses gains. Dès le mois de décembre 1962, ils ont utilisé son réseau d'informateurs et de parieurs. Dans le Prix de Bordeaux qui devait rapporter 5 millions pour une mise de 400 000 francs, et dont le P.M.U. s'est ému, l'un des 85 joueurs mis en cause s'appelait Marius Perret. Truand de haut niveau dont le principal lieutenant était à l'époque Ferdinand Perrier, Nanan le rabatteur-tueur à gages, rencontré par hasard dans la villa de Vincent Ascione.

Quand Patrice des Moutis, dont la stratégie réclamait des complicités, s'est aperçu que cette mafia française le tenait, il s'est rebellé. Alors, cet homme que l'on a souvent vu avec Jacky Imbert, a dû, comme dans les années 50, rue de La Rochefoucauld, « descendre à la cave ». Une semaine de menaces et de sévices. Mis à l'amende, il a dû payer en indiquant comment truquer un prochain tiercé selon sa méthode basée sur l'élimination des chevaux sans chance. Puis, tenu par la mafia, un autre et un autre... Inculpé, emprisonné, puis libéré après le Prix Bride Abattue, il commençait à donner des signes de faiblesse, et risquait de parler. Comme Vincent Ascione, il a eu droit à son « crime passionnel ».

Patrice des Moutis s'est suicidé devant sa villa de Saint-Cloud. On a retrouvé un fusil de chasse calibre 16 à portée de la main gauche de ce droitier depuis l'enfance. Et une lettre : « Ma vie professionnelle et familiale a été bouleversée par mes cinq mois de détention. C'est la seule raison qui m'a acculé à ce geste, car je n'ai commis aucun délit dans le Prix Bride Abattue ». Ecrite de sa main, comme tant de lettres écrites dans des caves parisiennes avec un calibre respectable sur la nuque. Les Trois Canards en ont suggéré d'autres... François des Moutis, son fils, 21 ans, à qui Monsieur X avait le tort de se confier, s'est suicidé un an plus tard, au même endroit, avec une arme semblable. Sans laisser de lettre. Ce n'était plus nécessaire.

*

Le juge Michel enrage.

Trois morts pour ces centaines de tiercés truqués, pour des centaines de milliards, qu'est-ce pour une mafia qui, depuis 25 ans, n'est pas sectaire et continue à s'occuper de drogue avec d'autres intermédiaires, qui a payé son tribut lors des campagnes électorales pour devenir intouchable, qui a su aider certaines polices lorsqu'il le fallait. Qui irait témoigner contre elle ? Les jockeys « fixés » par l'Organisation après des parties de poker organisées avec des tricheurs professionnels, des entraîneurs entraînés dans d'autres pokers insensés au Cercle de l'Opéra et ailleurs...

Le juge Michel enrage.

Que les hommes du commissaire Cahen, de la Brigade des Jeux, se soient aperçus avec bonheur en arrivant à Marseille qu'Eugène Matrone et sept de ses amis soit déjà sous surveillance aux Stups est un leurre. Il a été plus facile de les trouver, mais pour mieux les libérer ensuite. Et qui s'est plaint parmi eux d'avoir perdu les mises gelées par le P.M.U. ? 1 million de francs à passer aux profits et pertes...

Pourquoi ressortir le nom de Marius Bertella, chef historique de la bande des Trois Canards, comme grand serpent de la mafia des courses ?

Le juge Michel s'est résolu à figurer sur la liste rouge pour échapper aux menaces par téléphone. Sur l'annuaire du Calvados, il peut lire à la page de Branville, un village près de Caen, « Bertella M. — Les Chartreux. » Et plus loin « Haras des Chartreux ». Plus loin encore, à la page de Tourgeville, près de Deauville, « Alboréo, haras du Chesnaye ». Lui aussi, un ancien des Trois Canards.

Tous deux, comme les frères Lari, et à la manière de Jacky Imbert, ont pénétré le milieu... de l'élevage, investissant des milliards dans des installations ultra-modernes.

Marius Bertella a tenu à faire une mise au point dès qu'on a parlé de lui dans l'affaire du Prix Bride Abattue.

Un chef des Trois Canards inculpé, jamais.

— J'ai quitté Marseille il y a 25 ans et, depuis, mes activités sont contrôlables. Ma fortune ? Je l'ai gagnée grâce à des amis qui m'ont introduit dans un consortium de banques et de divers casinos. Jamais mon nom n'a été prononcé à l'occasion d'un trafic de drogue. Contrairement à ce qui a été dit, je n'ai aucun ami politique et, malgré quelque cinq cents personnes interrogées sur cette affaire, la police ne m'a jamais contacté. »

Un « cerveau » à la tête de la mafia du tiercé, l'éleveur normand d'adoption n'y croit pas.

— Payer les complicités de tant de personnes aurait coûté trop cher. Quant à Gaétan Alboréo, il n'a rien dit.

On a seulement noté la présence de son frère Marco dans une rafle de la Brigade des Stups en Espagne, et la surveillance de son haras par le Narcotic Bureau.

Incidents de parcours...

Le juge Michel enrage.

Il suffit de raisonner avec la plus simple logique et d'accumuler les informations pour comprendre que tout est lié, que des fils précis et vérifiés mènent d'un homme à l'autre, d'un dossier à l'autre.

Ainsi, sans sortir du cabinet n° 3, avec simplement les éléments partiels dont il dispose, le juge Michel peut relier Marius Bertella à Pierre-Désiré Allaire et François Scaglia.

Pour expliquer sa fortune, Marius Bertella évoque les banques et casinos. Il a effectivement acheté, en 1965, le quart de la banque à tout-va du Cercle de l'Opéra, avant de faire monter sa participation aux trois quarts pour 500 000 francs. Pierre-Désiré Allaire est devenu un jour membre du conseil d'administration de ce même cercle dont François Scaglia est l'une des puissances occultes. Marius Bertella a parrainé l'entrée d'un quatrième homme dans ce même cercle, René Ricord, ancien des Trois Canards, longtemps fiché au grand banditisme, qui est l'une des relations de François Scaglia.

Le juge Michel enrage.

Tout est lié.

Et fou de son métier, fou de justice, fou des ravages de la drogue, fou de sa mission, il se dit qu'il doit arriver à prouver que tout est lié, et qu'en le prouvant, il pourra justement démanteler, preuves à lui, cette Mafia française.

Quand Jacky Imbert gagne la prison des Baumettes, laissant le champ libre, et pas seulement de courses, à Gaétan Zampa, il jure :

— J'y mettrai le temps qu'il faudra, mais j'y arriverai.

Jacky le Mat, après son « accident » de Cassis, jurait :

— Je ne serai pas tranquille tant qu'il en restera un.

Le juge Michel est de cet avis, mais ce n'est pas le même combat.

VIII

ON N'INCULPE PAS UN COLONEL DE LA LÉGION

— Si ça continue, je le fais venir en panier à salade ! On le mettra sur le bateau.

Le juge Michel repose le téléphone. Un secrétaire, à la voix cassante au camp Raffali de la Légion étrangère à Calvi, vient de lui répondre.

— Le colonel n'est pas disponible. Il est en manœuvres.

Et le secrétaire a raccroché.

Le juge Michel se demande si les manœuvres n'ont pas plutôt lieu dans les arcanes du tribunal. Ce 16 février 1977, il a décidé en effet de convoquer comme témoin le colonel Erulin. Et ça se passe mal. Très mal. Sans doute parce que c'est une affaire de proxénétisme dont le Pouf de Calvi est le drôle de théâtre. Pouf, ça signifie bordel dans l'argot de la légion, en l'occurrence Bordel Militaire de Campagne, le classique B.M.C., mais le Pouf est aussi dans les esprits.

Le juge Michel n'a jamais aimé les gants, de laine, de peau, ou de complaisance. Il a rempli une convocation sur l'imprimé administratif. Blanc, anonyme, et suivi de la mention, rituelle : « Si vous ne comparaissez pas, vous pourriez y être contraint par la force publique. » Le président du tribunal, André Robert, né en Chine et rompu à la diplomatie orientale, l'a appris, s'est ému de l'empressement de Pierre Michel. En lui suggérant d'abord qu'il aurait été plus adroit d'envoyer une lettre personnelle, voire de téléphoner.

— Lorsqu'on doit convoquer un ministre, un préfet, ou toute autre « personnalité », une lettre écrite à la main remplace souvent l'imprimé.

Le juge Michel est prêt à respecter cet usage, mais il tient à sa convocation. Et même plus.

— De toute façon, dit-il, si je l'inculpe, je ne pourrai pas lui faire de lettre. Ça sera de vive voix et à l'heure que je choisirai.

Le président du tribunal a failli s'étrangler. Jusque-là, au Palais de justice, on a apprécié la détermination du juge Michel et on l'a encouragé à aller au « casse-pipe », puisqu'il était le seul à le vouloir. Les apôtres de l'Union Syndicale de la Magistrature sont effarés. Quelle vipère ont-ils réchauffée dans leur sein ! Et la Chancellerie, à Paris, mise évidemment au courant des intentions du juge, s'est chargée de le dire à sa façon. Etant donné le climat « défavorable » à la Légion, il n'est pas « opportun » d'aller plus loin.

L'affaire du Pouf de Calvi est cocasse, mais aussi douloureuse. Le juge Michel a accompli 2 ans et 27 jours de service militaire et il en garde plutôt de bons souvenirs. Il ne s'attaque pas à un militaire de haut rang par bravade, ou pour sa publicité personnelle, mais seulement parce que des femmes ont été battues, séquestrées, abîmées. Pour que des légionnaires puissent acheter à bon compte de l'ersatz d'amour.

*

Noëlle Cerf pénètre dans le cabinet d'instruction n° 3, un matin de décembre 1976. Elle n'ose pas s'asseoir et passe sans cesse sa main sur son petit visage pâlot. Malgré ses cheveux très courts, elle paraît dix ans de plus que ses trente ans. Elle a peur. Le juge Michel joue avec une énorme pince à linge noire.

— J'étais serveuse au Dinastic...

Un cabaret de Chalon-sur-Saône, fief du milieu local, appartenant au neveu du préfet de Lyon. Ce qui explique sans doute qu'il était ouvert sans les autorisations administratives nécessaires.

— ... et j'ai rencontré... Jean Marchetti.

Noëlle Cerf s'est arrêtée de parler. Ses mains et son visage tremblent. Elle se met à sangloter.

— Et que s'est-il passé, mademoiselle Cerf ?

Noëlle regarde le juge Michel. Il continue à serrer sa pince à linge, sans impatience.

— Il est devenu mon amant, et il m'a tout de suite battue, il m'a emmenée dans un hôtel de Chalon pour que je me prostitue.

— Et ensuite où vous a envoyée Marchetti ?

Noëlle Cerf se remet à sangloter, trembler sur sa chaise, les yeux fixés sur Meriam Amami, comme si la greffière pouvait l'aider.

— Notez, mademoiselle Amami, dit le juge Michel, que, lorsqu'on prononce le nom de Marchetti, le témoin est secoué de tremblements et sanglote... Ne prononcez plus ce nom, ça sera plus facile pour vous. Racontez-moi la suite.

— ... Il m'a d'abord placée à la Siesta à Havey, près de Dijon, puis dans un bar tenu par des amis à lui à Mons, en Belgique. J'étais dans une vitrine, avec d'autres, et les clients nous choisissaient en passant. Après, il a fallu m'opérer dans une clinique. Alors... il est venu m'attendre et me donner des coups. Pour me punir de ne plus gagner d'argent. Je voulais m'enfuir, mais j'avais trop peur. Il m'a placée au Relais Bleu, à Pont Royal près de Mallemort dans le Var.

Un autre relais du milieu, tenu par Xavier Cancellerai, qui se vante de ses relations politiques...

— Et puis, après, il m'a envoyée au Pouf de Calvi. C'était en août l'année dernière. J'étais obligée de faire 60 à 80 clients par jour, des légionnaires. Nous étions plusieurs. J'ai voulu m'échapper puisque... Marchetti n'était pas là. Mais il y avait des sentinelles en armes devant le Pouf, et devant les portes du camp. On nous interdisait de sortir. »

Le juge Michel signe aussitôt mandat d'arrêt sur mandat d'arrêt. Jean Marchetti est arrêté à l'Isle-sur-Sorgue, dans le Vaucluse, où il se repose d'interminables parties de cartes, le seul « métier » qu'il connaisse. Ce proxénète a 49 ans. Il est grand et souriant.

— Noëlle Cerf ? Il me semble qu'elle a été ma maîtresse.

La Police Judiciaire est certaine, elle, que Jean Marchetti a fréquenté le gang des Lyonnais, et surtout René Vial, abattu en 79. Et qu'il était l'ami d'Hubert Salva, inculpé dans l'affaire du Fétich's Club, l'ami de Jean-Pierre Marin, soupçonné d'avoir tué le juge Renaud et abattu par la police en 76, et de Louis Mérieux, la carpe, l'un des ravisseurs de Christophe Mérieux. Ils appartenaient tous à la société S.E.T.E.C. créée pour installer un camp de nudistes en Corse.

La Légion avait un fournisseur aux états de service éloquents.

Il y a six autres arrestations de patrons d'hôtels et de bars, tous membres du réseau.

Le juge Michel se montre dur, et applique ses techniques coups de poing et « tout le monde au trou ». A un patron de bar de Toulon, il dit en riant :

— Je sais que vous êtes innocent à 99 %, mais vous allez avoir le temps de repeindre votre cellule et de mettre des rideaux aux fenêtres.

Dans le camp de la Légion à Calvi les enquêteurs du S.R.P.J. de Marseille vont de surprise en surprise. Ils arrêtent ainsi Jeanine Delbar qui figure sur les registres du personnel de l'Armée comme « animatrice culturelle ». Le Pouf, ou B.M.C., a été en effet baptisé officiellement « centre culturel de la Légion ».

Jeanine Delbar, veuve d'Orsini, célébrité du milieu marseillais, abattu lors des règlements de compte du Combinatie, qui a sept ans de Légion, de l'Algérie au Tchad, en passant par Bousfert, ne se fait pas prier pour expliquer le Pouf. Elle dispose en permanence de quatre « assistantes culturelles », travaillant l'après-midi et le soir, comme Noëlle Cerf, inscrites aussi sur la liste du personnel de la Légion. Le mécanisme est simple. Les légionnaires achètent des jetons de carton, à sept francs l'unité, au bar du Centre Culturel. Ils choisissent une assistante et remettent les jetons à l'animatrice, selon la durée et la teneur de leurs exercices culturels...

Huit jetons pour une étreinte rapide, dix jetons pour une demi-heure, et seize pour la nuit après l'extinction des feux. Un infirmier militaire attend dans la pièce attenante. Sur un registre, il note scrupuleusement le patronyme complet du légionnaire, le nom de la prostituée, le nombre de jetons perçus et, après examen médical du couple, rompez !

Jeanine Delbar échange ensuite chaque jeton pour cinq francs au service de l'intendance de la caserne. La Légion n'oublie pas sa dîme, deux francs. Et enfin, elle envoie à chaque proxénète, comme Marchetti, le gain mensuel de sa prostituée. Deux autres animatrices, Ursule et Suzanne, sont à ses côtés, surtout pour la discipline. Noëlle et les autres reçoivent en effet des amendes si elles se rebellent et, comme elles n'ont pas d'argent, doivent s'en acquitter en passes supplémentaires.

*

Le juge Michel, aussi effaré que les policiers, exige rapidement une perquisition dans les bureaux de la Légion. C'est là que le colonel

Erulin tempête et rouspète, puis commence à donner du téléphone. Et que la hiérarchie commence à tempérer le rôle de son juge.

Mais quelle édifiante perquisition ! Impossible de retrouver dans les locaux briqués de la Légion le registre de comptabilité-carnet médical du Pouf. Il a disparu. Le médecin-commandant Ferret, responsable de ce « document secret », explique simplement :

— Je l'ai détruit le 4 janvier.

Les policiers s'étonnent. L'officier ajoute :

— Il était préférable de préserver l'anonymat des militaires se rendant au centre culturel.

Quant au colonel Erulin, il se contente de dire :

— C'est vrai. Tout a été détruit, mais ce sont des registres internes, ne concernant pas la police.

Le juge Michel décide alors :

— Il faut inculper ce médecin.

Nouveau heurt du juge avec le Parquet. Celui-ci refuse de prendre le réquisitoire nécessaire à l'inculpation du médecin-commandant Ferret pour « destruction d'indice ».

Le juge Michel se rend à l'Isle-sur-Sorgue pour la perquisition chez Jean Marchetti. Il découvre, en compagnie des policiers, sa comptabilité et sa correspondance avec le Pouf de Calvi... Il lit : Noëlle, 45 000 francs, Viviane, 15 000 francs. Les sommes que Marchetti a touchées lorsqu'il a placé les deux femmes dans le camp de la Légion. Avant de recevoir les mandats réguliers de l'animatrice culturelle via un bar de Nice, l'Acropolis, mué en boîte postale. L'affaire ne se résume donc pas à un Pouf d'opérette, et à l'incendie de son carnet de bord, mais à une affaire de grand proxénétisme. Le juge Michel ira donc, comme toujours, jusqu'au bout.

— Les femmes étaient séquestrées. On leur donnait juste de quoi s'acheter quelques vêtements et objets de toilette. Le colonel Erulin savait ce qui se passait dans le camp du 2e R.E.P., le Régiment Etranger de Parachutistes. Il est responsable.

*

Le vendredi 18 février, à 9 heures du matin, des hommes en costume de ville, la plupart gris ou bleu marine, portant cravate, se tiennent devant le 38 de la rue Fortia et au coin de la rue Grignan, face aux immenses portes blindées des geôles. Même ronde à l'entrée du couloir-salle d'attente de l'instruction. Devant l'ascenseur. Devant la porte de bois près de la guérite du concierge menant à l'entrée du tribunal. Tous les policiers en civil chargés de débusquer un hypothétique ennemi de la Légion étrangère. Le colonel Erulin et le médecin-commandant Ferret ont accepté de répondre à la convocation du juge Michel et le tribunal semble en état de siège. Dans leurs bureaux au premier étage, les représentants de la hiérarchie attendent. L'un d'eux a soupiré la veille de façon à être entendu :

— Ce Michel, il est en train de scier sa branche, lui qui avait un bel avenir devant lui.

Le juge Michel appelle d'abord le colonel Erulin. Le visage grave, en se retournant pour vérifier s'il n'y a pas un photographe caché dans le couloir, il entre dans le cabinet du juge d'instruction. Pierre Michel a l'intention de procéder à son audition, sous réserve de l'article 105 du code de procédure pénale. Celui-ci prévoit que lorsque des charges graves pèsent contre quelqu'un, il ne peut être entendu comme témoin. L'officier peut donc refuser de répondre au magistrat et demander à être inculpé, afin de pouvoir organiser sa défense !

Mais le colonel Erulin se place au-dessus des lois. Il refuse de répondre aux questions du juge Michel, affirmant qu'il n'a de comptes à rendre qu'à ses supérieurs hiérarchiques. Le médecin-commandant Ferret, aussi. Une conception très particulière du secret de la Défense nationale. L'entrevue dure six minutes. Michel doit laisser partir les deux militaires. Le colonel Erulin toise le juge d'un air de mépris et demande à quitter discrètement le Palais de Justice. Il n'y a qu'un moyen. Descendre au sous-sol par le petit escalier à droite et traverser les geôles humides et froides.

— Très bien, laisse tomber le colonel, et, en s'appuyant à la rampe de fer forgé, il descend vers les geôles.

C'est la première fois que le juge Michel perd la partie.

*

Le lendemain, le juge arrive le premier au Palais. En deux heures, il relit le dossier complet de l'affaire. Il ouvre son code pénal. L'article 334 est formel : « Sera considéré comme proxénète et puni d'un emprisonnement de six mois à trois ans et d'une amende de 10 000 à 100 000 francs, celui ou celle qui d'une manière quelconque aide, assiste, ou protège sciemment la prostitution d'autrui et le racolage en vue de la prostitution. »

Il peut inculper le colonel Erulin. Il commandait en effet autant à l'animatrice culturelle et ses assistantes qu'au deuxième régiment étranger de parachutistes.

Pierre Michel racontera :

— Je suis allé voir Gilbert Azibert, mon code sous le bras. Il était substitut. Il m'a dit : « Si tu inculpes, on te laissera tomber. » Puis le premier vice-président Périès. Il m'a parlé comme à un enfant pris en faute : « Après ce qu'on a fait pour vous à Marseille. » Une façon de me faire comprendre que j'avais été l'enfant trouvé de la Justice, ancien auxiliaire de bureau et « article 22 », et que grâce aux bonnes notes qu'on avait daigné m'accorder, j'avais été reçu 26e, et qu'il fallait donc que je file doux. Comme j'étais à l'U.S.M. comme eux, et sur leur suggestion pour « faire carrière » je devais comprendre. Comprendre que je m'adressais à un mur.

De plus, on ne se contente pas de briser l'action du juge Michel, mais on exige de lui une lettre d'excuses pour le colonel Erulin. Pas moins.

— C'est pour mieux me tenir. Mais ils n'auront jamais leur lettre. Je ne suis pas leur porte-plume.

*

Dans son bureau du second étage, Etienne Ceccaldi se débat avec les affaires d'accidents de la circulation. Juge d'instruction à Bourg-en-Bresse, en 1971 il a mis le commissaire Charles Javilley en prison et révélé les liens entre le milieu et la police lyonnaise. Il a été muté à Marseille en octobre de la même année. Substitut du procureur, section des affaires financières. Il a trouvé le moyen de sortir encore un dossier en démontant les rouages de l'entente entre les grandes sociétés pétrolières. Il a requis et obtenu l'inculpation de très nombreux dirigeants. Alors, la Chancellerie, nantie d'un dossier de poursuites contre lui absolument vide, l'a nommé procureur de la République à Hazebrouck dans le Nord, le 10 mai 1976. La promotion-placard. Il a refusé, n'a pas rejoint son poste, a été jugé, blâmé, et rayé de la liste d'aptitudes. Il est resté en poste à Marseille, mais à la circulation. C'est le juge bâton blanc et sifflet.

Pierre Michel s'est assis face à Etienne Ceccaldi. Plus âgé que lui mais on dirait un grand adolescent avec ses cheveux bouclés, serrés en fines mèches grisonnantes, et son petit sourire rieur.

— Etienne, je ne sais quoi faire. Je veux l'inculper. Je dois l'inculper. Et les autres me guettent. Comment ça s'est passé pour toi à Lyon ?

— Il y a eu des tas de pressions, mais je l'ai mis au trou, flic ou pas flic.

— Si je mets mon colonel au trou, ou même si je l'inculpe seulement, c'est moi qui vais aller au trou.

Etienne Ceccaldi est volontairement dur avec Pierre Michel.

— Ou tu fais ton boulot, ou tu fais carrière. C'est un choix. Je ne peux pas t'aider.

Pierre Michel semble nerveux. Sa main droite s'agite dans ses cheveux, son visage se plisse.

— Comment vais-je m'en sortir ? Ils m'ont encore dit par téléphone qu'il ne fallait plus que je juge. Je suis pieds et poings liés. Coincé. En plus, ils veulent une lettre !

— C'est toi qui es coincé. On est tous assis sur notre code. Personne ne peut nous en déloger. Tu as le 334. Tu peux y aller.

— Je n'ai peut-être pas ton courage.

— Ce n'est pas du courage. C'est le boulot du juge.

Les doigts du juge se sont repliés comme des crochets. Il n'y a plus rien à dire. Etienne Ceccaldi a raison. C'est le boulot.

Chaque matin, Pierre Michel croise un autre lève-tôt de l'instruction, François Pagès. Après la catastrophe de Feyzin où 13 ouvriers sont morts le 12 février 1967, il a inculpé le directeur des travaux. Il ne l'a pas payé. Ni cher ni pas cher. Là, il a en face de lui un colonel, un réseau de proxénétisme, des femmes séquestrées dans un camp de l'armée. Ça doit se payer cher. L'attitude du colonel le prouve.

— Je suis coincé.

Le juge Michel se retient pour ne pas pleurer. Au bout de deux ans à l'instruction, il est toujours resté maître de ses dossiers. On l'a laissé libre de traquer tous ceux qu'il voulait traquer sans se soucier de ses méthodes de travail. C'est un choix, et Pierre Michel a déjà choisi. Il ne veut pas risquer de traquer les chauffards en cavale, les litiges pour un feu rouge. Il a peut-être tort, mais il se sent investi d'une mission : démanteler le milieu marseillais, les têtes, les parrains, ceux qui dominent. Quelques larmes coulent des yeux de Pierre Michel. Etienne Ceccaldi ne dit plus rien.

— C'est pas du boulot, justement, murmure Pierre Michel d'une voix assez dure. Il faudra plus me parler de l'indépendance des magistrats.

Et puis leur Syndicat, ils n'auront qu'à l'emmener au Pouf. Ça lui fera une cure de jouvence... Dire que je me suis inscrit à cause d'eux... Ils m'ont bien coincé.

Pierre Michel s'est levé. Il marche vers la porte.

— Quand je pense que tous ces types ont frappé des filles, qu'ils les exportaient comme du saucisson, et maintenant on va leur accorder des indulgences. Ah... ils peuvent remercier l'Armée française... ou brûler un cierge pour Saint Erulin.

*

La Justice enterre ainsi une affaire dans le cimetière des pressions, des manigances et des chuchotis de couloir. Il ne pourra plus y avoir plus tard qu'un simulacre de procès, malgré la fermeté de Fernand Ducos, le président de la 7e Chambre correctionnelle. Pierre Michel, comme il en a pris l'habitude — et on le lui reprochera souvent — est dans la salle aux bancs de bois mal cirés, trop longue et trop grande, où l'on a du mal à entendre. L'audience débute par un incident. Deux des avocats de la défense, Gilbert Collard et André Fraticelli, qui accusera ensuite le juge Michel d'avoir cédé devant le « pouvoir hiérarchique » ont fait citer comme témoins le colonel Erulin et le médecin-commandant Ferret. Ils sont absents. Bien sûr. Gilbert Collard s'écrie :

— Le dossier démontre que le B.M.C. de Calvi fonctionnait pour la Légion avec l'accord des plus hautes autorités de la région. Deux témoins essentiels ont été cités. La loi étant la même pour tous, je demande, en vertu de l'article 439 du code pénal, que M. le procureur de la République fasse conduire par la force publique le colonel et le médecin.

Vague sourire du juge Michel.

Jean-Louis Perol, représentant le Ministère Public, s'en remet à la décision du tribunal. Ce dernier, après réflexion, décide que la comparution n'est pas nécessaire...

Vague sourire du juge Michel...

Une heure après l'incident, alors que les débats ont commencé, l'explication surgit de la main du facteur de service. Deux lettres d'excuses, l'une du colonel, l'autre du médecin. Le deuxième régiment étranger de parachutistes est « en état d'alerte rapprochée » et ils ne peuvent se déplacer.

Vague sourire du juge Michel.

— Encore heureux, lance-t-il, qu'il n'y ait pas eu une alerte rapprochée au Foyer culturel. L'animatrice et les hôtesses sont ici.

On prononce ensuite les condamnations. Jean Marchetti, le responsable du réseau, est condamné à quatre ans de prison dont deux avec sursis, et cinq ans d'interdiction de séjour. Pour proxénétisme. Quant aux autres, on estime que l'affaire n'est pas pour eux d'une « extrême gravité ». Jeanine Delbar s'en sort avec six mois avec sursis et 30 000 francs d'amende. Son avocat fera appel de ses deux années d'interdiction de séjour, affirmant qu'on « remercie mal par cette mesure les dix-sept années de service passées au sein de la Légion étrangère ».

A côté du juge, dans un coin de la salle, l'une des femmes séquestrées a suivi le procès en évitant le regard de Jean Marchetti.

— Vous trouvez ça juste, dit-elle.

Le juge Michel ne répond pas. Sa défaite dans ce dossier est loin, déjà. Il sait que la hiérarchie l'a piégé. Six mois plus tard il s'inscrit, par réaction, au Syndicat de la Magistrature, et reprend de plus belle son combat de croisé de la justice.

DEUXIÈME PARTIE

LE COMBAT

I

DES MÉTHODES TRÈS PARTICULIÈRES

— S'il n'a pas de drogue, on va lui en trouver !

A la Brigade des Stups, on a l'habitude de l'humour à froid du juge Michel. Il n'est pas à une ironie près. Mais de là à approvisionner un labo défaillant, un gros bonnet en manque... Pourtant le juge répète à l'inspecteur venu dans le cabinet n° 3 l'informer des affaires en cours :

— Je n'attendrai pas des années pour coincer Louis Giralt. Par tous les moyens.

*

Louis Giralt est arrivé à Gênes par le train de 16 h 35. Trois heures depuis Marseille, le long des collines et des champs. Sa petite valise noire à la main, il traverse à pied la Piazza Acquaverde. Il a réservé sa chambre à l'hôtel Superba sur la via Balbi, avec vue sur les toits dorés du Palais Royal. Le temps de laisser sa valise à la réception et il marche vers la Piazza di Herba, la Place des Herbes. Louis Giralt est grand. Le front haut et dégarni, avec deux maigres touffes noires sur les côtés. Un air de Michel Audiard, mais le sourire en moins.

Au fond du bar Berto, un homme aux cheveux grisonnants, de taille moyenne, l'attend devant un verre de vin blanc. Ettore Minziani, le patriarche. Ils parlent comme deux amis perdus de vue depuis longtemps. En français. Puis viennent les rejoindre deux hommes plus jeunes, en costume de toile bleue, Francesco Tomasi et Primo Montanari. Le premier s'occupe d'import-export de légumes et surtout de champignons. Le second, de l'air du temps. Devant la bouteille de vin blanc, ils parlent bas, chuchotent et surveillent les fenêtres aux carreaux dépolis.

Louis Giralt laisse un billet sans ramasser la monnaie. Dehors, le long des rues étroites, les quatre hommes se livrent à un étrange ballet Ils trottinent, accélèrent, pratiquent le sur place, s'arrêtent devant les bancs de pierre. Pour relacer leurs mocassins sans lacets, serrer leur ceinture, rajuster leur veste... Regardent le soleil derrière eux. Si d'aventure l'un d'eux s'enferme dans une cabine téléphonique, il s'exprime par phrases courtes et imagées.

Précautions inutiles. Tandis qu'ils avancent dans les rues de Gênes, les photographes et les techniciens de la brigade régionale de la Guardia di Finanza, corps d'armée chargé de la police fiscale et économique dépendant du ministère du Trésor italien, avancent avec téléobjectifs, fils et micros. Lorsque Louis Giralt regagne sa chambre de l'hôtel Superba, il vient de grossir encore le dossier du juge Michel de photos, procès-verbaux de filatures et transcriptions d'écoutes téléphoniques.

*

Alberto Pezzinga, le commandant de la brigade régionale de la Guardia di Finanza parle en français au téléphone.

— Je crois que M. Giralt n'a pas encore traité l'affaire. Il a gardé sa chambre d'hôtel pour une nuit encore.

— On ne s'en sortira pas. Il faut vraiment aider Giralt...

Le juge Michel a rencontré Alberto Pezzinga à Marseille lors d'une réunion à la Brigade des Stupéfiants. Le juge lui a simplement expliqué qu'il était décidé à se battre contre les trafiquants, prouver que toutes les filières en sommeil allaient renaître. Depuis Alberto Pezzinga rend souvent compte de ses enquêtes directement au juge Michel, et le juge l'appelle chaque semaine pour les « dernières informations ». Au mépris de tout protocole de justice.

Pierre Michel est déjà « le juge moderne » tel qu'il se l'imagine, peu enclin à s'abriter derrière le paravent des commissions rogatoires et du travail de la police, mais homme de terrain, véritable directeur d'enquête, presque un flic... Avec des idées de flics.

— Il faut donner de la morphine-base à Giralt !

*

Louis Giralt a 53 ans. Fiché au banditisme, casier orné de dix condamnations, notamment pour association de malfaiteurs, il est pourtant devenu un intouchable. Depuis 15 ans au moins les Stups le considèrent comme l'un des patrons, l'un des financiers du trafic international de la drogue. Lorsque les Brigades des Stupéfiants du monde entier se réunissent pour échanger des informations, les visages se ferment dès qu'on prononce son nom. Aux temps les plus fous de la French Connection, lorsque trafiquants, chimistes et passeurs tombaient comme des mouches, il a toujours été soupçonné, mais jamais pris.

Comment Louis Giralt aurait-il pu être arrêté ? Les membres des filières qu'il est parvenu à commanditer ne le connaissaient pas. Seuls, deux ou trois intermédiaires savaient qu'il était le cerveau. Dans le milieu marseillais, dans le milieu français, et dans le milieu international où les réputations se détruisent d'un coup de 11,43, d'un mandat d'arrêt ou d'une condamnation, il est respecté, écouté et craint. Il a le pouvoir. Il a usé le juge Saurel, Marcel Morin et les autres et même si Aimé-Blanc l'a « coincé » à la régulière au coin d'un bar, le farfadet de Marseille n'est plus là. Ce n'est pas un juge Michel flanqué d'un commissaire Gravet, le nouveau patron des Stups à Marseille, qui va l'empêcher de continuer ses industries. Il s'est, en effet, tissé des dizaines de chaudes couvertures dans la ferraille, l'immobilier et la limonade.

Lorsque les Américains avaient encore à Marseille un imposant Bureau des Narcotiques, ils ont dû se contenter de regarder vivre, et bien vivre, ce parrain tranquille. Bateaux, maisons, commerces, pour lui, sa famille et ses maîtresses... Ils l'appelaient, et l'appellent encore, le Number One. Il le sait et ça l'a toujours amusé. Avec son anglais des calanques, il ne parvient jamais à prononcer ces mots.

Et depuis dix-huit mois Louis Giralt continue de promener tantôt dans les rues de Marseille les dix fourmis des Stups, guidés par les inspecteurs Cotton et Giraud qui le filent, le planquent et le traquent, tantôt dans les rues de Gênes les hommes de la Guardia di Finanza. Depuis 1973, de nombreux Marseillais rescapés de la French Connection se sont réfugiés en Italie et collaborent avec la mafia. Ils organisent des rapts, des hold-up très élaborés, à la manière du casse du siècle, pour financer les nouvelles filières de drogue. Le juge Michel s'interroge. Louis Giralt est-il l'un des correspondants de la mafia ?

Louis Giralt descend du train de Gênes à la gare Saint-Charles à 16 h 12. Une amie l'attend au bout du quai. Un inspecteur des Stups aussi, caché derrière un pilier, dans le hall d'entrée où s'amoncellent clochards de tous âges et de tous pays. Le trafiquant ne sourit guère sur les photos qui rejoignent encore les dossiers des Stups et du juge :

— Il est bien revenu bredouille.

Le juge Michel n'en peut plus d'attendre que Giralt lui donne son premier labo. Pas un labo en sommeil comme celui de Malvezzi, le milliardaire de Bouc-Bel-Air, un vrai, « en activité ». Le premier depuis 1973 à Marseille. Un labo dont les éléments achetés un à un, et sous l'œil des Stups, sont déjà entreposés dans un box de garage à Marignane, et que les compagnons de Louis Giralt sont prêts à manœuvrer. Avec à leur tête l'un des meilleurs cuisiniers de la place : Georges Calmet, arrêté en 1969 dans une vieille bâtisse, près... de la prison des Baumettes où il venait de préparer 20 kilos d'héroïne, à la Césari, d'une pureté de lin, et s'apprêtait à mettre à la même sauce 125 kilos de morphine-base. Condamné à passer sept ans dans le laboratoire d'en face, il en est sorti au bout de trois. Liberté médicale, bien sûr...

Un bon chimiste marseillais ne reste pas longtemps en prison, ou alors il y meurt comme Césari. Libre, il est obligé de recommencer. Sous peine de « descendre à la cave » comme aux Trois Canards.

A Marseille, et les Stups et le juge Michel les connaissent, existent seulement trois ou quatre chimistes dignes de ce nom. A New York et ailleurs, depuis l'agonie de la French Connection, les habitués des drogues dures, lassés de poudres brunâtres venues de Bangkok, réclament à leurs fournisseurs de la blanche marseillaise. Et comme en Turquie, au Liban et ailleurs, les champs de pavots abondent de plus en plus, tout peut recommencer. Et Louis Giralt compte bien en profiter.

*

Le juge Michel sait, et pas seulement par les Stups, mais par ses informations personnelles, par son réseau déjà très au point, que Louis Giralt est en relation avec Gabriel Graziani, Gaby le magnifique.

Gabriel Graziani, cheveux noirs, regard noir, allure de séducteur que rien n'arrête, Marseillais d'origine corse de 46 ans est l'un des plus grands trafiquants de drogue international. La fiche 804 135 C du F.B.I. américain indique qu'il est associé avec des membres éminents de la mafia, comme Carmine Galante, second de Joseph Bornano au début des années 60 et chargé des affaires de stupéfiants au sein de la mafia italo-américaine et correspondant de son maître à penser et à agir, Lucky Luciano. Ami de Jean-Baptiste Croce et de tous les trafiquants de haut niveau, grand voyageur devant l'éternel, des Etats-Unis au Canada, de l'Europe à l'Amérique du Sud, Gaby le magnifique a été propriétaire à Marseille sous son nom ou sous d'autres du Bar de l'Avenir, d'une épicerie de luxe, d'une torréfaction de café... Il a travaillé dans l'organisation Patrizzi qui exportait l'héroïne aux Etats-Unis par centaines de kilos. Avec Antranik Paroutian, le futur industriel enlevé, peut-être par Gaétan Zampa !

Gaby Graziani a été seulement arrêté en Suisse un jour où il négociait des actions volées au Canada... Puis en 1961, à Super Cassis le jour où il pendait la crémaillère d'une villa aussi extraordinaire que le palais d'Henri Malvezzi à Bouc-Bel-Air. Pour une vague affaire de stupéfiants dont il est presque sorti blanchi...

De plus, Gaby le magnifique est considéré comme le lieutenant de Dominique Venturi, Nick, l'intouchable des intouchables, relation privilégiée de la mairie de Marseille, chargé de traiter pour lui des « affaires » que sa position sociale et ses couvertures lui permettent de traiter.

Gaby le magnifique est enfin l'un des membres les plus influents du Service d'Action Civique pour la région marseillaise...

Il semblait demeurer un des parrains de l'ombre, l'un des chefs de la mafia française bien ancrée à Marseille, dont le juge Michel veut percer les secrets. Et puis le S.R.P.J. de Lyon l'a soupçonné dès 1976 d'avoir participé au hold-up de la poste. 6 millions de francs. Malgré ses hautes protections, il a été interrogé. Il ne s'y attendait pas. Pas plus qu'à une perquisition, le 7 décembre 1977, dans son immense appartement de Marseille. Dans un des portefeuilles du mafioso français les policiers lyonnais, venus chercher les preuves inexistantes d'un hold-up, ont découvert 120 petits grammes d'une héroïne très pure, chef-d'œuvre d'un très grand chimiste.

Un échantillon suffisant pour l'envoyer aux Baumettes, et pour que le juge Michel s'acharne à faire tomber Louis Giralt. Et pourquoi pas ensuite Dominique Venturi, et d'autres intouchables de ses relations ; comme Gaétan Zampa. Le combat du juge ne peut être que celui-là...

*

— Cette fois je m'occupe de Giralt.

Et le juge Michel s'occupe du trafiquant qu'il soupçonne maintenant, selon de nouvelles informations, d'avoir, grâce à Graziani, ses petites et ses grandes entrées au S.A.C. Encore une étrange alliance.

*

Un voyage rapide à Gênes. Un entretien avec Lucio Grisolia, le procureur de la République, une réunion dans les bureaux de la

Guardia di Finanza. Michel réussit à convaincre le magistrat et les policiers de fournir trente kilos de morphine-base à un indicateur infiltré dans les réseaux de drogue. En Italie, il y a tellement de saisie et de filières que la morphine ne manque pas dans les réserves de la Guardia di Finanza !

Lorsque le juge quitte l'Italie il est certain que la « taupe » commence déjà à établir le contact avec Minziani et Montanari, deux des honorables correspondants de Giralt.

Débute alors sur le terrain, et plus seulement par téléphone, la longue et terrible collaboration du juge Michel avec la Guardia di Finanza et les juges italiens spécialisés dans la lutte contre les trafiquants de stupéfiants. Au pays de la mafia, on n'avait jamais vu ça. Un juge prêt à tout, vraiment à tout pour arrêter un trafiquant.

De retour à Marseille il sourit comme un enfant heureux d'une bonne farce. A sa façon, ce juge pas comme les autres demeure un enfant. Avec assez d'enthousiasme, de fraîcheur d'âme pour que rien ne l'arrête. Aux Stups quelques « fidèles » l'ont aidé, encouragé parce qu'ils sont las de traquer des trafiquants pendant souvent plus de vingt ans pour échouer faute de preuves et de flagrant délit. D'autres s'étonnent.

— Il est complètement fou.

— Il va à l'abattoir.

— Il ne se rend pas compte.

*

Le juge Michel a ses raisons. Les raisons de son combat.

A la suite du juge Saurel, il a dû conclure un dossier de trafic de stupéfiants avec en vedette Francis le Belge, l'ennemi de Gaétan Zampa, déjà enfermé aux Baumettes. Il a reçu dans le cabinet n° 3 celui qu'il surnomme « le Marlon Brando de la Belle de mai ». Le Belge lui a répété en souriant qu'à 33 ans il n'avait jamais rédigé de déclarations de revenus. L'enquête démontre pourtant qu'il vivait comme un nabab. Que certains de ses compagnons ont pu s'acquitter sans sourciller d'une caution de 700 000 dollars, environ 3,5 millions de francs pour quitter les geôles américaines. Que tous gagnaient assez d'argent pour ne pas s'apercevoir de différence de 500 000 francs dans les réglements de certaines livraisons d'héroïne...

Lors du procès, Jean-Claude Pelletier, l'avocat de Gaétan Zampa monté en première ligne pour le casse de Nice, était l'un des deux avocats de Francis le Belge ! Ça ne l'a pas empêché d'être condamné à 14 ans de détention. Jean-Pierre Somnier, substitut du procureur jadis rival pour une place à Marseille du futur juge Michel a dit dans son réquisitoire :

« S'il y en a un aujourd'hui qui souhaite que Vanvenberghe ne sorte pas, c'est bien Zampa. »

Puis avec un grand geste vers le banc des accusés où trônaient le Belge et les siens :

« Ils ont commis un crime contre l'humanité. Chacun de leurs millions, chacune de leurs voitures, de leurs résidences est fondé sur l'argent provenant de centaines de morts, de l'argent provenant de gens réduits maintenant à l'état de larves, de déchets. »

Le juge Michel reçoit dans le cabinet n° 3 des dizaines et des dizaines de ces larves, de ces déchets, les aide avec Rémy Warnery l'éducateur, passe des heures le soir à écouter leurs parents, se bat pour leurs libertés provisoires, et pour des places dans les centres de cure.

Voilà pourquoi il se dit avec bonheur que Louis Giralt sera bientôt assis face à lui, et face à la machine si efficace de Meriam Amami.

Et il aura tout fait pour cela, même bafouer un code de procédure pénale qu'il juge dépassé.

Quelle revanche pour celui que sa hiérarchie boude, surveille et épie depuis l'affaire du Pouf de la Légion.

II

SON PREMIER VRAI LABORATOIRE DE DROGUE

Le chemin des poissonniers embaume le romarin, le thym et la fumée. Le juge Michel se guide entre les pierres et les mimosas, serrant fort les pans de son blazer bleu pour ne pas le griffer. A côté d'un cerisier aux branches en équerre, dans la terre brune, se creusent comme les marches d'un escalier de théâtre. Le juge Michel les escalade une à une en s'accrochant à des bouquets de lichens. Ses mocassins et le bas de son pantalon gris pissent la rosée.

Le juge arrive sur un étroit monticule où le mistral et l'eau ont dispersé le cadavre d'un feu de bois. A cet endroit, il n'y a que les gosses pour avoir risqué l'incendie. Le long du bois de Jussy, entre Meurthe et Moselle, Pierre Michel, enfant, s'inventait des cabanes, des caches, des parterres de solitude et s'allumait des feux pour cuire les pommes sous la cendre. Dans ce coin de Provence, sous un ciel couleur d'argent, aux nuages grisonnants, le juge Michel n'aperçoit que de longs pins verdâtres taillés en oblique, des oliviers inanimés, et à gauche, un tas de ronces mortes, des troncs d'arbres délavés se chevauchant comme un bûcher.

Le juge se tient en équilibre sur ce semblant d'échelle. Derrière lui, dès le bas de la Nationale, menant à droite vers La Ciotat et à gauche vers Ceyreste, s'étire une forêt de voitures de police, blanches et bleues, de fourgonnettes marine et de véhicules banalisés. Devant lui un cabanon provençal crépi à la chaux, gonflé d'un immense perron et d'un porche trop étroit, comme s'il avait mal grandi. Autour, des murs de pierres sèches, très hauts, et plus loin de vagues villas cachées sous les oliviers. Le juge Michel domine cette bâtisse bien isolée dont le nom éclate comme une mosaïque, face à la grande porte : La Galéjade. Et qui, ce 5 février 1978 à 7 h 15 du matin n'en est pas une.

Déjà un souffle de chaleur court dans l'air. A trente kilomètres de là, dans la villa Les Buis, Jacqueline Michel doit s'inquiéter encore et s'en prendre à ce métier de juge, trop prenant, trop étouffant. C'est dimanche, le juge est parti vers 6 heures du matin avec le substitut Jacques venu le chercher en voiture devant la grille vert bouteille. Emmanuelle et Béatrice demanderont encore dans un moment

— Où est papa ?

Jacqueline Michel pourra seulement répondre :
— Il est sur une affaire...

*

Georges Calmet a fixé les lunettes de protection sur son visage en forme d'œuf. Entre ses joues et son pull-over à carreaux roulent de fines gouttes de sueur. Les gestes sont précis, ni trop rapides, ni trop lents. La poudre grise, aux reflets verts, tombe par plaques dans l'alambic ventru, avec un rythme de sablier. Plus les heures ont passé depuis la veille, et plus Calmet a retrouvé la souplesse de ses doigts, la maîtrise de son art où comptent chaque seconde et chaque manipulation.

Près de lui, Raymond Silvani, un masque à gaz au ras de ses lunettes rondes, l'observe et le suit dans une harmonie parfaite. Dans l'appentis, au fond de La Galéjade, les volets sont clos, les deux fenêtres tapissées de papier noir pour qu'aucune lumière n'entre ou ne sorte. L'odeur amère de l'acétone et le parfum de vinaigre écœurant de l'acide anhydrique dévorent les poumons et s'accrochent aux vêtements. Deux bonbonnes de gaz butane noires et rondes soufflent dans l'air des vapeurs de sauna. Accroché au-dessus d'une poubelle de plastique verte un moteur de perceuse électrique secoue l'agitateur à ailettes plongé dans le mélange de morphine et d'acide.

La « soupe » a bien pris, et derrière ses lunettes, face à son établi, une planche de bois sur deux tréteaux, Georges Calmet sourit. Neuf ans d'inaction n'ont pas brisé ses talents de chimiste. Jo Césari le considérait comme son élève le plus doué. Il a toujours été fier de ce diplôme. Celui qui a cru encore en ses talents en aura pour son argent. Silvani, son premier mitron a l'air de se débrouiller. Ensemble ils sont bien partis pour « tourner » avec une pureté digne de l'école marseillaise leurs 35 kilos de morphine en 48 heures.

Georges Calmet réduit la force des bonbonnes de butane. Au cours de l'opération permettant de dissoudre le bloc solide de morphine-base, il faut brasser le mélange six heures d'affilée. Cycle classique de la transformation. Ensuite, débarrassée de ses impuretés à l'eau claire, la soupe doit être encore nettoyée à l'acide et au noir animal. C'est là, à la chauffe, que se révèle la grandeur du chimiste de la drogue. Calmet le sait. Si l'on chauffe trop, c'est l'explosion et le labo éclate comme une bombe. Si on ne chauffe pas assez, la précieuse poudre blanche est à jeter. Pour un chimiste une condamnation à mort. Georges Calmet ne regarde même pas le thermomètre que Silvani a apporté par précaution. La bonne chauffe, on a ça dans le sang.

A côté des chimistes, Louise Rey, à genoux, près d'une énorme pompe à vide sèche des lambeaux d'héroïne. Pas un mot, un geste de trop. Comme une infirmière en salle d'opération. C'est elle qui a demandé à son cousin Mangino, placier à la mairie de La Ciotat depuis 37 ans, de lui prêter cette villa isolée pour se reposer quelques jours... C'est elle qui s'est occupée de faire la cuisine pour les cuisiniers, et même d'aller leur acheter en ville trois moulins à café, au cas où ils tomberaient en panne de moteur ! Elle croyait qu'il s'agissait de cadeaux de Noël...

Il y a 36 heures que le labo tourne. Encore une douzaine d'heures et il n'existera plus. Les labos vivent le temps que naisse l'héroïne. Alors dans le silence du petit matin, les deux chimistes et leur laborantine, en épais tabliers de coton, cernés de fumées brûlantes et les oreilles assourdies du tohu-bohu de leur machine infernale, continuent leur manipulation.

*

Le juge Michel s'est avancé derrière un bouquet d'hommes serrés les uns contre les autres. Des gens des Douanes, Antoine Barbaza, l'encyclopédie de la drogue, et le commissaire Le Mouël, le Breton, patron de l'Office Central de Répression du Trafic des Stupéfiants à Paris, venus aux premières loges. Le commissaire principal Bernard Gravet, le chef des Stups à Marseille, regarde sa montre : 7 h 20. Quatre inspecteurs accroupis près de lui lorgnent vers La Galéjade. Le substitut Jacques, près du juge Michel, sourit avec son flegme éternel qui le distingue toujours au tribunal de ses collègues bouillonnants, grognons ou sévères.

— Vous avez vu, devant l'entrée, chuchote un inspecteur, le sapin... l'arbre de Noël. C'est Louise Rey qui l'a planté et orné de boules, de guirlandes, tranquillement, comme s'ils allaient fêter Noël en famille.

Le juge Michel a emprunté la paire de jumelles de l'inspecteur. Le sapin a des branches de craie.

— Et elle l'a saupoudré d'héroïne, votre sapin. Quel gâchis. Au prix que ça coûte... Si Mister Giralt savait ça !

Le juge distingue aussi sur la façade de la villa-cabanon une autre galéjade... En lettres de pierre bien épaisses, l'adage de la maison et de ses occupants du moment : « Nul bien sans peine... »

Le commissaire Gravet lisse ses cheveux noirs du plat de la main et ramène sa mèche sur son front.

— Cette fois on y va, c'est bon.

— A la soupe les gars, marmonne un inspecteur.

*

Louis Giralt habite le quartier Le Poulet... sur la route de Saint-Germain à Simiane, près d'Aix-en-Provence. Une villa de belle allure au jardin en cerceau tapissé de fleurs. « Appartenant » à l'une de ses amies. Tandis que Georges Calmet et Raymond Silvani s'affairent à leur cuisine provençale, il dort dans une chambre au rez-de-chaussée. Ce n'est pas lui qui souillerait ses lourdes mains aux doigts d'araignée de taches d'acétone ou de morphine en fusion. A La Galéjade, ses employés s'activent à l'alchimie qu'il connaît depuis longtemps et préfère à tout autre. Celle où l'argent redevient argent après avoir couru dans le creuset de la drogue. Entre les 35 kilos de morphine-base, les frais, minimes, d'installation du labo, le prix des chimistes, des passeurs et des comparses, il va dépenser 200 petits millions d'anciens francs. Une mise dérisoire pour le milliard et demi d'argent liquide et bien liquide qui l'attend après. L'héroïne pure se vend alors 35 à 40 millions d'anciens francs le kilo. Au prix de gros. A la revente il y en aura pour quatre milliards.

*

La porte de bois aux croisillons parallèles s'est ouverte lentement. Louise Rey, ses courts cheveux noirs ébouriffés, a passé une chemise de nuit rose sur sa robe. Elle semble sortir d'un long sommeil, frotte ses petits yeux sombres.

— C'est pourquoi messieurs... Mon réveil vient juste de sonner. Je me levais...

— Police.

Le commissaire Gravet et trois inspecteurs, pistolets au poing, dévisagent cette femme de 46 ans au sourire étonné. On la dirait vraiment surprise de cette visite au petit matin. Elle n'est pas femme à s'émouvoir de l'arrivée de policiers armés. Son mari, Joseph, poursuivi pour proxénétisme est déjà aux Baumettes. Il a abattu en décembre 1976, Thérèse Roubaud, de trois balles de revolver. Cette avocate marseillaise avait eu le tort de refuser à Joseph Rey de lui renouveler le bail de l'hôtel « At Home » dont elle était propriétaire. A l'époque, c'est le juge Michel qui l'a inculpé !

— Montrez-nous chaque pièce de cette villa s'il vous plaît.

— Bien sûr messieurs, mais il n'y a rien. Vous vous trompez.

Dans l'étroite cuisine trois tasses de café fumant n'estompent pas l'odeur de pharmacie et de brûlé. Du fond de la maison s'élève le ronron d'un moteur.

— Voilà ma chambre, la salle à manger...

— Et au fond, qu'est-ce qu'il y a ? demande le commissaire Gravet.

— Rien, une autre pièce, l'appentis et la salle de bains...

Un inspecteur tire violemment la porte de l'appentis. Une pluie de bouchons de papier s'éparpillent sur les carreaux. Ils calfeutraient le panneau de bois. Les vapeurs d'acide suffoquent les policiers. D'autres ont investi le reste de la maison. Le juge Michel s'est avancé dans le couloir, suivi du substitut Jacques et marche rapidement vers les pièces du fond.

L'agitateur s'est tu. Demeure seulement le va-et-vient du ventilateur. Le visage de Raymond Silvani délivré de son masque se reflète, rouge et résigné, dans un alambic opaque. Le mitron ne prononce pas une parole, les mains serrant des lunettes embuées, puis avec des gestes minutieux, il éteint les bonbonnes et visse leurs attaches. Georges Calmet tend un bol de morphine vers les policiers, puis se ravise et le pose sur la planche de bois encombrée de fioles, de cornues, de ficelles et de pinces. Tandis que Silvani tournait la soupe, il pesait la morphine à traiter sur une Roberval rouillée. Le vieux sorcier de la came desserre à peine les lèvres.

— Laissez-moi m'essuyer les mains.

Silvani regarde les siennes.

— Moi aussi.

Louise Rey lance une ultime excuse.

— Ils m'avaient dit que c'était pour faire des essais de peinture !

Les menottes claquent trois fois.

*

Le juge Michel s'attarde dans la pièce avec le substitut Jacques. Il ne veut pas le montrer, mais il est heureux. Toujours comme un enfant. Jusqu'au dernier moment, il a cru qu'ils arriveraient tous après les opérations de transformation, le labo évanoui. Et que, sans preuves, même arrêté, Louis Giralt serait libéré aussitôt. Pourtant, la drogue est bien là.

Si Louis Giralt savait d'où elle vient...

D'une vieille armoire de bois un inspecteur retire quinze paquets de morphine-base brute. En tout 17 kilos. 18 autres étaient en cours de traitement. La boîte de fer contenant les sachets de 500 grammes destinés à recueillir l'héroïne n'est pas encore ouverte et traîne sur une chaise.

— Ça se passait très bien, explique un expert de la police scientifique. Toute la morphine traitée était presque purifiée. Ça aurait donné de la très très pure... Un grand cru de la came... C'est la première fois que le labo fonctionne. Calmet n'a pas perdu la main.

Dans la salle de bains près de l'appentis des bassines, des fioles, des filtres, une lessiveuse, et trois moulins à café. Les chimistes obligeaient Louise Rey à faire sa toilette dans la cuisine...

Pierre Michel marche dans le jardin de La Galéjade aux côtés d'un inspecteur de la Brigade des Stups.

— Et pour Giralt ?

— On a eu des gars en planque toute la nuit. Il est rentré hier soir. Pas de problèmes.

Le juge Michel balaie ses cheveux de la main droite, comme toujours, et se tourne vers les fenêtres grandes ouvertes de l'appentis. Même dehors l'acide se mêle aux odeurs de lavande et de mimosa. Les policiers commencent à déménager le matériel.

Louise Rey, la laborantine, leur prépare du café avec l'un des moulins achetés pour « tourner » la morphine-base...

Le juge Michel s'inquiète. Louis Giralt ne se doute-t-il vraiment de rien ? N'y a-t-il pas eu une fuite à l'Evêché... ? Quinze ans d'impunité ouvrent certaines portes. Jusqu'au bout le juge a voulu que la traque soit secrète. Même Marie Viangali, le substitut arrivé depuis quelques mois au tribunal et qui va devenir l'un de ses plus précieux alliés dans son combat contre la drogue, n'a pas été prévenue de cette opération dominicale.

— Il a dû en monter le père Giralt des labos comme ça, à trois sous... Si on avait été là à chaque fois. Maintenant il faudra avoir les autres. A Marseille il y a au moins encore vingt petits parrains comme lui. Lui, il s'est fait avoir comme un « bras cassé ».

— Vous parlez marseillais maintenant.

Le juge Michel sourit.

— Peuchère, il faut bien pour coincer tous ces pieds nickelés.

*

Au même moment à Gênes la Brigade Régionale de la Guardia di Finanza arrête Ettore Minziani, le patriarche, Primo Montanari, Francesco Tomasi l'importateur de champignons et Antonio Longo. Ce dernier a acheté dans un garage de la ville la Citroën Méhari, immatriculée GE 668129 avec laquelle Primo Montanari a livré la morphine-base le 2 février à La Ciotat. Sous le châssis une trappe permettait de cacher les précieux paquets.

*

Alors que Louis Giralt, blouson de cuir noir très fin et pull-over blanc à col roulé, s'avance dans le couloir étroit des Stups, rue d'Oran, tiré comme un chien par la laisse des menottes, François Le Mouël, le patron de l'Office Central des Stupéfiants, commente son arrestation.

— C'est peut-être le personnage le plus important sur lequel nous avons mis la main de toute la filière française de la drogue. Il a toujours été soupçonné, son nom était chuchoté depuis longtemps, mais il ne nous a jamais été possible de l'arrêter. C'était devenu un véritable mythe. Ce coup de filet est un événement.

Le contrôleur général Mathieu, le chef du Service Régional de Police Judiciaire, y va de son couplet :

— Nous savons que le milieu n'était qu'en veilleuse. Nous redoutions une offensive des trafiquants. Nous l'attentions de pied ferme.

Pour le juge Michel ce sont des mots creux. Comme Claude Calmet, fils de Georges, et Augustin Silvani, frère de Raymond, enrôlés pour les basses besognes, seront des inculpés creux, des branquignols de la came. Ce qui l'intéresse c'est ce que représente Giralt, ce qu'il y a derrière, autour et surtout au-dessus.

La Mafia française.

*

Louis Giralt a les moyens. Trois avocats l'assistent dès les premiers interrogatoires. François Robaglia, François Mary et Gaétan Di Marino. Le juge Michel sait qu'une fois de plus, il va falloir jouer serré avec ce qu'il nomme, sans le leur cacher, « la mafia des avocats ».

Les liens de Giralt et du mafioso Graziani le prouvent : tout est lié. Ainsi, sur une circulaire émanant des services de police et concernant René Ricord, un ancien des Trois Canards, inscrit au Fichier Central du Banditisme, on peut lire : « ... Ricord prétend être propriétaire de deux boîtes de nuit à Paris qui n'ont pu être localisées... On sait aussi, et de source sûre, qu'il serait associé dans l'exploitation de ces établissements avec maître Robaglia, l'avocat parisien. »

René Ricord, l'ami de Marius Bertella, Gaétan Alboréo, les intouchables des haras normands, l'habitué du Cercle de l'Opéra, « relation d'affaires » de l'avocat de Louis Giralt, longtemps intouchable...

Tout est vraiment lié.

Quant à Gaétan Di Marino, du Barreau d'Aix-en-Provence, il a réussi une thèse brillante sur les nullités de l'instruction. Depuis, c'est un conseil très recherché. Bientôt un quatrième avocat les rejoint : Jean-Pierre Guasco. En attendant le cinquième, puis le sixième, puis le septième au moment venu...

Sans doute pour assister la mémoire défaillante de celui que le juge Michel surnomme l'amnésique. Plus les interrogatoires passent, plus ses souvenirs trépassent. Quand le juge évoque les rencontres du financier de la drogue avec Georges Calmet, avec les pourvoyeurs italiens, Louis Giralt répond en laissant traîner ses phrases et ses souvenirs.

Le 13 mars c'est un récital complet dans le cabinet n° 3.

— Quand vous m'avez posé la question il y a une dizaine de jours, mes souvenirs étaient plus précis. Maintenant je flotte un peu... « Vous venez de me faire un récit très minuté et très précis de mes allées et venues, mais je dois vous dire que dans ma mémoire, je ne trouve aucun élément me permettant de me souvenir de ceux-ci. Ça ne me laisse pas de souvenirs... « Je ne me souviens pas du tout de cela, et je me demande effectivement si j'avais fait ce périple, pourquoi je l'aurais fait. »

Mais le juge Michel, implacable, toujours avec le sourire, et muni de plans de Marseille et des environs, indique à Louis Giralt les endroits précis où il a été vu, avec qui, dans quels véhicules. A la minute près tout figure dans les rapports de filatures. Louis Giralt ne sourit pas. Deux sillons courant à l'oblique de son nez au bas des joues creusent son visage tanné par des années de travaux occultes. A chaque question, chaque piège et chaque contradiction il serre les poings, se retient pour ne pas hurler, puis parle encore doucement, la peau bistre, comme s'il allait tomber en syncope.

Le juge Michel lui répète encore :

— Connaissez-vous Minziani, Montanari, et Tomasi ?

— Non.

— Dans votre agenda je vois écrit Tanarimon Pisa 125. Ça veut dire quoi ?

— Je ne sais plus.

— C'est simple. Tanarimon, ce sont les lettres qui forment Montanari et il habite à Gênes, via Pisa au n° 12/5.

Cette fois Giralt a le visage rouge brique, prêt à crier.

— Il ne va pas tarder à tomber malade, dit le juge, comme si Giralt n'était pas là. On sera bientôt obligé d'aller le voir à la Prison Hôpital.

Pour Georges Calmet qui lors de son premier interrogatoire a donné la profession de... cuisinier, c'est déjà fait. Le juge Michel reçoit le 29 mars une lettre de Camille Giudicelli, son avocate, qui a déjà défendu en son temps Francis le Belge. Le juge est prié de noter ce qu'elle lui a déjà dit la veille.

— Georges Calmet, compte tenu de son altération de santé ne possède ni la mémoire ni la précision des dates que vous souhaiteriez pour les nécessités de la procédure. Et le juge est prié de « bien vouloir inclure la présente lettre au dossier », car « les imprécisions ou oublis de Calmet ne relèvent en aucun cas de la mauvaise foi ».

Le juge Michel inclut bien sûr la lettre dans le dossier, mais une photocopie gagne une épaisse chemise rose, rangée dans le premier tiroir de son bureau. Le Sottisier. Depuis qu'il est juge, il conserve les lettres les plus ridicules qu'il reçoit des avocats marseillais. Certaines signées de noms célèbres. Il traque aussi leurs fautes de syntaxe, de grammaire et surtout d'orthographe. Nombre de ces missives sont écrites à la main. Le juge Michel n'est pas sectaire. Une chemise est réservée aux magistrats, une autre à ses fautes.

Dans sa lettre, Camille Giudicelli souligne encore que « le niveau de l'altération de santé de Georges Calmet est parfaitement décrit dans des expertises médicales antérieures ». Le juge Michel sait bien sûr que le cuisinier de la drogue est resté seulement trois ans enfermé au lieu de sept. Et encore à l'hôpital de la Timone. Pour sénilité précoce ! A 48 ans... A chacun ses troubles mentaux, mais Georges Calmet a au moins su conserver une idée fixe dans ses bribes de mémoire : la formule de l'héroïne la plus pure.

Et ce vieillard prématuré raconte en détail sa rencontre avec Louis Giralt, bien avant les débuts officiels de la French Connection.

*

En 1965, Louis Giralt, et ça n'étonne pas le juge Michel, traîne derrière le comptoir de l'Ascott, un bar, dans le centre de Nîmes. Georges Calmet évolue derrière le zinc d'un autre bar, Le Normandie, dont sa femme Evelyne est « responsable ». Lorsque Louis Giralt rentre à l'hôpital pour une opération, Georges Calmet le remplace. Miracle, Louis Giralt se souvient.

— Je tiens à dire que ma maladie était antérieure à mon opération.

— On n'est jamais trop prudent, répond le juge Michel.

Une liberté médicale ça se prépare et ça se mérite.

Georges Calmet arrive à Marseille en 1966. De son côté, Giralt revend l'Ascott en 1968, loue une maison de campagne à La Ciotat. Pour une convalescence de six mois. Pour la maladie, Giralt a décidément une mémoire très précise.

— Je ne pouvais pratiquement pas marcher. Je ne voyais que ma famille et les médecins qui me suivaient. Cela a duré pendant un an. On m'amenait à Marseille consulter les médecins. Soit mon ex-épouse, soit mon frère Henri. J'étais suivi par deux médecins de l'équipe des professeurs Mercier et Lena. »

Un inculpé marseillais, surtout dans les affaires de drogue, ne donne jamais assez de détails sur ses maladies.

Georges Calmet, ami dévoué, visite Louis Giralt à l'hôpital de la Conception. Puis disparaît, d'abord pour cuisiner quelques soupes de morphine, puis pour goûter au bouillon sans saveur des Baumettes.

La même année, coïncidence, Louis Giralt s'installe dans un appartement immense au 4 du Boulevard Quisel.

— Mon état de santé était meilleur.

Il a seulement appris l'arrestation de Calmet en lisant les journaux. Il le jure.

Ensuite, lorsque Calmet le sénile reprend des activités demandant force et allant, seul le hasard, le hasard marseillais, les unit à nouveau. Evelyne Calmet s'occupe d'un restaurant à La Redonne. Son époux se charge d'aller chercher la viande aux abattoirs de Marseille. Or le Bar des Platanes où se retrouvent bouchers, charcutiers, mais aussi quelques « cuisiniers » est tenu par Henri Giralt, le frère de Louis. Louis Giralt a bien sûr ses habitudes dans ce quartier fétide aux odeurs de sang de viande et de salpêtre.

Ensuite, après quelques visites de politesse, tantôt à La Redonne, tantôt Boulevard Guisel, en 1977, tout se précipite. Au moment où le commissaire Gravet avertit Pierre Michel que Raymond Silvani, Calmet et Giralt se réunissent pour d'autres plaisirs qu'une partie de pétanque.

Georges Calmet a besoin, en effet, du soutien financier de Giralt ou, comme il le dit, de ses concours financiers. Pour se remettre à de nouveaux fourneaux. Enfin, pour agrandir et transformer le restaurant de son épouse. Car Georges Calmet n'est pas cuisinier pour rien. Il est marié sous le régime de la séparation de biens. Un mari sénile peut toujours être amené à disparaître.

Louis Giralt est un homme discret. Il prévient le juge Michel.

— Je préfère ne pas citer le nom des entreprises que j'ai contactées. Compte tenu de l'affaire dans laquelle je me trouve impliqué je tiens à éviter des désagréments aux personnes dont je pourrais citer les noms et qui seraient certainement entendues.

Il ajoute sans un sourire.

— Je pense, en effet, qu'être entendu constitue un désagrément tout au moins dans le cadre d'une affaire comme celle-ci.

— Vous êtes d'une délicatesse toute marseillaise, dit le juge Michel. Ah, c'est vrai que vous êtes né à Béziers.

Louis Giralt, à bout de nerfs, fait un effort pour parler encore doucement.

— ... Ma réponse est évidemment la même pour les renseignements que vous pourriez demander sur les personnes que j'ai contactées pour le financement des travaux. Si mes souvenirs sont exacts, les travaux auraient atteint 300 ou 400 000 francs. Finalement cela n'a pas abouti car Calmet était trop pressé.

— Il avait sans doute oublié entre-temps... Mais il est revenu à la charge en vous demandant 200 000 francs. Pourquoi ?

— Oh, une idée de gâteux.

— J'ai connu en effet un certain Alouk, dit froidement Calmet, susceptible de me céder quelques kilos de morphine-base...

Le juge Michel se trémousse derrière son bureau, ravi. Il n'a presque pas à poser de questions et laisse Meriam Amami transcrire ce duo digne des meilleurs moments de la French Connection. Georges Calmet se souvenant peut-être du « suicide » de certains chimistes, même aux Baumettes, est prêt à tout pour rendre Giralt aussi blanc qu'une héroïne à 98 %...

Jouant de son imagination de sénile, il a déjà inventé ce fantomatique Alouk dont les traits se confondent avec ceux de Giralt. Mieux. Il retrouve la mémoire.

— Quant je suis sorti de prison et que j'ai rencontré Giralt, nous avons parlé de mon affaire. Je lui ai dit « Tu te rends compte de ce qui m'arrive. Je mets le doigt dedans et je me fais faire marron. A ce moment-là Giralt a levé les bras au ciel, enfin il a mis les mains sur sa tête en me disant : « Ne me parle pas de drogue, je ne veux même pas en entendre parler. » Ce sont là ses paroles textuelles.

Encore une réplique digne du Sottisier. Mais le sketch continue avec Louis Giralt.

— C'est exact et je tiens à préciser que Calmet n'est pas la seule personne à qui je l'ai dit... Il fait de sa peau ce qu'il entend, mais je ne partage pas forcément son point de vue et ses activités. Et si j'ai évité de le fréquenter d'une façon suivie, c'en est peut-être la raison...

— Est-ce à dire que vous avez craint qu'il reprenne... ses activités ?

— Je n'ai pas pensé aussi loin que vous, monsieur le juge. Je jouissais d'une vie tranquille et j'entendais garder ma tranquillité.

— Et vous Calmet, demande le juge Michel, comment avez-vous manœuvré pour vous procurer l'argent de votre tranquillité...

Georges Calmet devient mystérieux.

— J'avais dit à Giralt que mes jours étaient en danger, que j'avais eu des affaires très graves, sans préciser lesquelles. Je lui demandai 15 à 20 millions pour me mettre au vert...

Et c'est, d'après lui, une coïncidence s'il a fixé un rendez-vous à Giralt devant la clinique Wulfram Puget, à une dizaine de mètres de l'appartement de Roselyne Giralt, la mère de Louis, où celui-ci venait dîner deux ou trois fois par semaine.

— Pourquoi avoir donné ce rendez-vous si loin du domicile de Giralt et du vôtre. Vous habitez à Carry-le-Rouet.

— Je me comportais comme cela, chuchote le chimiste sénile pour faire croire à Giralt que je craignais pour ma vie... Je lui ai dit qu'il fallait que je quitte la France...

Après d'autres explications aussi étranges, le juge Michel se lève d'un bond, ouvre les deux portes grises et demande à Claude Calmet dont l'avocat est également Camille Giudicelli, d'entrer dans le cabinet n° 3. Giralt reconnaît bien ce Calmet-là, mais il ignorait jusqu'à son prénom avant l'arrestation. Encore un hasard. Un jour dans la rue, quelqu'un lui a dit :

— Tu vois là, c'est le fils de Georges Calmet.

— Vous êtes très physionomiste, M. Giralt, réplique le juge Michel de plus en plus ravi.

— Si c'est votre opinion, monsieur le juge, je n'y vois pas d'inconvénients. Mais je l'ai vu aussi rue d'Oran, et dans le panier à salade. C'est ma façon d'être physionomiste.

— Etes-vous sûr d'avoir vu Claude Calmet rue d'Oran ?

— Parfois en allant aux toilettes, les portes pouvaient rester entrouvertes, c'est ainsi que je l'ai entr'aperçu.

Une façon comme une autre de faire connaissance.

Claude Calmet n'est pas encore sénile, mais il a la mémoire plus courte que ses épais cheveux noirs.

— Je ne connais pas ce monsieur. Je l'ai seulement vu sur les journaux.

Pourtant, un jour, et les filatures policières le montrent, il s'est rendu à la Gratinée, le restaurant dont s'occupe Henri, l'inséparable frère de Louis Giralt. Un hasard... Autre hasard. Georges Calmet fréquentait ce restaurant comme s'il était sans cesse à la recherche de l'un ou l'autre Giralt. Pierre Michel est vite rassuré. Encore une histoire de cuisine.

— J'avais affaire au frère de Louis Giralt pour des questions de banquet... Je lui ai demandé des conseils une fois ou deux. Et à une occasion j'ai déjeuné avec Giralt à la Gratinée. Je me sers au M.I.N. des Arnavaux, le Marché d'Intérêt National, deux fois par mois, et mon fournisseur est à 200 mètres de la Gratinée... Mon fils m'accompagnait parfois, mais je n'y suis pas allé avec mon fils.

Georges Calmet conclut d'une voix de jeune homme, vibrante et forte :

— Je tiens bien à déclarer que Giralt est absolument étranger aux faits qui me sont reprochés. Il en est de même bien évidemment pour mon fils.

— Evidemment.

Louis Giralt s'écrie à l'unisson :

— J'aimerais pouvoir dire encore que je suis innocent.

— Je vous en prie. En tout cas ne comptez pas sur moi pour vous croire.

Le petit Calmet ne veut pas être en reste.

— Notez que moi également je n'ai rien fait.

*

Il n'a peut être rien fait... mais une lettre prouve pourtant ses liens d'affaires avec Gabriel Graziani, l'homme du S.A.C., ami de Louis Giralt. Gaby le magnifique l'a écrit dans sa première prison, à Lyon, dans une lettre qu'il a chargé Zézé, sa fidèle et dévouée épouse de transmettre au fils du cuisinier de la came. La lettre date de 1976. Gaby le magnifique reproche au petit Calmet d'avoir fait disparaître sept bidons lui appartenant, et surtout l'un d'eux, plein à ras bord d'anéthol, et valant soi-disant deux millions de centimes... A qui se fier ? Claude Calmet toujours aussi amnésique s'écrie devant le juge Michel :

— Je n'ai rien compris à la lettre. Graziani, c'est un fada !

Quelle insulte pour un mafioso signalé par le F.B.I. américain...

*

Le juge Michel regarde Giralt et ses cuisiniers s'éloigner dans un bruit de menottes. Un inspecteur des Stups, évêque détaché à la paroisse de la rue d'Oran, entre dans le cabinet n° 3.

— Vous savez ce que vous avez fait perdre à Giralt ?

— De l'or. Et la mort. Je m'en fous. Je vais recevoir des toxicos maintenant. Ils n'auront même pas la force de dire qu'ils sont innocents, eux. Demandez à Warnery et à d'autres éducateurs ce qu'ils en pensent. Giralt, je le méprise, et je l'enfoncerai au maximum.

— D'accord, mais c'est plus que de l'or. C'est Giralt que vous leur faites perdre. Giralt a les contacts, la finance, les couvertures. Il connaît ça par cœur. Elle allait bien partir quelque part leur came.

— Aux Etats-Unis, comme avant, ou au Canada. Vous connaissez la chanson. Ma ca-came au Canada...

— Mais c'est de l'inconscience. Pour eux c'était un nouvel essai. Si ça avait marché, ça aurait continué à tout va. A cause de vous, ils se méfieront. Tous ceux qui magouillent avec Giralt vont avoir peur. Ils savent que vous êtes capable de tirer les filets. Vous ne vous rendez pas compte. Vous êtes à Marseille.

— Et alors... Ils sont là pour se faire prendre.

L'inspecteur, depuis un an aux Stups, natif du Nord, éprouve pour le juge Michel l'amitié du déraciné, mêlant l'Est et le Nord dans la même galère.

— A Marseille, vous le savez bien, ils ont l'habitude de s'en tirer.

— Mais justement, répond le juge, je m'en fous que ça soit Marseille. Ils y passeront tous. Giralt n'est que le premier. J'en ai d'autres en vue...

— Excusez-moi Michel, mais vous ne devriez pas. En plus, vous faites de l'ironie. Ça commence à se savoir dans tout Marseille. Un indic m'a raconté qu'un soir dans un bar de l'Opéra, ils pariaient des tournées sur la date de votre mort.

Le juge Michel sort une brassée de lettres d'un tiroir de son bureau.

— Regardez, des menaces j'en reçois tous les jours. Au téléphone aussi. Ils ont raison. Je ne suis qu'un juge à 9 000 francs par mois. Alors ils peuvent me flinguer. Eux, ils valent des milliards. Mais avant, je démonterai leurs filières. Je vais commencer par dégonfler cette baudruche de Giralt.

III

UNE ÉTRANGE AFFAIRE DE FERRAILLE

Le juge Michel, accroupi sur le tapis du petit salon, le long des rails noirauds formant un œuf entre le coin des canapés et la table basse, dépose la locomotive et trois wagons. Patrick Barrou, un de ses beaux-frères, le parrain d'Emmanuelle, expert judiciaire à Marseille, s'est assis près de lui et regarde le convoi démarrer sa course. Emmanuelle et Béatrice ne sont pas loin. A l'école, Emmanuelle, l'aînée, raconte que son père joue au train électrique le dimanche après-midi.

Le juge Michel collectionne les jouets de tôle aux couleurs brillantes, de préférence les gros modèles à l'échelle du vingt-cinquième. Il a même découvert à Narbonne un électricien assez patient pour bricoler des transformateurs adaptant les antiques locomotives au courant électrique. A chaque voyage dans le village de ses beaux-parents, il emporte un nouveau modèle.

Le juge Michel n'a pas trahi sa passion de l'adolescence. Il aime les trains, miniatures ou vrais. Et, chaque Noël, il part ainsi pour Metz et la maison familiale. Avec le rituel changement à Lyon-Perrache dont il aime arpenter les voûtes centenaires, encore noires des fumées d'antan... Il parle sans cesse d'autres voyages... imaginaires quand on est juge à Marseille et qu'on s'appelle Pierre Michel.

— Si je n'avais pas tous les « Pieds Nickelés » sur le dos, je prendrais le Transsibérien, je ferais le tour de France en train, en partant de Marseille. Il me faudrait des années. Je prendrais toutes les lignes secondaires, celles que l'on oublie trop.

Dimanche, 17 heures. Du tuner stéréo branché sur France Musique, s'élève la voix métallique et sans réplique d'Antoine Goléa. Le juge Michel claironne.

— Mes chers amis, je vais vous faire entendre le plus mauvais enregistrement de *Parsifal* que nous ayons connu. La cantatrice a une voix de fausset, je n'ai pas dit de faussaire, et elle a le contre-ut malheureux... Allez, je laisse le vrai.

Le juge Michel étonne toujours Patrick Barrou en imitant le critique Antoine Goléa. Une des traditions du dimanche. L'autre passion du juge avec les trains et... la justice. Sur des étagères du petit salon, des centaines de disques. Du classique, toute l'œuvre de Mahler, et beaucoup d'opéras.

Le dossier Louis Giralt est un autre opéra.

*

Patrick Barrou a quitté la villa Les Buis. Le juge s'assoit dans l'entrée-salle à manger. Jacqueline Michel préférerait voir la table de chêne nette de tous procès-verbaux et pièces confidentielles de l'affaire de La Galéjade, mais, même le dimanche, le juge ne résiste jamais à l'appel des affaires en cours.

Louis Giralt est son premier client à part entière. Comme un fruit qu'on n'a jamais pressé, il veut en tirer tout le jus. Difficile. Dès que l'on pénètre dans les méandres de la finance parallèle, des circuits marginaux de l'argent, abondent paperasses et tours de passe-passe. Grand seigneur bardé d'avocats, Louis Giralt a du répondant. L'argent de la drogue, les bénéfices du trafic, connaît pas. Les couvertures, oui, et même très bien, mais lesquelles ? Louis Giralt prétend :

— Je ne peux faire la preuve de mes activités commerciales en raison de mon état de santé.

Les policiers des Stups, qui l'ont pris en filoche pendant des mois, ne l'ont jamais vu très patraque ! Le soir où il dînait à l'Hôtel du Golf, à La Ciotat, en compagnie de Primo Montanari l'Italien, charmant pourvoyeur des bonbonnes de morphine-base, il a seulement commandé un menu de régime, mais arrosé d'un Château Cheval Blanc 1964, St-Emilion de belle allure.

Louis Giralt se contente aussi d'affirmer — enfin, de faire affirmer par ses avocats :

« Mes affaires avaient un caractère occulte, donc elles ont échappé au fisc, mais je suis certain que mes revenus sont bien supérieurs à ceux officiellement connus. »

*

Louis Giralt a su ainsi jongler avec les bénéfices du trafic de l'héroïne, et se constituer bien des paravents.

Lorsqu'il sollicite un prêt de 200 000 francs à la Compagnie Française d'Epargne et de Crédit, 25 avenue Kléber à Paris, dans le 16e arrondissement, Louis Giralt dit demeurer 4 boulevard Guizel, dans le 15e arrondissement de Marseille, et dit agir au nom de la Société Civile Immobilière Les Jonquilles. Louis Giralt a toujours adoré les fleurs, et pas seulement celles de pavot. C'est une Société Civile très particulière, située au 6 rue Lebrun, dans le 8e arrondissement de Marseille, dont la banque est l'agence B.N.P. Saint-Louis à Marseille, avec le compte nº 05 1160.

Mais Roselyne Giralt, et elle seule, la mère de Louis, habite à cette adresse !

Une femme, une mère de paille...

Dans sa demande de prêt, Louis Giralt explique qu'il désire modestement effectuer 40 000 francs de travaux dans sa résidence principale, avec un apport personnel de 200 000 francs. Comme garantie, il offre une hypothèque de premier rang sur un appartement et une maison d'habitation valant 125 000 francs.

Une misère...

Les fantômes de Croce, Poli, Malvezzi et les autres ne sont pas loin.

Louis Giralt indique alors sa profession : « administrateur de la Société Civile Immobilière Les Jonquilles »... Une fonction très prenante, consistant à dîner trois fois la semaine chez sa vieille maman.

Il dit aussi exercer la profession de directeur commercial de la société P.M.A., les Produits Métallurgiques d'Argenteuil. Une entreprise de récupération de métaux, perdue dans les brouillards d'une avenue de Verdun, où l'on n'a guère aperçu les 1,77 m et les 75 kilos de ce cadre au salaire annuel bien modeste pour un Giralt : 80 000 francs. Pourtant, il déclare travailler dans cette société depuis 1968.

A Marseille, l'argent, même liquide, se lave rarement dans les eaux noires et souvent polluées du Vieux Port. Et, de tout temps, des anciens des Trois Canards aux nouveaux des fausses factures, la ferraille a toujours fait bon ménage avec l'arnaque à très haut niveau. Pourquoi alors ne pas marier le trafic de drogue et cette si précieuse ferraille ?

A défaut d'être un homme de paille, Louis Giralt est surtout un homme de fer. Deux ans avant de tomber comme un demi-sel du quartier de l'Opéra, le « mythe » du crime organisé, il obtient un étrange pouvoir de la S.O.R.E.S.A., la SOciété de REcupération SAvoyarde. Ce pouvoir (1), daté du 19 janvier 1976 à Marseille, sur papier à en-tête de la S.O.R.E.S.A., précise :

« Le soussigné Hugues-Paul Tatillon, Grand Croix de la Légion d'Honneur, agissant en qualité de gérant statutaire, donne par le présent mandat à M. Louis Giralt, demeurant à Marseille, 15e, 4 boulevard Guizel, de négocier un stock de matériaux (déchets de fonderie) entreposés sur le chantier de la S.O.R.E.S.A. situé : commune de Tournon (Savoie), au lieu-dit : Les Grands Marais. En conséquence du présent mandat, M. Giralt pourra entreprendre toutes démarches quelconques et toutes interventions relatives à la négociation ci-dessus indiquée. »

Ce laissez-passer aussi imprécis que propice à bien des voyages, surtout en Italie, et marqué du sceau de la Légion d'honneur, est certifié conforme à la mairie de Marseille par le conseiller municipal délégué, le 23 janvier.

A partir de ce simple document le juge Michel s'aventure dans la réalité du crime organisé. Construit à l'image d'une société industrielle avec ses comptables, ses conseils juridiques, ses investisseurs et, bien sûr, à la différence d'une entreprise classique, ses hommes de paille, prête-noms et autres intermédiaires. Construit avec des milliers de rails, de voies parallèles, perpendiculaires et souterraines, auprès desquelles son train de l'enfance qu'il aperçoit dans le petit salon paraît une aberration.

*

Le juge Michel va de surprise en surprise.

D'abord qui est Hugues-Paul Tatilon, signataire du blanc-seing du financier de la drogue, sans même s'apercevoir qu'on a mis 2 L à son nom ?

Une personnalité marseillaise née le 16 novembre 1909. Un magistrat... Juge au tribunal des pensions. Un homme politique... Ancien

1. Document en possession de l'auteur.

adjoint au maire de Marseille, de 1947 à 1953, lorsque Michel Carlini, membre du R.P.F., le Rassemblement du Peuple Français, parti du général de Gaulle, a ravi la mairie au communiste Jean Cristofol et battu aussi Gaston Defferre, déjà élu une première fois en avril 1945, puis renvoyé au verdict des urnes après que le gouvernement eut dissous son conseil municipal.

Gaulliste fervent, Hugues-Paul Tatilon était pourtant, avant la guerre, un socialiste bon teint. Pas étonnant qu'il ait mis en avant sa Légion d'honneur pour accréditer Louis Giralt. Il est Grand Officier au titre militaire, Croix de Guerre 1939-1945 avec palmes. Il s'est illustré dans la Résistance, a été déporté à Dachau et d'ailleurs, comme le docteur Georges Fully, s'est occupé de Lucien Aimé-Blanc, l'ancien chef des Stups à Marseille, après la mort de son père dans le train de la mort.

Tout est vraiment lié.

Grand invalide de guerre, Hugues-Paul Tatilon est président départemental de la F.N.A.R., la Fédération Nationale des Anciens de la Résistance. Et qui figure dans le conseil d'administration de cette honorable association, au titre de conseiller ? Henri Codde. Une autre personnalité marseillaise, longtemps figure de proue du milieu corse. Travaillant comme Gaby Graziani, Gaby le magnifique, l'ami de Louis Giralt, avec Jo Renucci et Lucky Luciano, les *capi mafiosi,* dans l'import-export de drogue et de cigarettes. Compagnon de Dominique et Jean Venturi, Marcel et Jean Francisci, relation de Gégène le Manchot, de Jean Ordioni, entendu dans l'affaire Markovic, et quelques histoires de courses truquées, et enfin associé à Marius Bertella, chef historique de la bande des Trois Canards, dans son haras des Chartreux, à Branville, Calvados.

Le monde est petit, et encore plus celui du crime organisé.

Tout est lié.

Le juge Michel le sait déjà, mais passer de Louis Giralt, trafiquant de drogue international à Henri Codde, compagnon des frères Venturi et des frères Francisci, et à Marius Bertella, quelle filière... Et surtout que peut y faire Hugues-Paul Tatilon d'autre part battu aux élections cantonales dans le 11e canton des Bouches-du-Rhône en mars 1967, et président d'honneur de l'Association culturelle d'arts des peintres et sculpteurs de France, et membre d'œuvres de bienfaisance ? Sont-ce les liens solides de la Résistance qui l'amènent à « rendre service » ?

Le juge Michel est fasciné par ce monde de l'ombre, cette franc-maçonnerie du crime organisé, qui sait si bien tisser sa toile.

Il n'est pas au bout de ses surprises.

*

Le juge Michel découvre l'étonnante histoire de la S.O.R.E.S.A., dont Louis Giralt est devenu un digne représentant.

Au milieu de l'année 1970, Paul-Dominique Bartoli décide de s'associer à Hugues-Paul Tatilon et de créer deux sociétés. Une société civile destinée à acquérir un terrain situé sur la commune de Tournon, devant servir de dépôt pour des matériaux de récupération, déchets de fonderie, et une société commerciale chargée d'acheter et d'exploiter crassiers, déchets d'aciéries et de fonderies. Pourquoi cette société ?

Bartoli explique qu'il a eu la chance en 1968 d'acheter 60 000 francs de déchets de fonderie, et de les revendre à une société de Metz, pour plus de 800 000 francs, « sans manipulation ». Or, il doit justement conclure un marché de 60 000 francs avec la société Ugine-Kuhlman pour 150 000 mètres cubes de déchets identiques. Après les avoir traités pour en extraire les matériaux nobles, il compte sur un rapport de plusieurs milliards d'anciens francs. Une alchimie encore plus lucrative que la cuisine nauséabonde de Georges Calmet. Alors comme Bartoli a seulement un délai de six mois pour retirer sa précieuse cargaison et la transporter sur le terrain de Tournon, il s'active.

Et à qui s'adressent-ils, avec Hugues-Paul Tatilon, pour créer la S.O.R.E.S.A. ? A un autre personnage qui intéresse le juge Michel au plus haut point.

A Jean Francisci.

Tout est lié, vraiment lié.

Voilà le juge Michel passant directement de Louis Giralt à Henri Codde et Marius Bertella puis à Jean Francisci et toujours par l'intermédiaire de Hugues-Paul Tatilon.

Jean Francisci... Encore une tête de liste du milieu. Membre très actif de l'équipe de Jo Renucci, des réseaux de trafic des stupéfiants mis en place par son frère Marcel, s'occupant à Londres de ses salles de jeux, et du dossier de police éloquent.

Bartoli et Tatilon se connaissent de longue date. Francisci connaît Bartoli depuis toujours, et Tatilon, depuis longtemps. Marcel Francisci, son frère, n'a-t-il pas été membre du R.P.F., et de son service d'ordre, très musclé, n'hésitant pas à donner du poing ou sortir son arme pour soutenir les candidats aux élections, comme Hugues-Paul Tatilon. Et Marcel Francisci, prisonnier en 1940, évadé, est aussi tutulaire de la Croix de Guerre 39-45.

Le juge Michel comprend combien les amitiés scellées dans l'ombre du R.P.F., entre maîtres du crime organisé comme Marcel Francisci, et hommes politiques ambitieux, ont permis aux uns et aux autres de réussir...

L'alliance de Tatilon et de Francisci en est la preuve. Même si l'explication officielle des fondateurs de la S.O.R.E.S.A. est plus simple.

— Jean Francisci connaît le commerce des métaux dans lequel il est bien introduit.

Jean Francisci le précise quand il est interrogé à l'Evêché sur commission rogatoire du juge Michel :

— On me savait parfaitement au courant du commerce des métaux.

Au courant surtout du commerce parallèle de sociétés comme la S.O.R.E.S.A.

Etrange S.O.R.E.S.A... Etrange société civile...

Officiellement, 75 % du capital des deux sociétés appartiennent à Hugues-Paul Tatilon et 25 %, à Paul-Dominique Bartoli. En réalité, la proportion est totalement inverse... Seulement Bartoli ne désire pas être majoritaire pour parer à l'éventuelle convoitise de son épouse. La procédure de divorce dure, d'après lui, depuis 1943, et il ne parvient pas à obtenir le divorce d'une femme très intéressée ! Diable ! C'est à souhaiter qu'il soit plus prompt et plus requin en affaires. Ce qu'il semble avoir déjà démontré...

Quant aux capitaux, ils sont des plus modestes : 200 000 francs pour la société civile concernant le terrain savoyard et 400 000 francs pour la S.O.R.E.S.A. Par contre, les investissements sont plus qu'honorables. En tout, 3 millions de francs ! Avec, cette fois, toutes vraies proportions respectées, 250 000 francs apportés par Bartoli et 50 000 francs par Tatilon.

Qui est l'homme de paille, le prête-nom ?

*

Le juge Michel se passionne pour le rôle de Jean Francisci dans cette bien étrange affaire de ferraille qui semble distiller des vapeurs d'héroïne, comme le labo de Louis Giralt.

Dans le milieu des affaires même occultes, rien ne se traite sans un contrat dûment estampillé. Une convention est donc signée entre la S.O.R.E.S.A. et Jean Francisci qui, pour l'occasion, indique qu'il est né à Ciamanacce, en Corse, le 1er septembre 1927, ce qui est vrai. Et qu'il demeure à Marseille, 1 rue Henri-Cheneaux, en fait le vaste domicile de son frère Xavier, associé lui aussi aux « affaires » du clan Francisci, où il dispose d'un logement. Sa véritable adresse, un appartement à Cannes, 44 avenue du Roi-Albert, appartient à Honorine, son épouse depuis 1963. Jean Francisci, et cela est loin d'étonner le juge Michel, est marié, comme tout membre du crime organisé, sous le régime de la séparation de biens.

Selon sa convention avec la S.O.R.E.S.A. Jean Francisci recevra :

« En rémunération de ses services et en remboursement de tous ses frais de déplacement et de représentation, une concession de cinq pour cent sur toutes les ventes de matériaux, même lorsque des ventes auront été traitées directement par la S.O.R.E.S.A., sans son intermédiaire... »

Que voilà des employeurs généreux !

« ... et une rémunération fixée, d'un commun accord, à 10 % des bénéfices nets réalisés par la S.O.R.E.S.A. sur l'opération. »

Les 150 000 m^3 de déchets venant d'Ugine-Kuhlman.

Et comme la S.O.R.E.S.A. a apparemment décidé de se méfier des aigrefins... Il est précisé encore dans cette convention :

« Monsieur Francisci s'engage expressément à agir en mandataire consciencieux, à traiter toutes les opérations au seul nom de la S.O.R.E.S.A. et jamais en son nom personnel. »

Le déchet de crassier devient un apostolat pour Jean Francisci :

« Il consacrera à sa mission tout le temps et tous les soins nécessaires. »

*

Jean Francisci recrute d'abord un conseil juridique et fiscal, établi 22 rue Haxo, la rue où a été arrêté Gaétan Zampa, en plein quartier de l'Opéra : Denis Marcantetti, ami de longue date de la famille Francisci et donc rompu à toutes les affaires... Il devient la boîte à lettres de la S.O.R.E.S.A. à Marseille. Autrement dit s'occupe du secrétariat, de la gestion, de la rédaction du courrier, des offres commerciales. De tout, sauf de la ferraille. Un comptable agréé, Alfred Buresi se charge... de la comptabilité.

Puis Jean Francisci, fidèle à sa mission, se met en quête d'une entreprise capable de transporter et transformer cette damnée ferraille. Mais pas seul... A Marseille, et surtout dans certaines affaires... L'intermédiaire est roi. Alors, un autre accord se conclut, cette fois entre Jean Francisci et Roger Roos et Jean-François Gallo, associés dans une société d'études, la S.E.R.I.S. : la Société d'Etudes et de Réalisation Industrielle et Immobilière Savoyardes. Le siège social de la S.E.R.I.S. se trouve — coïncidence heureuse — près de la frontière suisse, 8 route de Bonneville, à Annemasse, en Haute-Savoie. Jean-François Gallo en est le directeur général.

Comment sont recrutés ces « hommes d'affaires et de fer » ? A l'Evêché Jean Francisci est formel :

— Il n'y a eu aucun intermédiaire entre Roos, Gallo et moi.

Seulement, de son côté, Roger Roos répond.

— J'ai rencontré Jean Francisci au Ranch du Kentucky, à Salon-de-Provence, en présence de l'exploitant des lieux, Constantin Tramini.

Constantin Tramini...

Le juge Michel n'attendait pas tant du dossier de son premier vrai labo.

Tout est lié, vraiment lié.

Passer de Louis Giralt à Gabriel Graziani, à Jean Francisci, en rencontrant au passage un ancien adjoint au maire de Marseille, Henri Codde, Marius Bertella, les anciens des Trois Canards, et arriver jusqu'à Constantin Tramini, ce n'est plus une filière, c'est une mafia.

*

Constantin Tramini... Les réunions d'affaires de Jean Francisci et des associés de la S.E.R.I.S. datent de 1970. Il ne s'est pas encore trouvé face à une mitraillette mortelle, en 1972, près de son ranch, le Kentucky, au bord de la Nationale 7. Victime sans doute à 56 ans de jeunes loups du Milieu.

Constantin Tramini... Il « hérite » des affaires de Mémé Guérini, se pose en successeur, se veut le patron du racket et de l'extorsion de fonds, à la manière des Trois Canards, dans tout le Sud-Est.

Constantin Tramini... Membre du service d'ordre du R.P.F., comme Marcel Francisci, puis encadreur de barbouzes en Algérie, et mettant, dès 1958, toute son expérience du crime organisé au service du nouveau régime, et devenant le chef occulte, mais véritable patron, du Service d'Action Civique dans toute la région marseillaise. Et enfin, propriétaire d'un mystérieux bunker, abrité dans la campagne varoise, où il cache les livres de comptes du racket, des documents « intéressants », qui n'ont jamais été retrouvés... par la police.

*

Michel comprend alors que Jean Francisci soit devenu rouge brique, se soit énervé devant l'inspecteur divisionnaire Chalony, en apprenant à l'Evêché les déclarations de Roger Roos :

— Je ne suis jamais allé au Kentucky, ni avec Roos, ni avec quelqu'un d'autre.

Constantin Tramini, Tintin, n'est plus là pour témoigner... Pour raconter le temps béni du trafic des cigarettes en Méditerranée. Le temps où il ferraillait à l'assaut des Combinatie et autres vaisseaux gonflés de jolies blondes en compagnie d'Henri Codde, des frères Venturi, et de son ami... Jean Francisci.

Quoi de plus naturel que Tintin Tramini, racketteur, juge de paix, grand faiseur d'affaires, pourcentages à l'appui, ait présenté Jean Francisci à une société d'études... Pour étudier de drôles d'affaires...

*

Drôle d'affaire... La S.E.R.I.S. chargée désormais, sous les bons auspices de Constantin Tramini, de trouver une entreprise capable de transporter les 150 000 m^3 de déchets de ferraille des chantiers d'Ugine-Kuhlman jusqu'au terrain de la S.O.R.E.S.A... s'adresse à la S.C.T.M., Société de Concassage Mobile et de Travaux, siège à Paris, mais terrains à Fréjus dont le directeur général est Tavit Davidian. Que de sigles pour de malheureux déchets ! En fait, ces déchets, gris et poussiéreux, servent surtout à la grande lessive de l'argent, dans la plus impure tradition de la criminalité en col blanc. La S.E.R.I.S. reçoit des chèques de la S.O.R.E.S.A., tirés sur la Banque de Savoie à Albertville, et la S.E.R.I.S. se charge ensuite de payer la S.C.T.M. par des traites.

Le conseil juridique et fiscal de la S.O.R.E.S.A., Denis Marcantetti, n'a même pas été prévenu de cet « arrangement »... avant que des scories se glissent dans le circuit. Une traite acceptée de la S.E.R.I.S. au profit de la S.C.T.M. revient impayée à son échéance, et la S.O.R.E.S.A., alertée par la S.C.T.M., dépose une plainte contre la S.E.R.I.S. devant les procureurs de la République d'Aix-en-Provence et de Chambéry. Le montant des travaux effectués par la S.C.T.M. s'élève alors à une misère : 2,5 millions de francs.

Mais Jean Francisci est vraiment un « mandataire consciencieux ». Lorsqu'il entre dans une affaire, et qu'on l'examine à la loupe, comme le juge Michel, on ne risque pas de s'ennuyer...

La S.E.R.I.S. ne s'est pas en effet contentée de cette mission. Le duo Roos et Gallo, toujours sous les auspices de Constantin Tramini, a été également chargé de rechercher des clients éventuels pour la vente des matériaux. Pour cette opération Denis Marcantetti, le conseil fiscal... s'aperçoit qu'on a encore oublié de le prévenir ! Les accords entre Tatilon-Bartoli, assistés de leur conseil privé... Jean Francisci, et Roos-Gallo ont été pris à la marseillaise, sans trace écrite !

Le crime organisé sait souvent ne pas s'organiser.

A la demande du conseil fiscal, un nouveau contrat est donc signé.

Il stipule une avance de 600 000 francs de la S.O.R.E.S.A. à la S.E.R.I.S., que celle-ci doit reverser à la S.C.T.M. ! Ce qui est beaucoup plus simple que de les verser directement.

De sigle en sigle, l'argent se purifie...

L'argent liquide, bien sûr...

Sur les 600 000 francs, 200 000 francs sont versés en effet — et sans que le conseil fiscal de la S.O.R.E.S.A. le sache — à Jean-François Gallo. Et par qui ? Par Jean Francisci. Mais pas sous les boiseries cirées du Kentucky de Tintin Tramini. Au Cintra, sur le Vieux Port, pas encore fermé pour une obscure affaire de prostitution et lieu idéal pour les tractations discrètes et feutrées.

Dans le courant de l'été 70.

En pleine French Connection.

Le juge Michel a demandé au S.R.P.J. et aux Stups de fouiller l'enquête sur la S.O.R.E.S.A. Son intuition lui dit qu'il y a plus qu'anguille sous roche, ou drogue sous ferraille, et tant pis s'il faut remonter aux calendes marseillaises.

Pour les 200 000 francs, Jean Francisci précise, d'un air pincé du bout des lèvres :

— Cette somme m'avait été remise par M. Tatilon, en espèces, pour le compte de la S.O.R.E.S.A., toujours à cette époque en cours de constitution...

Et pas pressée de l'être... avant de devenir une société anonyme à responsabilité limitée, comme il se doit.

— ... M. Tatilon ne connaissait pas, en effet, Roos et Gallo et il avait jugé préférable, comme j'étais mandaté, que ce soit moi qui leur remette cette somme réclamée par la S.C.T.M. qui invoquait d'avoir commencé l'acheminement du matériel sur le chantier.

On n'est jamais trop prudent.

*

Ainsi devant une bière, au soleil du Vieux Port, dans un bar où il arrive au juge Michel de boire un café après le déjeuner, 200 000 francs en billets vierges, sans doute vrais, pliés dans un exemplaire du *Provençal* et rangés dans un porte-documents, changent de mains et de coffre-fort. Pourquoi cette transaction occulte ? Jean Francisci ne veut pas aller plus loin que :

— La S.C.T.M. la réclamait...

D'ailleurs pourquoi se souvenir d'avoir transporté une telle somme, et avec tant de précautions, quand on se montre aussi amer devant l'inspecteur de service en évoquant ses travaux pour la S.O.R.E.S.A. :

— Je n'ai rien perçu à ce jour et cette affaire m'a coûté pas mal d'argent.

Huit ans après... Quel désintéressement !

*

Pierre Michel est juge depuis quatre ans bientôt. Il a su se dépasser et dépasser l'acharnement du juge Saurel... Il doit se dépasser encore pour mettre à jour le pourquoi de ces affaires, ces « choses derrière les choses », apanage du crime organisé.

Le juge aime souvent rappeler à des proches, ou à des évêques de passage, le peintre qu'incarne Robert Le Vigan dans *Quai des Brumes* de Marcel Carné, et qui dit : « voir un noyé derrière chaque nageur ». Le juge Michel veut voir le crime organisé derrière les cheminements des procès-verbaux, contrats et factures de ferraille. Il lui semble inutile de démanteler des laboratoires de drogue, d'arrêter de gros bonnets comme Giralt, si l'on ne brise pas le circuit de l'argent, les commanditaires, les hommes de l'ombre.

Que cherchent des personnages, aussi différents mais aussi proches, que Jean Francisci et Hugues-Paul Tatilon, dans ces affaires de ferraille plutôt tordues ? Est-ce la réalité de la mafia française, ces hommes assez sûrs d'eux pour déclarer froidement que, d'une certaine façon, ils n'existent pas.

Jean Francisci répond à la manière de Louis Giralt à l'inspecteur divisionnaire Guy Chalony :

— Je suis commerçant. Je ne puis vous donner aucun détail à ce sujet. Je puis toutefois vous préciser que je déclare 350 000 francs de revenus annuels. Mon épouse ne travaille pas.

Presque 30 000 francs par mois.

Une misère quand on a débuté au temps des cigarettes et de l'équipe de Jo Renucci.

A peine plus que le salaire d'un ministre...

Que répondraient Gaétan Zampa, Jacky Imbert, s'ils étaient interrogés sur leurs ressources ? Des galéjades... Du genre attaché de presse du Bus Palladium ou actionnaire de quelque établissement de nuit...

*

Le juge Michel ne parvient pas à comprendre pourquoi l'Etat et le fisc, si prompts à traquer les petits fraudeurs, les « voleurs de poule », ne soient jamais curieux de la fortune de fantômes de la société comme Louis Giralt, Jean Francisci, Gaétan Zampa et tant d'autres.

Pour la première fois le juge du cabinet n° 3 a inculpé une incarnation du crime organisé : Louis Giralt. Et pas pour un port d'armes prohibées comme Jacky le Mat. Or pendant quinze ans, à part une Brigade des Stups impuissante, qui s'est soucié des revenus occultes du ferrailleur de la P.M.A. ? Qui s'est soucié de vérifier ce qu'il y a derrière les 350 000 francs de « forfait » de Jean Francisci. Dans ces deux cas, le fisc, l'Etat s'est contenté de prélever son écot.

Pour le juge Michel le mal français est là, dans ces caricatures d'arrangements fiscaux. Naïf peut-être, mais pourtant lucide, terriblement lucide, il songe à une commission parlementaire qui pourrait étudier les parades fiscales et judiciaires à opposer au crime organisé, à Louis Giralt et consorts. Lorsqu'il se hasarde à expliquer cette idée devant d'autres magistrats, plus préoccupés de leur carrière et d'être aux ordres que de réfléchir sur la justice, on le renvoie à ses chers dossiers. Un substitut est même allé jusqu'à lui répondre :

— Tu as des idées de fou. Tu ne vas pas te mettre à tout révolutionner. Si l'exemple de Renaud ne t'a pas suffi... Ça l'a avancé à quoi de chercher à comprendre.

Depuis le juge Michel évite et méprise ce substitut, et essaie encore plus de comprendre. Pourquoi, par exemple, les revenus du crime organisé en France : trafic de drogue, racket, prostitution, fausses factures, carambouille... effraient tant les remueurs de statistiques. Sans doute parce qu'au bout du compte on arrive à l'équivalent du budget de l'Etat. Et que tout le monde y trouve son compte.

Ainsi Jean Francisci, fantôme de la société, même en perdant de l'argent, n'a pas ménagé sa peine pour la S.O.R.E.S.A., et pas seulement en 1970.

Ce n'est plus un apostolat, c'est une œuvre de charité.

*

Jean Francisci s'occupe en 1973 de traiter pour la S.O.R.E.S.A. des exportations vers les Etats-Unis et l'Italie. Toujours en compagnie de Jean-François Gallo, sa rencontre du Kentucky, ressuscité à la tête d'une nouvelle société, la S.C.P.I.M. à Annecy. Les conflits avec la défunte S.E.R.I.S. se sont perdus dans la poussière des crassiers. Ou, peut-être, avec d'autres paquets pliés dans des exemplaires du *Provençal*, échangés au Cintra, à l'heure de l'anis.

Jean Francisci traite avec la Redric Associates Limited à Londres et même l'un de ses deux directeurs : Richard E. Dupont, dont l'associé, aux Etats-Unis, Milton Green, fait dans la ferraille.

Partent alors du Havre pour Detroit, dans d'immenses containers, 36 tonnes de déchets. La société de transports Dubois et Fils s'est chargée de l'embarcation. Les déchets doivent arriver dans la capitale américaine de l'automobile le 26 avril. Jean Francisci se tient en correspondance permanente avec Richard E. Dupont.

Pourtant cinq ans après Jean Francisci a la mémoire très courte.

Le juge Michel s'acharne à déceler d'étranges contradictions.

Jean Francisci répète :

— A ma connaissance, les seules affaires qui ont vu un début, en l'occurrence une expédition d'échantillons aux fins d'analyse, ont été amenées par des intermédiaires contactés, soit par moi-même, soit par Roos ou Gallo. Plusieurs camions ont été expédiés en Espagne. C'est la quantité la plus importante d'échantillons que nous ayons expédiés à l'étranger. L'un des patrons de l'entreprise qui a fait l'acquisition de ces échantillons était nommé Anacabe, de Victoria.

« Des échantillons ont également été expédiés aux Etats-Unis, mais j'ignore à qui. Cette opération a été réalisée par l'intermédiaire de la Société Redric de Londres, en la personne d'un M. Dupont. »

Or, dans la lettre d'un « certain M. Dupont », que reçoit Jean Francisci, adressée à la S.O.R.E.S.A., à Albertville, le 18 avril 1973, celui-ci évoque son associé Milton Green et l'échantillon de... 36 tonnes. Et, en attendant les résultats d'analyse, suggère que :

— Nous nous rencontrions encore une fois en vue de revoir l'évaluation en Amérique. »

Encore une fois...

Et, le 7 mai, Jean Francisci lui répond, en direct de sa « boîte à lettres » de la rue Haxo à Marseille :

« J'ai bien reçu votre aimable lettre. Je compte sur vous pour mener à bien les opérations en cours et j'espère que tout se terminera comme nous le souhaitons. »

Mystère, mystère... d'autant que, le 11 mai, un « certain M. Dupont » prend encore la plume, dans une lettre adressée, cette fois, à la « boîte à lettres » :

« Les deux containers d'Albertville sont arrivés à Detroit. Je crois que vous voudrez peut-être que la Société « SUPERINTENDANTS », de Genève surveille les essais de fonte des déchets. »

Jean Francisci, à qui cette expédition vers les Etats-Unis semble tenir à cœur, surtout pour un homme qui n'en tirera pas un centime, répond le 16 mai et met les choses au point :

« Vos acheteurs sont certainement des gens très sérieux et nous risquerions de les vexer par une surveillance qu'ils pourraient interpréter comme une mesure de méfiance à leur égard. »

Qu'en termes élégants on parle de ferraille.

L'essentiel est que les deux containers aient gagné les Etats-Unis. Il faut avoir l'esprit mal intentionné du juge Michel pour penser que les douaniers ne peuvent se plonger dans 36 tonnes de déchets de ferraille et vérifier si certaines de leurs poussières ne sont pas raffinées en labo...

Au moment où les édiles des Stups assuraient que la filière vers les Etats-Unis était morte, le juge Michel est persuadé que ces containers contenaient sans doute de l'héroïne.

Jean Francisci semble d'ailleurs tenir à l'excellence de ses rapports avec « un certain M. Dupont ». Le 16 mai, il ajoute :

« Je serais très heureux de vous rencontrer et je vous laisse le soin de me fixer un rendez-vous à Paris quand vous le jugerez opportun. »

Pourtant, Jean Francisci ménage autant que Constantin Tramini « un certain M. Dupont » dans ses déclarations à la police. Le juge Michel sourit quand il lit :

« Je n'ai pas connaissance de toutes ces expéditions. M. Marcantetti, notre conseil fiscal, peut vous donner tous renseignements à ce sujet si vous le jugez utile. Je n'ai pas connaissance non plus d'expéditions à destination de l'Italie, pas plus que de pourparlers avec les firmes italiennes. »

Encore une étrange perte de mémoire... Lors que les Transports Dubois et Fils, après « un certain M. Dupont » se sont permis le 26 novembre 1973 d'écrire à Jean Francisci — qui s'inquiétait de 10 000 tonnes de déchets partis vers les cieux hospitaliers des Etats-Unis et... de l'Italie, cette lettre empreinte d'une sécheresse toute administrative :

« Nous faisons suite à votre lettre du 16 courant et avons l'avantage de vous confirmer que les expéditions que nous avons faites pour votre compte sur les Etats-Unis et l'Italie, étaient déclarées en douane sous le n° 2602 de la nomenclature de la Convention de Bruxelles, donc pas soumises à licence d'exportation. Toutefois, en raison du tonnage... »

Qui a parlé d'échantillon ?

« ... pour éviter toutes contestations, il sera préférable de demander un classement officiel à la Douane, avant d'effectuer les formalités de sortie. De toute façon, la société Dubois tient à préciser que si l'obtention d'une licence d'exportation s'avérait nécessaire en raison de l'administration douanière, ce qui est toujours possible, ce ne saurait être un problème car, après enquête faite, nous avons appris que celle-ci ne serait délivrée que dans le but de renseigner l'Administration sur le plan statistique. »

On respire !

*

Le juge Michel comprend ce trou de mémoire de 10 000 tonnes et d'autres encore. Il n'est jamais bon, à Marseille, de se vanter de souvenirs italiens. L'Italie, c'est la Mafia, la mafia originelle, et c'est par là que Giralt est tombé, lui allait en Suisse et à Gênes pour traiter ses affaires de ferraille. De ferraille seulement.

Quelle couverture idéale, même si l'on est dans le collimateur des Stups, et régulièrement pris en filoche...

Mais que Louis Giralt soit devenu en 1976 un « mandaté » de la S.O.R.E.S.A. pour qui il œuvre bénévolement ne semble pas concerner Jean Francisci.

Devant les policiers, il hausse les épaules :

— Je connais effectivement le nommé Louis Giralt, mais je ne le connais que de vue...

A Marseille, à force de fréquenter le quartier de l'Opéra ou des Abattoirs, on se connaît ainsi beaucoup de vue...

— ... Je l'ai peut-être vu une fois ou deux dans ma vie. C'est tout. Ce n'est pas une de mes relations.

Et puis arrive l'amnésie, maladie professionnelle des ferrailleurs et des cuisiniers. Jean Francisci a déjà pris soin de préciser, dès le début de son interrogatoire, qu'il n'a pas accompli ses obligations militaires, a été réformé définitivement pour des raisons de santé. On ne sait jamais.

— Je ne me souviens d'ailleurs pas dans quelles conditions j'ai été appelé à voir Louis Giralt pour la première fois. Je ne connais son frère Henri qu'au même titre.

Il avoue pourtant connaître « les frères Giralt », ainsi nommés dans le quartier des Abattoirs et du M.I.N. des Arnavaux, comme de vulgaires Dalton.

Quant aux liens entre Louis Giralt et la S.O.R.E.S.A., Jean Francisci ne s'avance guère.

— Je n'ai jamais été associé avec Louis Giralt... Je sais effectivement, maintenant, qu'il a été mandaté par la S.O.R.E.S.A., mais je n'avais pas été mis au courant au moment où le pouvoir lui a été donné. Je l'ai appris par M. Marcantetti, il me semble, après son arrestation. M. Marcantetti m'avait dit également que Giralt était associé avec un nommé Tardivel, dans une affaire de ferraille. Je ne connais pas Tardivel, sinon de nom. M. Marcantetti m'a en effet montré des lettres émanant des sociétés Otto Lazare ou Vidal et Champremonde, où il est question de Tardivel. Nous n'avons jamais traité, d'ailleurs, avec ces sociétés, pas plus qu'avec la P.M.A. représentée, soit par Louis Giralt, soit par Tardivel.

Quant à Denis Marcantetti, le « conseil fiscal boîte à lettres », ce sont encore les Abattoirs qui l'ont uni à la famille Giralt.

— Je connais Louis Giralt, ainsi que son frère...

Toujours inséparables.

— ... depuis une quinzaine d'années, lorsqu'ils tenaient le restaurant Les Platanes aux Abattoirs. Louis Giralt exerçait pour le compte de la P.M.A. et m'avait proposé de rechercher des acheteurs éventuels par l'intermédiaire de sa société. Je pense qu'il était au courant de cette affaire par les informations circulant dans les milieux de sa profession.

« En janvier 1976, il m'a d'ailleurs demandé un pouvoir de représentation que je lui ai établi sur papier à en-tête de la S.O.R.E.S.A. et qui a été signé par M. Tatilon. »

On y revient...

Le conseil fiscal connaît aussi Marcel, Jean et Xavier Francisci, depuis une trentaine d'années, et il les a reconnus aisément... sur leurs photos d'anthropométrie.

*

Le juge Michel apprécie ce dossier en marge d'un dossier, ces choses derrière les choses, ces fils apparemment invisibles qui tissent la toile du crime organisé.

L'autopsie d'un gros bonnet, d'un mythe comme Louis Giralt, désormais aux Baumettes et cherchant à jouer la carte médicale pour rejoindre les siens, c'est l'aboutissement de la technique du juge déjà le plus redoutable de Marseille et de France.

L'enquête révèlera vite que Louis Giralt a investi d'une façon ou d'une autre dans le capital et dans les affaires de la S.O.R.E.S.A. Et qu'ainsi il a pu, mais comment le prouver ? laver l'argent, les bénéfices énormes du trafic de l'héroïne. « C'est un dirigeant occulte », conclut l'un des rapports de police.

Le juge dépassera toujours ses dossiers en comparant des noms trouvés au fond de procès-verbaux et de sa mémoire. Peu lui importe de ne pas inculper sur l'instant Jean Francisci. Ceux qui dans un dossier demeurent libres, se reproduisent souvent comme une hydre. C'est le mouvement perpétuel du crime organisé.

Ainsi, il peut toujours se dire que Jean Francisci, mais aussi Tatilon et Bartoli, pêchés dans le dossier Giralt, et pourquoi pas leurs annexes : Henri Codde, Marius Bertella, seront les noms des gros bonnets, des inculpés de demain.

IV

PREMIER VOYAGE EN ITALIE

Avec ses murs épais, hauts et sales, la prison de Marassi, à Gênes, ressemble à une reproduction miniature des Baumettes. Presque une maison de poupée aux portes de bois jauni, où une odeur de violette et de foin coupé vous saisit dès l'entrée. Ça change de Marseille. Sur le chemin de ronde, titube un petit carabinier, les yeux perdus vers la mer. Le juge Michel s'avance le long d'un bloc de pierres grises.

« On se croirait dans un fort. »

On entend le chant des vagues s'accrochant aux rochers, et le soleil de mars allume la cour pavée de dalles roses et blanches. Au fond de l'étroit couloir, après une enfilade de portes et de grilles, apparaît le parloir réservé aux juges et aux avocats. Un rectangle aux parois nues, percé d'un losange aux barreaux rongés de rouille.

Ettore Minziani, le patriarche, assis sur une chaise de vieux fer, les mains libres posées sur ses genoux, a 72 ans. De ses yeux clairs, presque blancs, il dévisage ceux qui l'encerclent et qu'un surveillant en habit bleu invite à s'asseoir sur d'autres chaises usées. Le juge Giovanni Grillo, sa greffière Rina Maggiorana, le lieutenant Peruzzo Gian Enrico de la Guardia Di Finanza, de Gênes, le commissaire Bernard Gravet, le patron des Stups marseillais, et le juge Michel, arrivés tous deux la veille par l'avion de l'après-midi. Viola Maria Grazia, une grande jeune fille brune, s'assoit à côté du patriarche et de son avocat, Vittorio Pendini.

Le patriarche a une voix très basse, un peu sourde, et elle doit sans cesse lui demander de répéter ses réponses, puis lui traduire lentement les questions des magistrats.

Le juge Michel a voulu ce voyage pour essayer de découvrir d'autres secrets de Louis Giralt, sa place exacte dans l'organisation du crime organisé, les liens du trafic de la drogue et des filières de la ferraille, avec leurs transactions occultes, leurs vraies fausses factures, et à travers les pourvoyeurs-passeurs du gros bonnet jadis intouchable, la main de la mafia de la S.O.R.E.S.A. et des Francisci, Tatilon, Codde et compagnie...

— Nous avons souvent parlé de ferraille avec M. Giralt, marmonne le patriarche, en redressant sa tête aux cheveux ras. Je sais qu'il a une société d'import-export en Savoie. Il voulait que je sois son courtier, que je place les résidus d'une fonderie : 150 000 tonnes. De la Kuhlman... Je suis allé à la S.I.L.V.A., via Abruzzi. J'ai expliqué que je pouvais disposer de 150 000 tonnes et que j'en voulais 40 francs le kilo. C'était le prix, en francs, que m'avait suggéré M. Giralt. On m'a dit qu'il fallait donner des échantillons et un certificat d'analyse. C'était l'année dernière, en septembre... ou en octobre.

Le juge Michel regarde Bernard Gravet, aussi surpris que lui.

150 000 tonnes de résidus de la Kuhlman. Encore et toujours. Avec des analyses alibis, longues et difficiles. 150 000 tonnes à l'origine de la création de la SORESA, sous la houlette de Bartoli, Tatilon et Francisci, en 1970. Huit ans plus tôt...

Vraiment une histoire de fous ou, plutôt, de personnages loin d'être fous.

Le juge Michel imagine très bien Louis Giralt usant toute sa vie de 150 000 tonnes de résidus de la guerre 14-18 pour justifier ses balades en Italie et ses énormes rentrées d'argent. Sans certificats d'analyses.

*

Le juge Michel sourit au patriarche qui, même roublard et capable de toutes les manigances, est tombé lui aussi sous les discours charmeurs de Louis Giralt.

— Et c'est pour ces 150 000 tonnes que Giralt est revenu plusieurs fois ?

— Oui. Tomasi aussi était courtier pour cette ferraille. Il devait se débrouiller pour avoir des certificats d'analyses. Il est même allé à Chambéry pour s'en occuper.

— Pour le même lot ?

— Oui. Tomasi me disait qu'elle était vendable, mais à moi la S.I.L.V.A. m'affirmait le contraire.

Le patriarche secoue la tête d'un air naïf.

— Ça faisait sept ans qu'ils avaient cette ferraille dans sa société et ça m'étonnait qu'ils essayent encore d'en tirer quelque chose, puisqu'on me disait partout qu'elle n'était pas correcte... Mais comme il m'avait promis un gros pourcentage, j'ai essayé.

— Oh ! Giralt n'entrait pas en contact direct avec Tomasi, marmonne encore le patriarche. Au départ, rien n'était conclu, mais Giralt m'a fait porter par... un inconnu 100 000 lires pour nos frais à Tomasi et à moi.

Le patriarche est prudent. Lors d'un premier interrogatoire, devant la Guardia di Finanza, il a parlé de 300 000 lires.

— Et, ces derniers temps, est-ce que vous pensiez pouvoir conclure ? demande le juge Grillo.

— Peut-être... Tomasi avait un contact avec la société Italsider. Giralt devait nous apporter des échantillons. Enfin...

Enfin... Tomasi l'importateur de champignons a expliqué, lui, que Franco di Verona, directeur de la société Sportellio, lui avait proposé 27 francs par kilo de cette ferraille de 14-18, et que Giralt peu pressé de la vendre avait demandé d'attendre en exigeant 50 francs. Franco di Verona ne risque pas de démentir la transaction. Il est mort !

Au début, le patriarche a nié connaître Giralt, puis a reconnu l'avoir rencontré... par hasard. Durant l'été 1976, dans un restaurant de

Bordighera où Giralt jouait les touristes avec ses deux fils âgés de 12 et 16 ans.

— J'ai entendu qu'il parlait en français. Je me suis proposé de l'aider... pour commander son menu.

Le hasard les ayant donc rapprochés, le patriarche ne manque pas de passer à Marseille sans saluer son ami Giralt, et bien sûr à l'hôtel Touring, 42 cours Belzunce, dans le périmètre arabe, connu des services des Stups comme le grand rendez-vous des trafiquants. Une sorte de club très privé de la morphine et de l'héroïne. Allez savoir pourquoi ?...

Le juge Michel a inculpé la patronne, Desideria Pauthe, « Daisy », relation de Louis Giralt. C'est là que le patriarche pouvait l'appeler ou lui laisser des messages sur ses transactions... de ferraille. De même qu'à la société civile les Jonquilles, domicile de sa chère maman.

Le patriarche, encore assez alerte pour sauter dans un autobus qui démarre, feindre de nettoyer ses lunettes au coin d'une rue pour se retourner et échapper ainsi aux multiples filatures de la Guardia Di Finanza, lève ses grands bras au ciel obscurci de la prison de Marassi.

— Je suis un honnête homme. Je ne savais pas que ça cachait tout ça...

Il n'a jamais été condamné, vit officiellement d'une pension de la Sécurité sociale de 130 000 lires tous les deux mois. Fréquente la Via Albure, le rendez-vous des trafiquants de bijoux et pierres précieuses. Et, en se tournant vers le juge Michel comme s'il allait pouvoir le comprendre, prend une voix de... faussaire.

— J'achète des objets au Mont de Piété et je les revends ensuite.

Pour la Guardia di Finanza, ces objets ressembleraient surtout à des paquets d'héroïne arrivant tout droit de Turquie. Mais le patriarche a pris des précautions dignes d'un trafiquant marseillais.

— Je suis divorcé de ma femme Egla Aprile depuis 23 ans, mais j'habite toujours avec elle... Elle me loue une chambre dans son appartement.

Le juge Grillo s'étonne alors que le patriarche ait indiqué une autre adresse au début de l'enquête.

— Oh, ça c'est mon vrai domicile. J'y vais quand on s'est disputés avec Egla !

Les policiers italiens ont visité cet appartement « officiel » du patriarche. Les pièces sont nues, vides, mais il ne ment pas tout à fait. Il y reste encore un lit...

Après ce nouveau sketch à la Giralt, le juge Grillo pose une dernière question au patriarche.

— Vous aviez de la famille en France. On a retrouvé le numéro de téléphone de votre neveu, Jean Minziani, qui habite près de Nice, sur le carnet d'adresses de Louis Giralt. Il vous appelait là-bas ?

— Je ne sais pas. J'y vais quatre fois par an... et puis... Ettore Minziani le patriarche ne regarde plus ni les policiers, ni les juges, ni son avocat, ni l'interprète. Il parle comme s'il était seul, sa voix se brise.

— J'avais un autre neveu à Nice. Il est mort parce qu'il se droguait. Il a été enterré à Nice. Je ne savais pas qu'il se droguait. La dernière fois que je l'ai vu, il avait cinq ans.

Le juge Michel regarde cet homme âgé qui se retient pour ne pas pleurer. Est-il sincère ou joue-t-il la comédie ?

— Vous avez déjà raconté ça à Giralt ? répète après lui l'interprète.

— Non.
— Vous auriez dû.

*

Le juge Michel est prêt à tout pour s'opposer à Louis Giralt. Pour l'enfoncer. Qu'apparaissent Jean Francisci et l'ombre de la Mafia, et il se veut encore plus déterminé. Il mène l'instruction comme une partie de poker et tant pis si les règles du jeu ne sont pas respectées.

— Je ne lui fais pas de cadeau, ni à son armée d'avocats. Quand on défend un gars comme ça, il faut savoir à quoi on s'attend.

Le juge Michel peaufine ses techniques qui feront frémir bien des robes noires du Barreau marseillais et d'ailleurs.

Gaétan Di Marino, l'un des avocats de Louis Giralt, se présente le mardi 13 mars 1978, à 15 h 15, au cabinet d'instruction n° 3. Il demande le dossier de la procédure Giralt/Michel.

— Désolé. L'interrogatoire commence dans trois quarts d'heure. Je dois étudier quelques points du dossier. Je ne peux vous le donner.

Surprise de Gaétan Di Marino au cours de l'interrogatoire ; un rapport complémentaire de la Police Judiciaire a été ajouté au dossier le vendredi précédent et concerne des « plans annexés » retraçant l'ensemble des filatures de Louis Giralt dans Marseille et dans la région, ses rendez-vous avec Georges Calmet et les pourvoyeurs italiens, les trois jours précédant l'arrestation. Avec toutes les distances, les noms des rues, des véhicules.

Le juge Michel a tenu à parcourir lui-même avec Meriam Amami, sa greffière, et des policiers des Stups les trajets du trafiquant qui, au mètre près, à la minute près, sont accablants.

Le juge Michel sourit aux avocats de Louis Giralt.

— C'est pour mieux le piéger.

Et il ne plaisante pas.

Quinze jours plus tard, le 28 mars, la collaboratrice de Gaétan Di Marino, maître de Portalon de Rosis, venue spécialement d'Aix-en-Provence, arrive au cabinet n° 3, vers 9 heures du matin, pour consulter le dossier de la procédure. Un interrogatoire de Louis Giralt doit se dérouler l'après-midi à 15 heures. Le juge Michel l'accueille.

— Désolé ! Je travaille sur le dossier. Je ne peux le communiquer.

L'avocate demande si les traductions de documents italiens : procès-verbaux, filatures, qu'attend le juge, sont arrivées.

Louis Giralt et Georges Calmet sont également inculpés en Italie où ils devront être jugés et ça inquiète doublement leurs avocats français.

— Désolé. Je n'ai pas encore dépouillé mon courrier.

Un mensonge, bien sûr.

Gaétan Di Marino, spécialiste des nullités de l'instruction, ne faillit pas à sa réputation. Dès le 28 mars, jour du second « affront », il envoie une lettre au juge Michel, écrite à la main, où il attire l'attention du juge sur ces « deux points », et demande, dans l'intérêt de la défense, que cette lettre soit annexée au dossier dès sa réception.

Le juge Michel s'exécute, mais une photocopie de la lettre rejoint son Sottisier déjà très épais.

Il néglige les droits de la défense. Il le sait. Il s'en moque. Parce que ça concerne Louis Giralt.

*

Quand le juge Michel reçoit, au mois de mai dans le cabinet n° 3, une fleuriste de 20 ans, qui a porté plainte pour viol, il l'interroge, l'écoute entre deux sanglots, deux crises de nerfs. Puis écoute Antoine Contéras et Jean Lombard, 27 ans tous les deux, les accusés, cheveux presque longs, idées presque courtes, « connus défavorablement » des services de police. Ils prétendent « qu'elle était d'accord ». Version classique. Inculpation classique : viol avec violences. Risque classique : 10 à 20 ans de réclusion. Pourtant Pierre Michel doute et dit son doute à Meriam Amami :

— Cette fille ment. Je saurai la vérité.

Il oblige les services de police réticents à reprendre l'enquête, entend chaque témoin, et tandis que les inculpés ont commencé une grève de la faim aux Baumettes, convoque encore la victime. Et la confond. Quinze jours lui ont suffi pour éviter une erreur judiciaire. Le viol était truqué. Au tour des deux accusés d'engager une procédure contre la fleuriste pour dénonciation calomnieuse.

Le juge Michel est acharné, obstiné dans chaque dossier mais soucieux de la vérité, pas de sa vérité comme le prétendent certains. Lorsque défilent dans son cabinet n° 3 les Français, qu'on dit de la France profonde, marlous de la cambriole, délinquants de pacotilles, chômeurs-voleurs proxénètes d'occasion, meurtriers-ivrognes, il n'instruit pas à charge, comme avec un Giralt, mais tente de décrypter cette comédie humaine se jouant en 150 dossiers accumulés en permanence sur son bureau.

*

Le juge Michel, bien qu'il ne parle que quelques mots d'italien, téléphone chaque semaine au juge Grillo à Gênes. Un rituel, même si, de l'autre côté de la frontière, les investigations s'achèvent, le juge français veut absolument devenir le compagnon de route de justice du juge italien.

Il sait que les magistrats italiens surtout dans les dossiers de drogue sont devenus, comme les policiers, assez timorés. La peur de la Mafia, des représailles, des exécutions qui ont déjà frappé des juges trop curieux. Pour la première fois, les magistrats italiens sont soutenus, encouragés, et même commandés par un Marseillais qui n'hésite pas à recourir à des procédés dignes des coulisses de la police. Au début, certains se sont inquiétés. Ils ne comprenaient pas cet acharnement, selon eux presque suicidaire. Et le cri de guerre de ce juge pas comme les autres.

— C'est pour en coincer un maximum.

Aux Baumettes et dans le Milieu marseillais, on appelle le juge Michel « M. cent mille ans de prison ». A Gênes, des juges le surnomment : « M. Maximum ». Il y a comme une ressemblance...

Il s'est ainsi gagné l'amitié de Carlo Barrile, substitut du procureur de la République de Gênes, et a réussi à trouver des informateurs à l'intérieur même de la Guardia di Finanza. Déjà, à Marseille, il possède depuis longtemps des informations que n'ont pas les Stups, les précédant sur leur terrain. Avec de tels alliés au pays de la Mafia, il se dit qu'il peut encore aller loin, très loin.

*

Les magistrats italiens ont entendu Hugues-Paul Tatilon, ancien adjoint au maire R.P.F. de Marseille, gérant avec Légion d'honneur et à 75 % officiels de la Soresa.

Brèves réponses pour une brève rencontre.

— Je n'ai jamais eu de contact avec M. Louis Giralt, mais la société dont je suis administrateur, oui. C'était, je crois, dans les années 72-74.

L'ami de Jean Francisci et d'Henri Codde oublie que sa longue et jolie signature orne un pouvoir à Louis Giralt, daté du 19 janvier 1976. Signé, il est vrai, Hugues-Paul Tatillon. Peut-être un prête-nom...

Il a dit encore :

— Je ne connaissais pas Francesco Tomasi.

L'importateur de champignons continue de prétendre devant le juge italien qu'il ferraillait beaucoup pour Louis Giralt, et que ses balades l'ont mené vers Chambéry où il a rencontré des « gens de la société de M. Giralt ».

Quant au patriarche, il a dit tout net :

— Je ne connais pas Tatilon et Bartoli.

Pour Tomasi, le juge Michel a convaincu les Italiens d'enquêter jusqu'en Turquie, où il avait l'habitude de faire son marché. On est allé jusqu'à interroger le président de la Chambre de commerce italienne à Istanbul pour qu'il confirme les séjours de Tomasi dans la capitale turque, au volant d'un curieux camion frigorifique aménagé pour transporter ses champignons presque hallucinogènes. Avec des planques pour la morphine-base.

Le juge Michel ne s'intéresse pourtant guère à Tomasi. Il veut seulement prouver que Louis Giralt n'en était pas à sa première commande.

*

Le juge Michel pousse alors le plus loin possible l'autopsie de Louis Giralt et de son entourage.

Le gros bonnet mythique se déplaçait toujours avec la voiture des autres, ou du moins avec des véhicules qu'il a eu la prudence de ne pas mettre à son nom.

D'abord, la R 30 blanche, immatriculée 4686 GD 13, avec laquelle il a effectué avec Georges Calmet ses dernières pirouettes de financier sous l'œil des Stups, dans les rues de Marseille et de La Ciotat. Elle est au nom de Mireille Mazoyer, sa compagne de Simiane, qui d'ailleurs, depuis l'arrestation, ne la possède déjà plus. Le juge Michel en profite pour que soit rendue une « visite de politesse » au frère de Louis Giralt, Henri, le maître de La Gratinée, qui se présente comme directeur de société.

— Le dimanche 12 février, Mme Mazoyer m'a demandé d'enlever de chez elle la R 30, par mesure de prudence. Elle craignait que son neveu, Henri, le fils de Louis, ne l'utilise à son insu. Il n'a pas de permis...

Il aurait peut-être suffi simplement, par prudence, de fermer le véhicule à clé.

— ... Depuis ce jour, je m'en suis servi uniquement pour me rendre à mon travail en attendant de trouver une solution. Je ne me suis pas servi du coffre. Vous avez soulevé devant moi le tapis de sol de la malle arrière, et l'avez constitué en scellés dont j'ai signé la fiche. Effectivement, le coffre semblait présenter des traces d'humidité. C'est vraisemblablement parce que la voiture a couché dehors et qu'il a plu cette nuit.

Une pluie miraculeuse...

Il semble plutôt qu'on ait « fait le ménage » dans un respect familial louable.

Ce simple tapis de sol gris-noir donnera lui aussi l'occasion, lors du procès, à deux avocats, maîtres Giudicelli et Juramy, trustant six inculpés, dont les Calmet père et fils et les Silvani, de soulever l'une de leurs six nullités de procédure. Et de « s'attaquer » à l'instruction sans faille du juge Michel.

Selon eux, le tapis de sol, scellé n° 14, placé dans un sac fermé, a été ouvert par les experts du Laboratoire Interrégional de Police Scientifique hors de la présence de l'inculpé — qui n'est pas leur client — et d'un de ses nombreux avocats. Violation de l'article 97, alinéa 3. Et, de plus, il a été saisi trop tard, alors que « le véhicule litigieux a été laissé sans surveillance, sans scellés et à la disposition de tous ». Donc l'expertise est nulle. Or, l'expertise a permis malgré ce retard de découvrir sur le tapis de sol des traces de noir animal, produit nécessaire à toute transformation de morphine-base en héroïne de bonne qualité...

Le juge Michel a souri de cette attaque.

Certes, il y a eu légère faute des services de police, mais soulever cette nullité, c'est ou prétendre que ceux qui se sont empressés de s'approprier la R 30 comme Henri Giralt ont transporté ensuite du noir animal ou avouer que l'expertise est gênante.

D'ailleurs, et le substitut Marie Viangali le démontrera sans peine, la nullité ne tient pas.

Dans la R 30, au tapis de sol baigné de la pluie des Abattoirs, Louis Giralt a bel et bien transporté du noir animal.

Et, dans une R 5 Alpine noire immatriculée 3308 GK 13, il s'est transporté de rendez-vous en rendez-vous d'affaires. Un autre véhicule qui ramène à Henri Giralt, le frère dévoué de Louis, et à ses proches. Elle appartient en effet à Christiane Alexianos, sans profession, l'épouse de Francis Alexianos, le gérant de La Gratinée que dirige Henri Giralt...

Le juge Michel s'intéresse alors à ce Francis Alexianos et lance même une commission rogatoire pour connaître ses ressources, ses fréquentations, sa moralité et ses antécédents.

Une enquête pleine de surprises.

Francis Alexianos connaît bien sûr Louis Giralt, mais, de plus, il ferraille avec lui et se trouve en relation avec la P.M.A., les Produits Métallurgiques d'Argenteuil, et de belle manière ! La Police Judiciaire apporte en effet au juge des chèques signés Francis Alexianos qui s'encombrent de zéros, mais pas de centimes, comme les versements en espèces, au Cintra, de Jean Francisci.

Pourquoi d'ailleurs s'embarrasser de poussières, autres que celles des crassiers, lorsqu'on fait circuler des sommes aussi volumineuses ?

Des mouvements bancaires signalent ainsi, en 1970, un versement de Francis Alexianos de 50 000 francs à Tardivel, l'associé de Louis Giralt côté ferraille.

Dans l'entourage de Louis Giralt, Jean Francisci l'a prouvé, on préfère l'argent bien liquide et bien pur à tous les chèques du monde. Alors, en août 1970, lorsqu'il reçoit un virement de 100 000 francs d'un certain M. Breuil, domicilié à Biarritz, par chèque de la Banco Espagnol daté du 31 août, dès le 3 septembre il signe un chèque libellé à son nom et empoche la somme. De même, le 15 octobre pour un virement daté du 12, du même M. Breuil : 40 000 francs. De même lorsqu'il reçoit un chèque de 50 000 francs de la P.M.A., en novembre 1972, émis sur la Banque Populaire d'Argenteuil, il retire aussitôt... 50 000 francs.

Il y a bien d'autres exemples; 16 000, 15 000 francs, tous sur des chèques émis par l'agence des Abattoirs de la Banque de l'Union Parisienne.

Le juge Michel conserve pieusement des photocopies de tous ces chèques sans pour autant inquiéter Francis Alexianos.

Toujours la théorie des noms à conserver dans sa mémoire pour plus tard. Francis Alexianos est-il un homme de paille, un prête-nom, plus que ça ? Le juge Michel préfère attendre... et voir.

Quand Christiane Alexianos se présente à l'Evêché pour récupérer les 4 500 francs, les 148 830 francs belges, les papiers d'une BMW, immatriculée dans le Var, et le répertoire téléphonique du restaurant La Gratinée, saisis lors de l'enquête, elle n'aide guère le juge.

— Nous sommes mariés, Francis et moi, sous le régime de la communauté. Nous n'avons pas de biens immobiliers. Vous me faites état d'un terrain dans le Var. Nous ne l'avons plus. Vous me dites qu'une partie de ce terrain seulement aurait été revendue. Je croyais qu'il avait tout revendu. Je ne pense pas que nous ayons d'autres biens...

Femme de paille ?...

— ... Francis ne m'a jamais tenue au courant de ses affaires. A ma connaissance, il n'a jamais eu de grosses sommes en espèces à la maison, tout au moins, il ne l'a jamais dit.

Bizarre, bizarre... Que sont devenus les 100 000, les 70 000, les 50 000 francs en billets retirés à la banque ? Dans quelles filières ont-ils été investis ?

Dans les méandres du dossier Louis Giralt apparaissent d'étranges pratiques et d'étranges personnages qui, tous, ramènent vers la passion des frères Giralt pour la restauration. Comme Henri Trouchaud, 50 ans, que l'infatigable inspecteur Guy Chalony, qui est presque de toutes les commissions rogatoires, se charge d'interroger.

« Pauvre homme », il gagne 2 000 francs par mois comme employé de l'Arlésienne, une coopérative d'Arles, habite une villa avec son fils pour économiser un loyer, mais les années précédentes a sacrément jonglé avec les affaires.

En 1965, il achète le Bar des Platanes à Marseille.

— 70 000 francs, il me semble... Je ne sais plus à qui.

En 13 ans, la mémoire d'un « pauvre homme » est fugace.

Il paye comptant, par chèque, avec les bénéfices d'un autre bar à l'Estaque, toujours à Marseille, qu'il a acheté à crédit cinq ans auparavant. Mais, au bout d'un an, le Bar des Platanes ennuie sa femme. Elle ne s'habitue pas au quartier des Abattoirs.

— Je l'ai vendu alors à Henri Giralt, 80 000 francs. Il me semble, que M. Giralt m'a payé comptant, je ne sais plus sous quelle forme.

Ah, la mémoire...

— La même année, en 1966, j'ai acheté le fonds de commerce de l'Ascott Blue Note, un bar-snack-dancing à Nîmes, à Mme Mariani : 300 000 francs. Il me semble que j'ai versé 70 000 francs sous forme de chèque, avec la vente du Bar des Platanes et d'un appartement que je possédais à Marseille.

Or, qui est Mme Mariani à l'époque : la compagne de Louis Giralt, frère d'Henri.

— J'ai payé le reste de la somme par mensualités de 4 000 francs, pendant cinq ans. Puis, j'ai acheté les murs, par moitié avec ma belle-sœur, Claudette, devenue l'épouse de Henri Ramonet, pour 10 000 francs.

Or, qui est Henri Ramonet ? L'ami de Frédéric Pauthe, qui s'occupe du Touring Hôtel, le rendez-vous des trafiquants de drogue dont l'épouse Daisy est déjà inculpée. Sur le répertoire téléphonique du Touring Hôtel, les policiers ont découvert le nom de « Tonri », Riton surnom de Henri Ramonet, en verlan, cette forme d'argot qui inverse les syllabes ! Et où Frédéric Pauthe a-t-il rencontré ce Riton, propriétaire d'une poulinière et assidu des champs de courses du Cros-de-Cagnes ? Au Bar des Platanes, dans les années 1966, présenté par Henri Giralt !

On n'en sort pas.

Tout est lié...

Toujours changeant, Henri Trouchaud, l'homme de l'Arlésienne décide de vendre le fonds de l'Ascott Blue Note à la fin de 1975 à Lucie Attia : 350 000 francs, payable avec un crédit de 10 000 francs par mois. Il donne même une procuration à un armurier-agent immobilier de Nîmes, profession rare, pour percevoir les mensualités. Depuis, l'homme est parti en Afrique...

— J'ignore où... et je n'ai perçu que sept ou huit mensualités...

Tout cela c'est la faute à ce hasard méditerranéen qui surgit comme un loup des calanques.

Henri Trouchaud est fataliste :

— C'est donc tout à fait par hasard que, la même année, j'ai été amené à traiter deux affaires avec les frères Giralt...

Et catégorique :

— En aucune façon, je n'ai servi de prête-nom, mais je reconnais que c'est bizarre... et que maintenant, je suis obligé de travailler pour 2 000 francs par mois.

Il précise encore :

— M. Ramonet (Riton) n'a rien à voir dans mes affaires. En aucune façon je n'ai servi de prête-nom à mon beau-frère ou à quelqu'un d'autre.

Prête-nom... Prête-nom. Pourquoi le répéter ? A Marseille et dans la région, le juge Michel sait depuis longtemps que c'est une profession des plus honorables...

Il sait aussi qu'à tous les noms, prête-noms et prête-noms des prête-noms de l'affaire Giralt, il va devoir ajouter dès ce mois de juillet 1978 une ribambelle de nouveaux patronymes.

Un « renseignement confidentiel » vient de parvenir en effet à l'Office Central pour la Répression du Trafic Illicite des Stupéfiants.

Une nouvelle filière d'approvisionnement en morphine-base, de fabrication dans la région de Marseille et d'exportation d'héroïne se met en place. Calquée sur l'ancienne filière de Gabriel Graziani. De la prison Saint-Paul à Lyon, Gaby le magnifique, le maffioso, ami de Louis Giralt et de Jean Francisci, peut encore influencer le trafic. Le financement est assuré par un patron de la Mafia sicilienne.

V

MASSACRE AU BAR DU TÉLÉPHONE

Neuf corps. Vêtements et visages déchirés. Eparpillés comme les grains d'une grappe rouge de l'entrée à l'arrière-salle dans un fatras de mégots, de détritus et de poussière. L'odeur du sang chaud, de la poudre de cartouche et de l'anis. L'odeur du crime à Marseille. Des policiers courant d'un cadavre à l'autre cherchant en vain sous les masques de sang le portrait d'un caïd.

Neuf corps. Bar Restaurant du Téléphone, 8 boulevard du Commandant Finat-Duclos dans le 14e arrondissement, quartier du Canet, angle du boulevard de la Chapelle. Un inspecteur de l'identité judiciaire, cheveux noirs, les yeux cachés derrière des lunettes noires, s'accroupit lentement, une cigarette coincée entre les doigts. Il dépose une plaquette de bois en équilibre contre le jean du mort de l'entrée. Un numéro 1 peint en blanc sur fond noir. Et l'objectif vissé sur son appareil Nikon, le flash branché sur le côté, commence les photos funèbres. Deux, trois, quatre, cinq... Ramasse la plaquette puis dépose la suivante près du corps suivant. Il en possède plus de dix dans une poche de plastique. Toutes neuves. Comme si quelqu'un à l'Evêché avait prévu qu'un jour Marseille dépasserait le record mondial des règlements de comptes.

Le massacre du Bar du Téléphone vient d'effacer le massacre de la Saint-Valentin, le 12 juillet 1929 à Chicago. Au temps des folies de la Mafia. Sept membres du clan de Bugs Moran alignés contre le mur d'un garage, et exécutés à la mitraillette par les tueurs d'Al Capone.

Marseille n'est pas Chicago le soir de la Saint-Gérard, le mardi 3 octobre 1978.

Marseille est plus que Chicago.

D'ailleurs qui peut comparer Marseille à Chicago.

Marseille c'est Marseille et c'est déjà assez.

*

L'inspecteur noir au col de chemise grand ouvert sur un pull-over de laine marche derrière le comptoir, au-dessus des corps, l'appareil photo et un autre numéro de mort à la main. Deux autres inspecteurs accoudés au zinc de formica comme des clients de passage ont remonté le bas de leur pantalon. Pour éviter les flaques où pataugent leurs collègues. La salle ressemble à un vaste cercueil de verre aux parois transparentes. Pas une vitre cassée. Pas une bouteille brisée. Des murs vierges de toute trace de balle. Les 4 verres de pastis et les 5 verres d'apéritif de l'ultime tournée toujours debout au bord du comptoir à peine bus. L'exécution a été méthodique, implacable et de sang-froid.

Au-dessous du perco sous les exemplaires fanés de sodas et de jus de faux fruits que personne ne commande jamais, un panneau UTILUX avec les chiffres du dernier tiercé : 12-7-16, et le prix du champagne à la coupe : 5 francs. Regardant le perco, une femme de 35 ans aux cheveux châtains très courts plaqués comme un casque, debout contre le mur tapissé d'écossais, frotte son visage presque aussi rouge que le ciment du bar. Dehors, sans se soucier des flics passoires, les voisins du quartier commentent et montrent du doigt :

— C'est la femme du patron. Ils n'y ont pas touché.

— C'est bizarre. Ils n'ont tiré que les hommes.

— Il y en a qui se sont échappés. Je les ai vus.

Le juge Michel s'accoude au coin du comptoir, près du texte de loi des débits de boissons que personne ne lit jamais. Derrière lui s'allonge un corps coincé entre la machine à glaces Gervais et deux caisses de Ricard, sous une fenêtre close. Le policier-photographe en a fini avec sa distribution de numéros et balaie la salle à coups de flashes, frôlant de l'objectif les taches et les corps, en évitant encore le juge Michel.

Le juge n'a pas à être là. Sans greffière. En spectateur.

Le code l'interdit, mais autant qu'il soit là puisque c'est lui, ça ne peut être que lui qui aura l'affaire.

Il essayait d'oublier les nouveaux labyrinthes de l'affaire Giralt devant *Charly* le film des Dossiers de l'écran sur la deuxième chaîne. Le téléphone a sonné dans le petit salon. Pas une nouvelle menace nocturne, pas Rémy Warnery, l'éducateur pour un toxico à aider, pas un Evêque en veine de confidences mais Michel Jacques. Le substitut savait déjà. Partait d'urgence représenter le Parquet sur les lieux. Voulait que le juge l'accompagne. Anonyme. Jacqueline Michel a souri. Fataliste. C'est ça être femme de juge, et surtout d'un juge nommé Michel. Béatrice et Emmanuelle ne l'ont pas entendu sortir et prendre la GS. Elles dormaient déjà.

*

Le juge Michel a la nausée.

Du massacre, du sang, de l'horreur et de Marseille.

Déjà 16 morts depuis 16 mois sur les trottoirs et dans les rues de la ville. Des règlements de comptes. Tous mis sur le grand livre des comptes de Zampa-Imbert. Tous sans bavures. Tous sans coupable. Comme d'habitude.

Le juge Michel a la nausée.

De ces policiers qui traînent, enjambent et piétinent brisant des empreintes, des indices. Les cartes à jouer étalées sur une table happées par le mistral se sont envolées par la porte ouverte et se mêlent aux premières feuilles mortes du trottoir. Qui se soucie de ce jeu qui permettrait peut-être de situer la place des hommes avant le massacre ? Qui se soucie de ces visages durs qui entrent et sortent et que Pierre

Michel a vus, lui, un jour, entrer ou sortir de son cabinet, menottes aux poignets ? Des voyous de quartier venant aux nouvelles, flairant les corps et se baissant près d'eux comme des légistes.

Le juge Michel a la nausée.

Sept commissaires se bousculent, gesticulent, grouillent et fouillent sans ordre et sans direction. Ils sont venus. Ils sont tous là. Le commissaire divisionnaire Pierre Chatelain, chef de la Sûreté Urbaine, avec sa fine moustache blanchâtre, et ses lunettes d'écaille. Le commissaire Pierre Picone, le chef de l'Antigang, le commissaire Roger Le Poulard, le sous-chef de la P.J., le commissaire Bernard Agnese, le chef de la 4ᵉ Brigade territoriale, le commissaire Antoine Biancardini le chef de la 1ʳᵉ Brigade territoriale et le contrôleur Jean Laffue directeur départemental des Polices urbaines, le commissaire Mathieu, le chef du S.R.P.J.

Presque autant de commissaires que de corps exécutés, et pourtant déjà la panique, la folie et l'impuissance à maîtriser ce qui doit être une enquête.

Le juge Michel a la nausée.

Il doit se pousser le long du comptoir. A grands coups de mètre-ruban les inspecteurs aux pantalons relevés mesurent les distances et enveloppent les douilles dans des chiffons bariolés, puis tirent les corps vers le milieu de la salle, par les jambes ou les bras suivant la position. Les corps s'alignent maintenant comme des bouteilles derrière le comptoir. Gantés de plastique blanc jusqu'au coude, ils ouvrent les poches des blousons, farfouillent les doublures et les tissus lourds de sang à la recherche d'identité et d'objets de vie : portefeuille, mouchoir, pièces de monnaie et tickets de tiercé. Les sacs de saisie se remplissent à la file. Tout va très vite, mais le juge Michel a toujours la nausée. Il l'aurait encore plus s'il savait... Un inspecteur griffonne la liste des morts déjà identifiés sur un morceau de papier. Déjà le commissaire Chatelain a son idée :

— Règlement de comptes entre minables. Rien à voir avec le grand banditisme...

Et déjà l'enquête a des ratés. Personne ne songe parmi tous ces « gradés » de la police marseillaise à perquisitionner au domicile des morts.

— Il n'y a même pas eu, dira plus tard au juge Michel un ancien de l'Evêché, une brigade spécialisée habituée aux constatations. Ils ont fait la perquis' un jour après. Tu parles que tout ce qui devait disparaître a été récupéré.

Le juge Michel a la nausée.

Il a déjà arpenté le boulevard Finat-Duclos. Trois cents mètres de goudron aux allures de ruelle avec des bancs de bois verdâtres coincés entre deux remparts des inévitables platanes marseillais. Un de ces jours où il révisait sa géographie du crime et parcourait les sites sanglants de Marseille. Après le bar du Tanagra il s'est arrêté à la hauteur du 12, après le Bar du Téléphone, à l'endroit où les comparses de Francis le Belge, Di Russo et Borello, flanqués de Lamberti, ont été abattus dans leur voiture en septembre 1972. Sans doute par la valetaille de Gaétan Zampa.

Le crime se répète toujours à Marseille, et même dans ce quartier, vestige d'une banlieue dévorée de grands ensembles, entre le chemin de la gare du Canet et le chemin de Gibbes, cerné d'un côté par la voie ferrée, et de l'autre par la rocade de l'autoroute Nord. Demeurent encore pourtant villas et cabanons, aux noms chantants, grossis de jardins et d'arbres, à l'ombre du camp de Sainte-Marthe et plus loin du M.I.N. des Arnavaux où se profile, au restaurant La Gratinée l'ombre de Louis Giralt. Le juge Michel se demande en scrutant l'entrée du bar, un perron de trois marches sous une galerie bordée de longs piliers blancs, comme un saloon de western... s'il n'a pas arrêté un jour sa GS devant le Bar du Téléphone, et même s'il ne s'est pas déjà accoudé au comptoir, face au patron, mort à cette place.

A Marseille existent quatre Bars du Coin, onze Bars du Centre, un bar Tout va bien, un Bar Tout va mieux, cinq Bars de la Paix, et treize Bars du Téléphone. Avant la poussée des cabines téléphoniques publiques les Marseillais mêlaient sans doute déjà le pastis à la parole, et réglaient ainsi bien des affaires... Les enseignes sont restées.

Pierre Michel s'est peut-être arrêté simplement dans un autre Bar du Téléphone où le crime n'est jamais entré.

*

20 h 13. D'habitude le Bar du Téléphone ferme à 20 heures, mais ce soir-là des clients s'attardent et perpétuent les tournées. Nicole Léoni a retourné les chaises sur les huit tables du bar, donné un vague coup de balai, et elle monte l'escalier en colimaçon entre les cuisines et le mur du fond. Vers l'appartement du 1er étage. Pour allumer le radiateur.

20 h 13. Trois hommes franchissent la double porte vitrée de l'entrée. Les deux premiers s'avancent au milieu de la salle pareille à une piste de danse. Les tables s'étirent seulement sur le côté droit, près du passage menant au restaurant — menu à 16 francs tout compris, servi seulement à midi.

20 h 13. Le premier tueur vise aussitôt le fond du bar, à l'endroit où le comptoir se meurt dans un angle droit et où discutent avec de grands gestes Jean-Claude Quercia, Marcel Touchard, Paulin Straboni et François Fernandez, la main sur un paquet de Gitanes neuf. Ce dernier va quitter le bar. Il se retourne, voit un homme masqué d'une cagoule serrant un pistolet — un colt 45, calibre 11,43. En entendant déjà le cri d'autres armes il s'écroule, une balle dans le flanc gauche, puis se retient au comptoir et se met à ramper par soubresauts. Pour se cacher derrière la barrière de formica.

François Fernandez dit Francho ne porte pas le numéro 10 de l'inspecteur noir, mais il mourra à l'hôpital Salvator.

Dès qu'il voit les tueurs, Noël Kokos, un grand gaillard habillé de gris, bottes, pantalon et pull, devant le comptoir entre Guy Audemar et Patrick Nouar, court vers la porte menant aux cuisines. Il sait qu'à gauche, au fond de l'arrière-salle, une autre porte de fer s'ouvre sur le boulevard de la Chapelle. Le premier tueur le poursuit. Nicole Léoni s'arrête au milieu de l'escalier. Elle a entendu. « Ils ont fait péter un pétard » se dit-elle. Puis elle hésite et descend les marches de bois. Noël Kokos crie :

— Vite, ouvre la porte Nicole.

Nicole Léoni court vers Noël Kokos déjà dans les cuisines, agrippé à la porte de fer. Verrouillée et la serrure vide. Il s'acharne, les mains pliées comme des crochets, hurle, tape du pied sur les carreaux balafrés de sciure. Une seconde. Le tueur tire deux fois. Une balle troue le dos, et l'autre fracasse la tête avant de s'écraser dans le métal de la porte, puis du verrou. Noël Kokos s'effondre entre une armoire frigorifique et un carton de bananes taché de sang.

Noël Kokos porte le numéro 9.

Le tueur fixe maintenant Nicole Léoni. Sans la menacer du colt 45. Trois secondes qui lui paraissent démesurées. Elle le voit. Comme un homme de 1 m 70 environ, de 25-35 ans, mince, les joues creuses. Avec un bas de femme gris clair sur une barbe postiche, et un treillis kaki. Il ne tire pas, détourne le regard et marche vers la salle. Nicole Léoni se dirige vers les escaliers. Au premier étage Christiane Ciron, sa sœur, s'est déshabillée, installée sous la douche. L'eau coule — quand elle entend. Une robe de chambre bleue et elle descend l'escalier. Après avoir abandonné Nicole Léoni le tueur passe devant cette jeune femme blonde, serveuse au bar depuis quatre ans. Il lève son arme pour tirer. Puis se détourne sans prononcer une parole. Christiane Ciron le voit. Comme un homme de 1 m 75, 30 ans environ, maigre, un bonnet sur la tête, des lunettes foncées et une longue barbe tenue par des élastiques. Pas masqué. Elle distingue des taches de rousseur sur le visage. Puis remonte l'escalier poussée par sa sœur.

Les deux femmes se barricadent dans l'appartement. Sans téléphone...

Le tueur revenu dans la salle abat Henri Ciron. Debout, à gauche près de l'entrée, face au tiroir-caisse, il évoquait de futures parties de pêche avec Fernand Bourelly et Alain Arhamanian. Henri Ciron, le frère de Nicole Léoni s'effondre le long d'un radiateur de chauffage central. Une balle dans la tête. Une mare de sang couvre son anorak bleu, son jean et sa chemise à carreaux bleus et rouges.

Henri Ciron porte le numéro 2.

Une balle dans la tête aussi pour le patron du bar, André Léoni, qui vient de poser le paquet de Gitanes et la monnaie devant François Fernandez. Quand il s'affaisse la tête sur le plancher entre les étagères et une caisse de plastique rouge, derrière le comptoir, une main serrée sur sa chemise noire, il est encore vivant.

André Léoni porte le numéro 6.

Quand le tueur a couru à la suite de Noël Kokos, Patrick Nouar s'est accroupi au bas du comptoir. Il voit de près l'homme s'avancer. Mince, 1 m 75 à 1 m 80, 30 ans environ, avec une barbe abondante et frisée, des lunettes teintées à monture carrée, une veste de treillis, un passe-montagne et une musette kaki en bandoulière. Patrick Nouar mime aussitôt la mort et distingue deux autres tireurs. Le premier dans le cadre de la porte d'entrée, 1 m 65 à 1 m 70, 30 ans environ, mince, les yeux marron, une petite barbe foncée, des cheveux longs, bruns, un parka kaki et un passe-montagne aux bords relevés. Il voit Jean-Claude Quercia en jean et veste de laine noire se diriger vers cet homme brandissant un pistolet. Un Browning G.P. 35 9 mm. Jean-Claude Quercia lève le bras droit, puis s'accroche au tueur, parle. Réponse : une balle dans la tête.

Jean-Claude Quercia porte le numéro 1.

Patrick Nouar ne distingue pas le troisième tueur dans l'ombre du second sur la terrasse de western. Se relève et court de toutes ses forces vers les toilettes au fond de la salle, verrouille la porte. Personne ne l'y inquiétera.

L'arme meurtrière de Jean-Claude Quercia frappe encore Alain Arhamanian venu s'abriter derrière le comptoir lui aussi. Il y meurt la tête aplatie contre les jambes d'André Léoni, à hauteur du perco, deux balles dans la poitrine, une dans la tête.

Alain Arhamanian porte le numéro 5.

L'arme deux fois meurtrière achève au passage Henri Ciron d'une balle dans la tête. Le troisième tueur porte un fusil à pompe Riot-Gun à répétition. Son cri s'est répété jusqu'à ce que la mort atteigne tous les autres. Très vite. Protégeant d'abord le premier tueur, il tire sur Quercia le bras gauche mangé de chevrotine. Puis deux fois vers le fond de la salle-coin du comptoir. Une décharge en plein visage de Paulin Straboni.

Puis une décharge dans le cou de Marcel Touchard, dont le blouson de daim se pique de rouge et qui, face contre le sol, serre encore dans sa main droite deux billets de 10 francs, porteurs d'une future tournée.

Puis sur la gauche une décharge dans le dos de Guy Audemar, à peine engagé sur le plancher du comptoir, visage dans le sang et le son, jambes pliées à l'oblique du formica.

A travers les trouées de son tricot gris apparaît le tatouage sanglant d'une croix sur un soleil. Une balle de Browning 9 mm l'achèvera. Dans la tête.

Guy Audemar porte le numéro 4.

Puis encore Fernand Bourrelly venu au Bar du Téléphone fêter à coups d'apéritifs son permis de conduire, qui a fermé la glissière métallique de son pull bleu et annonce depuis une demi-heure qu'il va partir. Les chevrotines le touchent au bras droit, à l'épaule et au cou. Sa tête s'abîme contre le plancher du comptoir à demi couché sur un casier à bouteilles près de Guy Audemar.

Fernand Bourrelly porte le numéro 3.

Sur le trottoir d'en face, Jean Kokos, le frère de Noël, sorti du bar cinq secondes avant l'arrivée des tueurs, au bras de Philippe Guillem, dit Pizza, attend Jean-Claude Quercia. Les deux hommes entendent les détonations. Noël Kokos s'apprête à franchir l'étroit boulevard. Les deux tueurs dans le cadre de la porte les visent comme une cible et ils commencent leur course jusqu'au coin du boulevard de la Gare. Jean Kokos dit ne pas voir le visage des tueurs. Pizza aperçoit le visage découvert du second, moustache noire et épaisse. La lumière est trop pâle sur le boulevard et la peur aussi. Les balles se sont enfoncées dans les volets de Rose Hug, la locataire d'en face.

Qui a tiré le premier ? Qui est mort le premier ? Le groupe Touchard-Straboni-Kokos-Quercia a sans doute été visé le premier. Mais aucun policier ou médecin légiste ne le déterminera jamais avec précision. Les corps et les balles sont tombés en même temps au rythme d'un ballet de sang.

*

20 h 15. Deux minutes ont suffi. Les tueurs ont tiré seulement 25 fois. Pour dix corps exécutés. Même pas trois munitions par personne. Ils peuvent disparaître.

Louis Murolo, à la fenêtre du grand appartement du premier étage, au-dessus de la salle de restaurant du Téléphone, voit les tueurs se précipiter vers le haut du boulevard, deux sur le trottoir à platanes, un sur le ruban de goudron. Albert Lama, de sa fenêtre du second étage, au 10 du boulevard aperçoit en tête l'homme au fusil, très grand, qui fait signe de la main aux autres de se presser. Georges Callas, le menuisier du 37, distingue maintenant la troupe sur le trottoir, les visages se découpant au ras des voitures. Passe le bus 89. Il lui semble qu'ils portent tous un passe-montagne, que ça leur donne « la grosse tête », qu'ils sont vêtus de sombre, l'un avec une veste à gros carreaux. Pierre Herbert, au 14, les voit enfin monter dans une automobile sombre, peut-être verte, garée du côté des numéros pairs, entre deux platanes, à 150 mètres du Bar du Téléphone. Le chauffeur démarre, tous feux éteints, dépasse la rue Calvet. Un demi-tour, les feux s'allument, et le véhicule redescend le boulevard avant de s'engouffrer dans la rue Calvet, direction l'autoroute du Nord et l'impunité.

20 h 20. La voix au téléphone, à la caserne Plombières, boulevard de Strasbourg, est anonyme.

— Il y a des morts au Bar du Téléphone, boulevard Finat-Duclos. Ça a tiré de tous les côtés.

Tandis que le quartier-maître Jean-Louis Perez, et l'aspirant Michel Vedrine démarrent dans un fourgon rouge et bleu et que deux ambulances s'éloignent vers le Bar du Téléphone, le P.C. radio de l'Evêché est prévenu. Le commissaire Bernard Agnese, nouveau chef de la quatrième Brigade territoriale de permanence à la Sûreté s'en est allé bavarder avec un « indic ». Sa R 12 marron est garée le long d'un trottoir d'une rue isolée du 13e arrondissement. L'indic raconte doucement qu'un casse sera commis dans trois jours dans le quartier de la Joliette. Le commissaire roule déjà. L'indic demande s'il ne devrait pas descendre, pour qu'on ne le rencontre pas dans une voiture de police.

— Je n'ai pas le temps de m'arrêter, réplique Agnese arrivé à Marseille depuis un mois. Indique-moi la route...

Quand le commissaire s'arrête au milieu du boulevard Finat-Duclos, tous phares allumés, il oublie l'indic dans la R 12. Celui-ci hurle :

— Vous voulez que je gare la voiture ?

— Ne touche à rien et rentre chez toi. Ton casse on en reparlera. Cet indic-là ne reviendra plus jamais à l'Evêché...

Au fond du bar les deux pompiers et le médecin de garde hissent déjà Fancho Fernandez sur une civière. Nicole Léoni pleure.

— Ils ont tué Dédé. Ils vont revenir.

A la salle Vallier Georges Marchais en visite dans la région fait sa conférence de presse devant quatre journalistes seulement. Sous le chapiteau dressé au stade-vélodrome Michel Fugain ne sera pas interviewé à la fin de son tour de chant.

— Rien n'a été touché, demande le commissaire Agnese au quartier-maître Jean-Louis Perez ?

— Non.

Mais le quartier-maître est arrivé à 20 h 30... 15 minutes se sont écoulées depuis le départ des tueurs. On s'est déjà occupé du « ménage ». A la marseillaise. Dans une poche du pantalon de velours bleu de Marcel Touchard le commissaire Agnese découvre trois balles de bonne taille : 380 magnum, mais pas d'arme. D'ailleurs du n° 1 au nº 10. aucune des victimes n'était apparemment armée. Un homme en pull-over et chaussons bredouille devant l'entrée :

— Il y a une voiture qui s'est arrêtée avant les pompiers. Des gens sont rentrés et sont ressortis aussitôt. Ils étaient de la famille de...

Un coup de coude l'interrompt :

— Tais-toi, mon vieux.

L'homme dit vrai. A 20 h 20 une DS rouge s'est arrêtée. Des membres de la famille Fernandez, Francho que l'on transporte maintenant sur sa civière dans une des deux ambulances, ont marché vers le bar, sont restés cinq minutes puis sont repartis. Puis d'autres « inconnus » encore, aux visages étrangement intéressés, sont passés entre les cadavres.

*

Le juge Michel a la nausée.

Dire qu'on va lui offrir l'instruction d'une enquête déjà pourrie. Il devrait, il pourrait partir, mais il s'attarde. Il racontera que c'était « comme un film de Fellini ». Avec le sang, la mort, les rires et les colères. Et des images hallucinantes. Une femme en chemise de nuit à fleurs, les cheveux serrés dans un foulard rouge bouscule les marins pompiers. Son fils lui a dit qu'il venait au bar ce soir.

— Je veux mourir. Qu'on me tue. Mais que faites-vous là ? à tourner en rond. Tuez-moi.

Un vieillard en pyjama, les pieds nus, se cogne contre la porte d'entrée, serre le bras d'un flic passoire.

— Mais pourquoi vous ne faites rien, soignez-les. Ils ne sont pas morts. Ce n'est pas possible.

Lorsque la seconde ambulance charge les premiers cadavres et s'ébranle, traversant l'illusoire barrage de policiers et de chiens, le frère de Guy Audemar, l'une des victimes, fracasse la vitre d'un coup de tête et s'ouvre le front. Il faut le ceinturer, le coucher sur un banc de bois traversé de pluie, le calmer :

— Mais non... Il va s'en tirer.

Nicole Léoni appelle Wolf, le chien du bar, disparu lui aussi dans la nuit. C'est la folie, le sang, l'hystérie.

Le juge Michel a la nausée.

Il patauge dans une boue rougeâtre avant de plonger sur le boulevard balayé de mistral. Le commissaire Pierre Chatelain lisse ses moustaches, sûr de lui. Ou du moins semblant l'être. Le commissaire Biancardini en blouson de cuir les doigts crispés sur une cigarette n'a pas l'air pour une fois sûr de lui. Il va de corps en corps ramassant montres et bijoux, et se fige, les lèvres ouvertes lorsqu'un photographe de presse, à l'affût devant la porte, mitraille ses yeux lourds et inquiets.

Sur la troisième marche de l'escalier de bois en colimaçon le commissaire Agnese vient de trouver un couteau à cran d'arrêt couvert de sang. Nicole Léoni s'étonne, les policiers un peu, le juge Michel beaucoup, mais la lame rougeâtre rejoint vite un sac de saisie. Qui donc a pu manier le couteau au Bar du Téléphone ?

Quand le juge Michel reprend sa GS pour rentrer à la villa Les Buis il cherche déjà une explication au massacre et se dit que ça doit être très compliqué. Il ne se trompe pas.

Il se dit aussi déjà qu'après neuf morts et un blessé, surgit une onzième victime : l'enquête et le dossier de l'enquête.

VI

LA GUERRE DES POLICES

Le juge Michel s'est tourné vers Meriam Amami, sa greffière.

— Ça vous intéresse l'affaire du Bar du Téléphone ?

Devant sa machine à écrire la jeune femme sourit, pensant que le juge plaisante.

— Bien sûr. Vous aussi.

— Alors nous la prenons.

Pierre Michel ne plaisante pas.

De retour dans la villa « Les Buis », le 3 octobre il s'est couché, levé, recouché, relevé, de Gitane en Gitane. Le film de Fellini repassait dans sa tête, s'arrêtant sur chaque image, chaque corps. Il ébauchait des hypothèses et sur une feuille de papier, des indications, orientations à donner à la police dès le matin du 4 octobre.

Le matin vient dix-sept jours plus tard.

Le 20 octobre 1978.

Albert Villatte, le procureur de la République, s'est décidé enfin à ouvrir une information judiciaire.

Dix-sept jours plus tard...

Un dossier gris a échoué sur le bureau du juge Michel. Son premier mouvement a été de le renvoyer au Parquet avec écrit dessus au feutre noir : « non-lieu »... alors qu'il a banni ce mot de son langage, de son métier, de sa vie.

— C'est un dossier pourri, mademoiselle Amami. Comment voulez-vous que je trouve quelque chose maintenant. Ils me prennent pour un sorcier. Je ne rattraperai jamais le temps perdu.

Dix-sept jours...

En matière de police et donc de justice, rien n'est plus difficile à résoudre qu'un règlement de comptes. Dans la minute, dans l'heure, voire dans les jours qui suivent, doit se régler l'enquête. Et pendant dix-sept jours le Parquet de Marseille a laissé aller sans juge, sans instruction, sans rien.

Un grand ratage pour le plus grand massacre de sang-froid de l'histoire du crime.

L'échec. L'échec recherché.

*

Le juge Michel marche devant son bureau, son éternelle Gitane à la main.

— Villatte est fou. Il n'a quand même pas quelqu'un à protéger dans cette affaire !

Le juge Michel se cache une fois de plus sous un masque d'ironie. Le seul moyen à Marseille de ne pas flancher devant les folies du tribunal. Se met à imiter Albert Villatte, « son » procureur, comme il a l'habitude de caricaturer d'autres membres de la hiérarchie, des avocats, des inculpés, des flics... et pour n'être pas en reste, de se caricaturer lui-même.

— Mon cher Michel... Il faut instruire cette affaire avec sérénité. Je suis sûr que vous y arriverez. C'est une affaire pour vous et je suis persuadé que vous avez déjà votre petite idée...

— ... Pas de vagues c'est ça, poursuit le juge avec l'accent marseillais, et pas de coupables, que surtout ça ne fasse pas trop de passetisse...

Dix-sept jours...

Le juge Michel est le spectateur indigné d'une pantalonnade à la marseillaise, aussi écœuré que le soir du massacre, pataugeant dans la bêtise après le sang. Spectateur d'une guerre des polices jamais aussi acharnée, jamais aussi dérisoire.

*

4 octobre 1978. La Sûreté urbaine insiste auprès d'Albert Villatte pour qu'on lui confie la direction de l'enquête. Le procureur accepte. Ouvre-t-il une information pour que ces policiers peu habitués au grand banditisme ou ce qui peut en relever soient guidés par un juge ? Pas du tout. Les enquêteurs travaillent en « crime » flagrant. La Sureté doit seulement rendre compte de son enquête au procureur, en toute confiance... mais procureur et Parquet se signalent par leur discrétion.

Le juge Michel essaie d'expliquer à certains membres de sa hiérarchie que plus les jours passent, plus l'enquête trépasse, que la P.J., sans être parfaite, est plus rompue à de telles recherches et surtout qu'il faut un juge pour les diriger. On lui répond comme à un planton de l'instruction.

— Le groupe de répression du banditisme, de la P.J. a ses hommes sur le coup. Ne vous inquiétez pas. Ils vont se débrouiller. Ils travaillent main dans la main.

Et tout ça fait d'excellents policiers...

Refrain connu, mais le juge Michel s'inquiète. La Sûreté pavoise, parle, annonce des arrestations, et puis plus rien. Et la P.J. critique, galope... pour rien.

Les hommes des deux camps de la police marseillaise évitent de se donner des informations, et malgré la prétendue coordination en arrivent à interroger deux fois le même témoin sans intérêt ! Les procès-verbaux inutiles succèdent aux procès-verbaux inutiles.

Dix-sept jours.

Des pistes de second ordre, de la paperasse dans un dossier aussi gris que l'enquête, des conflits, des bourdes.

L'échec total.

*

Dès que se produit à Marseille un crime d'importance, susceptible d'inquiéter le Marseillais de la rue, qui en a vu d'autres pourtant, c'est comme si une sardine bouchait vraiment le vieux port. On ressort pour l'occasion le serpent de mer de l'Evêché : la pression sur le Milieu appelée aussi : « coups de pied dans la fourmilière » et chez les intellectuels de la police : « la progression modulée ».

Le commissaire Pierre Chatelain n'a pas manqué aux traditions. Pour commencer, le Maigret de la Sûreté a parlé, dès la nuit de la Saint-Gérard :

— Les victimes sont des minables, donc les tueurs aussi. Alors on va obliger le grand Milieu à nous aider.

Le théorème marseillais concernant la pression sur le Milieu enseigné à tout inspecteur débutant veut en effet que si l'on ennuie le grand Caïd dans ses activités, il vous donnera aussitôt le nom des petits caïds dont il n'a que faire.

Ce qui tend à prouver d'ailleurs selon un autre théorème marseillais que ledit grand Caïd n'est guère ennuyé en « temps normal » et que seize cadavres en seize mois, victimes des guerres entre Francis le Belge et Gaétan Zampa, puis Gaétan Zampa et Jacky Imbert, ne sont qu'une péripétie, et que Zampa, Imbert et les autres peuvent persévérer dans leurs fructueuses industries.

L'Evêché l'a donc proclamé :

— Le Milieu doit « collaborer » à l'enquête.

Dès la nuit du 4 octobre Marseille est à feu et à sang. Commence l'opération commando-poudre aux yeux amenant les réflexions habituelles du Marseillais de la rue qui, là encore, en a vu d'autres.

— Les poulets, ils sont fadas. Ils n'arrêtent personne et ils nous font le cinéma.

On fait aussi du chiffre, de la statistique.

500 hommes de corps urbain, une compagnie de C.R.S., 50 gendarmes et les hommes de la Sûreté quadrillent la ville quartier par quartier. Dans la nuit du massacre 3 109 personnes sont contrôlées, 1 499 véhicules, et 154 établissements : bars, boîtes de nuit visités. Pour pénétrer dans le quartier de l'Opéra, fief présumé du grand Caïd il faut franchir cinq contrôles d'identité. Les policiers ont l'ordre de se montrer violents et intraitables. La fièvre, ou plutôt la pression monte à Marseille.

Tout le monde est sur le pont : les commissaires principaux Baby, Biancardini, Agnese, Ventre, Chapus... qui sautent dans leur voiture banalisée à la moindre occasion. On ratisse, on débroussaille et on multiplie les opérations « coup de poing ».

Le Milieu doit collaborer. Qu'on se le dise...

Et les incidents se multiplient. Des consommateurs sont agressés dans les cafés. Jacques Roger, le rédacteur en chef de *la Marseillaise* reçoit quelques « coups de pression » dans un bar du cours d'Estienne-d'Orves parce qu'il a oublié ses papiers à la rédaction de son journal, à cent mètres. Les tueurs du Bar du Téléphone ont tout loisir de lire dans la presse ces nouvelles galéjades.

Certes, les boutiquiers de la nuit grognent un peu. Les fêtards au casier vierge désertent cabarets, boîtes et bars. Les prostituées se figent sur leur trottoir, et les proxénètes ont des trous au portefeuille. Les racketteurs passent devant les établissements vides et se demandent ce qu'ils vont pouvoir racketter. Les joueurs professionnels des clandés de l'arnaque pleurent le pigeon. Les prêcheurs de l'Evêché prêchent leur victoire.

— On leur fait perdre des milliards et ça prendra de l'ampleur.

*

A Marseille la prostitution rapporte 22,5 millions de francs par an aux souteneurs. 600 prostituées sont recensées officiellement. Chaque jour 500 d'entre elles racolent en moyenne 10 clients à 150 francs la passe. Lorsqu'un proxénète a réussi à convaincre, par douceur ou violence, une femme de travailler pour lui, il doit passer devant des « juges de paix » du Milieu qui lui accordent un carré de trottoir et une chambre dans un hôtel, moyennant la moitié des gains.

Plus de 10 millions de francs sont donc versés chaque année aux Caïds, maîtres de crime organisé qui investissent ensuite dans la drogue, la fausse monnaie, ou les courses truquées selon les tendances du marché. La prostitution a toujours formé l'essentiel des « caisses noires », et presque tous les grands Caïds de Marseille, de Guérini à Gaétan Zampa, ont commencé leur carrière dans le « pain de fesses ».

S'inquiètent-ils les maîtres de ce jeu, bénéficiaires des bénéfices ? Comme la pression ne dure jamais longtemps à Marseille ils restent muets à tous les appels de l'Evêché. Et se reposent dans leurs propriétés de l'arrière-pays, chez leurs frères maffiosi en Italie ou en profitent pour voyager au soleil des Antilles, en attendant que s'estompe la folie policière.

Ils ne sont plus à quelques millions de francs près, et d'ailleurs, même s'ils savent, pourquoi parleraient-ils ? Ils sont tranquilles douze mois sur douze, prennent la police marseillaise pour des « marionnettes ». Un peu de pression ne les effraie pas. Au contraire elle rassure les Marseillais sur la sécurité de leur ville. Ils y gagnent plus qu'ils n'y perdent.

*

Et la galéjade continue...

La direction des Polices urbaines constitue une unité permanente avec le groupe d'Intervention de la Police nationale, et seize inspecteurs qui, la nuit venue, se livrent dans les bars à des rafles géantes. Mieux. Une nuit le commissaire Baby, sous-chef de la Sûreté urbaine, s'en va ratisser les champs de l'Opéra et de Marseille avec 50 hommes en civil et revient à l'Evêché avec deux cars de prostituées et du matériel HiFi volé, découvert dans l'arrière-salle d'un autre Bar du Téléphone !

On les fouille tous au cas où les tueurs sans mémoire se seraient trompés de bar et de cibles !

Une autre nuit en ratissant, l'un les quartiers Nord, et l'autre les quartiers Sud, les commissaires Ventre et Chapus accompagnés de gardiens de la paix et de chiens reviennent à l'Evêché en compagnie de cent personnes interpellées. Neuf seront arrêtées, dont deux cambrioleurs dérisoires monte-en-l'air pris en flagrant délit !

Les Marseillais respirent. Les tueurs du Canet aussi.

Une autre nuit encore une équipe d'intervention revient avec un butin de choix : un lot de montres Lip trouvées dans une cuisinière...

Le juge Michel dans la solitude du cabinet n° 3 trouve un goût amer à cette galéjade policière à tous les niveaux de la hiérarchie.

*

Neuf morts pour un massacre provoquent en effet des déclarations fracassantes.

De passage à Marseille le lendemain de la Saint-Gérard, Honoré Gevaudan, directeur adjoint de la P.J. et des affaires criminelles, sans savoir de quoi il retourne, parle des tueurs.

— Il s'agit d'amateurs très doués.

Le contrôleur général Jean Laffue ne se contrôle pas :

— Cette fois les bornes sont dépassées. Il faut que tout le monde le sache... Nous savons que nous gênons beaucoup de personnes. Nous savons que nous créons la panique en de nombreux établissements, mais il faut comprendre que cette partie-là nous n'avons pas le droit de la perdre... Tous les policiers sont soucieux, résolus et déterminés. Cette affaire ne peut nous échapper.

Gaston Defferre, maire de Marseille, prend la parole :

— Marseille n'est plus la capitale du crime depuis de nombreuses années... A Marseille les truands se sont tués entre eux. Ceci est moins grave que la répétition des crimes qui se sont produits dans d'autres villes françaises. On ne tue pas de magistrat à Marseille.

Il oublie seulement qu'au moins quatre des victimes du Bar du Téléphone, peut-être plus, sont mortes seulement d'être là, et ne sont pas des truands, et oublie que... l'avenir parfois se charge d'assassiner de telles affirmations.

Il dit encore :

— Depuis quelques années, les crédits et les effectifs de la police accordés aux grandes villes sont en diminution. La police ne dispose pas de moyens suffisants pour lutter contre la criminalité. Il faut s'attaquer aux causes mêmes du mal. A ce qui permet à ceux qui vivent de la prostitution, du trafic sur les courses de chevaux, d'exercer leur métier. Enfin et surtout il faut un changement de politique, car quand il y a du chômage, de la misère, cela crée une atmosphère qui peut entraîner certains à la délinquance.

Il faut commencer par cela, sinon ce qui vient de se passer à Marseille risque de se reproduire...

Dans *le Provençal*, journal de Gaston Defferre, on indique le jeudi 5 octobre :

— Il est important de préciser que la responsabilité du maintien de l'ordre et de la répression du banditisme dans les grandes villes incombe à la police d'Etat. Celle-ci ne dépend en aucune manière du maire, mais est rattachée au ministère de l'Intérieur, et à son représentant, le préfet de Police.

Moralité : le maire n'est pas un responsable.

Seul le ministre de l'Intérieur...

Pierre Chatelain, le Maigret de la Sûreté parle encore.

Interrogé à la télévision sur le massacre et ses neuf morts il se félicite de la baisse de 25 pour cent des cambriolages à Marseille. En oubliant d'ailleurs de préciser que la statistique a diminué car on a dissocié les vols de cave et les vols à domicile. Puis revient au massacre :

— Ce massacre qui atteint le prestige d'une ville est trop grave pour ne pas être tiré au clair mais nous parviendrons à quelque chose. je peux vous l'assurer.

*

Et que trouve le juge Michel dans le dossier du Bar du Téléphone. Des feuillets à ranger d'urgence dans le Sottisier « Police » ouvert en marge du Sottisier « Avocats ». Avec une place de choix pour les notes d'information du directeur central de la Sécurité publique à la Sécurité urbaine P. Guillon :

Le 9 octobre, il annonce que la guerre des polices n'aura pas lieu.

— L'enquête en cours, menée conjointement par la Sûreté urbaine et le S.R.P.J. dans une organisation relationnelle parfaite et un partage des tâches qui donnent entièrement satisfaction, se poursuit actuellement dans plusieurs directions...

Organisation relationnelle vouée à l'échec...

— ... Hors de l'enquête proprement dite, des mesures importantes sont maintenues et une pression constante est exercée sur les débits de boissons et la prostitution. Cette pression sera maintenue sans faiblir et aussi longtemps qu'il faudra...

Toujours la pression.

Le 11 octobre on apprend que pour connaître certaines vérités, on fait appel à des « auxiliaires ».

— Le gitan blessé lors de la fusillade a été de nouveau entendu par personne interposée, c'est-à-dire par l'un de ses amis. Fernandez a affirmé ne pas être au courant des motifs de la fusillade et encore moins connaître l'identité des auteurs.

Etonnant.

— Cette information rapprochée d'autres plus fragmentaires donne aux enquêteurs de la Sûreté urbaine et du S.R.P.J. de Marseille le sentiment encore imprécis de voir leurs recherches s'orienter peu à peu, vers les milieux gitans. Il est très prématuré de transporter ces éléments au plan des certitudes...

Prudence.

— ... Mais l'approche d'un milieu où les réactions sont souvent très excessives et très graves pourrait peut-être fournir une explication de la sauvagerie de l'agression du Bar du Téléphone et de ses dimensions. Pour l'instant ces pistes sont suivies avec la plus grande attention, mais aussi avec beaucoup de précautions.

Que de précautions...

*

Marseille demeure pourtant Marseille.

Le samedi 8 octobre à l'Evêché, les bureaux des enquêteurs se vident. On évacue les couloirs conduisant à l'antre du commissaire Picone, le chef de l'Antigang. Tous les commissaires et inspecteurs sont en première ligne.

Déjà dans les services annexes, on murmure que la Sûreté doit entendre un Caïd nommé Gaétan Zampa, et un détenu nommé Jacky Imbert, en vacances des Baumettes. Le massacre ne serait qu'un nouvel épisode de leur guerre des gangs.

Les cinq hommes qui arrivent à l'Evêché, vêtus d'élégants costumes bleus et noirs ne répondent pourtant à aucune convocation. Ils se sont convoqués d'autorité. Les services de police reçoivent une délégation « syndicale » des parrains de la nuit, juges de paix, aux noms à consonance corse à peine tachés de condamnations. Ils viennent aux nouvelles pour savoir ce que signifie la folie policière. Pas inquiets mais curieux... On se croirait revenu en temps glorieux des Guérini. On les écoute, on les console, on les invite à se confesser. S'ils voulaient donner un petit renseignement, une indication, elle serait la bienvenue... Ils parlent de tout, mais pas du Bar du Téléphone, pas des règlements de comptes. Le Front de libération du quartier de l'Opéra ne sait rien.

Avec cet ultime affront la pression sur le Milieu déjà mal en point depuis les contrôles d'identité musclés, n'a plus qu'à se dégonfler. Comme à chaque fois.

Et la Sûreté urbaine s'enliser dans un dossier qui n'est plus qu'une aberration.

*

Dix-sept jours...

Le juge Michel, en se pénétrant de l'affaire qu'il connaît déjà trop bien, mais pour rien, s'aperçoit que l'attitude du Parquet marseillais. de sa hiérarchie est plus qu'une bévue de plus, mais une faute.

Ainsi sans juge d'instruction les enquêteurs n'ont pu recourir à des procédés d'investigations élémentaires comme les tables d'écoutes téléphoniques. Qui à la Sûreté aurait osé se brancher sur quelques Caïds sans l'aval obligatoire d'un juge.

Dix-sept jours...

Le juge Michel sait hélas que la guerre des polices, entre Sûreté et S.R.P.J. masque l'impuissance chronique de la police marseillaise.

Le juge Michel est nostalgique. Du temps où Lucien Aimé-Blanc dirigeait la Brigade des Stupéfiants et où mieux que quiconque il savait pénétrer le Milieu, faire du renseignement. Du temps, où d'autres policiers comme lui connaissaient le Marseille des truands, et rapportaient des informations.

Le juge Michel en arrive à se demander, et sans en être particulièrement fier, s'il n'est pas lui, humble juge d'instruction, confiné en théorie dans son cabinet n° 3, le premier flic de Marseille. Quatre ans dans la ville de Gaston Defferre, son réseau d'informations ajouté à une immense mémoire lui ont donné une plus grande connaissance de Marseille que les seigneurs de l'Evêché.

Le juge Michel sait que la police n'est plus ce qu'elle était, mais que s'il existe une ville en France où elle aurait dû rester « vieux jeu », c'est bien Marseille.

L'affaire Bézert, ce commissaire, super-flic à l'ancienne, casseur de gangs et craint du Milieu, vaguement accusé de proxénétisme et de relations douteuses, jeté en prison aux Baumettes comme un sinistre exemple, puis libéré, mais écœuré, humilié, a sonné le glas de l'Evêché.

Depuis la police marseillaise s'étiole, se traîne, se meurt, préférant sa guerre des polices à la guerre des gangs.

Les notes de frais spéciales pour « virées » dans les quartiers chauds et contacts avec « l'ennemi » ont été épluchées au centime près, puis supprimées. Les ordres sont tombés : « Travaillez la technique policière, la psychologie, restez " en dedans ", plus d'histoires... »

La psychologie à Marseille...

Une galéjade de plus.

Les policiers de base, policiers de terrain, ont dû reprendre leurs antiques machines à écrire et les inutiles et interminables procédures.

Pendant ce temps-là des hommes aussi lourds que Gaétan Zampa et Jacky Imbert se sont installés aux commandes avec derrière eux d'autres maîtres encore plus lourds. Le crime organisé, la Mafia française, a pris le pouvoir et les massacres ont pu succéder aux massacres.

Dix-sept jours...

Le juge Michel est lucide. Comment ne pas aller à l'échec quand on doit rattraper un échec ?

Le planton de l'instruction annonce pourtant :

— Chatelain et Mathieu sont là.

Pierre Chatelain, le chef de la Sûreté, et Fernand Mathieu le chef du S.R.P.J. s'assoient face au juge. Lui qui se plaint à Marseille de la rareté des bons spectacles a droit pour lui seul, et pour sa greffière, dans la quiétude du cabinet n° 3, à une représentation unique de la guerre des polices.

Pierre Chatelain essaie de démontrer au juge que des pistes se dessinent, que des zones d'ombre s'éclairent, et que, bien sûr, ce n'est pas en un jour que l'on boucle une telle affaire et qu'il lui faut encore du temps. De son côté Fernand Mathieu, d'une voix calme et nette, promet que désormais, s'il reprend l'affaire, avec le juge ils feront du bon travail.

Le juge Michel écoute, ne parle pas, et observe les deux hommes aux cheveux gris-blanc, Chatelain en costume de velours col roulé, style sportif comme il l'était quand il dirigeait la Brigade Antigang, et Mathieu, en costume sombre, chemise, cravate, style vieux cadre. Le juge pourrait à l'instant s'arracher de son fauteuil, s'asseoir à leur place et les imiter. On dirait deux enfants se disputant les lambeaux d'un gâteau à la sortie de l'école, mais avec une violence feutrée, raisonnable.

Le juge Michel a préparé la commission rogatoire pour le S.R.P.J., en toute logique, mais ça l'a toujours diverti de voir les hauts fonctionnaires de la Police marseillaise se déchirer pour une affaire... Et pour un échec... Il attend et quand il tend enfin la feuille de papier, que l'on décide que le commissaire principal Etchébérry, le Tché, chef de la Brigade criminelle coordonnera l'enquête, le commissaire Mathieu se redresse tout sourire, jurant que le massacre de la Saint-Gérard livrera ses secrets.

Dix-sept jours plus tard...

*

Le même commissaire Mathieu, chef du S.R.P.J., 48 heures après que la Sûreté a pris la direction des opérations a confié « hors micro » dans son bureau de l'Evêché à Yves Gavériaux, grand reporter au *Méridional :*

— Je viens de convoquer deux de mes gars qui suivent l'enquête. Je leur ai demandé ou en était la Sûreté. Quand j'ai su qu'ils n'avaient rien de déterminant, j'ai dit : « l'affaire du Téléphone ne sortira pas ».

Et il a ajouté en fin technicien :

— Si on n'a aucun élément au bout de deux jours, une affaire comme ça, ça ne sort pas.

Mais quelle affaire sort à Marseille, dès que l'on s'éloigne des hold-up à la mie de pain et des crimes passionnels, que l'on aborde les règlements de comptes, le haut banditisme... que la Sûreté ou le S.R.P.J. en soient chargés.

Aucune, à de rares exceptions.

16 cadavres en 16 mois ont pu se retrouver ainsi sur les pavés de la ville. Zampa et Imbert ont bon dos... 16 ajoutés à 9, bientôt à 10, ça fait 26. En 17 mois. Comme si au fil des jours les truands avaient pris l'habitude de rendre leur justice en toute liberté.

*

Le juge Michel raccompagne Chatelain et Mathieu, puis en balançant sa main derrière ses cheveux, s'en retourne disséquer les pièces du dossier. A chaque page il tempête.

— A l'école de police, les mômes se débrouillent mieux...

Le dossier confirme que les fins limiers de la Sûreté n'ont même pas fait de perquisition chez les victimes le soir du massacre ! Qu'ils ont attendu une journée ! S'il y avait des armes, des faux billets ou autres babioles, femmes, enfants et amis ont eu le temps de faire le grand ménage marseillais !

Sept commissaires étaient sur les lieux, le juge Michel les a vus, mais à quoi ont-ils servi ? Des truands au casier épais ont pu s'approcher du comptoir et des corps sans qu'on les inquiète.

*

— C'est de la folie ! Et Villatte a cautionné tout ça. Ils m'ont bousillé le dossier.

Dans le cabinet n° 3 est entré un évêque de la Sûreté, jeune inspecteur venu de Paris, et qui, souvent vers 6 heures, arrive au tribunal lorsque le juge se retrouve seul sans greffière. Le juge Michel l'a appelé pour étudier avec lui le fantôme du dossier du Bar du Téléphone.

— Comment veux-tu que vous trouviez quelque chose ? C'est l'enquête qu'il fallait faire avec violence, pas vos gamineries.

L'inspecteur fronce les sourcils, désolé de la galéjade policière.

— Il a fallu qu'on joue les cow-boys. L'autre soir, on s'est couvert de ridicule. Des journalistes de la B.B.C. ont voulu nous filmer à l'Opéra en train de faire un contrôle dans une boîte à filles. Il y avait des caméras, des projecteurs, et il a fallu recommencer plusieurs fois avec le pétard à la main ! Le commissaire Biancardini mettait en scène ! Il avait deux pétards à la ceinture et un à la main. Ça lui monte à la tête. Il devient fou. Il n'y avait pas beaucoup de gens dans le coin, mais crois-moi, ceux qui étaient là avec les putes se sont bien amusés... »

Police d'opérette pour une justice d'opérette.

Le juge Michel veut y croire pourtant. S'investir totalement dans ce dossier comme dans tout dossier, petit ou grand.

— Je suis obligé de composer avec le Parquet, pour continuer sans trop de casse... mais je la sortirai, cette affaire, même avec dix-sept jours de retard. Même s'ils ont tout fait pour qu'elle ne sorte pas.

VII

UNE ENQUÊTE POURRIE

Le juge Michel s'intéresse d'abord aux survivants du massacre.

— L'enquête de la Sûreté est pourrie. Ils ont été trop mous avec les survivants. Il fallait tous les mettre en garde à vue, les interroger sans arrêt, demander au procureur de trouver une inculpation.

Le juge Michel se retrouve avec un étrange dossier, étrange scénario du « film de Fellini ». Au Bar du Téléphone devenu théâtre de tragédie, des acteurs quittent la scène avant le final, puis reviennent dès le baisser de rideau, en un deuxième ballet comique. Des acteurs jouent en trompe-l'œil, en trompe justice, s'empressent d'accumuler les mensonges, tandis qu'ailleurs des policiers en liberté s'acharnent à une pression inutile.

— Il fallait se concentrer sur le bar. Ce qui s'y est passé avant et après est incroyable...

Le juge Michel a tragiquement raison, mais dix-sept jours trop tard.

Demeure d'abord le mystère Nicole Léoni, la patronne du Bar du Téléphone.

— Pourquoi les tueurs l'ont-ils épargnée, et volontairement ? Je veux bien croire qu'ils ont respecté la vie d'une femme, mais ils ont exécuté tous les autres sans exception. Elle connaît peut-être celui qui a soutenu son regard. Il sait qu'elle ne parlera pas car elle a peur. A chaud, il y avait une chance qu'elle parle.

Le Bar du Téléphone est rouvert depuis le 16 octobre, treize jours après le massacre. Lavée la piste de sang, nettoyé le cercueil aux parois de verre. Comme au Rustique jadis et futur Tanagra la vie a repris le dessus. Nicole Léoni a porté plainte contre X pour homicide volontaire, en attendant de se constituer partie civile, mais n'a pas changé l'enseigne. Elle se contente de dormir chez sa mère, quartier du Merlan pour échapper à la nuit au Bar du Téléphone.

*

André Léoni aurait eu 36 ans trois jours après le massacre. Il s'occupe du restaurant d'entreprise chez Berliet puis achète le Bar du Téléphone en 1976. 150 000 francs payables par traites. Très vite une bonne petite affaire, surtout le restaurant, à l'heure du déjeuner. Il paie les traites régulièrement et juste avant sa mort, d'importants travaux effectués dans les cuisines.

Au lendemain du massacre la presse décrit le couple modèle régnant sur le Bar du Téléphone. Trompe-l'œil. André Léoni a une maîtresse depuis janvier : Jocelyne Bressac, secrétaire petite, brune, séparée de son mari, cliente du bar et surtout du restaurant à l'heure du déjeuner, à qui il donne un peu d'argent. Ils ont l'habitude de se retrouver surtout le mardi soir, mais Nicole Léoni l'apprend en juillet. Passe en voiture devant le domicile de sa rivale, lui téléphone pour savoir si elle est bien la maîtresse de son mari. Les amants commencent à se cacher. Jocelyne Bressac souffre d'une dépression nerveuse à la suite du massacre. En cure de sommeil, la Sûreté l'interroge à l'hôpital Sainte-Marguerite. Elle dit que Nicole Léoni tolérait les passades de son mari, préférait qu'il ait plusieurs maîtresses en même temps, que ces derniers temps André Léoni lui semblait soucieux.

On a trouvé un cran d'arrêt de dix centimètres et des armes dans la pochette de cuir marron qui ne le quittait jamais et qu'il avait posés sous le comptoir.

Le juge Michel relève que les inspecteurs Revilloud, Scoccimaro et Ballester ont seulement perquisitionné le 4 octobre à 9 heures du matin.

Toujours la même bavure...

Ils ont découvert dans le recoin de la porte d'entrée de la chambre conjugale, entre le chambranle et l'armoire, un fusil de chasse à canons superposés, sans marque et chargé. Et dans l'armoire un fusil Herstal Belgique, calibre 12, avec quatre cartouches dans le fût et une cinquième engagée dans la chambre.

André Léoni, l'homme tranquille d'un bar tranquille détenait ces armes en toute régularité. La Sûreté les a déjà rendues à sa veuve concluant : « Rien de suspect. » Certes, mais que de précautions...

Selon des proches d'André Léoni il aurait été rackettë et mis à l'amende de 20 000 francs par Henri Pinna, un voleur à la petite semaine. Nicole Léoni affirme que c'est faux, mais que son mari n'appréciait guère la compagnie de ce Pinna. A la suite de cette piste sans lendemain le 16 octobre la Sûreté a demandé l'ouverture du coffre numéro 1.39 de la Société Marseillaise de Crédit. André Léoni aurait pu payer. Son coffre contenait 24 070 francs en billets.

Vrais ou faux billets ? La Sûreté n'a bien sûr pas vérifié.

Pas plus qu'elle ne s'est vraiment étonnée que Nicole Léoni ait permis à Constant Tséséméli, un survivant de première importance, de fuir le Bar du Téléphone après le massacre.

Le juge Michel enrage.

Nicole Léoni raconte qu'elle se défiait de clients comme Paulin Straboni et Guy Audemar, deux des victimes, parce qu'ils avaient séjourné aux Baumettes. Or Constant Tséséméli, Costa, est interdit de séjour dans les Bouches-du-Rhône avec seulement une autorisation provisoire. Pourquoi Nicole Léoni l'a-t-elle ainsi « déchargé » avant de lui conseiller pourtant de parler... quatre jours après le massacre ? Le récit de ce miraculé est un morceau d'anthologie, digne du Sottisier du juge Michel.

*

Constant Tséséméli, 35 ans, long visage anguleux et cheveux très noirs, laisse sa femme à la clinique Bouchard, dans le 6e arrondissement. A 20 heures comme chaque soir. Elle a accouché d'un garçon quinze jours plus tôt. Se dirige au volant de sa 304 diesel vers le domicile de ses parents, rue Campagne-Larousse, à 250 mètres du Bar du Téléphone.

S'aperçoit soudain qu'il manque de cigarettes, que le bar-tabac au bas de la rue est fermé, et s'arrête devant le Bar du Téléphone pour acheter un paquet de Gauloises filtres.

Habitué des lieux, il serre de nombreuses mains et s'installe au comptoir face à son ami « Dédé » Léoni.

Première tournée de pastis pour le patron. Deux tournées pour le fumeur impatient. Ensuite ça se complique. Un autre habitué du bar, Gérard Caracena, entre et demande à Costa s'il veut déplacer sa 304 gênant sa GS au coin du boulevard de la Chapelle, à l'angle du Bar du Téléphone. Constant Tséséméli en profite pour saluer tous les clients. Une marche arrière, et il s'éloigne avec sa 304 par le boulevard de la Gare, après un tour complet du pâté de maisons, s'arrête juste sous le panneau du bus 89, près de la petite gare de Canet. Vérifie ses roues. Le pneu arrière gauche est crevé. Il s'en explique avec deux conducteurs de bus de la R.T.M., la Régie des Transports de Marseille, qui se garent successivement devant lui.

Les enquêteurs de la Sûreté ont interrogé tous les conducteurs de la R.T.M. affectés à la ligne 89. Aucun ne se souvient de cet épisode pourtant peu courant.

Constant Tséséméli n'a pas d'outils dans sa 304. Il s'en revient alors à pied au Bar du Téléphone... et téléphone à Jean-Paul Piétri, patron... du bar Virginia pour qu'il le dépanne. Celui-ci ne peut se déplacer. André Léoni, après lui avoir proposé une roue de sa 204 finit par lui tendre les clés de la Dyane de Nicole Léoni garée le long du trottoir, à six mètres du Bar du Téléphone.

Constant Tséséméli vient d'ouvrir la portière de la Dyane et se glisse à l'intérieur quand quatre silhouettes noires et pressées passent devant lui en « rasant les murs ». Il entend alors une première détonation, puis voit Jean Kokos et Jean-Claude Guillem deux autres « survivants », se faire tirer dessus, se baisser, puis s'enfuir de l'autre côté de la rue. Il se cache au fond de la Dyane; à côté du siège avant, et spectateur privilégié, accroche son regard à la porte vitrée du bar du massacre.

Le juge Michel note que ce « survivant » est le seul à prétendre que les tueurs étaient quatre, et surtout le seul à les avoir entendus parler.

Une phrase historique.

Au moment où le massacre achevé, les tueurs sortent du Bar du Téléphone, Constant Tséséméli comprend que le premier, dont il ne voit pas plus le visage que ceux des autres, heurte quelque chose, sans doute une pierre, et s'écrie :

— Enculé.

Des portières qui claquent. Un véhicule qui démarre, Constant Tséséméli peut enfin quitter l'abri de la Dyane, et revenir le premier à l'intérieur du bar... Trois secondes après le départ des tueurs. Nicole Léoni se précipite vers lui :

— Costa, qu'est-ce qu'ils ont fait... Ils ont tué tout le monde... Mon petit Henri... Dédé aussi.

Il entend Dédé Léoni gémir.

— Je suis coincé. Ils sont sur moi.

Il saute le comptoir, marche sur le corps de Henri Ciron le frère de Nicole Léoni, essaye de relever son ami Dédé mais, visage en sang et regard déjà presque mort, il soupire.

— Je suis blessé.

Constant Tséséméli saute encore le comptoir, et, en habitué du bar appuie sur le minuteur pour brancher... le téléphone. Compose le 17, la police, qui ne répond pas. Puis le 18, les marins pompiers. La voix anonyme de 20 h 21 c'est lui. Lorsqu'il parle au marin pompier de permanence, il entend François Fernandez, allongé près de la fenêtre derrière le comptoir.

— Ils sont partis ?

Le voit ramper vers les escaliers où il le rejoint, lui demande de ne plus bouger.

Nicole Léoni, vu « sa situation administrative » lui conseille :

— Ne reste pas là. Tu risques d'avoir des ennuis. Pars avant que la police arrive.

Etonnante réaction de sang-froid pour une femme qui voit agoniser son mari mort, son frère et six autres clients, un septième grièvement blessé, et qu'un des tueurs du plus grand massacre de l'histoire du crime a regardé dans les yeux sans l'abattre.

*

Le juge Michel enrage.

La Sûreté qui a placé en garde à vue des témoins aussi insignifiants que la maîtresse d'une des victimes, jeune femme tranquille, « sans envergure », et des ribambelles de « témoins » interpellés sur dénonciation anonyme, qui s'est acharnée dans sa pression inutile sur le Milieu, n'a même pas placé en garde à vue, le 7 octobre, cet étrange miraculé.

Une bavure de plus.

Mieux. Sur le procès-verbal on ne mentionne même pas une adresse où joindre « Costa » qui se prétend sans domicile fixe, et sans profession.

Le juge Michel se renseigne aussitôt en appelant lui-même un responsable du fichier de l'Evêché.

Le commissaire Chatelain, le chef de la Sûreté, perd la mémoire ou n'a pas de mémoire. Constant Tséséméli a été arrêté en novembre 1971 par la Brigade Antigang de la Sûreté dont le patron n'était autre alors que... le commissaire Chatelain. Avec deux complices ils ont braqué la Caisse d'Epargne des Bouches-du-Rhône... du Canet, le quartier du Bar du Téléphone le 6 novembre. Masqués et armés, l'un d'eux a tiré sur les policiers ! Auparavant le « miraculé » et ses hommes ont réussi l'attaque de l'agence de la Banque Nationale de Paris, place Bernard-Cadenas, de la Société Discount, du Crédit Lyonnais de Pont-de-l'Arc, et de la Société Générale de Luynes. Au total, 116 829 francs de butin.

Voilà l'enfant de chœur, connu aussi sous le nom d'Alain Esposito, le témoin sans importance que la Sûreté a laissé libre, après que Nicole Léoni l'a déjà protégé...

Pierre Michel enrage :

— Il dit qu'il n'a pas remarqué l'arme que trimbalait Touchard, mais c'est peut-être lui qui l'a ramassée, et jetée depuis longtemps... C'est trop tard. Il ne parlera plus, même si je le cuisine...

Ne parlera plus celui qui est aussi le beau-frère de Roland et Serge Cassone, deux des hommes de main de Jacky Imbert, victimes deux mois plus tôt de sa guerre contre Gaétan Zampa. A Simiane-Collonge, Roland Cassone, frère de Paulette, la femme de Constant Tséséméli, a été grièvement blessé et Serge est mort.

Le juge Michel enrage :

— Il dit qu'il fréquentait peu son beau-frère et selon la Sûreté, c'est confirmé... Par qui ? Par sa sœur, et des proches ! Si on se met à croire un type pareil... Tout le monde ment à Marseille et dans cette affaire, c'est pire que tout.

Ainsi quand Patrick Nouar, le miraculé des toilettes, veut confier son aventure, vers qui se dirige-t-il ? Vers Constant Tséséméli, le bon Costa, et dès le lendemain du massacre, alors qu'il s'acharne à cacher aux enquêteurs sa présence au Bar du Téléphone, à l'heure fatale.

*

Le juge Michel le lit noir sur blanc sur un procès-verbal de la Sûreté. Dès le 4 octobre Patrick Nouar raconte son odyssée à Costa, mais le 5 assure aux limiers de la Sûreté qu'avec son père, Fernand Bourrely et un copain « Toto », ils ont fait une contrée, jeu de cartes marseillais, jusqu'à 19 h 30, qu'il a bavardé un peu et qu'à 20 heures il était rentré chez lui. Le 11 seulement il avoue la vérité. Parle de sa peur, des tueurs pouvant se venger de son escapade aux toilettes.

La rumeur du Canet prétend que Patrick Nouar a vu Jean-Claude Quercia démasquer un des tueurs, l'a entendu crier son nom, et qu'il n'était pas seul dans les toilettes. Patrick Nouar, 23 ans, maçon, refusera toujours de le confirmer. Pourtant son père Tayeb, employé à la soufrerie, et serveur en « extra » au Bar du Téléphone, de midi à 14 heures et le soir, est enlevé le 23 janvier 1979 à 7 heures du matin par quatre hommes masqués et armés, dans une estafette blanche. Ligoté, bâillonné, roué de coups et pressé de questions sur le massacre... après un changement de véhicule il est abandonné, le visage serré dans une cagoule, sur le chemin d'accès d'une carrière à Carry-le-Rouet. D'après lui ses agresseurs ont prétendu venger Guy Audemar, l'une des victimes du massacre. Curieux prétexte... On n'en saura jamais plus.

Patrick Nouar le miraculé des toilettes illustre à lui seul l'atmosphère du Bar du Téléphone. Il sait qu'André Léoni avait une maîtresse, connaît Constant Tséséméli, mais aussi Jean-Claude Guillem, un autre « survivant », fréquente des victimes comme Jean-Claude Quercia, François Fernandez, Marcel Touchard.

Le juge Michel en tire la leçon :

— Ils se connaissaient tous, victimes et survivants, et ils mentent tous.

Le juge Michel enrage. La Sûreté a vraiment négligé tous les personnages intéressants du dossier.

Pierre Castagna, un grand dadais un peu rondouillard de 58 ans, est propriétaire du Bar Castagna, 1 boulevard Finat-Duclos, au coin de l'avenue de la Gare, à une portée de fusil du Bar du Téléphone. Ses proches et le fichier de l'Evêché le connaissent plutôt sous le nom de Pierrot la Boulange. Ancien du gang des blouses grises, célèbre à Marseille par ses hold-up sans violences dans les années 50, et dont les membres portaient de longues blouses grises pour opérer, il a souvent humé l'air des Baumettes, ne s'est jamais retiré des « affaires », devenant une sorte de conseiller technique de la jeune génération de truands.

Qui a bavardé le premier avec lui de la pluie, du beau temps, et du massacre lorsqu'il s'est approché du Bar du Téléphone en voisin ? Un inspecteur, un commissaire de la Sûreté sous pression ? Un enquêteur du S.R.P.J. désireux de gagner la guerre des polices et mieux informé que ses rivaux ?

Tout simplement un journaliste local, bon connaisseur du Milieu. Il s'en est allé souffler dans le creux d'une oreille policière que Pierrot la Boulange habitait le quartier, et que tant qu'à faire de s'acharner en une enquête de voisinage inutile, il serait peut-être opportun de l'interroger.

Le juge Michel enrage encore.

— Lui non plus ils ne l'ont pas mis en garde à vue !

Pourtant on croirait qu'il s'est préparé un alibi pour surtout ne pas être là...

Pierrot la Boulange partage cet alibi avec Henri Pinna le présumé racketeur d'André Léoni.

*

Première « coïncidence ». Le Bar Castagna est fermé chaque mercredi. Profitant de cet heureux jour de fermeture Pierrot la Boulange rejoint son ami Henri Pinna à 19 heures au Bar du Centre. Ils marchent ensuite vers le Bar Familial, dans le quartier Sainte-Marthe, y restent jusqu'à 19 h 45. Leur ronde des bistrots les entraîne au Renaissance jusqu'à 20 h 15, puis au Bar Terminus. Seconde coïncidence. Pierrot la Boulange flanqué d'Henri Pinna arrive au coin du boulevard Finat-Duclos au moment où surgissent fourgons de police et voitures de pompiers.

Pierrot la Boulange connaît le Milieu, les milieux marseillais. Il « a fait sauter sur ses genoux » Gaétan Zampa, Jacky Imbert et bien d'autres caïds, mais il ne sait rien, ne comprend rien, parle seulement d'un « pressentiment » qui l'a éloigné du quartier à l'heure du massacre... Il n'en dira jamais plus.

Quant à Henri Pinna, selon la logique du dossier il connaît les habitués du Bar du Téléphone. S'est bagarré un an auparavant avec Guy Audemar, après une partie de cartes, mais ils se sont réconciliés. Fréquentait François Fernandez, André Léoni, mais nie toute tentative de racket. On l'a aperçu pourtant les 2 et 3 octobre, à 6 h 30 du matin, à l'ouverture, au Bar du Téléphone. Il explique que, chômeur, il cherche du travail dans le quartier... et passe boire un café. Il a été condamné à

18 mois avec sursis pour vol. En perquisitionnant chez son père, on découvre dans l'armoire de la chambre, un pistolet automatique 6,35 de la Manufacture des armes de Saint-Etienne, enveloppé dans une serviette-éponge. Avec un chargeur de dix cartouches. Son père prétend qu'il a trouvé cette arme pendant la guerre, et qu'il ne s'en est jamais servi. Elle est inconnue des fichiers, sans importance, comme Henri Pinna, pourtant gardé à vue. Au contraire de Pierrot la Boulange !

Le juge Michel enrage.

— Ils ont tout fait à l'envers.

Pourtant les miraculés ou « disparus » à l'heure du massacre comme Constant Tséséméli, Patrick Nouar et Pierrot la Boulange, il en sort encore du dossier comme des lapins du chapeau d'un magicien.

Toujours le trompe-l'œil de ce film étrange.

Raymond Caracena, par exemple, le frère de Gérard qui a demandé à Constant Tséséméli de déplacer sa 304, l'incitant à quitter une première fois le Bar du Téléphone... A 19 h 30, Guy Audemar et Fernand Bourrely lui demandent de les raccompagner chez eux en voiture. Impossible. Il a prévu d'aller au cinéma dans la soirée et doit rentrer pour changer de vêtements. Il propose de leur servir ensuite de chauffeur. A 20 heures précises s'éloigne pour revenir, vêtu d'un joli costume gris, comme convenu... à 20 h 30 précises. Dix-sept minutes après le massacre.

A-t-on gardé à vue le héros de cette nouvelle et heureuse coïncidence ?... Bien sûr que non. La Sûreté l'a simplement entendu, sans pression aucune.

Il existe un troisième frère Caracena, Manuel, habitué également du Bar du Téléphone. Après y avoir passé l'après-midi il est parti à... 19 h 30 précises. Pour aller dîner en compagnie de Josiane Rodriguez, une autre amie, dans l'appartement proche de Thérèse Ciron, une sœur de Nicole Léoni. Ils ont entendu des détonations au hors-d'œuvre, et se sont précipités vers le Bar, leur repas et la tuerie achevés.

*

A-t-on gardé à vue le héros de cette nouvelle et heureuse coïncidence ?... Bien sûr que non. La Sûreté l'a simplement entendu, sans pression aucune.

Pourtant cet ami de Constant Tséséméli aurait dû lui aussi frapper la mémoire du commissaire Chatelain, chef de la Sûreté et ancien patron de la Brigade Antigang. Toujours en 1971, mais au mois de janvier il a eu l'honneur de participer à l'arrestation de... Manuel Caracena, le « miraculé ». L'arme à la main lui aussi ! De même que Gilbert Gatto, son complice qui déjà blessé à la jambe gauche a visé les policiers avec un pistolet 9 mm ! De quoi laisser des souvenirs... Aux domiciles de Manuel Caracena et de ses enfants de chœur, on a trouvé des armes, des passe-montagnes et des cagoules. De quoi laisser des souvenirs quand on a comme unique élément d'enquête le « déguisement » des tueurs.

Quand Manuel Caracena alors âgé de vingt ans est tombé sous les assauts conjugués du S.R.P.J. et de la Sûreté, pour une fois pas en guerre, il s'attaquait à une agence du Crédit Agricole. En quinze jours et trois hold-up contre la Société Générale de Fos-sur-mer, le Crédit Agricole de Saint-Just et la Société Lyonnaise de la Madrague-de-

Montredon, il avait déjà récolté 42 200 francs d'argent de poche. Malgré ce « passé » Manuel Caracena est un intime de la famille Léoni, au point de passer la soirée du massacre chez la sœur de Nicole Léoni, sans qu'elle en prenne ombrage.

*

Le juge Michel enrage.

Quel scénario pour un massacre...

Les trois frères Caracena s'éloignent chacun sous un prétexte du Bar du Téléphone. L'un d'eux invite Constant Tséséméli à quitter le Bar et à se préparer un alibi miracle. Quant à Pierrot la Boulange une providentielle tournée des bars, mais pas du Bar du Téléphone, l'éloigne le temps que les tueurs agissent. A la scène finale, la Sûreté prend soin de ne mettre aucun de ces acteurs en garde à vue.

Quel scénario pour une enquête pourrie...

*

Le juge Michel a attendu dix-sept jours le dossier du Bar du Téléphone. Ce dix-septième jour meurt la dixième victime du Bar du Téléphone. François Fernandez, Francho. A l'hôpital Salvator où il a murmuré, entre deux opérations chirurgicales, à l'inspecteur Revilloud de la Sûreté :

— Si je me sens mourir, je vous ferai certaines révélations.

Le juge Michel, et c'est son premier et dérisoire acte d'instruction, demande une autopsie pour préciser les causes exactes de ce surprenant décès. Les médecins ont affirmé les jours précédents que même blessé gravement de deux balles au thorax, Francho était hors de danger.

A-t-on décidé de le supprimer en apprenant que le juge du cabinet n° 3 entre en scène, et qu'il va s'ingénier à obtenir des confidences de cet autre « survivant », et pas à la manière de la Sûreté ? L'autopsie ne révèle rien de suspect, mais le juge Michel sait très bien que dans un hôpital on peut aider aisément à la mort, surtout quand la police a oublié... de protéger la chambre d'un homme qui peut parler.

Une bavure de plus.

*

Le juge Michel s'intéresse aux victimes. D'abord l'ultime François Fernandez, dont la famille est arrivée sur les lieux dans la DS rouge après le départ des tueurs. Pour quelles manipulations ?...

*

François Fernandez. 61 ans. D'origine gitane, né à Oran. Docker à la retraite, avec une pension d'invalidité. Fiché pour coups et blessures volontaires. Passe le plus clair de son temps au Bar du Téléphone. Joseph François l'un de ses cinq enfants s'y occupe de la caisse du tiercé, et de l'entretien du terrain de boules de l'association « la Boule Modérée » qui dépend du Bar du Téléphone. Ce même Joseph François s'occupait du Bar-Tabac au bas de la rue avant l'arrivée de Pierrot la Boulange.

— Ils se connaissent tous.

Un mois plus tôt, Paul Sinni, le coiffeur du 5 du boulevard, aperçoit Francho très énervé, armant un pistolet à culasse dans sa Mercedes, et rentrant, l'arme à la main, dans la salle du Bar du Téléphone. Suivi de sa compagne, Modeste, et de François, son fils... Quand il sort, il semble calmé. La famille Fernandez et Nicole Léoni affirment que le coiffeur raconte des histoires... de coiffeur.

Le juge Michel ironise :

— Entrer dans un bar avec un pistolet, et en ressortir guilleret, c'est classique à Marseille.

Francho s'est rendu au Bar du Téléphone le soir du massacre pour acheter des cigarettes.

Le juge Michel ironise :

— Alors, c'est vrai, le tabac tue...

*

Le juge Michel continue sa recherche d'un dossier perdu avec les victimes connues de la police. Apparemment tous des « pieds nickelés ».

Marcel Touchard. 28 ans. Maçon sans emploi. Sorti de prison le 9 août 1978 après une affaire de vol, rébellion et cambriolages. Interdit de séjour lui aussi dans les Bouches-du-Rhône, mais hébergé par sa grand-mère Geneviève. Vivotant de trafics minables, prêt à tout pour quelques billets.

Touchard a même confié à sa maîtresse Andrée Quidat un lot de montres qu'elle revend sans connaître leur origine à la maternité de la Belle de Mai, où elle est cuisinière... et c'est elle que la Sûreté a cru bon de garder à vue ! Le 29 septembre elle attend Marcel Touchard chez sa grand-mère. Le trouve très étrange.

« J'ai été brusquement réveillée par son arrivée. Dans un état de grande surexcitation et d'énervement. Je ne l'avais jamais vu comme ça. Nous nous sommes couchés et je le voyais s'agrippant au matelas, se donner des coups de tête contre le mur. Sa grand-mère est venue m'aider à le retenir. Elle lui a même donné des gouttes de Valium pour le calmer. Dans sa crise nerveuse, il ne cessait de répéter : « Ces salauds, ils ne m'ont même pas laissé les sous pour le taxi. » Mais il ne m'a parlé d'aucune tractation.

Quand son demi-frère Vincent le rencontre le 3 octobre à 2 heures du matin, sans argent, sans voiture et sans permis de conduire, encore désemparé Marcel Touchard cherche un chauffeur.

Seul il se rend à pied chez Loulou, bar-restaurant où il a ses habitudes. Prend au passage Marc Aloujes, le patron, un ami, et vers 11 heures du matin l'entraîne au Bar du Boulodrome. En chemin propose le Bar-Dégustation... à la Belle de Mai. Il demande un certain Léo. Quand ce Léo arrive, ils parlent à voix basse, et Marc Aloujes voit Touchard lui remettre des billets de cent francs. Ce Léo, Marc Aloujes l'a reconnu sur photos. C'est Léo Ardizzone, un Italien qui touche à tout et pourquoi pas à la fausse monnaie.

Toujours sans voiture, dans l'après-midi du 3 octobre Marcel Touchard requiert Paulin Straboni et sa 205 bleue. Ils roulent jusqu'au Bar O'Marius entre 16 heures et 17 heures. Marcel Touchard a rendez-vous avec Kokos sans préciser lequel, et il a un compte à régler, sans préciser lequel.

La patronne s'étonne que Touchard et Straboni demandent du Vittel. Elle pense, selon la logique marseillaise, qu'ils ont une affaire importante à traiter ! Après ils retournent au Bar Loulou... Marcel Touchard dit seulement : « on a quelque chose à faire ». Toujours très mystérieux. Il essaie de placer un revolver 8 mm, enveloppé dans un exemplaire du *Provençal.* Des témoins l'ont vu. Jean Kokos également, mais il prétend qu'il a refusé d'acheter une telle arme... qui a finalement disparu.

Cela ne mène pas loin le juge Michel.

Au début de l'enquête on s'est orienté vers une transaction entre Noël Kokos et une équipe de truands. Une discussion entre eux, en présence de Marcel Touchard et André Léoni, au Bar du Téléphone vers la fin septembre, et Kokos, en difficulté, aurait arrangé un nouveau rendez-vous pour le 3 octobre avec Touchard. Mais l'autre frère Kokos nie, et les autres sont morts !

Enfin on a retrouvé dans la poche de Marcel Touchard à côté d'une médaille de Saint-Joseph, un godet d'héroïne gris-rose, frelatée, en provenance de Thaïlande. Au fond d'une enveloppe du ministère de l'Economie et des Finances !

Le juge Michel n'a même plus le désir de la réclamer pour son Sottisier. Trop de sottises déjà dans ce dossier perdu.

Et des rencontres de hasard avec les dossiers passés, comme si tout, vraiment tout, était lié.

Jean-Claude Quercia. 36 ans. S'est interposé face à un des tueurs et aurait crié son nom. Sans profession, il a travaillé comme barman de novembre 1977 à avril 1978 au Lymphos, à Praloup, le cabaret d'Henri Malvezzi, le milliardaire de Bouc-Bel-Air... On l'appelait « la vieille ». Nicole sa femme le présente comme un homme tranquille. Il venait pourtant de sortir de prison. Trois ans pour vol à main armée à la bijouterie d'Ambrosio, boulevard National. Il était au Bar du Téléphone apparemment par hasard. Il a suivi Jean Kokos pour quelques pastis de plus...

*

Le juge Michel passe ainsi d'un mort à l'autre, d'un « pied nickelé à l'autre », avec toujours la même question.

— Qui a-t-on visé ? Il n'y en a pas un pour rattraper l'autre ?

Paulin Straboni peut-être ? 42 ans, maçon, fiché pour conduite en état d'ivresse, relaxé dans une affaire de détention d'armes. Au mois de septembre, il a été inquiété dans une affaire de fausse monnaie. En compagnie de deux femmes jamais identifiées, il a placé des faux billets de cent francs chez les commerçants de la galerie marchande dans le magasin Carrefour du quartier du Merlan. Marcel Touchard était lui aussi un modeste « écouleur ». Connaissaient-ils les filières ? Est-ce la bonne piste ? Comme ils étaient tous les deux au bout du comptoir, les experts pensent qu'ils ont été visés les premiers.

Dix morts pour faux billets ? La Sûreté n'y croit pas, mais que croit-elle ?

Le juge Michel, le dossier s'oriente vers une querelle de proxénètes... Dix morts pour une prostituée sans grande élégance ? à Marseille, mais quand même... on aurait visé Guy Audemar.

*

Guy Audemar. 24 ans. Ancien routier sur la ligne Marseille-Perpignan. Ancien disquaire de l'Eternante, boîte de nuit du Vieux Port. Ancien des Baumettes. Sorti le 4 septembre. Deux ans pour vol avec effraction et tentative d'homicide volontaire. On a trouvé sa feuille de liberté conditionnelle dans la poche droite de sa veste. Mais surtout petit proxénète. Quand il se sépare de sa femme Françoise en juillet 1977, il rencontre Paulette Tomasino, une grande blonde de 25 ans marseillaise et divorcée. Elle se prostitue pour lui rue de Rome et rue Paradis. Quand il se retrouve aux Baumettes, elle loue un studio rue Dragon, se partage entre les clients, les visites au parloir et les envois de mandats. Quand il sort, Paulette a choisi d'autres protecteurs... Il se remet en ménage avec sa femme ! Tout en cherchant Paulette et du travail. Il ne trouve ni l'une ni l'autre. La Sûreté a fini par découvrir Paulette à Avignon. Elle confirme, raconte qu'un jour François Fernandez et André Léoni ont voulu « monter » avec elle, mais qu'elle a refusé. Ils étaient des amis de Guy Audemar !

— Ils se connaissent tous.

Paulette explique encore qu'elle n'exerce plus, que trois semaines avant le massacre elle s'est fait « déficher » à l'Evêché, mais que jamais d'autres protecteurs ne se sont manifestés, que Guy Audemar n'avait donc pas de « querelles de trottoir » à régler.

Pourtant c'est la piste qui passionne les enquêteurs !

*

Parmi les victimes Noël Kokos. Contrairement à ce que la Sûreté a annoncé il n'était pas fiché. On l'a seulement contrôlé dans quelques débits de boissons où il passe ses loisirs. 28 ans, coursier en douanes jusqu'en septembre 1972, il s'est mis au chômage en février. Assidu du Bar du Téléphone il était présent ce soir-là apparemment par hasard.

Les vrais innocents du massacre.

Henri Ciron, le frère de Nicole Léoni. 20 ans. Monteur en ascenseur chez Goize. Rendait souvent visite à sa sœur qui l'a élevé. Restait souper, même dormir. Allait à la pêche avec Fernand Bourrely, et sortait à l'Oxydium, sur le Vieux Port, avec André Léoni, Guy Audemar et Noël Kokos.

— Ils se connaissent tous.

Fernand Bourrelly. 23 ans. Maçon chez Artis. Venait souvent au Bar du Téléphone. Devait ce soir-là récupérer le vélomoteur de son père, Maurice. En a profité pour arroser son permis de conduire obtenu la veille.

Alain Arhamanian. 32 ans. Arménien. Marchand de fruits et légumes depuis juillet 1977 à cent mètres du Bar du Téléphone. S'y arrêtait

souvent après la fermeture de son magasin, souvent avec sa femme.
Trois victimes de pur hasard.

*

— Mais pourquoi avoir tué ces « pieds nickelés » ?

*

Le juge Michel enrage.

Dans les procès-verbaux de saisie on compte le moindre bouton de pantalon. On n'a pas oublié d'inscrire la marque des slips des victimes et leurs couleurs. Mais qui se préoccupe d'un couteau à cran d'arrêt taché de sang que le commissaire Bernard Agnese a découvert sur la troisième marche de l'escalier en colimaçon menant à l'appartement des Léoni. Près d'une veste verte en peau de mouton retournée, d'une veste de laine noire, et d'un pull-over blanc, vêtements appartenant à Christiane Ciron, la sœur de Nicole Léoni.

Ce couteau à cran d'arrêt porte le numéro de saisie 9610. C'est la seule arme qui soit restée visible dans la salle du Bar du Téléphone, et aucun rapport ne mentionne son examen !

Le juge Michel enrage.

A qui appartient ce couteau.

Qui l'a aidé à disparaître ?

Est-il à l'Evêché, au greffe...

Il est obligé une fois de plus de se livrer à un travail de flic. Comment lui reprocher d'être un juge-flic si à Marseille les flics ne font pas leur travail ?

Le juge Michel enrage.

— Chatelain se trompe. Il y a forcément quelque chose d'important là-dessous. Au Tanagra, ils ont arrosé la salle. Au Bar du Téléphone c'est du travail propre, méticuleux. Ils n'ont pas cassé un seul verre et tiré seulement 27 projectiles pour dix morts. Ce sont des professionnels et ils avaient une raison précise de tuer.

L'examen balistique des douilles et des projectiles ramassés du Bar du Téléphone permet de déterminer que les tueurs ont usé exactement de quatre armes tout à fait « professionnelles ». Deux pistolets automatiques de calibre 9 mm parabellum. Sans doute deux Browning 1935 HP. Un pistolet automatique de calibre 11 mm. Sans doute un colt 1911. Et enfin un fusil de chasse à répétition commandée, un fusil à pompe. Une arme qui ne pardonne pas, chargée de cartouches d'une marque peu employée, Eley France. Aucune n'est fichée à l'Evêché et n'y sera jamais... Et même s'il s'agit d'une opération de routine, un rapport indique :

— « Les projectiles extraits des corps à la suite des autopsies pratiquées le 4 octobre 1978 par les docteurs Mazaud et Robert et placés aussitôt sous scellés n° 96 scrc n'ont pas été soumis aux examens balistiques d'usage. »

Une bavure de plus...

Pierre Michel enrage et montre la chemise bleue, Sottisier spécial où il conserve les lettres de menaces.

— Il y en a un qui me dit que je serai la prochaine victime du Bar du Téléphone...

Une autre feuille de papier gagne le Sottisier « police ». La sixième et dernière page du rapport d'autopsie des neuf premières victimes, dûment signée d'un officier de police judiciaire.

— ... « le diagnostic des médecins désignés a indiqué que les nommés Straboni Paulin, Touchard Marcel, Arhamanian Alain, Kokos Noël, Ciron Henri, Quercia Jean-Claude, Audemar Guy, Bourrelly Fernand et Léoni André sont décédés de plaies multiples par armes à feu ».

Dérisoire épilogue à la marseillaise du naufrage d'une enquête... Comme si l'on voulait que le juge Michel ne sache jamais qui était derrière ces plaies multiples et derrière ces armes à feu. Comme si l'on désirait vraiment qu'il soit la onzième victime du Bar du Téléphone.

VIII

LA VALISE DE LA GARE SAINT-CHARLES

Le juge Michel est seul.

Une fois de plus.

Avec son dossier tronqué, truqué, perdu d'avance.

Dix-sept jours pour ouvrir une instruction, une guerre des polices, pas l'ombre d'une preuve ou d'un vrai mobile... Trop pour un juge, même le juge Michel.

Pourtant deux inspecteurs du S.R.P.J. viennent de confirmer le « renseignement anonyme » reçu la veille à l'Evêché. La petite valise noire et laide de la gare Saint-Charles, et ses cent millions de faux centimes sont restés pendant cinq jours dans une drôle de consigne : le Bar du Téléphone. L'informateur est formel.

Le juge Michel réfléchit, s'enflamme, puis s'apaise :

— Ça ferait une affaire colossale, mais après tout pourquoi pas ? 10 morts pour 100 millions de faux billets... Il faut foncer. Interroger tout de suite la mère Léoni, elle a peut-être vu la valise en balayant sous les tables.

*

Le juge Michel est seul.

Une fois de plus.

Avec son dossier tronqué, truqué, perdu d'avance. Il semble déjà dédaigner cette piste. Et dans l'ombre, surgissent déjà d'autres guerres des polices.

Marseille demeure Marseille.

Le juge Michel l'apprendra bien plus tard. Un an après le massacre ! Le tranquille Bar du Téléphone, perdu dans les profondeurs du quartier du Canet, était sur table d'écoute téléphonique depuis trois mois, avant le 3 octobre, jour du massacre.

La Brigade Financière soupçonnait des trafiquants de fausse monnaie de tenir table ouverte au Bar du Téléphone, d'y négocier de fructueux échanges.

Le commissaire Beltramo, le chef de la section faux monnayage, a accumulé dans les bureaux du second étage, rue d'Oran, au-dessus des

Stups, des kilomètres de bandes magnétiques aussitôt transcrites sur des rapports d'écoute.

Le juge Michel ne doit pas le savoir.

Pas question en effet, de confier ces notes d'écoute à un juge chargé d'un tel massacre. D'après les responsables de la Financière, qui à Marseille dépend du S.R.P.J., cela ne présente aucun intérêt. Ils ont d'ailleurs déjà, par économie sans doute... réutilisé les bandes pour d'autres écoutes. Et enterré les rapports dans le grand cimetière des affaires marseillaises.

Pire que la guerre des polices... On ne veut pas que le juge Michel recommence encore à se passionner pour des affaires de fausse monnaie.

A Marseille, et ailleurs aussi, le sujet est tabou.

*

Le juge Michel s'en aperçoit depuis qu'on lui a confié le dossier des Corneille C 7 bis inondant la région.

C 7 bis ? La justice classe par série ses nombreux dossiers sur le faux monnayage. Un juge par faux ! A Pierre Michel a été confié le plus important, celui de la septième contrefaçon des billets de cent francs à l'effigie de Corneille, deuxième variante. D'où C pour Corneille, sept pour la contrefaçon et bis pour la variante.

Et ces C 7 bis dont la Banque de France et les gradés de la Financière à Marseille et à Paris évitent de parler sont presque parfaits.

A Marseille c'est la panique.

Les fausses coupures se ramassent à la pelle. Au moins cent par jour...

Les commerçants marseillais tremblent dès qu'on leur tend un billet de 100 francs.

Le fabricant de la machine munie d'une lampe à ultraviolets pour détecter les fausses coupures ne suffit plus à la demande. Même les marchands de santons la posent sur leur étalage. Sur les caisses enregistreuses, se multiplient les avis : « Halte aux faux Corneille ». « On n'accepte pas les faux billets de 100 francs ». Malheur aux pêcheurs des calanques, au clochard, au mécano qui tend de ses mains poisseuses un billet de 100.

La rumeur marseillaise soutient que les faussaires trempent leurs billets dans de l'huile pour les rendre plus moelleux ! D'autres prétendent que les faux sont plongés dans de l'amidon pour que le filigrane demeure sans reproche. Dans les banques, les caissiers s'affolent. On a dû rouvrir un soir les portes d'une succursale de la rue Breteuil. Une cliente venait de retirer 10 billets de 100. Dans la liasse trois étaient faux. Un épicier venu s'acquitter de 6 000 francs de T.V.A. au Trésor Public avait 1 800 francs en fausses coupures. Dans les casinos de la région on n'accepte plus les Corneille sur les tables. Il faut tout changer en jetons à la caisse.

*

Défilent devant le juge Michel dans le cabinet n° 3 des dizaines d'écouleurs, fourmis de la fausse monnaie, style Touchard et Straboni, deux des victimes du Bar du Téléphone.

Les artisans de la panique sont enrôlés par les grossistes à la manière de ces délégués qui d'appartement en appartement vendent des produits de beauté. Ainsi deux jeunes femmes, commerçantes en prêt-à-porter, avaient à placer 15 000 francs de billets de 100, achetés 60 francs. Tarif moyen du grossiste qui les achète souvent 35 francs. Puis un chauffeur routier et un électromécanicien. Ecouleurs et vendeurs se recrutent dans tous les milieux. On leur apprend à être muets, même s'ils ignorent toujours, comme pour la drogue, qui est à la tête du trafic.

Le juge Michel écoute, photocopie parfois pour son sottisier, puis inculpe.

— On les a trouvés dans une poubelle, disent les deux jeunes femmes.

— On m'a confié ça par erreur, dit l'électromécanicien.

Les commanditaires, eux, sont inconnus.

Une habitude marseillaise.

La Banque de France a dû créer son propre Fichier de faux-monnayeurs... et son incinérateur chimique brûle les exploits de ses « concurrents » par kilos.

Comme ceux de la gare Saint-Charles, dossier que le juge Michel travaille, dissèque, même s'il n'en aperçoit que le fantôme, et s'il ne parvient pas à trouver « les choses derrière les choses ».

*

10 h 30, le 28 septembre 1978.

Cinq jours avant le massacre du Bar du Téléphone...

Trois hommes descendent de l'avion de Paris, à l'aéroport de Marignane.

En costume gris, cravate bleue, Hamou Sadji, 30 ans. Né en Algérie. Il s'occupe à Paris, rue d'Oberkampf, d'un hôtel de 30 chambres malgré... une interdiction d'activité commerciale et un arrêté d'expulsion datant de 1975 ! Il ne se balade jamais sans un faux passeport en règle. Spécialiste de la finance, à sa façon : trafiquant de devises, surtout de dinars, spéculateur pour de gros intérêts algériens, il est sorti de prison en avril. Il mène grand train de vie. Un homme très très protégé.

Près de lui en costume de velours noir, Daniel Beaucourt, 39 ans, lui aussi fiché par la police, et appréciant les voyages. Quand il néglige son magnifique restaurant de Saint-Germain-en-Laye, on peut le rencontrer menant de mystérieux safaris en Afrique. Pour affaires. Du Tchad au Sénégal, du Zaïre au Cameroun, de la Côte-d'Ivoire à la République de Centrafrique. Ce baroudeur demeure à Nouan-Le-Fuzelier, dans le Loir-et-Cher, à dix petits kilomètres d'une des propriétés de l'empereur Bokassa. Un homme très très protégé.

Avec eux, en costume bleu marine, Jacques Maurice, 35 ans, vieux briscard du casier judiciaire, directeur d'entreprise au chômage s'occupant d'un restaurant de la rue Henri-Monnier dans le IXe arrondissement à Paris, où se réunissent bien des hommes de l'ombre, trois fois condamné pour proxénétisme et détention d'armes. Un homme qui sait se protéger.

Ces trois hommes « de poids » prennent un taxi à Marignane et filent vers Marseille pour deux rencontres apparemment sans importance. Puis retournent, toujours en taxi, à Marignane Parc Bouchet, où demeure Lakdar Korichi, 44 ans. Harki, chômeur, trafiquant de faux papiers, amateur de fausse monnaie, et homme de confiance d'Hamou Sadji.

Le quatuor s'entasse dans une 504 immatriculée 527 CB 75, volée trois jours plus tôt, et repartent pour Marseille. Daniel Beaucourt, le baroudeur, tient le volant. Il s'arrête devant la gare Saint-Charles, gare la 504 sur un parcmètre le long de l'avenue de la gare. Les quatre hommes visitent quelques cafés, marchent autour du bâtiment gris, perché en haut du grand escalier, sur les quais, dans la salle des pas perdus froide et puante, où somnolent les éternels voyageurs sans bagage de Marseille, immigrés, clochards, travestis décatis et putains sans emploi.

Enfin, après tous ces pas perdus, au coin de la sinistre bouche de l'escalier mécanique du métro, se détachent les silhouettes de Aïssa Belkaïd, lui aussi hôtelier rue d'Oberkampf, et de Marc Renucci, alias René Berger, Marseillais de 36 ans, déjà nanti de deux arrêtés d'expulsion, mais résidant à l'ombre des pins à Cogolin dans le Var.

Aïssa Belkaïd marche devant l'hôtel P.L.M. Terminus, en bordure de la gare. A 11 heures, Daniel Beaucourt pénètre dans l'hôtel, suivi d'un homme en costume gris, couleur muraille, autre « correspondant » marseillais. Très honorable, trop honorable... et pour cause. Tous ces passionnés de la gare Saint-Charles le connaissent sous le nom de Jeannot. Mais ce lapin... s'appelle en réalité Simon Franchini. Il est inspecteur divisionnaire au S.R.P.J. de Marseille ! Il s'est chargé d'infiltrer le groupe, et même de leur suggérer l'affaire de la valise dans les salons et au bar de l'hôtel Méridien à Paris.

Pas étonnant donc que depuis Marignane, les voitures banales et banalisées de la Brigade Financière et du S.R.P.J. de Marseille aient suivi Sadji et les siens et que des civils, très civils, aient investi la lisière du périmètre arabe aux abords de la gare.

Déjà, le 23 septembre « Jeannot » a annoncé l'opération, mais il voulait envoyer son frère et personne n'était au rendez-vous... Simplement parce qu'Hamou Sadji avait quelques « affaires » à régler en Algérie et qu'il est rentré la veille, le 27.

A 11 h 40, Daniel Beaucourt, debout devant la 504, parle avec Aïssa Belkaïd. Puis revient dans l'hôtel P.L.M. Terminus. Lakdar Korichi monte les escaliers de pierre près de la gare, et passe à un mètre de deux inspecteurs du S.R.P.J. en planque. Se joue encore un ballet surprenant où les cinq hommes vont et viennent, n'échangeant parfois qu'un regard plus que lourd de sous-entendus.

A 13 h 30, le patron du S.R.P.J., le commissaire Mathieu, donne l'ordre final :

— Arrêtez tout le monde.

Au fond du bar de l'hôtel P.L.M. Terminus, sous le siège de cuir noir où est assis Daniel Beaucourt, devisant avec Jacques Maurice, deux petites clés plates au bout d'une chaîne. Elles ouvrent la 504 et le coffre, où sommeille la petite valise noire, cabossée et sans charme.

100 millions de centimes, dix mille coupures de 100 francs pliées dans du papier journal, toutes de la série C 7 bis, nouvelle spécialité

marseillaise, à ajouter à l'héroïne pure à 98 %, la bouillabaisse et le règlement de comptes sans coupables.

Sept hommes sont arrêtés, avec Alexandre Bichelaraï, 30 ans, mais pas Jeannot ! Le lapin, sa mission accomplie, a regagné son clapier de l'Evêché.

Seulement lorsqu'on présente les sept hommes de la gare Saint-Charles au juge Michel on se garde bien de lui parler du huitième. Une taupe nommée Jeannot, inspecteur divisionnaire au S.R.P.J., infiltrée dans les Corneille C 7 bis, le juge aimerait la manière. Mais les responsables de la Brigade Financière et le commissaire Fernand Mathieu, le chef du S.R.P.J. chargé de résoudre l'affaire du Bar du Téléphone, n'y tiennent pas. Quelle importance...

Un juge nommé Michel n'a pas à connaître les coulisses de la police.

Pourquoi a-t-on donné si vite l'ordre d'arrêter la bande ? Une heure de plus et quelqu'un aurait emporté la valise vers d'autres correspondants ? Pour les prendre en flagrant délit, mais de quoi ?

Les sept hommes, l'un après l'autre, puis ensemble, dans le cabinet n° 3, sont unanimes. Ils n'ont jamais vu cette valise de leur vie. Ils ont même été si étonnés de leur arrestation qu'ils ont refusé pendant une heure de donner leur identité aux policiers. Hamou Sadji a une explication :

— Quelqu'un a dû la mettre dans cette voiture pour nous porter du tort.

Le juge Michel entame un nouveau combat avec les mêmes handicaps que pour les filières de drogue. Malgré les longues filatures, les photographies encombrant le dossier, les inculpés nient. On a trouvé dans la poche de Lakdar Korichi le harki au chomâge un vrai C 7 bis. Hasard. Ils étaient tous à Marseille en même temps. Certains se connaissent depuis plus de deux ans. Hasard. Flagrant délit, entente pour trafic de fausse monnaie, connais pas.

Pourtant dès les premiers interrogatoires, le juge Michel décèle en Sadji quelqu'un de gros, une sorte de Giralt de la fausse monnaie, formé à l'école du « pas vu, pas pris ».

— Il est très intelligent. J'aurai du mal à le faire parler et surtout de ses commanditaires, mais je veux savoir ce qu'il sait.

Pourquoi Sadji parlerait-il ?

La loi du silence a gagné la Brigade Financière et l'Evêché.

Jeannot — l'inspecteur Simon Franchini n'existe pas.

Le juge Michel n'apprendra la véritable identité du policier que trois mois après. Et encore parce que Hamou Sadji a su au fond des Baumettes qui était vraiment Jeannot et l'a confié à son avocat.

*

Le juge Michel est seul.

Une fois de plus.

Avec un, deux, trois... dossiers tronqués, truqués, perdus d'avance.

Comment pourrait-il espérer maintenant que la police découvre enfin l'imprimerie clandestine des C 7 bis et autre fausse monnaie, nouveau serpent de mer policière marseillais. On lui téléphone de l'Evêché pour des explications qu'il commence à trop bien connaître.

— On a manqué le coup. Ils se méfient.

Qui protège-t-on ? Qui faut-il protéger ? Qui protège qui ?

— Cette valise, c'est un appât. On a mobilisé soixante flics là-dessus. Pendant ce temps-là les autres se marrent... Et ils continuent à fabriquer les C 7 bis. Et encore... Le juge Michel ne sait pas qui est Jeannot !

Le juge Michel a seulement sa hargne et sa détermination pour lui.

« Je veux savoir qui a flingué, et surtout qui a fait flinguer ces « pieds nickelés ». Au Téléphone, les flics peuvent me cacher ce qu'ils veulent, j'y arriverai. S'il le faut, je serai le seul flic de l'affaire. »

Le juge Michel lutte depuis longtemps contre ce qu'il appelle le mal de l'instruction : la police. Il n'a pas confiance, comme d'autres juges, dans la police, corps puissant et anonyme. Seulement dans certains policiers.

La guerre des polices et les secrets de la Financière lui donnent raison.

*

Pierre Michel est seul.

Une fois de plus.

Avec son dossier tronqué, truqué, perdu d'avance.

Nicole Léoni, la patronne du Bar du Téléphone, l'a dit aux enquêteurs du S.R.P.J. et surtout à l'inspecteur principal Yves Allégre, déjà en première ligne dès les premières heures de l'affaire, et aussi acharné que le juge à aboutir à la vérité.

— Je n'ai jamais vu cette valise au Bar du Téléphone. Et je n'ai jamais vu de faux billets.

D'autres habitués du bar, ses sœurs, des survivants, des clients tiennent le même discours.

Qui a vu la valise au Bar du Téléphone ?

Peut-être l'un des dix morts ou plusieurs...

Pour le juge Michel l'espoir s'appelle pourtant Nicole Léoni.

*

Devant le juge Michel et Meriam Amami, sa greffière, une femme et un homme. D'un côté Nicole Léoni, la patronne du Bar du Téléphone, et son avocat, Jean Dissler. De l'autre, Hamou Sadji, l'homme à la valise de la gare Saint-Charles, entendu comme témoin et sans avocat. Le juge Michel a demandé à Joseph Cerna, le planton, de fermer la porte du couloir-salle d'attente de l'instruction. De surveiller les deux battants gris du cabinet n° 3. Personne ne doit entrer à partir de 11 heures, ce 16 janvier 1979.

Tous ceux qui passent, juges ou greffiers, interrogent le planton.

— Ça y est. Ils sont arrivés.

— Ça va faire mal.

Dans les bureaux feutrés du premier étage, la hiérarchie attend. Plus de trois mois ont passé depuis le massacre du Canet et arrive seulement le premier acte important de l'instruction.

Nicole Léoni froisse un mouchoir entre ses mains. Au moment d'entrer, elle a reculé. Son avocat a dû lui chuchoter quelques mots pour la rassurer. Elle paraît encore plus frêle, plus blonde, dans sa robe de deuil. Elle évite le regard de Hamou Sadji. Le regard qu'elle a déjà épié une semaine auparavant au premier étage du S.R.P.J. dans la grande pièce réservée aux confrontations « à l'aveugle ».

Les policiers ont placé Nicole Léoni debout derrière une longue glace sans tain. De l'autre côté du miroir a commencé une lente procession d'hommes en costume-chemise-cravate. Quatre inspecteurs du S.R.P.J., sans Jeannot... mêlés dans le désordre aux sept inculpés de la gare Saint-Charles. Ils sont passés et repassés plusieurs fois devant la plaque argentée. Nicole Léoni a soufflé plusieurs fois :

— C'est lui. J'en suis sûre.

Hamou Sadji.

Et maintenant, dans le cabinet n° 3, elle souffle encore en se tournant à peine vers lui :

— C'est lui. J'en suis sûre.

— Madame Léoni, vous reconnaissez formellement cet homme ? Le juge Michel a la voix cassée.

— Oui. Je m'en souviens très bien. Il est venu trois fois au moins, au mois d'août et au mois de septembre. Je l'ai reconnu quand j'ai vu sa photo dans *le Provençal* du 21 décembre.

— Cette photo-là ?

Le juge Michel montre l'article découpé dans le journal. Une photo d'identité de Sadji, prise après son arrestation.

Tel que le voit Nicole Léoni. Sourcils noirs épais, cheveux courts tout aussi noirs, barbe dure à fleur de peau, chemise blanche et cravate au nœud parfait.

— Oui. Je le reconnais bien. Je me souviens de lui parce qu'il prenait chaque fois une infusion de verveine. C'est plutôt rare au Bar du Téléphone !

Personne ne sourcille dans le cabinet n° 3. Sauf Hamou Sadji, d'une voix de miel :

— Cette dame se trompe. Elle doit me confondre avec un autre. Je ne suis jamais allé dans ce bar, de ma vie. Je ne connais pas ce quartier et... je ne bois pas de tisane.

— Notez, Mlle Amami. En somme, vous ne connaissez que la gare Saint-Charles... Vous maintenez vos déclarations, madame Léoni ?

Nicole Léoni regarde le juge Michel et se tourne presque à l'opposé de Sadji pour éviter son regard.

— Oui, monsieur le juge. Je le reconnais.

— Alors, Sadji, vous n'êtes jamais allé boulevard Finat-Duclos au Bar du Téléphone, pour déposer une valise en buvant de la verveine ?

— Mais non... Je n'étais pas à Marseille à ce moment-là.

— A quel moment ?

— Aux mois d'août et de septembre, quand cette dame dit qu'elle m'a rencontré. J'étais en Algérie, monsieur le juge. Du 26 juillet au 13 août, et du 16 septembre au 27 septembre. Et je n'ai quitté Paris que pour ça.

— Vous voyagez beaucoup.

— Mais je l'ai déjà dit quand vous m'avez questionné.

— Donc, entre le 14 août et le 15 septembre, vous avez pu venir au Bar du Téléphone ?

— Mais non, monsieur le juge. Je n'ai pas quitté Paris. Je vous l'ai déjà dit et vous pouvez vérifier.

Nicole Léoni torture son mouchoir, mais le juge Michel l'interroge encore :

— Est-ce que cet homme, Hamou Sadji, était seul ?

— Non... Il venait voir le Francho, François Fernandez, ils parlaient ensemble. Il...

— Allez-y, je vous en prie madame Léoni.

— Il était accompagné d'une jeune femme et il garait sa Mercedes au bord du trottoir.

Hamou Sadji, très sûr de lui, sourit encore.

— C'est une erreur, monsieur le juge. J'ai une Mercedes, c'est vrai, mais en Algérie. En France, je me déplace avec une 204.

— Et alors... Vous avez pu en louer une. Vous n'avez rien d'autre à ajouter, madame Léoni ?

— Si... enfin, il parlait aussi à un autre des clients qui... qui est mort, mais je ne sais plus qui.

— Essayez de vous souvenir. C'est très important. Marcel Touchard ? Paulin Straboni ?

Les deux écouleurs de faux billets... Peut-être la bonne piste...

— J'ai essayé, mais je ne trouve pas. On avait tellement d'habitués.

— C'est tout ? Vous êtes sûre. Est-ce qu'ils parlaient de... fausse monnaie ?

— Non... Je n'ai jamais entendu ce qu'ils disaient. Enfin, je voudrais dire que je ne suis pas seule à reconnaître ce monsieur. Deux de mes sœurs, Thérèse et Antoinette Ciron, et une amie, Rosa Movelli, qui passe assez souvent au bar, le reconnaissent aussi. Elles peuvent témoigner.

Hamou Sadji a les mains soudain tremblantes.

— C'est faux... alors là, c'est absolument faux. C'est encore une machination.

Le juge Michel balance sa main droite dans ses cheveux. Sadji appartient à la race des muets. Depuis plus de quatre mois, le juge tente de lui arracher, interrogatoire après interrogatoire, des bribes de renseignements. Hamou Sadji se dit victime d'une machination de la police et, comme ses six compagnons, répète :

— C'est un « travail » que nous ont fait les flics... Ce n'est pas notre faute si nous avons volé un véhicule plein de faux billets. C'est la malchance.

Le juge Michel a essayé plusieurs fois de descendre à confesse dans les geôles, mais Hamou Sadji s'insurge... Il n'a rien à dire, et surtout pas en privé...

Le juge Michel est certain de ses mensonges.

Il est sans doute venu au Bar du Téléphone, et pas seulement pour goûter la verveine du Canet, mais pour humer le parfum des C 7 bis bien neufs.

Il ment pour la valise, ment pour le Bar du Téléphone.

Mais sans preuves formelles il n'avouera pas.

Le juge Michel en est certain aussi.

*

14 heures. La confrontation a duré trois heures. Longue. Eprouvante. Nicole Léoni, soutenue par Jean Dissler, se lève et implore le juge Michel d'une voix grave :

— On aimerait bien savoir, un jour.

— Moi aussi, madame... Je vous remercie.

Le juge Michel demande à Joseph Cerna, le planton, de raccompagner Nicole Léoni vers les geôles et vers la sortie plus discrète de la rue Grignan. Trop de curieux attendent dans la salle des pas perdus et rue Fortia le départ de la survivante.

On sait maintenant que Nicole Léoni a reconnu Hamou Sadji, qu'elle l'a vu au Bar du Téléphone. Elle est encore plus qu'avant une femme menacée. Après le massacre, un mois durant, la police a protégé Nicole Léoni. Le juge Michel se dit encore qu'elle en sait sans doute beaucoup plus, mais que la peur et l'amitié l'arrêtent...

Pour la peur, persuadé que le massacre du Bar du Téléphone n'est pas une affaire de petits malfrats, comme le prétend le commissaire Chatelain, il comprend son silence. Pour l'amitié, pour certains secrets du Bar du Téléphone, il voudrait comprendre...

*

Cinq mois plus tard, Daniel Beaucourt, le baroudeur ami de Hamou Sadji arrêté à la gare Saint-Charles, essaiera de se « rapprocher » du juge Michel et de troquer sa liberté contre des révélations sur les liens de la valise aux cent millions de centimes et le Bar du Téléphone, puis hésitera à parler et enfin ne parlera pas. Toujours la loi du silence. Toujours la peur. Au même moment apparaîtra un nouveau personnage : Abderhamane Lamine que quelqu'un aurait pressenti de sa cellule des Baumettes pour abattre Nicole Léoni. Dès la libération de Hamou Sadji. Mais celui-ci pourtant très sûr de ses protections, ne sera pas libéré. Nicole Léoni ne sera pas abattue et ne parlera pas. Personne ne parlera. Et Abderhamane Lamine se contentera d'un large sourire devant les enquêteurs du S.R.P.J. Celui d'un homme qui en sait déjà trop pour se hasarder à parler.

Le juge Michel est seul.

Une fois de plus.

Avec son dossier tronqué, truqué, perdu d'avance.

Le juge Michel n'aurait jamais dû confronter Nicole Léoni et Hamou Sadji. Pourquoi s'obstine-t-il à chercher la vérité d'un massacre, ses commanditaires.

*

Il n'a pas le droit de savoir.

Pas le droit d'aller plus loin.

Marseille demeure Marseille.

Avec ses secrets et un autre rapport d'écoute téléphonique qu'on consentira à lui révéler un an plus tard.

Le 3 octobre, jour du massacre, le téléphone d'un bar à truands du quartier de la Joliette, le long du port de commerce est branché sur table d'écoute. Comme le Bar du Téléphone...

17 h 42. Une voix inconnue, d'homme, un peu rauque avec un léger

accent, apparemment pas déguisée, appelle un correspondant marseillais :

— Allô. J'attends toujours le petit. Est-ce qu'il arrive ? Je ne tiens plus tant que cette affaire n'est pas réglée !

20 h 58. 43 minutes après la fin des 25 coups de feu du Bar du Téléphone, après la mort de neuf hommes, la même voix, au même accent légèrement marseillais, appelle le même correspondant. La voix semble plus rassurée.

— C'est réglé... Tout est fini.

Le petit, surnom de celui qu'on attend avec tant d'impatience à 17 h 42, et qui a « tout réglé » à 20 h 58, est le surnom dans le Milieu marseillais d'un personnage étrange, trouble et plus que protégé, Roland Luperini.

Mais que ce soit à cause de ce rapport d'écoute téléphonique caché, ou non, nouvel épisode de la guerre des polices et des étranges secrets de la Brigade Financière, il était dit que le juge Michel ne devait pas le rencontrer.

Surtout pas.

Ou alors, seulement en photo dans le journal.

IX

ASSASSINAT SANS CADAVRES

— Tu connais la dernière spécialité marseillaise. C'est le règlement de comptes sans cadavre !

Le substitut venu aux nouvelles dans le cabinet nº 3 n'apprend rien à Pierre Michel.

Le juge connaît.

Trop bien.

Marseille l'insouciante, après ses vingt-six morts en dix-sept mois, a ajouté une page de plus à sa biographie de sang.

Vingt-cinq jours seulement après le massacre du Bar du Téléphone.

Et à cause du Bar du Téléphone.

*

Cinq heures du matin. Le samedi 28 octobre 1978. Lucien Tarnive, un patron pêcheur, marche le long de la calanque de la Redonne. Un éclair de jour éclaire la berge griffée de curieux sillons rougeâtres, presque noirs. Du sang. Jusqu'au quai du petit port endormi, à l'endroit où pendouille, solitaire, l'amarre de sa barque, coupée au couteau. Lucien Tarnive téléphone aussitôt à la gendarmerie d'Ensués-la-Redonne :

— Il a dû se passer du vilain.

Puis emprunte l'embarcation d'un ami pêcheur pour s'en aller poursuivre sa barque le long des flots.

Une heure plus tard, nouvel appel à la gendarmerie. Un fêtard anonyme à la voix lourde d'alcool :

— Il y a eu une rixe devant le Cove's Club, la boîte de la Redonne.

Les gendarmes ont déjà consulté leurs fichiers, téléphoné au Cove's Club, le club privé perché au bord de la calanque. Pas de réponse. Sur un morceau de carton bleuâtre ils lisent : « gérant Christian Settembre ». Le fourgon s'ébranle. Réveillé, l'homme n'a plus la clé ! Racket poussé à l'extrême, méthode Trois Canards à la marseillaise. Avec ses associés André Schaefer et Jean-Marie Delavallée, tous les trois menaçés de mort, ils ont dû laisser la place à Pierre Contrucci, Bruno Esposito, et à Simone Calmet.

Simone Calmet... Le juge Michel sursaute quand il apprend cette histoire de racket, déjà affaire de l'affaire... Cette femme de 36 ans figure en bonne place dans le fichier de sa mémoire. Son mari et son beau-père traînent tout au long du dossier Louis Giralt. Simone est l'épouse de Claude Calmet. Ils se sont même mariés aux Baumettes.

Et qui a fondé la Société à responsabilité limitée, Cove's Club, au mois de février 1977 avant de l'abandonner un an plus tard pour sa cure... aux Baumettes, puis de le reprendre en partie par famille et racket interposé ? Le chimiste, sénile précoce, cuisinier préféré de Louis Giralt : Louis Calmet.

Cove, en anglais, signifie calanque.

A Marseille le long des calanques de mystérieux filets relient entre eux les grandes affaires.

Tout est lié.

*

Une serveuse ingénue a donc annoncé aux clients un beau jour de juillet :

— La direction du Cove's a changé !

Depuis, la clé de la boîte de nuit se trouve chez Simone Calmet et son frère Jacques Durang.

Lorsque les gendarmes, munis enfin de ce sésame, descendent de leur fourgon, le Cove's Club, petite bâtisse en forme de villa provençale, semble se reposer de sa nuit blanche. Devant le lourd battant de chêne ciré, sous une courte bordure de tuiles orangées, une large tache de sang lavée à la va-vite, suivie d'autres et de traces de ripage mènent vers le quai du port et l'amarre rompue.

Passés de l'autre côté de la porte du Cove's Club, les gendarmes découvrent au fond de la salle un fauteuil au velours troué et taché de sang, comme la moquette rousse, rescapé d'un ménage rapide et sur lequel traîne encore une bouteille de shampooing à moitié vide. Avec dans le vestibule trois fragments de dents, une serpillière, un torchon aux marques rougeâtres, et un seau à champagne éclaboussé de sang. Les nettoyeurs de la nuit ont aussi oublié une tache au pied du comptoir, tapissé d'écossais, façon Bar du Téléphone. Et trois impacts de balle, deux sur les murs, un sur le verre de la rampe lumineuse ourlant la piste de danse.

Une heure plus tard, alors que les gandarmes de la compagnie de Martigues et les policiers du S.R.P.J. de Marseille fouillent également le Cove's Club, Lucien Tarnive s'en revient de sa pêche. Il a découvert sa barque à moitié immergée, à environ cinq kilomètres de la côte. Des coulées de sang maculent le flanc intérieur de la coque, et même les bords, près des tolets. Le bouchon de vidange a disparu, comme les deux corps que la mer a dû charrier vers leur cercueil d'eaux noires.

Deux corps... Les experts du laboratoire interrégional de police scientifique ont interrogé les indices sanglants du Cove's Club.

La première victime, de groupe sanguin O, a été abattue sur le bord de la piste et achevée d'un ou deux projectiles de calibre 38 spécial ou 357 magnum par un tireur armé d'un revolver Smith et Wesson à barillet se tenant près du comptoir. La seconde victime de groupe sanguin B a essuyé le feu de la même arme sans qu'on sache si elle l'a atteint avant ou après ce premier tir. Une balle tirée par un pistolet automatique Browning de marque Herstal lui a ensuite traversé la tête.

*

Le juge Michel aurait pu instruire ce nouveau dossier.

Il serait sans doute trop curieux.

De savoir. De comprendre.

A Françoise Llaurens, juge d'instruction au tribunal d'Aix-en-Provence de diriger les enquêteurs du S.R.P.J. sur cet assassinat sans cadavres.

Pour un autre dossier tronqué, truqué, perdu d'avance.

Car compte seulement le nom du premier homme de groupe sanguin O, abattu sur la piste de danse du Cove's Club : Roland Luperini, le petit, que le juge Michel ne doit surtout pas approcher, même après sa mort.

Les enquêteurs auront déjà assez de problèmes pour comprendre comment il est mort. Le juge Michel trublion de la justice, empêcheur de magouiller en rond, n'a pas à savoir pourquoi.

*

Trois heures du matin. Jean-Pierre Vinciguerra, le disquaire du Cove's Club, pose sur la platine le disque rituel annonçant la fermeture : la musique de Borsalino... Il comprend que va s'ouvrir comme dans le film un dialogue de sang. De sa cabine vitrée il aperçoit un client inhabituel arrivé à une heure du matin, en costume bleu noir, avec une chemise de soie blanche aux fines rayures mauves. Roland Luperini. Celui-ci sort de sa sacoche de cuir marron en bandoulière un pistolet automatique et le passe vite à sa ceinture. Le disquaire alerte aussitôt Pierre Contrucci, l'un des « patrons », puis conseille au couple de travestis, attraction burlesque du final, de ne pas s'attarder. Pourtant le plus gros dont la barbe naissante perce sous le maquillage insiste pour danser avec Roland Luperini, et se met à glousser en voyant l'arme gigoter au rythme de son cavalier.

Quatre heures du matin. Tous les clients ont quitté le Cove's Club même ceux du clan Esposito venus nombreux ce soir-là sans bourse délier. Deux coups de feu claquent. Jean-Pierre Vinciguerra quitte sa cabine vitrée et découvre le corps de Roland Luperini, gisant sur le dos au pied du comptoir, sur la piste. Mort. Près du corps deux armes : un revolver chromé et le pistolet automatique noir de Luperini.

Christian Forte, arrivé avec Roland Luperini est écroulé dans un fauteuil, le sang giclant à grands jets de sa blessure à la tête. Mort. Près du comptoir Bruno Esposito, grand, les cheveux noirs, le menton balafré d'une traçe de balle... et Pierre Contrucci, rondelet, les cheveux gris, bavardent avec un petit homme blond : Hugues Mazzei. Jean-Pierre Vinciguerra, les trois femmes présentes : Simone Calmet, et les sœurs Angileri, Marie-Louise et Josiane, l'une serveuse, l'autre vestiaire, sont requis pour la grande lessive de la moquette, la piste de danse et le hall d'entrée.

Les sœurs Angileri s'arrêtent au bout de cinq minutes. Incapables de supporter la vue des cadavres et l'odeur âcre de la poudre et du sang. Jean-Pierre Vinciguerra s'interrompt seulement le temps d'aller vomir sur les dalles de pierre devant la boîte de nuit. Hugues Mazzei s'absente un moment de la salle, puis recrute le disquaire pour une autre mission : le suivre avec sa motocyclette tandis qu'il conduit une R 5 vert pâle immatriculée 1460 GH 14 que Roland Luperini a louée à Paris jusqu'à Châteauneuf-les-Martigues à cinq kilomètres du Cove's Club. Le disquaire voit Hugues Mazzei simuler un vol en forçant la direction et en arrachant les fils de contact de la 204. Il monte sur le porte-bagages de la motocyclette et le tandem revient au Cove's Club. Le disquaire n'a plus qu'à rentrer chez lui après un dernier verre de whisky.

Paul Debessy, un dessinateur en électricité client fidèle du Cove's Club ami de la nouvelle direction, voit aussi les deux corps, aperçoit Pierre Contrucci passant le bras par-dessus le comptoir comme pour poser un objet, sans doute une arme. Il entend sa voix rauque l'invitant à sortir dans le petit matin.

Un film étrange se déroule sous ses yeux.

Hugues Mazzei, le petit blond, marche jusqu'au quai. Jacques Durang, le frère de Simone Calmet, le rejoint puis s'affaire sur l'amarre du bateau de Lucien Tarnive, le patron pêcheur. Les deux compagnons s'en reviennent ensuite à l'intérieur du Cove's Club, ressortent en traînant le corps de Roland Luperini et le basculent dans l'embarcation. Même scène pour le corps de Christian Forte, mais avec Pierre Contrucci comme partenaire de Hugues Mazzei.

Ce dernier s'éloigne alors d'une rame furtive le long des rochers, puis vers les eaux noires, tandis que Jacques Durang, par ailleurs chauffeur-livreur à La Redoute, roule au volant de sa deux-chevaux en direction du Port Méjean. Il y dispose d'un bateau à moteur, pour la pêche. Il est donc susceptible d'aller retrouver le fossoyeur de la mer, à cinq kilomètres du port.

Quand Debessy regagne le Cove's Club en attendant que surgisse Hugues Mazzei le pantalon mouillé à mi-mollet, Simone Calmet frotte encore la moquette d'une mousse blanchâtre. La toilette du crime s'achève.

*

Vient la toilette des aveux.

Paul Debessy soudain effrayé de sa confession se souvient des instructions de « Pierrot et Bruno » proclamant qu'il convient de ne pas parler de ce qu'on a vu. Il ne sait plus qui a sorti les corps. Ajoute qu'il se trouvait dehors à ce moment-là, donc qu'il a forcément assisté au départ de la macabre croisière.

Simone Calmet aussi amnésique que son sénile de beau-père raconte qu'à la vue du sang elle s'est évanouie, victime d'une crise de tétanie, mais qu'elle a trouvé la force de raccompagner Bruno Esposito et Pierre Contrucci, épuisés des fatigues de la nuit, à Marseille, au volant de sa 204.

Personne n'a rien vu, rien entendu du crime, personne ne sait qui a tiré. Au règlement de comptes sans cadavres s'ajoute le règlement de comptes sans assassins, et sans mobile. Le nec plus ultra au catalogue de la truanderie marseillaise.

Il faut ce que la police nomme avec pudeur « renseignements anonymes » pour supposer que Pierre Contrucci, menacé par Roland

Luperini, l'a abattu et achevé à ses pieds. Que Christian Forte, abruti d'alcool et sommeillant sur un fauteuil a été abattu soit par Pierre Contrucci, soit par Hugues Mazzei, le petit blond, qui a ramassé le revolver de Roland Luperini, soit par les deux à la fois.

Il faut être le juge Michel pour comprendre qu'on a exécuté Roland Luperini et que sa mort est loin d'être un accident après une discussion d'affaires.

*

Après l'assassinat sans cadavres, Bruno Esposito demeure introuvable. Il est arrêté le 23 avril 1979 à Marseille dans un taxi. Avec dans la poche droite un revolver de bon calibre. Bruno Esposito admet seulement venir en « client » au Cove's Club pour aider, depuis sa dernière sortie de prison en avril 1978, sa vieille amie Simone Calmet.

— « A quatre heures du matin j'étais avec Contrucci au comptoir. J'ai entendu des coups de feu. J'ai vu Luperini, un de mes cousins éloignés, effondré sur la piste de danse, et son copain au fond de la salle aussi. Simone Calmet a eu une crise d'épilepsie. Je l'ai prise sous mon bras et je l'ai conduite jusqu'à sa voiture, dehors. A mon retour au Cove's Club, les corps avaient disparu. »

Puis demande au juge d'instruction Françoise Llaurens de ne plus lui poser de questions :

— De toute manière si je savais quelque chose, je ne parlerais pas car je tiens à la vie...

*

Pierre Contrucci quitte Marseille après l'assassinat sans cadavres. Retrouvé le 25 janvier 1979 chez son frère, à Bordeaux, il raconte d'abord que cette nuit-là l'alcool a détruit tous ses souvenirs.

Puis se souvient d'avoir vu deux morts, puis un mort à ses pieds, Roland Luperini, d'avoir entraîné lui aussi Simone Calmet, victime d'un malaise, à l'air frais, d'être revenu dans un Cove's Club vide, et d'avoir achevé la nuit seul face à une bouteille de whisky. Et confie à Françoise Llaurens :

— Ça vaut mieux pour ma santé de ne jamais chercher à savoir ce qui se passe dans un cas pareil...

*

Hugues Mazzei, le petit blond, « docker occasionnel » est arrêté le 21 novembre. Il soutient n'être jamais venu de ses 30 ans de vie au Cove's Club. A l'Evêché il s'invente une crise de coliques néphrétiques. On doit appeler un médecin pour lui faire une piqûre. A peine guéri... il se frappe la tête sur un bureau métallique. Un inspecteur vient de lui apprendre qu'un client l'a vu dans la boîte des calanques, la nuit du 27 au 28 octobre. Cinq autres clients confirment. Un seul, Truong Van, se rétracte devant le juge d'instruction. En précisant qu'il a reçu entre-temps la « visite » d'une parente de l'inculpé ! Au domicile d'Hugues Mazzei on trouve dans un placard un soulier au cuir fripé de sang. Le petit blond ne manque pas d'explications. Il s'est blessé volontairement, au cours d'un interrogatoire à la gendarmerie de Marseille... Déjà pour y mettre fin. Il s'est aussi blessé au poignet droit en déplaçant une armoire. Et enfin il a aidé un ami à transporter de la viande de boucherie ! Au choix des enquêteurs... Ils préfèrent les résultats de l'analyse. Le sang est de groupe O, celui de Roland Luperini, alors qu'Hugues Mazzei est du groupe A. Quant à sa femme, elle ne respecte pas la tradition marseillaise de l'alibi en tous genres. Elle affirme que la nuit de l'assassinat sans cadavres, Hugues Mazzei était absent du domicile conjugal.

*

Est mort vingt-cinq jours après le massacre du Bar du Téléphone, Roland Luperini, le petit, appelé aussi le Dilinger du Canet...

Le juge Michel apprend de lui ce qu'on veut bien lui apprendre. Rien ou presque.

Que le Dilinger du Canet s'est querellé un jour avec Noël Kokos, l'une des victimes du Bar du Téléphone.

Qu'il est devenu à la fin de sa jeune vie — 28 ans — l'un des hommes clés de la fausse monnaie, à la fois proche des commanditaires du trafic, proche de la brigade de Répression du Faux-Monnayage à Paris et de la Brigade Financière à Marseille.

Qu'il a « donné » la valise de la gare Saint-Charles, et qu'il savait tout de ses origines.

Qu'il s'est rendu au Cove's Club croyant y parler fausse monnaie, mais est tombé sur de vrais assassins, chargés de le protéger à jamais.

Le juge Michel attendra un an avant de demander l'emploi du temps de Roland Luperini après une lettre de Jean Dissler, l'avocat de Nicole Léoni, la patronne du Bar du Téléphone attirant son attention sur le rôle mystérieux de Roland Luperini. Il comprendra pourquoi l'organisation du crime organisé a décidé que jamais le petit, le Dilinger du Canet, ne devait pénétrer dans le cabinet n° 3.

*

Le cahier des départs que tient Edmond Guiot-Bourg, chef de la station de la société Europcar à Marseille, l'indique.

Roland Luperini loue sous son identité le 28 septembre 1978 une R 14 blanche immatriculée 8817 MM 33 à l'agence Prado. Direction Paris où il entraîne Claudie Jesse, l'une de ses amies du moment, fille d'un menuisier né en Russie et de nationalité allemande, « mécanicienne en confection » et ancienne prostituée à Nice et Avignon. De même que Christian Forte, dit Bouchon, et son amie Sophie Peyronnet.

Le quatuor s'installe à l'hôtel Espoir, rue des Pyrénées, dans le 20e arrondissement. Roland Luperini finance le voyage. Grand seigneur il a offert une arme et un portefeuille garni à Christian Forte pour qu'il soit aussi généreux que lui... Tous les billets — 6 000 francs — sont des Corneille C 7 bis. Tous faux. Roland Luperini abandonne souvent sa troupe, l'après-midi et le soir, pour de mystérieux rendez-vous d'affaires, dans les XIIIe et XVIe arrondissements. Soudain, le 2 octobre, il annonce :

— Je vais vous laisser. Je suis obligé de rentrer à Marseille. J'ai à faire là-bas...

Sa voix est grave comme elle l'a toujours été à la veille d'un « travail » important.

Claudie Jesse s'étonne, s'attriste, propose de rentrer avec lui.

— Je dois aussi rendre la voiture que j'ai louée...

Drôle d'explication pour 800 kilomètres à parcourir d'urgence. A l'agence Prado d'Europcar, aucun employé ne lui a donné de délai. Luperini est pressé, très pressé. Il annule même pour quitter plus vite Paris un dîner au restaurant La Marée, l'une des tables favorites de ce gastronome ne possédant qu'un seul livre : le guide Gault et Millau.

Le 3 octobre, jour de la Saint-Gérard, jour du massacre du Bar du Téléphone, Roland Luperini se trouve à Marseille.

Seul.

Sans sa troupe, il roule à bord de la R 14 blanche. Le 3 octobre deux habitants du boulevard Finat-Duclos ont aperçu une R 14 blanche garée à vingt mètres du Bar du Téléphone alors que personne n'en possède aux alentours ? Coïncidence... Le S.R.P.J. n'a jamais jugé cette... coïncidence digne d'intérêt. Roland Luperini rapporte seulement la R 14 blanche, toujours selon le cahier des départs de la société Europcar, le 4 octobre, lendemain du massacre, au début de l'après-midi à l'agence Prado. Il demeure deux jours sans véhicule de location. A-t-il trouvé un chauffeur, un ami ? Doit-il se reposer d'une épreuve difficile, s'abriter de curiosités policières ?

*

La note d'écoute téléphonique que l'on cachera au juge Michel dit simplement :

— Allô j'attends toujours le petit. Est-ce qu'il arrive ? Je ne tiens plus tant que cette affaire n'est pas réglée.

— C'est réglé. Tout est fini.

*

Le 6 octobre, toujours à l'agence Prado, Roland Luperini loue une 305 Peugeot immatriculée 5080 GR 92 et reprend la route de Paris.

Claudie Jesse a appris le massacre à l'hôtel Espoir en lisant *le Parisien Libéré.* Lorsque Roland Luperini revient, elle n'ose pas lui en parler. Roland Luperini n'y fait aucune allusion. Selon elle ils n'évoqueront jamais le massacre et il n'expliquera jamais ce qu'il avait « à faire là-bas ». Le 9 octobre, après que Roland Luperini s'est encore absenté chaque après-midi pendant trois jours, il dépose la 305 à l'agence Europcar de l'aéroport d'Orly Ouest, prend un avion. Claudie Jesse rentre par le train. Ils ont eu une « dispute d'amoureux ». Bouchon et son amie prennent un autre train.

Dans chaque agence Europcar Roland Luperini a payé comptant les locations de voitures, et en espèces comme il se doit, mais en vrais billets.

*

Les plongeurs de la gendarmerie et des C.R.S. traquent la mer au large des calanques d'Ensuès-la-Redonne. Le Paquerette, patrouilleur armé de la gendarmerie maritime de Toulon, balaye les eaux entre la baie de Marseille, Fos, les îles du Frioul et de Planier, jusqu'à l'embouchure du Rhône.

Sans rapporter de « cadavres immergés ».

Roland Luperini s'est enfoncé dans un cimetière marin d'où personne ne l'arrachera jamais. Comme s'il était dit que devait s'effacer toute trace de sa vie. Sans que subsiste même quelque part un carré de terre et de pierre à fleurir ou à injurier.

*

31 octobre 1978. Trois jours après l'assassinat sans cadavres, vingt-huit jours après le massacre du Bar du Téléphone. L'inspecteur principal Jean-Louis Pietri du S.R.P.J. de Marseille se présente au domicile de Claudie Jesse, en compagnie des inspecteurs Roger Giaime et Jacques Siaubaud.

Perquisition de routine... surprise de taille.

Claudie Jesse a loué le studio numéro 89, au quatrième étage de l'immeuble Le Gyptis 1, 7 rue Jean-Cristofol, dans le 3e arrondissement de Marseille. L'un des domiciles de Roland Luperini lors de ses escales marseillaises. Avec un deux pièces-cuisine qu'il a loué au troisième étage d'un immeuble, 38 rue Pierre-Albrand, également dans le troisième arrondissement, devenu sa « boîte à lettres » et sa planque, certaines nuits difficiles...

La porte du studio 89 est ouverte. A été fracturée et ne fonctionne plus. A l'intérieur pas un seul meuble ! On a fait le ménage plus soigneusement qu'au Cove's Club... Jean-Louis Pietri appelle aussitôt l'Evêché de sa voiture radio-téléphone. L'inspecteur Daniel Brévière, spécialiste de l'identité judiciaire, arrive dix minutes plus tard. Désormais il faut deux témoins légaux à cette perquisition qui n'est plus de routine... Lucien Mariani, le gérant de l'immeuble et Veneranda Navaro, la concierge, une jolie Espagnole de 44 ans. Au pied de la porte fracturée, Jean-Louis Pietri découvre un bristol mauve. Un avis de coupure de courant sans date portant le nom de Jesse. La concierge ne s'est aperçue de rien et balbutie :

— Mais oui... l'employé de l'électricité est passé hier, vers 10 heures du matin. Il ne m'a pas parlé de la porte, ni de tout ça. Il me l'aurait dit. L'employé qui nettoie le couloir tous les matins, aussi.

Les policiers ne découvrent pas le geste d'humeur d'un locataire, un fric-frac de loubard, ou une farce de collégien. Quelqu'un a pesé sur la porte en trois endroits avec un outil de petite taille aisé à transporter, certainement pas un pied de biche, mais plutôt un burin. Le verrou a été légèrement déplacé. A sa hauteur, la feuillure intérieure du chambranle est arrachée sur plus de trente centimètres. L'éclat de bois est encore au pied de la porte à l'intérieur du studio et sur le palier traîne une longue vis brillante.

Avant que les trois policiers n'entrent dans le studio le spécialiste de l'identité judiciaire prend des photos mais surtout procède à la recherche d'empreintes.

Il n'y en a pas une...

Jean-Louis Pietri dirige alors une fouille minutieuse du studio : une pièce de 17,5 m^2, avec une kitchenette, une salle de bains et un balcon sans vis-à-vis. Les « déménageurs » ont seulement laissé cinq bouteilles de vin et de bière vides, dix emballages de bouteilles d'alcool, une boîte à chaussures avec un papier plié de couleur bleue portant l'inscription manuscrite : « Le Pontet, cité Bel Air, bâtiment B escalier 10 », dans un placard, à droite dans le vestibule de l'entrée des chaussures de femme, dépareillées et usées, ainsi qu'une paire de chaussures d'homme en velours marron de marque Reno, pointure 41, déchirées aux deux talons.

Les chaussures de Roland Luperini...

Les « déménageurs » ont voulu humilier une dernière fois le cadavre disparu et la police.

Au moment d'achever la perquisition, Jean-Louis Pietri et les trois autres policiers déjà stupéfaits font deux découvertes encore plus troublantes.

Derrière la kitchenette murale un trou aménagé avec précision dans le bois. L'inspecteur Giaime le mesure aussitôt. 22 centimètres sur 22. Cette cachette difficilement repérable est vide. Elle a pu servir à cacher des faux billets, des vrais, des documents, des armes, ou le tout.

Là non plus aucune empreinte.

L'ultime surprise des policiers prouve que des professionnels de la perquisition officieuse sont passés par là. Le spécialiste de l'identité judiciaire n'a jamais vu ça de sa carrière. Il profite des investigations de ses collègues pour examiner encore les placards muraux, la porte d'entrée et les murs. Il remarque à la loupe des traces infimes de linge très très fin.

— Ils ont dû passer au moins trois heures à nettoyer tout ça.

Quels terribles secrets détenait Roland Luperini ?

Claudie Jesse s'étonne de cette « visite » dans son studio. Après la disparition de son ami, elle s'apprête à le quitter. Elle ne semble pas y être revenue depuis un mois. Dans la boîte aux lettres marquée à son seul nom se trouve un bristol vert, avis de lettre recommandée daté du 23 septembre, jour où devait avoir lieu, à l'origine, la remise de la valise de la gare Saint-Charles. Ainsi qu'une lettre des impôts locaux datée du 29 septembre. Elle se montre très discrète... Près du Dilinger du Canet, elle a appris le silence, qui n'est pas toujours, dans l'organisation du crime organisé, synonyme de vie...

Le procès-verbal de Jean-Louis Pietri, procès-verbal honnête de policier honnête, rendant compte avec précision de ces découvertes vraiment extraordinaires, va mourir au fin fond du dossier du Cove's Club, et dans le grand cimetière des mystères marseillais.

*

Quand le juge Michel apprendra que Fernand Mathieu le chef du S.R.P.J. a confié la direction de l'enquête sur l'assassinat sans cadavres à un certain inspecteur divisionnaire Simon Franchini, il sourira, soupirera :

— Ah mon ami Jeannot !

Mais une nouvelle fois l'humour masquera mal l'écœurement. L'inspecteur Franchini, la taupe de la gare Saint-Charles...

*

27 août 1980. Procès de l'assassinat sans cadavres. Deux ans plus tard. A deux mois près.

Assez pour qu'après la toilette du crime et des aveux vienne la toilette de la justice.

Les eaux bleues et noires des calanques se sont gardées de déposer aux pieds des enquêteurs les cadavres de Roland Luperini et de Christian Forte. Selon la loi ils sont seulement disparus, pas morts.

Alors au gré des vagues d'une instruction sans tempête, d'homicide volontaire et complicités d'homicide volontaire, les inculpations se sont muées en de banales « non-dénonciation de crimes, recel de cadavres, destruction d'indices de traces et de prélèvements, dans un lieu où deux crimes ont été commis, en vue d'entraver le fonctionnement de la justice. »

Quelle justice ?... Et quel homicide ?...

Mlle Couarard, la présidente du Tribunal, préfère entamer les débats avec une affaire d'importance. Le racket des propriétaires du Cove's Club mis au pas par Bruno Esposito, Pierre Contrucci et Simone Calmet. Les avocats de la défense s'attendent à tout après une aussi longue instruction, mais commencer avec cette affaire de l'affaire il fallait y penser. L'affaire de racket n'a jamais été instruite... En deux ans ! Les avocats demandent le renvoi du procès, la citation de nouveaux témoins. La présidente refuse. On doit juger le racket. On le jugera. Sans les avocats. A la demande de leurs clients, ils quittent la salle d'audience. Encore une affaire de l'affaire...

Pourtant, au début de l'après-midi, quand reprennent les débats, les robes noires virevoltent de nouveau dans le prétoire, maître Joannés Ambre, l'avocat de la pègre lyonnaise en tête.

Continue la mascarade, la justice à l'étouffée. On se perd dans les expertises de serpillière, les dissertations balistiques. Ne manque que la vitesse du vent pour savoir si le fossoyeur de la mer a su mener sa barque... De Roland Luperini, on ne parle pas. Il a même disparu du procès dont il est le théorique assassiné. Le dossier entre dans l'histoire de la justice sous le nom de « Simone Durang, épouse Calmet, et autres... »

Les parents de Christian Forte, son compagnon de mort, ont eu l'audace de se porter partie civile. Leur avocat, maître Viard, a l'audace d'évoquer l'incompétence du Tribunal correctionnel, souhaite qu'on renvoie l'affaire à sa juste place, devant une Cour d'assises. Se hasarde à citer « l'homicide volontaire et sa complicité bel et bien établie dans la procédure ». Sacrilège, crime de lèse-justice, propos inutiles...

Le juge Michel se souviendra toujours des mots dérisoires de Paul-Louis Auméras, son maître lorsqu'il était auditeur de justice, désormais procureur au tribunal d'Aix-en-Provence.

Après les débats menés à l'imperfection par la présidente il lance d'une voix sourde :

— La police, le juge d'instruction et le Parquet ont été paralysés par la loi du silence, la loi du Milieu. Je reconnais que cette affaire est un échec pour la justice.

Un échec voulu, recherché.

Le juge Michel le sait.

Les commanditaires de la « disparition » de Roland Luperini ont dicté à la justice et à la police cette loi du silence, loi du Milieu, loi du crime organisé.

Sinon pourquoi avoir confié la responsabilité de l'enquête sur l'assassinat sans cadavres à l'inspecteur divisionnaire Simon Franchini, Jeannot, la taupe de la gare Saint-Charles, l'un des derniers policiers à avoir œuvré en compagnie de Roland Luperini et dont on s'est acharné à cacher l'existence au juge du cabinet numéro 3 ? Sinon pourquoi avoir éloigné l'instruction du tribunal de Marseille, même si Aix-en-Provence est apparemment à une portée de justice, et surtout du juge Michel, chargé du Bar du Téléphone ?

Pour mieux détruire l'image de Roland Luperini...

D'ailleurs après le discours d'échec de Paul-Louis Auméras, alors qu'on croit que va être enfin abordée la compétence réelle ou usurpée du Tribunal correctionnel, la présidente fidèle à sa plus qu'étrange ligne de conduite lève la séance... sans donner la parole à la défense, comme il se doit. Quand recommencent les débats, l'affaire de l'affaire tourne encore à une sinistre galéjade.

Jean Dissler, déjà avocat de Nicole Léoni, dénonce :

— « Une mission que le Tribunal a à remplir coûte que coûte. »

Une mission de basse justice.

Tous les avocats quittent la salle. Parmi eux Jean-Claude Pelletier, l'avocat de Gaétan Zampa et Joannés Ambre, l'avocat du Milieu lyonnais. Ils ne plaideront pas. On s'invective des deux côtés de la barre. Bruno Esposito crie de toutes ses forces :

— C'est une honte !

On se croirait au stade vélodrome quand l'arbitre de service siffle un penalty contre l'Olympique de Marseille. Ne reviennent dans la salle d'audience que trois avocats dont Jean-Claude Valéra, mais simplement pour assister « en spectateurs » à une parodie où les inculpés s'expriment par des mimiques et des bras d'honneur.

Une journée de procès à la « va comme je te pousse » alors qu'on en avait prévu au moins deux et qu'une telle affaire, si elle avait été jugée dignement, aurait dû occuper la salle d'audience au moins une semaine. Pour des condamnations aussi sombres que les eaux bleues et noires de la Méditerranée. Huit ans pour Bruno Esposito, six ans pour Pierre Contrucci, deux ans pour Hugues Mazzei parce que s'ajoute à leur peine l'affaire de racket. Pour les autres, témoins ou assistants de la grande lessive, les condamnations n'excèdent pas le temps de la détention. Déjà trop puisqu'on a oublié la justice.

Bruno Esposito, matricule 9323 à la prison des Baumettes, inculpé et témoin d'une instruction et d'une enquête tronquée, truquée, perdue d'avance, a écrit le 2 mai 1980 une lettre au procureur général d'Aix-en-Provence, Marcel Guibot. Ce dernier s'est bien gardé de la faire lire ou citer lors du procès. Elle a rejoint le grand cimetière des mystères marseillais (1).

Passe encore qu'à tort ou raison Bruno Esposito affirme son innocence, mais il ose écrire le nom maudit et poser des questions à la justice...

— « Pourquoi cacher la personnalité de Luperini ? Pourquoi tout au long de l'affaire du Cove's Club la personnalité de Luperini n'est-elle

1 Document en possession de l'auteur.

pas apparue ? Jusqu'à présent, et je l'avoue, j'espérai que les autorités judiciaires compétentes démontrent qui est Luperini. Je m'aperçois au contraire qu'elles marchent le dos tourné à la vérité et qu'elles ont peur de prendre leurs responsabilités. Pourquoi ? »

« Il est vrai qu'en découvrant qui est Luperini, certains mystères qui ont défrayé la chronique judiciaire, particulièrement celle de ces deux dernières années, pourront être élucidés. Notamment l'affaire du Bar du Téléphone. »

*

Roland Luperini est vivant du 3 octobre au 28 octobre 1978. Pendant vingt-cinq jours il se balade entre Paris et Marseille. On le voit dans ses bars favoris, le Champoreau et le Bar du Trésor, place de Lenche, à deux pas de l'Evêché. Et à l'Evêché devisant avec des policiers chargés du massacre de l'affaire du Bar du Téléphone. A Paris dans les bureaux de l'Office Central de la Répression de la Fausse Monnaie. Pourtant aucun policier ne se hasarde à l'interroger ni sur le Bar du Téléphone ni sur son emploi du temps, et ne suggère au juge Michel de s'intéresser à son existence.

Et pour cause.

Roland Luperini était sûrement à la tête des tueurs du Bar du Téléphone, mais aussi plus qu'un indic, l'ami, le compagnon de nombreux policiers marseillais et parisiens.

L'un d'eux a fini par confier au juge Michel :

— Il était plus dangereux à lui seul que toute une bande. C'était un tueur fou...

Dix clients du Bar du Téléphone s'en sont aperçus.

Quel face à face aurait pu avoir lieu dans le cabinet numéro 3 entre un tueur professionnel de 28 ans au sommet de son art, dépositaire des plus grands secrets financiers, politiques et criminels du moment, et un juge de 35 ans désireux de connaître, par tous les moyens, tous les secrets financiers, politiques et criminels du moment.

X

UN TUEUR NOMMÉ LUPERINI OÙ L'ON ARRIVE À L'AFFAIRE DE BROGLIE

Le juge Michel se souvient maintenant du visage inquiet, nerveux et pâle du commissaire Antoine Biancardini, scrutant les neuf cadavres dans la salle du Bar du Téléphone. Effrayé même, comme si les tueurs allaient surgir de nouveau.

Antoine Biancardini, le chef de la première Brigade Territoriale de la Sûreté.

Le juge Michel est seul.

Avec son dossier tronqué, truqué, perdu d'avance.

Mais il sait.

Que le massacre du dossier d'un massacre va au-delà d'une guerre des polices, va jusqu'à la Police et jusqu'à l'Etat.

*

Trois jours après le massacre du Bar du Téléphone au cours d'une partie de tennis le commissaire Pierre Chatelain, le chef de la Sûreté, demande au commissaire principal Jacques Tholance, alors chef de la 6e Brigade Territoriale.

— Que penses-tu de l'affaire du Canet ?

— Ça ne peut être que le Petit.

Pierre Chatelain mime une crise cardiaque.

— Si c'est vraiment lui, on n'est pas dans la merde.

Jacques Tholance, l'un des meilleurs policiers marseillais, l'un des rares efficaces, connaît les eaux profondes du Milieu.

— Pour se livrer à un tel massacre, il fallait un type comme lui qui ait du culot, mais aussi qui se sente protégé.

Le juge Michel sait désormais comment a vécu Roland Luperini et pourquoi le commissaire Biancardini semblait si inquiet. Seulement à quoi lui servirait-il de rencontrer dans un lieu plus discret que le cabinet numéro 3 le cow-boy de l'Opéra, le fou des ratissages, vedette à ses heures de la B.B.C. ? Roland Luperini a disparu. Avec lui ses secrets et le juge peut simplement reconstituer l'histoire d'un homme devenu un étrange auxiliaire de la police, des polices, victime de la guerre des polices.

*

Qu'importe que le 3 octobre 1978, jour du massacre, Roland Luperini le tueur fou soit à la tête des tueurs du Bar du Téléphone. Il a toujours été intouchable ou presque. A Paris dans les bureaux de l'Office de Répression du Faux Monnayage et à Marseille, tantôt indic privilégié du commissaire Biancardini, à la Sûreté, tantôt informateur de talent du S.R.P.J.

*

A Marseille, deux quartiers se sont chargés longtemps de fournir les fichiers de l'Evêché. D'abord le Panier, coincé entre le quai du Vieux Port et le quai de Tourette. Sur les nouveaux plans on l'appelle Quartier de l'Hôtel de Ville. Fief de Gaston Defferre il comprend un autre hôtel, de Police : l'Evêché. Et puis la Belle de Mai, au-delà de la gare St-Charles, entre la caserne des Douanes et la caserne Busserade...

Roland Luperini, fils de la Belle de Mai, est l'enfant adoptif du Panier. Comme le juge Michel est l'enfant adoptif de Marseille. Tout s'est ligué pour que le fils d'un notaire messin devienne juge dans la cité du Milieu, de la drogue et du règlement de comptes. Tout s'est ligué pour que le fils d'un ancien officier mécanicien des corps francs, bardé de décorations, conducteur de travaux, arrive au Panier.

Roland Luperini naît le 25 août 1950, 50 boulevard National. A 14 mois, il s'effondre dans les eaux croupies d'une mare au fond d'un jardin de la Belle de Mai. Sept mois dans une chambre de l'Hôtel-Dieu, et il vit au Panier chez sa grand-mère maternelle. Il a deux ans quand Marie-Pierre et Toussaint, ses parents, s'installent dans un petit appartement au troisième étage, 7, rue Baussenque, étroite et sombre comme les rues du Panier. Au 9, la porte d'à côté, a habité Paul Carbone, le compagnon de François Spirito. Roland, blondinet toujours en maraude, grandit en écoutant les vieux du Panier raconter la légende des rois de Marseille dans les années 30, avant les Guérini, au temps du Borsalino.

Roland est reçu au certificat d'études à la communale de la Major où Paul Carbone a réussi le sien. Heureux présage... Il fréquente déjà la rude école du Panier où le plus fort doit être capable de jeter cailloux et boîtes de conserve dans la cour de l'Evêché ! Gaétan Zampa a grandi à l'ombre des Baumettes. Roland Luperini reçoit son éducation à cent mètres de l'Evêché. Destins de vrais truands.

A 14 ans, le soir, à l'école du capitaine Gallina, il apprend l'électricité comme son frère aîné, Robert. La journée, il est en apprentissage chez un patron de la rue Breteuil. Son père lui offre son premier vélomoteur, et il s'offre une première visite dans le dédale de l'Evêché, puis au Palais de justice, et dans les cellules des Petites Baumettes. Sept mois. L'enfant chétif dont la santé exigeait après son accident une armoire à pharmacie entière, a mordu au sang et rossé un voisin outré parce que l'adolescent s'appuyait sur sa 203.

Sorti de prison, Roland reprend du service dans l'électricité et la délinquance de quartier. L'apprenti-voyou, respecté parce qu'il a le poing et l'argent facile, est un tendre. Dans la tradition du Panier où on s'émerveille de ce tueur offrant cercueil en chêne massif, messe et tombe de marbre, à l'ami qu'il a dû abattre, affaires obligent, deux jours plus tôt. Roland s'accuse, à 17 ans, à la place d'un copain plus pauvre que lui, d'avoir volé une paire de jumelles dans un magasin de la Canebière.

Retour aux Baumettes, aux vraies, sept mois encore. Et retour à la grandeur d'âme. Un racketteur de seconde zone a frappé pour une poignée de pièces de monnaie le vieux patron du Bar-Tabac où, enfant, Roland achetait ses bâtons de réglisse. Au bout de la montée des Accoules, devant des « paniers » habitués à tous les spectacles, Roland lui tranche l'oreille droite d'un coup de canif, et tandis que le caïd de quartier hurle et pisse le sang au coin d'une marche de pierre, Roland dévore l'oreille, et la mange jusqu'au bout.

Il n'en faut pas plus à Marseille pour devenir le roi du Panier.

Un tendre Luperini... Pierrette, son amie, native de Sidi-bel-Abbès, est enceinte. Le père, un colonel bougon, bougonne. Roland se marie le 10 août 1969 à la cathédrale la Major. Elle a 18 ans, lui 19. Leur fils s'appelle Eric.

Ensuite, après un vague hold-up dans une bijouterie de la Canebière, histoire de suppléer à son maigre salaire d'électricien occasionnel : un an de prison en 1971, il jure à son père qu'il deviendra quelqu'un.

— Je vais réussir maintenant. On m'appellera Monsieur et on me lèvera le chapeau...

Pour se remettre à la vie active, en sortant avec son père du Palais de justice où il a signé ses papiers de liberté, rue Breteuil, Roland se précipite vers un grand dadais fumant une cigarette. L'autre s'enfuit, Luperini le rattrape, l'assomme à coups de poing et l'abandonne à ses blessures sur le trottoir.

— C'est le type qui m'a balancé. C'est un indic !

*

Roland Luperini va devenir plus qu'un indic, flic officieux, homme de l'ombre, nageant dans les bas-fonds de la politique, des affaires et du crime. Avant tout régleur de comptes à coups de fausse monnaie ou de vrai calibre. Aussi apte à recruter des tueurs de qualité qu'à tuer lui-même si le contrat l'exige.

*

Roland Luperini est vite connu pour être un tireur d'élite. Il s'entraîne au moins une heure par jour pour perfectionner sa puissance, sa précision, sa vitesse pour dégainer, en cas de fusillade. Pour être un tueur complet il apprend le maniement du poignard qui en certaines occasions ne laisse ni bruit, ni trace.

*

Janvier 1974. Roland Luperini n'est plus blond.

— C'est trop voyant...

Il teint ses cheveux couleur noisette, très courts. On l'appelle le Petit seulement à cause de son âge. L'enfant prodigue du crime mesure 1,74 m. Les yeux bruns presque noirs, coiffés d'une forêt de sourcils, le nez légèrement écrasé, avec une bosse au bas du menton, il a les mains très fines. Comme des gâchettes.

Commencent ses voyages, avec d'incessants aller-retour Paris-Marseille pour « affaires ». Il lui arrive de prendre l'avion chaque jour de la semaine, matin et soir. Il préfère pourtant déjà se déplacer en voiture de location.

— Quand on fait ce que je fais c'est ce qu'il y a de plus pratique.

Mais il ne garde jamais plus de quinze jours le même véhicule de location. Par prudence.

*

Juillet 1974. Marseille. Roland Luperini cherche un tueur et son chauffeur.

Depuis 1971, il a retrouvé son cousin éloigné, son camarade de classe à la Major : Bruno Esposito. Au moment où sa future rencontre du Cove's Club sortait de la maison centrale de Toul après trente mois de détention pour vol et complicité de vol. Il n'a jamais « travaillé » avec lui et dans un bar de la place de Lenche, le terrain de jeux de leur enfance, lui propose :

— Il y a un contrat à Paris, bien payé et sans risques. On a toutes les protections.

Les activités marginales de Bruno Esposito qu'avec ses frères Alain et Zazou on surnomme les Dalton du Panier ne l'ont jamais mené au crime et surtout pas au crime de sang-froid. Il hausse les épaules en montrant les flancs grisâtres de la Cathédrale.

— Je suis tranquille ici. Ton contrat ce n'est pas pour moi.

Roland Luperini a une ribambelle de « contrats » derrière lui. Il a fêté le centième en dînant seul chez Lasserre. L'un de ses nouveaux commanditaires, un avocat parisien très célèbre pour ses marchandages l'envoie exécuter des Basques espagnols à Madrid et Saint-Sébastien. Sans risques et avec 50 000 francs à chaque cadavre.

Roland Luperini insiste :

— Ecoute, Bruno. Tu ne vas pas rester toute ta vie à Marseille. Monte avec moi à Paris. La police nous couvre sans problèmes. On ne risque vraiment rien. On a aussi des hommes politiques comme couvertures, et pas des petits comme nous... Je te promets qu'on ne risque pas de nous arrêter !

Les discours de Roland Luperini âgé seulement de 24 ans et parlant comme un vieil habitué des réseaux parallèles impressionnent Bruno Esposito mais il ne se sent pas de taille à jouer du revolver comme ils jouaient aux billes dans les creux des pavés de la place de Lenche.

— C'est pas pour moi.

Qu'à cela ne tienne. Roland Luperini poursuit sa quête et s'adresse à deux Marseillais de bonne réputation : Jean-Pierre Tasso, repris de justice, surnommé l'Homme à la Jaguar, et Ange Pieraggi, navigateur au petit cours, en congé de maladie. Devant eux Roland Luperini s'exprime à la première personne... du pluriel.

— Nous avons des problèmes avec un proxénète-trafiquant de drogue. Il faut le liquider.

Rendez-vous est pris à Paris. Ange Pieraggi achète dans la capitale une 204 Peugeot avec l'avance sur contrat, confortable, de Luperini, puis attend les ordres à Marseille. Dans le courant du mois d'août, Roland Luperini héberge ses deux employés dans son pied-à-terre parisien : un studio au troisième étage d'un immeuble de la rue de l'Essai, 12e arrondissement. Puis les entraîne sur les lieux de leur contrat. D'abord le garage où le « proxénète-trafiquant de drogue » abrite sa voiture, puis l'immeuble où il demeure. Mais sans leur montrer l'homme en chair et en os ou en photo. Un après-midi, au cours d'un de ces repérages, ils sont attablés tous les trois à la terrasse du café Météor, place de la Bastille. Soudain, Luperini montre un homme à une autre table.

— Attendez-moi et regardez-le bien. C'est lui qui finance...

Roland Luperini rejoint l'homme qu'il connaît apparemment très bien.

Antoine Melero, l'une des principales relations parisiennes de Roland Luperini.

*

Le juge Michel s'intéressera aussi de très près à Antoine Melero, allant jusqu'à parcourir, seul, en se défiant une fois de plus de la police et des polices, les rues de Paris et de Boulogne où on peut le rencontrer, pour le connaître autrement qu'en photo.

Qui ne s'intéresserait à Antoine Melero ?

*

Antoine Melero naît le 27 avril 1929 à Mogador au Maroc. Il entre le 1er mars 1952 dans la police à Casablanca. D'abord moniteur sportif, avec des talents de boxeur et de tireur, jusqu'en 1954, puis inspecteur affecté à Sidi Slimane jusqu'à l'indépendance en 1956. On le retrouve ensuite à la Sûreté Nationale de Versailles.

Mais au cours de l'année 1958 son nom surgit de l'autre côté de l'actualité, rubrique des faits divers et même des crimes politiques.

Le 24 avril 1958 le juge Laroque interroge Louis Damiani. Ce truand a agressé un agent de change un an plus tôt, rue du Faubourg Montmartre à Paris et se justifie soudain :

— J'avais besoin d'argent pour échapper au tueur de Lemaigre-Dubreuil... C'est Antoine Melero qui était avec nous. J'étais avec lui dans la voiture avec André Congos.

*

Jacques Lemaigre-Dubreuil est assassiné le 11 juin 1955 devant l'immeuble Liberté, avenue de l'Aviation française, en plein centre de Casablanca. D'une rafale de mitraillette MAT 49 de l'armée française, dans le dos au moment où il monte dans sa Studebaker verte. Les tueurs s'enfuient dans leur 15 chevaux Citroën noire, traction avant.

Affaire d'Etat.

Jacques Lemaigre-Dubreuil, girondin de 61 ans, a épousé Mademoiselle Lesieur, et fait prospérer la marque d'huile dans le monde entier. Industriel richissime, après avoir préparé le débarquement américain en Algérie et au Maroc, il s'engage à la fin de la guerre aux côtés de

Mendès France. Dès 1953, partisan de Mohamed V, il appartient au clan des nationalistes marocains, le finance, et le soutient dans les colonnes du quotidien *Maroc Presse* dont il est le principal actionnaire.

Affaire d'Etat.

Personne ne se préoccupe tellement de briser le mystère de la mort d'un homme qui s'est lancé dans la chasse aux partisans du Maroc français. Deux contrôleurs généraux de la Sûreté nationale envoyés peu après à Casablanca s'étonnent.

— L'enquête a été traitée comme un simple accident de la voie publique par un commissaire de permanence.

Le gouverneur français envoie comme « grand enquêteur » Roger Wybot le directeur de la D.S.T.

Affaire d'Etat.

Les assassins de Louis Lemaigre-Dubreuil appartiennent à « la Main rouge », créée à l'origine en Tunisie par le colonel Mercier du S.D.E.C.E. et devenue une des sections les plus efficaces des Services Secrets français. Au Maroc leur mission est de lutter, à la suite des attentats terroristes des nationalistes marocains, contre les têtes de ce nationalisme, donc contre Louis Lemaigre-Dubreuil.

« La Main rouge » marocaine comprend neuf hommes, dont peut-être Antoine Melero.

*

Antoine Melero est arrêté le 24 avril 1958. Il est confronté avec Louis Damiani et André Congos. Les trois hommes sont inculpés d'association de malfaiteurs et complicité d'assassinat.

L'inspecteur de police entre à la prison de la Santé.

Déjà le 11 avril une longue poursuite automobile oppose sur la route de la Seyne à Saint-Mandrier la police locale à un équipage formé de René Giusepelli, dit René le Tatoué et de deux jeunes femmes prêtes à partir par bateau pour la ronde des bordels d'Afrique du Nord. Qui est du côté traite des blanches ? Antoine Melero. Quand la police finit par interpeller l'inspecteur de police les deux jeunes femmes l'innocentent, mais pas René le Tatoué condamné à cinq ans de prison pour proxénétisme...

Déjà le 7 mars à la suite des révélations d'un certain Robert Gabey, chroniqueur au périodique *Zadig*, le « Canard Enchaîné » marocain, qui est inculpé dans l'affaire Lemaigre-Dubreuil puis libéré une semaine plus tard ? Antoine Melero. Jean-Baptiste Biaggi son avocat met en avant un décret du roi du Maroc amnistiant « tous les crimes politiques commis sur le territoire marocain pendant son absence, entre le mois d'août 1953 et le mois de novembre 1955 ».

Déjà au Maroc Antoine Melero s'est signalé dans la chronique locale.

Le 17 avril 1956 assassinat manqué contre Pierre Mendès France le « bradeur de l'empire français » absent de l'appartement de la Résidence où le reçoit le haut commissaire de France au Maroc, Paul André Dubois. Avant de mourir sous les balles, un garde mobile touche un des trois agresseurs : Beltran. Quand Guy Petitjean, le nouveau directeur des Services de Sécurité publique, l'interroge à l'hôpital Marie-Feuillet de Rabat apparaît pour la première fois le nom d'Antoine Melero dans une procédure. Guy Petitjean convoque ensuite Antoine Melero pour évoquer avec lui l'affaire Lemaigre-Dubreuil. Le policier a-t-il participé à la préparation de l'attentat contre Mendès France ? Toujours est-il qu'il se trouve à la tête du commando de gardiens de la paix venus arracher le 26 août Beltran à son lit d'hôpital ! Et qui sont les complices de cet agresseur blessé ? Luigi, et surtout un certain Robert Denard, fils d'un adjudant chef de la coloniale, girondin lui aussi, officier de police adjoint, membre de la brigade antiterroriste Lucoter, en contact avec la « Main rouge », ami d'Antoine Melero, qui deviendra plus tard un baroudeur et mercenaire célèbre, grand faiseur et défaiseur de chefs d'Etats africains sous le nom de Bob Denard.

Tout est lié. Tout...

*

Sa seconde inculpation laisse Antoine Melero dix-sept mois à la Santé. Jusqu'au 2 septembre 1959, où avec les deux autres inculpés il bénéficie d'un curieux non-renouvellement de mandat de dépôt. Une libération officieuse. Peu de temps auparavant l'un des amis du policier a plaidé sa cause auprès de Michel Debré, le Premier Ministre.

Antoine Melero obtient un non-lieu en 1964. Le moment pour lui de poursuivre en diffamation les journaux qui l'ont présenté comme un assassin. Entre-temps à la suite de « poursuites judiciaires pour faits politiques » il a été suspendu avec demi-solde. En 1965 il passe devant la commission de discipline, est révoqué pour offense au Chef de l'Etat.

Pourtant de 1965 à 1968 il devient secrétaire général de l'Association des Policiers d'Afrique du Nord, et fonde en 1968 l'agence de police privée « Martini », désormais son second patronyme, aux bureaux situés 9, rue de Hanovre à Paris, dans le 12e arrondissement, puis un an plus tard, à son domicile de Boulogne-sur-Seine rue du Point du Jour. En 1973, Antoine Melero dit Martini ferme l'agence et entre aux établissements Claude Deco comme chef du contentieux.

*

Des contentieux, il semble qu'il y en ait dans cette affaire de meubles, l'une des plus importantes du faubourg Saint-Antoine.

*

Le « proxénète-trafiquant de drogue » que doivent corriger Ange Pieraggi et Jean-Pierre Tasso à la demande de Roland Luperini est l'ancien directeur de Claude Deco : Claude Dalle-Nogare. Un spécialiste des meubles que crée Claude Deco, en donnant son prénom à l'affaire, la dirige avec efficacité, puis engage une procédure de divorce d'avec sa femme Lola, tout en continuant à vivre avec elle. Divorce apparemment fiscal, destiné à séparer les biens du couple. Seulement, un jour, Claude Dalle-Nogare se retrouve « congédié » par sa femme.

Antoine Melero, sur recommandation de Claude Di Paco, le père de la jeune femme et de l'avocat Jean-Louis Tixier-Vignancour, est alors engagé comme chef du contentieux ! Ou plutôt comme détective privé-garde du corps de Lola Di Paco, ex-Dalle-Nogare. Et pas seul. En compagnie de quelques associés musclés. Pourtant, Claude Dalle-

Nogare ne devrait plus se rebeller. Il a été répudié avec promesse d'une dot de 300 millions de centimes. Une reconnaissance de dettes dont reste à verser l'ultime échéance : 100 millions de centimes le 5 septembre...

*

Dans la nuit du 28 au 29 août 1974, Claude Dalle-Nogare gare sa Mercedes 350 SL dans le garage du 103 de la rue Claude-Decaen, dans le 12e arrondissement, comme chaque soir ou chaque nuit lorsqu'il rentre chez lui. Quand il sort du garage, il est 1 h 50. Jean-Pierre Tasso se précipite, un colt 38 à la main : cinq coups de feu éclatent. Claude Dalle-Nogare s'effondre au bord du trottoir, sa veste bleu marine mouillée de sang. Un habitant de l'immeuble réussit à le hisser dans sa 4 L, l'entraîne à l'hôpital Rothschild. En salle de réanimation. Une balle a frôlé le cœur, traversé le poumon gauche, une seconde a percuté la douzième vertèbre dorsale, le diaphragme, et la main droite est transpercée. Le marchand de meubles a voulu écarter le pistolet pour éviter le coup de grâce du tueur. Les médecins le sauvent. Il leur souffle :

— C'est à cause de ma femme.

Et aux policiers, bredouille :

— Martini... Melero.

*

Roland Luperini se trouve à Marseille le jour de cette exécution manquée. Par une prudence acquise le temps de son apprentissage avec d'autres contrats. Recruté directement par Antoine Melero, il craint une machination, une dénonciation. Il a préféré sous-traiter... et se donner un alibi marseillais.

*

L'enquête de police permet d'arrêter Ange Pieraggi et Jean-Pierre Tasso. Le gardien du garage qu'ils ont interrogé plusieurs fois sur les horaires du marchand de meubles, la patronne d'un bar où ils ont pris un café et un passant témoin de la course de Jean-Pierre Tasso l'arme au poing, les reconnaissent sur photos. Ange Pieraggi avoue avoir conduit la 204, Jean-Pierre Tasso avoir voulu corriger Claude Dalle-Nogare à coups de crosse, puis avoir été dépassé par les événements...

Devant les policiers, ils parlent de leur commanditaire : Roland Luperini, puis à leur tour soumis à un choix de photos, reconnaissent l'homme du café de la Bastille : Antoine Melero. Mais seul Tasso confirme que ce dernier était le vrai commanditaire.

Deux mois plus tôt, Claude Dalle-Nogare a déposé plainte pour menaces de mort. Un ami de son défunt couple a même accepté de témoigner devant un avocat américain : Joe Nordmann. Il a entendu Claude Di Paco, le père de Lola ex Dalle-Nogare, un ancien champion cycliste coureur du Tour de France raconter en décembre 1973 qu'Antoine Melero l'ancien policier du Maroc aurait proposé de débarrasser le monde « de Claude Dalle-Nogare moyennant » un forfait de 100 000 francs.

On a même évoqué devant cet ami des hommes « montés de Marseille » et un fusil à lunettes. Claude Di Paco essayait d'acquérir au même moment une mitraillette « pour se protéger »... dans son « café-bar studios » de l'avenue de Bouvines.

*

Guy Floch, le juge d'instruction chargé de cette ténébreuse affaire, reçoit alors les deux ténébreux, présumés commanditaires.

Antoine Melero racontera toujours qu'il rencontre pour la première fois Roland Luperini lors de la confrontation dans le bureau 97 triste et austère du Palais de justice de Paris. Roland Luperini racontera qu'il « travaille » avec Antoine Melero depuis longtemps et fièrement, que dans ce même bureau 97, il se conduit comme peu de « témoins », s'emparent d'une lampe, lançant son blouson de cuir sur Claude Dalle-Nogare venu pour une confrontation, injuriant le juge Floch et criant sous les lambris de chêne :

— Ne m'ennuyez pas. J'ai des amis plus haut placés que vous. Ils vous feront sauter.

*

Guy Floch inculpe Antoine Melero de tentative d'homicide volontaire. Le chef du contentieux gagne encore une fois la prison de Fresnes. Même inculpation pour Roland Luperini. Le juge Guy Floch délivre le 27 novembre 1974 un mandat d'arrêt (1) au nom de Roland Luperini, numéro de Parquet : 55 699, numéro d'instruction 295.

Le 27 novembre 1974...

*

Le juge Michel découvre, après la disparition de Roland Luperini que jamais, au grand jamais, malgré ce mandat d'arrêt, ni la police parisienne ni la police marseillaise n'ont cherché a arrêter le truand...

*

Le juge Guy Floch remet Antoine Melero en liberté provisoire à la fin de mars 75. Ange Pieraggi, le chauffeur, et Jean-Pierre Tasso, le tireur, ont soudain « perdu la mémoire » et ne reconnaissent plus personne. Puis le juge délivre en avril 1977 un avis d'arrêt de poursuites contre Roland Luperini.

Pendant deux ans et cinq mois, la police, les polices n'ont donc pas retrouvé, officiellement, trace de Roland Luperini.

Deux ans et cinq mois...

Deux ans et cinq mois pendant lesquels il est devenu l'un des hommes les plus libres, les plus protégés et les plus occupés de France.

1. Document en possession de l'auteur.

27 mai 1976. Toujours sous le coup du mandat d'arrêt du juge Guy Floch, Roland Luperini cherche encore une fois à Marseille un tueur à gages. Pas pour supprimer un simple marchand de meubles...

Il donne rendez-vous à son cousin et ami d'enfance Bruno Esposito dans un endroit désert de la banlieue de Marseille.

— Tu as besoin d'argent ? J'ai encore un bon contrat pour toi.

— Qu'est-ce qu'il faut faire cette fois ?

Roland Luperini ne s'embarrasse pas de préséance...

— Voilà. Il faut descendre un type important. Jean de Broglie, un prince. Il a été ministre dans le temps.

Bruno Esposito n'a jamais entendu parler de ce prince. Roland Luperini insiste et fait l'article comme un camelot :

— Ecoute, n'hésite pas... C'est payé sept millions anciens. Et après tu as toutes les protections. Il y a des flics qui nous couvrent. Il suffit que tu viennes à Paris avec ta voiture pour préparer le coup. On te montrera la cible. Accepte cette fois.

Aucun argument ne peut convaincre Bruno Esposito, même si le contrat est bien payé... Le Dalton du Panier continue d'œuvrer dans les affaires en marge. Un mois plus tard, le 25 juin il sera arrêté dans une affaire de racket, et sera condamné en février 1977 à quinze mois de prison pour violences et menaces de mort, mais ses rapports avec la mort ne vont pas plus loin :

— Je te l'ai déjà dit, Roland. C'est trop haut pour moi, ça. Je ne suis pas un tueur.

Roland Luperini retire alors de sa sacoche de cuir noir en bandoulière une arme pliée dans une peau de chamois.

— Regarde. Ils m'ont envoyé l'acheter en Suisse. Elle coûte deux millions. C'est un vrai bijou.

Luperini exhibe un C.I.G. P 210, un pistolet automatique 9 mm réservé à la gendarmerie et à l'armée suisse, l'une des armes les plus belles et des plus précises du monde malgré sa fabrication en série, et l'une des plus difficiles à acquérir, même au noir marché des tueurs à gages. Il essaye de convaincre encore Esposito.

— C'est un boulot facile. L'ordre vient de très haut.

— J'ai mieux à faire ici, il y a pas besoin de tuer, et ça rapporte autant.

Pas découragé, le lendemain, 28 mai 1976, Roland Luperini s'installe dans l'arrière-salle de la Rotonde, dans le quartier de la Joliette, à la frontière du Panier, à l'angle du boulevard Notre-Dame et de la rue de l'Evêché. De nombreux policiers viennent en voisins trinquer ou déjeuner dans le bar de Jean-Gabriel Bianchini, « Jeannot le Corse ». Cet ancien compagnon des frères Guérini, ancien des Blouses grises comme Pierrot la Boulange, ancien de la French Connection, mais seulement condamné pour infraction à la législation sur les jeux, recel, coups et blessures et proxénétisme, a connu le Petit... tout petit.

Roland Luperini lui propose le contrat.

— S'il y a un pépin, c'est cinq ans maximum avec une prime de cent briques à la sortie.

53 ans, un visage en lame de couteau, des yeux bleu-gris impitoyables, Jean-Gabriel Bianchini refuse.

— J'ai mieux à faire, et je me mouille moins... pour gagner plus.
Il continue de financer des laboratoires d'héroïne parmi ceux que le juge Michel et ses Stups recherchent en vain.
Jeannot le Corse tape sur l'épaule du Petit :
— A mon âge, tu me vois tuer un prince, et à Paris en plus.

*

Roland Luperini propose le contrat à trois autres de ses relations, trois des meilleures gâchettes marseillaises. Tous refusent. Tuer d'accord, mais pas un prince... Un quatrième, Marseillais d'origine sicilienne, homme de main de Gaétan Zampa, mais ne négligeant pas des extras pour ajouter quelques meubles de prix à une collection déjà importante, exige le double de la somme : 14 millions de centimes.
— Un prince, ça vaut bien ça. Même si tu es sûr de tes protections.
Roland Luperini téléphone aussitôt à son employeur, un intermédiaire. Son budget de l'assassinat ne prévoit pas plus de sept millions. L'homme de main de Zampa retourne à sa besogne quotidienne. Roland Luperini arrête là ses recherches marseillaises.
Pourquoi ne se charge-t-il pas de ce contrat si facile selon lui ? A cause de son mandat d'arrêt ? Une broutille. Il sait qu'il a déjà toutes les protections, son employeur ne le désire pas. Le commanditaire préfère quelqu'un, tueur à gages de « l'extérieur », pas un membre de poids de leur organisation comme Roland Luperini.
Roland Luperini, toujours tueur émérite, a en effet trouvé une autre voie dans le crime organisé. La fausse monnaie. Place de Lenche et dans la moindre ruelle du Panier, on lui « tire le chapeau ». Enfin. Il n'a jamais moins de 80 000 à 100 000 francs sur lui. Au Bar du Trésor, au Bar Jean, au Bar du Champoreau il ne ramasse jamais la monnaie. Quand ses amis d'enfance devenus simples voleurs de sacs à main, proxénètes à la petite semaine ou braqueurs de quartier, le rencontrent, il distribue les billets. Tant pis pour eux si la majorité sont faux. L'ancien gavroche du Panier ne sort jamais sans ses échantillons.

*

Roland Luperini ne s'occupe ni de la recherche du matériel et des techniciens ni de l'impression de faux billets. Il a créé un vaste réseau pour écouler les Corneilles C 7 bis dont s'occupe le juge Michel des faux dinars algériens et des faux dollars. A Paris, dans les VIIIe, XIIe et XVIIIe arrondissements. Dans le Val-de-Marne, le Val-d'Oise et la Seine-et-Marne. Dans l'Est, en Moselle, Meurthe et Moselle, le pays du juge Michel, dans le Bas-Rhin et le Haut-Rhin. Il passe également des valises contenant entre 600 000 et 120 000 francs de faux dollars en Belgique. Toujours au volant de voitures de location. Il s'est aussi spécialisé dans la recherche des rues et des locaux discrets pour installer les imprimeries aussi éphémères que des labos de drogue. Avec deux méthodes. Ou il choisit à Marseille par exemple des entrepôts désaffectés qu'il loue sous une de ses fausses identités : Bourgeois... ou Béguine, en souvenir de son grand-père paternel, régisseur du domaine des Béguines, dans la Sainte-Baume, et propriétaire de deux bateaux ralliant le vieux Port, quai des Belges, au château d'If. Ou il rend visite à des imprimeurs de quartier aux affaires déclinantes et leur propose d'héberger pendant une semaine, le soir ou la nuit, quelques spécialistes du faux monnayage. D'abord en leur proposant des liasses de vrais billets, et puis en cas de refus en montrant la silhouette de son pistolet automatique. C'est le racket des imprimeurs à la manière des Trois Canards. Aucun ne refuse.

Roland Luperini est aussi « chargé de pression » sur les banquiers. Dans le cadre d'une autre production de ses employeurs. Le faux bon du Trésor de 10 000 francs, nominatif. Il se présente au domicile de directeurs de succursales ou leur demande rendez-vous par téléphone, n'hésitant pas à les rencontrer dans leurs bureaux. Le marché est simple. Le banquier doit accepter le dépôt de faux bons du Trésor en garantie de confortables prêts bancaires. Jamais moins de un million de francs. Pour la création de sociétés d'abattage de viande, de poissonneries, voire de récupération de ferraille dont ses amis se chargent d'installer la façade le temps d'empocher les prêts.

Roland Luperini s'occupe seulement de la « transaction » avec le banquier. Il se flatte de n'avoir jamais eu d'échec. Il prépare parfois pendant un mois avec des détectives plus ou moins privés son entrevue décisive. Face à face avec le banquier il connaît l'essentiel de sa vie privée. Mariage, nombre et âge des enfants, maîtresse, éventuels penchants pour le jeu, pour la boisson, pour l'homosexualité. Nanti de toutes ces « failles », même si elles sont banales comme l'amour de son épouse légitime et de ses enfants, il n'a plus qu'à menacer. Rares sont ceux qui résistent. Il possède dans sa sacoche une photo de cadavre en couleur susceptible d'effacer les ultimes réticences. Sinon il reste les procédés habituels. « On descend à la cave... » Aucun banquier ne se plaint. Qui s'est plaint dans le passé des habitués des Trois Canards ?

*

Que Roland Luperini ait pour mission de recruter un tueur pour assassiner le prince Jean de Broglie dès le mois de mai 1976 n'est pas un hasard.

Ses principaux employeurs, dont les deux intermédiaires qui le dirigent à la fois pour la fausse monnaie et pour ce « contrat », appartiennent au gang des ferrailleurs, l'un des plus organisés du crime organisé. Le juge Michel s'en est aperçu dans les méandres de la S.O.R.E.S.A. et des acrobaties financières de Louis Giralt et Jean Francisci.

Ils sont une dizaine environ à manipuler autant de bénéfices, autant de milliards que les maîtres de l'héroïne, des jeux et des courses truquées. Ils sont parmi les hommes les plus puissants de France, véritable mafia, pouvoir occulte et intouchable. Spécialistes des carambouilles, des fausses factures, des traites et des chèques en bois ils puisent dans leurs caisses noires de quoi alimenter d'autres caisses noires, celles des campagnes électorales. A la manière de la mafia sicilienne ils ont investi les allées du pouvoir, de la majorité, disposent d'un réseau de policiers et de magistrats qu'ils tiennent par la corruption ou la peur dans toute la France. A Paris ils ont leurs entrées au ministère de l'Intérieur aux services des affaires particulières, et aux

Renseignements Généraux de la préfecture de police, surtout à la deuxième section.

Pour services rendus et à rendre.

La plupart appartiennent au Service d'Action Civique, ont œuvré pour le S.D.E.C.E., ont participé à la lutte anti-O.A.S. lors de la guerre d'Algérie. Parmi eux des avocats dont les conseils leur sont précieux, comme Pierre Lemarchand, gaulliste forcené, homme de tous les coups, surtout quand ils sont durs.

Seigneurs du crime organisé tous ou presque sont en relation d'arnaque avec l'ancien ministre du Général de Gaulle, fondateur du parti des républicains indépendants avec son cousin Valéry Giscard d'Estaing. Ils l'ont « fixé » d'affaire en affaire et pressé comme un citron. Ses biens sont hypothéqués pour treize millions de francs, le fisc lui réclame 3 millions de francs d'arriérés d'impôts. Il a usé et abusé du crédit. C'est un homme fini. Il faut donc l'achever et avec l'assentiment des plus hautes sphères de l'Etat pour qui il est devenu tout aussi encombrant.

*

Roland Luperini est témoin, spectateur privilégié de la machination. A Paris il fréquente nombre d'officines parallèles, où s'élaborent « contrats » et combines s'abritant sous le masque de bureaux d'études, agence de détective privé, sociétés de vigiles ou cabinet d'assurances. Comme celui de Jean-Pierre Masson, 15 avenue Félix-Faure dans le XVe arrondissement.

Il y rencontre quelques-uns des acteurs de « l'assassinat du prince ».

Albert Leyris, Tonton Albert, un temps « démarcheur » pour le cabinet d'assurances Masson. Colosse aux cheveux et à la barbe noire, sans profession mais toujours en quête d'une magouille, d'une carambouille et d'un service à rendre aux anciens collègues de son père, défunt inspecteur des Renseignements Généraux et au service des affaires particulières. Tant qu'on le laisse tranquille sur ses activités. Roland Luperini passe aussi des soirées au King à Chaville, autre rendez-vous du crime organisé dont Tonton Albert est le gérant.

Quand Tonton Albert pourvu d'un casier aussi conséquent que les affaires de ferraille qu'il a eu à traiter prétend s'offrir une virginité judiciaire en jouant les indics aux grandes oreilles, il choisit comme confident Michel Roux, obscur inspecteur de la 10e Brigade Territoriale installée à Issy-les-Moulineaux, dans les Hauts-de-Seine.

Après quelques appâts sans grande conséquence, au mois de mars 1976, Tonton Albert chuchote au policier un renseignement soi-disant important. L'existence d'une imprimerie de faux bons du Trésor. Avec en prime l'échantillon d'un 10 000 francs nominatif.

L'inspecteur scrupuleux s'installe devant sa machine à écrire pour la rédaction d'un rapport qui, révélé par *le Canard Enchaîné* entrera dans l'histoire du crime politique sous le nom de « premier rapport de l'inspecteur Roux ». Daté du 1er avril 1976.

Où est la farce ?

Qui manipule qui ?

Au moment où le policier évoque l'imprimerie dans la « région méditerranéenne » Roland Luperini a installé et surveille trois imprimeries de faux bons du Trésor à Asnières, Gennevilliers et dans une rue proche du Chevalier de la Barre dans le XVIIIe arrondissement à Paris. Puis descend à Marseille au volant d'une R 16 de location blanche livrer six valises de ce laissez-passer pour prêts bancaires. Deux de ses employeurs parisiens, experts de la criminalité en col blanc, créent alors trois sociétés d'abattage de viande dans la banlieue de Marseille et l'une en Corse. Deux nouveaux banquiers locaux doivent subir la loi du racket aux faux bons du Trésor.

Le commissaire Poli, chef de l'Office Central de Répression du Faux Monnayage souhaite renconter Albert Leyris. L'entrevue se déroule au bar de l'Hôtel Méridien, dernier salon où l'on cause de fausse monnaie. L'affaire lui semble mal partie.

Il repère sur le faux bon du Trésor échantillon un coq blanc qui a disparu des nouveaux tirages.

Qui manipule qui ?

Tous les faux bons du Trésor que livre Roland Luperini et qu'il distribue également à son réseau d'écouleurs chargés de les placer dans les bureaux de poste sont d'une absolue perfection.

*

Au cabinet d'assurances Masson et dans des agences de détectives privés sans licence Roland Luperini rencontre encore Antoine Melero qu'il appelle surtout « Martini », son nom de détective, et qui sorti de prison, continue de défendre les intérêts de Lola Di Paco, dans son affaire de meubles. La jeune femme a fort besoin de l'ancien policier !

Il se passe toujours quelque chose aux galeries Di Paco. La Mercedes de la société et la camionnette transportant 250 000 francs de meubles sont volés, et jamais retrouvées malgré le fin limier. Un entrepôt au 3 du faubourg Saint-Antoine brûle comme une torche sans que personne découvre l'origine de l'incendie, même pas le très fin limier.

Roland Luperini jure qu'il n'y est pour rien...

Il rencontre encore au hasard de ses balades parisiennes Guy Simoné, l'inspecteur principal entré en pègre, « fixé » lui aussi à coups de chèques et de prêts, s'exerçant aux subtilités de la ferraille sous la direction de maître Jacques Mérignac, débonnaire affairiste aux cheveux gris, haut placé dans la hiérarchie du crime organisé, compagnon de route des Renseignements Généraux et du Service d'Action Civique et l'un des correspondants parisiens de Roland Luperini. Le policier s'exerce aussi au recouvrement des créances, discipline musclée, négocie des bons du Trésor, et s'est chargé de confier l'échantillon douteux à Albert Leyris.

Jacques Mérignac, Albert Leyris, Guy Simoné. Trois relations de Roland Luperini, tous relations des plus hauts services de police. Roland Luperini n'a vraiment pas à se soucier du vulgaire mandat d'arrêt du juge Guy Floch.

Qui manipule qui ?

Albert Leyris soudain muet, l'inspecteur Michel Roux lanterne quand il s'attarde au King. Le 27 septembre 1976, il écrit enfin son second rapport, annonce, sans citer nommément l'ancien ministre, l'assassinat de Jean de Broglie et précise : « Il semble que le retard apporté dans l'exécution de l'opération tient au fait que les bons du Trésor imités ne soient pas conformes à l'original. » Roland Luperini a déjà fermé ses imprimeries parisiennes et l'impression est provisoirement arrêtée. Personne ne risque de découvrir d'imprimeries, mais « l'affaire » est lancée, et comme Jean Ducret, le directeur de la Police Judiciaire s'empresse d'enterrer les rapports de l'inspecteur Roux dans le grand cimetière des mystères parisiens, tout peut continuer.

Qui manipule qui ?

Roland Luperini a su l'un des premiers que le prince de Broglie était condamné à mort. Il confie à l'un de ses très proches.

— « Ils » font courir le bruit que ce de Broglie devait nous prendre une valise de bons du Trésor, et les placer, et qu'il n'a pas été réglo, qu'il ne veut pas payer ce qu'il « leur » doit. Tu parles qu'il y a autre chose ! Une valise de bons, on n'en meurt pas. « Ils » ont traité des tas d'affaires avec lui, mais « ils » ont décidé de se débarrasser de lui.

Et si l'on s'en tient aux confidences de Roland Luperini l'exécution est un chef-d'œuvre du crime organisé, mais avec bien des bavures...

Quand Gérard Frèche, « petit Gérard » assassine le prince de Broglie le 24 décembre rue des Dardanelles devant le domicile de Pierre de Varga, sept mois exactement après que Roland Luperini lui a cherché un assassin, le Petit est en Suisse pour « affaires ». A son retour à Marseille il soupire :

— Ça devait pas se passer comme ça, mais toutes les protections sont prévues. Ils s'en tireront.

Ajoute des mots très lourds toujours sur le ton de la galéjade :

— « Ils » ne seront jamais arrêtés. Les vrais coupables ne vont jamais en prison.

Il n'a pas tout à fait tort.

Tonton Albert conduit la police vers Guy Simoné, le prétendu organisateur, vers Serge Tessedre, le prétendu recruteur. Son rôle doit s'arrêter là, et la police ne l'inquiète pas. Mais son nom est prononcé par Gérard Frèche, le tueur. Alors il est obligé de se présenter pour être arrêté, inculpé, jeté en prison. Dix-huit jours seulement puis libéré, de nouveau envoyé à la Santé avant d'obtenir enfin un non-lieu.

Quant à Jacques Mérignac attablé avec Guy Simoné et Serge Tessedre à l'auberge Henri IV de Port Marly, l'un des restaurants favoris de Roland Luperini au moment de leur arrestation, il est libéré après vingt-quatre petites heures de garde à vue.

Jamais aucune photo de Albert Leyris et Jacques Mérignac ne paraît dans la presse. Tous deux sont protégés, ou par la police ou par des gardes du corps quand ils arrivent au quai des Orfèvres ou au Palais de justice. Par contre on s'arrange pour que soit publiée une photo « en situation » du tueur, casquette et blouson de cuir noir épais, la main appuyée sur un lampadaire dans une rue sombre. On croirait une vieille photo de foire où il suffit de passer la tête dans un décor de carton pour se retrouver aviateur, chasseur de fauves ou... tueur.

*

Roland Luperini se met à parler trop fort déjà de l'affaire.

— Ce n'est pas petit Gérard qui devait buter le prince. Ils n'ont arrêté que des truffes...

Prononce cette phrase terrible dans la bouche d'un homme que ne lit jamais ni livres ni journaux, et se moque de l'actualité.

— Ça devait faire comme Oswald pour le président Kennedy.

Il répète ce qu'il a entendu dans les couloirs d'une officine. Car non seulement il prétend que petit Gérard ne devait pas tuer le prince de Broglie, mais qu'il devait être éliminé dès que le vrai tueur aurait accompli son contrat.

— De toute façon le prince devait être tué devant chez lui et pas à bout portant.

Il ricane alors de l'arme employée, un Reck de calibre 38, rebut de l'armée destiné à l'origine à être démilitarisé, exhibe un peu trop le Sig P 210 dont il ne se sert pas par superstition pour ses contrats.

— Ça vaut de l'or. Si on savait qui me l'a fait acheter...

Quand le 29 décembre 1976, Michel Poniatowski classe l'affaire lors d'une conférence de presse, à la marseillaise.

— Le coup de filet est complet. Toutes les personnes impliquées dans l'assassinat de Jean de Broglie sont appréhendées...

Roland Luperini se vante encore trop fort :

— « Ils » sont fortiches...

Parle aussi trop fort de l'avocat qui, sans marchander, dans le courant de l'année 1976 l'a encore envoyé à Saint-Sébastien exécuter des Basques espagnols, et qui sait tout de l'affaire.

Enfin quand il apprend que le juge Guy Floch instruit le dossier de l'affaire de Broglie il parle toujours trop fort, même si c'est devant des proches.

— Putain ça n'aboutira à rien avec lui. Moi j'ai mon mandat et on ne me ramasse pas ! Pourtant je bouge... Floch a été obligé de laisser Melero dehors. On est tous protégés.

Toujours le mandat d'arrêt du 27 novembre 1974...

Numéro de Parquet 35699, numéro d'instruction 295...

Les prédictions de Roland Luperini l'intouchable se révèlent vraies dans l'ensemble.

Pour lui d'abord. Le juge Floch, très vite au courant de l'existence des deux rapports de l'inspecteur Roux, mais qui les tait à la justice « pour préserver son informateur », délivre l'arrêt de poursuites contre Luperini en avril 1977... Pourquoi le juge se soucierait-il encore du meurtre manqué d'un marchand de meubles du faubourg Saint-Antoine ? Puis promu par un joli hasard conseiller à la cour d'appel abandonne en cours d'instruction le dossier à Martine Anzani. L'affaire Dalle Nogare ne sera jamais jugée... et le nom de Roland Luperini n'apparaîtra jamais dans la procédure de Broglie.

Quant aux « sacrifiés » que les commanditaires ont placés en première ligne, cinq ans après ils sont condamnés à des peines aussi légères que l'affaire est lourde. Dix ans pour Pierre de Varga, présumé commanditaire, Guy Simoné et Gérard Frèche, cinq ans pour Serge Tessedre.

Ça vaut toutes les lois du silence, même si l'organisation de l'assassinat a eu des ratés, même si le nom de Jacques Mérignac a été prononcé du bout des lèvres, celui d'Antoine Melero d'une encre trop sympathique.

De Lemaigre-Dubreuil au prince de Broglie, la prononciation ne varie guère.

Quant à Gérard Frèche, il a la vie sauve. Faveur rare dans le milieu des ferrailleurs et qu'il sait remercier par son soudain silence.

Roland Luperini, fin connaisseur de tous les scandales de l'ombre, de la justice à l'étouffée, sûr de ses protections, sûr de ses employeurs, se sent désormais invulnérable.

Trop.

XI

UN TUEUR NOMMÉ LUPERINI OÙ L'ON REVIENT A L'AFFAIRE DU BAR DU TÉLÉPHONE

Le juge Michel l'apprend encore après la disparition de Roland Luperini.

Lorsqu'il est à Marseille, le Dilinger du Canet n'a pas à se soucier d'être ou non sous le coup d'un mandat d'arrêt. Il peut en toute quiétude rechercher un tueur pour assassiner le prince Jean de Broglie. Il a son mandat de non-arrêt !

Une feuille de papier à en-tête de la Sûreté urbaine, munie de sa photo d'identité. Un laissez-passer précisant que si une quelconque Brigade de police contrôle cet homme, avant d'aller plus avant, il convient d'aviser le commissaire principal Antoine Biancardini, chef de la première Brigade Territoriale...

*

Antoine Biancardini arrive à l'Evêché en 1976, et dès qu'il rencontre Roland Luperini, déjà « en poste à la Sûreté », décide que le Petit sera son indic et un indic de poids. Ils sont en liaison permanente. Ils s'appellent Roland et Antoine, se tutoient, ont leur rond de serviette dans une pizzeria proche de l'Evêché et dans un restaurant du quartier de l'Opéra. Roland Luperini franchit la porte de l'Evêché, salué par le planton, sans risque d'en sortir avec les menottes.

Un soir en sortant de l'Evêché, il tire trois balles sur le panneau de signalisation à l'angle de la rue de l'Evêché et de la place de Lenche en jurant :

— J'ai donné mon nom à la rue.

L'impact des balles y figure encore.

Quand on l'aperçoit dans une voiture de police, il part simplement en repérage, en mission. Il se sent chez lui dans la bâtisse grisâtre proche du domicile familial. Il s'assoit dans le fauteuil de son protecteur Antoine Biancardini, les pieds sur son bureau, fouille dans les dossiers, lit les procès-verbaux à haute voix, jongle avec les armes saisies ou en emprunte... Un après-midi il aperçoit un coffret enfermé dans l'armoire métallique.

— Qu'est-ce que vous cachez ?

On lui explique que la Sûreté conserve parfois le produit de hold-up avortés, en flagrant délit. Le temps de la procédure, avant que l'argent soit restitué. Une semaine plus tard, hold-up, dans un bar rue de l'Evêché. 30 000 francs sommeillent dans le coffre ouvert. Roland Luperini les empoche et quitte l'Evêché en riant. Il régale ses amis au Champoreau, puis à la Rotonde de Jeannot le Corse, galèje.

— J'ai piqué la caisse de la police.

Sourires gênés et haussements d'épaules. A la Sûreté 30 000 francs, c'est le prix d'un bon indic ! A passer aux profits et pertes de la police marseillaise. Dans les couloirs de l'Evêché on l'excuse.

— C'est un enfant gâté.

Marseille demeure Marseille.

Le S.R.P.J. saute sur l'occasion pour essayer de récupérer un aussi précieux « chasseur de primes ». La guerre des polices, gangrène de Marseille, s'étend jusqu'à un indic, tueur de surcroît et pour qui un mandat d'arrêt court toujours ! On menace Luperini.

— Si tu ne viens pas chez nous, tu peux en prendre pour vingt ans. Tu as piqué la caisse des flics. Change de camp, et on s'arrangera.

Fernand Mathieu tempête qu'il lui faut Luperini, mais le Petit a encore trop de protections et demeure fidèle à Antoire Biancardini, « son » commissaire.

*

Le hold-up est la spécialité de Roland Luperini, mais truqué... Il a mis au point sa technique à Toulon où il a commence sa carrière de truand-assistant de police, toujours à la Sûreté. A l'époque Jean Laffue était dans cette ville directeur des polices urbaines. Roland Luperini s'enquiert des hold-up en préparation, et propose ses services dans l'équipe. Un excellent tireur ne se refuse jamais. A Marseille si les projets de hold-up manquent sur la place... de l'Opéra, il se charge de monter le coup avec une préférence pour les bijouteries et recrute deux ou trois volontaires.

Le rendez-vous fixé, ensuite c'est au choix. Ou Luperini ne vient pas, laissant la police se charger d'arrêter quelques truands de plus. Ce qui, à la longue, peut se savoir et devenir dangereux. Ou Luperini vient, mais réussit à prendre la fuite par miracle. Pour que l'effet soit complet, les policiers n'hésitent pas à tirer sur leur ami Luperini, mais avec des balles à blanc ! Et, si Luperini a des difficultés à trouver les armes du hold-up, on lui en fournit tout un stock. Il n'en manque pas dans les locaux de l'Evêché.

Marseille demeure Marseille.

*

Antoine Biancardini n'est pourtant pas un flic véreux, un combinard à la Guy Simoné. De ses relations avec Roland Luperini il ne retire aucun avantage financier. Marié, père d'une petite fille, une fois rentré chez lui il mène une vie paisible. Il est seulement obsédé par son métier. Toujours disponible, courageux, efficace, avec une âme de chef, respecté de toute son équipe et victime de la guerre des polices, lui aussi veut accumuler les « crânes », les arrestations en argot policier. Quand il est arrivé à Marseille il était plutôt gros, pesait 80 kilos. Il maigrit de semaine en semaine à force de ferrailler contre les truands et contre... les ennemis du S.R.P.J.

Luperini rime avec Biancardini. Ils sont aussi « fous » l'un que l'autre. L'un veut devenir un super truand, l'autre, un super flic. Alors les crânes défilent. Roland Luperini « balance » à son correspondant des vols de bijoux, des recels de bijoux, et des petits stocks de fausses monnaies. 20 000 francs par-ci, 30 000 francs par-là, le plus souvent des planques avec des billets mal contrefaits. Ça augmente les crânes, ça arrange les statistiques et ça arrange l'organisation. Toujours donnant donnant.

Lorsque Roland Luperini est en manque d'informations, le commissaire Biancardini le relance le samedi ou le dimanche dans la propriété des Luperini à Nans-les-Pins. Passionné de chasse, Roland Luperini aime à parcourir les bois voisins, son fusil en bandoulière. Le repos du tueur. Antoine Biancardini l'accompagne souvent. De ces méditations forestières naissent d'autres coups, d'autres crânes. A chacun son surnom. Biancardini, petit de taille : Napoléon, à cause de ses origines corses, comme Luperini, ou Demi-pression, à cause de sa taille, et parce qu'il est toujours en train de faire pression sur le Milieu !

*

1977. Roland Luperini voyage. En Belgique encore où il traite des affaires de faux francs C.F.A. Au Zaïre, dont le gouvernement décide de changer soudain la monnaie... En Suisse, en Italie et même au Venezuela.

Cette irrésistible ascension, ses amitiés dans la police marseillaise, à l'Office Central de Répression du Faux Monnayage, à la deuxième section des Renseignements Généraux, ces missions de plus en plus compliquées, la certitude de l'impunité, lui montent à la tête. Il se montre de plus en plus bavard. A la Rotonde, Jeannot le Corse est obligé de le calmer lorsqu'il prononce un peu trop haut le nom de De Broglie.

Dans les bars des environs de Nans-les-Pins, quand il retrouve ses amis d'enfance, son frère Robert et son père, il aime décrocher le téléphone, composer le numéro de l'Assemblée nationale, et demander des députés connus dans la région ou des hommes politiques célèbres. Il se met à parler doucement, assez fort pour être entendu des oreilles en maraude à la marseillaise.

— Ils sont gourmands. Il faut plus. Je vous rappellerai.

Puis revient vers les autres, très mystérieux.

Il sait tout des circuits parallèles de l'argent, des manes du crime organisé vers les caisses électorales, devient un homme gênant, sans doute parce qu'il reste un enfant, un éternel gavroche du Panier.

— Je m'en fous. J'ai la police dans ma poche, les politiques aussi. On leur rend assez de services à tous, sauf à la gauche ! Alors ils ferment les yeux.

Pourtant pas « tueur fou » pour rien il reste très demandé.

Sans cesse sur la brèche, dormant seulement quatre heures par nuit, et encore à coups de somnifères, il a sa morale.

— Je veux bien me défoncer pour la fausse monnaie, éliminer tous ceux qui nous gênent. S'il y a un type à descendre je fonce, mais la drogue, je n'y toucherai jamais.

Un policier qui a bien connu le tueur, donne de lui ce raccourci :

— C'est un pur. Il ne ferait pas de mal à une mouche, tuer de sang-froid c'est son métier.

Roland Luperini ne vit plus avec Pierrette sa femme qui habite Paris dans le XIXe arrondissement. Ses parents élèvent son fils. Il a trois compagnes : une prostituée, Aïcha, Claudie Jesse, et une troisième jeune femme dont il a un enfant. Il dévore sa vie, mène une folle course, mais s'il continue à honorer les grands restaurants comme Taillevent et Lasserre, boit rarement d'alcool.

— Quand on fait ce que je fais, il faut garder la tête froide.

*

11 novembre 1977. Roland Luperini sort de l'Annabel's, l'ancien fief des frères Guérini au bas du Méditerranée sur le Vieux Port, s'apprête à monter dans sa 204 de location. Aucun policier ne l'arrête comme Gaétan Zampa, mais trois balles lui trouent les épaules et la jambe.

Quand une patrouille de police arrive devant l'Annabel's on fouille Luperini. Un 11,43 déforme sa poche. Il comparaît librement sans avocat devant la 11e Chambre correctionnelle pour port d'arme. Cherche-t-on à lui parler du mandat d'arrêt du juge Floch ou autre ? Il est condamné à dix-huit mois de prison avec sursis et quitte à nouveau le tribunal. Librement.

— Ils ne vont quand même pas m'arrêter et me mettre au trou. Ça serait un comble !

L'homme qui a tiré dans l'ombre est un tueur.

Pas aussi fine gâchette que lui, mais payé pour l'empêcher à jamais de parler.

Roland Luperini s'en moque. Il sait qu'il en sait trop sur l'affaire de Broglie, mais aussi sur des centaines d'autres affaires importantes. Il croit que savoir est sa force. Continue sa folle course. Fanfaronne toujours trop fort.

— On va se mettre au trafic de diamants et aux faux jades.

*

Roland Luperini demeure l'un des maîtres de la fausse monnaie. L'affaire de Broglie n'a pas décimé les rangs de ses employeurs. Il a toujours de nouvelles relations. Comme André Quattri, qu'il côtoie dès mars 1978 dans les bureaux de la société Shark. Qui a créé cette nouvelle et étrange officine au début de 1978 ? Antoine Melero, l'ancien policier du Maroc, avec André Quattri.

Où sont situés les bureaux de cette société ? Au 2, rue de la Roquette, dans le 11e arrondissement, l'adresse de la société Claude Deco de madame Di Paco, ex-femme de Claude Dalle-Nogare, le marchand de meubles.

Tout est lié. Tout.

Au même moment un terrible incendie dévaste encore l'entrepôt de meubles du faubourg Saint-Antoine... Il sera temps ensuite après tant d'émotions pour que Lola Di Paco meure de mort apparemment naturelle, d'une crise cardiaque, que Claude Dalle-Nogare empoche ses 300 millions de centimes, et se lance encore dans une affaire de meubles, estimée à deux milliards des mêmes centimes.

*

Shark, en anglais, signifie requin, et aussi escroquer ou vivre d'escroqueries...

La société Shark d'Antoine Melero et André Quattri est spécialisée dans le recouvrement de créances et la protection de personnalités politiques, pour le compte de l'U.D.F. et du R.P.R.

Roland Luperini retrouve chez Shark son ami Jacques Mérignac venu entre autres demander des hommes sûrs pour la campagne électorale du R.P.R. On approche des législatives.

D'ailleurs les requins ont fondé Shark seulement dans ce but.

Un jour dans les couloirs de Shark l'un de ses amis annonce à Roland Luperini :

— J'étais dans la R.R.P. avec de Broglie...

Luperini s'étonne :

— Non on dit le R.P.R. Ils travaillent tous pour le R.P.R. ici.

A force d'entendre prononcer le sigle politique chez Shark, Roland Luperini ne s'est pas souvenu que la R.R.P. est la Rôtisserie de la Reine Pédauque, le restaurant auquel s'intéressait le prince de Broglie.

Quand le prince de Broglie est mort, il avait assisté récemment au rassemblement R.P.R. de la porte de Versailles et échangeait une correspondance avec Jacques Chirac, sans doute pour gagner les rangs du R.P.R.

Tout est lié. Tout.

André Quattri, co-fondateur de Shark connaît bien Jacques Mérignac. Il était chef du personnel aux poissonneries Pierre où maître Jacques a travaillé comme attaché commercial.

Le juge Michel ne tardera pas à retrouver tous ces gros poissons dans les eaux troubles de l'arnaque et de la fausse monnaie.

Tous dans le cabinet n° 3.

Sauf Roland Luperini...

Tout est lié. Tout.

*

12 août 1978. Roland Luperini rencontre Antoine Pagano place de Lenche sur le banc proche du petit monument de pierre voué à Henri Tasso, un ancien maire de Marseille bien oublié. Encore un gavroche du Panier. Décorateur au chômage et guitariste sans emploi. Comme aux rares rescapés de son enfance — quand il regarde ses photos de classe de l'école le Major, dix élèves sur trente sont déjà morts, dans des règlements de comptes — Roland Luperini voué aux Antoine : Biancardini, Melero..., lui distribue des costumes en alpaga, des chaussures en croco, des chemises achetées un mois plus tôt, déjà trop froissées et trop portées à son goût. Antoine Pagano admire Roland Luperini.

— Aujourd'hui c'est mon anniversaire. J'ai 29 ans. Toi qui connais du monde, tu devrais me présenter à des vedettes.

— Ne t'inquiète pas. J'ai un copain qui connaît Michel Sardou,

Johnny Halliday, Enrico Macias... Ce soir, on va faire une virée et on ira le voir.

Flanqué de deux autres courtisans, ils dînent au Mas, un restaurant du quartier de l'Opéra rue Lulli où le père de Gaétan Zampa a longtemps dirigé sa Ruche, le seul restaurant où l'on peut dîner presque toute la nuit à Marseille. Roland Luperini présente Antoine Pagano au gérant petit et rondouillard : Robert le Noir. A cause de la couleur de sa peau. Si populaire sous ce surnom dans le Marseille de la nuit qu'on en oublie que ce fidèle du parti socialiste, ami de Nick Venturi, ancien employé du *Provençal* de Gaston Defferre, inculpé jadis d'homicide volontaire, s'appelle Robert Sagna.

Robert le Noir tutoie, embrasse et reçoit des nuées de chanteurs célèbres lorsqu'ils se produisent à Marseille. La petite salle et le bar sont tapissés de photos le représentant en leur compagnie. On croise aussi au Mas de nombreux acteurs du Milieu marseillais, des avocats, des journalistes.

Robert le Noir promet de s'occuper d'Antoine Pagano et en attendant insiste pour offrir à la fin du repas, en guise de digestif, des tee-shirts où s'étale en lettres fluorescentes le nom de Johnny Halliday. Roland Luperini, intrigué et étrennant une chemise de soie neuve refuse, mais Robert le Noir roule ses gros yeux :

— Ça fera réussir Pagano. Faites-moi plaisir, allez mettez-moi ça.

Johnny Halliday a chanté à La Ciotat la semaine précédente, et à la fin du spectacle des inconnus ont dérobé la recette ! Johnny est venu se consoler au Mas, et a laissé quelques tee-shirts... Antoine Pagano et les deux autres obéissent à ce caprice et Roland Luperini finit par enfiler le tee-shirt dans la 304 d'Antoine Pagano.

Les quatre amis roulent ensuite vers la Locomotive. Une boîte de nuit de Cassis, chemin des Oliviers, près de la gare. On les voit arriver de loin avec leur poitrine fluorescente.

On s'est simplement chargé de les transformer en cibles vivantes.

Lorsqu'ils sortent à 3 heures et demie du matin, un homme les attend tapi dans le fossé de broussailles bordant le chemin. Trois coups de feu claquent. Antoine Pagano s'effondre devant la 304 au moment où il enfonce la clé dans la serrure de la portière, atteint à bout portant d'une balle dans la cuisse, et de deux autres sous l'aisselle, et derrière l'oreille. Une quatrième détonation froisse le silence de la nuit : le coup de grâce, au visage. L'arme est un classique des règlements de comptes : un 11,43.

Roland Luperini et les deux autres ont couru vers les champs voisins. La fusillade ne les a même pas effleurés. Les tueurs se sont enfuis, et lorsque Roland Luperini revient près du corps, l'image fluorescente de Johnny Halliday est froissée de sang. Il recouvre le corps de sa veste de velours noir, puis attend dans le fossé.

Roland Luperini, inconscient, ne se méfie pas malgré l'avertissement de l'Annabel's. Arme dérisoire pour un tueur professionnel, un petit couteau à cran d'arrêt gonfle sa poche... Après Jacky Imbert, et avec moins de dommages, Luperini est le second miraculé de Cassis. Comme si la cité des fleurs protégeait les condamnés à mort du Milieu. Mais lorsqu'un tueur échappe à d'autres tueurs sans les reconnaître comme Jacky Imbert, il est en danger de mort, surtout après deux miracles.

Roland Luperini attend dans la nuit sans bouger. Quand les gendarmes de la brigade de Cassis et de la Brigade des Recherches d'Aubagne arrivent en compagnie du docteur Dauvergne à la Locomotive, il décline son identité et souffle :

— C'est Antoine Pagano qui est mort.

Lorsque Jean-Louis Pietri, l'inspecteur du S.R.P.J. de Marseille qui plus tard fouillera le studio vide de l'amie de Luperini s'approche, il entend une voix d'outre-tombe :

— Ne cherchez pas. C'est moi qu'on voulait abattre.

Le miraculé marche vers les policiers, l'air méfiant, inquiet. Pour la première fois de sa vie, il semble avoir très peur, et se débarrasse dans le fossé du tee-shirt empoisonné. Déjà on réveille le sous-chef du S.R.P.J., le commissaire Lepoulard, que le juge Michel appelle le Poulet. L'heure est grave.

*

Roland Luperini se dit que le meilleur hôtel est encore l'Hôtel de Police. Le tueur, meilleur indic de Marseille et de France, compagnon du commissaire Biancardini, change de service attisant une guerre des polices déjà brûlante.

Donnant, donnant... c'est la loi du métier.

Le Service Régional de Police Judiciaire de Fernand Mathieu peut enfin « se payer » Roland Luperini, l'arracher à sa rivale, en échange d'une protection hors du commun.

Roland Luperini demeure d'abord deux jours à l'Evêché, le temps de soigner ses frayeurs, au nom d'une garde à vue très particulière. Luperini ne descend pas dans les geôles trop humides et froides. Il est logé et nourri dans les bureaux du troisième étage. On se bouscule pour lui apporter sandwiches, bières et même des plats chauds. Réconforté et choyé, Luperini n'a plus qu'à parler, et il parle.

D'un des sujets qu'il connaît le mieux, hormis le maniement des armes : la fausse monnaie. Pour son entrée officielle au S.R.P.J., il veut qu'on lui « tire le chapeau ».

— On est en train de préparer l'imprimerie pour une grande opération de faux billets, des francs C.F.A. et peut-être des 100 francs si on y arrive. Dans le coup, il y a les frères Esposito et Mérignac, celui de De Broglie.

— Et toi aussi, bien sûr, soupire un inspecteur.

— Oui, et puis Mérignac. C'est lui qu'on a chargé d'acheter en Allemagne les numéroteurs pour la machine offset qui va servir pour les faux billets. Quattri aussi est dans le coup, le gars de chez Shark.

Au passage, en prime, Luperini lance :

— Si vous voulez l'affaire du camion de tableaux de maîtres volé sur le Vieux Port, j'ai les noms des deux dockers qui ont fait le coup ! Je dois les donner à Melero et on doit partager les cent briques de l'assurance.

*

Onze tableaux de maîtres dont un Gauguin : *Portrait de Madeleine Bernard,* estimé à un millard de francs, un Courbet et un Sisley revenant d'une exposition à Séoul en Corée ont été volés deux mois plus tôt dans un camion Mercedes garé près du Port de la Joliette.

Marseille a encore battu un record. Celui du plus important vol d'œuvres d'art « dans la nature ». Sur les flancs du camion des panneaux annonçaient en grosses lettres blanches « Transport d'œuvres d'art »...

Quand le cabinet Tyler and Co a offert 1 million de francs de prime à qui donnera le nom des voleurs et l'endroit où ont échoué les toiles, Roland Luperini s'est mis en chasse et il a trouvé... ce que la police marseillaise ne trouve pas.

En mai 1979 sur ses indications le S.R.P.J. fini par arrêter... un docker, un camionneur, et deux complices voleurs de hasard, simplement attirés par les flancs prometteurs du camion... Roland Luperini ne s'est pas trompé. Certaines toiles dorment déjà dans un égout, mais sont récupérés sur renseignements anonymes...

Antoine Melero a-t-il touché l'assurance en cadeau posthume de Roland Luperini ? Le juge Michel inculpe les quatre amateurs d'art.

Tout est lié. Tout.

*

Après le miracle de Cassis une perquisition aux domiciles connus de Roland Luperini s'impose. Les policiers du S.R.P.J. veulent s'assurer que leur nouvel allié ne les trahit pas. Un inspecteur découvre dans l'appartement de Toussaint Luperini, rue Baussenque, au fond d'une sacoche de cuir, enroulée dans une peau de chamois une arme que personne n'a jamais tenue entre ses mains, les bonnes gâchettes marseillaises n'ayant pas les moyens de se l'offrir. Le policier soupèse l'objet lourd et volumineux.

— C'est ce qu'on fait de mieux. Un Sig P 210. La meilleure du moment...

Des explications ? Roland Luperini, dont les yeux noirs fixent avec regret l'arme encore vierge, les donne comme un dernier cadeau.

— Oh ça, c'est le pistolet qui devait servir à tuer le prince de Broglie à Paris, mais je n'ai trouvé personne pour faire le coup. Alors je l'ai gardé.

Roland Luperini raconte son périple marseillais en quête d'un tueur, cite des noms : Esposito, Bianchini, mais on l'écoute déjà seulement d'une oreille.

Le prince de Broglie ? Il est mort, enterré, et l'affaire aussi. Les coupables sont en prison, la police « trinque » déjà assez dans l'affaire ! Pourquoi s'ennuyer avec une « affaire parisienne » alors qu'à Marseille, on bredouille, bafouille et magouille avec déjà tant de mystères. Interroger Jean Gabriel Bianchini, Jeannot le Corse, la Madelon de l'Evêché, jamais...

Inutile de chercher à savoir qui a commandé le meurtre du prince de Broglie à Roland Luperini, et inutile surtout de prévenir le juge Guy Floch.

On se contente de prévenir le juge Michel mais seulement pour l'imprimerie de fausse monnaie, en évoquant un « renseignement anonyme ».

Pour lui déjà Roland Luperini ne peut avoir d'existence.

Quant au pistolet automatique suisse muni de son numéro de saisie, arme destinée à tuer le prince de Broglie, il gagne le greffe de Louis

Olive, grand cimetière des mystères marseillais, et pour une fois d'un mystère d'Etat, tandis que Roland Luperini est relâché avec pour mission de « balancer » à qui mieux mieux...

Mais pas seul. Fernand Mathieu, le chef du S.R.P.J. qu'obsède la grande vague des faux billets de cent francs, se défie des promesses de Roland Luperini. La Brigade Financière dépend à Marseille du S.R.P.J. Il choisit alors un jeune inspecteur, chargé d'accompagner le Petit où qu'il aille, et surtout de se faire passer pour un truand.

Avant « Jeannot », Simon Franchini inspecteur divisionnaire, voilà une première taupe chez les faux-monnayeurs.

Mais à pénétrer dans les entrepôts de l'ombre, les officines de détectives et de recouvrement de créances, les sociétés de vigiles musclés où s'entassent les valises de faux billets, à rencontrer tant de policiers mêlés au trafic, quand ils ne le dirigent pas, le jeune inspecteur ressent quelques vertiges. Dans ces cavernes d'Ali Baba où il suffit de tendre la main pour la retrouver lourde de liasses bien craquantes, il cède à la tentation, et Roland Luperini n'y est pas pour rien. Au lieu de rechercher le nom des commanditaires il écoule de fausses coupures pour pallier le ridicule de son traitement... Guy Simoné a des émules.

Pour pallier le ridicule de la situation dont Roland Luperini a rendu compte... en indic consciencieux l'inspecteur est muté sur la Côte d'Azur. Pourquoi cette banale sanction ? Il a eu le temps tout en piochant dans les caisses noires de rendre des services en jouant les receleurs, et en passant commande de marchandises volées, surtout des bijoux, grâce à lui on a réalisé quelques « crânes ». L'arrestation de truands sans grande envergure, mais c'est bon pour la statistique et le moral du service !

Pourtant cette nouvelle faille policière encourage les employeurs de Roland Luperini, qu'il tient au courant de ses pérégrinations de jour en jour, à manipuler la police. Il est décidé de sacrifier une imprimerie à Marseille pendant que d'autres tournent dans les environs.

Si le S.R.P.J. et la Financière veulent des crânes, ils en auront.

*

Mais du côté des ferrailleurs, faux-monnayeurs maîtres du crime organisé, on s'inquiète. A cause de Sig P 210... Si Roland Luperini parlait à Antoine Biancardini, ou à d'autres policiers trop curieux et désireux de s'offrir comme « crâne » de choix un rebondissement dans l'affaire de Broglie. Et puis Roland Luperini le gourmet devient de plus en plus gourmand.

Pour un homme qui méprise l'argent, ce qui est rare au sein de l'organisation, ses contrats atteignent des prix démesurés, même si la qualité est toujours là.

*

Roland Luperini multiplie encore seul ou avec Christian Forte, Bouchon, son « second » voyage entre Paris et Marseille. Il accomplit ses dernières pirouettes sur la place de Lenche. Dans le Milieu bon enfant du Panier on ne l'appelle pas le « Petit » ou le Dilinger du Canet, comme au Bar du Téléphone... mais Fausse monnaie.

Il dispose toujours et encore, dans son sac ou dans le coffre de sa voiture de location, de 100 000 francs d'argent liquide. Pour ne pas confondre fausses et vraies coupures, il pique les premières à coups d'épingle.

Septembre 1978. Marcelle Pourcel, une voisine de ses parents rue Baussenque, commerçante avenue Saint-Jean, gênée pour s'acquitter d'une facture, se confie à Christian Forte. Roland Luperini lui porte aussitôt 1 200 francs. Deux jours plus tard, le fournisseur qu'elle a payé ainsi revient furieux avec les 12 billets de cent francs. Tous faux. La commerçante interpelle Roland Luperini.

— Roland, tu es fou ou quoi ?

Luperini ramasse les billets et ricane :

— Si on ne peut plus avoir confiance dans ses amis.

Fier de sa baraka il lui montre dans le magasin ses blessures par balles aux jambes et à l'épaule.

Une semaine plus tard, Roland Luperini est de retour. Il achète la sacoche de cuir marron qu'il va porter au Cove's Club, 200 francs, qu'il panache d'un faux billet et d'un vrai. Marcelle Pourcel s'en aperçoit mais ne dit rien. Elle dit à Christian Forte :

— Ne pars pas à Paris avec lui. Tu vas te faire tuer.

Puis répète ce qu'elle dira plus tard à la police :

— Roland porte la mort sur lui.

Le soir où il veut entraîner son fils Henri, elle s'acharne pour l'en empêcher.

— Il a la mort sur lui.

Lui reste pourtant auparavant à accomplir son ultime contrat au Bar du Téléphone... puis dans la nuit du lundi au mardi 23 octobre, à arriver à Nans-les-Pins au volant de la R 5 verte, à 3 heures du matin. Il réveille son père.

— J'arrive de Paris. Je veux aller à la chasse.

Son père fatigué préfère dormir.

Roland Luperini part seul dans les bois au petit matin. Puis revient le 27 octobre à 3 heures de l'après-midi. Retrouvant ce qui aurait dû être son métier le tueur répare une partie de l'installation électrique de la maison familiale avec des gestes précis. Se confie à son père :

— Je t'arrange tout. Comme ça si je disparais, tu y verras clair..

Il en sait trop.

Il sait qu'on a choisi de le sacrifier, même si à 28 ans il est devenu un membre exceptionnel du crime organisé, même s'il est difficile de lui trouver un remplaçant.

L'affaire de Broglie, l'affaire du Bar du Téléphone, étroitement liées, même si d'un prince on passe à dix « pieds nickelés », doivent rester ce qu'on a choisi qu'elles sont.

Des leurres.

Des caricatures d'enquête.

Hélas pour le juge Michel.

On a voulu que meure le dossier du Bar du Téléphone, qu'il en soit le fossoyeur obligé, et tout se déroule selon l'implacable logique du crime organisé.

Après le massacre du Bar du Téléphone les boîtes et sacs de saisies, les pièces à conviction, les relevés d'empreintes demeurent dans le bureau 131 au premier étage de l'Evêché, la résidence secondaire de Roland Luperini. Le bureau du commissaire Antoine Biancardini, juste à côté de celui de Pierre Chatelain, patron de la Sûreté.

Dans la nuit du 3 au 4 octobre, les vingt-quatre heures suivant le massacre, le commissaire Biancardini s'active au milieu des traces d'un massacre. Il fouille, trie, choisit. Avant de transmettre seulement le lendemain l'ensemble des pièces au commissaire Pierre Picone, le chef de l'antigang.

Nul ne le démentira. Que cherche-t-il ? Qu'effaçait-il avant que soit effacée toute trace sur terre de Roland Luperini ?

Dans la boîte de saisie n° 10 se trouve un couteau à cran d'arrêt taché de sang. Le commissaire Bernard Agnese l'a découvert dans son scrupuleux inventaire d'après massacre sur la troisième marche de l'escalier en colimaçon menant à l'appartement des Léoni au premier étage du Bar du Téléphone.

Qu'est devenu ce couteau à cran d'arrêt ? L'arme préférée, après le pistolet automatique et le fusil à pompe... de Roland Luperini.

La seule preuve...

Que cherche le commissaire Biancardini ?

Ce couteau seulement... des empreintes... d'autres indices...

Pourquoi soupire-t-il sans cesse après le massacre.

— Je suis dépassé par ce qu'on me demande...

*

Le juge Michel l'apprend trop tard.

Roland Luperini a disparu, mais même avant cette disparition, toute trace de son passage au Bar du Téléphone a disparu. Comme les meubles, les habits dans l'appartement de son amie Claudie.

Que dissimulait le Dilinger du Canet dans la cachette secrète derrière la kitchenette ?

Durant le dernier mois de sa vie il répétait :

— J'ai des photocopies...

Pourquoi ?

*

La mort de Roland Luperini, le tueur pas comme les autres, attire la mort et d'autres mystères marseillais.

Le commissaire Antoine Biancardini est abattu par un forcené, un malade mental, d'une balle en pleine tête à 5 h 10 du matin le jeudi 7 juin 1979 dans le quartier Saint-Antoine.

Ce malade mental si doué pour le tir ne sera pas condamné.

Pourquoi le Groupe d'Intervention de la Police, le G.I.P. du commissaire N'Guyen Van Loc, le Chinois, n'est-il pas intervenu comme souvent en pareil cas ? Le contrôleur général Jean Laffue s'empresse de déclarer :

— C'était une intervention de routine, comme il y en a deux ou trois par jour à Marseille. Il y avait sur place le patron de la Sûreté, Pierre Chatelain, qui avait la responsabilité des initiatives à prendre... Il a jugé qu'il n'y avait pas danger grave et que maîtriser un invalide ne nécessitait pas d'intervention plus importante. Cela a mal tourné. C'est tout...

Qui a poussé le courageux Antoine Biancardini à aller au casse-pipe ?

Qui a manipulé une ultime fois le policier ?

Que savait-il des secrets de Roland Luperini ?

Mystère... Qui a dit que le contrôleur général Laffue patron de Pierre Chatelain appartient au S.A.C. et que nombre d'acteurs de l'assassinat du prince de Broglie appartiennent ou sont liés au S.A.C. ?

Mystère... Une plaque de marbre est apposée devant le bureau du confident et « patron » de Roland Luperini : « A la mémoire de notre patron Antoine Biancardini, commissaire principal mort victime de son devoir », son nom donné à une salle de conférence au second étage de l'Evêché où l'on enseigne l'art de la police aux jeunes gardiens de la paix...

Et le mauvais tour est joué.

Mystère...

Jean Gabriel Bianchini, Jeannot le Corse, est abattu dans son café la Rotonde, à deux cents mètres de l'Evêché, de six balles de 11,43, à 15 heures, le lundi 3 septembre 1979. Un tueur blond descend d'une moto Yamaha, un revolver Remington à la main. Il marche vers le comptoir, visage découvert, et ajuste posément Bianchini. Celui qui a échappé à tous les règlements de comptes du temps des Guérini à la French Connection s'effondre, le front troué, sur ses verres et ses tasses. Le tueur blond contourne le zinc sans se presser et achève Bianchini de quatre balles à bout portant, paraphe du crime organisé. Trois policiers déjeunent dans la salle. Le seul à être armé sort son revolver, tire quatre fois, mais le tueur blond échappe aux balles. Par miracle... Le tueur riposte, mais le policier se cache, entend siffler les balles et voit seulement une glace se briser en morceaux près de lui. Par miracle... Le tueur blond rejoint la moto. Son chauffeur l'attend.

Mystère...

Jeannot le Corse s'est rallié depuis peu à Gaétan Zampa, et s'occupait d'héroïne et de « jeux ». Quinze jours plus tôt, son ami Minassian, autre ami de Zampa, a été abattu, énième victime, vingt-huitième sans doute en comptant le Bar du Téléphone, de la guerre des gangs. Mais à Marseille on ne compte déjà plus. On s'empresse alors de ranger l'un des plus grands proxénètes de l'après-guerre dans cette orgie de sang. Pourquoi penser que l'on a décidé d'effacer celui à qui Luperini proposait naïvement le contrat de mort du prince de Broglie.

Bruno Esposito, l'autre pressenti, interrogé dans sa cellule, ne se souvient déjà plus du nom d'un prince...

Le lendemain de la disparition de Roland Luperini, Jeannot le Corse a soupiré devant un inspecteur du S.R.P.J. :

— Il ne pouvait pas finir autrement. Même sur de Broglie il en savait trop.

Mystère...

Pour Biancardini et Bianchini, la police, les polices se trouvent là. Hasard marseillais. Coïncidence. Le juge Michel a commencé entre juin et septembre 1979 à s'intéresser à Roland Luperini, à vouloir prouver au moins qu'il était le premier tueur du Bar du Téléphone. Ignorant que Luperini rimait déjà avec Biancardini, Bianchini, mais aussi avec oubli.

XII

BAVURES DANS LA FAUSSE MONNAIE

— Ils ne sont même pas capables de me trouver l'imprimerie...

Trois mois déjà que Roland Luperini a donné ses « renseignements confidentiels » à la Police Judiciaire, mais l'imprimerie des C 7 bis et autres contrefaçons demeure un leurre. On ne la trouve jamais !

Le juge Michel se bat pour qu'au moins l'un de ses dossiers marseillais sorte un semblant d'explication. Il travaille le samedi, le dimanche, dans la villa Les Buis sur la table de la salle à manger, étudiant tous les procès-verbaux, les comptes rendus de filature. Lui restent encore les affaires de drogue, les labos passés, les filières futures, cette filière sicilienne qui naît et grandit avec sa mère-mafia, et puis les errances de la ferraille : Giralt, Francisci, Tatilon... Il doit rencontrer les informateurs de son réseau... Pour avoir au moins quelques renseignements. Le juge Michel est à bout.

De fatigue et d'énervement.

On dit souvent que la police piétine. A Marseille il faudrait lui acheter un fauteuil d'infirme.

Quand le juge s'inquiète des progrès... ou plutôt des reculs de l'enquête de la Police Judiciaire sur le Bar du Téléphone l'évêque de service répond.

— Le Tché fait des P.V.

Le Tché, Etcheberry, jadis aux Stups, du temps de Lucien Aimé-Blanc pratique la police de grand-papa. Accumule les procès-verbaux au mètre carré. Sous sa houlette les inspecteurs interrogent, consignent, paperassent derrière leurs Underwood et Olivetti fatiguées. Et ça tourne toujours autour d'une querelle de demi-sels pour Paulette Tomasino, aux charmes incertains, devenue au fil de l'échec de la police, la beauté fatale de l'opéra, la nymphe pour qui dix hommes sont morts !

La guerre des polices n'a servi à rien.

On s'empresse d'essayer de convaincre Pierre Michel comme un juge débutant, un juge-routine comme il y en a tant à Marseille.

— « Ce sont les frères Quaranta qui ont fait ça pour se venger. Ces gens-là, pour une fille, ils sont capables de tout. »

De Roland Luperini, de la valise aux cent millions de faux centimes transitant cinq jours au Bar du Téléphone de Hamou Sadji, on ne parle pas, on ne parle plus ou alors du bout des lèvres, d'un haussement d'épaules. Comme pour dire :

— Té, vous n'y pensez pas...

Fernand Mathieu, le chef du S.R.P.J., l'a bien dit dès le début :

— L'affaire ne sortira pas.

A la marseillaise...

Comme l'imprimerie de fausse monnaie.

Le juge Michel en arrive à se demander parfois s'il doit rester juge d'instruction, continuer son combat ou... rentrer dans la police, où là au moins il pourra enquêter à sa guise sur les bavures de la police.

Pourtant Roland Luperini, le fantôme du Bar du Téléphone, a donné aux policiers des renseignements apparemment sûrs, et l'adresse d'une imprimerie clandestine, sur le point d'être déménagée.

*

Quand les inspecteurs de la Brigade de Répression de la Fausse Monnaie arrivent 55 boulevard de la Grotte-Roland, dans le quartier de la Pointe Rouge, le 1er septembre 1978, ils découvrent, comme l'a indiqué Roland Luperini le garage « Mécanique Carrosserie ». Propriété d'un certain Raymond Schiano-Lomoriello, inconnu au fichier. A travers leurs jumelles, leurs téléobjectifs et leurs approches feutrées, ils aperçoivent, toutes portes ouvertes, la partie visible du garage. Une longue et unique pièce de dix mètres sur cinq. Avec au fond une cloison en bois neuf, de construction récente. Lorsqu'on s'avance dans le jardin, inutile d'être métreur pour évaluer le bâtiment, beaucoup plus allongé, au-delà de la cloison de bois neuf...

Tandis que les inspecteurs attendent jour et nuit, à l'abri de leurs voitures banalisées, personne ne se manifeste.

Ils sont arrivés trop tard...

On ne les a pas attendus pour déménager.

Pierre Lauguier, le patron d'un commerce de vins et liqueurs aux murs contigus avec le garage, soupire.

— Pendant deux mois, j'ai entendu comme une scie quelque chose qu'on découpe. Il y a des nuits où ça nous empêchait de dormir. Ça s'est arrêté à la fin août.

Au moment où la Brigade de la Fausse Monnaie a commencé ses investigations...

Les techniciens de la brigade savent que le cri d'une machine Offset se confond avec celui de la scie... Le même voisin raconte que trois fois, deux hommes l'ont appelé à l'aide, à travers les vitres d'une minuscule fenêtre pour qu'il vienne les délivrer. Ils pestèrent contre leur patron qui les enfermait, et à chaque fois entrouvraient seulement la porte : double battant avant de sortir, comme s'ils se méfiaient.

Le juge Michel enrage.

L'imprimerie baladeuse continue sa partie de cache-cache.

Le 20 septembre des policiers en mission de surveillance près du café le Petit Bleu, chemin de la Madrague-Montredon, prennent en filature François Baldini, un employé municipal, au volant de sa Mercedes immatriculée 4611 FL 13, en compagnie d'un chauve aux cheveux roux, Roland Le Goupil, et de Claude Pieraggi. Il se gare avenue Mireille Lauze, puis tous pénètrent dans l'immeuble du 36. Une brève enquête et les policiers apprennent qu'un certain Roland Lecompte a téléphoné à l'E.D.F. pour qu'on lui installe dans cet immeuble un compteur de gaz, et un compteur d'électricité, avec une puissance de 12 kilowatts-heure en quatre fils.

De quoi alimenter d'autres instruments qu'une machine à laver ! D'ailleurs le 16 octobre une fourgonnette de l'E.D.F. stationne devant le 36, mais les allées et venues dans l'immeuble s'arrêtent là. La surveillance cesse le 30 octobre. Les imprimeurs ont renoncé à leur installation.

Le juge Michel enrage.

Qui manipule qui ?

Ce juge sait qu'autant dans la fausse monnaie que dans la drogue il est aisé de balader la police, de lui laisser croire qu'un labo ou une imprimerie tourne à l'est de Marseille alors qu'elle s'active au nord. Il sait que jamais à Marseille on n'a découvert de véritable imprimerie et que pourtant la panique continue de gagner la ville à coups de Corneille C 7 bis, et de fausses coupures de 500 francs.

— Ils ne sont même pas capables de me trouver l'imprimerie.

*

Pour se livrer à l'art de la fausse monnaie, un local, des machines, des outils, des hommes, et des capitaux... ne suffisent pas. Il convient de disposer de papier de qualité. Or en examinant la livraison des 10 000 faux billets de 100 francs, C 7 bis, de la gare Saint-Charles, au fond de la valise les techniciens de la Financière découvrent plusieurs coupures portant en filigrane la mention Vélin-Muller Paris France.

Les responsables de cette société orientent les policiers vers le fabricant de papier : Ausseda-Rey à Vélizy. Le responsable du laboratoire de cette société, Michel Foscolo, examine alors trois coupures de 100 francs, 500 francs, et 10 000 francs C.F.A. Ces deux dernières offertes gracieusement au S.R.P.J. par un « informateur anonyme » nommé Roland Luperini le 14 août, lendemain de la tentative d'assassinat de Cassis, en échange du gîte et du couvert à l'Evêché... Michel Foscolo reconnaît sur chaque faux billet le même papier : Ocf Savoyeux, 64 grammes/m2 que fabrique sa société.

Ne reste aux policiers qu'à se plonger dans les petits papiers de la maison de papier Vélin-Muller, à la recherche des achats suspects.

*

Les employés de Vélin-Muller en ont déjà un en mémoire.

Dans la corporation le paiement s'effectue par traites à 30, 60 ou 90 jours. Or le 9 mars deux quidams ont passé commande de 35 rames de ce Vélin-Muller blanc, référence 782, de format 45 × 64, représentant 25 700 feuilles, et ont réglé la facture en espèces.

Pierre Lheureux, l'un des employés, reconnaît sur photographie l'un des deux clients : Roland Le Goupil, le rouquin de la rue Mireille Lauze. La commande a été remplie au nom de la Société Corse de Publications, située dans la zone industrielle de Bastia. Enfin pas située, car elle n'existe pas.

Les policiers apprennent en même temps que le 29 novembre, un homme et une femme viennent de commander 50 rames du même papier. Au nom de M. Albertini demeurant à l'Ile rousse en Corse. Et qu'ils ont payé en espèces, toujours contrairement aux usages de la profession.

Le juge Michel est prévenu. La commande est tenue à la disposition des acheteurs à partir du 7 décembre dans les locaux de la Société des Transports Heppner, à l'intérieur de la gare du Prado, à Marseille.

Le juge insiste pour que cette fois la police marseillaise se surpasse enfin. L'occasion est inespérée.

— A défaut d'imprimerie et de commanditaires, on aura toujours les imprimeurs.

*

Dès l'aube le 7 décembre les alentours de la gare du Prado sont cernés de voitures policières. Un dispositif aussi énorme que discret. Rien à voir avec la traque de la gare Saint-Charles, et apparemment pas d'inspecteur divisionnaire du S.R.P.J. infiltré dans le groupe des suspects ! On a appelé la B.R.I., Brigade Rapide d'Intervention, de Nice en renfort, et ses R 30 TS, voitures-relais s'éparpillent à travers tout Marseille.

Oubliant la guerre des polices les Stups ont envoyé quelques-uns des leurs, et la Brigade de la Fausse Monnaie est au complet. Pire qu'un soir de pression sur le Milieu !

Le juge Michel attend dans le cabinet nº 3.

Il espère.

A 10 h 45 deux individus, dans une BMW de couleur marron immatriculée 666 AM 2 B, roulent lentement devant les bâtiments de la gare du Prado. Une heure après seulement ils arrivent à pied comme deux promeneurs, entrent dans la gare, et marchent vers les entrepôts Heppner où semble les attendre un troisième homme bien qu'aucune parole ne soit échangée. Tandis qu'à 11 h 45 la palette supportant les rames de papier est déposée sur le quai, les deux premiers hommes quittent la gare. L'un d'eux téléphone d'une cabine, brièvement, puis ils retournent ensemble chercher la BMW garée vers le boulevard Rabatau, à l'angle de la rue Blanche.

Quand, arrivés à hauteur de la gare, les deux hommes descendent pour charger une à une les rames de papier, de loin les policiers remarquent que, sous le blouson du plus grand, se dessine la forme d'une arme automatique.

Le troisième homme ne leur parle pas. Il est là sans doute en couverture, armé lui aussi pour surveiller les opérations. Les deux hommes s'éloignent à 12 h 15, et après un court périple dans les rues de Marseille, la BMW au coffre chargé de papier s'arrête dans l'impasse Montevidéo, un étroit passage perpendiculaire à la rue Breteuil. En plein centre ville, près de la synagogue. A un jet de pierre du Palais de justice.

Le juge Michel attend dans le cabinet nº 3.

Il espère.

Les rames déchargées à même le sol, et gardées par l'homme au blouson et à l'arme, son compagnon gagne la rue Breteuil et disparaît. Un appareil photo de la Financière claque cinq fois. A 13 h 50 le conducteur de la BMW s'en revient au volant d'une fourgonnette Fiat blanche immatriculée 8008 SB 75, et les rames de papier sont chargées à l'arrière. Nouveau périple vers la rue Breteuil jusqu'à la place de la Corderie, puis quai de Rive-Neuve, quai des Belges, rue de la République, boulevard de Dunkerque, boulevard de Paris, rue d'Anthoine, boulevard de Briançon, boulevard de Lesseps, rue Félix-Pyat, boulevard Charpentier, en fait une impasse... Avec derrière la fourgonnette un long serpent de voitures banalisées, où s'agitent radios, talkies-walkies, et policiers perplexes.

Le juge Michel attend dans le cabinet n° 3.

Il espère.

Pourtant ensuite c'est le flou marseillais.

A 14 h 10 le chauffeur de la fourgonnette après un demi-tour se gare dans l'impasse Charpentier et se rend à pied jusqu'au coin du boulevard Charpentier et de la rue Félix-Pyat, puis... on le perd de vue ! Comme on a perdu de vue l'homme au blouson et à l'arme, quand il est descendu vers la rue Breteuil, à pied !

A 14 h 30 même les policiers en planque autour de la rue Félix-Pyat sont incapables de dire par où sont passés la fourgonnette et le conducteur ! Ils se sont mystérieusement évanouis dans la nature phocéenne.

Inutile pourtant d'être un vieux Marseillais pour savoir que le boulevard Charpentier donne sur l'autoroute Nord et comprendre que les livreurs n'ont pas choisi l'endroit par hasard.

Hélas...

Les policiers décident au bout d'un quart d'heure de gagner l'entrée de l'autoroute Nord, une inspiration logique, mais étrangement tardive.

Ils peuvent alors regarder, mais regarder seulement la fourgonnette s'engager sur la passerelle supérieure, puis rouler vers le quartier de la Rose par la voie rapide, et suivre la route des olives.

Puis la voir ensuite arriver sur le pont des Trois-Epis, effectuer un joli demi-tour pied de nez, se faufiler et enfin disparaître dans les flots épais et sûrs de la circulation, sur l'autre voie.

Dans son bureau de l'Evêché, le commissaire Mathieu chef du S.R.P.J. trépigne sur son fauteuil face à Alex Panzani du *Provençal* venu pour tout autre chose.

— Ils m'ont perdu le camion... Il y a eu un pépin dans la filature...

Le juge Michel attend dans le cabinet n° 3.

Il n'espère plus.

Il sait et il doute.

Pourquoi a-t-on perdu si aisément, avec de tels moyens policiers, la fourgonnette chargée de 500 kilos de papier ?

La circulation et l'agitation marseillaises ont bon dos.

Qui manipule qui ?

Qui paie qui et avec quelle monnaie ?

Le juge Michel balance sa main dans ses cheveux.

— Un jour, une sardine va arriver à boucher le Vieux Port... et les flics ne la verront même pas.

Mais encore une fois la plaisanterie cache mal l'inquiétude.

Le juge est las des coïncidences marseillaises, de tous ces dossiers truqués, tronqués, perdus d'avance, et des manigances de la police, des polices, que même ses évêques, fidèles informateurs, ne parviennent pas à lui expliquer.

*

Reste pourtant que la BMW de la gare du Prado appartient à André Mancini, un directeur des ventes de l'Ile rousse, la patrie du mystérieux Albertini, acheteur de papier filigrane chez Vélin-Muller. Et que la fourgonnette Fiat appartient à Antoine Esposito, le frère de Bruno, qu'on recherche pour l'assassinat sans cadavres du Cove's Club, le cousin de Luperini.

Tout est lié...

Antoine Esposito est aussi le frère d'Alain dit Zazou, un autre Dalton du Panier que le juge Michel a vu arriver trois semaines auparavant dans le cabinet n° 3.

Tout est lié. Vraiment lié.

On a trouvé dans une remise appartenant à Alain Esposito au fond de la cour d'un immeuble du Panier, vingt millions de faux Corneille, C 7 bis. Des coupures mal imprimées, brouillons d'artistes, destinés sans doute à la destruction, comme Roland Luperini dans les eaux noires de la Méditerranée.

Grand, avec un casque de cheveux noirs sur sa tête de bon vivant rigolard, Zazou a haussé les épaules quand le juge Michel l'a interrogé, puis inculpé.

— Quelqu'un a dû mettre ça en mon absence. La porte de la remise était ouverte...

Il n'en dit pas plus.

Et comme il est impossible d'interroger ses frères, Bruno par défaut, Alain par prudence, ni le juge Michel ni les as de la Brigade de la Fausse Monnaie ne sont plus avancés.

*

Le juge Michel veut se battre encore.

Pour cette imprimerie qui existe, même si les faussaires agitent son fantôme pour mieux la cacher.

Pour cette valise aux cent millions qui a pu passer au Bar du Téléphone et provoquer par son enjeu le terrible massacre.

Pour ces labos de drogue, qui hormis la filière sicilienne qu'il se promet comme « un des plus beaux coups de sa carrière », continuent de tourner à Marseille, et ailleurs.

Mais le juge Michel connaît le doute, et même une certaine peur. Quand se meurent les journées au tribunal, ça tourne à l'obsession. A dû réserver une petite table de bois au dossier du Bar du Téléphone et ses chemises colorées gonflées de procès-verbaux s'éparpillent devant le juge comme une obsession.

— Ils m'ont donné un dossier pourri. Pourquoi ?

Qui est derrière ?

Des noms lui viennent à l'esprit en ribambelle.

La ronde des Gaétan Zampa, Jacky Imbert et des maîtres du crime organisé.

Sont-ils assez puissants pour organiser le massacre de la justice, tirer tous les fils...

Le juge Michel ne rêve pas, ne prend pas ses désirs de justice pour une réalité. Il a beau travailler souvent à coups de réflexes et d'intuitions, il s'en tient aux faits.

Et entre la mort de Roland Luperini, les écoutes téléphoniques cachées qu'il ne connaît pas encore, et les apparentes bévues marseillaises, il y a de quoi être troublé, inquiet, et vraiment avoir peur.

La dernière concerne directement un autre juge, mais comme si on voulait l'atteindre aussi, empêcher qu'à Marseille un juge ne s'essaie à démanteler les filières de la fausse monnaie, et ne remonte jusqu'aux commanditaires.

Après la guerre des polices, on a voulu provoquer la guerre des juges. A croire vraiment que quelqu'un tire les fils...

*

A Marseille, mais aussi pour toute la France, Michel s'occupe des Corneille C 7 bis. Suivant le classement des dossiers sur le faux-monnayage : une série par le juge Pierre Coulanges, autre juge d'instruction du Tribunal de Grande Instance de Marseille, a la charge des C 7 ter, septième contrefaçon des Corneille, troisième variante. Une fausse coupure d'une reproduction presque parfaite elle aussi, et très prisée sur le marché français. La preuve ? Le juge Coulanges a déjà inculpé quarante-huit trafiquants : la plupart écouleurs, quelques grossistes, spécialistes du C 7 ter. Pas seulement à Marseille. La P.J. et l'Office Central de Faux-Monnayage ont arrêté des porteurs de Corneille C 7 ter à Brest, Nancy, Dieppe, Bordeaux, et sur ces quarante-huit personnes, trente au moins se connaissent. Une véritable filière qui peut permettre peut-être d'aller plus haut, l'espoir de tout juge.

Seulement le Parquet de Marseille, sous la houlette d'Albert Villatte, décide soudain que le juge Coulanges a violé l'article 80 du Code de procédure pénale, qu'il est sorti de sa compétence territoriale. Il aurait dû, à chaque arrestation, en dehors des Bouches-du-Rhône, donc au moins trente fois, demander à ses supérieurs hiérarchiques, un « réquisitoire supplétif » pour prononcer une inculpation.

Bref, accumuler de la paperasse et laisser filer les filières, comme on a laissé filer les 500 kilos de futur papier-monnaie, comme on a laissé filer pendant dix-sept jours l'enquête sur le massacre du Bar du Téléphone.

Le Parquet, faisant cause commune avec les avocats de la défense, trop heureux de l'occasion, demande simplement que soient annulés 1 900 procès-verbaux sur 2 000 ! Soit 90 % du dossier le plus important avec les C 7 bis jamais traité à Marseille en matière de fausse monnaie.

Le juge Michel est vraiment écœuré.

— Monsieur le procureur veut qu'on libère tous les trafiquants. Ce n'est pas une galéjade.

C'est vraiment le tribunal du fada.

Si en effet la Chambre d'accusation de la cour d'appel d'Aix-en-Provence suit la plus qu'étrange décision du Parquet de Marseille, on arrivera à l'annulation des poursuites contre plus de quarante trafiquants et à la libération d'une vingtaine d'entre eux toujours détenus. Sur 48 !

Ou alors le dossier sera démantelé mieux qu'une filière, et confié à plusieurs juges, un dans chaque région concernée. Un à Bordeaux. Un à Dieppe. Un à Brest. Un à Nancy...

Quelle efficacité !

Le juge Michel essaie d'intervenir, mais en vain.

— Ils sont fous. Décider ça au moment où plusieurs milliards de billets bidons se baladent en France...

Quand un magistrat pénètre dans le cabinet n° 3 Pierre Michel allume sa Gitane avec un des C 7 bis dont la Brigade de la Fausse Monnaie lui donne des échantillons...

— Vous protégez qui ?

Le masque de l'humour encore.

La Banque de France où l'on est obligé chaque semaine d'incinérer des kilos et des kilos de faux billets ne sait même plus comment intervenir juridiquement pour empêcher cette aberration.

Cette « affaire de l'affaire », tradition de la justice et de la police marseillaise va au-delà de tout. Elle met en péril l'équilibre de la monnaie française, car elle est porte ouverte à d'autres imprimeries, d'autres contrefaçons.

Quant aux huit inspecteurs de la Brigade de la Fausse Monnaie de Marseille déjà mal armés pour traquer l'imprimerie baladeuse, ils se demandent pourquoi ils s'épuisent en filatures, planques et poursuites, et si cela ne correspond pas à leur dernière piste. Un homme politique abritant sous son toit l'imprimerie clandestine.

Le hasard...

Le juge Michel sait qu'à Marseille le hasard n'existe pas.

Tout est lié. Tout.

*

Aix-en-Provence semble heureusement loin de ces « hasards » au parfum de corruption et d'intervention occulte.

La Chambre d'Accusation de la cour d'appel décide que le juge d'instruction Coulanges a raison, et que le Parquet de Marseille a tort ! Mieux. Elle met en garde officiellement les magistrats sur les « désordres » que pourrait provoquer cette affaire dans la répression du faux-monnayage.

Les désordres...

Pour le juge Coulanges, pour le juge Michel, et pour tous les juges d'instruction de France, c'est un tournant. Désormais tout juge d'instruction est libre d'inculper où il veut, quand il veut les salariés de la fausse monnaie.

Le juge Michel, lui, est prêt à inculper quiconque, homme de tout, homme de rien, homme de paille ou homme politique.

XIII

QUATRE MILLIARDS DE FAUX BILLETS DANS UN CABANON

Une nuit de glace et de brume a envahi Marseille. Une de ces nuits qui ramènent le juge Michel vers les froidures de l'enfance. Au fond de la maison de Jussy entre Meurthe et Moselle. Il n'y a pas loin de l'hiver du Midi, à l'hiver de l'Est. Sans chauffage central ou chauffage électrique dans la villa Les Buis, tôt levé le matin, mais le juge Michel ne peut être qu'un lève-tôt, il commence, le seau de fer à la main, sa corvée de charbon, gonflant les trois poêles, l'un après l'autre, de l'entrée-salle à manger au petit salon, et du petit salon à la chambre. De tous les inculpés, de tous les prisonniers des Baumettes, qui imaginerait que le séduisant, beau et élégant juge qu'ils haïssent, qu'ils menacent de mort, ou pour qui ils souhaitent la mort, n'est guère mieux chauffé qu'eux dans leurs cellules.

La nuit au ciel opaque couvre la fenêtre du cabinet n° 3 d'une buée en carreaux à cause du grillage. Encore une fois, le juge Michel attend, le regard accroché vers le téléphone. Dans quatre jours Noël et Jacqueline, sa femme, Béatrice et Emmanuelle, leurs petites valises serrées contre elles, le train vers Metz et la famille.

*

Derrière les H.L.M. du parc Kallisté, à la frontière de l'hôpital Nord, une pancarte bleue émerge des cyprès et des pins : « Etablissement de repos — Silence Hôpital ». Au bout d'un chemin de terre à gauche, des bâtiments de pierre blanche vieillots, étouffés de platanes, de mimosas et de rosiers avachis au milieu de deux hectares et demi de terres noires. La maison de retraite Les Cigales, comme le signale un panneau désuet décoré d'énormes cigales mal dessinées. Au fond de la minuscule salle à manger-réfectoire, les 25 pensionnaires sont tassés, chacun à leur place, et marmonnent une fois de plus contre l'éternelle soupe du soir. Noyés dans les parlotes et le bruit de leurs cuillères, ils n'entendent pas le galop d'une troupe singulière traversant la cour.

Le commissaire divisionnaire Bourrely suivi de ses hommes de la Financière, des Stups, venus en renfort, de la Brigade de Répression du Banditisme, l'Antigang et leur patron, l'inévitable commissaire Picone. Ils marchent au pas de charge, tous l'un derrière l'autre, vers une des dépendances, au bout d'un autre chemin de terre, en contrebas, au bord d'un ravin. Un affreux petit cabanon de parpaings de vingt mètres sur huit, entouré d'un grillage en accordéon et surmonté d'un tuyau de cheminée grisâtre que les pensionnaires évitent d'approcher dans la journée. Monsieur le directeur leur a expliqué, avec des frissons dans la voix, qu'un chercheur s'y livrait à l'élevage expérimental des volailles et que les nouvelles couveuses électriques pouvaient être dangereuses. Pas d'ouverture, sinon la porte d'entrée, blindée de fer et entrouverte... Le commissaire Bourrely entre le premier, l'arme au poing.

A l'intérieur, un homme, assis sur un tabouret, nettoie à la peau une plaque de zinc où l'on distingue le dessin d'un billet de 10 000 francs C.F.A., l'équivalent de 200 francs français. Il bredouille déjà :

— Mais je n'ai rien fait.

Enfin l'usine à millions et les policiers n'en croient pas leurs yeux. Un inspecteur ouvre une boîte de carton au sommet d'une pile, plonge la main et en ressort une poignée de billets.

— Mince, ils ne sont pas tous terminés. On ne pourra pas les écouler !

Le commissaire Bourrely examine des billets sur une longue table lumineuse ultra-perfectionnée, près de bidons et de caisses. Le billet est émis sur la Banque Centrale des Etats de l'Afrique de l'Ouest et présente toutes les caractéristiques de l'échantillon. Dans le cabanon devenu blockhaus et partagé en deux pièces étroites, 200 000 coupures de 10 000 francs C.F.A. sont ainsi rangées dans douze caisses. Toutes parfaitement imitées. Deux milliards de francs en valeur faciale. 4 milliards de francs français. Dans la même pièce trône une machine offset de deux tonnes, portant encore les étiquettes de fabrique, flambant neuve. Un des techniciens de la Financière siffle d'admiration.

— On ne fait pas mieux. Elle peut sortir dix billets à la minute, et elle a déjà fonctionné.

Une machine Adast de type Dominant 414, fabriquée en Tchécoslovaquie. A faire s'évanouir le directeur de la Banque de France. Le reste du matériel aussi. Une machine à insoler les plaques d'impression. Un massicot électrique Idéal Krug et Priester, le fin du fin du découpage, un banc métallique de reproduction de métal bleu sans marque apparente, à la pointe de la technique, et 500 rames de papier vierge à filigrane, Vélin-Muller 782 bien sûr. De quoi usiner encore huit milliards de francs C.F.A. ou de C 7 bis presque irréprochables. Et, comme il faut bien un modèle aux copistes de la fausse monnaie, le commissaire Bourrely ramasse sur une table un billet de 10 000 francs C.F.A. authentique, un seul, n° 00279, série F.S.

*

Dans le cabinet n° 3, le juge Michel a retrouvé son sourire... Quand un inspecteur l'appelle d'une voiture de police, garée à l'entrée du chemin des Beaumillons, devant Les Cigales, il se met à chantonner avec l'accent marseillais.

— Un petit cabanon pas plus grand qu'un mouchoir de poche

*

La fouille se poursuit dans le cabanon. Les inspecteurs gantés se passent de main en main huit « typons » — un pour la numérotation, un pour la trame de fond des numéros trois pour le recto, trois pour le verso —, douze plaques de zinc ayant servi pour les essais des francs C.F.A., dix plaques vierges, et le petit bijou de la contrefaçon, trois numéroteurs à chiffres Leibinger, et trois boîtes de filtre Agfa Gevaert.

*

Pour sa première imprimerie, le juge Michel retrouve le temps des labos et des saisies de matériel comptant jusqu'à deux cents pièces. Tout se ressemble dans ces deux activités « de pointe » du crime organisé, mais pour la fausse monnaie, la technique a heureusement changé... pour les trafiquants.

Finis les artisans copistes prisonniers d'une gravure longue, laborieuse et imparfaite. Comme dans la presse écrite l'abandon de la typographie et l'apparition des machines offset a bouleversé le marché. Sont devenus aussi recherchés et aussi bien rémunérés que les chimistes de la drogue d'autres cuisiniers de l'ombre : le photograveur et l'imprimeur promu offsetiste.

Le photograveur photographie d'abord un exemplaire du billet à contrefaire, en tire quatre clichés tramés, ou typons sur lesquels il sélectionne à l'aide d'un filtre approprié les quatre couleurs primaires de tout billet de banque. Pour le Corneille de 100 francs : bleu, jaune, rouge et noir.

Difficile de bien choisir ces couleurs. Le photograveur doit être un artiste. Un mauvais cliché entraîne un tirage imparfait. Tout est à recommencer. D'où les kilos d'ébauches et de papier gâché découverts dans des poubelles marseillaises, et d'où certains photograveurs découverts victimes « d'accidents du travail » dans les rues de Marseille...

L'offsetiste entre en scène. Il expose les clichés à la lumière puis les superpose pour obtenir la plaque offset. Travail d'artiste aussi délicat que le précédent. Le flou ne pardonne pas. Une plaque réussie peut servir à l'infini et se revend jusqu'à 300 000 francs en vrais billets. Il suffit ensuite de la fixer sur la machine et, autre étape essentielle, de bien choisir les encres. Marquer les numéros de série et le filigrane est presque un enfantillage, à condition de posséder un papier de qualité comme le Vélin-Muller 782. La Banque de France emploie un papier traité spécialement pour elle et en secret.

La différence se sent au toucher. Le billet faux est un peu plus mou, moins craquant. Il manque de musique... et puis possède seulement une trame verticale alors que sur le vrai figure aussi une trame horizontale. Mais s'en apercevoir lorsque les techniciens auront la superposition des couleurs la Banque de France n'aura plus qu'à fermer boutique. Les Corneille C 7 bis, domaine réservé du juge Michel, sont un peu trop roses et les C 7 ter un peu plus verts, mais qui s'en aperçoit ?...

Un faux billet revient toutes taxes comprises... une fois payés les techniciens et le matériel de fabrication, à sept francs. Une misère... Et l'imprimeur qui abrite pour quelques nuits la plaque offset sur sa machine est à l'abri des expertises chimiques si traîtres dans les labos de drogues, même plusieurs années après. Impossible de trouver la preuve qu'une imprimerie de bulletins paroissiaux se mue certaines nuits en atelier de fausse monnaie.

*

Dans le cabanon des Cigales les faussaires ont pris toutes les précautions. Après avoir blindé la porte, ils ont doublé les murs d'un paravent de laine de verre et d'isolant pour que le chant de la machine à billets ne trouble pas le repos des pensionnaires. Et, soudée sur la porte blindée, une serrure valant 20 000 francs pareille à celles des chambres fortes, et achetée en Suisse, paradis des banques. Les inspecteurs suivent le long câble électrique s'échappant d'un trou au milieu du toit. Il court jusqu'au bâtiment central de la maison de retraite et jusqu'à son gérant, mari de la directrice, aussitôt arrêté : Antoine Tafani.

*

Le juge Michel, dans le cabinet n° 3, exulte.

— Enfin un homme politique à inculper, ça me manquait.

*

Antoine Tafani vient de fêter ses 55 ans dix jours plus tôt et n'est pas un simple colleur d'affiches. Il a été candidat en 1965 aux élections municipales sur la liste de l'ancien ministre le docteur Joseph Comiti contre la liste de Gaston Defferre. Responsable U.D.R. des 11e et 15e arrondissements de Marseille, de 1958 à 1971, il a représenté son parti aux élections législatives de 1967, 1968 et 1973. Il a toujours été battu et son frère, le docteur Daniel Tafani ami de Joseph Comiti est une personnalité politique connue à Marseille. Enfin, et le juge Michel applaudit en apprenant ce détail, le gérant des Cigales et de son étrange poulailler expérimental exerce depuis 1942 l'honorable profession de fonctionnaire du ministère des Finances, au Trésor Public.

*

Une dizaine de pensionnaires de la maison de retraite ont entendu les allées et venues de la police, et se bousculent dans la cour malgré le froid. Un inspecteur les rejoint.

— Vous avez vu ce qui se passait dans le cabanon ?

François Jurado, un vieillard noueux aux cheveux blancs, lève la main.

— M. Tafani était souvent avec un rouquin et avec trois autres personnes. Il m'a expliqué que c'étaient des spécialistes de l'élevage de la volaille.

Derrière lui, un autre pensionnaire s'exclame :

— Et ils ont été pris par les poulets !

L'inspecteur leur montre des photos. François Jurado reconnaît « le rouquin » ; Roland Le Goupil, et les « trois autres » : François Baldini, l'employé municipal à la Mercedes, Antoine Esposito, Toinou, et Claude Pieraggi.

— C'est eux.

Raymond Brunet, aux Cigales depuis deux ans, malicieux derrière ses lunettes, s'avance vers l'inspecteur et ricane.

— Alors, M. Tafani faisait de la fausse monnaie ? Je l'ai vu souvent regarder les travaux de son poulailler.

L'inspecteur doit empêcher les pensionnaires de parler tous en même temps. A croire qu'ils se vengent de la soupe du soir... François Jurado explique avec de grands gestes :

— Je me souviens même qu'entre le 15 et le 20 novembre, Roland le rouquin et deux autres gâchaient du ciment. Ils ont installé la porte et puis l'eau et l'électricité. Le directeur leur a apporté à manger, ça avait l'air meilleur que ce qu'il nous donne ! Il restait avec eux pendant des heures, et ils buvaient du vin...

— Je me doutais bien que c'était louche, crie un petit homme à moustache. Et qu'est-ce qu'on va devenir ?

Les policiers accompagnent les pensionnaires à l'intérieur, les rassurent lorsqu'ils voient passer derrière les fenêtres Antoine Tafani, menottes aux mains, entre deux de leurs collègues.

— Et comment ont-ils fait pour transporter leur bécane de deux tonnes par ce chemin escarpé ?

— Ça a dû se passer la nuit, dit le petit homme à moustache. J'ai entendu un camion il y a un mois.

Les hommes du S.R.P.J. et de la Financière arrêtent et conduisent à l'Evêché tous ceux qu'ils surveillent, filent et photographient depuis quatre mois : Claude et Joachim Pieraggi, Pierre Salomone, François Baldini, Patrick Donnat, Francine Tafani, Georges Mancini, Antoine Esposito.

Le commissaire Mathieu, le chef du S.R.P.J., ne peut s'empêcher de triompher une fois de plus.

— La boucle est bouclée.

Une fois de plus, il agace le juge Michel. Le juge sait très bien que rien n'est bouclé et que, même avec un homme politique dans le lot, on tient seulement une nuée de comparses et qu'on n'a pas retrouvé un seul C 7 bis.

Dans le bureau de Fernand Mathieu on invite même la presse pour immortaliser la photo de famille des vainqueurs. Pourtant on refuse mystérieusement que soit fixé sur la pellicule l'intérieur du poulailler avec sa machine. Comme s'il y avait quelque chose à cacher... alors qu'à chaque labo de drogue les photographes opèrent en toute liberté. Posent pour la postérité policière à côté de Fernand Mathieu assis derrière son bureau le commissaire Bourrely, le patron de la Financière, le commissaire divisionnaire Pierre Léridon, directeur adjoint de l'Office Central de Répression du Faux Monnayage venu de Paris pour cette grande occasion et enfin, les mains croisées sur le ventre, impassible et froid, le contrôleur général Laffue, le responsable départemental des polices urbaines.

Une fois de plus pourtant quelqu'un a organisé les fuites à l'Evêché. Dès la veille le journal *la Marseillaise* a annoncé l'existence d'une imprimerie clandestine à Marseille. L'alerte a été donnée selon la formule chère à Gaétan Zampa pour le casse de Nice. Même si, comme ils s'en vantent, les policiers du S.R.P.J. ont « accéléré le mouvement » les commanditaires ont eu tout le temps de « faire le ménage », puis de laisser en cadeau le poulailler de la fausse monnaie.

Le juge Michel ne tarde pas à s'en apercevoir.

— On nous a donné la becquée et ça rassure les flics. Tant qu'ils ont leurs statistiques, ils sont heureux. C'est vraiment le mal de la police !

Le juge sait qu'à la Financière comme dans les autres brigades on préfère arrêter dix lampistes, des écouleurs en l'occurrence, qu'un commanditaire. C'est bon pour les « crânes » et c'est moins compromettant.

Une fois de plus on pavoise aussi à la préfecture. Raymond Jaffrezou, le préfet de police, ne se contient plus :

— Cette découverte est l'aboutissement de très longues filatures, tant de la Police Judiciaire que de la Sûreté urbaine...

Il oublie de citer Roland Luperini.

— ... Nous avons saisi des armes de très gros calibre. Plusieurs individus que nous interrogeons actuellement sont inscrits au Fichier du Grand Banditisme.

Pour les armes passe encore... On a saisi des 11,43, P.38 E.T. et 357 magnum, surtout chez Patrick Donnat, et une pétoire de la guerre 14-18 valant à Antoine Tafani une inculpation de détention d'armes de quatrième catégorie.

Mais pour le Fichier du Grand Banditisme le préfet galèje ! Tous les inculpés sont inconnus à l'annuaire de la grande truanderie. Le juge Michel, pourtant peu enclin à cette gymnastique judiciaire va même très vite mettre hors de cause Pierre Salomone et Joachim Pieraggi, coupables seulement d'amitiés pour certains des faussaires et vraiment plus que seconds couteaux.

L'Evêché, grand fournisseur de photo d'anthropométrie, s'est pourtant empressé de confier leurs deux photos à la presse marseillaise. Ils sont apparus aux côtés d'Antoine Tafani, Antoine Esposito et les autres.

La photo d'un autre inculpé du juge Michel ne sortira jamais des fichiers de l'Evêché. *Le Provençal, le Méridional, le Soir et la Marseillaise* pourront l'attendre longtemps.

Quelle farce !...

A l'Evêché les visages se ferment et surtout celui du contrôleur Laffue, certainement à cause de ses liens avec le S.A.C. quand le juge Michel demande :

— Où est Jacques Dupuy ?

Personne ne le sait, et pour cause. Jacques Dupuy appartient au S.A.C. et, prévenu à temps par ses amitiés policières, a su se mettre hors d'atteinte de toutes velléités d'enquête.

Le juge Michel ironise une fois de plus :

— Ce n'est pas aujourd'hui que la vérité sortira... du puits !

Pourtant il sait hélas que dans toute la région s'amoncèlent des milliers et des milliers de faux billets...

Tournez, tournez rotatives... de la fausse monnaie.

Jacques Dupuy est un intouchable comme Roland Luperini. Le juge Michel ironise encore :

— Le jour où on publiera sa photo, il sera allé danser dans une boîte de nuit... puis sur le fichier accroché au mur du cabinet d'instruction marque son nom en grosses lettres noires.

— Ils ne le trouveront jamais celui-là, bien sûr...

Le juge Michel relit souvent sur les fausses coupures de 100 francs la mention que les copistes s'ingénient à bien restituer : « L'article 139 du Code pénal punit de la réclusion criminelle à perpétuité ceux qui auront contrefait ou falsifié les billets de banque autorisés par la loi... »

La Banque de France ne craint pas le ridicule, ou alors c'est le Code pénal qui devrait prendre perpète !

Quelle farce pour Jacques Dupuy, dont on ne parlera plus jamais dans l'affaire des Cigales, dire au juge avec de grands gestes désolés qu'il est sans profession, sans domicile connu, et en fuite, sans doute à l'étranger. En oubliant de préciser qu'on ne le cherche plus, qu'on ne l'a jamais cherché à cause de ses protections.

Quelle farce pour le juge Michel ! Comment pourrait-il oublier que ce fantôme a acheté la plupart des machines de l'imprimerie, en grand professionnel de la fausse monnaie... Et pour cause ! Il était au même moment inculpé dans une autre affaire, vieille de six ans, mais pas encore jugée, enterrée dans la poussière de la combine.

*

Jacques Dupuy, né le 5 novembre 1934 à Abidjan, s'appelle aussi parfois Jacques Cartier. Il se montre l'un des membres les plus actifs des réseaux de Jacques Foccart en Côte-d'Ivoire. Avant de « servir » en France et en toute logique de mettre ses talents au service du S.A.C. Au mois de mars 1972, il est seulement victime d'un mauvais hasard. La gendarmerie d'Aix-en-Provence enquête sur une banale série de cambriolages en mars.

Six voyous sans allure dénoncent leur receleur, Sauveur Gronchi, un égoutier de 33 ans, membre du S.A.C. Une perquisition de routine conduit les gendarmes à l'une de ses adresses, au coin des chemins des Serens et de la Traverse Charles Susini, dans le quartier de Saint-Jérôme, à Marseille. Une fermette en ruine, encombrée de gravats. Et que découvrent-ils dans une pièce jonchée de vieilles bouteilles !

Une machine offset, aussi perfectionnée qu'aux Cigales avec le matériel classique de la fausse monnaie. Et surtout des films permettant l'impression de bons du Trésor français de 500 francs, de lires italiennes et de francs C.F.A.

Sauveur Gronchi présente sa carte du S.A.C. aux gendarmes comme un blanc-seing, mais pas du tout impressionnés ils s'activent à la saisie de leur carrière : un milliard huit cents millions de francs en lires italiennes, des monceaux de billets de 5 000 francs C.F.A. et des kilomètres de faux bons du Trésor, pas encore passés au massicot.

Après Sauveur Gronchi, quatre autres membres du S.A.C., tous « ouvriers » de l'imprimerie, sont arrêtés. Laurent Isoard, le responsable de l'organisation parallèle à Salon-de-Provence, Louis Giraud et Roger Guibert, de Marseille, et Jacques Dupuy... maître d'œuvre de l'imprimerie installée depuis novembre 1971 et qui a déjà produit 6 milliards de francs de fausse monnaie.

Jacques Dupuy et les autres victimes de ce mauvais hasard ne savent rien, ne comprennent rien à ce malentendu. Les hommes de l'Office Central de Répression de la Fausse Monnaie et le juge d'instruction d'Aix-en-Provence ne peuvent briser leur silence. Pourquoi parleraient-ils ?

En échange de leur discrétion, et après le ballet rondement mené des interventions occultes, les cinq hommes du S.A.C. retrouvent une liberté, pas si provisoire que ça, dès le mois de juillet 1972. Cinq mois aux Baumettes pour des milliards et des milliards... Une paille pour ces hommes pas précisément de paille.

*

Après ce court incident de parcours, Jacques Dupuy installe aussitôt une imprimerie à La Seyne-sur-mer, puis à Allauch, jusqu'en août 1973. Il se spécialise dans les faux dollars qui passent en Suisse dans des avions-taxis de la compagnie Air-Léman. Puis reprend la fabrication de faux bons du Trésor. Il travaille à la demande... selon les besoins du S.A.C. et des caisses électorales qui en dépendent. Roland Luperini le rencontre au hasard de ses périples parisiens et des préparatifs de l'assassinat du prince de Broglie. Son nom n'apparaît pourtant jamais dans la procédure. On ne va pas sacrifier quelqu'un qui, inculpé de contrefaçon de billets étrangers et de recel d'effets du Trésor sera jugé... six ans après son arrestation provisoire.

Six ans après... à la manière de Roland Luperini et de son mandat d'arrêt jamais exécuté pendant deux ans et six mois.

*

Le juge Michel peut le lire sur la fiche de police que lui communique l'Evêché... La cour d'assises des Bouches-du-Rhône condamne, le 31 mai 1978, Jacques Dupuy et les siens, à une peine, mascarade de l'article 139, ou plutôt de l'article 133, pour les monnaies étrangères : cinq ans de prison dont quatre avec sursis et 500 francs d'amende !

— C'est écœurant, et personne ne fait rien, comme s'il découvrait pour la première fois les liaisons dangereuses de la politique, de la fausse monnaie et de la drogue, de l'argent.

En attendant cette caricature de procès, Jacques Dupuy gère sous le prête-nom de son épouse Elise, « l'Imprimerie de l'Avenir », rue Llucia dans le centre de Perpignan dans les Pyrénées-Orientales, si proches de la frontière espagnole. Il achète au nom de cette société le matériel des Cigales. Et sans ménager sa peine... avant de demander, le 10 janvier 1978, sa radiation au Répertoire des métiers et de vendre le fonds de commerce de Perpignan !

Il achète le banc de reproduction le 15 septembre 1977 rue La Fayette à la société Martignon à Paris, ainsi qu'une machine à imprimer Romayor 111, le tout pour 30 576 francs. Puis le massicot électrique, le 3 octobre, toujours à Paris chez Multirex quai Valmy pour 4 707 francs. Le même jour à Longjumeau, la table lumineuse et le châssis d'isolation. Continuant son marché, semblable à celui d'un trafiquant de drogue, il profite d'être dans la région parisienne pour se fournir à Bagneux en encre noire, bleue, jaune et rouge, les quatres couleurs du faux-monnayeur avisé et en filtres de machine offset. Il se déplace alors dans une camionnette Ford blanche. Et qui a loué le véhicule le 21 septembre à Paris à la société Mattéi ? Antoine Esposito...

L'élaboration d'une imprimerie est un travail de longue haleine. Le 18 novembre, Jacques Dupuy acquiert une machine offset Romayor 312 à la S.N.A.M., la Société Nouvelle d'Articles Modernes. Il paye les 25 000 francs avec deux chèques de la Société Marseillaise de Crédit, agence de Perpignan, au nom d'Elise Dupuy, son épouse, et justifie sa hâte devant Maurice Chapira, le vendeur :

— J'ai des travaux urgents à effectuer pour les élections de mars 1978.

Se donnant l'air important, mais sans présenter sa carte du S.A.C. :

— Je travaille pour le compte d'un parti politique.

Sans préciser la nature des étranges affiches et tracts qu'il s'apprête à imprimer pour remplir quelques caisses électorales.

Au même moment les requins de Shark, Antoine Melero et André Quattri œuvrent dans leur officine de la rue de la Roquette pour le compte d'un parti politique... Jacques Dupuy est un assidu de Shark.

Accompagné de Jean Mancini, il achète le 1er février la machine à imprimer offset Adast-Dominant 414, future pondeuse de poids du poulailler des Cigales, à la société Mag France rue Daumier à Marseille pour le compte de l'imaginaire Société Corse de Publicité, route de Porettia dans la zone industrielle de Bastia, que Jean Mancini a déjà mise en avant pour l'achat du précieux Vélin-Muller 782. Jacques Dupuy règle les 73 954 francs en espèces, contrairement aux usages de la profession, mais seulement jusqu'à 70 560 francs, la vraie monnaie lui manquant..., le solde étant couvert par la revente de la machine Romayor 312, ayant déjà bien œuvré à Perpignan pour le « parti politique » du fantôme du S.A.C. et de la fausse monnaie.

Le juge Michel en est à alerter ses indicateurs personnels pour situer Jacques Dupuy quand lui arrive une contrepartie. Sont arrêtés à Paris le rouquin, le maître de l'offset, le « chimiste » de la fausse monnaie, Roland Le Goupil, et une des têtes mal pensantes de l'entreprise des Cigales, André Quattri, le cofondateur de l'agence Shark, le requin ami de Roland Luperini et d'Antoine Melero. Et puis à défaut de Dupuy, Jacques Mérignac.

Le juge Michel n'a pas encore interrogé les inculpés, pas délivré de mandat d'arrêt contre lui, la police n'a pas recherché son adresse. Pourtant, en homme très informé des affaires en cours, et très introduit dans les coulisses policières et aux Renseignements Généraux, il a appris que se murmure son nom dans les bureaux de l'Office Central de la Répression du Faux Monnayage. Lui que le juge Guy Floch a eu tant de mal à entendre dans l'affaire de Broglie, dont le nom n'apparaît que quatre fois dans une procédure de plus de mille feuillets, applique la technique éprouvée par Gaétan Zampa et les intouchables, aux hautes protections. Il téléphone dès le 23 décembre et se présente de lui-même, le lendemain, non pas à un quelconque commissariat de quartier ou au quai des Orfèvres, mais directement à l'Office Central à Paris :

— Dans cette histoire d'imprimerie, je me mets à la disposition de la justice pour soulager ma conscience et parce que je ne tiens pas à porter le chapeau de la fausse monnaie.

Ajoute :

— J'ai été contacté dans cette affaire car je suis un homme d'affaires valable.

Il ne veut pas en dire plus et attend sans doute qu'après 24 ou 48 petites heures de garde à vue, on le libère avec les honneurs dus à son rang d'intouchable du crime organisé. La loi du silence doit rester la loi du silence. Comme dans l'affaire de Broglie.

Seulement le juge Michel dans le cabinet numéro trois n'est pas le juge Floch. Il ordonne :

— Gardez-le. Je le veux ici.

A Paris, il comprend des réticences, de la peur même. Il tient vraiment à entendre Jacques Mérignac à Marseille ? L'interroger à Paris suffit.

— Je le veux. Et je l'aurai.

Le juge insiste, s'accroche et lance son cri, terreur du Barreau marseillais :

— Je fous tout le monde au trou. Alors envoyez-moi Mérignac ou je viendrai le chercher moi-même.

Jacques Mérignac, l'affairiste de l'ombre, c'est l'affaire de Broglie, c'est Antoine Melero, Roland Luperini, ce sont les magouilles du gang de la ferraille, c'est politique, finance, eaux troubles, réseaux Foccart, S.A.C. et compagnie.

Du Bar du Téléphone à l'affaire de Broglie avec la fausse monnaie en toile de fond, tout se mêle encore et s'entremêle encore. Le casse-tête marseillais recommence. Le juge Michel jubile.

XIV

MONSIEUR MÉRIGNAC, HOMME D'AFFAIRES ET DE FER

— J'ai participé à cette affaire. C'est vrai.

Jacques Mérignac parle. Meriam Amami frappe sur sa machine. Michel écoute. Vraiment étonné. Celui qui passe pour un « dur ». Un ancien des réseaux parallèles et qui a échappé à toute poursuite dans l'affaire de Broglie, se met à table dans le cabinet numéro trois comme un vulgaire indicateur de police !

— Pour commencer, j'ai rencontré Quattri dans les bureaux de la Société Shark qu'il a fondée avec Antoine Melero. J'ai aussi travaillé aux poissonneries Pierre où il était chef du personnel. C'est lui qui m'a présenté Luperini.

Melero, Luperini, Mérignac et Quattri réunis dans la même phrase et sur procès-verbal... Le juge Michel n'en espérait pas tant.

— En mai-juin dernier, Quattri m'a dit qu'il était sur une affaire de faux billets de 100 francs français, fabriqués à Marseille. Il m'a montré des échantillons... et m'a proposé que l'on s'associe. Après, j'ai su que le maître d'œuvre sur place était Antoine Esposito, Toinou.

— Et Dupuy, vous connaissez ?

— Non. Qui est-ce ?

Quand le juge Michel a prononcé ce nom, Mérignac a eu un sursaut, puis s'est repris.

— Non, je ne connais pas.

— Passons. Et vous avez rencontré Esposito ?

— Bien sûr. Ils ont pensé à moi parce que je suis un homme d'affaires valable... Esposito est monté à Paris en juillet-août. Dans un café de l'avenue de Breteuil, il m'a demandé de m'occuper de l'achat d'une machine offset Heidelberg. Et puis, quelques jours après, Luperini est venu nous voir. Pour nous indiquer qu'Esposito avait réussi à trouver à Paris une offset pour 100 000 francs. Au même moment, Esposito m'a demandé de descendre à Marseille avec Luperini. On s'est retrouvés au Bar Henri.

— C'est vraiment le bar de l'élite marseillaise.

— Esposito voulait que je m'occupe des numérateurs pour Heidelberg. Il prétendait qu'on en trouve seulement en Allemagne.

*

Jacques Mérignac est de petite taille, avec des cheveux gris coupés très court et un double menton. Costume bleu sombre, presque noir, cravate bordeaux plaquée sur une chemise bleu ciel. A la fois homme d'affaires et homme de l'ombre. Et puis, il y a les yeux. Le juge Michel s'attarde toujours sur le regard de ses invités du moment... truands, magistrats, policiers. Dans les yeux pâles et brillants de Jacques Mérignac, se déchiffre, autant qu'au fond des rapports de police, une vie de secrets dans les eaux glauques de la finance et de la politique. Alors pourquoi parle-t-il sans retenue ?

*

Jacques Mérignac plisse ses lèvres, comme s'il buvait un mauvais vin.

— Au Bar Henri, Toinou m'a montré des échantillons de 10 000 francs C.F.A. La qualité était vraiment médiocre.

— Vous êtes expert ?

— Oh, vous l'auriez constaté aussi, monsieur le juge. Ça se voit aisément quand un billet est mal imité. Et, fin septembre début octobre, je suis revenu à Marseille avec Quattri pour une histoire de prêt.

— Arrangée par votre « navette » entre Marseille et Paris : Luperini.

— Nous avons prêté à Esposito 30 000 francs par l'intermédiaire de Luperini, et en garantie il nous a donné 50 millions anciens en faux billets de 100 francs.

— Dans une valise noire, très moche ?

— Ça n'a rien à voir. Les faux billets, ce n'est pas ça qui manque.

— C'est vrai que pour les faux billets le temps de l'artisanat est fini.

— J'avais avancé 15 000 francs et j'ai reçu 30 000 francs en faux billets. Quattri a avancé l'autre moitié et j'ai gardé 27 000 francs.

Ce que Mérignac appelle avec tant de pudeur un prêt, le juge Michel est persuadé que cela correspond, soit à une avance, soit à une prise de participation dans l'affaire, et que les 500 000 francs en faux billets sont surtout une première rétribution. Cela met le billet à 60 francs. Un prix d'ami...

— Et ensuite ?

— Quattri, qui était en contact permanent avec Esposito, est retourné à Marseille en novembre, seul. Au retour, Quattri m'a dit qu'Esposito voulait se mettre aux billets de 50 francs.

— C'est ce qu'on appelle diversifier ses affaires.

*

Et les affaires, Jacques Mérignac connaît. Le juge Michel retrouve la formule magique du crime organisé : la ferraille. Comme Louis Giralt, comme Jean Francisci, Maître Jacques est vraiment un homme de fer, traitant surtout avec les sociétés de revente des métaux, spécialisées dans l'escroquerie aux fausses factures.

Jacques Mérignac a égrené son état civil devant un inspecteur de l'Office Central à Paris, le même couplet que pour « affaire de Broglie ».

— Je suis né le 9 février 1924 à Levallois-Perret, dans les Hauts-de-Seine. Je suis entré dans la Résistance le 23 septembre 1942 et j'y suis resté jusqu'au mois d'août 1944. J'étais sous les ordres du colonel Cambas et de M. Jacques Chaban-Delmas. Je me suis engagé dans la 2e D.B. après la libération de Paris. J'ai participé à la campagne de France et à la campagne d'Allemagne. J'ai été démobilisé dans le courant du mois d'octobre 1945. J'ai terminé la guerre avec le grade de 1er classe. Je suis titulaire de la croix de guerre avec trois citations.

Mais, après ce passé glorieux, utile pour nouer ensuite des relations utiles, vient le temps des affaires, et le juge Michel replonge dans l'univers tortueux de la finance parallèle. Il a devant lui l'image même de tous ceux qu'il veut « mettre au trou ». Ces hommes qui fréquentent rarement les cabinets d'instruction, ou alors le temps d'une « consultation », d'un alibi et d'une pirouette. Et ça l'étonne de plus en plus.

Pour que Jacques Mérignac soit allé lui-même se présenter à l'Office Central de Répression du Faux-Monnayage, il faut qu'il se croie doté d'une absolue protection. Par quelques amis politiques ? Les mêmes que Dupuy ? Il n'y a plus que ça qui intéresse le juge.

*

Le juge Michel entrevoit encore « les choses derrière les choses », les fils mystérieux tissant la toile du crime organisé.

Jacques Mérignac insiste sur son passé de résistant sous les ordres de Jacques Chaban-Delmas. L'ancien Premier ministre de Georges Pompidou est aussi titulaire de la croix de guerre. Il a été un des piliers du B.C.R.A., le Bureau Central de Renseignements et d'Action de la France Libre à Londres, puis s'est trouvé aux côtés du Général de Gaulle quand il a créé le R.P.F., le Rassemblement du Peuple Français, en 1947.

Jacques Foccart, la future éminence noire du Général de Gaulle, a été aussi un membre très actif du B.C.R.A., puis responsable pour le R.P.F. de cinq départements de l'Ouest, un du Nord, et des Antilles. Et son secrétaire général avant d'être l'un des maîtres de la lutte anti-O.A.S. et l'un des fondateurs du S.A.C., puis de ces réseaux parallèles aux liens plus qu'affectifs avec le S.D.E.C.E. dont Jacques Mérignac passe pour avoir été « un bon élément ».

Tout est lié. Tout.

Le juge Michel retrouve au hasard du seul dossier de « ferrailleurs » qu'il ait eu à connaître, par hasard, celui de la S.O.R.E.S.A. et des amis de Louis Giralt les mêmes ingrédients, les mêmes coïncidences. Comme toujours.

Hugues-Paul Tatilon, le dirigeant à Légion d'honneur de la S.O.R.E.S.A., est un ancien déporté, ancien résistant, adjoint du maire de Marseille Joseph Carlini, avec l'étiquette et sous le règne du R.P.F. Croix de guerre lui aussi, il a mis en avant tous ces titres de gloire pour se présenter au conseil général dans les rangs de l'U.D.R.

Quant à Jean Francisci, son employé et ami, l'homme aux vingt millions de centimes dans du papier journal, son frère Marcel, est croix de guerre également, membre du service d'ordre du R.P.F. puis conseiller général en Corse sous l'étiquette U.D.R. et sous la houlette de Jean Bozzi, autre fondateur historique du S.A.C. et enfin ami de l'avocat Lemarchand, lui aussi serviteur musclé du service d'ordre

R.P.F., fer de lance de la lutte anti-O.A.S. et apparu dans l'ombre de l'affaire de Broglie.

Tout est lié. Tout.

Le juge Michel retrouve encore Henri Codde, l'ami de Hugues-Paul Tatilon et de Marius Bertella, le fondateur des Trois Canards, présumé parrain des courses truquées. Henri Codde trafiquant de drogue avec Jo Renucci, autre allié de poids du R.P.F.

Le juge Michel pense encore à Jean Laffue, le directeur départemental de la Sûreté, apparemment peu pressé qu'on découvre les « choses derrière les choses » du Bar du Téléphone et de la fausse monnaie. Il a été déporté à Buchenwald, et même s'il nie appartenir au S.A.C., il a fondé la C.S.V.P., la Compagnie Spéciale de la Voie Publique et la Brigade des Rafles, deux unités musclées et grouillantes d'hommes du S.A.C., autre gangrène de la police marseillaise.

L'affaire de Broglie est présente dans deux dossiers du juge Michel, et pas seulement en filigrane de faux papier-monnaie. Or le prince de Broglie, croix de guerre lui aussi, a été membre très actif du B.C.R.A., chargé de missions pour la Résistance, puis adhérent du R.P.F. et candidat à la députation dans l'Eure en 1951 sous cette étiquette. Avant d'être l'un des signataires des accords d'Evian en 1962.

Tout est lié. Tout.

Pierre Debizet, le patron du S.A.C., est aussi un ancien agent spécial du B.C.R.A. et agent toujours très spécial du service d'ordre du R.P.F. Un autre Pierre, de Varga, l'affairiste ami du prince de Broglie, qu'on a choisi de désigner à la justice comme le commanditaire de son assassinat, s'est piqué aussi de Résistance, a été déporté, tout en étant inculpé d'atteindre à la Sûreté de l'Etat, comme agent actif de la Gestapo avant d'obtenir un non-lieu et de conserver médaille de la Résistance et Croix de guerre...

Tout est lié. Tout.

Comme si de la Résistance et du B.C.R.A. au R.P.F. puis du R.P.F. au S.A.C. s'était nouée la grande Franc-maçonnerie de l'arnaque et du crime organisé. Comme si de prestigieux faits de guerre laissaient le champ libre et très libre à toutes les protections. Comme dans l'affaire de Broglie, le Bar du Téléphone et l'imprimerie en trompe-l'œil des cigales.

Michel Poniatowski, ministre de l'Intérieur si pressé de classer l'affaire de Broglie, n'a-t-il pas bénéficié du soutien du S.A.C. lors de la campagne pour sa première députation à Pontoise en 1967.

Tout est lié. Tout.

*

Le juge Michel sait qu'à Marseille l'affaire Joseph Joànovici, le plus grand « ferrailleur » de l'après-guerre, n'a abouti qu'à la libération de M. Joseph. Pour son état de santé mais surtout pour « longueur de l'information ». Quelques dérisoires comparses ont été condamnés, quelques « industriels » nantis d'un non-lieu. Pourtant le procureur adjoint De Muizon, magistrat de talent et au-delà des corruptions, s'est consacré avec passion à ce dossier, oubliant seulement de relier tous les fils d'une affaire plus que compliquée.

Une leçon pour le juge Michel qui reste fidèle à son idéal.

Le rapport sur le crime organisé, sur la Mafia française, où il dénoncerait preuves et noms à l'appui les connections, les hiérarchies, les bénéficiaires. Avec les complicités du pouvoir. Et au plus haut niveau.

*

— Monsieur Mérignac, vous êtes-vous servi de toutes vos relations ?

— Jamais.

— Passons sur la politique... et vos relations à l'Office Central de Faux-Monnayage ?

— Je les ai seulement connues lors de mes contrôles financiers...

— Et vos relations dans la police ?

— Ça m'a servi pour mes contredanses !

— Vous ne voulez pas m'aider à comprendre tout ce qu'il y a derrière ces affaires ?

— Je n'en sais pas plus.

Jacques Mérignac joue les énigmatiques... et les menteurs dans le cabinet n° 3. Il a choisi de parler de l'affaire sans omettre de détails, mais ne va pas plus loin. Tels sont les ordres de l'organisation transmis sans doute aux Baumettes par les avocats et les gardiens, les deux courriers de la maison d'arrêt.

Le juge Michel est persuadé que les commanditaires de la fausse monnaie, les mêmes que pour la ferraille, ont envoyé Jacques Mérignac se sacrifier pour le leurre, l'illusion, tandis que continuent à tourner d'autres imprimeries et d'autres laboratoires d'héroïne.

*

Jacques Mérignac se dit officiellement « conseiller technique » ou « attaché commercial ». Il a même occupé ces fonctions dans une société de verrous brevetés. Mais hormis la poissonnerie Pierre où il s'est mouillé dans quelques affaires en compagnie d'André Quattri, il connaît surtout le monde de la ferraille comme il se doit, et le juge Michel emprunte de nouveau ces rails tortueux et le temps des sigles revient...

En 1965, Mérignac a créé à Asnières la L.M.P.T.M., Société de Location de Matériel de Travaux Publics et de Matériaux. Et encore une fois, cherchez la femme... de paille. Martine Tannier, l'administratrice de la société, avec 85 % des parts, est à la ville Madame Martine Mérignac. Et, lorsque le juge Guy Floch demande à la Brigade Criminelle d'enquêter sur les rapports du gang de la ferraille et du meurtre de Jean de Broglie, que découvre-t-on ? Que la S.R.M.R., Société de Récupération Métallurgique de Romainville, est à l'origine d'un krach partiel de la Banque de Paris et des Pays-Bas, avec un détournement de 280 millions de francs, en juin 1975, dirigée par André Barquet, ami de Vassilios Anastasios, dit François le Grec, un ancien de la bande des Trois Canards... dit aussi « Cent Fusils », au moment des barbouzes anti-O.A.S., il se vante de pouvoir trouver sur-le-champ 100 tueurs au casier judiciaire vierge, amis de Jacques Mérignac.

Que François le Grec est aussi lié à Marcel Bretelle, gérant d'une société de vieux métaux à Bolbec, en Seine-Maritime, dont le S.R.P.J.

de Rouen s'est occupé pour une escroquerie aux fausses factures. Et que cette société « travaillait » avec la L.M.P.T.M. de Jacques Mérignac, et avec la S.O.T.R.A.R.E.C., domiciliée 43 route de Montmorency à Domont, Val-d'Oise. Adresse de paille et de fer où ont défilé une ribambelle de sociétés fictives, et où la R.T.M.D. a réalisé une brillante carambouille de 100 millions de francs. Qu'André Barquet dirigeait la R.T.M.D. et fréquentait aussi la L.O.T.E.R.C.A., sigle d'une autre société mystérieuse au siège situé 2 rue Maurice-Pellerin à Asnières, adresse de la L.M.P.T.M. de Jacques Mérignac !

*

Et ce n'est pas fini. Jacques Mérignac, homme affable et à fables, est vraiment un homme d'affaires et de fer. Tous les sigles précédents conduisent à Livry Métaux, dirigée encore par André Barquet, dont le matériel, camions et meubles, provient de la S.R.M.R., et qui a été « liquidée » en octobre 77 après la découverte d'une dette fiscale de 4 millions. Cette société fictive a réalisé un chiffre d'affaires de 24 354 000 francs en seize mois ! Avant que ses associés s'évanouissent, au mois de mai 1978, dans une nature bien compatissante.

Et qui est l'un des gérants de Livry Métaux ? Daniel Jeauc, homme de paille malgré lui, et inspecteur principal au commissariat de la Défense à Puteaux, où œuvrait l'inspecteur principal Guy Simoné, recruteur de tueurs pour l'assassinat d'un prince, à la suite de Roland Luperini. « On », et « on » ne peut être que ce collègue véreux, lui a volé ses papiers ! Et à qui l'inspecteur Guy Simoné a-t-il réservé le canal numéro 1 de son Eurosignal, cet appareil permettant d'être contacté à distance, devenu l'un des instruments favoris du crime organisé. A Jacques Mérignac, son professeur particulier de manipulation de ferraille.

*

La ferraille et ses arnaques collent à Jacques Mérignac comme une seconde peau, mais on a vu aussi son nom passer dans des dossiers les plus importants du crime organisé : l'affaire Lascorz. Enfin l'une des affaires Lascorz...

*

Charles Lascorz, Charly pour les intimes et ils sont nombreux dans la haute finance, dans la basse politique, et les polices de toutes tailles est un ancien du crime organisé. Ancien de l'école des Trois Canards, ancien du S.A.C., et pour ne pas dépayser le juge Michel, ancien barman à Marseille, l'un des meilleurs apprentissages pour devenir roi de l'escroquerie.

La carrière de Charly se distingue par un grand esprit de création. Délégué régional du S.A.C. dans le Sud-Ouest il crée pendant les événements de mai 1968 des commandos antigauchistes, avec comme collaborateur de choc, Bob Dénard, l'ancien policier du Maroc, mêlé à l'attentat de Mendès France, compagnon d'Antoine Melero, désormais bien installé dans son statut de mercenaire.

Tout est lié. Tout.

Ensuite après avoir organisé avec Charles Pasqua la manifestation du 30 mai 68 sur les Champs-Elysées à Paris, il crée l'E.T.E.C. Encore un sigle en trompe-l'œil pour la Société d'Etudes Techniques et Commerciales, officine spécialisée dans le racket, l'extorsion de fonds, le trafic d'influence et le chantage, par exemple sur des industriels en délicatesse avec le fisc. Refuser les services très payants de l'E.T.E.C. revient à s'exposer à « descendre à la cave ». La version année 70 des Trois Canards sous le paravent d'amitiés avec les Renseignements Généraux, les services spéciaux, et les « politiques » comme dira Roland Luperini. Charly compte dans ses relations Jacques Chaban-Delmas, Michel Debré et d'autres vedettes de la majorité.

Charly prend très vite le contrôle du respectable Ordre Souverain et Militaire du Temple de Jérusalem que dirige un général ami du Général de Gaulle devenant soudain sans pouvoir protester Grand Prieur de paille... Charly préfère user de cet alibi vaguement franc-maçonnique pour soutirer de l'argent aux gogos en échange d'uniformes, de croix et de titres de chevalerie. Nouveau racket, nouveau chantage. Il en coûte entre 10000 et 50000 francs. Quand par miracle la justice en vient à s'intéresser à l'E.T.E.C. et aux Templiers de l'arnaque, on cite le nom de Jacques Mérignac comme recruteur, mais il n'a pas à s'inquiéter. Charly prévenu par ses amitiés policières s'est enfui en Espagne. Il a des archives et des relations. Il n'en faut pas plus pour qu'intervienne la justice à l'étouffée, cuisine préférée du crime organisé. Nanti de documents propres à compromettre plus d'un baronnet du régime, Charly revenu au pays est condamné à quatre ans de prison avec sursis, puis se retire vers d'autres activités parallèles.

Au mois de décembre 1971, chargé d'instruire l'affaire Lascorz, le juge Jean Michaud du tribunal de Grande Instance de Paris a cru pouvoir se laisser aller :

— Il s'agit d'une affaire qui va aller très loin. Une affaire d'Etat.

Il a vite été remplacé...

C'est contre ce mal qui existe encore que lutte et veut lutter le juge Michel.

*

Qu'est devenu Charly l'intouchable, relation de Jacques Mérignac ?

Au moment où M. Jacques se partage entre sa cellule des Baumettes et le cabinet numéro trois, au mois de mai 1979, Charly se dirige d'un pas serein vers le cabinet du juge Georges Latève toujours au Palais de justice de Paris.

Encore un juge imprudent... agissant à la manière du juge Michel. Il a décidé un an plus tôt de s'attaquer au gang des ferrailleurs. Il s'est plongé dans un réseau de sigles et de sociétés : S.I.C.O.F.I., INTERGESTION S.C.P.S. FRITSCH. Avec ses hommes et ses femmes de paille, et même de paillettes. La Société FRITSCH a pour gérante une certaine Pierrette... Fritsch, surnommée « Pierrot », le soir venu stripteaseuse travestie au Paradis Latin !

A l'origine de ces carambouilles prenant racine à Rungis, dans la viande et le surgelé, un caïd corse bien installé dans les affaires en marge, ancien membre actif des Trois Canards. Coïncidence. Seulement on ne trouve aucune preuve contre lui. Son nom est prononcé sous le chaud manteau de la justice.

Pourtant de filière en filière, le juge Latève s'aperçoit que les sociétés Inter-gestion, Fritsch et S.C.P.S., se sont revendues quatre fois les mêmes cinquante tonnes de nickel. Une variante des activités de la Soresa chère au juge Michel. Avec les fausses factures et les différences de T.V.A. l'affaire a rapporté plus de huit millions de francs. Les écoutes téléphoniques et les planques ont révélé que les ferrailleurs avaient en tout mis sur pied trente sociétés et que d'une succursale de la Société Générale de Saint-Ouen ils retiraient chaque jour entre 100 000 et 500 000 francs en liquide.

Tout au long de ces affaires apparaît le nom de Charles Lascorz. Hélas quand le juge Latève décide de l'arrêter avec les principaux membres du gang, il doit confier le coup de filet à la Police Judiciaire... Tout est préparé dans le plus grand secret, mais le juge est naïf. Dès le 7 mai, veille du jour choisi, un dénommé Jacques Schott, et les écoutes téléphoniques en font foi, prévient Charly. Un policier l'a lui même avisé du danger... Mais Charly choisit finalement de se rendre déclarant qu'il n'est qu'un humble salarié de 12 000 francs par mois, agent commercial de la société Fritsch. Il est vite libéré tandis que Jacques Schott indicateur et ferrailleur de haut rang débarque au quai des Orfèvres en compagnie d'un ami de la maison, commissaire, dans une voiture officielle...

Le juge Latève a perdu.

Il ne peut obtenir du Parquet des poursuites contre certains policiers. Arrivé à la conclusion de son dossier, conscient comme le juge Michel que la police est souvent le mal de l'instruction, il confie seulement ses commissions rogatoires aux gendarmes comme le Code de procédure pénale l'y autorise. Mais il est déjà allé trop loin.

Arrivent les menaces, lettres anonymes, coups de téléphone, et surtout une lettre très précise l'avertissant que des personnalités importantes liées au crime organisé commencent à prendre ombrage de son acharnement et que leur influence peut le briser... Le juge Latève continue un temps son combat de justice. Avant de préférer la vie et de demander à être muté comme juge militaire au Tribunal des forces armées françaises à Landau en Allemagne.

Tout juge qui en France s'attaque au crime organisé est condamné à mort, et doit mourir.

Le juge Michel connaît très bien tous ces exemples de renoncement, de la part de juges déjà très courageux. Il jure que lui ne renoncera jamais.

*

L'affaire Charles Lascorz n'est qu'une péripétie dans la vie de Jacques Mérignac. Il s'est trouvé encore en relations d'affaires avec des dizaines d'autres sociétés aux sigles toujours aussi troubles. Quand on l'a « aperçu » dans le scandale de la Société de Récupération de Métallurgie de Romainville, l'arnaque était calquée sur un autre scandale financier : le Comptoir Métallurgique de la Courneuve animé par un autre roi de la ferraille, Auguste Richard. Par un heureux hasard Auguste Richard s'est engagé comme Jacques Mérignac dans la 2e D.B.

et a participé à la campagne d'Allemagne avant de se lancer dans mille et une affaires plus juteuses les unes que les autres dont une financée par Ashraf Palavi, sœur jumelle du shah d'Iran. La princesse a fini par porter plainte contre cette relation de Jacques Mérignac, qui s'est illustré dans la lutte anti-O.A.S., a été secrétaire général de l'U.N.R. en Haute-Vienne, s'est présenté aux élections législatives sous l'étiquette U.N.R.-U.D.T. et demeurant toujours un ami précieux de Pierre Figeac chargé en 1973 par Jacques Foccart d'organiser la campagne électorale de l'U.D.R. Combien de fausses factures ont été émises au Comptoir Métallurgique de la Courneuve : 11 296 millions... d'anciens francs. Une broutille pour les amis de Jacques Mérignac habitués à s'occuper de campagnes électorales devenues très onéreuses.

Tout est donc lié.

Selon la logique du crime organisé.

Avec Louis Giralt, on passait de la drogue à la ferraille. Avec Jacques Mérignac, on passe de la fausse monnaie à l'affaire de Broglie et à la ferraille. Et comme s'en est vanté le fantôme Dupuy, tous œuvrent pour un parti politique et ont préparé avec la fausse monnaie de vraies campagnes électorales.

En inculpant Jacques Mérignac, il semble à Michel qu'il prend une revanche contre le dossier du Bar du Téléphone, que c'est le premier acte de son nouveau combat.

— Mais ce que je veux, c'est coincer ceux qui sont au-delà de Mérignac, les super-protégés.

Le juge Michel parle même un temps de convoquer Jacques Foccart à Marseille et jure :

— On verra si la boucle est bouclée... et s'ils me font le coup d'Erulin...

Pourquoi fabriquer en effet de faux francs C.F.A., alors que les Corneille sont si faciles à écouler ? Pour déstabiliser Bokassa ? Trop facile, Jacques Mérignac, ami également de Durand, dit Denizon, ancien du S.D.E.C.E., évolue comme Antoine Tafani dans le milieu des barbouzes et des anciens résidus des réseaux Foccart, œuvrant à plein dans le trafic de la fausse monnaie à destination de l'Afrique, là-bas la mafia de la fausse monnaie a pignon sur rue et le moindre directeur de banque est rompu à la grande lessive des francs C.F.A. Jacques Dupuy, le fantôme, en est l'une des chevilles ouvrières.

*

Le juge Michel se procure pour l'occasion un dictionnaire des communes et la liste complète des propriétés françaises de l'Empereur de Centre Afrique, sa Majesté Jean Bedel Bokassa.

— Monsieur Mérignac, votre propriété Les Bruyères de Moralès se trouve à Loreux, dans le Loir-et-Cher. L'Empereur Bokassa possède un domaine de 61 hectares avec une maison, au lieu-dit La Cotencière, sur la commune de Selles-Saint-Denis. Je n'ai pas de plan, mais je lis que Loreux, 2 474 habitants, se trouve dans l'arrondissement de Romorantin-Lanthenay et Selles-Saint-Denis, 1 071 habitants, également.

Jacques Mérignac regarde le juge Michel comme si celui-ci venait de l'assommer, sa tête se balançant de droite à gauche.

— Bokassa possède aussi une propriété de 23 hectares avec un château, à cheval sur les communes de Neung-sur-Beuvron et Montrieux-en-Sologne, 550 habitants. C'est aussi dans l'arrondissement de Romorantin-Lanthenay. C'est vraiment votre voisin. Vous pouvez échanger des billets pendant le week-end.

Jacques Mérignac ne répond pas. Le juge Michel insiste :

— Vous le connaissez, ce cher Empereur ?

Jacques Mérignac.

— Oh, de vue seulement... Comme entre voisins...

Le juge Michel sourit de cette découverte comme chaque fois qu'il met à jour un élément que les policiers n'ont pas creusé. Sur la lancée il compulse rapidement le dossier de la valise Saint-Charles, cherche la chemise concernant Daniel Beaucourt, le baroudeur spécialiste des safaris d'affaire en Afrique arrêté en compagnie de Hamou Sadji, à la gare Saint-Charles.

— Vous connaissez Daniel Beaucourt ?

Jacques Mérignac se trouble.

— Non...

— Pourtant, c'est encore votre voisin. Et vous pouviez échanger des billets... Il habite Nouan-Fuzelier, un village situé dans l'arrondissement de Romorantin-Lanthenay. Décidément...

— Je ne le connais pas.

— Vous auriez pu jouer aux cartes, biseautées, le dimanche, entre Bokassa et Beaucourt, vous auriez fait sauter la banque.

*

Jacques Mérignac se tait, mais le juge Michel a relié encore deux dossiers unis jusqu'alors seulement par des faux billets. Celui de la gare Saint-Charles et celui de la maison de retraite des Cigales. Comme la première se trouve déjà proche du massacre du Bar du Téléphone, et que dans le second apparaît Roland Luperini, cela n'en finit plus. Avec l'affaire de Broglie... en filigrane dans chaque dossier.

Pour le juge Michel, l'obsession recommence.

Tout est lié. Tout.

*

Pour acheter sa propriété, dans le Loir-et-Cher, Jacques Mérignac a bénéficié d'un prêt de 45 000 francs de... Pierre de Varga, le présumé commanditaire de l'assassinat du prince de Broglie. Leurs deux noms figurent sur les registres d'au moins trois sociétés, en compagnie d'un autre ami de Maître Jacques : Michel Lywer, fils de Robert Lywer, dit François le Juif, ancien ministre des Finances du clan Zemmour, membre du S.A.C., agent électoral de l'U.N.R. et exécuté à Paris par des tueurs, non identifiés bien sûr, et qui a soi-disant présenté Pierre de Varga à Jacques Mérignac ? Guy Simoné, le flic véreux. Jacques Mérignac lui a lui-même prêté 40 000 francs pour l'achat d'un appartement, avant de servir de caution pour un emprunt de 46 000 francs. Et Guy Simoné a ensuite encaissé des chèques de 35 000 francs, et de 35 834 francs, émis à l'ordre de Mérignac. Maître Jacques ne tenait pas à les voir apparaître dans la comptabilité déjà floue de ses sociétés.

*

Vingt-quatre heures de garde à vue ont suffi à Jacques Mérignac pour s'expliquer sur sa non-participation à l'assassinat du prince Jean de Broglie et être libéré. Où était-il au moment du meurtre ? Mais dans sa propriété de Loreux, dans le Loir-et-Cher. Ont témoigné aussitôt, ni Bokassa ni Daniel Beaucourt, son voisin, mais sa femme, sa belle-sœur, Jeannette Créazzo, également femme de paille de certaines de ses sociétés, et René Carriac, un entrepreneur de travaux publics, directeur de la S.O.D.I.M. à Romorantin-Lanthenay, « apparenté » au monde de la ferraille, et dont la propriété se trouve à Villerviers-le-Chenon, à douze kilomètres de Loreux...

— Mon ami René est venu me voir dans la matinée.

L'ami René grand amateur de chasse et relation de fusil de Raoul de Léon, autre affairiste de l'entourage du prince de Broglie n'a guère eu le temps d'en témoigner devant un juge d'instruction ou une cour d'assises. A 3 heures du matin, le 18 septembre 1977, sur la route de Theullay à Menneton-sur-Cher, il est mort dans un accident d'automobile. Sa femme a écrit le 28 novembre, au préfet du Loir-et-Cher, département maudit, une lettre sans équivoque.

« Je me permets d'attirer votre attention sur les circonstances très étranges du décès de mon mari, René Carriac.

1) Mon mari, alors qu'il était 3 heures du matin, avait pris une direction opposée à celle de notre domicile de Romorantin.

2) Un témoin a d'abord affirmé qu'il avait vu dans la soirée, à l'auberge La Loge, une discussion très vive avec des étrangers (Espagnols ou Portugais). Ce témoin s'est ensuite rétracté.

3) Mon mari avait servi de témoin à M. Mérignac dans l'affaire du député Jean de Broglie, assassiné le 24 décembre. »

L'enquête n'est pas allée plus loin. Il est certain que René Carriac, le seul vrai alibi de Jacques Mérignac, a été assassiné. Suivant l'une des méthodes favorites du crime organisé... et des services spéciaux. L'accident de la route au dossier si facile à enfouir dans les archives irréprochables de la gendarmerie nationale.

Charles Bignon, ancien député, ami d'enfance, confident de Jean de Broglie susceptible de finir par livrer quelques-uns des secrets du prince, de parler de ses relations avec le crime organisé, a connu le même destin. Malgré le scénario plus qu'étrange de son « accident » on a vite classé l'affaire aux profits et pertes du crime organisé.

Le 29 mars 1980 de retour d'une réunion politique il roule au volant de sa Simca Horizon sur l'autoroute A 10 dans les Yvelines. Son ex-secrétaire parlementaire l'accompagne. Il est 1 h 45 du matin. Le soi-disant miracle d'une dispute permet à la jeune femme de descendre du véhicule. Un autre soi-disant miracle laisse Charles Bignon, connu comme un conducteur très prudent, à l'intérieur du véhicule tous feux éteints. Quelle cible idéale dans la nuit pour un camion passant par là par hasard. Mieux que le tee-shirt fluorescent de Roland Luperini... Charles Bignon meurt sur le coup, sa Simca Horizon n'est plus qu'un amas de ferraille. Son ex-secrétaire parlementaire sortie indemne de « l'accident » n'a plus qu'à alerter les autorités compétentes. Si compétentes qu'ordre est donné de réduire au silence pompiers, gendarmes et tous témoins éventuels.

Reste enfin au Parquet de Versailles à faire son œuvre pour que se taisent les empêcheurs d'assassiner en rond. Un communiqué sans bavure :

« Il n'y a aucun mystère autour des circonstances de la mort de Charles Bignon. »

Si l'on faisait la somme de ces « morts sans mystère » survenant toujours à point nommé dans les « grandes affaires », le crime organisé pourrait éditer un annuaire. De Patrice des Moutis, le monsieur X des courses truquées à René Carriac, l'alibi de Jacques Mérignac, et à des centaines d'autres...

La Mafia française née du crime organisé, n'a rien à envier à sa sœur italienne.

*

Le juge Michel regarde encore Jacques Mérignac. Ne trouve qu'une explication aux aveux courtois d'un homme courtois dont les chers amis deviennent si vite des chers disparus. On veut vraiment que le juge s'occupe de l'affaire des Cigales et oublie les autres dossiers en cours...

D'un signe le juge Michel demande au garde de raccompagner Jacques Mérignac. Pour écouter les trois autres gros inculpés de l'affaire. Ils ne s'accordent pas du tout avec Maître Jacques.

*

Antoine Esposito, 46 ans, cheveux noirs et visage carré comme tous les Dalton de la Belle de Mai, ancien gendarme auxiliaire devenu soudeur aux ateliers Terrin, sourit quand le juge l'interroge.

— Je connais Mérignac et Quattri. Ils sont venus à Marseille réclamer une dette à Luperini. Nous avons déjeuné tous les quatre au restaurant et c'est Luperini qui a parlé de fausse monnaie.

— Il ne risque pas de vous contredire.

— C'est vrai, je vous le jure, monsieur le juge.

— Notez, mademoiselle Amami : « Je vous le jure. »

— Mais je voulais dire que...

— Vous vouliez dire quoi... je le jure.

— C'est Luperini qui m'a demandé de surveiller une entreprise de fabrication de fausse monnaie qu'il voulait monter à Marseille avec Mérignac et Quattri.

— Il vous a pris comme vigile...

— Mais non, monsieur le juge, c'est vrai... Mérignac a dit qu'il avait les machines, mais pas le local. Luperini a proposé une usine désaffectée rue de Crimée à Paris... Mais j'ai refusé tout ça. La fausse monnaie ne m'intéresse pas, et puis je ne suis jamais allé à Paris. Mérignac est un menteur.

— Et vous aussi.

— Mais non, monsieur le juge, je le jure.

— Notez, mademoiselle Amami : « Je le jure. » Et Dupuy, celui qui a acheté le matériel, vous le connaissez ?

— Vaguement.

— Et vous le jurez vaguement ?

— Je le jure.
— Notez, mademoiselle Amami : « Je le jure. »
Le juge Michel s'est encore fait un ami aux Baumettes.

*

André Quattri a 50 ans. Profession : cadre commercial, comme tant d'inculpés de la fausse monnaie et de la fausse facture, dans des sociétés fantômes ou aux coffres vides dès qu'ils se remplissent. Il a la voix calme et sèche des brasseurs d'affaires.
— Je m'élève contre les accusations de Mérignac. Je le connais, mais ça n'a aucun rapport avec la fausse monnaie. Et Luperini non plus.
— Et Esposito ?
— Je l'ai rencontré avec Luperini.
— Et vous avez connu Luperini en 1978 en exploitant votre société Shark. Parlez-moi de votre ami Antoine Melero. Etes-vous associés aussi dans la fausse monnaie ?
— Mais pas du tout... Je vous répète que je n'étais pas au courant. Shark se chargeait de recouvrements de créances et d'assurer la protection physique des personnalités politiques pendant les réunions électorales. Nous disposons d'un fichier comportant 850 personnes disponibles recrutées dans les salles de sport, des émigrés vietnamiens, des policiers.
— Et des repris de justice ?
— Nous n'étions pas tenus de vérifier l'origine de nos employés, mais nous avions accessoirement des repris de justice.
— Notez, mademoiselle Amami. Il y avait aussi « accessoirement des repris de justice ». Et qui s'adressait à vous ?
André Quattri regarde le juge Michel avec des yeux méprisants.
— Nous avions essentiellement des personnalités du côté de l'U.D.F. et de la Démocratie chrétienne.
— Et le R.P.R., puisque Mérignac est venu vous demander des hommes pour la campagne de mars 1978.
— Shark était ouvert à tous ceux qui avaient besoin de protection physique. Le R.P.R. aussi.
— Vous avez travaillé pour le S.A.C. comme Mérignac.
— En 1968... A Boulogne.
— Où habite justement Melero.
— Je ne sais pas.
— Et le recouvrement de créances, ça consiste en quoi ? Il faut être musclé pour pratiquer ce sport ?
André Quattri ne répond pas. Le juge Michel se concentre. Il songe à l'affaire de Broglie, à Jacques Mérignac, à Antoine Melero, à l'attentat contre Claude Dalle Nogare, à cette nasse de requins... Depuis que les locaux de Shark, et avec eux les établissements Claude Deco, le marchand de meubles, au 2 rue de la Roquette, ont brûlé dans un incendie aux causes indéterminées, mais jugées éminemment suspectes, la société Claude Deco a été liquidée. Claude Deco est devenue la nouvelle société commerciale Claude Deco. Antoine Melero en est devenu l'employé privilégié. Quant à la société Shark, après un autre attentat en août 78, elle a fermé ses portes.

Les élections terminées, les requins avaient rempli leur mission.

— Pourquoi avez-vous fermé Shark ?
— Monsieur le juge, je veux bien travailler honnêtement, mais sans me faire de souci. J'ai été obligé de dissoudre la société parce qu'elle devenait un repaire pour policiers marginaux et d'autres gens...
— Quels autres gens ?
— Des truands.
— Et quels policiers marginaux ?
— Je ne me souviens plus. Des policiers marron...
— Notez, mademoiselle Amami : « Des policiers marron ». Et que faisaient-ils chez Shark ?
— Ils échangeaient des informations.
— Sur quelles affaires ? L'affaire de Broglie ?
— Je ne sais pas. Je ne suis pas une barbouze notoire ou un recruteur de truands pour l'assassinat d'hommes politiques... Croyez-moi.
— Mais je n'ai jamais dit ça. C'est vous qui le dites. Je ne suis pas chargé du dossier de Broglie...
Le juge Michel en arrive à celui qu'il souhaiterait avoir en face de lui.
— Et Antoine Melero ?
André Quattri se déchaîne.
— Je n'étais qu'un homme de paille dans la société Shark. C'est Melero qui dirigeait tout et il fait partie du complot contre moi avec Luperini, Mérignac et Esposito. Je n'ai rien à voir avec les faux billets.
— Un complot ? Avec Melero. Ça devient intéressant. Alors, écoutez-moi. Le 23 août 1978, les policiers vous ont vu au Pub des Facultés, rue de Castellane à Paris, avec Mérignac et Esposito. Ils avaient eu une information.
Silence d'André Quattri.
— Les policiers de l'Office Central du Faux Monnayage à Paris vous ont encore vu le 28 août 1978 à la brasserie Le Météore à Neuilly. Avec les mêmes compères. Et le lendemain encore au Pub des Facultés. Vous y avez reçu un coup de téléphone d'un correspondant prénommé Jacques... Mérignac sans doute.
Silence d'André Quattri.
— Le 23 novembre, avec Mérignac, vous avez été aperçus au bar de la Belle Ferronnière, rue François-Ier et vous avez pris au passage un homme portant casquette. Le 24, vous êtes parti seul avec lui pour Marseille. Et le 24, vous l'avez revu à la terrasse de la Belle Ferronnière.
Silence d'André Quattri
— Et l'homme à la casquette a été identifié. C'est Alzuro, un escroc international, fiché à Interpol, un des plus grands trafiquants mondiaux de fausse monnaie. D'habitude, j'appelle ça un piège et je conseille à ceux qui sont devant moi de se faire livrer aux Baumettes un stock de tapisseries et des rideaux de coton pour décorer leur cellule.
André Quattri se met à parler fort dans le cabinet n° 3.
— C'est faux. Je suis venu à Marseille avec M. Lemonnier.
— Donnez-moi son adresse. Il témoignera. Notez, mademoiselle Amami : Le-Mon-nier.
— Je ne peux pas.
— Alors, achetez les rideaux pour les fenêtres... Enfin, le 6 décembre 1978, vers 17 h 15 — nous sommes précis — vous étiez à la brasserie Nemours en compagnie de Mérignac, et qui vous a rejoint ? Alzuro, alias Lemoine, alias fausse, mademoiselle Amami. Fausse monnaie...

André Quattri soupire.

— Je ne sais pas pourquoi je rencontrais Mérignac aussi fréquemment, mais je n'ai rien à voir là-dedans.

*

Jamais un journal de Marseille, de Paris ou d'ailleurs ne publie de photo d'André Quattri. Les manes anthropométriques de l'Evêché se ferment encore. On ne verra jamais non plus le visage de Jacques Mérignac, ni d'Alzuro, l'escroc international, ni celui de Jacques Dupuy, l'homme du S.A.C. pour lequel le juge Michel lance un mandat d'arrêt qu'il sait déjà vain.

Même inculpés et même face au juge le plus redoutable de Marseille et de France pourquoi tous ces hommes parleraient-ils de leurs vrais commanditaires ? Ils sont toujours protégés et l'incapacité policière leur est acquise, sans doute parce qu'elle devient raison d'Etat, raison du Pouvoir. Le juge Michel est lucide :

— Cette fois tout est mis en œuvre pour que mes dossiers ne sortent pas.

Il sait qu'hélas il n'est pas au bout de ses surprises.

XV

TOUJOURS LA LOI DU SILENCE

Deux inspecteurs de la Brigade Financière de Marseille franchissent la grille de fer de la maison de retraite des Cigales. Les petits pavillons blancs se meurent sous la pluie de printemps. Un large panneau de bois indique « A vendre » en grosses lettres rouges. Francine et Antoine Tafani, le responsable U.D.R. des 11e et 15e arrondissements de Marseille, logent désormais aux Baumettes, les 25 pensionnaires ont dû chercher un autre asile. Nantis d'un souvenir précieux pour leurs jours déjà vieux : le poulailler de la fausse monnaie vers lequel se dirigent les deux inspecteurs ce 27 mars 1979. Pour une nouvelle fouille...

Inutile... La société des nettoyeurs anonymes est déjà passée. Comme dans l'appartement de Claudie Jesse, l'amie de Roland Luperini, comme au Bar du Téléphone, comme au Coves'Club, comme jadis dans la villa de Bouc-Bel-Air, comme partout où s'impose son talent.

La porte blindée bâille le long du mur gris. Les scellés dérisoires, brisés, se mêlent à la boue du chemin. Travail de spécialistes munis d'outils de qualité comme pour la porte de Claudie Jesse et de Luperini. La serrure blindée a été forcée avec précision sans trop de pression. Rien à voir avec des monte-en-l'air de la cambriole.

A l'intérieur seule la machine offset brille de ses deux tonnes d'acier.

Dans la première pièce, les paquets de papier filigrane sont éventrés sur le sol de terre battue, le long du bac de reproduction. Des bouteilles d'encre sont renversées. La « perquisition » est devenue saccage. L'un des deux inspecteurs arpente les quinze mètres du cabanon, farfouille dans les cartons, les caisses, et les objets éparpillés.

— Ça va faire du schprounz !

Il ignore que la Financière a presque tout laissé en place, à part les faux billets. Et encore...

Le lendemain, guerre des polices et guéguerre des brigades obligent, dans les couloirs de l'Evêché, certains racontent que tout le matériel a été déménagé, d'autres, que les visiteurs ont seulement emporté des matrices pouvant resservir à la contrefaçon et une caisse de francs C.F.A., oubliée par hasard ! Le juge Michel tempête :

— Je m'en doutais. Ils devaient laisser des flics en planque devant... et ils ont oublié... Ils ont fait exprès d'oublier...

Arrive alors un démenti prudent et officieux à toutes les rumeurs qui ne sont pas, pour une fois « dénuées de fondement ».

Au Palais de justice, dans les bureaux du premier étage, le Parquet, à l'image d'Albert Villatte, a son hypothèse.

— Ça doit être des vandales. C'est une coïncidence...

Des vandales experts en serrurerie et rompus à l'art de la porte blindée, et même super-blindée. Quelle coïncidence !

Deux jours plus tôt, des « vandales » se sont rendus au domicile de Francine et Antoine Tafani à cent mètres du cabanon pour un étrange cambriolage.

Ils n'ont rien emporté. Apparemment. D'autres « vandales » ont cambriolé l'appartement de la sœur de Francine Tafani, et d'autres encore se sont attaqués à la maison du père d'Antoine Tafani.

Sans rien emporter, apparemment.

Dans le cabinet n° 3 le juge Michel caresse son dossier du plat de la main, persuadé que, s'il pouvait aller plus loin... il en ferait un dossier-bombe...

— Ils cherchaient quelque chose, un document, une liste de noms. Il faut que je trouve.

Ce n'est plus l'affaire de l'affaire, à la marseillaise.

C'est un lourd mystère que malgré la hargne du juge Michel personne ne semble désirer percer.

Pourquoi le juge ne douterait-il pas de tout, de tous.

Plus de trois mois se sont écoulés depuis la découverte de « l'imprimerie », et personne à la Financière n'a donné l'ordre de la vider.

Qui veut empêcher que soient retrouvés les commanditaires, les maîtres de la fausse monnaie ? Qui protège qui ?

Eternelle et terrible question.

*

Le Parquet de Marseille se décide à ouvrir pour une fois une information contre les « vandales » de la maison de retraite. Les inspecteurs de la Financière posent de nouveaux scellés sur la porte du petit cabanon avec la mention « en remplacement de ceux qui ont été détruits ».

Scellés inutiles. On s'est décidé à vider le cabanon.

Le juge Michel sourit :

— Je vais être bientôt obligé de faire les perquisitions moi-même.

*

Le juge Michel y passerait ses journées.

Le mistral de la fausse monnaie continue de souffler sur Marseille. Le mardi 19 février, les hommes des commissaires Bourrely et Beltrano envahissent les locaux de la Société d'Edition et de Reprographie, 39 rue Saint-Pierre, dans le quartier de la Plaine. Camille Maggio, 50 ans, le visage cireux et souriant, imprime des faire-part de décès, aidé de sa compagne, la gérante des lieux, Mireille Gerbert, une grande femme blonde de 30 ans, sérieuse derrière ses lunettes d'écaille. Derrière eux, une machine offset de vieux modèle, une photo-composeuse, et un massicot à la lame tranchante. Ces artisans de la fausse monnaie bredouillent des excuses en apprenant qu'ils sont filés, planqués, surveillés depuis un mois et accusent Fernand Delon, leur metteur en page. D'autres inspecteurs fouillent déjà l'appartement de ce petit homme de 51 ans, au visage cuit de soleil, qui frisotte sans cesse sa moustache nègre. L'inventaire a de quoi le rendre nerveux.

Dans les tiroirs du buffet de la cuisine, 41 plaques offset, type Corneille, 50 plaques de 500 francs, type Pascal, des clichés de billets de 1,50 et 100 dollars américains. Pour un volume une fois imprimé de 800 000 francs. Dans une petite caisse de bois, 700 000 francs de faux billets de 500 francs, des kilos de clichés de 1 000 pesetas espagnoles, des travellers chèques de l'American Express, de 100 dollars, 900 mandats postaux type Colbert et 75 épreuves de faux chèques de la Société Marseillaise de Crédit. Et, dans une troisième caisse, une autre gamme de produits : des plaques offset de faux permis de conduire, de fausses vignettes et des cartes grises. De quoi envahir le marché pour six mois au moins.

Fernand Delon a proposé à ses patrons de transformer, la nuit venue, leur imprimerie offset-typo, spécialisée dans les thèses compliquées, les cartes de vœux et les faire-part, en offset-faux en tous genres.

Les Léonard de Vinci de la rue St-Pierre travaillent encore leurs couleurs et le dessin, et n'ont pas entamé l'impression de leur monnaie. Ils se rattrapent sur les faux chèques et les faux mandats déjà écoulés avec profit aux quatre coins de Marseille. Comme d'habitude, pas l'ombre d'un commanditaire dans le dossier. Une filière organisée doit manipuler Fernand Delon, mais sans doute ne connaît-il pas le nom des patrons, au sommet de la hiérarchie. Le juge Michel sait qu'on lui a encore livré des « Pieds Nickelés », il les inculpe presque à regret.

— A Marseille, on arrive ou trop tôt ou trop tard.

*

Bernard Leridon, le chef de l'Office Central contre la Répression de la Fausse Monnaie, à Marseille assiste encore Fernand Mathieu dans son nouveau triomphe... et le patron du S.R.P.J. entonne son explication.

— Nous avons préféré plonger dans cette imprimerie, avant qu'elle commence à confectionner de faux billets. Nous savons au moins que, si des faux billets circulent dans la ville, ils ne parviennent pas de cette imprimerie clandestine.

— La farce policière continue.

Quelle consolation !

Le juge Michel s'aperçoit que personne ne tient vraiment, ni à l'Evêché, ni au Palais, à ce que les affaires de fausse monnaie aillent trop loin. Et, contrairement à ses principes de justice, il laisse en liberté la gérante de l'imprimerie, Mireille Gerbert.

— Elle m'a dit tout ce qu'elle savait, mais ce n'est pas elle qu'on ira cambrioler. Elle ne fait pas de politique... Tout ça c'est de la poudre aux yeux.

*

Dans l'affaire des Cigales, le juge Michel se sent floué, abusé. Encore un dossier truqué, tronqué, perdu d'avance. Les experts ont découvert que le branchement électrique de la force entre le cabanon et la maison de retraite n'a pas encore été réalisé, et que l'imprimerie n'a pas tourné à cet endroit.

— On a vraiment voulu nous faire ce cadeau et mobiliser les flics pendant que d'autres bécanes tournent ailleurs. Les faux francs C.F.A., mais aussi des Corneille C 7 bis ont été certainement usinés dans le garage de la Grotte-Roland.

*

Cheveux poivre et sel, le visage fin barré d'une fine moustache blanche, toujours calme et maître de lui, Antoine Tafani, le gérant des Cigales, répète d'une voix très douce d'interrogatoire en interrogatoire.

— Je ne jouerai pas les boucs émissaires. On veut abuser de mon nom et de ma condition sociale. J'avais prêté le cabanon à Le Goupil que j'avais engagé comme gardien, mais je n'étais au courant de rien. Et ensuite, je l'ai congédié.

— Et vos pensionnaires qui vous ont vu discuter près de la porte avec Le Goupil et le maçon Baldini ?

— Ils inventent. A leur âge, ça les amuse. De toute façon, de ma villa, je ne voyais pas le cabanon, en contrebas. Je n'ai jamais su ce qui s'y passait.

Et le compagnon d'élections de Joseph Comiti, le pilier de l'U.D.R., se mure dans son silence.

Déjà il évoque sa mauvaise santé dans l'espoir d'une liberté médicale. Le juge a libéré sa femme, Francine Tafani, mais s'oppose à la sortie de celui que ses proches décrivent dans la procédure comme un « financier sans scrupules ». La Chambre d'accusation de la cour d'appel d'Aix-en-Provence confirme la décision du juge Michel.

Roland le Goupil, le renard du poulailler de la fausse monnaie, les cheveux presque rouges, avec de minuscules lunettes métalliques, surprend le juge Michel à chaque fois. Au premier interrogatoire, il raconte en souriant :

— Antoine Tafani m'a demandé de lui aménager ce pavillon, et m'a expliqué comment faire. Je lui ai rendu service.

— Vous étiez sur sa liste électorale ?

— Pour lui rendre service. Je n'ai pas les mêmes idées politiques que lui.

— Vous avez participé au collage de ses affiches ?

— Pour lui rendre service.

— Vous avez continué quand l'U.D.R. est devenue R.P.R. ?

— Pour lui rendre service.

La police a trouvé sur le rouquin sans profession qui aux Baumettes écrit des poèmes en s'inspirant de Marx, la Bible et saint François d'Assise, une carte de l'U.D.R., une carte du R.P.R. et une carte du Parti communiste de l'année... Le juge Michel en a demandé les trois photocopies pour son Sottisier.

— Vous étiez le sous-marin d'Antoine Tafani ?

— Je ne sais pas nager.

— Vous étiez gaulliste ?

— De gauche...

Le Goupil s'embrouille dans ses explications lorsque le juge Michel essaie de comprendre cette triple identité politique. Soudain écologiste, il proclame :

— J'habitais la campagne et j'ai décidé d'élever des poulets. Antoine Tafani m'a aidé à monter mon élevage. Et puis, dès sa confrontation avec Antoine Tafani, Le Goupil a déjà reçu la traditionnelle leçon d'idéologie des Baumettes. Il regrette son mensonge, demande pardon au juge et innocente Antoine Tafani.

— J'ai agi seul pour aider des amis.

— Donnez-nous leurs noms.

— Je les ai rencontrés dans un snack. Je ne connais que leurs prénoms. Ils avaient des idées politiques proches des miennes...

— Lesquelles ?...

— Mes idées...

— Vous vous êtes rendu compte qu'ils installaient une imprimerie ?

— Oh jamais je n'aurais fabriqué de faux billets français... mais là ils m'ont dit que c'était pour déstabiliser Bokassa. Et, comme il avait un ami qui s'appelait Giscard d'Estaing, il fallait se cacher.

*

Le juge Michel assiste à ces pantalonnades hebdomadaires dans le cabinet n° 3, mais le dossier n'avance pas.

Où est Jacques Dupuy ?

Où sont les commanditaires ?

Pourquoi les faux francs C.F.A. ? Pour déstabiliser l'empereur Bokassa comme le prétend Le Goupil au milieu de ses mensonges et ses fantasmes... A la demande de qui, de quels services spéciaux. D'après les « renseignements anonymes » de la Brigade Financière l'un des inculpés s'est rendu en Centrafrique, pour négocier avec des banquiers locaux l'arrivée des billets découverts aux Cigales. Seulement les policiers prétendent ne pas savoir qui... Le juge Michel pense à Jacques Mérignac, mais sans preuves et sans aveux, comment aller plus loin ? D'autres « renseignements anonymes » affirment eux que les billets devaient être mis en circulation au Bénin, en Côte-d'Ivoire, au Sénégal, en Haute-Volta et au Togo. Qui croire ? Surtout comment trouver les failles, les « renseignements anonymes » mais dignes d'intérêt capables d'empêcher l'enterrement d'un nouveau dossier.

Le juge Michel s'accroche au moindre inculpé pour essayer de « sortir » un indice, une piste, mais ce sont d'autres pantalonnades. Le meilleur moyen pour tous ces hommes de main de ne pas perdre la tête est de respecter la loi du silence.

*

Le juge Michel a ses « espions » dans les geôles du Palais de justice. Membres de droit de son réseau d'indicateurs. Les gardiens en uniforme responsables des inculpés en transit de l'Evêché ou des Baumettes. Quand le juge n'a pas l'opportunité de descendre à confesse... ces gardiens lui rapportent les cris et les chuchotements des geôles. Il apprend ainsi qu'un certain Joseph Simoni s'occupe d'une autre imprimerie de fausse monnaie, située près d'un grand garage dans le quartier du boulevard Jeanne-d'Arc.

Joseph Simoni, 63 ans, retraité de la marine marchande, et père tranquille de la fausse monnaie, ami de longue date d'Antoine Esposito, l'un des Dalton de la Belle de Mai, est arrêté aussitôt, mais son grand âge le rend sourd... Le juge doit répéter dix fois chacune de ses questions :

— Parlez plus fort. Je n'entends pas. D'ailleurs, je ne sais rien...

Joseph Simoni habite à une adresse de triste mémoire pour les limiers de l'Evêché : 17 boulevard Charpentier, l'endroit où s'est perdue la filature de la camionnette aux 500 kilos de Vélin-Muller 782

Sans se soucier des malheurs de ses amis des Cigales, dès le mois de janvier 1979, il se balade dans Marseille, avec dans son sac les précieux typons, les clichés permettant de fabriquer des kilomètres de faux francs C.F.A. En intermédiaire scrupuleux il cherche un photograveur capable d'enlever le flou de ces clichés et d'y ajouter des couleurs moins ternes. Gilbert Condamin novice de la fausse monnaie mais expert de la photogravure se laisse tenter, accepte le Vélin-Muller que lui apporte Joseph Simoni, mais pas satisfait de son travail préfère recommencer la besogne. Il a été aussi arrêté.

Son explication pour le juge Michel :

— Je voulais savoir si j'étais capable de fabriquer de la fausse monnaie...

Il devait toucher 50 000 francs pour ce galop d'essai.

Seulement la loi du silence ne tarde pas à imprégner l'artiste de sa peur et ses menaces. Après deux interrogatoires il ne sait plus rien, ne connaît plus son commanditaire Joseph Simoni, et s'excuse :

— J'ai avoué sous la pression des enquêteurs. J'avais peur de perdre ma femme, mes enfants, ma clientèle. J'ai pensé qu'on m'en tiendrait rigueur.

On a pourtant trouvé dans la villa de l'artiste, à Allauch, dix millions de francs C.F.A., vingt millions de centimes, en coupures de 10 000 comme aux Cigales, mais d'une qualité encore supérieure...

Parmi les relations de Joseph Simoni est arrêté également Jean Claude Cottereau, un imprimeur s'occupant des rotatives du boulevard Jeanne d'Arc. L'indication des geôles du Palais de justice était précieuse. On découvre dans l'atelier de cet autre artiste, relation privilégiée du père tranquille de la fausse monnaie, six millions de centimes en faux billets de 50 francs... A chacun sa spécialité et les faux Quentin La Tour reviennent à un dossier instruit par François Pagès, le doyen des juges d'instruction du tribunal de Marseille. Mais tous les inculpés de tous les dossiers de fausse monnaie gardent le silence sur les commanditaires et le juge Michel n'avance toujours pas.

Si Joseph Simoni voulait parler... Il sait qui est derrière le trafic... mais préfère attendre une douce liberté médicale. Elle viendra en son temps.

Le juge Michel s'accroche alors à Jean Mancini, autre ami d'Antoine Esposito, qui s'est chargé d'acheter le si précieux Vélin-Muller. Il possède un magasin à l'Ile rousse et un autre à Calvi. En travaillant sept mois par an, il déclare un chiffre d'affaires de 140 millions de francs, mais joue les naïfs :

— Pourquoi ai-je acheté 27 500 feuilles de Vélin-Muller 782 ? mais pour un dénommé Mari que j'ai rencontré à l'Ile rousse et qui m'a demandé ce service.

Où habite ce Mari ? Il ne le sait pas, mais s'écrie :

— Mon Dieu ! Si j'avais su que c'était pour des histoires de fausse monnaie je n'aurais jamais accepté...

La pantalonnade continue... On a déniché dans l'appartement de Georges Mancini, son père, ancien coiffeur sur les paquebots, spécialisé dans l'ouverture de débits de boissons sans licence, 20 000 francs de Corneille C 7 bis parfaitement imités. Un hasard... les Mancini n'en disent pas plus...

*

Le juge Michel s'accroche encore à François Baldini, l'employé municipal, roulant Mercedes, aperçu aux abords du local fantôme de la rue Mireille-Lauze, puis arrêté aux Cigales.

On sait maintenant ce qui s'est passé d'abord boulevard de la Grotte-Roland, dans le garage « Mécanique Carrosserie », derrière la cloison de bois neuf. François Baldini, ami d'enfance du propriétaire, Raymond Schiano Lomoriello, lui a demandé ce local pour des « affaires » à entreposer... et s'est vite chargé, outre la cloison de séparation, de tapisser la pièce d'une couche de laine de verre, puis d'installer un lavabo, et un double battant muni d'un cadenas.

Ensuite l'employé municipal a loué le local de la rue Mireille-Lauze, où pour la première fois les policiers ont aperçu sa Mercedes. A l'origine un préau qu'il a transformé en pièce habitable, en érigeant un mur de séparation avec la cour. Mais il n'a pas achevé sa tâche... On a retrouvé un tas de briques, deux sacs et demi de ciment et un seau renfermant de l'outillage.

Aux Cigales ensuite il a encore œuvré, pour installer l'imprimerie. Il a monté un mur de 70 centimètres.

Le juge Michel s'interroge.

Baldini, le maçon de la fausse monnaie, est-il seulement chargé de tromper les enquêteurs de filature en filature en bricolant des locaux sans lendemain ?

Ou alors est-il le maçon d'autres imprimeries que l'on ne découvre jamais, et qui comme les labos volants de la drogue, sont mortes depuis longtemps.

Dans un cas ou dans l'autre le juge est persuadé que le maçon de la municipalité de Marseille au service de la fausse monnaie a vu, au cours de ses travaux, « beaucoup de monde », et pas seulement les inculpés des Cigales. Alors quand Baldini arrive dans le cabinet n° 3, c'est toujours le même dialogue.

— Vous parlez, monsieur Baldini ?

— Je n'ai rien à dire. Je ne sais rien.

Le juge Michel n'insiste pas, et demande au garde :

— Remontez-le aux Baumettes. Il fait beau là-bas.

François Baldini est son « petit » inculpé. Son avocate demande la liberté provisoire. Pierre Michel refuse toujours.

— Il a tenu quinze mois. Il ne tiendra peut-être pas seize. De toute façon s'il parle, il a des chances de sortir.

François Baldini ne parle jamais plus.

Quand la Chambre d'accusation de la cour d'appel d'Aix-en-Provence le libère, au bout de 18 mois, le juge Michel est à la fois en colère et satisfait.

— Ils m'ont joué un sale tour en le libérant. Je suis sûr que Baldini sait quelque chose, mais qu'il a peur. Ça prouve au moins qu'au-dessus de ces « Pieds Nickelés », les patrons ne plaisantent pas. Et ces patrons, je les trouverai.

*

Une confrontation réunit, le 12 mai, André Quattri, Antoine Esposito et Jacques Mérignac. Les trois hommes se surveillent, s'épient. Soudain Maître Jacques revient sur ses premières déclarations et se met à expliquer, d'un ton souriant, qu'il a exagéré, qu'André Quattri et Antoine Esposito l'ont seulement aidé. Le juge Michel lit de la peur dans les yeux de cet homme, pourtant blasé par des années de trafic, pourtant haut placé dans l'organisation.

Il le clame :

— On a fait pression sur vous, mais ça ne marche pas. Ce que vous avez dit est dit.

— J'ai voulu me décharger, c'est tout.

— On vous oblige à vous rétracter. Qui ça, Martini-Melero, ou ceux qui ont fait le ménage aux Cigales ?

— Mais non, vous vous trompez.

— Je veux savoir qui fait pression sur vous, qui est au-dessus de vous. Je ne veux pas d'une autre affaire de Broglie à Marseille.

Jacques Mérignac regarde alors André Quattri, Antoine Esposito, et les trois avocats présents. Le juge Michel l'impressionne. Depuis le début des interrogatoires, il se penche vers lui.

— Je voudrais être entendu seul.

— D'accord.

Une heure plus tard, Jacques Mérignac se retrouve seul avec le juge Michel dans le cabinet n° 3. Il confirme tout ce qu'il a dit au début de l'instruction, se justifie d'une voix mal assurée :

— Avant, j'ai eu un malaise, ça n'allait pas et j'ai dit n'importe quoi...

Puis ajoute d'un air apparemment sincère :

— Un jour, on parlera seuls et je vous ferai de grandes révélations.

Deux jours plus tard, nouvelle confrontation. Le malaise contracté aux Baumettes semble guéri. Maître Jacques insiste sur la seconde rencontre avec Quattri, Luperini et Esposito.

— Il a été question de faux billets de 100 francs et de faux C.F.A. D'ailleurs, ceux que Luperini avait apportés n'étaient pas numérotés. Après, il a été question du financement de la machine offset.

*

De dépit, devant les nouveaux aveux de Jacques Mérignac, André Quattri se laisse aller, dans le couloir de l'instruction.

— Si Michel arrête Melero, je parle.

Le juge Michel est capable de construire un interrogatoire sur un « propos recueilli », une confidence, un ragot. On lui rapporte aussitôt la petite phrase d'André Quattri. Elle n'est pas tombée dans l'oreille d'un sourd.

XVI

LES VIES PARALLÈLES D'ANTOINE MELERO

— Melero est en cavale au Venezuela. Ils l'ont laissé filer.

Le juge Michel se renverse sur son fauteuil de skaï, et montre de sa cigarette le dossier de l'imprimerie des Cigales.

— C'est foutu. On n'en sortira rien de plus.

Alex Panzani du *Provençal* est assis face au juge dans le cabinet n° 3, le mercredi 11 juillet 1979, le juge Michel balance sa main dans ses cheveux.

— Je viens d'avoir Leridon au téléphone à Paris. Je lui ai demandé de me trouver Antoine Melero ou Martini s'il préfère. Il me dit qu'on ne pourra jamais l'avoir. Il est en Amérique du Sud. Ce con s'est mis en cavale. Voilà comment on enterre un dossier.

— Et on peut l'annoncer ?

— Bien sûr, mais ça ne fera pas revenir Melero. Enfin je vais lui mettre un mandat d'amener. On ne sait jamais.

Marseille est la seule ville de France avec Lille où existent encore trois quotidiens régionaux. Comme la chronique judiciaire marseillaise est toujours très lourde, que les « affaires » succèdent aux « affaires » chacun d'entre eux a délégué un journaliste au Palais de justice. La pipe de Jérôme Feracci du *Méridional,* la moustache de Paul Teissere, de *la Marseillaise,* et les cheveux bouclés d'Alex Panzani du *Provençal* hantent les couloirs de l'instruction, les labyrinthes du Parquet, des Chambres correctionnelles, et le Palais Bar, et la Civette du Palais, deux cafés de la rue Grignan, promus centres de presse depuis que *le Méridional* et *le Provençal* ont déménagé du Vieux Port vers le quartier gris d'Arenc. Rivaux mais amis, au tribunal on les considère un peu de la maison. Le juge Michel les tutoie et bien que vigilant sur le secret de l'instruction n'est pas avare de tuyaux. Depuis sa thèse sur les droits de l'information, à l'occasion des statuts obligatoires pour les jeunes juges il a passé une semaine au *Méridional,* une semaine à Radio Monte-Carlo, et une semaine à Antenne 2. Il sait comment naît, comment se crée et comment meurt une information. Souvent il demande aux trois chroniqueurs de taire le nom d'un jeune toxico dans le journal.

— Ce n'est pas la peine de l'enfoncer plus. Il peut s'en sortir.

Pareil pour certains voleurs à la petite semaine ou même criminels de hasard. Le juge essaie d'expliquer pourquoi ils en sont arrivés là, et les trois plumes judiciaires ne peuvent alors qu'être objectives. Par contre, Michel est impitoyable avec les gros bonnets, les grands trafiquants et Feracci, Teissere et Panzani sont ses alliés et dès le lendemain l'affaire Melero est en bonne place.

Dans *le Provençal* sous la signature d'Alex Panzani et le titre « le cerveau en cavale » :

« Antoine Melero tirait les ficelles de cette énorme organisation qui a inondé le pays de faux billets de cent francs. Ex-policier, ancien détective privé, il a souvent été lié à des services spéciaux, et son nom a été cité à plusieurs reprises dans de retentissantes affaires... Le juge Floch chargé du dossier de l'affaire de Broglie voudrait bien l'entendre car le policier Simoné qui recrutait les tueurs gravitait dans son entourage... Les hommes du commissaire divisionnaire Leridon à l'Office Central de Répression de Faux Monnayage ont réuni tout un faisceau d'éléments... On ne peut donc écarter, loin de là, des implications politiques dans cette affaire. Le juge Pierre Michel aurait sans doute du mal à avoir un entretien avec l'ex-policier. Selon certains renseignements Antoine Melero aurait préféré prendre des vacances au Venezuela. »

Dans *le Méridional* sous la signature d'Yves Gaveriaux remplaçant Jérôme Feracci en vacances écrit sous le titre « Le numéro un identifié :

« L'Office Central dirigé par le Commissaire divisionnaire Leridon a acquis la certitude que tous les gros coups de la fausse monnaie, tous les marchés importants passent par lui... Le juge Michel vient de lancer un mandat d'amener. Il appartient donc à l'Office Central, par l'intermédiaire d'Interpol, de se saisir de Melero... Il apparaît comme un agent des services parallèles, introduit dans des pays francophones d'Afrique, touchant de près certains dirigeants comme le sieur Bokassa... Puis le nom de Melero apparaît dans une affaire des plus louches de ces dernières années, l'assassinat du prince de Broglie. Melero était en rapport avec le policier Simoné qui recruta le tueur. Depuis, Melero, de par ses amitiés et ses contacts avec le Milieu, ses relations d'affaires avec les sphères politiques de toutes tendances, s'était consacré à la fausse monnaie. De Paris il commanditait les gros marchés pour la France et pour l'Afrique. Ses correspondants régionaux étaient tous d'anciennes relations de « travail ». Ils étaient seuls à pouvoir le contacter. Le cloisonnement était tel que l'imprimeur ne savait jamais où sa marchandise allait être écoulée... Il semble que Melero, alias Martini, se soit fait piéger. Le Venezuela qui fut une des terres d'accueil privilégié pour les gros bonnets de la drogue en fuite (Ricord par exemple) vient donc d'accueillir le gros bonnet de la fausse monnaie pour la France... Antoine Melero échappera-t-il aux incorruptibles de l'Office Central ? »

R.T.L. diffuse l'information, ainsi que l'Agence Centrale de Presse et l'Agence France Presse. Un correspondant de l'A.F.P. rencontre Fernand Mathieu, le chef du S.R.P.J. pour lui parler de Melero.

— Le juge Michel croit avoir fait une découverte. Ça fait trente ans que Melero est dans la fausse monnaie !

Marianne Don Simoni une jeune avocate du Barreau de Marseille se rend le lendemain jeudi 12 juillet dans le cabinet n° 3. Elle défend l'un des inculpés du dossier Les Cigales : Georges Mancini, et tient à vérifier l'existence de Melero. Mais le juge Michel après avoir lancé sa bombe est parti en vacances pour trois jours !

— Il revient lundi et je ne sais pas ce qu'il en est, explique Meriam Amami, la greffière.

Pendant ce temps le téléphone sonne au *Provençal,* au *Méridional,* à *la Marseillaise,* à R.T.L. dans chaque endroit où a été diffusée l'information. L'avocat d'Antoine Melero tient à préciser que son client n'a pas quitté son appartement de Boulogne-sur-Seine.

Lorsque le juge Michel revient de vacances le lundi, Alex Panzani s'asseoit à nouveau face au juge.

— Melero demande des rectificatifs partout.

Le juge Michel balance sa main dans ses cheveux et sourit :

— Je vais appeler Leridon.

Il compose le numéro de l'Office Central de Répression du Faux Monnayage à Paris et demande le « patron ».

— Je suis très ennuyé, depuis l'Amérique du Sud, Melero n'arrête pas de nous bombarder de rectificatifs ! A moins que ça vienne de Paris. Enfin... s'il est vraiment à Paris.

Le juge Michel raccroche et se tourne vers Alex Panzani.

— Il m'a semblé que Leridon bégayait.

Le juge Michel n'a pas été dupe. Cinq jours plus tôt il savait qu'Antoine Melero n'avait pas quitté la France, mais pour aller au bout du mystère Melero, il a « manipulé » volontairement ses amis journalistes. Un jeu dangereux. Une provocation, bien dans sa manière. Après un démenti le 13 juillet, le 24 *le Provençal* publie un droit de réponse d'Antoine Melero. Il précise que l'article d'Alex Panzani est entièrement diffamatoire et mensonger, qu'il n'a ni de près ni de loin aucune relation avec le trafic auquel il est fait allusion, qu'il a chargé André J. Guibert, avocat à la cour d'appel de Paris de réclamer réparation du préjudice subi. Et que cette information constitue une volonté délibérée de porter atteinte à son honneur et à sa réputation. »

Antoine Melero récolte ainsi dans quelques organes de presse, agences et radios des indemnités en vraie monnaie. Alex Panzani, Yves Gaveriaux, et les autres ne reprochent rien au juge Michel. Il a péché par omission, il a tenté sa chance et il a perdu, pour lui c'est un nouveau pied de nez à ceux qu'il ne peut arrêter, faute de preuves, et à Antoine Melero qu'il sait très protégé.

Il soupire :

— Ils ont voulu me baiser, comme d'habitude. J'aurai au moins soulevé un lièvre... Un de plus. Ce sont tous des pourris... Je pourrais ameuter la Chancellerie et raconter qu'on m'a mené en bateau à l'Office Central, mais on réussira encore à me prouver que j'ai tort...

Quand Marianne Don Simoni l'avocate, s'étonne de ce procédé, le juge Michel hausse les épaules :

— Je vous ai bien eue... La fin justifie les moyens.

— Vous êtes machiavélique...

Mais elle sait, comme les journalistes, que c'est de bonne guerre.

Une commission rogatoire délivrée le 24 septembre 1979 pour entendre Antoine Melero sur sa plainte en diffamation contre X. Le juge Pinsseau connu pour avoir conclu par un surprenant non-lieu l'affaire des micros du *Canard Enchaîné* écoute Antoine Melero se plaindre dans son cabinet du Palais de justice à Paris.

— Le juge Michel m'en veut...

*

Malgré son dernier éclat, le juge Michel est arrivé une nouvelle fois aux frontières d'un dossier.

— Au-delà de cette limite, mon ticket n'est plus valable...

Il a inculpé et envoyé aux Baumettes plus de cent « intermédiaires » de la fausse monnaie, des lieutenants à compter sur les doigts de la main comme Mérignac, Beaucourt, Quattri, Sadji. Les maîtres occultes du trafic demeurent libres, même si certains de leurs noms, les mêmes que pour la drogue, sont inscrits dans la mémoire du juge et des policiers. Comment prouver que des industriels aux façades respectables financent les imprimeries et que des hommes politiques les protègent au nom de leurs caisses électorales, et que le S.A.C. apparaît toujours en filigrane...

Ce n'est pas un hasard si les photos de Mérignac, Quattri, Dupuy ne paraissent pas dans la presse... Le crime organisé se doit d'être bien organisé.

*

Le juge Michel se contente de voir Antoine Melero dans le journal... Comme Roland Luperini... Le Vénézuélien de Boulogne n'est pas à une audace, à un masque près. Inculpé puis blanchi de l'assassinat de Louis Lemaigre-Dubreuil à Casablanca et abondamment cité dans *Le Crapouillot* d'octobre 1970 consacré aux crimes politiques, il plastronne trois ans plus tard dans *Le Crapouillot* dédié aux truands, à l'automne 1973. Mais... comme auteur d'un article signé de son nom de détective très privé : Antoine Martini. Avec une jolie photo d'identité le représentant en « jeune homme de bonne famille », cheveux courts et visage lisse, lèvres serrées et regard sévère.

Antoine Melero écrit sur les deux Jo Attia et Renucci qu'il a bien connus au Maroc et, horreur, qui ont été mêlés de près ou de loin à l'affaire Lemaigre-Dubreuil... Le juge Michel possède de nombreux ouvrages concernant la drogue, le Milieu, les milieux... La prose d'Antoine Melero dit « Martini » rejoint ses archives.

De Jo Renucci, Antoine Martini écrit :

— « La première fois que j'ai rencontré Jo Renucci, c'était à Casablanca en 1953. A cette époque, il tenait rue Nolly un bar très chic, baptisé Club Interallié. Il avait plus ou moins abandonné ses affaires à Tanger devant les remous provoqués par l'affaire du *Combinatie.*

J'avais été chargé d'enquêter sur un trafic d'armes au profit des nationalistes marocains. La présence de Jo Renucci à Casablanca pouvait ne pas être étrangère à l'affaire de ce trafic. Son dossier déjà assez lourd révélait notamment d'étroites relations avec la mafia italienne... Après avoir acquis la conviction que le Club Interallié n'avait rien à voir avec l'entrée clandestine des Beretta au Maroc, je décidai de rencontrer le suspect. Un peu par curiosité, mais surtout parce que le contact était une de mes méthodes favorites... — « Vous êtes soupçonné, lui dis-je, de fournir des armes à l'Istiqlal. »

Il s'agissait du parti nationaliste marocain le mieux structuré et le plus violent... « T'es un bon flic, me dit-il, et tu ne manques pas de culot. Mais, entre nous, tu es un peu jeune... Bien sûr que j'aurais pu être dans le coup. Je vais même te faire une confidence : ils sont venus me chercher... » Je me suis souvenu de ces paroles, deux ans plus tard. Lorsque la Main Rouge, l'organisation contre-terroriste des Européens du Maroc, décida d'abattre Jacques Lemaigre-Dubreuil, ami de l'Istiqlal, elle pensa faire appel à Jo Renucci... Je l'appris plus tard : Jo Renucci avait refusé sous prétexte que la victime était un Français. « Même si c'est un salaud », avait-il ajouté...

De Jo Attia, Antoine Melero, Martini écrit :

« La première fois que j'ai entendu parler de Jo Attia, c'était en 1955, toujours à Casablanca. On nous avait signalé son arrivée, liée aux activités de la Main Rouge. Lui aussi avait été contacté pour abattre Lemaigre-Dubreuil. Je ne sais pas s'il a refusé cette mission : il me semble plutôt qu'il s'est fourvoyé dans un groupe parallèle que dirigeait un de mes amis. Lequel groupe fut évincé de l'affaire en raison de sa fâcheuse tendance aux beuveries collectives...

Comme quoi Antoine Martini connaît bien l'affaire pour laquelle fut inculpé Antoine Melero... de la Main Rouge.

« ... Je revis Jo Attia à Paris fin 1956. J'allais souvent au « Gavroche », et Carmen, sa femme, appréciait beaucoup que je reste fidèle à la maison... Plus tard, je suis intervenu auprès de proches amis de Louis Joxe, alors garde des Sceaux, pour qu'il soit transféré de Fresnes au centre anti-cancéreux de Villejuif... »

Le juge Michel sait depuis longtemps que comme ses amis Jacques Mérignac et André Quattri, Antoine Melero ne manque pas de relations, même auprès d'un garde des Sceaux, signataire des Accords d'Evian en compagnie du prince de Broglie...

C'est sans doute cette confiance qui le poussa (Jo Attia) à demander à mon agence de police privée de retrouver Christian Jubin qui avait tué deux employés de son bar, le 5 novembre 1969, et violé sa fille Nicole. Je mis toute mon équipe sur cette affaire : nous découvrîmes que le petit caïd vivait dans les milieux homosexuels. J'étonnerais beaucoup de monde en révélant le nom du grand couturier qui l'hébergea... Bref je vins rendre compte à Jo du résultat de mes premières investigations. C'est alors qu'il me dit... « Tu vois, je ne veux pas te prendre en traître. Dès que tu m'auras dit où est Jubin, j'irai lui coller une balle dans le chignon... » Quelle que fût mon opinion sur Jubin, je refusai tout net de me faire le complice d'un assassinat. Je suis détective privé, lui dis-je sèchement et pas indicateur... »

Le juge Michel, à voir les relations de Antoine Melero avec Guy Simoné le policier véreux de l'affaire de Broglie et compagnon d'arnaque de Jacques Mérignac, et les volte-face mystérieux de l'Office Central de la Répression du Faux Monnayage se permet d'en douter...

A moins qu'Antoine Martini n'ait pas souvenir des vies parallèles de son acolyte Antoine Melero.

Qu'importe...

— Au-delà de cette limite mon ticket n'est plus valable...

Plus valable peut-être... mais le juge Michel ne peut s'empêcher de chercher encore les choses derrière les choses et derrière les oublis, les amnésies d'Antoine Melero.

*

Des détails simplement pour comprendre encore les fils invisibles du crime organisé.

Jo Attia nie par la plume du détective toute participation à l'assassinat de Louis Lemaigre-Dubreuil, mais le S.D.E.C.E. l'a pourtant chargé en son temps de faire sauter l'hôtel du chef de l'Istiqlal Allal el Fassi à Tétouan, et de bien d'autres missions.

Antoine Martini ne tient sans doute pas à évoquer le S.D.E.C.E.

Jo Attia a participé avec Robert Lywer dont le fils a « travaillé » ensuite avec Jacques Mérignac... à une affaire de faux dinars algériens. Qui a obtenu un non-lieu pour Robert Lywer. Son ami du S.A.C., maître Pierre Lemarchand, toujours fidèle au poste de l'organisation parallèle, et qui après les errances du R.P.F. a appartenu aux V.U.F., les Volontaires de l'Union Française, mouvement créé en 1958 par un certain Jean-Baptiste Biaggi, l'avocat qui, hasard toujours, a défendu Antoine Melero policier au Maroc et pas encore travesti en Antoine Martini lors de ses premières rencontres avec l'affaire de l'assassinat de Louis Lemaigre-Dubreuil.

Tout est lié. Tout.

Antoine Martini se plaît à évoquer son intervention pour son ami cancéreux. Et oublie qu'aux portes de la mort quelques-uns de ses amis sont venus cueillir Jo Attia à Villejuif en se déguisant en infirmiers et qu'avant de rentrer mourir près des siens le caïd a transité par un restaurant du XVIIe arrondissement à Paris : la Voile d'Or. A qui appartient par épouse interposée ce relais gastronomique du Milieu ? A Roger Lentz, « Poupon », employé intérimaire du S.D.E.C.E., ancien soldat des Trois Canards sans autres revenus officiels que de substantiels gains aux courses sans préciser si elles sont truquées ou courues sur les champs du racket.

Tout est lié. Tout.

Pour bien se fondre dans la grande organisation du crime organisé Jo Attia était un ancien déporté, à Mathausen, où il s'était lié avec un autre garde des Sceaux : Louis Michelet.

Il faut vraiment ne plus avoir qu'un « ticket de quai » pour fouiller comme le juge Michel du côté de Louis Joxe dont Antoine Martini a cité le nom en bonne place. La connection se trouve au détour du hold-up de la poste de Strasbourg, l'obsession du juge Renaud jusqu'à son assassinat. Parmi les suspects, de cette autre manne pour caisses électorales de la majorité, figure un résistant encore, membre de poids du S.A.C. encore, ami de maître Jean-Louis Tixier-Vignancour encore et ami de Louis Joxe.

Jean Schnaebelé, roi des machines à sous et roi des affaires souvent parallèles dans la cité lyonnaise et ailleurs. Interrogé à propos de son petit avion aperçu décollant de l'aérodrome de Strasbourg le jour du hold-up aux 11,7 millions de francs exécuté de mains de maîtres du crime organisé il raconte en souriant que ce modeste coucou de 120 000 francs lui a permis, entre autres balades, de transporter Louis Joxe alors député du Rhône.

Tout est lié. Tout.

Et tout s'archive dans la prodigieuse mémoire du juge Michel.

Il connaît à la perfection d'autres « états de service » d'Antoine

Melero... Antoine Martini pourrait conter de sa plume habile comment virevolte dans l'affaire de l'attentat contre Jean-Marie Le Pen le nom d'Antoine Melero.

Une bombe de très forte puissance est déposée dans l'immeuble du président du Front National, 9 villa Poirier dans le XVe arrondissement le 2 novembre 1976. Après l'explosion, les pompiers relèvent six blessés. Il faut détruire l'immeuble dont les cinq étages menacent de s'écrouler. Du travail de spécialistes. Quatre mois plus tard une ronde policière arrête deux quidams s'intéressant, au milieu de la nuit, aux beautés du mémorial juif de Drancy. Ils se présentent sous des identités d'opérette avant que la curiosité des enquêteurs ne révèle les patronymes de deux détectives privés à la mode Melero.

Djamal Amimeur et Richard Diederich sont employés dans une officine, encore une, du boulevard Magenta se chargeant de filatures en tous genres, de recouvrements de créances musclés et de toutes missions ayant peu de rapport avec le vrai métier de détective privé. Pourquoi s'inquiéteraient-ils des lendemains ? Ils chantent toujours puisque leur patron Hami Atali, ancien des Services Spéciaux, né au Maroc, la seconde patrie d'Antoine Melero, continue ses travaux occultes bien qu'un arrêté signé le 10 février 1976 de la main de Michel Poniatowski, ministre de l'Intérieur, ait décidé la fermeture administrative de son officine.

Devant tant de malice, la Brigade Criminelle se dévoue pouŕ poursuivre l'enquête. Et que révèle Richard Diederich qu'un malin hasard a promu jadis policier au Maroc et homme de main de la Main... Rouge ?

— On a participé à l'attentat contre Le Pen. Il y avait Melero avec nous. On a travaillé pour lui dans son agence...

Amimeur et Diederich ont pratiqué quelques extras pour l'officine aux bureaux logés sous l'enseigne de Claude Déco... le marchand de meubles.

Etonnant alors qu'Antoine Melero se soit mêlé d'attaquer le président du Front National, jadis président du Comité de Soutien à Jean-Louis Tixier-Vignancour quand l'avocat s'est présenté à la présidence de la République en 1965, alors qu'il est lui-même une de ses relations. Sans doute les hasards de la manipulation... d'explosifs. Et puis Antoine Melero n'a même pas à nier cette accusation. Quand Jean-Marie Le Pen interroge le juge Cabie qui instruit son affaire au tribunal de Paris pour se porter partie civile contre des hommes de main aussi explosifs, le juge ne sait rien et quand il s'en va aux nouvelles, personne ne semble au courant des aveux. Les protections policières sont passées par là.

Amimeur et Diederich, les quidams du mémorial juif n'ont plus qu'à être libérés pour ne jamais plus être inquiétés... Il se trouve bien quelques policiers honnêtes et pas encore corrompus — il en existe encore malgré le risque de ne pas faire carrière — pour chercher à poursuivre l'enquête. Et apprendre que le duo a menacé récemment Nicolas Brimo, journaliste au *Canard Enchaîné,* pour lui arracher l'origine de ses révélations sur les pots-de-vin de la Société Lockheed. A la demande de qui ? Mais de Antoine Melero, toujours prêt... à répondre que ces « détectives-là » ne besognent plus pour son officine depuis longtemps.

Ça ne fait jamais que la énième affaire dans laquelle son nom est cité sans dommages, mais plutôt avec dommages et intérêts...

Qui peut se vanter de savoir ce que sont devenus ces deux détectives qui en savaient beaucoup trop déjà sur la manipulation conduisant d'un attentat contre un homme politique de droite à un futur attentat contre un mémorial juif, à l'approche des élections municipales.

Ils se sont promenés à Marseille en compagnie d'André Quattri, futur associé d'Antoine Melero dans l'officine des requins : Shark, et futur invité de marque du juge Michel, et ont disparu, comme plus tard Roland Luperini. L'organisation du crime organisé n'a que faire de ces « moutons » capables de parler au premier policier venu... Surtout si s'en mêlent les très spéciaux Services Spéciaux.

Amimeur et Diederich avaient en effet fondé avant de tomber sous les projecteurs policiers une autre officine « Royal Enquête » aux locaux situés 26 rue de Berri dans le VIIIe arrondissement. A une portée de confidence des bureaux de Lucien Barone, ancien des réseaux Foccart, compromis dans une affaire d'escroquerie aux prêts hypothécaires et du pseudo colonel Duval, ancien de la lutte anti-O.A.S., spécialiste des fausses traites et fausses factures, lié au S.A.C., intouchable des intouchables pour services rendus durant la guerre d'Algérie et après, et enfin appartenant selon lui au S.D.E.C.E. et pour le moins y ayant de précieuses amitiés.

Décidément les deux détectives avaient gaffé...

Tout est lié. Tout.

*

Le juge Michel ne se contente pas de fouiller ses dossiers déjà importants qui dans bien d'autres tribunaux, à commencer par Marseille, mobiliseraient au moins trois juges. Que ce soit pour la drogue ou pour la fausse monnaie il veut tout savoir, tout connaître et il ne s'arrête pas aux seuls Corneille C 7 bis. Il retrouve trop souvent la présence du S.D.E.C.E. dans les dossiers de fausse monnaie pour ne pas chercher d'autres liens.

— On arrivera à démanteler le crime organisé si on ôte toutes les cloisons entre les dossiers. Il faut s'organiser comme le crime est organisé.

Il suit ainsi à distance et par ses antennes parisiennes une énorme affaire de fausse monnaie que l'on cherche par tous les moyens à étouffer. Une fois de plus elle concerne le S.D.E.C.E. et les allées du pouvoir...

*

Il suffit au mois de juin 1977 d'une information glanée par l'O.C.R.B., l'Office Central de Répression du Banditisme, que dirige l'ami du juge Michel, le commissaire Lucien Aimé-Blanc, l'ancien farfadet si efficace des Stups marseillais, pour que l'Office Central de Répression du Faux Monnayage interpelle un certain André Adam.

André Adam a 40 ans. Un rapport des Renseignements Généraux de la Guadeloupe explique qu'il est alors très en vue dans l'île où il a créé en 1975 la Compagnie des Antilles des Armements à la Pêche, une

Société Anonyme à Responsabilité Limitée de pêche industrielle. Qu'il cherche à y intéresser le secrétaire d'Etat aux Départements et Territoires d'Outre-Mer du cabinet Raymond Barre : Olivier Stirn. Qu'il déjeune d'ailleurs assez souvent au restaurant de l'Assemblée Nationale en sa compagnie, et lui rend visite dans sa propriété La Pommeraie à Roullours près de Vire dans le Calvados. Ainsi qu'à une autre de ses relations, Roger Fossé, député de la Seine-Maritime inscrit au groupe R.P.R. de l'Assemblée Nationale qu'il visite dans sa maison de Têtes, près de Dieppe.

Que sait-on encore de André Adam qui se prétend le « protégé » d'Olivier Stirn ? Des broutilles... Qu'administrateur de deux banques suisses, il a séjourné dans les prisons de la République Démocratique Allemande sous l'inculpation d'escroquerie, mais qu'il en est vite sorti pour dépenser des fortunes sous le soleil de la Guadeloupe. Surtout des devises étrangères. Qu'il possède le yacht « Naagh » en association avec Françoise Trapport, l'ancienne concubine de Jacques Angelvin, le présentateur de télévision victime de ses liaisons avec la French Connection. Et qu'enfin, et c'est cela qui passionne le juge Michel, que cet homme si protégé a des relations très précises avec la Mafia... et avec le S.D.E.C.E.

Une belle carte de visite.

Et que trouve-t-on dans la villa et dans les deux voitures : une Jaguar et une Matra-Bagheera, de ce mafioso allié aux services de contre-espionnage ?

Des babioles... Une documentation sur les films Agfa Gevaert, des ramettes de papier translucide de 50 grammes, des numéroteurs Leibinger O.F.M.I. Garamont, la marque chère aux deux M. Jacques : Dupuy et Mérignac. Des numéroteurs rotatifs Gebel automatic, autre merveille pour élaborer la fausse monnaie. Et, miracle, dix millions d'anciens francs en vrais billets de 500 francs... De l'argent sans doute lavé dans les eaux bleues de la Guadeloupe où ne manquent pas les requins.

André Adam n'est pas sans savoir que l'article 138 du Code Pénal indique qu'en matière de faux monnayage, et Roland Luperini n'a cessé d'œuvrer dans ce sens..., on accorde une exemption de peine à qui avoue le « crime », dénonce ses complices et révèle l'existence du Trésor en faux billets. Bon prince de la Mafia et de l'arnaque André Adam passe aux aveux. Il a bien organisé un réseau de faux monnayage. Il livre les noms de ses inférieurs hiérarchiques mais bien sûr n'évoque même pas de supérieurs de cette même hiérarchie. Il se contente d'entraîner les enquêteurs vers une villa des Sables-d'Olonne en Vendée. De quoi donner à rêver au juge Michel...

*

Quinze policiers de l'Office Central du Faux Monnayage se présentent à 8 heures du matin le 7 février 1977 à l'adresse indiquée. Alors qu'à Marseille on piétine, on rumine, on combine, ils se trouvent devant un cas de figure policière rarissime. La saisie d'une imprimerie en plein fonctionnement avec le matériel et le personnel au complet.

D'abord un personnage que le juge Michel aimerait recevoir dans le cabinet numéro trois : Irène Dadechkeliani Ormeliani, fille d'un prince, officier géorgien de l'armée du Tsar réfugié en 1917 à Constantinople, puis chauffeur de taxi G 7 et enfin président-directeur général d'une usine de yaourts.

La princesse russe en exil est une des plus grandes faussaires de l'après-guerre. Elle a commencé sa carrière à vingt ans dans le réseau Honneur de la Police. Elle imprime de faux Ausweis pour la Résistance, cache des juifs polonais, puis au sortir de la guerre, elle est tour à tour peintre, journaliste liée à Joseph Kessel, secrétaire de Coco Chanel et dix-sept fois condamnée surtout pour des faux en tous genres. Elle réalise même un Picasso et un Vélasquez dignes des originaux... Pas étonnant alors que l'Organisation de la fausse monnaie ne finisse par la « fixer » sous les menaces et les pressions pour s'occuper du délicat problème des couleurs.

Pour ce qui est de l'autre souci des maîtres du trafic, le trait des dessins du billet, le compagnon de la princesse, plus artiste que faussaire, est là. Encore un personnage digne du cabinet numéro trois. Constantin Nepokoitchisky, comte de Nemount, portraitiste russe réputé dans le XVIe arrondissement.

Quand l'Organisation « fixe » cet homme au coup de plume et de pinceau extraordinaire malgré les erreurs de jeunesse de sa princesse, il refuse de collaborer. Un soir de 1976 quatre jeunes hommes de main entrent chez lui de force et le traitent avec une méthode connue des Trois Canards et de Roland Luperini pour les banquiers aux bons du Trésor. D'abord ils le frappent au visage, puis lui cassent toutes ses dents, lui brûlent le corps avec des cigarettes, lui découpent la peau des mains avec des tenailles et enfin lui brisent les doigts au marteau, un par un. Le portraitiste à qui on promet le même traitement pour sa princesse, et puis la mort, doit se soumettre aux désirs implacables du crime organisé.

Un an plus tard ses doigts et ses mains seulement rétablis, il entame son ouvrage dans la villa des Sables-d'Olonne où d'autres hommes de main le conduisent. La princesse Irène, entre-temps soumise à un traitement semblable, le corps brisé de coups et de tortures et qui, encore terrorisée devant les policiers, prétendra toujours qu'elle a eu deux accidents de voiture..., a été chargée d'acheter de force le matériel. Environ 1 million de francs qui lui a été versé en vraie monnaie au fil des emplettes : machines offset, banc de reproduction, table lumineuse... comme aux Cigales. L'Organisation lui a aussi demandé d'enrôler quatre ouvriers de talent en stipulant les conditions du contrat :

— Vous devez fabriquer 45 milliards d'anciens francs en faux billets de 500 francs d'une qualité parfaite.

45 milliards...

La princesse recrute quatre imprimeurs, dont Daniel Baubry un artiste de la photogravure. Sont-ils menacés par l'Organisation dès que la princesse leur explique le travail ? Ils prétendent que non. Daniel Baubry est un rêveur comme l'artiste de l'affaire des Cigales que recevra le juge Michel.

— J'ai voulu réaliser un travail correct et j'ai fait du mieux que j'ai pu. Le côté difficile et technique du travail m'a attiré...

Combien doivent-ils être payés pour ce qui représente la plus grosse quantité de faux billets jamais réalisée en une seule fournée ? Une fois les 45 milliards d'anciens francs éparpillés à 30 % de leur valeur ils espèrent 100 à 220 millions de francs chacun. La police apprendra qu'il est prévu pour eux un paiement moins onéreux : la mort.

A la fin des opérations, sous la direction d'André Adam le mafioso du S.D.E.C.E., tout doit être détruit : le matériel et les ouvriers. Pour que ne reste aucune trace.

Le premier à payer avant que les policiers ne surgissent est le compagnon de la princesse-faussaire : le portraitiste que ses compagnons d'atelier surnomment Neppo.

Il vient de corriger avec finesse à même les films fournis par le photograveur les premiers faux Pascal. Les échantillons qu'André Adam a apportés aux commanditaires sont parfaits. Les couleurs définitives sont presque posées. Le peintre n'a plus sa raison d'être. Revenu à Paris, il meurt officiellement d'une crise cardiaque en conduisant son chat à l'hôpital... L'accident de rue est une des méthodes préférées de l'Organisation.

L'Organisation ne peut attendre. Les élections municipales approchent. Les forçats travaillent dix-huit heures sur vingt-quatre dans la villa. Ils n'ont droit qu'à six heures de répit pour les repas et le repos. Eclairés seulement par des lampes et des néons. André Adam leur interdit d'ouvrir les volets et les a menacés de mort s'ils s'absentent cinq minutes pour acheter à boire ou des cigarettes. D'ailleurs ils n'ont pas le droit de fumer. Dès le début les conditions ont été terribles. Pour que l'investissement ne soit pas trop lourd... on leur a demandé de fabriquer des faux passeports, des fausses cartes grises. Quinze jours de travail. Les commanditaires veulent rembourser au moins le matériel...

Quand la police les surprend, les forçats sont devenus presque fous à force de vivre avec des milliards de faux.

— On ne se rendait plus compte de ce que l'on faisait. On pataugeait dans les billets... Pour nous quelques milliards de plus, c'était seulement mille, deux mille ou trois mille feuilles de papier à passer...

Avec au bout la mort comme les bagnards de Cayenne.

Les policiers doivent se contenter de ramasser deux milliards anciens en coupures bien craquantes d'une qualité vraiment stupéfiante. André Adam venait prendre livraison au fur et à mesure..., et saluer sa compagne Patricia, chargée de trier les billets et de cuisiner la pitance des forçats du faux monnayage.

*

Au moment de négocier l'adresse de l'imprimerie, André Adam a obtenu également l'impunité pour sa compagne et a pu retourner vers la liberté. Et quelle liberté ! Alors que la princesse et les quatre forçats échappent ainsi à la mort et ne risquent plus rien car ils ignorent tout des commanditaires, restent un an, deux ans... en prison, André Adam continue de fréquenter ses relations politiques, de se prélasser sur son catamaran dans le Morbihan, de réaliser avec un architecte les plans du prochain qu'il estime à 240 millions d'anciens francs minimum, et à entraîner sa compagne pour six mois aux sports d'hiver.

*

Le juge Michel l'apprendra plus tard. L'homme de la Mafia et du S.D.E.C.E. qui a « donné » l'imprimerie des Sables-d'Olonne avant qu'elle ait fini son œuvre a disparu, peut-être condamné par l'Organisation.

Aux Sables-d'Olonne, selon les vœux de l'Organisation, l'instruction à l'étouffée se hâte avec lenteur. Et puis soudain un juge intrépide comme Pierre Michel prend le dossier. Il décide de lancer un mandat d'arrêt international contre André Adam. Il le condamne à disparaître. Il reçoit bientôt un télégramme d'Interpol qui conviendrait au Sottisier du juge Michel :

« Adam hospitalisé Lausanne pour maladie grave, tumeur au cerveau ou blessure par balles »

Il serait mort trois jours plus tard d'une rupture d'anévrisme, mais aucun certificat médical ou certificat de décès ne figurera au dossier. Il peut tout aussi bien vivre en Guadeloupe ou ailleurs pourvu d'un nouveau visage, d'une nouvelle identité, mais il ne parlera plus.

Quand le procès des imprimeurs et de la princesse a lieu, l'avocat général a beau s'indigner de l'absence d'André Adam à l'origine d'un procès inutile, on ne saura jamais vers qui exactement sont allés les milliards de faux billets de 500 francs. On citera un seul nom de magistrat, le substitut Hatout, premier substitut de la 5e Chambre du Parquet de Paris qui a autorisé par téléphone la fin de la garde à vue d'André Adam. Une décision illégale car seule la cour d'assises peut, selon l'article 138, autoriser la liberté, l'instruction être achevée.

André Adam, banquier du S.D.E.C.E. et de la Mafia, ne risquait pas de revenir dans un bureau de l'Office Central ou un cabinet d'instruction. Même à Patricia sa compagne il n'a jamais donné d'adresse ou de numéro de téléphone où le joindre. Elle dit avec tendresse pour l'aventurier qu'elle n'a jamais revu :

— Il sautait d'un avion dans un autre et d'un continent à un autre pour ses affaires.

*

Le juge Michel, mandat d'arrêt ou pas mandat d'arrêt, n'a jamais vu la photo d'André Adam dans le journal, ni personne d'ailleurs. L'homme au nom biblique appartient à la caste des Mérignac, des Quattri, des Dupuy...

A la Mafia française...

Où a-t-on trouvé d'autres faux billets de 500 francs de la même veine. Dans l'appartement d'Alain Caillol, l'un des ravisseurs du baron Empain, que fréquentait Roland Luperini. Et dans les plafonds du bar de Georges Malyquévique, encore un gros bras du S.A.C., au Havre dans la Seine-Maritime, le département d'André Fossé le député ami d'André Adam, réélu régulier depuis novembre 1962 et administrateur de biens. Ce patron de bar était aussi « secrétaire rapproché » de Raymond Barre lors de ses venues dans la région en cas de mouvements de foules...

Tout est lié. Tout.

Le juge Michel s'interroge encore pour savoir où commence et où finit le grand mariage de la politique électorale, du crime organisé et de la Mafia française.

Tout est lié. Tout.

Chaque nouvelle affaire marseillaise prouve que le juge Michel a raison de répéter cette phrase jusqu'à l'obsession.

L'ultime samedi de ce mois de juillet 1979, mois de « l'affaire Melero », Lionel Leroy, convoyeur depuis cinq mois dans une société de gardiennage et de transports de fonds : Protection Sud, filiale de la Société Parisienne de Surveillance, rentre de tournée avec deux autres convoyeurs et leur chef d'équipe. Ils ont collecté tout l'après-midi les recettes de supermarchés, de péages d'autoroute, et de succursales bancaires. A peine rangés les précieux sacs dans la salle des coffres, Lionel Leroy se propose pour la besogne rituelle du dernier embauché à Protection Sud : nettoyer les armes de ses collègues.

Lionel Leroy s'éloigne avec les trois pistolets 7,65 vers le réduit où il range graisse et chiffons. Quand il revient il peut ainsi braquer sur ses collègues un pistolet bien astiqué... Et en quinze minutes réaliser un scénario d'une absolue perfection.

Il ordonne au chef d'équipe de ligoter ses convoyeurs, lui passe les menottes, les enferme tous les trois dans le réduit. En cinq mois de présence assidue, Lionel Leroy a su apprendre combinaison des coffres et pièges des circuits d'alarme. Il n'a plus qu'à quitter l'immeuble du boulevard National, au pied de la gare Saint-Charles. Et à rouler vers une destination inconnue au volant de la 4 L de service au coffre rempli de billets et de pièces.

Trois jours plus tard le véhicule attend les enquêteurs à 300 mètres de l'Evêché... et pour clore ce pied de nez à la Spaggiari, Lionel Leroy a laissé un message sur le tableau de bord : « Arrivederci », au revoir...

André Kiener, le directeur régional de Protection Sud, porte plainte et déclare un préjudice de trois millions et demi de francs. Pour les experts en hold-up et casses en tous genres de l'Evêché, la collecte d'un dernier samedi de juillet doit se chiffrer à dix fois plus... Ils ne se trompent guère. Comment en savoir d'ailleurs le montant exact ? Tous les bordereaux de la collecte se trouvaient à l'intérieur des sacs...

Qui est Lionel Leroy que la police ne retrouvera jamais, et ne cherchera même plus à retrouver ?

Il a 32 ans. Sous-officier d'infanterie de marine, il a servi au Tchad dans les Services Spéciaux. Démobilisé en 1975, malgré un emploi d'électromécanicien aux industries aérospatiales de La Bocca, il s'est encore dévoué pour quelques missions en Afrique... et compte dans ses relations de nombreux mercenaires et tueurs comme Roland Luperini.

Tout est lié. Tout.

Jean-Louis Faber, autre employé de Protection Sud, qui devait être le complice de Lionel Leroy, et à qui l'ancien des Services Spéciaux avait promis un billet d'avion pour Nairobi, leur escale avant le Brésil où il disait vouloir créer un club de vacances, est un ancien du 2e Rep, cher au colonel Erulin, a été parachuté sur Kolwesi en 1978. Quant à Michel Auvigné, encore un employé de Protection Sud..., qui partageait le studio de Lionel Leroy sur le Vieux Port, qui lui a permis d'entrer dans la société de gardiennage, qui, mis au courant de l'opération commando de son compagnon, a refusé d'y participer, c'est un ancien sergent-chef de la légion... Il a été recruté par Bob Dénard, au moment du coup d'Etat du 13 mai 1978 destiné à ramener au pouvoir Ahmed Abdallah, le président des Comores.

Bob Dénard... l'ancien policier du Maroc lié à la Main Rouge et d'Antoine Melero...

Tout est lié. Tout.

Lionel Leroy possédait un chris-craft de 160 chevaux, amarré dans la marina de Mandelieu. Entre 1976 et 1978, avant que son corps ne disparaisse au fond des calanques, Roland Luperini est parti pour de longues balades en mer avec son ami. Ils avaient même l'habitude, loin de la côte, de s'exercer au tir sur des cibles de plastique...

Tout est lié. Tout.

Dans le studio de Lionel Leroy, les policiers découvrent deux réservations de places d'avion pour Nairobi... Toujours l'Afrique, paradis ou escale des anciens des Services Spéciaux que l'on retrouve dès que l'affaire : hold-up, fausse monnaie, ou drogue, est d'importance, mais que l'on arrête rarement...

Le juge Michel enregistre encore les données de cette affaire dans sa mémoire :

— Le tout est de savoir où vont aller ces millions... Un jour je le saurai... et mon ticket sera de nouveau valable !

*

Août 1979. La Banque de France met en circulation un nouveau billet de cent francs à l'effigie de Delacroix. D'un format plus réduit et d'un papier plus mou que le Corneille. Pas par souci de la nouveauté mais seulement à cause des « affaires marseillaises », à cause du dossier des C 7 bis du juge Michel. La cote d'alerte est vraiment dépassée.

Un expert de la Financière, ami de Pierre Michel et grand pourvoyeur d'informations sur la fausse monnaie, ne tarde pas à apporter au juge le premier exemplaire de faux Delacroix.

— Ça y est. Ils ont commencé. La Banque de France n'était pas dupe, mais elle est terrorisée. Il arrivera un jour où elle ne pourra plus lutter et ils le savent bien.

Le juge Michel prend le billet de cent francs.

— Ils sont vraiment forts. Et ils ne perdent pas de temps.

Le premier procès de contrefaçon des Delacroix de 100 francs aura lieu dès le mois d'octobre 1979 à Bobigny et mettra bien sûr seulement en scène de modestes écouleurs.

Le juge Michel range l'échantillon en vue d'allumer quelques cigarettes avec... l'une de ses habitudes qui choque toujours certains ronds-de-cuir de sa hiérarchie.

— Le crime est presque parfait, mais je les aurai, même s'ils sont protégés. L'affaire Melero ne se reproduira pas toujours... J'aurai des preuves. Je me débrouillerai pour travailler avec le fisc. C'est le seul moyen.

L'expert semble fataliste :

— Ce sont les rois. Vous ne trouverez jamais les commanditaires, ou alors... vous y laisserez votre peau comme Renaud. Ne jouez pas les Don Quichotte. Ça n'en vaut pas la peine.

— Devant moi je n'ai pas des moulins à vent. Je me suis donné trois ans. A force d'accumuler les renseignements je les coincerai. Pas seulement pour les faux billets. Pour la drogue, pour la ferraille, et les circuits de lavage de l'argent. Chacun sa cause, chacun son idéal. Ça c'est le mien.

— Vous êtes fou. Laissez faire. Ça a toujours été comme ça à Marseille, et partout.

— Ils me le disent tous. Je vais vous montrer le cadeau que j'ai reçu.

Le juge Michel fouille dans son bureau et en ressort une boîte d'allumettes.

— C'est aussi beau qu'un C 7 bis. Le type qui a fabriqué ça a du talent.

Le juge Michel tend la boîte d'allumettes à l'expert. Le couvercle et le tiroir sont recouverts d'encre de Chine. Avec sur le dessus une croix peinte en blanc. Le tiroir glisse et laisse apparaître une petite figurine de plastique, comme celles qu'on découvre dans les galettes des rois.

— C'est un cercueil...

— J'ai reçu ça par le courrier. C'est le premier. Avant c'étaient des lettres et des coups de téléphone. Il paraît qu'ils en fabriquent des dizaines aux Baumettes. Ils appellent ça le cercueil spécial Michel. J'aurai au moins donné mon nom à quelque chose.

TROISIÈME PARTIE

LA VICTOIRE

I

DE L'HÉROÏNE DANS LA FAUSSE MONNAIE

L'homme, dans l'entrée de l'immeuble, est un condamné à mort. Il descend les marches de pierre grise et sur le trottoir s'arrête pour regarder des deux côtés de la rue du Camas. Il hésite, rajuste son blouson de laine blanc, plonge les mains dans ses poches, le bras replié sur une sacoche de cuir marron. Grand, ventru, ses cheveux noirs encadrent un visage plutôt poupin, aux joues lisses et bronzées. Ses lunettes à monture d'écaille et aux branches fines métalliques lui donnent un air sérieux. Au moment où il se décide à marcher vers la rue Monte-Cristo, quatre hommes apparaissent devant lui. Les deux premiers, l'arme au poing, l'entourent et le visent. Le troisième le ceinture, et dans les mains du quatrième se balance une paire de bracelets métalliques. Le promeneur se laisse maîtriser sans un seul geste de défense. Ce condamné à mort ne manque pas de savoir-vivre.

Le commissaire principal Beltramo, le chef de la section Faux Monnayage de la Brigade Financière fait claquer les menottes.

— Alors Vartanyan, tu vois qu'on t'a retrouvé.

Le promeneur a la voix sèche :

— Vous faites erreur, messieurs. Je m'appelle Jean-Pierre Derderian. Vous pouvez vérifier.

*

Il faut six heures de garde à vue avant que « Jean-Pierre Derderian » avoue qu'il est bien Bedros Vartanyan, que la cour d'assises des Bouches-du-Rhône a, en 1977, condamné à mort par contumace.

Pour une fois les hommes de la Brigade Financière de Marseille n'œuvrent pas pour le juge Michel. D'après leurs « renseignements », Bedros Vartanyan participe de très près à un trafic de faux billets de 500 francs. Comme le mafioso du S.D.E.C.E. André Adam. Les Pascal sont le dossier réservé du juge d'instruction Martens, au tribunal de Grande Instance de Paris.

*

Deux inspecteurs escortent Bedros Vartanyan dans l'ascenseur tapissé de moquette bleue. L'appartement, au troisième étage, s'ouvre sur un long salon où s'éparpillent meubles rustiques gonflés de cire, fauteuils de vrai cuir, tableaux de faux maîtres, bibelots d'argent, de cuivre et de porcelaine. L'inspecteur principal Claude Feurbe fouille les armoires débordant de linge et de vêtements. Les portes de la penderie encombrée de costumes ne ferment plus à clé.

— Il ne s'ennuie pas le condamné... et il est armé.

L'inspecteur exhibe un pistolet automatique 7,65 et une poche de munitions, roulés dans une serviette-éponge.

Il s'assoit devant une table et examine la sacoche du condamné à mort. Deux étuis à lunettes, 5 billets de cinq cents francs, trois liasses de dix billets de cent francs. Tous authentiques. Et dans un portefeuille de cuir noir un duplicata du permis de conduire 75838220 au nom de Jean-Pierre Derderian né le 21 août 1928 à Paris 12e, domicilié 16 rue Spontini à Paris 16e, et la carte d'identité 1213342 au même nom. Bedros Vartanyan est né le 10 juin 1926 à Istanbul en Turquie !

*

Bedros Vartanyan possède déjà des faux papiers et un arrêté d'expulsion lorsque le commissaire Cohet, chef du groupe de Répression du Banditisme du S.R.P.J., l'arrête au mois d'avril 1974. Il vient d'ajouter deux pages inattendues à l'histoire du hold-up marseillais.

Le 27 mars 1973, à l'office d'Horlogerie et Bijouterie Méditerranéennes, accompagné de deux « policiers » fichés à l'Evêché, les frères Louis et François Panciullo, il se présente comme douanier chargé d'un contrôle des diamants. Le propriétaire ouvre le coffre, montre les pierres précieuses à Vartanyan et se retrouve en compagnie de son personnel, dans les toilettes. Butin : 500 000 francs en diamants et bijoux.

Le 6 novembre 1973, au siège de la compagnie marseillaise de réparation navale, le fourgon de la banque apporte la paie du personnel dans la chambre forte aménagée au rez-de-chaussée à la suite d'un précédent hold-up.

Arrive en marche arrière une camionnette transportant un long poteau télégraphique en bois. Trois hommes masqués et armés descendent, défoncent la porte blindée avec leur bélier. Butin : 397 600 francs.

*

Aux Baumettes où il a déjà séjourné à la suite d'autres casses, Bedros devient rapidement un cas médical. Trois ans de détention préventive — la justice est longue à venir —, et il est libéré pour raison de santé. Souffrant de l'amnésie classique des cas médicaux, il oublie de se présenter devant la cour d'assises. D'où sa lourde condamnation. A mort. Puis selon la facilité tout aussi classique des cas médicaux de retrouver la mémoire, il se remet au « travail » avec une vitalité et un entrain honorables pour un si grand malade. Par indics et indices interposés, l'Evêché finit par avoir des nouvelles de sa bonne santé.

*

Les inspecteurs achèvent la fouille de l'appartement. Pas un seul faux billet de 500 francs. Aucune trace de vélin filigrané, ou de cliché offset. Et aucune trace de la mémoire de Bedros Vartanyan debout, face à la large baie vitrée, face au commissaire Beltramo. Il reste muet. Comme sa femme Marguerite, une grande brune propriétaire bien sûr de l'appartement du 16 rue du Camas. Elle jure tout ignorer des occupations de son condamné à mort de mari.

Le commissaire principal Beltramo n'est pas à un faux près...

— Vous avez une cave ici, on va la visiter.

Pas de réponse.

— Vous avez une cave, oui ou non ? Vous voulez qu'on demande à la gardienne ?

Il y a bien une cave et même une clé pendue dans la cuisine que Bedros Vartanyan montre du bout de ses menottes. A voir ses yeux noirs et ses lèvres figées, le chef de la section Faux Monnayage se dit qu'un bon lot de liasses immaculées doit attendre le gogo entre les casiers à bouteilles et les vieilles chaussures. En entraînant Vartanyan dans le couloir, il lui tape sur l'épaule.

— Ça va être comme à Rians. Tu connais Rians ?

Pas de réponse. Bedros Vartanyan entre de nouveau dans l'ascenseur, entouré de deux policiers.

*

Le commissaire principal Beltramo et ses hommes connaissent bien Rians dans le Var. Le 5 juin, dans un garage attenant à la villa Les Plantiers, pelles et pioches en mains, ils ont retourné la terre et exhumé à 25 centimètres de profondeur un sac de plastique. Avec deux paquets enveloppés dans des feuilles d'aluminium. 8 550 faux Pascal. 4 millions 275 000 francs... La découverte sur « renseignement » de ce trésor factice suivait l'arrestation des Cuias père et fils, Jean et Gérard, 50 et 30 ans, grossistes en Pascal presque parfaits.

Pour commencer on a ramassé sur eux et dans la villa dix faux billets de 50 francs, quelque 200 malheureux C 7 bis, et 140 millions de centimes de Pascal empaquetés en 28 liasses. Au total, pour ces proches d'Antoine Esposito, Toinou, plus d'un demi-milliard, la plus grosse saisie jamais réalisée dans le monde de la fausse monnaie.

Une fois de plus, un coup d'épée dans des eaux troubles... Impossible de remonter jusqu'aux commanditaires. Et pour cause. Aux Sables-d'Olonne André Adam est resté discret avant de disparaître. Seul le nom de Vartanyan est apparu par une indiscrétion. Quant à l'explication de Jean Cuias, elle est du modèle standard C 7 bis.

— C'est quelqu'un de passage qui nous a laissé ces paquets de billets pour les garder, mais sans nous préciser qu'il s'agissait de faux.

*

Dans sa cave, Bedros Vartanyan bredouille à peu près la même fable :

— Ce sont des paquets qu'un inconnu m'a demandé de garder. Je l'ai fait pour rendre service. Je n'ai pas l'habitude d'ouvrir ce que l'on me confie. Comment me serais-je méfié alors que je n'avais jamais vu auparavant ce que vous appelez un « labo ».

Surprise... Les hommes de la Financière n'ont pas déniché dans la cave un seul faux billet de 500 francs, mais dans quatre gros cartons, presque tous les éléments d'un labo de drogue. A 300 mètres exactement de leurs bureaux et comme ils occupent le même immeuble, à 300 mètres de la Brigade des Stups !

Un labo de drogue découvert chez un condamné à mort en cavale par la Brigade de la Fausse Monnaie à 300 mètres de la Brigade des Stups, c'est Marseille ! Mais aussi, le 26 septembre 1979, une nouvelle guerre des polices, et un nouveau dossier pour le juge Michel qui tempête :

— Je leur avais dit que ça avait recommencé. Je suis certain que les chimistes tournent de plus belle. S'ils se mettent à monter des labos aussi sophistiqués que les mini-chaînes stéréo, on va se faire avoir à chaque coup. Et personne n'y croit...

*

Depuis trois mois, le juge Michel est un homme encore plus seul. Il s'oppose au chef de la Brigade des Stupéfiants de Marseille et surtout à son supérieur hiérarchique Fernand Mathieu, toujours lui. Le juge a su se gagner l'amitié des hommes de la Guardia di Finanza italienne, rencontrés au cours de l'affaire Giralt. Depuis, pas une semaine ne passe, sans qu'il téléphone à l'un de ses honorables correspondants. Il les pousse à agir, combat leur mollesse et leur peur face au crime organisé italien, leur fournit des informations. Par eux, il sait que la French Connection renaît, se mêlant à une Italian Connection efficace, et que Marseille est toujours le pivot du trafic.

On dirait pourtant que la police marseillaise s'acharne contre les idées du juge Michel. Dès la découverte du labo dans la cave de Bedros Vartanyan vient la question imbécile. A-t-il fonctionné ?

— Non bien sûr, répondent en chœur les patrons de la police marseillaise... puisqu'on ne fabrique plus d'héroïne à Marseille !

Le commissaire Le Poulard, le sous-chef du S.R.P.J. que le juge Michel appelle toujours Le Poulet, insiste pour que soit écrit noir sur blanc dans la presse marseillaise :

« Le labo n'a jamais fonctionné. »

Qu'on se le dise dans toute la région.

Comme si l'Evêché se mettait à protéger les trafiquants...

Mais le Laboratoire Interrégional de Police Scientifique de Marseille ne se contente pas d'à-peu-près. Que cornues, alambics et flacons de verre fleurent bon le neuf n'impressionnent pas ses experts. Leur rapport arrive directement sur le bureau du juge Michel. La découverte sur l'ensemble du matériel de traces d'héroïne-base et de morphine-base prouve qu'il a été utilisé dans au moins un cycle de fabrication.

*

Déjà un mois plus tôt le 16 août, une arrestation a pourtant donné raison au juge Michel et aux policiers italiens. Alors que le commissaire Bernard Gravet « le chef des Stups » soutient toujours au juge qu' « il ne se passe rien », la Guardia di Finanza rencontre Jacquelin Masia et son fils Jean-Pierre à Vintimille, en Italie, au moment où ils vont négocier avec trois correspondants transalpins deux kilos d'héroïne pure.

Le juge Michel se déchaîne alors.

— Ça fait un an que la Guardia di Finanza surveillait Masia, sur un tuyau de qui ? Des Stups de Marseille. Et après ils n'y croient pas...

Jacquelin Masia, 55 ans, est un « marseillais » dont les fiches encombrent tout un classeur des Stups. En janvier 1972, il livre à San Remo 25 kilos de « farine marseillaise » quand il est arrêté. Son client ? Un agent américain infiltré chez les trafiquants. On dit alors que Jo Cesari, son ami et son maître, l'a « donné » pour s'assurer des protections. De peur d'être extradé, Jacquelin Masia, d'origine sarde, demande la nationalité italienne et accomplit sa peine dans la péninsule. Dès sa sortie de prison, il reprend le chemin de l'héroïne grâce à ses solides antennes marseillaises.

Et qui est arrêté en même temps que Jacquelin Masia et ses correspondants italiens ? Ferdinando Ferraza, 41 ans, un Sicilien de New York venu en Italie prendre livraison des deux kilos d'héroïne. Comment douter alors qu'une nouvelle filière, une French Italian Connection se met en place...

*

Après l'arrestation de Masia, la guerre des polices franchit les frontières. Les experts italiens analysent les quatre paquets de 500 grammes d'héroïne. De la morphine turque pure à 98 % traitée à la marseillaise par un maître-chimiste digne de Cesari. La qualité qu'attendent les toxicos américains, toujours floués par la mexicaine ou la thaïlandaise depuis le « grand sommeil » de la filière française. Conclusion des policiers italiens :

— Elle allait partir aux Etats-Unis soit par Milan, soit par l'Allemagne. Mais elle a été traitée dans la région de Marseille par les élèves de Cesari.

Fernand Mathieu, le chef du S.R.P.J., réplique :

— Il est possible qu'un ou plusieurs laboratoires clandestins continuent de fonctionner dans la région, mais aucun élément en l'état actuel de nos informations, ne me permet de l'affirmer.

« Pourquoi les trafiquants prendraient-ils des risques supplémentaires pour franchir la frontière alors qu'un laboratoire peut être installé en Italie ? »

Le juge Michel furieux de tant de mauvaise foi et d'ignorance se tourne alors comme pour les manigances d'Antoine Melero vers son ami Alex Panzani, du *Provençal*.

— Si tu veux, balance l'info à fond. J'en ai assez de tous ces superflics qui ne croient à rien. On se demande qui ils protègent...

Pour Jacquelin Masia, le juge Michel sait que la Guardia di Finanza était d'accord pour une opération d'envergure avec les Stups marseillais. Après les ratés de la collaboration franco-italienne elle est bien obligée d'agir seule et trop tôt. En laissant se dérouler la vente des deux kilos d'héroïne pure on pouvait aller au moins à un bout de ce réseau international et connaître les nouvelles filières.

Parce que le juge Michel se déchaîne, les Stups français, la Guardia di

Finanza, et le Narcotic Bureau américain se réunissent à Gênes le 20 août pour se réconcilier et étudier une nouvelle stratégie face à la renaissance de la French Connection en liaison avec la mafia italienne.

Le juge Michel en est arrivé à se battre pour que cesse une nouvelle guerre des polices...

J'aurai vraiment tout fait à Marseille...

*

Le juge Michel attend Bedros Vartanyan dans le cabinet n° 3. C'est un samedi, mais il est prêt à rester toute la journée pour l'interroger. Il est au courant des dernières paroles d'évangile prononcées à l'Evêché et rue d'Oran. En passant l'affaire aux Stups, le commissaire Bourrely, le chef de la Brigade Financière a murmuré :

— J'ai trouvé un labo en cherchant de la fausse monnaie !

Le commissaire Bernard Gravet, chef des Stups, a encore soupiré :

— Ce n'est pas une affaire importante.

Ils ont eu un simple appel téléphonique alors qu'un étage sépare leurs bureaux... mais le juge Michel sourit. Tout peut recommencer comme il l'a prévu. Le commissaire Bernard Gravet quitte Marseille dans 15 jours pour diriger le S.R.P.J. de Toulouse.

Le commissaire Alain Pierre Boidé, son remplaçant, arrive tout droit de l'Office Central de Répression du Trafic des Stupéfiants à Paris. Il était l'adjoint de François Le Mouël. Le juge ne le connaît pas, mais se doute qu'il l'aura vite gagné à sa cause.

*

Bedros Vartanyan entre dans le cabinet n° 3 suivi de son avocat Yves Kléniec. Le juge Michel a mis les pieds sur le bureau et se balance dans son fauteuil de skaï.

— Alors voilà le touche-à-tout.

Bedros Vartanyan fronce ses gros sourcils noirs.

— Vous êtes éclectique. Hold-up, fausse monnaie, drogue... Pour un condamné à mort malade, c'est pas mal. Alors d'où vient ce labo presque complet ? Il ne manque que la pompe à vide et le carbonate de sodium, mais ce n'est pas le plus difficile à trouver.

— C'est un ami qui m'a prêté 8 000 francs en juillet. Il m'a laissé les paquets en gage.

— Donnez-nous son nom.

Bedros Vartanyan balance la tête :

— Je ne peux pas, il est commerçant, et ça risquerait de lui nuire.

— Vous avez de drôles de commerçants dans vos amis. Et vous saviez que c'était un labo ?

— Oui, mais j'ai accepté de courir le risque.

— Et où avez-vous connu cet ami ?

— En 1960, dans le quartier de l'Opéra.

— Le quartier des affaires...

— Cet ami n'a jamais participé aux affaires pour lesquelles j'ai été condamné. Je le rencontrais quand je n'étais pas en prison. A la fin du mois de juillet, je l'ai vu dans un bar, rue de la Corderie. Il a accepté de me dépanner. Après il m'a parlé de son matériel. Un peu avant le

4 août, on s'est donné rendez-vous à une station-service. Avec une camionnette 2 CV, on a transporté le matériel dans ma cave.

— Et comment est votre ami ?

— Il mesure 1 m 80. Il est de forte corpulence, il a les cheveux châtains, dégarni sur le front et une cinquantaine d'années.

— On dirait Giralt, mais je l'ai déjà mis au trou !

*

Dès le second interrogatoire de Bedros Vartanyan dans le cabinet nº 3, le juge Michel, précis, net, et sans faille, est le maître du jeu. Bedros Vartanyan n'a jamais rencontré un tel juge.

— Nous savons que tout le matériel découvert dans votre cave a été acheté chez Lieutier à Marseille et les dix kilos de noir animal nécessaire à la transformation de la morphine à la pharmacie Laffargue à Martigues. Pour cette mixture, c'était une femme. Vous la connaissez ?

— Non.

— Les achats ont eu lieu en juin 1979, donc le labo a fonctionné entre juin et septembre. Et votre ami, il est venu quand ?

— En août.

— C'est faux. Voilà la photocopie des pages de votre passeport au nom de Derderian. Vous n'oubliez pas votre pays natal. Vous êtes allé en Turquie du 19 avril au 7 août 1978, puis du 29 août au 17 septembre et puis encore en avril dernier. Istanbul, Constantinople, il y a de la morphine partout là-bas.

— Après ma liberté médicale fin 1977, et avant même d'être cité pour comparaître, je suis parti en Turquie. Des amis m'avaient donné ce passeport.

— Encore des amis. Donnez-nous leurs noms ?

— Je ne peux pas.

— Ils sont aussi commerçants...

— Je n'ai plus de famille en Turquie. J'ai passé trois mois chez les Malhas, des amis de ma sœur Mme Cezveci.

— Vous êtes allé faire votre marché de morphine au pays natal.

— Mais c'est faux. Vous êtes un menteur.

— Notez, mademoiselle Amami : « Vous êtes un menteur » (sic).

— Mais ça ne doit pas être écrit.

— Notez mademoiselle Amami : « Mais ça ne doit pas être écrit » et ajoutez bien (sic).

Bedros Vartanyan se redresse sur sa chaise comme un boxeur en difficulté. Il respire profondément, regarde son avocat et attend. Le juge Michel joue avec une énorme pince à linge et parle lentement.

— Nous avons entendu votre sœur, chez elle, boulevard Suchet à Paris. Vous êtes resté seulement 15 jours chez les Malhas entre avril et août 78. Vous avez eu tout le temps de chercher de la came.

— Ma sœur se trompe. Des tas de gens m'ont vu et ma femme m'a envoyé de l'argent là-bas.

— C'est vrai que vous n'avez pas de ressources, pas de compte bancaire ou d'épargne, rien à vous, et qu'on vous arrête avec 5 596 francs en espèces sur vous. Vous m'indiquerez la recette.

— C'est mon ami

— Ah ! j'oubliais le commerçant. En avril, deux mois avant que le labo se monte, vous étiez là-bas avec un Français, dans un véhicule immatriculé en France.

— Les Malhas habitent dans une île, et s'il n'y avait pas de bateau, j'allais parfois à l'hôtel, quelquefois ailleurs.

— Ailleurs ?

— Chez des amis d'enfance.

— Encore ! On peut les connaître ?

— Je ne me souviens pas de leurs adresses. Je vous rappelle que même mon numéro de téléphone, je l'ai marqué dans mon carnet.

— Les amnésiques des Baumettes, soignés au P.H.B., je connais. Je ne suis pas là pour vous délivrer un certificat médical.

— Mais vous n'avez pas le droit.

— Notez mademoiselle Amami : « Mais vous n'avez pas le droit » (sic).

— Ce n'est pas possible.

— Notez mademoiselle Amami : « Ce n'est pas possible » (sic) et l'inculpé prend une voix mécontente.

L'avocat de Bedros Vartanyan n'intervient pas. Il a l'habitude des interrogatoires coups de poing du juge Michel. Vartanyan se redresse encore sur sa chaise comme un boxeur presque K.-O.

Le juge Michel laisse traîner ses deux pieds sur le bureau et griffe ses doigts de sa pince à linge.

— Merci pour le labo. Si les caïds se mettent à table, où allons-nous. Je vous croyais fort comme un Turc.

Bedros Vartanyan se redresse et appuie ses lourdes mains sur le bord du bureau. Le juge Michel continue à jouer avec la pince à linge et le truand se recule lentement.

— Vous avez bien fait de prendre l'air en Turquie. C'est excellent pour les malades, mais là vous allez pouvoir faire installer l'air conditionné aux Baumettes. Vous en avez pour vingt ans !

Bedros Vartanyan regarde le juge avec des yeux de mépris. Le juge Michel feuillette encore le dossier de police.

— Donc, Bedros Vartanyan, vous ignorez tout de ce labo qui a déjà fonctionné.

— Je le maintiens.

— On a trouvé chez vous sur un carnet des numéros de téléphone. Je les ai fait vérifier un par un.

Bedros Vartanyan ne dit rien.

— Sous la simple référence « Mme. 10 esplanade des Belges 13500 Martigues », est indiqué un premier numéro. Il correspond à Anne Chaffard et à un commerce de maroquinerie. Sous la référence « FB ». figure le numéro de l'A.C.T.M., l'entreprise où travaille Françoise Bïzard, et en dessous son numéro personnel, qui, je vous le signale, est sur la liste rouge.

Bedros Vartanyan ne répond pas.

— Vous connaissez Anne Chaffard et Françoise Bizard ? Ce sont la femme et la maîtresse de Fernand Chaffard, un membre de la French Connection qui a été condamné le 13 novembre 1974 à 12 ans de détention dans une affaire de trafic international de stupéfiants, et qui a profité d'une permission de sortie le 12 juillet 1977 pour s'évader de la Centrale de Melun, et Françoise Bizard a été condamnée dans la même affaire à trois ans dont un avec sursis. Alors je vous préviens, que vous m'aidiez ou pas, je vais les coincer, et ils prendront le maximum comme vous.

*

Le juge Michel ne s'est pas trompé. Le temps des nouvelles filières et de l'héroïne marseillaise revient à tout va. La French Connection s'arrache à son sommeil et tout passe par l'Italie, mais avec des Français, des Marseillais dans chaque filière. Tandis que Bernard Gravet quitte la direction de la Brigade des Stupéfiants, le juge du cabinet numéro trois sait que commence un nouveau et terrible combat.

D'abord, au moment où les « étrangers » du carnet d'adresses de Bedros Vartanyan sont pris en filatures, mis sur écoute téléphonique, tombe à San Remo un nouveau laboratoire.

Arrive la première réussite, après les nouveaux « accords de Gênes » de la Guardia di Finanza et des Stups marseillais. Grâce au juge Michel.

En dépit des hésitations du patron des Stups et des apaisements du chef du S.R.P.J., dès son arrestation les vieux chasseurs de la rue d'Oran ont pisté les relations de Jacquelin Masia et surtout un personnage historique de la French Connection : Antoine Ristori, 66 ans, dit Pantalon de Velours. Encore un chimiste, un pur... sorti dans les premiers de l'école Cesari et qui s'est même frotté à la fausse monnaie.

*

En 1968, impliqué dans un réseau de drogue avec le Liban, Antoine essaie de fuir sa villa de Montolivet en lançant ses deux chiens de garde contre les inspecteurs des Stups. A l'intérieur, une fois les molosses assommés, au milieu d'un monceau de fusils, de pistolets automatiques et de munitions subsistent des relents d'héroïne pure... Condamné par défaut l'année suivante, il a poursuivi sa cavale jusqu'à la prescription... Pour se remettre à sa cuisine provençale et à fréquenter comme Louis Giralt les rues étroites et les places en forme d'épi de Gênes.

*

La Guardia di Finanza envahit dans la nuit du 27 au 28 novembre une fabrique d'eaux minérales de San Remo où, entre les bouteilles et les containers, dans un atelier aux murs blancs, doté d'un labo, dernier cri de la technique chimique, Antoine Ristori tourne sa soupe comme au bon vieux temps, en compagnie d'un petit mitron français Michel Diot et de quelques pizzaioli transalpins.

Ce jour-là, 5 kilos d'héroïne fraîche et pure comme la neige sèchent dans une cuvette et 22 kilos de morphine-base attendent le bon vouloir du vieux sorcier. Quand les inspecteurs de la Brigade des Stups de Marseille arrivent à San Remo, Antoine Ristori lève les bras au ciel « avé l'accent » :

— Je croyais que vous m'aviez oublié depuis le temps. Si vous vous mettez à voyager...

Sont arrêtés pour la même affaire trois Siciliens de Catane : Antonio Fichera, Salvatore Leone et Antonio Messina. Désormais il est bien certain que dans l'ombre naissent les nouvelles filières. Le juge Michel multiplie ses amitiés dans la Guardia di Finanza :

— Je ne pourrais tirer les fils que s'ils travaillent à fond avec nous.

*

Avant que l'année 1979 se meure, le juge Michel constate une fois de plus qu'il a eu raison.

Que le grand trafic de l'héroïne est bel et bien de retour, que son grand combat peut donc recommencer.

Dans la soirée du réveillon de Noël, Alain Pierre Boidé entame en fanfare son règne sur les Stups marseillais. Avec sa nouvelle équipe, ils interpellent trois passeurs compatriotes de Bedros Vartanyan et leur client : Marcel Djerian, encore un Arménien, le patron du Comptoir des Beaux-Arts, financier respectable, déjà fiché lors de la French Connection, et un second couteau, chargé d'aller récupérer dans un garage de Mulhouse un pneu de Ford Mustang sans chambre à air, farci de 6 kilos de morphine-base « made in Istanbul ».

Le juge Michel a vite fait les comptes :

Il y en avait pour 43 millions de centimes... pour les grossistes, et pour 600 millions de centimes à la vente. 30 000 piqûres pour de pauvres camés.

— Putain, je vais les faire souffrir.

II

EN GUERRE CONTRE LES MACHINES A SOUS

— Je me fous du Milieu et si Zampa et les autres se plaignent, le bureau des pleurs est ouvert. Cabinet n° 3, 36 rue Fortia.

Le juge Michel longe les machines à sous alignées sous les voûtes humides du garage comme des robots au garde-à-vous. Toutes hautes de deux mètres, massives et clinquantes, avec leurs chiffres métalliques en arabesques, leurs touches de piano électronique et leur avertissement en lettres noires : « Uniquement pour l'amusement ». L'inspecteur de la Sûreté qui l'accompagne s'arrête devant une Face 3 000 dont le cadre phosphorescent brille dans la pénombre.

— Dans les bars de l'Opéra, ils disent que vous pourriez au moins leur laisser ça.

Le juge Michel s'attarde sur les voyants rouges verts et jaunes d'une Bailly Royal un peu fatiguée.

— Ils n'ont qu'à me verser une part des bénéfices, tant qu'ils y sont. Je ne leur laisserai rien. Tant que je peux les coincer, je les coince. Ce buffet de ferraille leur rapporte autant qu'une pute.

Le juge Michel attendait depuis des mois qu'on lui confie le dossier des machines à sous, nouvelle manne du Milieu marseillais, friand de jeux et de revenus clandestins. Dès que le Parquet a ouvert l'information, le juge s'est lancé dans cette nouvelle guerre avec acharnement. Les policiers de la Brigade des Jeux de la Sûreté l'ont entendu tonner.

— Raflez-moi tout ça.

En une semaine, les 47 jackpots qu'il passe en revue ont été saisis, cinquante-trois patrons de bar interpellés, et deux manipulateurs de machines à sous inculpés d'infraction à la législation sur les jeux de hasard. Henri Atchadourian, le gérant de la société Electro-Pen, et Pascal Pascaletto, son collecteur.

— Encore un Arménien et un Corse ! a dit le juge Michel et il les a laissés en liberté, moyennant une caution de 50 000 francs.

*

Lorsqu'un inspecteur de la Brigade des Jeux surprend le collecteur corse en flagrant délit, dans un bar du quartier nord, à une portée de 11,43 du Bar du Téléphone, il en renverse son pastis. Attablé au fond de la salle, un grand cahier ouvert, le petit homme à la moustache en cerceau inscrit avec la précision d'un rond-de-cuir les pertes et les gains, les seconds, bien sûr, supérieurs aux premiers, de la Face 3 000 coincée entre la porte des cuisines et celle des toilettes. Tout en empilant des pièces de 1, 5 et 10 francs. Sur le cahier sont calligraphiés les noms des propriétaires de bars et des gros gagnants.

A la suite de cette rencontre, le téléphone marseillais s'ébranle et des kyrielles de machines à sous regagnent subitement les entrepôts d'Electro-Pen, rue Stanislas-Torrent, au cœur de la ville et d'autres sociétés spécialisées, mais la grande rafle continue et il faut charger ces lourds jackpots dans les fourgons de police.

Mais où les entreposer ?

Le juge Michel appelle le greffe du tribunal. Louis Olive, le responsable, était catastrophé. Dans l'étroit local qui lui est alloué il n'a même pas la place de loger une seule machine à sous. S'y amoncellent les fusils, les revolvers et pistolets de tous calibres, les douilles par milliers, une ribambelle d'instruments du crime, de paperasses occultes. Autant de cadavres d'affaires jamais résolues. Louis Olive est vraiment devenu le conservateur en chef du trop immense cimetière des mystères marseillais. Quand on pénètre dans son refuge, flotte un parfum de vieux et de mort. Le juge Michel évite de s'y attarder. La vision des lourds sacs et des boîtes étiquetés « Bar du Téléphone » n'a rien d'encourageant.

Avec la Brigade des Jeux, le juge décide d'encombrer de machines à sous l'ancien dépôt de la S.E.D.C.A., 20 avenue Robert-Schumann que les pièces détachées d'auto et de moto ont imprégné de leur odeur de fer, d'huile et de graisse, et où sont cantonnés désormais les gardiens de la paix des unités de quadrillage de la cité.

— Là au moins elles sont bien gardées.

*

Toutes ces machines sont fabriquées en Angleterre où elles ont le droit de cracher la monnaie. Elles passent par la Belgique où des infirmiers spécialisés du hasard les stérilisent en bloquant le retour des pièces et le remplacent par un compteur de parties gratuites. Les maîtres du Milieu marseillais n'ont jamais apprécié la gratuité et dans les arrière-salles, dès que sur les quatre rouleaux de la machine s'alignent les oranges, les citrons, les cerises, les cloches ou les jockers, on rembourse les parties gratuites derrière le comptoir. A un franc le point. Comme certains chanceux arrivent à 200, ça peut rapporter gros... mais la machine avale tant de pièces, que ça rapporte encore plus gros à la machine et à ses machinistes. Quand arrive le collecteur, il déduit les sommes avancées par le patron, et le reste se partage à 50/50 suivant le contrat tacite passé avec l'une des dix sociétés de jeux de Marseille. Un appareil coûte de 15 000 à 20 000 francs, avec une taxe annuelle fixée à 1 800 francs depuis le début de l'année. Un à trois mois d'exploitation suffisent souvent pour amortir l'investissement.

*

Le juge Michel s'accroupit devant la dernière machine à sous près de la porte.

— Quand ça tourne bien, ça va jusqu'à un million par semaine. Donc, je gagne moins qu'une machine à sous !

Pour lui, lutter contre les jackpots n'est pas une partie gratuite, un tilt de plus contre le Milieu. Depuis un an, il reçoit des lettres au tribunal, comme en arrivent à la préfecture et à l'Evêché. De femmes surtout. Se plaignant que leur mari ou leur fils s'attardent des après-midi entiers devant le leurre des jackpots et s'endettent pour persévérer. Le juge a même reçu dans le cabinet n° 3 une jeune femme accusée de détournement de fonds dans l'entreprise où elle travaille. Elle lui a expliqué que son mari livrait son salaire aux machines électroniques et qu'il n'en avait jamais assez. Le juge a demandé une enquête. Ce n'était pas une galéjade de plus.

Et puis tous ces bénéfices occultes permettent de financer de nouveaux réseaux de drogue... Une raison suffisante pour que le juge Michel s'acharne.

*

En regardant les machines, le juge connaît pourtant les limites de sa guerre.

— Il y a 600 bars à Marseille et la moitié au moins sont équipés. Il faudrait des tas de brigades pour y arriver. En plus les commanditaires se frottent les mains. Toujours les mêmes...

Les hommes de paille sont légions à la tête des sociétés de jeux, et les commanditaires de l'ombre, proxénètes recyclés, trafiquants professionnels, ténors du crime organisé n'apparaissent qu'au moment de la comptée. Le juge Michel comme la Brigade des Jeux, connaît le nom de certains de ces maîtres du Milieu, mais allez trouver une preuve... Devant la machine à sous, un joueur a une chance sur 10 000 de toucher 3 000 fois sa mise. Le juge n'en a guère plus pour arrêter ceux qu'il soupçonne. Alors reste la rafle et la saisie dans des bars dont les patrons sont souvent obligés de tolérer la machine, sous peine de malheurs en tous genres. Le racket breveté Trois Canards-crime organisé ne perd jamais ses droits.

*

Le juge Michel caresse les touches d'acier de ces machines mortes, sans lumières, sans couleurs, sans musique métallique.

— Quand ça marchait avec un bras, on appelait ça des bandits manchots. C'est nous qui sommes manchots !

Au lendemain de la première grande rafle qu'a ordonnée le juge Michel, un arrêté de Raymond Jaffrezou, le préfet, a interdit les machines à sous dans les bars marseillais. Aussitôt une des sociétés de jeux a déposé un recours devant le tribunal administratif pour excès de pouvoir. Rien ne dit qu'elle ne gagnera pas. La loi n'interdit pas l'appareil, mais seulement les gains illicites. Le juge Michel a l'habitude de ces étrangetés dès que les finances du Milieu sont en jeu.

A Bordeaux, autre ville qu'envahissent les jackpots, à la suite des mêmes manœuvres d'un juge, l'arrêté préfectoral a été cassé.

— Il a fallu rembourser les exploitants pour chômage technique ! Vous me voyez faire rembourser les copains de Zampa.

*

Le juge Michel marche vers la porte du garage aux machines à sous.

— Ça me rappelle le bon temps de Carbone et Spirito.

— Mais vous ne les avez pas connus ?

Le juge Michel étonne toujours les policiers, les magistrats ou ses proches. Il connaît mieux l'histoire de Marseille, celle des truands et du Milieu, que certains Marseillais.

*

Dans les années 30, des baraques à sous, de plus petite taille, en bois ciré, mais déjà rutilantes, arrivaient des Etats-Unis par centaines sur les quais de la Joliette, sans que la loi les interdise. Le Milieu de l'époque en fleurissait les bars, les restaurants, les kermesses. Avec 1 000 francs par jour, ça rapportait autant qu'une bonne gagneuse du quai des Belges, sans cris ou révolte, à part celle de la mécanique.

Le juge Michel évoque le passé avec nostalgie comme s'il l'avait vécu.

— C'était la guerre. Marseille était divisé en secteurs comme Chicago, mais les bandes organisées franchissaient les frontières. Pour se venger, on volait les machines et le lendemain les journaux publiaient leur liste. Des patrons de bars les scellaient aux murs, les attachaient avec des cadenas ou les munissaient d'un système d'alarme. Un patron de bar qui refusait une machine était mis à l'amende. Le racket était partout... Il y avait du sport.

Le juge Michel sourit à l'inspecteur de la Sûreté :

— Les flics savaient fermer les yeux, mais ça n'était pas gratuit. Avec ses pots-de-vin, un type de chez vous s'est fait construire un château au milieu d'un parc, près du Rond-point du Prado.

De tels épisodes ne s'enseignent pas à l'école de police, ou dans les couloirs de l'Evêché. Le juge Michel les tient de vieux évêques, à la retraite, qui se sont chargés de son éducation marseillaise.

— A l'époque. Ça y allait. Le chef de la Sûreté a été inculpé parce qu'il fricotait avec les proxénètes et les patrons d'hôtels borgnes. Un secrétaire de l'Evêché possédait un bordel au nom de sa maîtresse. Un inspecteur donnait dans l'extorsion de fonds et on les a mis tous au trou. Et j'en oublie...

— C'est bien loin tout ça. Marseille a changé.

— Oh ! on dit bien que mon ami Zampa arrose à l'Evêché. Un jour je nettoierai tout ça et je vous mettrai tous au trou !

A l'époque, pendant sept ans, personne ne se hasarda à partir en guerre contre ces baraques à sous de si bon rapport pour la police. Le décret de loi les interdisant fut publié seulement le 31 août 1937, en plein Front Populaire. La semaine précédente, on avait vu Kid Tigger, l'ancien lieutenant de Al Capone en discussion avec les truands locaux. Il avait apporté 20 millions de dollars pour investir dans les baraques à sous !

Depuis, 43 ans après, la loi n'a pas changé...

Le juge Michel regarde encore une fois les machines à sous.

— N'oubliez pas de faire poser les scellés.
— Oh, elles sont bien gardées.
— Ce n'est pas une raison.

*

Impossible d'imaginer Marseille sans l'affaire de l'affaire ?
Elle vient pour les machines à sous à la fin du mois d'août. Un flic vraiment trop curieux découvre que sur 47 appareils, trente ont été privés de leur cerveau électronique à 10 000 francs pièce. Un vrai jackpot à 300 000 francs !
Qui est inculpé trois jours plus tard ? Baruk Librati, un placier-réparateur, fournisseur assidu du cercle de la police en machines à sous.
Qui est inculpé de complicité ? Le sous-brigadier de police Marcel Benamou, affecté à la garde des appareils saisis...
L'Inspection Générale des Services, police de la police, arrivée dare-dare sur les lieux du délit, accumule des découvertes qui valent toutes les parties gratuites ! Encore et encore des bavures... Les scellés n'ont jamais été apposés et dans le garage policier se sont produites d'étranges allées et venues. D'abord un soi-disant inspecteur de la Brigade des Jeux est venu prélever des pièces pour le « dossier de l'escroquerie », puis un autre est venu approfondir la vérification et reparti avec quelques pièces... Enfin Baruk Librati, le placier-réparateur. A son domicile, on ne trouve que six des cerveaux électroniques. Les autres sont déjà greffés dans les arrière-salles des bars marseillais. Quant au sous-brigadier qui a aidé à désosser les machines, en attendant de rejoindre les Baumettes, il se défend.
— J'avais l'autorisation de mes chefs...
Et il semble tout à fait sincère !
Que le Milieu soucieux de préserver des machines chèrement payées et susceptibles de rapporter encore n'hésite pas à récupérer son bien ou son mal dans les locaux de la police, c'est Marseille, et ça n'étonne plus le juge Michel.
— Depuis que Luperini a emporté la caisse de la Sûreté, il me faut autre chose...
Marseille demeure toujours Marseille.
Des années 30 aux années 80.
Le juge Michel a encore raison. Ce drôle de fric-frac est presque banal. Il y a bien plus grave, mais malgré ses évêques et ses informateurs, le juge ne peut tout connaître des mystères de la police marseillaise où il n'est pas de bon ton de jouer les francs-tireurs, les Don Quichotte comme dans le cabinet n° 3.

*

L'inspecteur principal Lubé de la Sûreté Urbaine en fait l'expérience. Assis devant sa machine à écrire, il croit de son devoir de frapper ligne par ligne des rapports précis à l'adresse de sa hiérarchie. On l'écoute, on l'encourage, on se réunit, mais ça s'arrête là. Comme l'inspecteur Roux dans l'affaire du prince de Broglie.

Voici le troisième de ces rapports (1) :

« Dès le mois de mars 1979, comme je vous l'ai relaté en son temps, j'ai été amené par mes contacts avec le Milieu marseillais à avoir des renseignements en ce qui concerne le trafic des stupéfiants et celui de la fausse monnaie. L'analyse de ces renseignements m'a conforté dans l'idée que le trafic de la fausse monnaie servait par les bénéfices acquis à monnayer l'achat de morphine-base, et que les trafiquants à l'origine des deux trafics étaient les mêmes. C'est ainsi que par rapports en date des 5 juillet et 26 septembre 1979, je vous ai fourni divers renseignements concernant ces deux trafics.

« Selon mon correspondant dont il n'est plus possible de douter actuellement, la French Connection renaissait de ses cendres sous l'égide d'Edouard Toudayan qui, depuis le fond de sa cellule donnait, par l'intermédiaire de sa femme, des ordres à son lieutenant Léon Toscano, dit Tonton. Ce dernier ayant appris de son maître Toudayan l'art de transformer la morphine-base en héroïne était devenu un parfait chimiste. Il reçut donc pour ordre de remonter la filière. L'on vit alors notre région couverte de faux billets de banque, trafic dont le bénéfice a servi à l'alimentation en morphine-base des réseaux de fabrication.

« C'est ainsi que sur votre ordre, je me suis occupé de ces divers trafics avec l'aide et l'assentiment du S.R.P.J. local. Au cours de diverses réunions, nous avons été amenés à une comparaison de mes renseignements pour plus de clarté. Les noms de Toudayan, Toscano, Mele, Bianchini, Botte, Matrone, Mari, Tentar, d'Arcangelo et autres ont été prononcés au cours de ces réunions de travail.

« A la suite de mes recherches, j'ai pu découvrir à la Bédoule, aux anciennes cimenteries Lafarge, un local où, dans le même temps, ont fonctionné une « bécane », machine à faux billets, et un laboratoire clandestin. Les locaux étaient loués par un certain d'Arcangelo, société Stuma, congélation de poissons. D'Arcangelo n'est autre que le neveu de Toscano, lui-même propriétaire des lieux.

« J'ai fait part de cette découverte aux services spécialisés du S.R.P.J. en leur disant que Toscano était passé maître dans l'art de la transformation de morphine-base en héroïne à 92 %. J'ai également dans le cadre de la fausse monnaie, remis à la Brigade Financière un échantillon d'un montant de 10 000 francs en faux billets de 100 francs et 20 dollars U.S. A la suite de quoi, il m'a été recommandé de ne plus m'occuper de ce genre d'affaires qui n'était pas de ma compétence, le service considéré étant saisi par commission rogatoire depuis trois ans. »

Marseille demeure Marseille.

Encouragerait-on un inspecteur principal de la Sûreté Urbaine à traquer les trafiquants ? Jamais... Qu'il rapporte à ses chefs 10 000 francs en faux billets de 100 francs et 20 dollars U.S., ce n'est plus du zèle, mais de l'inconscience, plus de la bravoure, mais un suicide professionnel.

Le policier qui s'est pourtant adressé à Pierre Chatelain, le chef de la Sûreté Urbaine, le premier à s'être occupé de l'affaire du Bar du Téléphone... et à Gérard Allessandra, le chef de cabinet du préfet de

1. Document en possession de l'auteur.

police, deux « autorités » marseillaises, est renvoyé à ses enquêtes personnelles, et doit se contenter de coller sur le cahier où il consigne le résultat de ses recherches un faux billet de 100 francs et 1 faux billet de 20 dollars qu'il s'est permis de garder.

Que ne se presse-t-il vers le cabinet n° 3 montrer son cahier et ses richesses policières au juge Michel.

Il n'y pense pas.

Il le regrette.

Edouard Toudayan dirigeant un trafic de drogue du fond de sa cellule s'ajoute encore à l'écheveau marseillais où tout se mêle et s'entremêle.

Le juge Michel saurait se servir d'une pareille information.

*

Edouard Toudayan est un des maîtres de la drogue à Marseille. Il a déjà prouvé qu'il avait ça dans le sang. Le juge Michel connaît son histoire diablement marseillaise.

Edouard Toudayan Marseillais d'origine arménienne, ancien garçon de bord sur les navires des messageries maritimes, est avant tout un cousin de Cesari. Ils s'associent même à la tête d'un restaurant de la Corniche, l'Eden Roc, mais ils ne sont destinés ni l'un ni l'autre à cette cuisine-là.

Edouard Toudayan tâtonne d'abord. Affaire de fausse monnaie, port d'arme prohibé, infraction à la législation sur les changes, trafic d'armes venant de Suisse et destinées au F.L.N. algérien. Puis, la vocation lui vient et dès les années 60, il se lance dans l'importation. Au volant de sa Buick, il rapporte de Turquie des sacs de morphine-base. Il habite alors à Roquefort-la-Bédoule un cabanon que lui loue Vincent Pastore, cultivateur et conseiller municipal, tout en attendant que s'achève la construction à la Bédoule de sa villa de rêve.

Il est alors fiché par Interpol et surveillé par la Brigade des Stups, mais en vain. Les faux certificats de travail et bulletins de salaires s'achètent à Marseille comme un kilo d'oursins. La Société Méditerranée Publicité l'emploie comme démarcheur libre aux appointements de 500 francs par mois ! Sans qu'il se soit jamais rendu dans les bureaux de son patron : Antoine Ristori, le chimiste chevronné que le juge Michel a vu réapparaître à San Remo.

Lorsque Cesari est arrêté, Edouard Toudayan dirige les opérations avec le vieux maître. En 1965 sont découverts dans son cabanon les vestiges d'un labo de drogue. L'analyse des eaux usées et de poussières démontre la présence d'héroïne. Mais Edouard Toudayan est relâché avec un non-lieu.

Comme tous les grands de la came, il recommence.

Au petit matin du 24 février 1971, au large de Port-Saint-Louis-du-Rhône, devant le phare de Bauduc, un pêcheur remonte dans ses filets, à la place de congres et de rascasses, cinq sacs de jute bourrés de morphine-base. La police maritime alertée, une vedette de la douane s'élance sur les eaux et croise un joli yacht : la Rieuse. Trois hommes s'y affairent avec cordes et grappins « avè l'accent » :

— Té on pêche le maquereau...

Seulement ces eaux sont interdites à la pêche et les douaniers bienveillants aident les trois « naufragés » à pêcher 358 kilos de morphine, la plus forte saisie de tous les temps : 8 milliards de centimes de bénéfices nets à la revente ! Une prise miraculeuse.

A bord de la Rieuse, un commerçant d'Istanbul : Savas Mehret Farouk, l'officier en second du cargo turc Divan Bakiri : Rusen Karhaman, et le seul « frenchie » du lot, Gabriel Caillol, de Carro, où il est le gardien assermenté du port. Ça aide... En surveillant les abords de l'appartement de ce gardien de la came Edouard Toudayan, venu aux nouvelles, est arrêté.

Cette fois pas de non-lieu, mais 18 ans de détention.

*

Tel est l'homme que l'inspecteur Lubé de la Sûreté accuse selon des renseignements sûrs et vérifiés, et que l'on se garde de surveiller même s'il est en prison. De même que son « lieutenant » : Tonton, Léon Toscano, pourtant déjà arrêté lui aussi pour trafic de stupéfiants...

Pourquoi ce renoncement ?

Qui protège qui dans la police marseillaise ?

On lui a bien expliqué à l'inspecteur. Ce n'est pas de sa compétence et il ferait mieux de se taire.

Le juge Michel, pour une fois ignorant de révélations lourdes de conséquences, ne dit-il pas en voyant agir certains policiers marseillais et certains membres éminents du Parquet :

— A Marseille, les muets ont toujours leur chance.

III

UN HONORABLE CORRESPONDANT AUX BAUMETTES

— On va te procurer un petit magnétophone et un micro cravate et tu n'auras plus qu'à le confesser.

Le juge Michel, à cheval sur sa moto, les mains croisées sur un casque blanc, a parlé d'une voix nette. En face de lui, debout au bord du trottoir de l'avenue de Mazargues, Alfred Sauli sait que le juge ne plaisante pas, même si cette mission l'étonne.

— D'accord mais j'espère qu'il parlera encore.

Alfred Sauli a 40 ans. De petite taille, tout en muscles, le visage en forme d'œuf, son regard ne cesse de se retourner, il balance ses yeux noirs à droite, à gauche, comme si on le surveillait. Lorsqu'il rencontre le juge Michel au hasard d'une rue ou d'un bar, il semble toujours très inquiet. Et bien qu'il habite la Verdière, de l'autre côté du boulevard Michelet, à un kilomètre à peine de la villa Les Buis, il préfère le plus souvent joindre « son » juge par téléphone d'une cabine publique.

Alfred Sauli est en effet le correspondant privilégié du juge Michel à la prison des Baumettes, et plus précisément aux petites Baumettes, la bâtisse annexe à gauche de la traverse de Rabat, et plus précisément encore au P.H.B., la Prison Hôpital des Baumettes.

Alfred Sauli est gardien de prison, ou plutôt selon la qualification administrative, surveillant d'établissement pénitentiaire, affecté au quartier vers lequel convergent les truands d'importance. Parce que les cellules abritant trois détenus au lieu de deux y sont plus agréables et surtout parce que s'y cherchent et s'y négocient les libertés et les grâces médicales.

Le juge Michel est ainsi informé semaine après semaine des conversations et des « maladies » de ses principaux inculpés.

Comment a-t-il rencontré Alfred Sauli ? Cet ancien parachutiste de 40 ans, d'origine corse embauché aux Baumettes six ans plus tôt est à la fois curieux et épris de justice. A l'image du juge Michel, il a toujours voulu dénoncer les petites et les grandes combines des Baumettes, bien que ça soit un exercice des plus dangereux...

*

Au mois de juillet 1977 on découvre grâce à Alfred Sauli qu'un proxénète, Amédée Canut, dit Mickey le Toulousain, dit « le roi de l'évasion », pour avoir fait dix fois la belle en vingt ans, reçoit de l'extérieur des cassettes enregistrées. Avec des déclarations d'amour de sa femme qui ont parfois des allures de plan d'évasion ! Le juge Paul Sinibaldi ouvre une information contre X. Deux autres surveillants devenus passeurs de cassettes se retrouvent dans les cellules dont ils ont la garde. Il y a dans cette attitude téméraire de quoi séduire le juge Michel. Depuis Alfred Sauli est l'un des piliers du réseau personnel du juge, l'un de ses plus précieux « indicateurs », ou, comme se définit Alfred Sauli, un « auxiliaire de la justice ».

Le juge Michel doit à son « auxiliaire » d'avoir mené à bien des dossiers perdus d'avance. Il prépare de nombreux et difficiles interrogatoires à partir de ses indications. Il a ainsi « ficelé » des dizaines de truands, stupéfiés par les informations du juge d'instruction qui ne figuraient, et pour cause, sur aucun rapport de police.

Dès le lendemain du massacre Alfred Sauli s'est mis à l'écoute de toute information concernant le Bar du Téléphone. Depuis trois mois il se consacre à Manuel Caracena, l'un des miraculés de la Saint-Gérard. L'un de ces habitués du bar désertant les lieux juste avant le massacre, puis revenant aussitôt après, et que la Sûreté s'est gardée de placer en garde à vue.

Lors d'un contrôle de police dans le centre de Marseille, on a saisi dans la 504 jaune de Manuel Caracena un fusil à canon scié de calibre 14 et des munitions.

— Je suis en danger depuis le massacre. Je suis armé pour me protéger des tueurs.

Il a été condamné à un an de prison, pour port d'arme prohibée et détention de munitions le 15 mai 1979, et a échoué au P.H.B. où il est chargé de l'entretien.

*

Pour Alfred Sauli tout commence quand il entreprend de fouiller la cellule de Manuel Caracena à la recherche de renseignements. Il découvre une photo accrochée au mur, près de la fenêtre à barreaux. D'un grand format, en noir et blanc, prise devant le Bar du Téléphone, dont on distingue l'enseigne et la réclame pour Kanterbräu, elle représente Guy Audemar, André Léoni, le patron du bar, deux des victimes du massacre, Jean Kokos, Manuel Caracena, deux des « miraculés », et trois autres personnes. A partir de là, Alfred Sauli tout en parlant tiercé, politique et Milieu confesse le prisonnier dans la solitude de sa cellule ou des couloirs du P.H.B. qu'il est chargé de laver chaque matin à grande eau. Au fil des semaines le juge Michel reçoit le rapport fidèle de ces bavardages.

Manuel Caracena se confie.

— Je suis l'ami de Guy Audemar. Quand il s'est retrouvé en prison, avec Costa, Constant Tsétsémeli et Louis Quaranta, on a assuré l'intérim auprès de Paulette Tomasino, la prostituée qu'il protégeait...

Constant Tsétsémeli est le plus étrange des « miraculés ». Dissimulé au moment du massacre dans la Dyane de Nicole Léoni devant le Bar du Téléphone, il s'est éloigné à sa demande, avant l'arrivée de la police puis a témoigné sur le tard...

— Quand Guy Audemar est sorti de prison un litige a éclaté entre lui et Louis Quaranta. Il y a même eu une altercation à l'Oxydium, la boîte du Vieux Port. Guy Audemar avait vu Paulette avec Quaranta, et il a craché sur elle.

Plus Alfred Sauli qu'a bien chapitré le juge Michel le met en confiance, plus Manuel Caracena donne de détails.

— Le matin du 2 octobre, la veille de la tuerie, j'ai accompagné Guy Audemar chez Paulette Tomasino. Elle n'était pas là. Guy a ouvert les armoires et lacéré les vêtements de Paulette. Puis il a jeté une balle de 11,43 dans sa boîte à lettres pour lui faire peur.

*

Le juge Michel ne croit guère à cette piste d'une rivalité entre proxénètes de pacotille, mais comme on s'est obstiné à lui cacher l'existence de Roland Luperini, dès le mois de janvier 1979 il a dû laisser le S.R.P.J., trop heureux de prouver qu'il existait, se lancer dans une grande chasse à la tribu Quaranta. Trois femmes et surtout sept hommes, tous connus des services de police, certains comme des « truands chevronnés ».

Le S.R.P.J. interpelle d'abord Louis Quaranta, l'ami de Manuel Caracena. Son casier judiciaire est presque vierge. Une affaire de vol à la roulotte... et un acquittement pour un vol qualifié. Des banalités marseillaises. Pour un S.R.P.J. en pleine guerre des polices, Louis Quaranta présente l'apparence d'un bon coupable.

De contradiction en contradiction, de parade en parade, il avoue qu'il a rencontré Guy Audemar à la terrasse d'un café du Vieux Port le 15 septembre, puis dans la R 16 d'un ami commun. Et qu'ils se sont mis d'accord pour que Guy Audemar récupère directement pour lui 120 000 francs prêtés par Paulette Tomasino à un patron de bar et pour qu'elle prenne en charge ses frais d'avocat. Puis il présente en une suite de versions aussi complexes que variées un alibi pour le 3 octobre. Ce soir-là il était dans un hôtel de Biarritz avec Paulette Tomasino. Le S.R.P.J. s'est livré pour cette seule vérification à une longue enquête détaillée, minutieuse, comme il n'y en aura jamais, malgré les vœux du juge Michel, à propos de Roland Luperini ou du transit de la valise de 100 millions de centimes. Résultat : Louis Quaranta et Paulette Tomasino, partie se prostituer en pays bordelais et en pays basque à la demande de son nouveau protecteur, peuvent à la rigueur avoir truqué les dates du voyage, et donc leur alibi.

Christian Quaranta, l'un des frères de Louis, présente aussi le profil d'un coupable idéal, trop idéal. Docker lorsqu'il a le temps, connu pour infraction à la législation sur les stupéfiants, il gère le Station Bar avec l'un de ses beaux-frères. Dans la pièce qu'il s'est réservée au Station Bar on saisit une veste de treillis militaire, une veste molletonnée réversible couleur vert armée et beige, un imperméable marron taille 44 de marque Convair International aux traces de sang suspectes et une perruque de femme de marque Camaflex noire et bouclée... Pour les vêtements il prétend les utiliser dans son métier de docker et explique qu'il s'est écorché sur le pont. Quant à la perruque, il l'a trouvée dans la rue une semaine plus tôt...

Seulement la nature des taches de sang ne peut être déterminée car l'imperméable a été lavé plusieurs fois. Et des cheveux humains prélevés dans la perruque peuvent être ceux de Christian Botella, un ami de Christian Quaranta, lui aussi docker d'occasion, mais ni l'un ni l'autre n'ont l'envergure de tueurs et Nicole Léoni ne les reconnaît pas une fois affublés de ces habits et perruque semblables à l'uniforme des tueurs de la Saint-Gérard. Le S.R.P.J. se contente alors de vérifier, quatre mois après le massacre, un alibi parfait, ne prouvant plus rien, et constate que Christian Quaranta connaît deux des victimes, Noël Kokos et Guy Audemar, car il a été videur dans la boîte préférée des « gens » du Bar du Téléphone, l'Oxydium, et qu'il a fréquenté Manuel Caracena, qu'Alfred Sauli continue de confesser aux Baumettes.

*

Dans le cabinet n° 3 sur la trop grande table réservée au dossier du Bar du Téléphone, la sous-chemise consacrée à Manuel Caracena comprend plusieurs procès-verbaux d'interrogatoire. Le juge Michel les a étudiés ligne après ligne. L'homme à la 504 jaune — c'est son surnom aux Baumettes — reconnaît avoir marché avec Guy Audemar dans la soirée du 29 septembre dans les rues du quartier de l'Opéra à la recherche de Paulette Tomasino. Mais il nie avoir affirmé à Nicole Léoni et à sa sœur, Marie-Antoinette Ciron, qu'Audemar et Quaranta ont conclu un accord sur la « vente » de Paulette Tomasino prévoyant trois versements en espèces dont le premier devait intervenir le 3 octobre.

Christiane Ciron, autre sœur de Nicole Léoni et autre « miraculée » du massacre, raconte que dans la matinée du 3 Guy Audemar a reçu une communication au Bar du Téléphone et qu'ensuite il a crié :

« Le coup va bien pour moi. Je vais toucher des sous. Ça n'est même plus la peine de travailler. »

Françoise Audemar le confirme, mais jure que son mari n'a pas reçu la somme convenue au moment de sa mort ! Enfin les enquêteurs ont appris que Guy Audemar est demeuré en permanence au Bar du Téléphone toute la journée du 3, prenant son repas en compagnie de Manuel Caracena... faisant la sieste dans sa voiture jusqu'à 17 heures. Selon Manuel Caracena, le matin les deux hommes se sont absentés pour aller chez le garagiste à qui Audemar a confié son véhicule.

*

Alors, même si l'hypothèse ne l'intéresse pas, le juge Michel frustré de la piste Roland Luperini, encourage Alfred Sauli à questionner encore Manuel Caracena et pour garder une trace irréfutable de ces aveux cellulaires demande à l'Evêché qu'on lui prête un magnétophone miniature en expliquant :

— C'est l'investigation de l'an 2000.

Pour ce matériel-là il ne passe pas par les frais de justice ! Les ronds-de-cuir de sa hiérarchie en trembleraient d'émotion. Transformer Alfred Sauli en espion infiltré aux Baumettes, c'est une méthode vraiment inédite en matière d'instruction et pas encore prévue au Code de procédure pénale. Mais, à celui que dossier après dossier crée le juge Michel.

*

Toujours à cheval sur sa moto, le juge chapitre son auxiliaire :

— Il faut qu'il t'en dise le maximum. Sur ces appareils-là les cassettes sont courtes. Il faudra que tu t'y reprennes à plusieurs fois.

Alfred Sauli s'imagine déjà avec l'appareil caché dans sa tenue réglementaire. A force de le côtoyer et de l'aider il tutoie le juge.

— Tu crois que ça marchera.

— Il le faut.

Le juge Michel démarre sur un petit signe de la main.

*

Le lendemain le gardien franchit la lourde porte de fer des petites Baumettes avec dans la poche arrière de son pantalon d'uniforme une sorte de coffret à cigarettes extra-plat. Un câble relié au micro minuscule niché dans le nœud de la cravate court le long de sa peau sous sa chemise bleue. Pour troquer son veston fantaisie pour la veste réglementaire Alfred Sauli s'enferme dans la pièce-vestiaire. Il accomplit ses besognes comme si de rien n'était, en veillant pourtant à ne pas se baisser ou accrocher le pan de sa veste dans le dos.

Qu'arriverait-il si ses collègues ou les pensionnaires de la prison hôpital s'apercevaient qu'en mimant une douleur à la fesse droite, il peut brancher l'appareil et enregistrer toutes leurs conversations ?... Seule la direction des Baumettes a été avertie de la manœuvre. Alfred Sauli se balade avec son harnais clandestin pendant deux jours et le troisième, il croise Manuel Caracena dans le couloir près de l'infirmerie appuyé sur un balai-brosse. Il lui offre une Gauloise et l'amène encore à évoquer le Bar du Téléphone. La cassette défile sans bruit dans sa poche, et il voit les lèvres de Caracena chuchoter comme un secret.

— Je me trouvais dans le Bar... Tu sais que pendant la boucherie, Francho Fernandez a enlevé la cagoule d'un des tueurs. Il lui a dit : « Louis que fais-tu là. » C'était Louis Quaranta.

La révélation est peut-être importante, mais pour un coup d'essai... ce n'est pas un coup de maître.

Dès que la police essaye d'écouter la cassette, le son est inaudible. Le juge Michel exhorte Alfred Sauli à recommencer l'enregistrement. Tant que Manuel Caracena ne se doute pas qu'il est manipulé par un juge, et à distance...

*

Au mois d'octobre 1979 Alfred Sauli l'honorable correspondant est en vacances des Baumettes. Le 3 le juge Michel se résigne, un an jour pour jour après le massacre, à effectuer sa reconstitution au Bar du Téléphone.

La veille, Jean Kokos, frère d'une victime et « miraculé », se présente au cabinet numéro trois accompagné de son avocate Eliane Kéramidas et se constitue partie civile. Pour essayer de mieux venger la mort de Noël Kokos.

Il est présent dans le bar avec Nicole Léoni, Jean Dissler son avocat, et d'autres « miraculés » pour une reconstitution de la honte... Des barrières de fer et un incroyable dispositif policier bouclent tout le quartier, à mi-hauteur du boulevard Finat-Duclos. Comme si l'on voulait masquer l'échec d'une enquête, d'un dossier pourri. Certains des « miraculés » refusent même de jouer leur rôle et des policiers sous la direction artistique des commissaires Etcheberry, le Tché, et Girel du S.R.P.J., et des commissaires Picone et Agnese de la Sûreté, deviennent figurants. D'autres, couchés sur les carreaux froids de la salle de l'arrière-cuisine et derrière le comptoir simulent les dix morts de la Saint-Gérard. Pour rien.

Tandis que les tueurs demeurent non identifiés, la seule victoire de la police ce soir-là est le passage à tabac d'un caméraman de la télévision régionale qui a osé s'approcher trop près de cette nouvelle pantalonnade marseillaise.

Le juge Michel s'en revient villa Les Buis écœuré :

— On n'a rien appris de plus... Je ne voulais pas faire cette reconstitution.

Au même moment sous l'impulsion de Jean Dissler, l'avocat de Nicole Léoni, Alsacien intègre et souvent en butte comme le juge Michel aux mystères de la police marseillaise, on s'inquiète des errances d'un tueur nommé Luperini. Mollement. Doucement. Comme s'il ne fallait pas toucher aux disparus... Jean Dissler pose une seule question à laquelle le S.R.P.J. se garde de répondre :

— Veut-on faire toute la lumière ?

La lumière du commissaire Etcheberry se mue en une procédure pour proxénétisme aggravé, numéro de dossier 1.63, contre Louis et Christian Quaranta, coupables d'avoir conduit le premier Paulette Tomasino, et le second Martine Arrigo sa femme, dans une banale boîte de nuit pour touristes perdus : la Mandragore, à Biarritz, et dans un dérisoire bistrot de campagne : la Grange, à Captieux, et puis aussi parfois en Italie, pour qu'elles se prostituent.

Alors parce qu'il faut bien conclure les errements d'un dossier pourri le mercredi 14 novembre, après quarante-huit heures de garde à vue, pénètrent dans le cabinet n° 3 Louis et Christian Quaranta. De quoi peut les inculper le juge Michel ? De proxénétisme aggravé... Les deux hommes n'ont rien à dire, et se contentent de désigner leur avocat, le bâtonnier Raymond Guy, avant de gagner les Baumettes. De même que Paulette Tomasino, que le juge Michel a convoquée et qu'il inculpe pour qu'au moins « tout le monde soit au trou ».

Fernand Mathieu n'a jamais craint le ridicule depuis qu'il est directeur du S.R.P.J. Il s'exclame :

— Nous savons au moins où ils sont...

Mais quelle nouvelle galéjade marseillaise... quel nouvel affront pour le juge Michel... Etre obligé après plus d'un an d'enquête sur l'un des plus considérables dossiers du crime de sauver la face policière par un délit de proxénétisme.

Le juge Michel détaille Paulette Tomasino. Ni jolie ni laide, blonde, un peu trop maquillée, modèle prostituée de trottoir standard, femme quelconque pour une inculpation quelconque. Et ça serait vraiment pour elle, à cause d'elle, que dix hommes ont été exécutés, achevés par des tueurs froids, implacables.

Les affaires marseillaises ne ressemblent à nulles autres, mais de là à imaginer ce scénario-galéjade...

Le juge Michel n'y croit pas et pourtant il faut qu'il aille au bout de ce dossier, et au bout de cette piste que lui a imposée le S.R.P.J. Il essaye une autre fois, comme prévu, l'expérience du magnétophone et Alfred Sauli, son honorable correspondant des Baumettes, repart au combat, le micro au creux de sa cravate. Manuel Caracena, au détour d'un couloir où il s'active à coups de serpillière, se confie encore à son gardien préféré et lui demande une faveur.

— Je voudrais bien entrer en contact avec Paulette. Je lui écris une lettre.

Alfred Sauli n'est pas à une compensation près tandis que dans sa poche la bande enregistre la voix du détenu.

— Je les ferai passer par ma belle-sœur.

Décidément le matériel d'espion qu'a déniché la police n'est pas au point. Le magnétophone a encore des ratés. Pas découragé, Alfred Sauli est prêt à recueillir de nouveaux aveux magnétiques. Le juge Michel, las d'être trahi par la technique, a déjà une autre idée.

— On va organiser une rencontre Caracena-Quaranta, et tu essayeras d'écouter ce qu'ils se racontent. On ne sait jamais.

Le juge décide même de flanquer un adjoint à son auxiliaire. Et quel adjoint ! L'inspecteur principal Yves Allegre, le policier du S.R.P.J. ayant sans doute le plus donné de son temps et le plus de sa peine pour le dossier du Bar du Téléphone, et qui de toutes ses forces voudrait qu'éclate la vérité.

Le juge Michel prévient de sa nouvelle initiative le directeur des Baumettes, et le médecin-chef du P.H.B., le docteur Tosti. Ils s'étonnent mais pour la forme. Qui s'étonne encore des manipulations secrètes du juge ? Pourtant si certains avocats spécialisés dans le pénal savaient cette manigance, il y aurait encore des incidents de procédures, des nullités d'instruction, et le juge Michel serait l'objet de nouvelles haines, nouvelles menaces.

Se déroule alors le scénario qu'ont mis au point Alfred Sauli sur l'avant-scène et le juge Michel dans les coulisses, avec le souffleur, dissimulé derrière une porte entrouverte, Yves Allegre. Alfred Sauli a convoqué Louis Quaranta, pas encore malade... et en détention aux Grandes Baumettes, sous prétexte de passer une radiographie. Lorsqu'il arrive, Manuel Caracena, promu aussi coiffeur du P.H.B., entre par hasard... dans le bureau du surveillant pour prendre des lames de rasoir. C'est la rencontre. Yves Allegre n'entend pas, mais Alfred Sauli qui surveille d'un air distrait enregistre dans sa mémoire des mots surprenants. Louis Quaranta souffle à Manuel Caracena :

— Rappelle-toi bien que tu ne connais ni Paulette, ni moi, ni mon frère... et autrement tu meurs.

D'après Alfred Sauli Manuel Caracena semble effrayé et répond :

— Tu peux compter sur moi.

Fin de l'acte... Avant de quitter la scène, apercevant Yves Allegre, Manuel Caracena lui dit d'une voix rauque :

— Je n'y suis pour rien. Je ne connais personne. Je ne suis pas au courant de ce qui s'est passé entre Audemar et Quaranta.

Fin de la pièce. Ultime soubresaut d'une piste déjà morte.

Pour pallier les manques du magnétophone et pour que demeure une trace de ces confessions cellulaires, le juge Michel organise plus tard, alors que Manuel Caracena est déjà sorti des Baumettes, le 15 février 1980, une confrontation entre les deux hommes. La liberté a privé le « miraculé » de mémoire. Il n'a jamais cherché à adresser de lettres à Paulette Tomasino. Il a parlé à Alfred Sauli du Bar du Téléphone, mais en racontant ce qu'il a lu dans la presse... Il connaît Christian Quaranta mais pas Louis qu'il a seulement rencontré au P.H.B., par hasard. Quant à Alfred Sauli, le juge Michel l'interroge aussi seul à titre de témoin, comme si de rien n'était. Meriam Amami au courant des secrets frappe sans rire le procès-verbal.

— A la fin, dit l'honorable correspondant du P.H.B., Caracena avait compris que sous mon aspect débonnaire, je travaillais pour la police...

Alfred Sauli, à l'écoute perpétuelle des truands de haut rang soignés au P.H.B. comme Louis Giralt, Bedros Vartanyan, Hamou Sadji et d'autres, qui lui-même a ses antennes dans toutes les Baumettes et qui souvent tremble pour son juge, conclut en disant de tout son cœur :

— Je tiens à dire monsieur le juge que dans le Milieu on vous appelle le shérif.

La phrase figure sur le procès-verbal... ultime pied de nez d'une stratégie inutile, mais qui a lié encore le juge Michel et son honorable correspondant.

*

Les kilos de procès-verbaux qu'a entassés le commissaire Jean Etcheberry demeurent papiers morts pour dossier agonisant. Le 5 mai 1980 le juge Michel reçoit un rapport (1) de 54 pages dactylographiées signé du commissaire Etcheberry et qui restera dans la grande histoire des échecs policiers marseillais sous le nom de « rapport du Tché ». 54 pages résumant les 457 procès-verbaux, fierté du commissaire Etcheberry, d'une enquête à sens presque unique qui, sans souci de la guerre des polices, ressemble aux premières investigations en forme d'échec de la Sûreté Urbaine.

La conclusion du rapport précédant la signature ampoulée du commissaire principal Etcheberry, délégué pour l'affaire du Bar du Téléphone de son patron Fernand Mathieu, constate l'un des échecs les plus importants de la police française.

« A l'heure actuelle il nous faut bien reconnaître en l'absence d'éléments nouveaux susceptibles de relancer l'enquête sur des bases nouvelles qu'une seule hypothèse s'est trouvée confortée par les vérifications des enquêteurs. Il s'agit de la querelle de deux proxénètes, Guy Audemar et Louis Quaranta, au sujet du contrôle d'une prostituée : Paulette Tomasino.

Si l'alibi fourni par Quaranta et partiellement démantelé par les enquêteurs laisse sceptique il n'en reste pas moins que les perquisitions n'ont pu permettre de retrouver d'éléments matériels démontrant la participation du clan Quaranta à la tuerie du Bar du Téléphone... En l'état actuel de l'enquête, si les enquêteurs ont la conviction d'avoir mis le doigt sur ce qui est vraisemblablement le véritable ressort des événements du 3 octobre 1978 au Bar du Téléphone, les éléments de

1. Document en possession de l'auteur.

conviction qu'ils sont parvenus à réunir se sont avérés insuffisants pour justifier l'inculpation des principaux protagonistes. »

Le « rapport du Tché » s'empresse une seconde fois d'effacer toute trace de l'invité permanent de la Sûreté puis du S.R.P.J. à l'Evêché : Roland Luperini.

— « Il semble donc, à moins que des éléments supplémentaires plus précis touchant notamment aux relations ayant pu unir Luperini et une ou plusieurs victimes du Bar du Téléphone ne se fassent jour à l'avenir, que la piste Luperini ne soit guère susceptible de faire avancer l'enquête dans l'immédiat. »

Dans l'immédiat, c'est-à-dire jamais...

Il ne faut pas, il ne faut plus parler de Roland Luperini. Ou alors pour provoquer la peur de ceux qui pourraient témoigner encore. Ainsi lorsque Jean Dissler, l'avocat de Nicole Léoni, a envoyé au juge Michel « une note confidentielle » pour que tout soit tenté dans l'enquête sur Roland Luperini, l'Evêché a orchestré des fuites et la presse locale publié aussitôt l'information. Pourtant le Parquet, la hiérarchie si inefficace a voulu ouvrir une information pour violation du secret de l'instruction. Comme si le juge Michel avait distribué le rapport comme un prospectus. Marseille demeure Marseille... Le juge et l'avocat savent au moins que le Dilinger du Canet n'est pas mort pour rien...

Le « rapport du Tché » s'empresse également d'éliminer la piste de la valise de la gare Saint-Charles et d'un de ses « porteurs », Hamou Sadji. Le commissaire Etcheberry n'hésite pas, sous prétexte que Hamou Sadji a toujours nié avoir consommé une tisane de verveine au Bar du Téléphone tout en négociant quelque affaire de fausse monnaie, à balayer d'un trait de plume le témoignage de Nicole Léoni.

— « Il est donc probable que Mme Léoni dont la bonne foi ne paraît pas devoir être mise en doute a été abusée par une ressemblance. »

Voilà comment un policier qui s'en ira grossir plus tard les rangs de la police bordelaise enterre un dossier.

Le juge Michel est seul une fois de plus. Les ronds-de-cuir du tribunal lui suggèrent, à la marseillaise... :

— Rendez donc un non-lieu.

Le juge ne les méprise même pas. Il les ignore.

— Je mettrai le temps qu'il faut, mais j'y arriverai.

IV

LE LABORATOIRE DE CHAMBON-SUR-LIGNON

Les vieux chasseurs des Stups marseillais, cachés dans les branches lourdes de neige des sapins de Haute-Loire, s'inquiètent. Dans le cabinet n° 3, le juge Michel, devenu vieux chasseur des Stups marseillais s'inquiète. A travers ce qu'en voient, dans leurs jumelles et leurs téléobjectifs, les inspecteurs engourdis de froid, il suit les pérégrinations de Fernand Chaffard. Le rescapé de la French Connection en cavale a choisi pour installer un laboratoire de drogue la solitude d'un hameau isolé : La Suchère. A quatre kilomètres au sud de Chambon-sur-Lignon.

Le juge Michel sait qu'il s'active, s'énerve, qu'il a recruté un chimiste, mais qu'il lui manque l'ingrédient nécessaire à sa cuisine : la morphine-base.

Qu'à cela ne tienne ! Le juge Michel décide comme pour le labo de la villa La Galéjade à Ceyreste, comme pour Louis Giralt.

— Donnez-lui de la came.

Les vieux chasseurs des Stups marseillais ont appris à connaître l'art et la manière du juge Michel. Prêt à tout, absolument à tout, pour aller jusqu'au bout d'une affaire en cours... C'est le premier juge de Marseille, de France et peut-être du monde à agir ainsi, mais existe-t-il un autre art, une autre manière d'aller au bout, de détruire les filières des boutiquiers de la mort. Il y a longtemps que le juge Michel n'est plus seulement un juge, comme ses collègues de Marseille et autres tribunaux, mais un homme engagé dans un combat de justice, un justicier. Un justicier ne regarde pas sur les moyens. « On » se débrouille donc pour que Chaffard le récidiviste, pas guéri de la maladie de la came par dix ans de cellule, trouve enfin sa matière première.

*

Dès que le juge et les Stups se sont intéressés aux numéros de téléphone du carnet d'adresses de Bedros Vartanyan, le condamné à mort, tout s'est passé très vite. De filature en écoute, entre Anne Chaffard, sa femme, grande, visage volontaire aux courts cheveux gris, et Françoise Bizard, sa maîtresse, grande, boulotte, le visage couturé de cicatrices, traces d'un accident d'automobile, aux courts cheveux blonds, est apparue la trogne rondouillarde de Fernand Chaffard.

Au volant de sa Renault 20 de « sans profession » et « sans domicile connu », accompagné de Françoise Bizard il a conduit les policiers dès le 19 janvier jusqu'à la ferme La Crosette à La Suchère. Au bout d'une si longue filature qu'ils ont dû suivre les trouées des pneus dans la croûte de neige dès la sortie de Chambon-sur-Lignon. Depuis en se relayant avec leurs collègues de l'Office Central venus de Paris ils évoluent dans la boue blanchâtre et les sapins, avant de gagner à la tombée de la nuit l'Hôtel de la Poste à Chambon où on les prend pour des touristes amoureux du froid et de la nature...

Le juge Michel s'est interrogé sur cette émigration des trafiquants loin de la terre marseillaise, vers le pays où les calvinistes se révoltèrent jadis contre l'Edit de Nantes et où survivent encore à 1 100 mètres d'altitude des « camisards » aussi rudes que le relief et le climat. Un commanditaire local aurait-il requis la présence du récidiviste ? N'a-t-on pas assisté à l'arrestation au Puy-en-Velay de dix-sept vendeurs d'héroïne blanche ? Est-ce la naissance de l'Auvergne Connection ?

La vérité est beaucoup plus simple. Antoine Corinthio, homme d'affaires de 55 ans, déjà condamné, habitant Martigues et ami d'adolescence de Fernand Chaffard, possède la ferme La Crosette depuis sept ans et sa « tête de bouillabaisse » a conquis les paysans. Il prête sa grange à l'un, son terrain à l'autre, et le dimanche on déguste les tripes au petit déjeuner. Lorsque Corinthio a besoin d'argent et se propose de vendre, Fernand Chaffard part aussitôt repérer ces lieux qu'il connaît déjà. Avec Françoise Bizard, et leur fille Christelle, 8 ans, née en prison.

Quel endroit rêvé pour un récidiviste discret que cette bâtisse du XIXe siècle aux murs et aux tuiles restaurés, dotée d'un semblant de confort, et dont le plus proche voisin est à un kilomètre.

Dès le mois de décembre, en attendant de signer le compromis de vente, Antoine Corinthio abandonne sa ferme à Fernand Chaffard. A une condition. Que sa maîtresse, Monique Arquier, amoureuse des lieux, puisse y aller et venir à son gré. Chaffard accepte. Il lui faudra être encore plus discret. Dès lors, plus de tripes le dimanche, plus de portes et volets grands ouverts, mais quatre automobiles dans la cour serrées les unes contre les autres, et des caisses, bidons, bouteilles de gaz qu'on décharge en un curieux ballet.

*

Le juge Michel établit des fiches sur chaque membre de l'équipe qui s'active à la ferme et encore une fois confie à ses proches :

— Il faut leur faire prendre le maximum, et instituer la peine de mort contre les trafiquants.

Pourtant depuis l'exécution de Christian Ranucci le juge est violemment opposé à la peine de mort.

— Pour ceux-là, ça n'est pas pareil. Ils sont à peine sortis qu'ils recommencent à fabriquer de la mort.

Tous sont récidivistes, à l'exception de Anne Chaffard épouse dévouée, jamais poursuivie en justice et d'Alain Chaffard, fils dévoué.

Fernand Chaffard, infirmier au P.H.B., la prison hôpital, a rencontré

Bedros Vartanyan, futur condamné à mort préparant auprès des médecins sa sortie médicale, comme tout inculpé nanti de quelques économies. Puis s'est lié avec Armand Maurizio, coiffeur reconverti dans la coupe de l'héroïne, condamné à cinq ans de détention et employé aux radiographies. Le Figaro de la came figurait aussi dans le carnet d'adresses de Bedros Vartanyan, avec comme numéro de ralliement, un bar de Goudargues et le domicile de sa grand-mère. Enfin toujours au P.H.B. Fernand Chaffard a déniché son chimiste, Christian Ange Simonpieri, Don Juan aux cheveux de jais, rescapé de la French Connection et déjà enfoui dans la mémoire du juge Michel. Au P.H.B. on l'employait comme « laveur de fioles ». En 1973 la filière Fabiano-Diaz l'employait dans la villa Clotilde, quartier de Beaumont, où derrière la façade d'un institut de beauté elle avait établi son laboratoire. Il a été surpris lors du déménagement, la veille de la tuerie du Tanagra, et condamné à huit ans dont quatre avec sursis. Avec une interdiction de séjour dans les Bouches-du-Rhône où il s'est empressé de demeurer et de répondre à l'appel pressant de Chaffard :

— On va se faire de l'argent avec la came...

Le juge Michel n'est pas étonné de le retrouver dans cette peu honorable société. Côté récidive ce chimiste a de qui tenir. Il s'est choisi comme second prénom Ange par respect pour son oncle Ange Simonpieri. Un personnage que le juge Michel aurait aimé recevoir dans le cabinet n° 3.

Ange Simonpieri a simplement été le compagnon de Jo Attia, employé du S.D.E.C.E., membre du S.A.C., ami de Guérini, garde du corps, agent électoral de l'avocat Pierre Lemarchand, trafiquant de haute volée, et condamné à 5 ans par erreur... après que magistrats, policiers et médecins corses eurent tout tenté pour l'éviter.

Le neveu Simonpieri a remis à Chaffard la liste complète du matériel et des produits chimiques nécessaires au parfait petit laboratoire, et le nouveau hobereau de La Suchère — le compromis de vente a été signé le 21 janvier au nom, bien sûr, de Anne Chaffard — a mis un an à se les procurer.

*

Les vieux chasseurs des Stups marseillais, cachés dans les branches lourdes de neige des sapins de Haute-Loire, s'inquiètent. Dans le cabinet n° 3 le juge Michel s'inquiète. L'un des plus experts de la Brigade, déjà premier fusil contre la French Connection, en première ligne contre Louis Giralt s'est écrié « avé l'accent » :

— Si Simonpieri arrive à fabriquer de l'héroïne, je me les coupe...

Christian Simonpieri que son illustre tonton a parrainé auprès de Jo Cesari n'a pas la patte de son maître. Fernand Chaffard plus bricoleur que chimiste a installé le labo dans l'écurie jouxtant la cuisine. Vérifié les installations électriques, branché une prise de 380 volts, de lourds tuyaux d'évacuation, un ventilateur à trois vitesses, désossé deux moulins à café électriques pour en extraire les moteurs à drogue. Un après-midi de février les chasseurs l'aperçoivent dans leurs jumelles avec de jolis gants canari, devant la porte-fenêtre, puis avec de jolis gants rose vif près de l'abreuvoir, portant sur son épaule des sacs de noir animal, puis avec Simonpieri, trimbalant des seaux et des bouteilles d'acide. La lumière, derrière les volets, demeure allumée jusqu'à 23 h 30. Fernand Chaffard a enfin apporté à son cuisinier la morphine-base que lui a offerte le juge Michel...

Ils en pèsent 50 grammes dans des paquets de bonbons pour les premiers essais, mais Simonpieri, à chaque phase, chaque geste, tâtonne, s'énerve et gâche la marchandise. Au petit matin alors que Fernand Chaffard, le visage défait, rouge de fatigue, sort vider de grands seaux dans l'abreuvoir, Simonpieri recommence avec Maurizio. Ne sortent de l'alambic maudit que 17 grammes de poudre brunâtre et granuleuse dont ne voudrait même pas un toxico fauché et en manque. Simonpieri a omis de contrôler le Ph avec du papier révélateur.

— Si Simonpieri arrive à fabriquer de l'héroïne, je me les coupe...

*

Les vieux chasseurs des Stups marseillais, cachés dans les branches lourdes de neige des sapins de Haute-Loire, s'inquiètent. Dans le cabinet n° 3 le juge Michel s'inquiète.

Et se trouve de l'avis d'Alain-Pierre Boidé, le chef des Stups.

— Il faut les prendre en flagrant délit. Sinon on en aura encore pour des mois de filatures sans être certains de les pincer.

Le juge Michel n'a pas l'habitude de prendre les chemins détournés.

— Il faut leur faire peur, les prévenir que les Stups sont à leurs trousses. On les attrape quand ils déménagent. Ça nous évitera le cinéma de Vartanyan.

Le juge est prêt aux manigances les plus compliquées dès que surgissent en face de lui les trafiquants. Le Milieu marseillais et le crime organisé lui ont déjà tissé sa légende :

— Il est pire que les flics.

*

Jeudi 6 mars 1980. Fernand Chaffard montre tous les signes de l'homme affolé, traqué. Il appelle Armand Maurizio.

— On arrête la came. Il faut déménager le labo.

Un mystérieux émissaire vient de le prévenir dans les rues d'Arles.

— Il paraît que ça chauffe pour toi.

*

Vendredi 7 mars 1980. Des corbeaux virevoltent au-dessus de la ferme de La Suchère, et les chemins de terre gonflés de neige semblent des miroirs. Des odeurs de cendre, de lave et de sapin se répandent en fumée. Dans les arbres alentour les vieux chasseurs fatigués achèvent leur ultime tour de veille. Dans la voiture banalisée d'Alain-Pierre Boidé le juge Michel, en veste de tweed et pantalon sépia, attend au fil des Gitanes qu'il embrase l'une à l'autre. Encore une fois sur le terrain prêt à ordonner l'assaut.

Généraux et soldats ne manquent pas. A l'abri des routes secondaires et des voies empierrées sont éparpillés plus de quatre-vingts hommes. Les Stups de Lyon, de Grenoble, des représentants des Douanes, de l'antenne marseillaise du Narcotic Bureau américain, les gendarmes de

Tence, des hommes du S.R.P.J. de Clermont-Ferrand avertis seulement le matin que depuis trois mois la petite ferme de La Crosette était surveillée... Près de François Le Mouël le chef de l'Office Central, présent comme à Ceyreste, et qui tire à petites bouffées sur sa pipe, le juge Michel jubile.

— Ils sont dans la nasse.

« 11 h 50. Une Renault 14 et une Golf G.T.I. avec Fernand, Anne et Alain Chaffard et Armand Maurizio arrive dans la cour », vient de crier une voix métallique dans le talkie-walkie accroché au-dessus de Pierre Michel. « 11 h 50, je répète... »

A l'intérieur de l'antique bâtisse où s'active désormais le grand nettoyage de printemps, Fernand Chaffard, le plus pressé, gonfle de gros sacs de toile avec les bouteilles d'acide anhydrique, le ventilateur, les cornues, les alambics, des kilomètres de fil électrique...

Le juge Michel se tourne vers un inspecteur des Stups, évêque à ses moments perdus.

— Ça me fait plaisir de les foutre au trou.

Le talkie-walkie résonne encore dans la voiture banalisée.

— « 12 h 45. Chaffard monte dans la R 14 de sa femme, et Maurizio et le fils dans la Golf G.T.I. ». « 12 h 45 je répète ».

Le juge Michel regarde sa montre.

— Ils sont cuits.

Au premier feu rouge, sur la route de Tence, la R 14 et la Golf G.T.I. stoppent, cernées de gendarmes et de policiers. Quand on ouvre le coffre de la R 14 Fernand Chaffard, petit, râblé, et très gentleman-farmer avec sa canadienne en peau de mouton, souffle sur ses mains avant de les livrer aux menottes.

— Cette fois j'en ai pour vingt ans.

Le juge Michel à quatre mètres derrière lui contemplant le matériel saisi rectifie :

— Trente ans... et plus si possible.

Fernand Chaffard se retourne et toise l'impertinent.

— Qui c'est celui-là ? demande-t-il à un gendarme.

— Le juge Michel.

— Il est dingue.

Dans la poche de Fernand Chaffard traîne une carte d'identité avec sa photo, au nom de Vincent Ferrer.

— C'est M. Henri qui me l'a donnée, bredouille-t-il, et le matériel aussi. J'ai été abusé par ce M. Henri.

Au même moment Françoise Bizard est arrêtée à Martigues, et à Marseille Christian Simonpieri le chimiste déshonorant sa famille monte dans une voiture du S.R.P.J.

— Je savais bien que je finirais par être marron, mais je ne suis pas chimiste. Je suis cuisinier... J'ai appris en faisant la cuisine à la villa Clotilde et depuis je fais semblant !

Georges Calmet, élève plus doué de Jo Cesari, a fait des émules.

Le juge Michel, Pierre-Alain Boidé, François Le Mouël et les autres marchent sur le miroir de neige menant au premier labo d'altitude de France.

— C'est une première hivernale, s'écrie le patron de l'Office Central en tirant sur sa pipe.

Le juge Michel montre le champ, les arbres, et les rochers à perte de vue.

— C'est la décentralisation. Un jour ils iront faire leur soupe dans le marais poitevin.

Au fond de la cour et dans la grange subsistent encore une centrifugeuse abîmée, des alambics, flacons d'acide et kilos de noir animal. Au-dessus de la porte d'entrée au bois mangé par les années, un vieux chasseur à qui on ne la fait plus met à jour une cache avec un petit ballot de plastique contenant des sachets de poudre : 110 grammes de morphine-base, 536 grammes d'héroïne-base en partie purifiée, et 68 grammes d'héroïne presque entièrement purifiée.

— Si Simonpieri arrive à fabriquer de l'héroïne, je me les coupe...

*

En pénétrant dans la gendarmerie de Tence où commencent les premiers interrogatoires le juge Michel a son sourire d'enfant farceur, les yeux malicieux.

— Bonjour la gendarmerie.

Les gendarmes sont étonnés de ce juge impérieux, élégant à l'extrême, au physique de jeune premier qui lance comme dans un film :

— Ça ne fait que commencer. On en a d'autres sur le feu.

Anne Chaffard insiste auprès d'un inspecteur pour que la suive à Marseille Négus, son chien beauceron. Le juge Michel intervient. Toujours en souriant :

— Emmenez-le. On le foutra au trou comme les autres.

Une nuit à l'Hôtel de la Poste à Chambon-sur-Lignon, et le cortège de chasseurs marseillais s'ébranle, emportant le produit de sa traque. Le juge Michel dans la voiture d'Alain-Pierre Boidé songe au cabinet n° 3 où bientôt manqueront encore les chaises pour la confrontation. A gauche de son bureau, sur le mur près de la fenêtre est cloué un panneau de fer couleur argent où s'étagent quatre rangées de fiches multicolores. Depuis qu'il est juge, chargé des affaires de drogue, de fausse monnaie et de grand banditisme, il accroche les noms écrits de sa main, à l'encre noire, comme d'autres les trophées. Se perpétue ainsi de case en case l'évolution de ses proies avec ceux qui sont tombés, ceux qui doivent tomber, et ceux qui pourraient retomber un jour, dès que surgira la preuve. Trois noms y figurent et l'obsèdent.

Robert Kechichian, Jean Jehan et Orazzio di Maggio.

*

De même que Bedros Vartanyan a conduit le juge vers Anne Chaffard et Françoise Bizard, cette dernière sans le savoir a mené le juge vers ces trois hommes, véritables pieuvres à côté des poissons pêchés à La Suchère.

Les vieux chasseurs des Stups en planque Traverse du Vallon à Châteauneuf-les-Martigues devant l'immeuble où habite Françoise Bizard ont vu arriver le 23 janvier un grand gaillard, au ventre arrondi et aux cheveux noirs, vêtu d'un luxueux costume de flanelle : Robert Kechichian. Accompagné d'un vieillard aux cheveux de craie, au joli visage strié par les années et troué d'un étrange regard bleu : Jean

Jehan. Puis le 25 janvier accompagné d'un bellâtre italien aussi soucieux d'élégance que lui : Orazzio di Maggio.

Alain-Pierre Boidé et les Stups ont alerté la Guardia di Finanza. Le juge Michel est toujours en relation permanente avec son ami Giovani Grilo le procureur de la République de Gênes. Après les ratés du passé il faut désormais que la filière franco-italienne des magistrats et policiers soit aussi forte que celle des truands. L'union sacrée doit gagner. Le juge Michel le veut.

Orazzio di Maggio a 39 ans. Les spécialistes transalpins le considèrent comme l'un des premiers trafiquants du pays, lié de très près à la Mafia. Lors de la découverte du laboratoire dans la fabrique de limonade de San Remo l'un des mitrons arrêtés avec Antoine Ristori : Jean-Claude Guillemet possédait son numéro de téléphone.

Dès le 3 mars 80, le Parquet de San Remo a ordonné la mise sur écoute téléphonique d'Orazzio di Maggio. Les rapports d'écoute démontrent qu'il a créé une nouvelle filière avec les trafiquants français, dont Robert Kechichian est le premier représentant, correspondant en titre de la Mafia et que Jean Jehan, le plus vieux trafiquant du monde, se charge d'aider ce dernier à placer l'héroïne sur le marché américain.

Le juge Michel sait que commence après l'affaire Giralt, et après les circuits de la fausse monnaie, l'un des dossiers les plus importants de sa carrière où se mêlent et s'entremêlent, selon la logique du crime organisé Mafia italienne, Mafia américaine et Mafia française.

V

ROBERT KECHICHIAN : UN MAÎTRE DU CRIME ORGANISÉ

— Je vais mettre votre femme au trou. Ça vous donnera peut-être envie de parler.

— Mais elle est enceinte.

— Et alors. Ça n'est pas la première fois qu'une femme accouchera en prison.

— Mais elle n'a rien fait et elle est enceinte de huit mois.

— Je sais, mais de toute façon je préfère dix innocents en prison qu'un coupable en liberté. Alors si vous balancez, je la libérerai. Donnant, donnant.

Robert Kechichian se recule. La chaise crisse sur les carreaux. Le juge Michel le nargue, les pieds sur son bureau, les bras croisés. Aussi grand que le juge, corpulent, les cheveux bruns, un visage carré aux joues un peu creusées, regard dur, difficile à saisir, Robert Kechichian ressemble à Alain Delon. Il serre les lèvres mais, prudent, se réfugie à nouveau dans un silence poli.

Depuis que les policiers l'ont arrêté dans son trois pièces-salle de bains, au troisième étage de l'immeuble Le Derby, à Cagnes-sur-Mer, toujours très calme, parlant d'une voix mesurée il se dit victime d'une erreur judiciaire. Ce n'est pas pour déplaire au juge Michel. Après Fernand Chaffard et ses « pieds nickelés », éternels apprentis du Milieu, il trouve en face de lui un homme tout à fait digne de son haut rang dans la hiérarchie du crime organisé et de la Mafia française. Le juge est prêt à tout, encore une fois, pour l'obliger à parler. Même à s'acharner sur sa femme enceinte.

*

Robert Kechichian a parlé déjà... mais seulement des apparences. Il est né le 7 février 1945 à Lyon, et son casier judiciaire est presque aussi blanc qu'une dose d'héroïne marseillaise. Le tribunal de grande instance de Lille l'a condamné en 1970 pour trafic de devises à un mois de prison ferme et deux mois avec sursis. Une broutille pour un homme fantôme, à l'image de Jean Francisci, Louis Giralt et des ferrailleurs de la fausse monnaie. Robert Kechichian lui, s'est même construit l'étrange privilège d'être un inconnu pour le fisc !

— Je suis sans travail officiel. Mes parents Jacques et Aradonie sont propriétaires d'une auberge rue du Pont-Neuf, à Orange dans le Vaucluse. De 1971 à 1973, j'ai été tailleur dans le même local. Je voulais me lancer dans le prêt-à-porter, mais ça n'a pas marché, et à la fin de 1973, j'ai cessé de travailler et de payer des impôts.

— Vous avez de la chance. Notez mademoiselle Amami... Et depuis ?

— Je gagne ma vie en jouant aux cartes.

— Et elles ne sont pas truquées vos cartes, monsieur Kechichian ? Le joueur professionnel sursaute comme si un adversaire venait d'abattre une carte maîtresse, mais aussitôt respire profondément, et regarde le juge avec un léger sourire. Comment le juge Michel, passionné de poker et de parties difficiles, ne tiendrait-il pas à pousser à bout un tel personnage ? Après les circuits tortueux et inextricables des sociétés de récupération de ferraille, les errances de la fausse monnaie, quel chemin idéal en effet pour blanchir l'argent, le purifier à 100 % que les gains au jeu invérifiés et invérifiables ?

— Je n'ai pas de revenu fixe. Je m'occupe d'un club de bridge, qui dépend de la Société Antiboise de Jeux de Société, 38 boulevard d'Aiguilon, à Antibes. Un club privé le J.A.C.A.V.A. où je suis rémunéré mais officieusement. Cela me permet de vivre confortablement.

Robert Kechichian se garde d'évoquer les conditions de ce confort et les jeux de société pratiqués. Pas plus qu'il n'explique les statuts complexes de la J.A.C.A.V.A., ni les cercles de jeux clandestins dont il s'occupe dans l'ombre, les fortunes qui s'y perdent et s'y gagnent, et qui les perd ou qui les gagne.

Le crime organisé organise ainsi d'ambigus mariages de déraison. La fausse monnaie devient compagne du trafic de drogue, et le trafic de drogue s'allie aux mystères du jeu ? Mais cela serait trop simple encore. Qui dit crime organisé dit sociétés, à la mode de la ferraille. Entre alors en scène celle par qui le juge Michel voudrait que des aveux arrivent : Kathy Kechichian 29 ans, née à Maison-Carrée en Algérie, que le joueur expert a épousée le 12 juin 1977.

Le 1er février 1980, au moment où la filière franco-italienne prend corps, elle participe à la création d'une société de publicité : la S.O.N.O.R.E.P., inscrite au registre du commerce sous le numéro 317.871689 dont elle devient aussitôt directrice et gérante et dont Jean-Pierre Guillard s'occupe également. Il suffit au juge Michel de lire le procès-verbal d'interrogatoire pour découvrir que cette société dont le but est de « s'occuper de la publicité sous toutes ses formes » est située à l'adresse du club de jeu. Certes Robert Kechichian n'y apparaît pas. Seulement le juge se demande déjà si la S.O.N.O.R.E.P. ne se propose pas de vanter le charme discret de la marseillaise. Pas l'hymne national. L'héroïne. D'autant que le bail de location des locaux est au nom encore d'une Société Civile Immobilière : la S.C.I. J.A.C.A.V.A. jusqu'au 31 janvier 1989.

Robert Kechichian ne s'en émeut pas.

— Je n'ai pas aidé ma femme. Ce sont mes parents. Je suis fils unique... Je crois qu'ils lui ont donné 50 000 francs pour démarrer.

Qui peut vérifier les circuits familiaux de l'argent ?

— Nous travaillons... enfin, ma femme, ajoute Kechichian, avec *la Gazette de Monaco*. C'est son plus gros client.

Qui peut vérifier les liens d'un club de jeu où l'on est rémunéré officieusement et d'une société de publicité aux clients habitant des paradis fiscaux.

Le juge Michel saisit la phrase au bond.

— Ses associés devront se passer d'elle pendant un moment. Les Baumettes n'ont pas besoin de publicité. A moins que vous ayez des choses à dire... Oh vous finirez bien par craquer. Un grand garçon comme vous.

Robert Kechichian essaye de s'approcher du bureau du juge Michel, mais le garde le retient et l'oblige à se rasseoir.

— Notons mademoiselle Amami que l'inculpé fait preuve de mauvaise humeur.

— Vous n'avez pas le droit.

— J'ai tous les droits. C'est un procès-verbal classique, et il y en aura d'autres. Je ne suis pas pressé.

Robert Kechichian, assez habile jusque-là, entre ses activités de joueur, de trafiquant de drogue et ses relations avec la Mafia, pour n'être jamais inquiété maudit ce juge arrogant qui a tous les atouts du jeu en main et qui répète :

— Vous connaissez le château de Cereseto où s'affairait votre ami Di Maggio ?

*

Le château de Cereseto, dans la province d'Alexandrie, près de Nizza Monferrato ressemble à un gros gâteau aux créneaux de meringue et aux toits de nougat, plantés de cheminées et de pointes de pierre comme autant de bougies. Ses tuiles rousses et roses éclatent de soleil, à l'aube du vendredi 4 juin 1980. Au pied d'un long bâtiment en forme de gâteau deux lourdes grilles aux fers centenaires mènent à la vaste cour intérieure où courent vingt et un dobermans. Tous chiens de haute taille, au poil luisant, aux gueules ouvertes pour l'attaque dont les cris et les hurlements résonnent jusqu'au village et dissuadent les curieux d'approcher le fabuleux château comprenant cent vingt pièces.

Ce petit homme en blouse grise, aux cheveux rouges qui s'en revient, deux sacs de provisions au bout des bras, est muet ou presque. Lorsque les hommes de la Guardia di Finanza de Milan l'entourent, il ne crie pas et comprend qu'il doit attacher les bêtes à leur chaîne, dans le chenil qu'on distingue derrière un massif de roses. Un policier l'accompagne, l'arme au poing, et les dobermans dressés pour tuer grognent et s'apaisent croyant que ce personnage galonné est un nouvel employé du château de la drogue.

Quand les Italiens s'intéressent à un secteur du crime organisé ils aiment la perfection, le travail sans faille, et loin des installations précaires et provisoires de Chambon-sur-Lignon, de Ceyreste et de La Ciotat, Orazzio di Maggio a transformé le château en usine.

Les dobermans enchaînés et enfermés, douze hommes de la Guardia di Finanza se ruent au fond de la cour vers les dépendances : des écuries devenues une sorte de mas provençal. Ils courent dans le couloir et débouchent dans la première pièce à droite, d'où émane une forte odeur de vinaigre et de moisi. Ils enfoncent une porte blindée. En les voyant se jeter sur lui Orazzio di Maggio essaie de fuir par la fenêtre et entraîne un plat de fonte, couvrant les carreaux d'une bouillie gluante : l'héroïne qu'il aidait à sécher.

Il est rattrapé au bord de la terrasse envahie de noisetiers et d'oliviers. Des menottes d'acier attachent déjà Giancarlo Trombin à l'énorme tuyau serpentant le long du mur. Pour entretenir sa demeure historique, dans la famille depuis deux générations le propriétaire du château, ami de Orazzio di Maggio, a préféré les bénéfices de la drogue aux profits aléatoires des sons et lumières ou visites pour amateurs de vieilles pierres. Près de lui, un grand gaillard au visage noir de barbe, les yeux presque fermés. Les manches de sa chemise relevées, les doigts jaunis comme ceux d'un grand fumeur, une forêt de poils blanchis d'héroïne dépassant de sa chemise, il a été arraché à ses fourneaux Bien que né en Italie, à Sperlonga, c'est un français, et lorsqu'il apprend son arrestation dans les journaux, un flic marseillais de la Sûreté en fait presque une crise de nerfs, et se demande s'il ne ferait pas mieux de quitter la police.

*

L'homme qui balance son petit regard noir vers la Guardia di Finanza, c'est Léon Toscano, Tonton dont il a parlé à ses supérieurs hiérarchiques un an auparavant... et qu'on s'est gardé de poursuivre...

Sur une grande plaque de bois massif, dans des valises ouvertes, et dans des sacs de plastique bleu, 67 kilos de morphine-base attendent d'être traités et 2 kilos d'héroïne reposent déjà dans un autre plat de fonte. Les armoires regorgent de produits chimiques, de cornues, d'alambics, de masques respiratoires. Orazzio di Maggio, joueur de cartes « professionnel » comme Robert Kechichian et bon perdant parcourt les deux pièces avec les hommes de la Guardia di Finanza, tel un savant fier de montrer l'antre de ses recherches.

— Vous n'auriez pas dû venir si tôt. On commençait juste à bien travailler.

Tandis qu'il commente son installation, treize autres membres de la Guardia di Finanza enfoncent une autre porte blindée et visitent le second laboratoire, encore plus perfectionné. Dans la tour d'angle du château, coincé entre deux terrasses percées de roses, de capucines et de néfliers, trois Français interrompent leur labeur et essuient leurs visages encore bleuis de l'empreinte des masques de plongeurs sous-marins. Au fond de quatre gros ballons de verre, 70 kilos d'héroïne achèvent de naître. Joseph Ettori, Jean-Baptiste Constantini et Guillaume Valli regardent s'apaiser la tempête de la drogue en fusion. Le chef de laboratoire enrage, et quel chef !

Marcel Gambotti, 57 ans, fiché depuis 15 ans au Grand Banditisme, l'un des fers de lance du Milieu niçois, au centre de nombreux règlements de comptes et gérant d'une société d'ambulances... Il sourit, balance la tête et ses grands yeux bleus s'illuminent. Beau joueur, aussi. Les chimistes ne manquent de rien avec lui. Entre une balance de précision et une caisse de masques respiratoires, s'étalent des kilomètres de tuyaux de plastique pour l'écoulement des eaux usées de la drogue, des caisses pleines de bidons de carbonate de sodium, d'acide chlorhydrique, des bassines, des brûleurs à gaz et soixante-dix bidons d'anhydride acétique, soixante bouteilles d'acétone. De quoi faire tourner la soupe pendant des jours et des jours.

Au même moment encore, cinq membres de la Guardia di Finanza franchissent la porte d'un immeuble bourgeois du centre de Milan, 14 via Mezzo Fante. Dans les sous-sols, un seul homme, Marco Di Maggio, le frère cadet d'Orazzio. Pas un seul gramme de morphine ou d'héroïne, mais le laboratoire le plus moderne jamais découvert en Europe. Avec, dans cette longue pièce aux murs blancs, au sol tapissé de briques, un autoclave flambant neuf, une centrifugeuse dotée de cinq manomètres et un grand buffet de ferraille, aux allures de congélateur, muni de douze boutons et manettes.

Dépassées les insignifiantes pompes à vide marseillaises. Marco Di Maggio a installé un appareil de filtration sous vide, comme en utilisent les laboratoires de recherche à la pointe des progrès techniques. Pas de désordre et, sur les douze étages de bois de deux armoires sont alignés les flacons de produits comme les bouteilles d'un bar... Les bidons s'entassent dans un autre coin et les bonbonnes de verre brillent sous la lumière. Il suffit de tout brancher pour que commence le cycle infernal de la transformation, sans une seconde de perdue. Le laboratoire a coûté plus de vingt millions de centimes et Marco Di Maggio en préparait les derniers éléments avec les gestes précis d'un employé consciencieux.

Dans la cour du château de Cereseto, lorsque les six hommes arrêtés se retrouvent sous le soleil et qu'ils entendent les gens de la Guardia di Finanza parler de laboratoire et demander par téléphone des fourgons pour tout déménager, ils se regardent avec des yeux surpris.

Léon Toscano, le chimiste du premier laboratoire, ignorait en effet qu'Ettori, Constantini et Valli officiaient dans le second, à trente mètres de lui, presque sous ses yeux ! Seuls les patrons, Di Maggio et Gambotti, et le propriétaire du château le savaient...

*

Le juge Michel, dans le cabinet n° 3, a un large sourire en feuilletant, sous les yeux de Robert Kechichian, les rapports d'écoute concernant sa ligne téléphonique et celle de Orazzio Di Maggio.

— C'est extraordinaire... Il s'est surpassé...

Robert Kechichian ne sourit pas.

Dès qu'Orazzio Di Maggio reçoit de son importateur turc Abdel Canoun les valises de morphine-base, il contacte Kechichian. Que vaut, en effet, la création de tels laboratoires sans chimistes marseillais ? Depuis la mort de Cesari et l'arrivée aux Baumettes de son adjoint, Calmet, les usiniers experts sont rares, très rares.

Robert Kechichian rend alors, seul, à son tour visite à Fernand Chaffard. Celui-ci n'a que le pâle Simonpieri et, faute de mieux, il le garde. Alors Di Maggio qui en Italie n'a pas l'ombre d'un chimiste, s'adresse à Gambotti. Ce vétéran du Milieu niçois recrute les trois premiers chimistes. Ils sont aussitôt entraînés vers le château, avec promesse d'un salaire de 10 000 francs chacun. Mais, dès les premiers jours, malgré l'œil du maître, Di Maggio, présent jour et nuit, c'est le fiasco à la Simonpieri, à Chambon-sur-Lignon. On les renvoie à leurs fourneaux français. Sans dédommagement en leur promettant de détruire à tout jamais leur réputation dans le Milieu. Gambotti envoie alors les trois Corses, soi-disant détenteurs d'une bonne recette. Ce sont aussi des ratés de la came, et ne sort de leur cuisine qu'une héroïne pâlotte, en toute petite quantité. Ils gâchent la morphine et les futurs millions.

Orazzio Di Maggio est un homme qui a fait ses preuves au sein de la Mafia, qui sait traiter une affaire et bien, mais il est incapable malgré ses « relations » de dénicher un bon chimiste. Paradoxe extrême du grand trafiquant ! Alors pour cette raison seulement, laissant Gambotti surveiller ses trois Corses, Di Maggio installe un second laboratoire, et finit par dénicher à La Ciotat Léon Toscano, habitué de la came, seigneur des trafics.

Orazzio Di Maggio va d'un labo à l'autre dans le château, et en joueur acharné, il triple sa mise et investit encore dans le troisième laboratoire, en attendant le chimiste idéal...

— Je finirais par me faire chimiste, soupire le juge Michel. Si vous m'acceptez dans la corporation. Apparemment, vous préférez les avocats...

Kechichian ne sourit pas.

Chaque fois que Di Maggio téléphone à Gambotti, il lui demande des nouvelles des « avocats », et après l'échec des trois premiers chimistes, en parlant des trois Corses, il assure que ce ne sont pas des « avocats bidons » et se justifie en disant qu'il connaissait mal les trois autres. Robert Kechichian est lui aussi un adepte de la phrase codée.

— Le 25 mai à 18 h 54, dit le juge Michel, vous avez appelé une nouvelle fois Jean Jehan après avoir passé la journée à San Remo chez Di Maggio avec votre épouse et vous avez déclaré : « Dis, ma femme, elle avait fait un gigot, et il y en a un petit peu trop, la petite n'a pas mangé. Tu en veux un peu. Je te l'emmène. » On vous photographie ensuite avec un paquet. Expliquez-vous.

Robert Kechichian a le visage étonné.

— Ma femme avait fait un gigot le samedi soir et je l'ai amené à Jehan le dimanche soir. C'est ce paquet que j'avais à la main.

— Vous êtes très attentionné.

— J'avais l'habitude de faire les courses ou d'apporter à manger à M. Jehan qui est un homme âgé.

— Vous êtes un exemple... mais cela arrive après votre séjour à San Remo.

— Ça n'a pas de rapport avec le gigot.

— Notez cette belle phrase mademoiselle Amami. On se croirait à Radio-Londres. « Ça n'a pas de rapport avec le gigot... »

Le juge Michel, ses pieds sur le bureau, fixe Kechichian.

— Comment avez-vous connu Di Maggio ?

— Sur une place de San Remo. Il vendait des montres et j'ai sympathisé avec lui.

— Il fallait y penser ! Et vous lui avez ensuite versé 20 000 francs.

— Sa femme est venue me voir il y a huit mois, en me disant qu'il était en prison à Nice et qu'on demandait une caution pour le libérer. J'avais de l'argent avec mes gains au jeu, alors je lui ai avancé la somme.

Il n'a pas eu finalement de caution à payer et sa femme devait récupérer la somme chez maître Blumenkranz, un avocat de Nice.

— Un avocat bidon ?... Et Jehan comment l'avez-vous connu ?

— C'était mon voisin et comme il promenait son chien, j'ai sympathisé avec lui.

— Vous sympathisez beaucoup. En tout cas vos épouses s'entendaient très bien également, et le 2 juin, deux jours avant votre arrestation nous avons enregistré une conversation entre elles. Où étiez-vous ce jour-là ?

— J'étais à Paris. Pour les cartes... et pour un club de bridge. Je voulais avoir une autorisation de jeux. Je suis parti seul. Je devais voir quelqu'un que je n'ai pas vu.

— Donnez-nous son nom.

Comme Giralt, comme Vartanyan, comme Sadji, comme Mérignac, comme tous les « grands » que le juge Michel a eus face à lui dans le cabinet n° 3, Robert Kechichian est entraîné dans un flot de questions, et doit se maîtriser pour ne pas répondre trop vite.

— Je ne peux pas.

— C'est un ministre ? Un haut fonctionnaire ?

— Je ne peux pas.

— Le 3 juin, votre femme a appelé une femme prénommée Danielle. Il apparaît que vous étiez à Paris avec l'ami de cette Danielle.

Robert Kechichian a les mains qui se contractent.

— Je n'ai pas fait le voyage avec ce monsieur. Je l'ai rencontré à Paris... non je rectifie : je devais le voir à Paris.

— Donnez-nous l'identité de Danielle.

— Je ne peux pas.

— Votre femme qui va coucher aux Baumettes dans une jolie chambre froide... a plus de mémoire. Voilà ce qu'elle dit dans un procès-verbal d'interrogatoire daté du 27 juin à l'inspecteur divisionnaire Conti, des Stups : « Mon mari était à Paris le 2 juin en compagnie de Roger Ferrer pour obtenir l'autorisation d'ouvrir un club de jeux à Antibes. » Elle a expliqué que cet homme travaille avec Max Papillon, dans votre J.A.C.A.V.A., et après, c'est de famille, elle « rectifie » et précise que Ferrer travaillait bien avec Papillon, mais comme courtier en livres. Et où ça ? Dans des locaux situés 38 bd d'Aguilon, l'adresse de la J.A.C.A.V.A. et de la S.O.N.O.R.E.P. ! Ça en fait des sociétés pour quelqu'un qui ne paie pas d'impôts !

— Je n'ai rien à voir avec ça. Je suis joueur de cartes.

— Votre femme ajoute à notre attention que « Ferrer était une vieille relation de mon époux ».

Ferrer, Papillon... encore des noms que le juge archive dans sa mémoire. En se disant que dans deux ans, cinq ans, dix ans peut-être il les retrouvera. Comme il archive Alain Chaouat, le directeur de la S.O.N.O.R.E.P., et Henri Giordanenco, propriétaires de deux restaurants à Cagnes-sur-Mer, le Vesuvio et le Bodega, que Robert Kechichian consent à citer parmi ses amis avec Jean Jehan.

Le juge Michel n'insiste pas, mais se promet un après-midi de rouler avec sa GS vers Cagnes-sur-Mer et d'aller contempler seul l'immeuble du 38 de ce boulevard d'Aguilon où cohabitent tant de mystérieuses sociétés et de vérifier quel club de jeu comptait installer Kechichian.

Il appelle ces balades ses enquêtes personnelles. Désormais, il les mène le plus souvent seul, sans être accompagné d'un évêque. Et seul, en délivrant des commissions rogatoires, il travaille à des recoupements troublants et terribles parce qu'ils prouvent, une fois de plus, que tout est lié, que des fils invisibles attachent chaque dossier et chaque affaire, et que tous ces hommes ainsi liés forment la Mafia française.

Le fil de Robert Kechichian c'est d'abord sa Golf G.T.I. immatriculée 6095 TX 06. Lorsqu'il est arrêté, la carte grise datant d'un mois est au nom de Roger Guibert.

*

Roger Guibert est passé, fugitif, entre deux lignes, comme dans un dossier du juge Michel. Le retrouver au moment voulu, c'est là tout l'art du juge, toute sa prodigieuse intuition.

Roger Guibert est l'un des membres du S.A.C. arrêté en 1972 avec Jacques Dupuy, le maître de la fausse monnaie, ami de Roland Luperini, futur acheteur du matériel de l'imprimerie des Cigales, et toujours en cavale plus d'un an après, peu soucieux du mandat d'arrêt international qu'a lancé contre lui le juge Michel. Il surgit dans les relations de Robert Kechichian qui explique au juge :

— Je connais Guibert depuis un an. Il venait à la plage de Juan-les-Pins. J'ai sympathisé avec lui et je lui ai racheté sa voiture.

Aux policiers, il a d'abord déclaré avoir acheté le véhicule par l'intermédiaire d'un hôtelier d'Arras, Henri Aniskipian, puis il s'est repris, comme son épouse pour Ferrer. Il y a des noms à ne pas prononcer trop vite.

Mais ce nom-là encore, le juge Michel l'inscrit dans le fichier de sa mémoire.

Tout s'enchaîne, tout se déchaîne dans la paperasse des dossiers.

Roger Guibert, 39 ans, se présente avec pudeur comme commerçant-exploitant depuis mars 1977 « d'appareils automatiques de jeux d'amusement diversifiés ». Qu'en termes élégants les baraques à sous sont dites... Il est donc normal qu'entre tenants de jeux parallèles se crée la sympathie. Roger Guibert est associé à Jean-Claude Duval, Robert Barsamian, et surtout Robert Seferian qui loge dans un endroit où manquent les jackpots : la prison de la Santé.

Leur société, encore une, Alpes-Loisirs, est inscrite au registre du commerce de Manosque et son siège social se trouve à Sainte-Tulle, toujours dans les Alpes de Haute-Provence. Impossible pour ce nouveau fantôme de la société de chiffrer ses revenus, mais il n'est pas comme Kechichian un inconnu du fisc. Il est imposé au forfait sur la base de 70 000 francs par an. Une broutille pour un placeur de machine à sous... A peine 5 900 francs par mois. Quant à son épouse, Régine, elle ne travaille plus depuis mars 78, mais exploitait auparavant un bar à Lille, ville où Kechichian a connu sa seule condamnation.

Le juge Michel qui défriche les dossiers crayon en main pour ne pas manquer la ligne, le mot important, s'aperçoit que pour Roger Guibert, la rencontre de hasard est plus lointaine, et en un lieu que Kechichian n'évoque même pas dans son passé.

— J'ai dû faire sa connaissance il y a trois ans à Cannes, à Port Canto, alors qu'il exploitait le Canto. Nous ne nous voyons pas de manière assidue.

Pourtant il lui vend sa Golf G.T.I. alors immatriculée 638 GM 04 qu'il possède depuis un mois seulement ! Explication :

— Il m'avait dit qu'il en cherchait une et je lui ai vendu celle-là.

Comme si la Golf G.T.I. était un spécimen de collection et comme si Kechichian avait honte de la commander à un concessionnaire. D'ailleurs Roger Guibert a racheté aussitôt une Golf G.T.I. neuve à crédit au garage Renault-Verdun à Manosque.

Ce sont des manipulations presque aussi compliquées qu'un réseau de ferraille dirigé par Giralt et Francisci ou par Mérignac. Et de plus Roger Guibert, s'il ne comprend pas son intrusion dans l'achat du véhicule, connaît aussi l'hôtelier d'Arras, qu'il appelle noblement Henri d'Arras. Que le monde est petit entre la plage de Juan-les-Pins, Port Canto et Arras...

Ce n'est pas tout. Ce n'est jamais tout dans le crime organisé. Robert Kechichian nie connaître Bedros Vartanyan, mais Roger Guibert se souvient du condamné à mort. Il l'a connu en 1960 ou 1962. Aux Baumettes. Roger Guibert hormis l'affaire de fausse monnaie a été plusieurs fois condamné sans que ses peines excèdent un an de prison. Protections du S.A.C. obligent. Et bien sûr, il connaît son associé Robert Seferian avec qui il a déjà tenu une boîte de nuit à Valensole, le Starking, et il connaît aussi Francis Durand, qui sous le surnom de Francis Lunettes exploita le Mistral à Aix-en-Provence avant d'être abattu dans une rue de Paris, et qu'on arrête Robert Seferian pour ce meurtre.

Le juge Michel s'attarde sur ce nouvel écheveau compliqué de la truanderie. Robert Seferian figure déjà dans son fichier secret. Il est le frère d'Albert Seferian, braqueur respecté du Milieu, et l'un des plus fidèles et anciens lieutenants de Gaétan Zampa.

Quand Tany a été arrêté en 1955, après le cambriolage de la caisse d'Allocations familiales, Seferian était déjà à ses côtés et dans le même fourgon...

Le juge Michel poursuit ses recoupements jusqu'au bout de la logique. Roger Guibert possède une Renault 30 TX, achetée d'occasion 43 000 francs, soit presque autant que son revenu annuel au « forfait »... quand il convoque de nouveau Bedros Vartanyan, il demande à celui-ci par qui la filière est arrivée.

— D'après votre sœur qui le tient de ses amis turcs, vous avez séjourné à l'hôtel Sheraton d'Istanbul avec un ami français, dans une voiture immatriculée en France.

— C'est vrai, j'ai sympathisé.

— Décidément...

— ... avec un Français et je l'ai emmené chez mes amis turcs. Je crois qu'il s'appelle... Roger. Il doit être de Cannes. Il circulait à bord d'une R 30 claire. Je ne connais pas son métier.

— C'est Roger Guibert.

— Ça ne me dit rien.

— Vous connaissez Seferian ?

— Oui. Mais je connais mieux son frère.

— Drôle de réponse.

— J'ai pensé à Robert parce que les policiers sont venus me montrer sa photo et m'ont questionné. Je l'ai connu en prison en 1964. La dernière fois que je l'ai vu, c'était en 1974. Je sais qu'il est en prison pour le meurtre de Francis Durand mais en prison on dit que ce n'est pas lui le coupable.

— Et votre femme le connaît ?

— Non... mais je connais mieux Albert Seferian. Il était dans ma cellule aux Baumettes, et ma femme connaît sa femme.

*

Telle est la façon dont le juge Michel ficelle les dossiers.

De Vartanyan on passe à Chaffard, de Chaffard à Jehan et Kechichian, de Kechichian on passe à Di Maggio et à Toscano, à Guibert, de Guibert à Jacques Dupuy, à la fausse monnaie, et aux protections politiques, au S.A.C., de Guibert à Vartanyan et aux frères Seferian très proches de Gaétan Zampa, et des frères Seferian on revient à Vartanyan.

Le juge Michel ne brise jamais toutes les branches de ce surprenant arbre généalogique. Roger Guibert peut poursuivre sa croissance. Il faut toujours des rameaux pour que l'arbre du crime organisé ne meure pas.

Et toujours des manigances pour que les grosses branches comme Robert Kechichian arrivent à se plier.

— Vous avez menti, monsieur Robert Kechichian. Regardez cette photo. C'est un épurateur de marque Sevylor, modèle S.E.V. 335, une pompe à vide pour fabriquer de la morphine-base en héroïne, et vous prétendez que c'est un appareil à nettoyer les piscines que la femme d'Orazzio Di Maggio vous a donné à garder le 3 juin.

— Pour moi c'était un truc avec un tuyau. Mme Di Maggio m'a dit qu'elle avait acheté une piscine en plastique pour ses enfants et que c'était pour aspirer les saletés.

— Et elle avait besoin de revenir de Milan rechercher cette « pompe à drogue » le 3 juin à 20 heures, la veille du jour où les labos ont commencé à tourner. C'est vous qui l'avez achetée et votre femme vous a trahi en disant qu'elle n'avait rien remis ce soir-là.

— Elle a dû avoir peur.

— Elle aura moins peur aux Baumettes, et ça vous forcera à vous mettre à table.

Il y a de la violence dans la voix du juge Michel et de la haine dans les yeux de Kechichian ce 2 juillet 1980.

Cinq jours plus tard, Kathy Kechichian, enceinte de huit mois, est incarcérée à la prison des femmes, aux Petites Baumettes. Elle accouchera en prison et, pour que Kechichian parle, le juge la fera descendre des Baumettes dès le lendemain.

— Je suis peut-être un salaud, dira Pierre Michel à Meriam Amami sa greffière, mais je n'ai pas d'autre moyen de lutter contre un type comme ça.

Le juge Michel n'est bien sûr pas homme à torturer une femme enceinte, déjà mère d'une fille de deux ans. Il sait ce qu'est un accouchement difficile pour l'avoir vécu de près à la naissance d'Emmanuelle, sa fille cadette, mais pour lui quel est l'autre moyen d'agir ?

— Avec les truands, j'emploie des méthodes de truands.

Les méthodes de truands ?

Le 2 juillet, à la fin de l'interrogatoire, maître Nohan l'avocat de Kechichian demande à ce que soit précisé sur le procès-verbal que son client fait la grève de la faim et ne s'alimente pas depuis le 4 juin, jour de son arrestation. L'homme de la Mafia, en bon professionnel, a déjà fait mentionner sur le premier procès-verbal d'interrogatoire qu'il a été réformé pour raisons de santé... Lorsque sur un dernier regard de haine Kechichian quitte le cabinet n° 3, le juge Michel balance sa main dans ses cheveux.

— Celui-là, ils en ont besoin dehors et ils vont tout faire pour le sortir. Je suis sûr qu'il est en train de me monter un bateau avec sa grève de la faim, mais je le coincerai, même si la Mafia a payé des millions pour sa libération médicale. Et je prouverai qu'il a des liens avec Gaétan Zampa, qu'il est un de ses lieutenants pour le trafic de l'héroïne.

Toujours Gaétan Zampa...

VI

L'ANCÊTRE DE LA FRENCH CONNECTION

Le juge Michel, en bras de chemise, une Gitane au bout des doigts, ouvre les deux battants gris du cabinet n° 3 et se penche vers la banquette usée, le long du mur.

— *Hello Lucky Man...*

Jean Jehan, la main crispée sur sa canne de jonc, s'avance vers le juge, aidé par son avocat Gilbert Collard.

— *You Lucky Man. Not me.*

Assis face au juge, Pépé la Came, la tête blanchie sous le harnais de l'héroïne, prend à témoin Meriam Amami, la greffière, et son avocat.

— Le juge parle anglais comme un Marseillais.

Ça appartient aux traditions depuis que le juge Michel reçoit l'ancêtre de la French Connection comme un invité de marque. Avec lui, plus d'ironie mordante, de questions coup de poing ou de manigances, mais des conversations courtoises, souvent en anglais. A 82 ans Jean Jehan ne va pas se mettre à parler, lui qui a su jusqu'alors échapper à toutes les Brigades des Stups. Il a prévenu Pierre Michel dès le premier interrogatoire.

— Je n'ai jamais touché à la drogue, monsieur le juge.

Lorsque les questions se font précises, il se frotte l'oreille et s'excuse.

— Voulez-vous répéter. Je suis un peu sourd.

En face de lui, le juge Michel a le plus roublard, le plus madré des trafiquants, surnommé l'Américain dans le Milieu et reconnu par les Stups comme l'importateur de la Mafia, le convoyeur responsable du Syndicat international du crime organisé, mais jamais pris la main dans le sac de drogue.

Jean Jehan nie tout. Sauf ses rencontres avec Robert Kechichian, son voisin, qui venait le visiter allée des Bouleaux, appartement 204, entrée A, dans le quartier Cagnes-Beach, refuge des retraités fortunés.

— C'est un brave garçon qui me faisait mes courses.

— Il vous apportait du gigot le dimanche.

— Il était très attentionné...

— Vous le connaissez depuis quand ?

— Un an ou un an et demi. Je promenais mon chien et il m'a parlé... Je suis allé deux fois dans son cercle.

— Vous connaissez Roger Guibert ?

— Non... C'est un joueur ?

— Kechichian dit que vous deviez vous associer.
— On devait monter à Avignon un club comme le J.A.C.A.V.A., avec une troisième personne, mais je refuse de donner son nom... Hélas Kechichian a eu sa demande refusée par la mairie. Il faut être beau joueur, monsieur le juge, et c'est tombé à l'eau...
Le regard bleu de Jean Jehan se double d'un sourire malicieux. Pépé la Came a appris dans sa vie d'aventures à jauger les intelligences. Il sait que le juge n'est pas dupe, mais aussi qu'il est joueur, et chacun joue le jeu.
— Le lundi 26 mai à 15 h 30, vous avez quitté votre appartement et téléphoné de deux cabines publiques différentes à Cagnes-sur-Mer et à Cap 3000 à Saint-Laurent-du-Var.
— Comment savez-vous cela, monsieur le juge ?
— Les écoutes téléphoniques.
— Oh, la technique... il faut s'en méfier.
— Vous avez téléphoné à quelqu'un qui avait l'accent anglais.
— J'ai beaucoup de relations.
— Vous connaissez Michaël Maneri ?
Le juge Michel a lancé un mandat d'arrêt international contre ce citoyen américain de 33 ans, l'un des ultimes éléments du puzzle. D'origine sicilienne. Il demeure à Miami, mais la police américaine ne le retrouvera jamais. Et comme pour Jacques Dupuy, l'homme du S.A.C., l'homme de l'imprimerie de fausse monnaie des Cigales, comme pour Jacques Mérignac, comme pour Robert Kechichian... jamais la police marseillaise ne donnera de photo de Michaël Maneri à la presse. C'est un mafioso très très protégé. Il est arrivé en France le 26 mai, a loué une BMW puis une chambre au Novotel de Cagnes-sur-Mer.
— Je connaissais son père, dit Jean Jehan avec des yeux de nostalgie.
— C'était un des plus grands trafiquants de stupéfiants du monde.
— Ah... je ne l'ai pas connu pour ça.
— Mes plus fins limiers ont aperçu la BMW de Michaël Maneri et la Golf G.T.I. de Robert Kechichian devant votre immeuble entre 17 et 21 heures le 26 mai. Vous avez mangé du gigot ce soir-là ?
— Je ne comprends pas.
— Le mardi 27, ils sont revenus de 12 heures à 12 h 40. Et Michaël Maneri, qui avait réservé sa chambre jusqu'au 28, a quitté son hôtel. Donc, votre affaire était conclue.
— Je ne comprends pas, mais permettez-moi de vous indiquer, monsieur le juge, d'abord qu'il y a 200 locataires dans mon immeuble et que vos fins limiers ont pu se tromper. Si Kechichian, mon voisin, était venu avec un autre individu, je vous le dirais.
Jean Jehan, toujours très élégant, souliers vernis, cravates de soie et chemises bleues au col impeccable, bien qu'arrivant de sa cellule des Baumettes, répète sans cesse :
« Permettez-moi de vous indiquer » et donne des détails anodins ou raconte au juge les grandes étapes de sa vie avec la verve d'un conteur provençal.

*

Jean Jehan naît le 2 février 1898 à Fourques, un petit village près d'Arles. Ses parents sont cultivateurs, pauvres, et jusqu'à l'âge de 5 ans, il ne comprend que le provençal. Placé à 15 ans comme aide-comptable dans un grand magasin, il y demeure le temps d'apprendre à compter, avant de s'initier à l'import-export chez un marchand d'huile d'olive, de partir dans les tranchées, de revenir, avec trois blessures de guerre, et de se retrouver, chaînes aux pieds, à la prison d'Aix-en-Provence en 1923, condamné à huit ans de détention. On l'accuse du hold-up de l'année : la recette de la gare d'Arles, en plein jour, seul et avec un simple foulard sur le visage.

— C'était une erreur judiciaire, monsieur le juge.

— Déjà.

C'est la première condamnation de Jean Jehan et la dernière. A l'époque, la grâce médicale ne se monnaie pas encore, et malgré un passage à l'asile de fous de la cité... il doit attendre 1930 pour reprendre sa liberté, se mettre à la fabrication de faux pastis, puis rendre quelques « services » à Jacques Doriot qui vient de fonder le P.P.F., et partir soudain pour New York en 1937.

— C'est Tintin en Amérique, dit Pierre Michel.

Jean Jehan, qui parle désormais six langues dont le provençal et l'acadien soupire :

— J'ai appris l'anglais en lisant les journaux, et j'ai fréquenté Maurice Chevalier, Marcel Cerdan, toute la colonie française, et je me suis mis aux affaires...

Il ne précise pas lesquelles et son regard bleu s'illumine. Les policiers américains l'inscrivent dès son installation aux Etats-Unis dans leurs fichiers à la rubrique stupéfiants, puis on le retrouve à Seven Island, au Labrador, le haut lieu du trafic d'alcool où il a des intérêts... Ensuite, on le soupçonne d'être lié à Lucky Luciano, patron de la Mafia italo-américaine, maître du trafic de l'héroïne. Il s'installe à Montréal, voyage souvent à New York. Pour les agents du Narcotic Bureau et de la Brigade des Stupéfiants de la gendarmerie royale canadienne, plus de doute : Jean Jehan s'occupe de la French Connection.

— Ils m'ont fait trop d'honneur, monsieur le juge, dit Pépé la Came.

*

Quand le présentateur-vedette de l'émission Paris-Club, Jacques Angelvin, arrive à New York avec 52 kilos d'héroïne cachés dans sa Buick d'occasion et qu'il est arrêté, les policiers américains prennent en filature dans les rues de la ville un homme venu réceptionner cette cargaison, la plus importante jamais vue en une seule fois sur le sol américain : trente millions de dollars, 120 millions de francs de l'époque : Jean Jehan. Après bien des parties de cache-cache, l'inspecteur Egan du Narcotic Bureau, monte dans le métro en compagnie de Jean Jehan. A la station de la 33e rue, lorsque la porte va se refermer, Jean Jehan l'en empêche avec sa canne et saute sur le quai, suivi du policier mais, dès que celui-ci veut poursuivre Jehan, il l'aperçoit dans le métro, derrière la vitre de la voiture qui démarre et s'éloigne. Avec son fin sourire et son regard malicieux, Jean Jehan, de sa main gantée, le salue pour lui dire au revoir.

Cette scène, l'une des plus réussies du film French Connection, sous la forme d'un bras d'honneur, à la française, Pépé la Came l'a toujours niée. Pas devant le juge Michel à qui il confie soudain, comme un secret :

— Il me semble que c'était moi.

— C'est bien dans votre manière, Mister Lucky Man.

— Alors, c'était peut-être moi... Mais Lucky Man, c'est vous, monsieur le juge.

Jean Jehan confie ainsi à demi-mot au juge ce qu'il s'est toujours acharné à taire.

A 64 ans, après l'affaire Angelvin, « grillé » aux Etats-Unis, Jean Jehan s'en revient vers le pays natal avec un souvenir dans ses bagages. Selon les policiers, une mallette contenant un demi-million de dollars. Et arrêté, par hasard, par la gendarmerie en 1967, on le garde à vue à Paris pendant trois jours. La loi concernant l'extradition des Français impliqués dans des affaires de drogue n'existe pas encore. Il est libéré, faute d'aveux et faute de preuves.

*

Pépé la Came racontera que son rêve aurait été de dîner en tête à tête avec le juge Michel, sans greffière, et sans procès-verbal, pour lui expliquer bien des choses...

On a rarement vu le juge montrer autant d'égards pour un inculpé. Un après-midi, il a obligé Jean Jehan à attendre une heure dans les geôles du Palais. Pépé la Came a boudé.

— Même un juge ne fait pas attendre un vieil homme.

Depuis, le juge Michel le raccompagne toujours jusqu'à l'escalier descendant aux geôles.

Un autre après-midi, Pépé la Came s'est plaint du directeur des Baumettes, comme un enfant brimé.

— Il m'a dit que je sortirai de là à cent ans. Il m'a manqué de respect.

Alors Pépé la Came demande au juge d'être examiné par un médecin expert pour que l'on juge si son état et son grand âge sont compatibles avec la détention.

Jean Jehan qui pour prouver sa bonne foi demande à être soumis au détecteur de mensonge n'a jamais parlé, ou si peu, et ne parlera pas plus si on le laisse croupir dans une cellule. Il n'est pas Louis Giralt cherchant à tout prix la libération médicale, ou Robert Kechichian simulant déjà la maladie. Alors, le juge désigne l'expert le moins objectif à ses yeux, celui qu'il maudit souvent et qu'il appelle passoire... en disant :

— Mister Jehan, je vous laisse toutes vos chances...

Quand il annonce à la fin de septembre à son Lucky Man qu'il est libéré, le juge Michel le raccompagne et, avant de le quitter en haut de l'escalier, avance le bras droit.

— Je n'ai jamais serré la main à un inculpé. Vous serez mon exception.

Jean Jehan change sa canne de main et s'avance aussi. Puis, arrivé ensuite sur le palier à l'endroit où bifurque l'escalier, comme dans le métro de New York face au policier, Jean Jehan fait un léger signe de la main et s'éloigne sur un au revoir malicieux. En montant dans le fourgon qui le ramène pour sa dernière nuit aux Baumettes, Pépé la Came souffle à ses geôliers :

— Ce type-là est trop fort. Il n'aurait jamais dû être juge.

VII

TOUJOURS LA HAINE. TOUJOURS LA MORT

— Amenez-le-moi à poil ! Enchaînez-le ! Mais je veux le voir ici.

Au bout du téléphone, le gardien des geôles hésite :

— Il refuse vraiment de venir dans votre cabinet. Il ne veut pas être interrogé.

Le juge Michel se tourne vers Meriam Amami.

— Si les assassins veulent faire la loi, ils sont mal tombés... Alors, passez-lui un pantalon et obligez-le à monter, ou je descends le chercher moi-même.

Dans les geôles humides du tribunal, trois gardiens entourent Michel Gatto. Tête de fouine, petits yeux rudes, cheveux noirs très courts, lèvres pincées, en slip blanc et chaussettes rouges. Arrivé ainsi dans le fourgon des Baumettes, il se débat, hurle qu'il ne verra pas le juge.

*

Le 9 décembre à 9 h 30, à l'intérieur de la nouvelle criée aux poissons de Saumaty, Michel Gatto a monté avec Raphaël Cerriana l'escalier métallique en colimaçon menant au premier étage. Ils ont surgi à visage découvert dans la succursale du Crédit Mutuel Maritime, ont menacé le caissier et raflé 160 000 francs. Avelino Lozano, un monnayeur de 63 ans, les mains en l'air, a voulu s'abriter contre une baie vitrée. L'un des deux truands a tiré à bout portant. Une balle de 11,43 en plein cœur. Puis a tiré encore sans toucher personne avant de gagner une 204 verte dans la cour.

Meurtre imbécile d'un voyou imbécile.

*

Le juge Michel compose à nouveau le numéro des geôles.

— Vous me le montez ce Gatto ! Je ne vais pas faire ma confrontation dans les geôles. Attachez-le s'il proteste.

— On va y arriver. Vous l'aurez dans dix minutes.

Les trois gardiens sont obligés de maîtriser Michel Gatto et de lui passer de force un jean trop grand. Malgré les menottes lui croisant les maıns dans le dos et d'autres lui serrant les chevilles, il se débat encore et crie :

— Je n'ai rien à lui dire à ce bourreau.

*

Il a fallu deux ans et demi avant d'arrêter Michel Gatto. L'inspecteur principal Jean-Claude De Munk de la Sûreté a très vite identifié les meurtriers de la criée aux poissons, mais les cheveux badigeonnés de teinture, de faux papiers plein les poches, ils ont échappé à la traque. Un mois seulement pour Cerriana, 28 ans, piqueur de sel sur le vieux port à 8 000 francs par mois et en congé de maladie... interpellé dans les quartiers nord.

— Je n'étais que le complice de Gatto. C'est lui qui a tout arrangé et qui a tué. J'avais seulement un pistolet en plastique.

Quand les policiers du S.R.P.J. d'Ajaccio débusquent Michel Gatto, 30 ans, docker d'occasion, déjà arrêté pour les fric-frac sans gloire et complice jadis de Manuel Caracena, l'un des « miraculés » du Bar du Téléphone, son arme n'était pas de plastique, et il est prêt à en abuser. Traînent dans son portefeuille les billets d'un autre hold-up en Corse. Le juge Michel se déplace vers l'île un après-midi de mai pour un premier interrogatoire. Dans le parloir de la prison, la fouine ne cherche pas à crier son innocence, à maudire le complice qui l'a donné. En voyant le juge s'avancer, il lui fait un bras d'honneur bien sonore, à la Spaggiari s'évadant du Palais de justice de Nice, mais sans sourire et sans panache. Avec un terrible regard de haine et de mépris.

Le juge Michel ne réplique pas, n'insiste pas, mais dès qu'on a transféré Gatto aux Baumettes et que sa sœur demande un permis de visite, il dit non, redit non, et dit non de nouveau.

— Il ne verra pas sa sœur, même s'il avoue. Je le materai.

*

Michel Gatto a voulu se venger en jouant les nudistes et il pénètre torse nu dans le cabinet n° 3, serré de près par deux gardiens, avec un troisième derrière lui pour l'empêcher de reculer.

— Alors Gatto, on se révolte contre son juge.

Michel Gatto fixe le juge Michel et fait mine de cracher par terre.

— Ne détachez pas ce dingue.

Assis devant le bureau, Raphaël Cerriana, son complice, a les mains tremblantes. Jean-Claude Simoni l'avocat de Michel Gatto a vu avec surprise son client déboucher de l'escalier des geôles. Il proteste avant que le juge pose une seule question.

— Vous n'avez pas le droit. Ce n'est pas une façon de procéder. On n'est quand même pas en Amérique du Sud !

— Je vous en prie, maître.

L'avocat qui a gardé de son passage chez Paul Lombard la même façon d'onduler ses cheveux gris-noir qui se donne pour maître Jean-Louis Pelletier, l'avocat de Gaétan Zampa, revient aussitôt accompagné de Raymond Martin, bâtonnier de l'Ordre des avocats. Michel Gatto est toujours debout et le juge Michel, dans son fauteuil de skaï, joue avec son Rubik's cube, comme s'il était seul. Raymond Martin constate que l'inculpé est torse nu et prévient le juge Michel.

— Vous n'avez pas à faire ça. Je ne peux pas ne rien dire.

Le juge continue à manier les facettes colorées de son Rubik's cube.

— J'avais simplement l'intention de faire une confrontation. Si on se met à m'en empêcher.

La robe de Jean-Claude Simoni virevolte dans le cabinet n° 3.

— Vous faites votre métier, monsieur le juge. Je fais le mien. Je désire que votre greffière note l'état de mon client dans le procès-verbal pour que ça se sache aux assises.

— Notez mademoiselle Amami. Ça n'empêchera pas la condamnation.

Les gardiens doivent maîtriser encore Michel Gatto. Si on le laissait faire, il bondirait sur le juge. Jean-Claude Simoni se lève.

— Autorisez-moi à partir.

— Je vous en prie, maître.

La confrontation est repoussée. Raymond Martin s'éloigne après avoir constaté les faits. Le torse nu de Michel Gatto, entraîné par les gardiens, disparaît et son complice aussi. Le juge Michel s'acharne toujours sur son Rubik's cube.

— Ce sont vraiment tous des minables ces avocats. Je me demande comment ils osent défendre un assassin.

La haine est toujours sur le juge Michel.

Elle vient toujours des Baumettes et toujours de certains avocats spécialisés dans le pénal qui perpétuent le mythe de ce juge pas comme les autres devant leurs clients, et qui, à leur façon, le condamnent vers des menaces de plus en plus lourdes.

Arrivent sans cesse lettres vengeresses, boîtes d'allumettes-cercueils, poèmes-menaces qui rejoignent le Sottisier de la haine.

« Juge Michel Pourriture
Juge Michel crevure
Juge Michel dégueulasse
Juge Michel bon pour la casse. »

Arrivent aussi des phrases assassines barrant à grands traits de feutre les coupures de journaux régionaux où apparaît le juge Michel : « Pour le prochain condamné à mort. » — « Michel à la guillotine. »

Des galéjades pour le juge Michel qui, pas un seul instant ne songe à renoncer. Jacqueline, sa femme, est inquiète depuis longtemps. Déjà trop de coups de téléphone ont retenti dans la villa Les Buis. La nuit. Le jour. A n'importe quelle heure. Avec des voix rauques, des voix de miel, des ricanements, des cris. Toujours des mots de mort.

Lorsque les Michel sont invités à dîner chez des magistrats, la conversation de fin de repas roule souvent sur le métier de juge. Dès que quelqu'un évoque les menaces, et à Marseille un seul juge en reçoit vraiment, Jacqueline Michel se hérisse, perd son joli sourire. Elle n'aime pas qu'on parle de ces menaces. Elle sait trop ce qu'elles représentent, elle qui voit chaque jour, vivre, agir, se battre et combattre le juge Pierre Michel. Combien de fois a-t-elle juré qu'elle irait trouver le procureur Villatte pour qu'on cesse de donner à son mari les dossiers importants... alors que lui les réclame et grogne si l'un d'eux lui échappe.

Ce juge Michel se moque d'affronter la mort et se rit de ceux qui le comparent au juge Renaud.

— Vous allez trop loin. Un jour, ils régleront la question.

*

Sophie Bottaï, avocate, fille d'avocat, sœur d'avocat, et amie du juge le prévient souvent :

— Tu ne devrais pas Pierre. Tu ne te rends pas compte.

— Je suis intouchable.

— Mais non, fais gaffe. Ils n'arrêtent pas de dire : « Il finira comme Renaud ».

Son père, Raoul Bottaï, défenseur de Gaston Dominici, lui a enseigné Marseille et ses mœurs. Le juge Michel ne l'écoute pas. Il s'est enseigné Marseille à sa façon, et n'écoute les conseils de personne, magistrat, policier ou ami.

Il est seul et il continue seul.

Quand son frère Bernard, l'avocat, lui téléphone de Metz et lui demande un avocat local pour une affaire dont il s'occupe, le juge Michel répond, même si un avocat marseillais se trouve dans son bureau :

— Il faut que je te trouve quelqu'un d'honnête. Ça va être dur.

*

Le juge Michel mène un combat permanent contre des avocats dont certains furent ses amis. Comme André Fraticelli qu'il a fréquenté beaucoup lorsqu'il était auditeur de justice et à qui il a même appris à faire le brûlot à la messine : de l'alcool chaud renversé sur du sucre, quand il le recevait villa Les Buis.

Un après-midi, le juge Michel laisse une auditrice de justice en stage au cabinet numéro trois s'occuper de l'instruction de l'affaire Sarpi, un maçon italien devenu patron d'une entreprise de transport qui a fait une faillite frauduleuse. Le juge Michel assis devant son bureau écoute la jeune fille interroger Sarpi. Meriam Amami, la greffière, n'est pas à la fête. Sa machine électrique à boule I.B.M. est en panne, et elle s'acharne sur une antique Olivetti, heureuse que ce ne soit pas le juge qui interroge. Avec lui, ça va tellement vite... Le réparateur devait passer le matin, mais il n'est pas venu. Soudain il frappe et passe la tête.

— Oh, pardon, je reviendrai.

Le juge Michel est sans doute le juge de Marseille le plus soucieux de sa greffière.

— Rentrez et réparez. Ça sera fait.

L'interrogatoire se poursuit et tandis que le réparateur en blouse bleue soulève la carcasse de la machine I.B.M. posée sur une petite table, le juge Michel note dans sa tête ce qu'il dira tout à l'heure à l'auditrice, encore un peu timide, trop douce à son gré avec l'inculpé ! Mais au moment où elle prononce les mots rituels.

— Je vous remercie.

Et où Meriam Amami qui a pu frapper les ultimes feuillets sur son

I.B.M. retrouvée apporte le procès-verbal pour la signature, André Fraticelli retient son client.

— Il y a nullité de l'instruction, monsieur le juge. Vous avez admis une personne étrangère pendant l'interrogatoire.

Puis demande à son client :

— Ne signez pas le procès-verbal.

Le juge Michel, surpris, reprend le procès-verbal.

— Très bien, vous l'aurez voulu.

Et le juge rédige aussitôt une note pour Roger Periès, le premier vice-président du tribunal, dans laquelle il règle son compte à André Fraticelli. Meriam Amami la tape sur son I.B.M., et le planton de l'instruction l'emporte aussitôt. Puis Pierre Michel entraîne André Fraticelli et lui parle seul à seul. Le juge sait très bien que l'incident de la machine est un prétexte, comme tout est prétexte pour certains avocats du pénal, et que celui qui fut son ami a simplement voulu ainsi préserver son client en difficulté.

Le juge Michel est furieux :

— S'il n'a trouvé que ça pour justifier ses honoraires. La prochaine fois je le passe par la fenêtre...

Roger Périés écrit ensuite à André Fraticelli par l'intermédiaire du bâtonnier Raymond Martin. On s'étonne de son comportement. Mais l'affaire est classée sans suite selon l'avocat, et selon le juge Michel avec une lettre d'excuses de l'avocat, qui rejoint son Sottisier.

Sans suite pour l'avocat, mais pas pour Pierre Michel. Aux Baumettes, les détenus sont prévenus de tout ce qui concerne le juge, simplement pour qu'il soit encore plus haï, encore plus menacé, et l'affaire de la machine à écrire devient le nouveau geste d'un bourreau capable seulement de torturer les inculpés.

Il n'y a pas loin de la machine à la machination.

Et le juge doit affronter tous les assauts. Un matin, le président du tribunal le convoque. Robert Kechichian a écrit au garde des Sceaux Alain Peyrefitte une lettre contre le juge Michel.

— Je suis entré dans le bureau du juge. Il m'a traité de salaud, de trafiquant et m'a dit qu'il ferait tout pour que je prenne au moins 10 ans.

Pierre Michel doit se justifier ; et il sait que bien sûr derrière la haine de ce trafiquant se cachent encore les conseils d'avocats déterminés à éliminer le juge Michel, à chercher tout moyen de le discréditer. Et il n'y a rien qui fasse plus de mal au juge qu'on puisse s'opposer à sa volonté de faire condamner au maximum de la peine les trafiquants de mort, qu'on puisse l'empêcher de maltraiter ces inculpés-là et même de les insulter, c'est l'attaquer lui en tant qu'homme, homme-juge, et là il devient presque désemparé. Que peut-il répondre puisqu'il lui paraît normal d'avoir ainsi accueilli Kechichian. Il marche alors vers le bureau d'Etienne Ceccaldi au premier étage, et demande à Louis Bartolomei, le substitut chargé des affaires criminelles qui règle tous ses dossiers, de l'accompagner aussi. Comme au moment où le Parquet l'a empêché d'inculper le colonel Erulin, il recherche un conseil, un avis.

— Tu l'as vraiment traité de salaud, demande Etienne Ceccaldi.

— Plutôt deux fois qu'une, c'est vraiment un salaud, et j'espère bien qu'il ne prendra pas dix, mais vingt ans !

Le juge Michel est bien décidé à écrire cela dans la réponse qui sera transmise à Alain Peyrefitte. Etienne Ceccaldi n'est pas homme de compromis, mais si le juge Michel veut continuer son combat la raison doit l'emporter.

— Pierre, ou tu réponds cela et on dira que tu manques de sérénité, que tu es un juge partial, et les autres s'en serviront contre toi, ou tu mens, tu écris que le gars a mal compris, qu'il s'est énervé, que tu n'as jamais parlé de dix ans... et ça passera.

Le juge Michel ment, et ça passe... mais il continue d'agresser les grands trafiquants, les maîtres truands, et de provoquer leurs avocats.

Le juge Michel n'hésite pas à arranger les dossiers à sa façon, incluant, seulement vingt-quatre heures avant un interrogatoire, un nouveau procès-verbal de la police, jonglant avec les pièces cotées, détruisant des rapports d'expertises et si les avocats s'aperçoivent de ces jongleries, prend un air navré.

— C'est une erreur.

Il s'ingénie aussi à laisser attendre les avocats des heures dans le couloir-salle d'attente de l'instruction. Un jour Me Joannès Ambre, l'avocat lyonnais spécialisé dans le Milieu, défenseur des assassins du juge Renaud, se retrouve debout dans le cabinet n° 3, avant le début d'une confrontation réunissant tous les inculpés d'une affaire de fausse monnaie. Le juge Michel est désolé, le planton de l'instruction a ramassé toutes les chaises dans les bureaux voisins et il n'en trouve plus. Joannès Ambre, furieux, quitte le cabinet n° 3 et rentre à Lyon. Il n'assistera pas à la confrontation : le juge Michel allume une cigarette et souffle :

— Bon débarras. C'est un pourri.

Mais la mafia des avocats, comme le dit Michel, lui en souhaite autant. Un matin de décembre, le juge Michel traverse la rue Fortia et marche vers la Buvette du Palais. Sur une 204 blanche garée près de sa Honda 125, une feuille de papier coincée sous l'essuie-glace dépasse du pare-brise.

Le juge Michel est trop curieux pour ne pas l'arracher d'un geste. Et avant de pousser la porte de bois ciré de la buvette, il lit ce qui n'est pas une publicité, mais un tract écrit à la main, en grosses lettres noires, et ronéotypé.

« Monsieur le juge Michel. Donnez-nous des explications sur la mort suspecte à l'infirmerie de la prison de M. Martinez Idelfonso, grand malade, invalide, ancien combattant, père de famille nombreuse. Assassinat légal. Répondez ? »

Le juge Michel demande un café à Michel Tucillo, le patron de la buvette, l'arrose de sucrette, crispe sa main contre la tasse.

— Les fumiers. Ils ne savent plus quoi inventer.

Michel Tucillo remarque que le juge a une voix inquiète, que ses mains tremblent. Il ne l'a jamais vu comme ça.

— Ils sont prêts à tout pour me détruire.

Le long de toutes les rues autour du Palais, le même tract décore chaque pare-brise et aux Baumettes où les lourdes portes ne sont que passoires, la distribution a commencé. Pas un détenu, de cellule en cellule, qui ne le lise.

Lorsqu'il revient dans le cabinet n° 3, Meriam Amami est arrivée. Elle a lu le tract. Elle est autant en colère que son juge. A se demander jusqu'où iront ceux qui se sont juré de l'abattre. Car ce tract anonyme, dicté, écrit et imprimé dans les bureaux d'une avocate, à quelques rues du Palais de justice n'est que calomnie.

Un homme est mort en prison. Un homme qu'a inculpé le juge Michel, mais si certains sont responsables de sa mort, ce n'est pas le cas du juge. Il a veillé au contraire à ce qu'il soit bien soigné. Et une nouvelle fois, Pierre Michel est un homme atteint dans son intégrité de juge.

— Ils feraient mieux de s'occuper du trafic de grâces médicales du P.H.B. !

Le juge Michel impitoyable, cruel avec les trafiquants à la Giralt ou à la Kechichian s'est montré arrangeant avec Idelfonso Martinez. Deux toxicos arrêtés au moment où ils montaient chez ce docker de 52 ans, père de six enfants, à la cité Fond vert dans les quartiers Nord, l'ont dénoncé comme leur pourvoyeur. Il venait de leur vendre 100 grammes de haschich !

— Avec toute la famille, ont-ils ajouté.

Martinez a avoué qu'il traficotait pour vivre, mais juré que sa famille n'y est pour rien. Le juge Michel a fait semblant de le croire et l'a inculpé seul. Mais il ne l'a pas envoyé aux Baumettes. En voyant le visage gris-vert de Martinez, et sa voix balbutiante, les enquêteurs des Stups ont appelé le médecin attaché aux services de police. Celui-ci a contacté le médecin traitant de Martinez. Il souffre d'une tuberculose pulmonaire avec une insuffisance respiratoire entraînant des troubles de la circulation sanguine et des crises d'asthme. Aussitôt le juge a signé un mandat de dépôt pour l'hôpital civil Michel Lévy.

Est-ce se conduire en bourreau, en terroriste de l'instruction ?

Martinez demeure quinze jours dans le service du professeur Laval, spécialiste des maladies pulmonaires. Et qui décide de le transférer au P.H.B., la prison hôpital des Baumettes ? les médecins hospitaliers jugeant que son état de santé est compatible avec l'incarcération. Le juge Michel n'intervient pas. Au P.H.B. l'état de Martinez empire et les incidents se succèdent. Martinez se plaint. On l'écoute à peine. Il est sans fortune, et au P.H.B., seul l'argent facilite la vie. Un après-midi, pour calmer ses cris, on lui administre deux suppositoires de somnifère, médication contre-indiquée chez les asthmatiques. Alors les médecins de la pénitentiaire réagissent. Un lavage d'estomac et des lavements et le mauvais tour est joué. Martinez souffre toujours. Il se confie à sa fille Dolorès.

— Je vais mourir ici. Faites-moi sortir. Je ne peux plus manger. Je n'arrive plus à descendre les escaliers pour la promenade. J'étouffe et on ne me donne pas d'oxygène.

Comment le juge Michel pourrait-il savoir le drame de cet inculpé que le premier il a envoyé dans un hôpital ?

Dolorès a justement fourni un certificat médical et Sixte Ugolini, l'un de ses deux avocats, rédige la demande de liberté. Il compte la mettre dans la boîte à lettres du juge Michel dans le couloir des cabinets d'instruction le lundi 15 décembre. Il est certain que le juge l'accordera aussitôt. On n'a jamais vu Pierre Michel refuser la liberté d'un « petit » malade.

Martinez n'est pas Kechichian.

Le samedi, Mercedès, l'épouse de l'inculpé, lui rend visite pour la première fois au parloir du P.H.B. Il est pris d'un malaise sous ses yeux. Les gardiens le reconduisent dans sa cellule, rassurants.

— Il y a cinq médecins ici. Ne vous inquiétez pas.

Le dimanche, deux policiers en civil se présentent chez elle pour lui annoncer la mort de son mari.

Le juge Michel l'apprend le lundi matin, comme Sixte Ugolini vient de donner sa demande de mise en liberté. La famille veut savoir ce qui s'est exactement passé entre le samedi et le dimanche, si l'on a soigné comme il le fallait Idelfonso Martinez. Commence alors un chassé-croisé auquel le juge Michel, dans la solitude du cabinet n° 3 est tout à fait étranger. Le cadavre est déposé à l'institut médico-légal du Pharo. L'autopsie prévue pour le lundi matin. La famille demande à ce que son médecin personnel y assiste. Le Parquet refuse. Il en a le droit.

Mais la famille tient à voir le cadavre, et le lendemain, elle dépose une plainte avec constitution de partie civile pour homicide involontaire et non-assistance à personne en péril, auprès de François Pagès, le doyen des juges d'instruction. Et le Parquet, en même temps, ouvre une information pour rechercher les causes de la mort. Ce qui est étrange car l'autopsie a déjà été pratiquée et le permis d'inhumer délivré. La famille peut donc récupérer le corps. Le défunt, prévenu non jugé, lui appartient. Seulement le cadavre se trouve dans un lieu administratif, l'institut médico-légal appartenant au ministère de la Justice. Il ne peut donc en sortir selon la loi que dans un cercueil plombé. Impossible pour la famille de voir le cadavre et de le faire examiner par un autre médecin. Il lui reste l'unique possibilité de demander une contre-autopsie, mais les Pompes funèbres ne veulent pas dans ce cas transporter le corps au domicile du mort...

Entre les mystères du P.H.B. où l'on n'aime guère apparemment soigner les pauvres gens, les peurs habituelles du Parquet et les folies du règlement, que peut le juge Michel ? La plainte de la famille n'a même pas été déposée auprès de lui. Il est vraiment en dehors de l'affaire et pourtant c'est lui la cible du tract anonyme et de la calomnie. D'ailleurs, Sixte Ugolini, premier avocat de la famille Martinez, qui s'est toujours opposé au juge à la loyale, apprécie peu ces manœuvres et se retire du dossier que continue seule maître Eliane Keramidas. Sixte Ugolini a su que dans le commando se rendant à la morgue pour manifester avec la famille, apparaissaient des visages provocateurs. Il sait, lui, que le juge Michel n'a rien à voir avec la mort d'un homme en prison.

Le juge Michel connaîtra très vite l'origine exacte du tract, qui l'a conçu et fait distribuer. Il ne sera pas étonné, mais inquiet encore.

— Ils finiront par me faire descendre.

Quelle ironie du sort ! S'il y a quelqu'un désireux à Marseille de percer les mystères du P.H.B. et de son médecin-chef le docteur Alain Colombani, c'est bien Pierre Michel et il est le premier à réclamer la vérité, jurant même :

— Un jour, je dénoncerai tout ce qui se passe là-bas.

Il a toujours son allié dans la place, Alfred Sauli, le gardien au magnétophone. Il connaît parfaitement la filière du trafic des grâces médicales, l'a surnommée « la Baumette-Connection », mais là encore manque de preuves sans désespérer de les trouver.

Peu de temps après le tract, lui parviennent de la prison des

Baumettes ou d'un de ses habitués, d'autres mots tracés sur une feuille de papier :

« A mort le juge

« Le juge à mort. »

Et lui parvient le cri d'un évêque :

— On dit qu'il y a un contrat sur vous aux Baumettes.

Pourquoi, en cette fin d'année 80, le juge Michel écoute-t-il son évêque avec plus d'attention ? A cause de la Mafia, d'un pressentiment. Il ne s'en explique pas.

— Tu es sûr ?

— Oui. Oui. Ce n'est pas un plaisantin qui me l'a dit. Ils veulent te descendre. Ils ne sont pas à ça près, et en plus, ils ont bien vu que pour Renaud, on n'a rien prouvé.

— Tiens, j'ai lu le bouquin de Jacques Derogy à Metz. Mon frère l'avait acheté ! Ils n'auront jamais de preuves, mais ça n'a rien à voir.

— Demande une protection, Pierre. Ça vaudra mieux et s'ils savent que tu es protégé, ils hésiteront.

Le juge Michel se lève et ouvre le petit coffre-fort verdâtre posé derrière lui sur une étagère dans lequel il range certaines pièces à conviction.

— Regarde. Tu ne me vois quand même pas avec ça ?

Un revolver 11,43 saisi dans la poche d'un braqueur qui ne va pas tarder à grossir la collection de Louis Olive, au greffe.

— C'est pour mes filles que je crains, et pour ma femme. Pour elles, je devrais peut-être demander une protection, mais pour moi non. Jamais.

Le juge Michel passe sa main dans ses cheveux.

— Tu es certain du tuyau ?

— Oui. Ils y pensent vraiment. Je ne sais pas s'ils sont prêts.

— Mais qui ?

— Je ne sais pas exactement, et le gars n'en dira pas plus. Tu en as trop fait.

Le juge Michel remet le revolver dans le coffre et reprend son sourire d'enfant.

— Tu veux dire que je n'en ai pas encore fait assez. Je ne suis pas encore mort, va...

VIII

LA MAFIA DES BAUMETTES

— Giralt ne sortira pas. Il doit rester en prison. Ils ne gagneront pas. Avant, je les mettrai tous au trou.

Le juge Michel est déchaîné, et Meriam Amami est encore une fois le premier témoin de la colère de son juge, de sa volonté de prouver qu'existe bien à Marseille un trafic des libertés médicales, la Baumette-Connection ou la mafia des Baumettes, comme il l'appelle selon les jours.

Dès que Louis Giralt le ferrailleur de la S.O.R.E.S.A. a compris, après tant d'autres, que le juge Michel le menait droit vers une lourde condamnation, que tout artifice, toute astuce de procédure seraient vaines, il s'est résolu au dernier et classique recours de l'inculpé marseillais : la liberté médicale. Le juge Michel a alors observé la précise et précieuse mécanique mise en place par l'organisation locale... Et à laquelle les proches de l'intouchable de la drogue ont veillé en coulisses.

*

Le 16 octobre 1978, les avocats plus attachés à sa liberté qu'au dossier de Louis Giralt s'avisent brusquement de demander une expertise médicale de leur client. Huit mois ont passé depuis l'arrestation de Louis Giralt et il est devenu le pensionnaire déjà privilégié de la prison-hôpital du docteur Colombani. Il s'est mis à souffrir au fil des interrogatoires. Plus le dossier du laboratoire de Ceyreste s'est épaissi, plus Louis Giralt a maigri et s'est plaint de mille maux. Quand on a le cœur si fragile, comme il le prétend, les questions et les coups de poing verbaux du juge Pierre Michel ont de quoi inquiéter, même si l'on est le plus roué des ferrailleurs du Milieu, financier du trafic de l'héroïne depuis vingt ans sans anicroche.

Le juge Michel désigne donc deux experts assermentés, un généraliste et un cardiologue, le docteur Roger Luccioni, chef de service à l'hôpital Nord. Le juge est sans illusion et, quand arrive leur rapport, surtout celui du cardiologue, il ironise :

— Pauvre Giralt ! Je suis sûr qu'ils me l'ont trouvé malade...

Le juge Michel n'est pas de parti pris. Que Louis Giralt ait quelques ennuis côté cœur, à 54 ans, pourquoi en douterait-il ? Que s'y ajoute une légère tuberculose diabétique, pourquoi pas ? Telle est apparemment la vérité. Mais la conclusion du rapport d'expertise est une insulte à son métier de juge, une injure à tous les policiers de la Brigade des Stups :

« Etat incompatible avec la détention. »

Autrement dit, Louis Giralt devrait sur-le-champ regagner la quiétude d'une de ses maisons, ou appartements, habilement achetés au nom d'une compagne, voire retrouver le comptoir accueillant de La Gratinée où l'attend son frère Henri, et vivre des antiques bénéfices de la ferraille et de la drogue, judicieusement placés à l'abri des périls monétaires, et qui sait, peut-être se remettre à l'ouvrage, comme son ami très cher, Georges Calmet.

A Marseille, dans le milieu très fermé de la drogue et de ses trafics, c'est l'éternel recommencement. Georges Calmet était sénile précoce lorsqu'il a quitté les Baumettes. Gabriel Graziani, « Gaby le Magnifique », autre relation de Louis Giralt, sociétaire à part entière de la Mafia, spécialiste de l'héroïne, a éprouvé également des problèmes de santé. Depuis, les vieux chasseurs des Stups en sont réduits dans leurs filatures-sandwiches, à le regarder honorer les grandes tables marseillaises, où il cultive sa « bonne mine ». Chaque semaine un évêque évoque ce dernier cas devant le juge Michel et soupire :

— On les arrête et ça ne sert à rien.

A rien de traquer pendant vingt ans un financier comme Giralt. A rien de l'acculer dans ses contradictions. A rien de constituer un dossier haut de cinquante centimètres. A rien d'être juge...

Le rapport d'expertise, daté du 10 novembre, le juge Michel le reçoit comme une humiliation, un échec personnel puisqu'il n'a pas encore pu prouver qu'il y a trafic aux Baumettes, mais il réagit vite :

— Je vais faire transférer Giralt à Fresnes, et on verra si là-bas la corruption est la même.

*

Le juge Michel, qui sait aussi bien faire parler un dossier qu'un inculpé, fouille dans les centaines de pièces de celui du laboratoire de Ceyreste, et retrouve un document que l'imprudent Louis Giralt, certain de n'être jamais inquiété, a laissé traîner parmi ses papiers personnels. A classer d'urgence dans le Sottisier !

Louis Giralt a rempli un questionnaire de santé pour l'assurance[1], lorsqu'il a sollicité de l'agence marseillaise de la Compagnie Française d'Epargne et de Crédit, un prêt de 200 000 francs, en vue de rénover son appartement du boulevard Guizel.

A la question :

« Etes-vous actuellement dans un état physique vous permettant de remplir effectivement vos occupations ? »

Louis Giralt répond : « oui ».

A la question :

« Avez-vous été atteint d'une maladie grave (affection cardiaque ou pulmonaire, diabète, albumine, rhumatismes articulaires aigus, dépression nerveuse, poliomyélite, etc.), ou d'une infirmité ? »

Louis Giralt répond : « non »...

A la question :

1. Document en possession de l'auteur.

« Au cours des trois dernières années, avez-vous eu un arrêt de travail supérieur à un mois ? »

Il répond : « non ».

A la question :

« Avez-vous subi une intervention chirurgicale ? », il répond : « oui » et, quand on lui demande : « laquelle ? »

Il répond : « l'appendicite ».

Le pôvre ! Moralité : lorsque Louis Giralt se présente comme un directeur commercial en quête d'un prêt, le cœur est on ne peut plus solide, et le diabète ne le tourmente pas.

— J'ai compris, dit le juge Michel, ce sont encore les Baumettes qui sont responsables. On y attrape toutes les maladies.

*

Aux Baumettes, le juge Michel provoque la panique. Transférer Giralt à Fresnes ? Plaisante-t-il ? Parle-t-il sérieusement ? Les responsables de l'établissement pénitentiaire, le docteur Colombani en tête, dans son fief de la Prison-Hôpital, s'étonnent... Quelle idée, et quel affront ! Le juge ose sortir de son austère cabinet n° 3. Prétend leur enlever un prisonnier, leur arracher un malade que les experts jugent inapte à la détention. Il faut répliquer. Mais cette fois, aux Baumettes et dans l'entourage de Louis Giralt, personne n'en a le temps. Le juge use de l'article D30 du Code de procédure pénale, et les prend tous de vitesse.

Le 17 novembre, à 4 heures du matin, tandis que la nuit d'automne noircit encore plus les Baumettes, dans la cour de la Prison-Hôpital, aidé d'un infirmier, Louis Giralt monte dans un fourgon cellulaire. Le juge Michel a pris toutes ses précautions. Les ordres sont donnés. Louis Giralt n'est pas seul. L'accompagnent jusqu'à Fresnes le commissaire Picone, le chef de l'Antigang marseillais, et son futur successeur, le commissaire N'Guyen Van Loc, « le Chinois ». Au matin, dans sa cellule ambulante, Louis Giralt gronde et prend à témoin les policiers.

— Le juge m'a pris en traître.

Au matin, quand les avocats du caïd de la drogue se concertent, il a déjà parcouru la moitié du chemin. L'attaque du juge les a tous pris de cours. A commencer par André Fraticelli, chargé plus spécialement comme il se doit, d'étudier l'aspect médical du dossier. Il a des excuses. On l'a appelé trop tard en « consultation ». Que peut-il répliquer à ce transfert en pleine nuit, aussi discret que le départ, une autre nuit, du corps décapité de Christian Ranucci ? A l'époque, une certaine amitié unissait encore le juge et l'avocat.

— Si j'avais été là, dit-il, j'aurais alerté la presse. Ça ne se serait pas passé comme ça...

L'avocat n'est pas le seul à maudire le juge Michel. L'une de ses amies, haute autorité de l'Administration pénitentiaire, susceptible d'aider Louis Giralt, s'agite et s'excite.

Trop tard. Le juge Michel a réussi son spectaculaire transfert. Et, en attendant mieux, des amis de Louis Giralt se chargent d'attiser un peu plus la haine contre le juge. Dans les bars du quartier de l'Opéra et du Marché d'Intérêt National des Arnavaux, entre deux verres d'anis, des consommateurs en prennent d'autres à témoins.

— Giralt va crever et c'est la faute de Michel.
— Michel a juré d'avoir la peau de Giralt.
— Le juge va tuer Giralt. Un jour, ça nous arrivera aussi.

Ainsi naissent de nouvelles rumeurs marseillaises qui, en l'espace d'une journée, deviennent vérités. Or, c'est plutôt Louis Giralt qui s'est juré d'avoir la peau, morale, du juge Michel. N'a-t-il pas à son service, et sans avoir à se soucier de demander un prêt à un quelconque organisme de crédit, un bataillon d'avocats que le juge Michel appelle les « tontons flingueurs ».

— Mary consulte la procédure la veille des interrogatoires. Di Marino veille, bien sûr, sur les nullités de l'instruction. Robaglia se charge du moral, et Frati s'occupe du médical.

Louis Giralt n'est pas à quelques honoraires près... Seulement, à Fresnes, il n'habite plus dans le territoire privilégié de la liberté médicale. La Prison-Hôpital n'est pas une passoire comme à Marseille. Deux experts parisiens, agréés auprès des tribunaux et qui tous deux officient au 147, rue de Bercy dans le 12e arrondissement, jouent les empêcheurs de magouiller en rond. Ils ont choisi d'être incorruptibles. Qui s'aviserait de les corrompre ? Loin de la mafia des Baumettes, lorsqu'ils ont un détenu à examiner, ils se fient seulement à leur jugement de médecins. Le 9 avril 1979, les docteurs Jacques Bailly et André Deponge, que les milieux judiciaires ont baptisés à jamais Bailly et Deponge, comme un couple d'artistes, adressent leur rapport d'expertise au juge Michel.

Formel et sans appel, il marque la seconde victoire du juge sur Louis Giralt, et en même temps sur la mafia des Baumettes.

« L'état de santé de Louis Giralt est compatible avec la détention, sous réserve de surveillance médicale. »

A la Prison-Hôpital de Fresnes, la surveillance médicale est sans faille, sous la direction de son responsable, Daniel Forget...

Louis Giralt et ses avocats sont obligés de s'incliner. Comment discuter une contre-expertise qui ne nie pas l'état de santé d'un inculpé, mais le considère apte à demeurer enfermé ? Alors, après les bars et les boîtes de nuit de l'Opéra, on discute encore une fois du cas Michel dans certaines villas cossues de l'arrière-pays. Le juge est allé trop loin. Le raisonnement de quelques princes du Milieu marseillais, bien placés dans la hiérarchie du crime organisé, est simple.

— Non seulement Michel réussit à ficeler ses dossiers comme il le désire, mais il empêche les gars de sortir en se battant contre la liberté médicale.

Ces discussions de l'ombre tournent rapidement, et le juge Michel le devine et s'en réjouit, à de vilains règlements de comptes... La mafia des Baumettes n'œuvre pas par philanthropie. D'importants acomptes ont déjà été versés, et le contrat verbal ne stipule pas leur retour en cas de non-libération. Et que reprocher aux intermédiaires ? Ils se sont bien acquittés de leur tâche.

Ah, si le juge Michel n'avait pas été là !...

Tout est à refaire, mais comment ? A partir du moment où Louis Giralt se trouve à Fresnes, la mafia des Baumettes est enrayée. André Fraticelli se vante d'être l'ami du docteur Solange Troisier, médecin-inspecteur général de l'Administration pénitentiaire depuis la mort du docteur Fully, et fort heureusement chef de service à l'hôpital de

Fresnes. Il peut la joindre à toute heure et possède en bonne place sur un agenda ses trois numéros de téléphone. Le 705.80.83, son domicile à Paris, le 260.40.21, son bureau au ministère et le 97.16.69 à Saint-Tropez, sa propriété. Mais, même si Solange Troisier voulait que Louis Giralt bénéficie d'une liberté médicale, elle peut difficilement s'opposer au verdict de Bailly et Deponge.

Ah, si le juge Michel n'avait pas été là...

*

Qui est Solange Troisier dont le juge Michel connaît très bien les relations avec André Fraticelli ? Elle a 61 ans. Veuve, sans enfants, elle descend du Bailli de Suffren, son arrière-grand-oncle, et elle est la petite-fille d'Emile Ollivier, qui fut ministre de Napoléon III. Chirurgien gynécologue-accoucheur, expert auprès des tribunaux, elle s'est présentée en mars 1959 aux élections municipales à Saint-Tropez sous l'étiquette U.N.R.-U.D.T., puis a été député U.D.R. du Val-d'Oise, dans la cinquième circonscription de juin 1968 à mars 1973. Elle est membre du conseil national du R.P.R. Ancien médecin-lieutenant au 151e régiment d'infanterie, elle est Croix de guerre 39-45 et chevalier de la Légion d'honneur.

Pour le juge Michel reviennent de nombreuses interrogations. Toujours à cause des ressemblances avec Jacques Mérignac, le faux-monnayeur, Hugues-Paul Tatilon, le gérant de la S.O.R.E.S.A. où a travaillé Louis Giralt, et de tant d'autres. La franc-maçonnerie du crime organisé passe-t-elle toujours de l'U.D.R. au R.P.R., et des Croix de guerre 39-45 aux Légion d'honneur ?

*

Le juge Michel se souvient qu'André Fraticelli s'est depuis longtemps intéressé aux problèmes de la médecine carcérale et à l'état de santé des détenus. Lorsque l'auditeur de justice venu de l'Est était l'ami du jeune avocat, celui-ci se vantait souvent de ses rentrées d'argent.

Le juge Michel sait fouiller très loin dans sa mémoire, et pas seulement pour ses dossiers, ou ses références au Milieu marseillais. C'est bien devant lui que Frati évoquait alors la piscine de sa maison de Saint-Cyr-les-Lecques, avec un sourire entendu. Frati a toujours été emporté et trop bavard. La construction de la piscine se confondait avec l'histoire de Joseph Capozzi, directeur commercial d'une grande joaillerie de la Canebière.

Joseph Capozzi avait mis en vente, pour 100 millions de centimes. des bijoux provenant de divers fric-frac. Ce recel, jamais tout à fait éclairci par la police, l'avait amené à passer en Correctionnelle, avec son oncle, Armand Boggi, lui aussi bijoutier. Et d'être condamné à trois ans de prison ferme, et son compagnon, à 18 mois, malgré l'assistance de trois ténors, Emile Pollack, le bâtonnier Chiappe et Paul Lombard.

L'oncle et le neveu, cardiaques en diable, se trouvaient en liberté provisoire, et n'avaient même pas été arrêtés à l'audience. Plus tard, Capozzi s'était pourtant retrouvé aux Baumettes, ou plutôt à la Prison-Hôpital, au moment où l'on devait l'opérer à cœur ouvert, et lui placer un stimulateur cardiaque. Mais, malgré les autorisations du médecin-chef, le jour prévu Capozzi n'était toujours pas transféré à l'hôpital Cantini. Et qui était intervenu, pour cette question strictement médicale ? André Fraticelli. Il avait fait délivrer par voie d'huissier une « sommation interpellative » au directeur des Baumettes... et s'était planté devant les portes pour attendre la réponse. Le directeur de l'époque lui a fait répondre par un gardien :

— N'insistez pas et quittez les lieux.

Frati avait saisi le juge d'application des peines et une ordonnance de suspension de peine avait été rendue. Ensuite, Capozzi n'avait plus guère humé l'air des Baumettes. Et comme tout service mérite salaire...

Le juge Michel essaie de retrouver dans les méandres de sa mémoire tout ce qui relie Frati à la Prison-Hôpital et aux libertés médicales. Comment a-t-il pu connaître Solange Troisier ? Lors de l'affaire Roland Agret, qui, condamné à 15 ans de réclusion pour complicité d'assassinat, a, avant d'être gracié par Valéry Giscard d'Estaing, entamé une grève de la faim aux Baumettes, puis reçu la visite, à la Prison-Hôpital, le 13 juillet 1976, de Solange Troisier. André Fraticelli l'a rencontrée à cette occasion. Depuis, il la fréquente assidûment, et depuis, à Marseille, certains de ses confrères racontent :

— Il a la clé du P.H.B.

*

André Fraticelli a aussi été le dernier avocat de Mémé Guérini et l'ancêtre de légende du Milieu marseillais, que l'on dit responsable de l'assassinat du docteur Fully, a pu sous le règne de Solange Troisier quitter sa cellule de la prison de Fresnes. Le 4 mars 1978. A l'âge de 70 ans. En liberté conditionnelle. Lui qu'on soupçonne d'avoir versé pour rien 200 000 francs à l'organisation dans les années 72 a-t-il dû encore monnayer le droit de soigner ses cancers entre la Corse et Montpellier ? Et qui a été payé ? l'avocat ? ou quelqu'un d'autre ?

*

De nombreux avocats, las de la collaboration André Fraticelli-Alain Colombani, le médecin-chef de la Prison-Hôpital, se confient au juge Michel.

Hamou Sadji, l'homme à la valise de la gare Saint-Charles, reconnu par Nicole Léoni, la patronne du Bar du Téléphone, a eu ainsi Patrick Arnoux comme avocat lors d'une affaire d'escroquerie en 1973. Lorsqu'il est de nouveau arrêté, un autre avocat se charge à la Prison-Hôpital de préciser, à tort, que Patrick Arnoux n'appartient plus au Barreau de Marseille, puis on lui conseille de prendre comme avocat André Fraticelli. Dès que Patrick Arnoux, plus que jamais présent à Marseille, réussit à correspondre avec Sadji, ce dernier se justifie :

— Fraticelli m'a dit qu'il voulait être seul à me défendre et qu'il se faisait fort de me faire sortir au bout de deux mois.

Patrick Arnoux, ignorant encore cet étrange marché, attend les deux mois. Sadji lui écrit alors : « Je suis toujours là. » Comme quoi, malgré sa grève de la faim, et son entrée, comme il se doit, à la Prison-Hôpital, Frati n'a pas réussi à l'en sortir. Comme d'autres avocats, Patrick Arnoux s'aperçoit que chaque fois qu'un de ses clients arrive au P.H.B.,

André Fraticelli le contacte. Par l'intermédiaire d'Alain Colombani. Un échange de bons, ou plutôt de mauvais procédés. Mais, au P.H.B., le nombre des lits est limité, et tout détenu peu fortuné et vraiment malade n'y reste pas longtemps. Patrick Arnoux voit ainsi un de ses modestes clients, atteint de décalcification osseuse, être rapidement soigné avant d'être renvoyé aux grandes Baumettes.

Il a moins de chance que cet avocat qui raconte :

— Sur un simple coup de téléphone à Colombani, il m'a pris un client qui n'était pas plus malade que moi.

Pas plus malade, mais disposant d'assez « d'économies » pour être agréé au P.H.B. Le juge Michel a l'habitude de dire à Meriam Amami :

— Là-bas, c'est donnant-donnant.

Son dossier sur la mafia des Baumettes, qui existe seulement dans sa mémoire, est lourd, très lourd. Car s'y ajoute ce que lui racontent ses « indics » des Baumettes. Alfred Sauli, le gardien dévoué au juge, n'est-il pas en faction à la Prison-Hôpital ? Le juge est certain qu'un jour il aura les vraies preuves du trafic des libertés médicales et proclame devant ses proches :

— Je les coincerai.

*

En attendant, il reste à Louis Giralt à se venger du juge Michel, à sa façon, en usant et abusant de la maladie. Trois fois ainsi, le juge qui, tout en traquant les faussaires des Baumettes, de la Chancellerie et de l'Administration Pénitentiaire doit avancer dans l'instruction de tous ses énormes dossiers, va être obligé de visiter le caïd de la drogue. Pour rien.

La première fois, le juge Michel se rend à Paris par avion, accompagné de Meriam Amami. Une voiture de police les conduit à la prison de Fresnes. Louis Giralt est assis sur son lit, dans une chambre exiguë de la Prison-Hôpital. Il n'a pas rasé son visage sec et noir, criblé de rides. Avec ses rares cheveux gris-blanc mal peignés, ses mains et sa voix tremblantes, il semble avoir vieilli de dix ans, mais son regard est toujours aussi dur, ses lèvres mauvaises, quand il murmure au juge :

— Vous ne pouvez pas m'interroger.

— Pourquoi ?

La belle affaire... mais parce qu'aucun soldat de son bataillon d'avocats n'est là et qu'il craint, lui, le naïf, le ravi de la crèche du Milieu marseillais, de mal répondre aux questions. Le juge Michel insiste, menace :

— De toute façon, vous ne sortirez pas, même si vous dépensez des dizaines de millions.

Louis Giralt n'est pas homme à rougir ou à s'émouvoir. Son visage se fige dans un rictus de vengeance, et il bafouille encore :

— Je suis malade.

Ça, le juge Michel le sait, puisqu'en coulisse André Fraticelli continue à s'agiter. Il a réussi à faire prouver que dans sa première cellule aux Baumettes, Louis Giralt avait vécu un temps avec un détenu tuberculeux. On a trouvé aussi que Louis Giralt a de plus en plus de diabète, au contraire de ses indications dans la demande de prêt, que la maladie provoque l'obstruction des artères surrénales, et qu'il lui faut subir un traitement pour irriguer les reins, et éviter les crises d'urémie. Le juge Michel a la faiblesse d'y croire, mais cela ne l'empêche pas de répliquer :

— Je vous chargerai, et vous allez mourir en prison.

Il espère une réaction de violence, mais Louis Giralt parle dans un souffle, comme s'il était à l'agonie :

— Je ne dirai rien.

Le soir même, le juge Michel et Meriam Amami prennent l'avion pour Marseille. Avec trois lignes au procès-verbal d'interrogatoire.

La seconde fois, le juge Michel recommence le même voyage avec Meriam Amami. Il lui reste quelques points de détails à essayer de débrouiller avec Giralt pour clore le dossier. Le juge Michel a annoncé son arrivée. Au début, l'interne de la Prison-Hôpital a voulu dissuader le juge.

— Giralt ne va pas bien.

Il doit être alors opéré par le professeur Lévêque, mais l'opération ne se décide pas.

Le juge Michel a tonné contre l'interne et contre Giralt.

— Débrouillez-vous ! Je veux l'interroger.

Louis Giralt a finalement promis de parler, et deux de ses soldats-avocats sont là, obséquieux et attentifs, maîtres Mary et Robaglia. Assis sur son vieux fauteuil roulant, face au juge, le visage presque endormi, le visage de plus en plus sec, Louis Giralt joue le grand jeu, ânonne des réponses sans intérêt, soupire :

— Ça ne va pas bien.

Le juge Michel insiste et indique comme d'habitude à sa greffière de noter le moindre balbutiement. Deux intelligences, deux personnalités qui s'affrontent. Louis Giralt finit par balancer la tête avant de lancer au juge avec mépris :

— Je ne dirai rien.

Le juge Michel est furieux. Il est encore venu à Fresnes pour rien. Mais ce voyage coïncide avec la fin de semaine. Le juge Michel demeure chez Elisabeth et Michel Morel, les « Bordelais » à Neuilly-sur-Seine. Il leur confie :

— J'ai coincé Giralt. Maintenant, je coincerai les autres. Le trafic de ces libertés médicales n'existera plus tant que je serai juge.

La troisième fois, en octobre 1979, Louis Giralt a juré qu'il allait s'expliquer, et même offrir au juge... des révélations. Cette fois, Marie Viangali, le substitut, accompagne le juge Michel. Louis Giralt a été transféré à l'Hôtel-Dieu, à Paris, salle Cuzco, mais n'a toujours pas été opéré. Une haute personnalité de l'Administration pénitentiaire a même interrompu ses vacances à Saint-Tropez pour rentrer très vite à Paris un 15 août et s'opposer au transfert de Louis Giralt de Fresnes à l'Hôtel-Dieu, salle Cuzco. Aux infirmiers, aux médecins qu'il rencontre, le financier répète sans cesse :

— Le juge Michel est un tortionnaire.

Et, comme s'il voulait être plaint, il ajoute :

— A Marseille, on l'appelle le shérif.

Quand arrivent le juge Michel et Marie Viangali, Louis Giralt est couché sur son lit, flottant dans un pyjama réglementaire trop grand pour lui. Il s'est composé encore avec art le visage d'un grand malade, jusqu'à ses yeux qui paraissent voilés de brouillard. Le juge Michel s'avance au bord du lit.

— Vous allez parler ?

Louis Giralt reprend sa voix de mourant, ses mains s'accrochent à la table de chevet, dans la plus pure tradition du malade imaginaire.

— Je suis malade... Je ne respire pas.

Maître Mary, l'avocat, raide comme une statue de pierre, ne desserre pas les lèvres. Louis Giralt continue :

— Ça ne va pas.

Marie Viangali se souviendra toujours de cet « interrogatoire » à l'Hôtel-Dieu et sera toujours persuadée que Louis Giralt avait peur du juge Michel, peur de ses questions, peur de se trahir encore plus, et qu'il n'avait trouvé que ce dérisoire et pitoyable stratagème. En effet, avant leur venue, le médecin-chef de l'Hôtel-Dieu a rassuré le juge Michel au téléphone.

— Giralt est en bonne forme.

Soudain, face au juge son taux de diabète s'est accru. Pas étonnant que Louis Giralt, l'enfant de chœur de la drogue, ait dans ses provisions de bouche quelques kilos de sucre, et qu'il en croque à belles dents.

Le juge Michel le laisse un moment dans la chambre et marche vers le couloir griller une Gitane. Il bavarde avec des internes.

— Il me prend vraiment pour un imbécile, votre malade !

Les internes ne sont pas dupes sur l'ennemi du juge Michel.

— Il s'est couché en sachant que vous arriviez. Il lui arrive de prendre des béquilles, mais, dès qu'on a le dos tourné, il trotte comme un lapin. Il ne doit pas fumer non plus, mais on le voit cacher ses mégots sous le lit. Les filles de salle en trouvent des dizaines. C'est un comédien.

Le juge Michel revient dans la chambre, la cigarette à la main.

— Vous voulez une cigarette, Giralt ?

— Oh non, je n'ai pas le droit de fumer... et je me sens mal.

— Vous êtes un menteur, un lâche.

Le juge Michel appelle aussitôt le médecin-chef.

— Je vous demande de l'examiner. Est-ce qu'il est en état de parler ou est-ce qu'il se moque de moi ?

Le médecin-chef n'a pas à ausculter le caïd de la drogue, et se contente de le regarder.

— Il peut vous parler.

— Mais il ne parlera pas...

Le juge Michel a le regard impassible.

— ... il ne parlera pas, mais il crèvera ici, s'il le faut. Je vous méprise, Giralt. Avec moi, vous aurez le pire des dossiers. Vous êtes un salaud.

Le visage de Louis Giralt se contracte un peu, mais il ne répond pas à la provocation, et se tait, sachant qu'il a poussé à bout le juge. Au moment de partir, Pierre Michel se retourne.

— Pensez à vos enfants... moi, j'y pense souvent.

Louis Giralt se tait, mais le juge Michel vient de l'humilier et cette fois, plus que le trafiquant intouchable pendant vingt ans, c'est l'homme qu'il a heurté, et au plus profond de lui. Pierre Michel sait en effet que le fils de ce marchand de mort, financier de labos d'héroïne, est un drogué.

*

Pour se venger encore de l'échec de sa liberté médicale et du juge Michel, Louis Giralt prend la même attitude devant le juge de Créteil, chargé d'achever la procédure. Et ses avocats osent demander un supplément d'information, car, prétendent-ils, leur client n'a pu s'expliquer devant le juge Michel. C'est un refus... Mais, prétextant qu'il ne peut être à nouveau transféré à cause de sa pauvre santé, son cas est disjoint du dossier du laboratoire de Ceyreste.

Tandis qu'en février 1980, son cuisinier préféré, le sénile précoce Georges Calmet, est condamné à la bagatelle de 30 ans de prison, le financier attend à Fresnes. Et soudain, en juin de la même année, qui apparaît à la barre, seul, et le visage reposé ? Louis Giralt qui a appelé à la rescousse un nouvel avocat, venu grossir les rangs de son bataillon, Jean-Louis Pelletier, le défenseur des « gros », Jacques Mesrine et Gaétan Zampa.

Le juge Michel, et on ne manque pas de le lui reprocher, à l'image d'André Fraticelli, est dans la salle du tribunal. Louis Giralt continue à nier, produit des certificats médicaux, ses avocats rivalisent de plaidoirie en plaidoirie. En vain.

La condamnation est lourde, comme l'avait prévu et souhaité le juge Michel : dix-huit années de prison. Avec en prime le bonheur d'avoir porté une bonne estocade à la mafia des Baumettes et de la Chancellerie.

Après ce procès, dans le Milieu marseillais, l'heure n'est plus aux galéjades ou aux boîtes d'allumettes-cercueils. La leçon doit servir. Avec une morale.

— Il faut abattre le juge Michel.

Le juge le sait. Il s'en moque. Louis Giralt regagne les Baumettes et, même s'il s'agit d'une cellule privilégiée de la Prison-Hôpital, où Alain Colombani pourra le dorloter, c'est, après le voyage à Fresnes un retour à la case départ.

Le juge Michel a gagné la partie. Le reste ne l'intéresse pas.

IX

DOCTEUR BOUSQUET, CHIMISTE DE LA MAFIA

— Où en est le docteur ?

Le juge Michel assis sur une vieille chaise de bois dans un bureau des Stups, au premier étage de la rue d'Oran, a le regard froid des moments décisifs de son métier. Donc de sa vie. Le vieux chasseur montre une carte d'Italie accrochée au mur.

— Toujours à l'Holiday Inn de Taormine.

— Et les Siciliens ?

— Toujours au Concorde-Prado de l'avenue de Mazargues.

Depuis deux ans Pierre Michel s'endort et se réveille en songeant à la Mafia. Ce 23 août 1980, la présence du docteur André Bousquet en terre sicilienne, et de deux mafiosi en terre phocéenne raconte à elle seule la nouvelle filière qu'a installée la Mafia sicilienne avec le Milieu marseillais, et que le juge Michel s'apprête à démanteler : la French Sicilian Connection.

La haine est sur lui.

De lourdes menaces.

De mort.

Jamais juge français n'a été aussi haï, méprisé, insulté.

Pierre Michel s'en moque. De l'échec du Bar du Téléphone aux victoires illusoires de la gare Saint-Charles et des Cigales, seules ses percées contre les filières de Kechichian, Di Maggio et les autres lui ont gardé sa passion du combat.

Et puis est arrivé le docteur.

Pas un docteur de pacotille comme en sommeillent des dizaines dans les archives de la police, un de ces « conseillers » commandant la valetaille du Milieu, à la manière de Pierre Pourrat, dans le gang des Lyonnais.

Un authentique médecin, un pédiatre.

Devenu premier chimiste de la Mafia sicilienne.

Capable comme les Cesari, les Calmet de produire une héroïne pure à 98 %, blanche et soyeuse, que s'arrachent à New York les toxicos las de la brune thaïlandaise.

*

Le juge Michel a commencé son combat de justice en regardant la drogue en face, dans les yeux d'une adolescente proche de l'overdose, de la mort. Il a essayé ensuite de toutes ses forces d'arracher à cette mort ou ses masques des centaines de toxicos. Qu'un pédiatre destiné à préserver la vie des enfants ait choisi d'y renoncer puis d'user de sa science et de ses dons pour leur distribuer la mort, l'a déterminé à « vouloir sa peau ».

Le juge Michel s'acharne vraiment contre le docteur Bousquet, et c'est contre lui, contre ceux qui l'emploient qu'il veut sa plus belle victoire.

*

Ces derniers jours, matin et soir le juge s'est arrêté avec sa Honda devant le Concorde-Prado proche de la villa Les Buis. Au cas où il apercevrait les Siciliens.

Mateo Bucola, 38 ans, et Vicenzo Citarda, 43 ans, tous deux nés et vivant à Palerme sont arrivés le 18 août par l'avion de Milan. Pietro Dore, officiellement pantalonnier, comme Robert Kechichian, mais surtout honorable correspondant de la Mafia sicilienne à Marseille les attendait à Marignane, et les a conduits à leur hôtel.

Le vieux chasseur que le juge Michel est venu visiter rue d'Oran les a suivis jour après jour.

— Ils ne se sont pas ennuyés. Le jour de leur arrivée ils sont allés dîner chez Gilbert, sur le Vieux Port. Le 19 au Lou Mangeaire à Cuges. Le 20 à l'Epuisette au Vallon des Auffes, le 29 à l'auberge des Corsaires aux Goudes. Pendant ce temps on se tapait des sandwiches.

Le juge Michel sourit.

— Ils ont bien fait d'en profiter... Ils sont repartis ?

— Ce matin. On ne connaît pas leur étape gastronomique du 22. On a perdu la filature hier, mais ils ont dû conclure toutes leurs affaires.

Et quelles affaires ! Mateo Bucola le premier mafioso en voyage à Marseille n'est pas un simple second couteau de la Mafia. Longtemps membre du clan de Giovanni et Stephano Bontade, l'un des plus puissants de Palerme, il est le lieutenant de Don Gerlando Alberti, chargé de coordonner dans l'île toute l'industrie de l'héroïne. Quant à Vicenzo Citarda, le second mafioso, c'est le beau-frère de Don Gerlando Alberti.

Le juge Michel le sait.

Ses amis de la Guardia di Finanza l'ont informé de ces parentés même avant les Stups... Comme cela se produit de plus en plus souvent.

Don Gerlando Alberti s'est d'ailleurs chargé de recruter lui-même le docteur français comme premier chimiste. La Mafia sicilienne a beau être une puissance de l'ombre, structurée à l'extrême, disposant de tous les fonds nécessaires à l'achat de morphine, installations de labos sophistiqués, organisation de filières, elle s'est heurtée à un problème de trafiquant débutant : trouver un chimiste de qualité.

André Bousquet que les correspondants de la Mafia à Marseille tenaient depuis longtemps est alors arrivé en sauveur de la terrible industrie sicilienne.

*

Deux ans de filature et de planques, cinq cents policiers mobilisés de Marseille à Palerme, d'Istanbul à New York, la collaboration sans limites des Stups américains, italiens et français, avec un juge déterminé à leur tête, et la fin de la longue traque et arrivée.

Le juge Michel peut défier le docteur Bousquet.

Peut défier la Mafia.

Don Gerlando Alberti.

Et en même temps celui qu'il s'est juré de recevoir dans le cabinet nº 3.

Gaétan Zampa...

« L'œil de la Mafia en France »...

*

Dix-sept jours plus tôt un autre magistrat, italien, qui défiait la Mafia est mort. Gaetano Costa, le procureur de la République de Palerme parlait un peu le français. Le juge Michel lui a téléphoné la veille de sa mort.

— Nous sommes prêts, monsieur Michel.

— Nous aussi.

— J'ai signé des papiers pour les arrestations.

Le juge Michel se souvient. Il a expliqué au procureur qu'on appelle ces papiers les mandats, et que le même mot en France, désigne l'envoi d'argent à quelqu'un par la poste.

*

Gaetano Costa... De retour au pays natal en 1978 il a tenu deux ans face à la Mafia. Un miracle. Thomas Tripodi, chef des opérations spéciales de la Drug Enforcement Administration, successeur du Narcotic Bureau, lui a communiqué un rapport précis démontrant que vingt tonnes d'héroïne, le tiers de la production mondiale, vingt milliards de lires, destinées aux Etats-Unis provenaient des laboratoires siciliens de la Mafia.

Le procureur a cru qu'il pouvait attaquer. Mois après mois il a mis à jour les liens des clans de mafiosi siciliens avec les familles de la Cosa Nostra américaine. Il a obtenu que la banque d'Italie vérifie et dissèque les comptes bancaires de douze Italo-Américains. Le rêve du juge Michel pour Zampa et bien d'autres. Le procureur connaissait les méthodes de la Mafia. Pour avoir déjà dénonçé, avant d'être muté à Palerme, dans le cadre de la commission anti-Mafia, d'autres liens entre l'Administration et la Mafia. En signant les mandats d'arrêt de cinquante mafiosi il a dit « J'en assume la responsabilité » et raconté qu'on voulait le corrompre à coups de milliards de lires pour qu'il ferme les yeux.

Il les a bouclés le lendemain 6 août. A jamais. Il est sorti seul à 19 h 20 avec son chien de son immeuble de la Via Abruzza une rue commerçante. Pour marcher en respirant le parfum fruité de l'été sicilien, songer sans doute que les jours prochains seraient les plus beaux, mais aussi les plus difficiles de sa carrière. Le *killer* — à Palerme on désigne le tueur sous le vocable anglais — s'est avancé en jean et tee-shirt, le visage découvert. Il a exécuté le procureur au bord du trottoir à coups de pistolet, l'a achevé d'une balle dans la nuque puis a rejoint la foule toujours anonyme en Sicile.

*

Pierre Michel le sait.

A Palerme où le juge français a choisi de transporter son combat personnel, tous les magistrats, policiers, hommes politiques qui, comme lui, ont vraiment défié la Mafia comme lui sont morts.

Mort d'abord le 21 juillet 1979 Boris Giulano, le chef de la Squadra Mobile, sorti de chez lui à 8 heures du matin pour boire un café dans un bar à Palerme. Exécuté d'un coup de pistolet. Le *killer* venu à pied a agi à visage découvert. Un mois auparavant ce policier incorruptible habitué des stages dans les brigades américaines et surtout à la D.E.A. avait saisi deux valises venant de New York, à la consigne de l'aéroport de Punta Raisi : 498 000 dollars en billets, environ 2,5 millions de francs. Des « hot dollars », des dollars chauds, produit de la vente de l'héroïne, et attendant de devenir à l'abri des banques siciliennes des lires d'une pureté aussi remarquable que la drogue. Il a saisi également neuf kilos d'héroïne en partance pour New York dans le Jumbo jet hebdomadaire surnommé Il Padrino, le Parrain. Il travaillait sur les mouvements de fonds entre les banques américaines et italiennes, pour remonter jusqu'aux commanditaires du trafic. Et en solitaire comme le juge Michel...

Mort le 25 septembre 1979 le juge Cesare Terranova, député indépendant de Sicile, inscrit sur une liste communiste. Il a participé au procès de cent quatorze mafiosi, s'est activé dans la commission anti-Mafia. Il s'est attaqué à Lucciano Liggio l'un des plus grands chefs mafiosi, fataliste :

— Je n'ai pas peur. Dans le pire des cas, je risque d'être tué...

Il n'a pas découvert de vrais secrets sur la Mafia, mais proclamait trop haut que ses chefs tombéraient bientôt. Il est tombé de deux balles de pistolet en arrivant au Palais de justice de Palerme, un matin, accompagné de son garde du corps, un carabinier, abattu lui aussi.

Mort le 5 mai 1980 Emmanuel Basile, capitaine de carabiniers ami et disciple de Boris Giulano, et prêt de conclure dans un rapport de 60 pages les enquêtes laissées mortes à sa mort. Il revenait d'une fête à Monreale, avec sa fille âgée de cinq ans dans les bras et Sylvana sa femme. Une fois encore les *killers* armés de pistolets s'en sont venus à pied, et les ont exécutés tous les trois.

Et mort déjà le 5 mai 1971, Pietro Scaglione, le premier procureur de Palerme assassiné par la Mafia. Et morts aussi Michele Reina, secrétaire provincial de la démocratie chrétienne à Palerme, le 9 mars 1979, et Piersanti Matarella, président de la région autonome de Sicile, l'équivalent d'un préfet, également démocrate-chrétien, le 6 juin 1980. Quatre balles dans la poitrine et deux dans la tête lorsqu'il sortait de sa villa. Sa mère, sa femme et sa fille ont assisté à l'exécution.

— Je reconnaîtrai le tueur, a dit la femme de Piersanti Matarella. Le lendemain elle a reçu une carte postale représentant un coucher de soleil, assorti d'une légende : « Tu ne verras plus vivre les roses. » Elle n'a plus cherché à reconnaître l'assassin de son mari. Scaglione et

Matarella dénonçaient la spéculation immobilière destinée à purifier l'argent de la Mafia et voulaient naïvement « moraliser la vie publique ».

Et morts encore d'autres magistrats, hôteliers, banquiers réticents devant l'organisation, hommes de main trop gourmands, auxiliaires trop bavards. Par centaines.

Morts d'avoir défié la Mafia.

*

Le juge Michel le sait, mais comme Gaetano Costa, il assume ses responsabilités, de juge et d'homme, et dit à ses proches :

— Si je n'agis pas comme ça, je me trahis.

Il souhaite la mort pour le docteur Bousquet, qui se pavane comme un touriste nonchalant à l'Hôtel Holiday Inn de Taormine, avec femme et enfants, entre deux essais de laboratoire.

La mort... même s'il choque ses interlocuteurs quand il la souhaite pour tout trafiquant de drogue et souhaite même qu'on les condamne à mourir d'overdose.

Le juge Michel est simplement un homme logique.

Au contraire de tant d'autres juges, il va au bout de son combat, s'investit tout entier dans sa mission. Les timorés de la justice, les ronds-de-cuir de l'instruction ne lui pardonnent pas.

Pourtant, qui à Marseille ou ailleurs hormis le juge Michel, aurait pu assurer un tel dossier, tout en œuvrant sur le massacre du Bar du Téléphone, les circuits de la fausse monnaie, et des centaines d'autres affaires.

*

Deux ans c'est long, pour le juge Michel. Trop long pour se contenter de lire le nom de Bousquet sur d'interminables procès-verbaux et de scruter sa bouille rondelette sur les photos floues des filatures. Le juge s'en est allé rôder aux « adresses indiquées », empruntant des voitures amies pour moins risquer d'être reconnu.

Plus flic que les flics... suivant son goût des enquêtes personnelles. Le juge Michel voit.

Traverse Notre-Dame de la Consolation, dans le 13e arrondissement de Marseille, l'immeuble H.L.M. gris-blanc où vivent les parents du docteur : Grégoire Bousquet, ancien déporté, adjudant-chef à la retraite et Anna Mozenko, russe d'origine. Gens honnêtes et dignes ajoutant à leurs prestations militaires de modestes travaux dans le quartier et qui se sont sacrifiés pour que leur fils réussisse ses études de médecine.

André Bousquet est né le 18 février 1946 à Decazeville, dans l'Aveyron, puis a étudié à la faculté de Médecine de Marseille, spécialisation pédiatrie, admiré par son frère et sa sœur qui le voyaient déjà grand patron, mais pas d'un laboratoire de drogue.

*

Le juge Michel voit.

Rue Marx-Dormoy, dans le quartier des cinq Avenues, et rue Saint-

Pierre, près du cimetière, les fenêtres des appartements où le docteur s'est installé et a exercé comme pédiatre, pendant un an seulement. Après Pierrelatte dans la Drôme où il n'est pas resté plus de six mois.

*

Le juge Michel voit.

Les enseignes de rêve.. de bars et cabarets marseillais. Les mille et une nuits, rue Haxo, dans le quartier de l'Opéra, qu'il connaît bien : Gaétan Zampa y a été arrêté en 1975, et la S.O.R.E.S.A., de Tatilon, Francisci et Giralt y a installé son conseil fiscal boîte aux lettres. Le Paradou, rue Pampelune et la Chaumière, boulevard de Guise. Tous propriétés de Stéphane Guiragossian, un de ces Marseillais de sang arménien, comme Vartanyan et Kechichian, sans qui le Milieu de la cité de Gaston Defferre ne serait plus le Milieu. Personnage truculent mais aussi dûment fiché aux Stups, et vierge de casier, à part un banal port d'arme prohibé.

Dans ces bars, rendez-vous du gotha du trafic, et dans d'autres le docteur Bousquet a changé de vie. Dans ses chambres d'étudiant, dans les amphithéâtres désertés il organisait des parties de cartes, perdait l'argent qu'il n'avait pas. A Marseille il s'est mis au poker d'abord chez des amis médecins comme lui, puis dans les arrière-salles enfumées, puis aux tables des clandés du quartier de l'Opéra.

C'est là que le Milieu marseillais l'a « fixé » puis la Mafia qui lui a envoyé ses meilleurs joueurs professionnels, donc tricheurs, pour le jeu classique dit du chat et de la souris. Le docteur Bousquet a connu l'ivresse du joueur. Il a gagné gros, très gros, des poignées de billets froissés, a perdu un peu, beaucoup, énormément, a regagné encore des sommes colossales, et les a reperdues le lendemain. Avant de s'enfoncer dans les dettes de jeu. On lui a expliqué alors d'un sourire que ce n'était qu'un jeu... et qu'il pouvait oublier ses mesquins ennuis financiers en se penchant sur quelques problèmes de chimie... marseillaise.

Robert Kechichian, l'homme de la Mafia et des jeux clandestins déjà en train de « jouer » sa liberté médicale, était un de ces chats.

Ça n'a pas étonné le juge Michel.

Tout est lié. Tout.

*

Le juge Michel voit.

Dans le centre de Marseille la maison de l'initiateur, rencontré selon la logique du crime organisé. Gabriel Graziani, Gaby le Magnifique, le correspondant privilégié de la Mafia américaine, et fiché comme tel par le F.B.I., l'ami de Carmine Galante.

Pour les Stups marseillais, tout a commencé par là.

Un jour de 1976 les vieux chasseurs qui n'ont jamais rayé de leurs listes filatures Gaby Graziani l'ont aperçu roulant dans une Ford Fiesta bleu marine. Ont vérifié le numéro d'immatriculation. Ont cru d'abord que Graziani venait d'acheter ce véhicule au docteur Bousquet sans avoir changé encore la carte grise, ou que ce médecin — ils ignoraient encore qu'il était pédiatre — soignait le mafioso marseillais membre important du S.A.C. local, encore un... et lui prêtait sa voiture.

Et puis ils ont aperçu Bousquet pénétrant furtivement chez Graziani et les deux hommes en balade, aux terrasses de cafés, comme deux bons amis. Le docteur Bousquet est devenu alors une nouvelle et perpétuelle filature. Et selon la tradition. les vieux chasseurs ont prévenu le juge Michel :

— On a un nouveau. Un médecin. un pédiatre.

Lorsque Gaby le Magnifique est tombé pour des échantillons de morphine, sans doute les premiers et brillants essais du docteur Bousquet, le médecin a continué, sous les yeux et les jumelles des Stups, à fréquenter Zézé, la femme. Pour la bonne cause. La sienne désormais. Celle des filières de la morphine-base.

C'est à ce moment-là que Pierre Michel s'est juré de faire arrêter le médecin déjà défroqué. ayant abandonné cabinet et enfants malades pour sa nouvelle besogne.

Gaby Graziani, l'un des plus grands trafiquants internationaux, ami de Louis Giralt, le ferrailleur intouchable, et initiateur du docteur Bousquet. Quelle filière encore...

Tout est lié. Vraiment lié.

*

Le juge Michel voit.

Les fenêtres de l'appartement du 25 avenue Roger-Salzman, dans les quartiers nord de Marseille où habitait André Bousquet, et d'où sont parties nombre de filatures.

*

Le juge Michel voit.

Un après-midi, en chair et en os, à trente mètres devant lui, le docteur Bousquet, en compagnie d'un de ses « internes ». Le juge est parti en filoche pour quelques heures sans préciser où il allait à sa greffière, ni à sa hiérarchie bien sûr. Est-ce un défaut d'être un juge trop curieux, de vouloir connaître avant même d'instruire une affaire, « les choses derrière les choses » ? Risques inutiles peut-être mais le juge Michel ne peut s'empêcher d'humer, de flairer, ce qui compose la vie de ses dossiers de papiers, un peu chasseur de proie, un peu braconnier.

*

Etrange docteur André Bousquet... Non content de posséder l'art de l'héroïne, il a voulu de 1978 à 1980 connaître au-delà de la chimie le long chemin de la drogue. Le juge Michel l'a suivi filature après filature, ironisant malgré sa hargne :

— Quand je serai à la retraite, je tournerai un film : « le docteur ». Avec Delon dans le rôle principal et Zampa comme producteur...

*

Gabriel Graziani est détenu à la prison Saint-Paul à Lyon, mais en attendant d'être jugé et d'en prendre pour 15 ans demeurent ses méthodes et ses filières.

Le docteur Bousquet conduit souvent dans les rues de Marseille la R 14 de Martin Bartoli, l'oncle d'Emile Diaz, « Milou », sans profession autre que membre de l'élite du trafic des stupéfiants. Emile est bien sûr l'ami du docteur. Et où ils vont boire le verre de l'amitié ?

Au Bar des Platanes, boulevard Beaumont, longtemps propriété des frères Louis et Henri Giralt, figurant en bonne place dans le dossier du labo de Ceyreste à cause de certains hasards et prête-noms. Gabriel Graziani aime aussi l'endroit, sorte de club privé du trafic des stupéfiants.

A la Chaumière de Stéphane Guiragossian, autre club privé du trafic, au Café des Danaïdes, café « normal », mais situé à cent mètres de la Brigade des Stups et où vont souvent les vieux chasseurs... et au tabac le Foch, avenue Foch, dont le tenancier officieux Jean-Marc Pache, assez prudent pour ne pas avoir de domicile personnel et demeurer chez son amie Edwige est fiché comme « suspect » depuis une décennie.

Le docteur Bousquet a su se faire des relations utiles.

Il fréquente Vincent Michelangelli, un trafiquant de faux papiers, et Jean-Marie Genovesi, un artisan carrossier. Ce dernier se charge de faire ses emplettes dans un magasin d'accessoires pour automobiles, boulevard Franklin-Roosevelt, à côté de la Brigade des Stups ! Avec le docteur Bousquet, ils manipulent des outils et d'étranges plaques de tôle noire où sont découpées des ouvertures en forme de demi-lune. Sont bricolées ainsi des caches sous les banquettes et les tapis de sol de véhicules que les téléobjectifs des Stups ne revoient jamais, mais que leurs propriétaires, des Arméniens, clients de la Chaumière, signalent comme volés...

Le docteur Bousquet se décide enfin à visiter la Turquie, paradis de la morphine. Mais prudent, se rend jusqu'à la frontière italienne en taxi, en descend avant le poste de douanes, traverse à pied, puis reprend son taxi sur le territoire italien. Jean-Marc Pache accompagne Jean-Marie Genovesi dans une autre voiture. Le médecin et le carrossier s'envolent de Rome pour Istanbul.

Ils descendent à l'hôtel Le Harem, en compagnie d'un certain Kakanian, encore un Arménien, leur interprète auprès des marchands de mort.

Ensuite et cela décuple la hargne du juge Michel contre André Bousquet, le docteur, décidément passionné par le sinistre trafic, enrôle deux nouveaux internes : Joseph di Geronimo, qu'il a connu à la faculté et qui est devenu chirurgien-dentiste... et Gérard Curbaille, un inspecteur des Impôts, licencié en sciences économiques.

Le docteur Bousquet ne donne pas dans le pied nickelé...

Les deux hommes, envoyés spéciaux du docteur Bousquet, ont déjà étudié le marché international de la morphine-base en sillonnant la Thaïlande, la Turquie et même l'Inde. Ils sont repérés en février 1979 à Peshawar et Rawalpindi, au Pakistan, où ils contactent des trafiquants locaux pour acheter de la morphine-base et racontent leur projet : installer directement un laboratoire de transformation en terre pakistanaise, ce qui éviterait les transports coûteux et dangereux. Ils évoquent d'ailleurs leur chimiste de grande réputation qui doit arriver de France : le docteur Bousquet.

Pourtant, informé des filatures le concernant, le docteur préfère en octobre 1979 quitter Marseille et installer son P.C. à Paris. Il loue un appartement à Saint-Ouen, et rencontre souvent son jeune frère Claude, brigadier de police à la préfecture de police à Paris...

Un père, ancien adjudant-chef, et un frère dans la police, le juge Michel et les Stups n'ont jamais eu dans leurs dossiers un tel chimiste !

Claude Bousquet soutient d'ailleurs son grand frère. Il accompagne le docteur quand celui-ci achète en Seine-et-Marne une Peugeot 304. Et qui les attend ce soir-là quand ils rentrent à Saint-Ouen ? Joseph Di Geronimo, le chirurgien-dentiste dont une amie, Renée, s'empresse de conduire le véhicule à Marseille, et qui, lui, prend l'avion à Londres pour Karachi, avec 6 000 dollars en poche, et qui, arrivé au Pakistan, signale que son chimiste viendra surveiller l'installation du laboratoire. Au dernier moment, le docteur renonce. L'expatriation lui paraît trop dangereuse.

Il préfère continuer la valse des automobiles de ses passeurs. Ainsi, la 204 de Di Geronimo, le chirurgien-dentiste, devient soudain la propriété de Curbaille, l'inspecteur des Impôts ! On voit même le frère du docteur Bousquet, le brigadier de police changeant les plaques en compagnie de Curbaille...

Au même moment, en avril 1979, le juge Michel peut enfin ouvrir une information contre Stéphane Guiragossian, l'ami de Bousquet, grand connaisseur des filières turques. On vient d'arrêter à Bogoroïka, en Yougoslavie, une 504 venant de Grèce. A bord, Serge Périer, de Marseille, sa femme Claire et sa petite fille âgée de deux ans. Et 17 kilos d'une poudre brunâtre. Serge Périer raconte aux policiers des Stups envoyés à Belgrade aussitôt :

— C'est de l'opium... J'ai donné ma carte d'identité à Guiragossian. Il a acheté la 504, l'a fait immatriculer à mon nom. Il m'a loué une chambre à l'Intercontinental à Istanbul, et je suis parti par la route. Il est arrivé par avion, a pris la 504 sur le parking de l'hôtel, il est revenu un jour plus tard et m'a dit que je transporterais des diamants. Il est rentré en France par avion. Je devais garer la 504 au parking des allées Gambetta à Marseille, remettre les clés à la caisse de son cabaret Les Mille et une Nuits et toucher 100 000 francs pour le transport.

Les experts examinent les « diamants ». Même un vieux briscard comme Guiragossian peut trouver plus roué que lui. Serge Périer convoyait en effet 17 kilos de farine de fève... les fournisseurs turcs ont trahi leur client.

Le juge Michel pourrait alors inculper le patron des Mille et une Nuits, mais il a toujours préféré attendre que mûrissent ses dossiers, que les « pantins » s'agitant sous les yeux des Stups se croient libres, intouchables et il ne signe aucun mandat d'arrêt.

Il désire trop la chute du docteur Bousquet, mais pas pour de la farine de fève.

*

Se déroulent ainsi plus de dix voyages sur les marchés parallèles d'Istanbul. Et quelques-uns des « envoyés spéciaux » se heurtent aux passages des frontières. Comme Pierre Buzzegoli, encore un Italien, arrêté en Yougoslavie à bord d'une GS Citroën avec 20 kilos de morphine-base dans une cache. Deux inspecteurs des Stups de Marseille se déplacent encore à Belgrade. Buzzegoli refuse de parler. La loi du silence. En juin 1979, déjà, son nom a été cité dans une affaire d'infraction à la législation sur les armes où apparaît un certain Récolin. Ce dernier est un des amis du docteur Bousquet qui lui a même prêté diverses automobiles.

Puis Daniel Bozzi, déjà fiché aux Stups à Marseille et Robert Cesutti, deux Marseillais interpellés à la frontière gréco-turque dans une 2 CV avec 26 kilos de morphine-base. Deux inspecteurs des Stups de Marseille se déplacent encore. Ils refusent de parler. La loi du silence.

Ils ne parlent surtout pas du docteur Bousquet.

Or juste avant ces deux interpellations, Jean-Marc Pache et Genovesi, l'artisan carrossier, munis de papiers d'identité au nom de Paul Mandron et Jean Grassin, ont logé à l'hôtel Taradya à Istanbul, chambre 723. L'agent américain de la D.E.A. en poste dans la capitale turque les a vus et photographiés discutant avec Daniel Bozzi.

Et qui allait transformer toute cette morphine en héroïne ? Le docteur, dont le juge Michel voudrait bien trouver le labo en France, mais qui préfère encore attendre, pour que le chimiste soit pris la main sur la cornue, pour qu'il soit condamné au maximum de la peine. C'est le seul but du juge.

*

A la fin de 1979, le docteur Bousquet quitte Saint-Ouen pour un appartement rue de Javel dans le 15e arrondissement à Paris, et se met à fréquenter assidûment Pietro Dore, le pantalonnier de la Mafia, natif de Sardaigne, visage noir, regard très dur, et bien connu au fichier spécialisé des Stupéfiants. Il a même été « contrôlé » en 1973 à La Chaumière, l'un des bars de Guiragossian en compagnie de Milou Diaz...

Soudain les deux hommes disparaissent le 28 février 1980 et s'en reviennent au début d'avril. Le docteur est alors porteur d'environ 80 000 dollars (400 000 francs) qu'il doit répartir entre plusieurs personnes.

Le juge Michel est déjà certain que le docteur Bousquet, sûr de n'être pas arrêté, toujours nanti de son casier judiciaire vierge, est en train d'entamer sa dernière partie, et qu'à ce poker-là, il est certain de le battre. Le docteur en effet ne sait pas qu'il a un adversaire plus terrible que les joueurs de la Mafia.

Le juge Michel ne se trompe pas.

Le docteur a prouvé en France qu'il pouvait être un grand stratège des filières. Il est temps pour lui d'aller sur la terre de son employeur, la Sicile. Et bien sûr avec Pietro Dore, qui vient d'investir 125 000 francs dans un élevage de cochons au pays de ses ancêtres.

Pour ce voyage que de précautions. A 0 h 47, le docteur et Pietro Dore sortent du bâtiment D 3 de la résidence Val Marie, rue de l'Horticulture, le domicile de Dore. Montent avec leurs bagages dans sa Toyota immatriculée 3491 GW 13. Direction l'autoroute Est, Nice, la frontière italienne, l'aéroport de Gênes. Puis ils s'embarquent sur le vol A 2051 pour Rome, et prennent un vol pour Palerme, Bousquet sous le nom de Guérin et Dore sous le nom de Pisala.

A Palerme, la filature est perdue très rapidement.

*

Le juge Michel intervient alors et de toutes ses forces. Il a compris aisément pourquoi la filature a été perdue. La peur. Peur de la Mafia, peur de la mort. Les agents de Guardia di Finanza n'ont pas voulu se suicider en suivant dans Palerme et dans l'île le chimiste français de la Mafia. Le juge Michel appelle le colonel Marino Pascucci, passant au-dessus des Stups, du S.R.P.J., de sa hiérarchie. Agit comme s'il était seul et gronde :

— Je vous en prie. La prochaine fois, je veux Bousquet.

En cinq ans de combat contre les trafiquants, il s'est tissé sa filière d'informateurs et de correspondants à Rome, à Gênes et maintenant à Palerme. Il les appelle tous et leur demande de pousser toutes les brigades de Palerme à vaincre leurs peurs. Tâche difficile dont il parle souvent à ses proches :

— C'est dur de remuer les Italiens, mais j'y arriverai.

*

Le docteur Bousquet et Pietro Dore réapparaissent à Marseille le 15 juin 1980 encore porteurs de valises bourrées de dollars. Les inspecteurs des Stups qui les laissent toujours agir sont écœurés. Ils sont donc restés à Palerme presque deux mois et Don Gerlando Alberti semble satisfait des talents de son médecin particulier. Tous deux sont en effet porteurs d'une très grosse somme. D'après leurs renseignements, les policiers des Stups sont persuadés que Bousquet confie alors une mallette contenant 70 000 dollars (environ 350 000 francs) à son frère Claude, le brigadier de police, pour qu'il les garde à sa disposition en lieu sûr.

Pendant le séjour sicilien du docteur Bousquet, la douane italienne arrête le 3 mai à l'aéroport de Rome Albert-Léon Gillet, un Belge de 57 ans venant de New York. Dans sa valise truquée, 8 kilos d'héroïne. Négligeant la loi du silence, il raconte qu'il travaille comme commis pour un groupe de trafiquants de Palerme, qu'il a déjà livré plusieurs fois à New York avec le même bagage et qu'il rapportait ces paquets d'héroïne de mauvaise qualité pour qu'ils soient traités à nouveau. Un retour à l'envoyeur des clients américains ! Ce passeur belge précise que le « chimiste français » présent à Palerme pour d'autres transformations de morphine-base devait réparer cette bavure.

Que d'honneur pour le docteur...

Don Gerlando Alberti lui confie même le soin de rattraper les bévues des chimistes de son pays.

*

Le juge Michel attend le second voyage à Palerme.

Certain que le docteur, en joueur acharné, ne peut que vouloir doubler sa mise, et gagner encore une mallette pleine de dollars nette de tout impôt. Et à Paris et Marseille, ses relations anciennes et nouvelles s'agitent beaucoup. Martine Safiotti, « prostituée notoire », l'amie de Daniel Bozzi, rescapé des geôles grecques contre une confortable caution, son frère Robert Safiotti, Dominique Quilichini, et enfin Jean-Claude Ramem, tous Marseillais pure race. Les trois hommes partent pour Rome, deux en avion, un en train, puis s'envolent pour Palerme le 29 juillet. Un taxi les entraîne à Carini à l'hôtel Riva Esmeralda. Deux chambres pour trois : la 213 et la 215. Daniel Bozzi sous le nom de Champiot.

Le docteur Bousquet logeait dans le même hôtel la semaine précédente avec sa petite famille. De sa chambre 103 de l'Holiday Inn de Taormine il a réservé les chambres de ses internes.

Désormais, la Mafia l'a chargé de former de nouveaux chimistes pour que les laboratoires éparpillés dans l'île produisent de l'héroïne en quantité et qualité supérieures. Don Gerlando Alberti considère le docteur comme un homme de confiance, susceptible de progresser rapidement dans la hiérarchie de l'Honorable Société. D'ailleurs Mateo Bucola, son beau-frère et lieutenant, se déplace en personne à l'hôtel Riva Esmeralda, au volant de son Alpine Renault et vient saluer les trois internes marseillais. La Mafia a du savoir-vivre.

*

Le juge Michel ne se considère plus seul comme la première fois.

La Guardia di Finanza de Palerme est aussi déterminée que lui. Elle a même apaisé les peurs de Carmelo Ianni, le patron de l'hôtel Riva Esmeralda et l'a convaincu d'engager comme valet de chambre, en extra..., un de ses brigadiers. Chargé de surveiller le docteur, puis ses internes. Et toutes les brigades de Palerme, du Centre Interprovincial d'Interpol à la célèbre Criminalpol italienne sont mobilisées. Enrico Pignatone, le substitut du procureur de la République de Palerme autorise la mise sur écoute téléphonique de la ligne qu'utilise Matteo Bucola, puis des lignes de l'hôtel Riva Esmeralda, et de celles de l'Holiday Inn.

Pourtant les magistrats et les policiers siciliens ont peur. L'assassinat du procureur Gaetano Costa n'arrange rien. Le juge Michel monte encore une fois en première ligne. Sur son instigation se déroule à Rome une réunion secrète, ou qui veut l'être, entre les brigades des Stups américaine, italienne et française. Pour vaincre les ultimes peurs des policiers italiens le D.E.A. américain propose de faire venir des Etats-Unis des « agents spéciaux » pour la grande vague d'arrestations prévue en terre sicilienne.

Dès lors, pas un geste, pas une parole de l'Organisation siciliomarseillaise, la French Sicilian Connection, n'échappe à l'autre organisation que Pierre Michel s'est acharné à mettre en place. Le voyage de Bousquet à Rome où il descend à l'hôtel Hilton, ses longues échappées dans la campagne avec la Fiat 127, son séjour à l'hôtel Azzolini, où il prend pension, bien qu'il ait loué sa chambre à l'Holiday Inn jusqu'au 31 août, son surnom au téléphone « Goldorak », celui de Bucola « le comptable » et celui d'un inconnu que la police sicilienne ne parvient pas à identifier : « le professeur de Lilli »..., l'arrivée de Martine Safiotti, « prostituée notoire ».

A Marseille, les autres membres du clan : Pietro Dore, Jean-Marc Pache et Stéphane Guiragossian s'agitent aussi. Les lignes téléphoniques crépitent un peu entre Palerme et les Bouches-du-Rhône. A cause des écoutes...

*

Désormais, ce n'est plus qu'une question de jours. Le juge Michel dans le bureau du vieux chasseur des Stups déplie la carte de la Sicile et situe Palerme. Il voudrait être là-bas pour l'assaut final, comme à Ceyreste, comme au Chambon-sur-Lignon...

Il va enfin faire chanceler les deux Mafias, l'une originelle, l'autre originale, mais soudées par la seule filière que connaît le crime organisé : l'argent, les milliards du trafic. Et il n'est pas seul à avoir œuvré pour cette victoire. Depuis que Jean-Pierre Sanguy a remplacé Fernand Mathieu à la tête du S.R.P.J., et qu'Alain-Pierre Boidé, le chef des Stups, sont arrivés à Marseille, la guerre des polices a cessé d'avoir lieu, et ensemble les trois hommes ont « ficelé » trois énormes dossiers. La fête doit continuer.

*

Le juge Michel s'assoit dans le bureau d'Alain-Pierre Boidé au fond du couloir, à droite. Sur une chaise de bois verni. L'antre du chef des Stups ne dépareillerait pas un commissariat de la 5e avenue à New York. Sur son bureau est posée une plaquette indiquant son prénom et son nom. Dans l'armoire-bibliothèque, entre le Code pénal et la législation sur les stupéfiants, se bousculent des fanions, des insignes venant de Thaïlande, de Louisiane, des Etats-Unis, pareils à ceux qu'échangent les capitaines d'équipes de football ou de rugby avant les rencontres internationales mais qui marquent déjà d'autres victoires, d'autres collaborations. Alain-Pierre Boidé est à l'image de son bureau, séduisant et tiré à quatre épingles. Plus petit que le juge, il lui ressemble par sa façon d'être vif et volontaire, à la fois vulnérable et meneur d'hommes.

Le juge Michel n'a plus envie de parler.

— Tout est prêt.

— Tout est prêt.

Les murs sont tendus de papier rosâtre, un rideau ivoire cache la fenêtre s'ouvrant sur la rue d'Oran et un immeuble brisé. C'est dans cet immeuble que l'on attend le juge Michel.

*

— Ils ont voulu faire sauter la Brigade des Stups.

Le juge Michel, en chemisette blanche, sans cravate, la sacoche en bandoulière, et un dossier de carton sous le bras, marche dans les gravats, le long des poutres brisées et des meubles éclatés. Deux experts du Laboratoire Interrégional de Police Scientifique coiffés de casques blancs suivent ses pas dans la poussière. Devant eux, la cage d'escalier n'est plus qu'un trou où s'enroulent des serpentins de ferraille !

— Ce n'est quand même pas la Mafia qui a fait ça.

Entre les étais de bois courant le long de la façade déchirée et les échelles plantées sur le trottoir, il aperçoit de l'autre côté de la rue, l'immeuble des Stups et de la Financière. Les barreaux des fenêtres tordus en spirale pendent au-dessus du vide. Les murs grisâtres sont criblés de petites lunes noires, empreintes des pierres soufflées par l'explosion, gisant en pluie sur les pavés.

Le juge Michel parcourt encore les ruines de l'immeuble du 13 de la rue d'Oran, aux allures de montagne russe. Dans la nuit du 10 au 11 août une charge explosive a détruit l'imprimerie Encre Noire au rez-de-chaussée. Tout éventré dans son saccage, tué, Michel Channal, vagabond sans domicile ni profession, promeneur de hasard et victime de hasard, et blessé quatorze locataires dont une petite fille de six mois. Là où ne restent que trois marches dérisoires menant à l'invisible porte d'entrée, il a fallu descendre, suspendu à une corde, un infirme arraché à une montagne de gravats. Son fauteuil roulant s'était fiché comme un pieu dans le plafond de l'appartement.

Le juge renonce à aller plus avant dans les décombres, revient vers la rue d'Oran. Il n'y a vraiment rien à glaner dans ce fatras de planches, de papiers, de livres carbonisés, et d'objets prisonniers de leur gangue d'incendie. Les experts sont même incapables de préciser si l'on a utilisé de la dynamite ou du plastic. Ils récitent un semblant d'expertise.

La charge a créé un effet de souffle considérable. Le plancher du premier s'est crevé et les cloisons des autres étages sont tombées comme des châteaux de cartes. S'il y avait eu un incendie après l'explosion, il y aurait eu au moins dix morts.

Meriam Amami, en robe d'été blanche constellée de fleurs, avec de grosses lunettes noires, n'a guère de notes à prendre sur son bloc. Pierre Michel n'en apprendra pas plus. Il aura seulement humé le parfum trouble de ce nouveau dossier et entendu sur place les deux témoins, un instituteur et un policier habitant la rue.

— Il était 2 h 30 du matin. On a vu deux hommes descendre d'une Méhari Citroën ou d'une 2 CV. Ils ont brisé le fenestron vitré de l'imprimerie et ils ont lancé un paquet. La voiture a redémarré aussitôt vers le boulevard Franklin-Roosevelt. Un troisième homme les attendait... »

Les animateurs de la coopérative d'édition Encre Noire se sont portés partie civile. Ils imprimaient des bandes dessinées, des brochures écologistes, mais aussi des programmes de théâtre et des bulletins municipaux... Aussi ils refusent qu'on les situe seulement à l'extrême gauche.

Difficile de le croire pour le juge. Encre Noire a été créée comme un prolongement de l'hebdomadaire d'extrême-gauche *La Criée* et les inspecteurs du S.R.P.J. ont interrogé longuement deux militants d'extrême droite. Avant de les remettre en liberté et que l'enquête s'enlise dans les décombres, malgré la voix anonyme qui s'est adressée au bureau marseillais de l'Agence France Presse : « la cellule ordre et justice nouvelle des amis de l'inspecteur Jacques Mazel a pratiqué le nettoyage de l'imprimerie Encre Noire. D'autres opérations suivront ». Ce groupe, inconnu de la police, s'était déjà approprié le plastiquage du Centre International de la Sainte-Baume, au Plan d'Aups.

Difficile aussi de le croire. L'inspecteur Mazel mort en avril 1979 après l'effondrement du stand militaire de la foire de Marseille dont il était chef de poste et dont il tentait de déloger les manifestants antimilitaristes ne s'appelait pas Jacques, mais Raymond.

— On n'a rien d'autre, disent les hommes du commissaire Girel, chargés de l'enquête.

— Moi non plus, dit le juge Michel, mais terroristes ou pas terroristes, on les coincera. Comme les autres.

Le juge s'attarde un peu avec les coopérateurs d'Encre Noire et regarde la lourde porte sans charme de l'immeuble d'en face.

L'imprimerie Encre Noire le préoccupe moins que le docteur Bousquet, chimiste de la Mafia. Il n'a qu'une seule peur. Que malgré la réunion de Rome, la mort du procureur Gaetano Costa ne freine au dernier moment les policiers de Palerme, que la Mafia qu'il a défiée triomphe encore.

X

LA FRENCH SICILIAN CONNECTION DÉMANTELÉE

Le juge Michel ne se décide pas à quitter le cabinet n° 3 et le tribunal mort, sans lumière, déserté de tous ses magistrats. Il s'agite, s'énerve, et le Rubik's cube et les Gitanes ne changent rien. Les yeux fixés sur la pendule aux aiguilles en couteau, il attend que sonne le téléphone sicilien comme si toute sa vie en dépendait.

*

Sept heures du soir sonnent au clocher de la Chapelle de Sant'Onofrio di Trabia, un hameau minuscule, aux confins du village de Carini, à vingt-sept kilomètres de Palerme. Un souffle épais et chaud au parfum d'oranges traverse la campagne et bascule les arbres. Le colonel Marino Pascucci, le patron de la Guardia di Finanza, le commissaire Giuseppe Impallomeni, le patron de la Brigade Mobile et le major Santo Pizzo, le chef des carabiniers de Palerme éparpillent leurs hommes autour d'un carré de béton inachevé planté entre deux champs de blé. A l'étage, six trous noirs découpés dans la façade sans fenêtres ni volets, le long des murs gris des échafaudages et des cordes, et dans la cour des piles de tuiles et de sacs de ciment. A coups d'épaule et de crosse s'ouvrent les seules défenses de la bâtisse : deux portes de bois gris bardées de ferraille en croix.

Le juge Michel ramasse sa sacoche, son casque, ses clés et ferme la porte du cabinet n° 3. C'est le moment où les standardistes délaissant fiches et écouteurs sortent de leur placard. Le juge n'a plus qu'à aller attendre dans la villa Les Buis. Le téléphone va se taire.

*

A Sant'Onofrio au fond du couloir, dans une chambre au plâtre encore frais, immaculé, trois hommes se tiennent debout, presque sosies avec leurs pantalons de toile blanche et grise, leurs maillots-éponge à même la peau, et leurs visages ronds brûlés de soleil. On croirait des touristes surpris sur une plage de Taormine. Trois paires de menottes italiennes, ovales et griffues, se referment sur leurs mains prêtes au labeur de la drogue. Le laboratoire dont le puzzle court de pièce en pièce et que rassemblent déjà les mains des experts est un modèle de simplicité et de perfection. Capable de produire jusqu'à quarante kilos d'héroïne pure par jour. Le colonel Pascucci s'attarde en connaisseur le long des alambics de verre blindé, des cornues transparentes et s'approche du premier « touriste ».

— André Bousquet ?

L'autre grogne dans un mauvais italien :

— Je suis français mais je m'appelle Jean-Claude Guérin.

Une carte d'identité à ce nom trouvée dans son portefeuille, mais les policiers italiens et français savent depuis des mois que le docteur Bousquet prend ses billets d'avion pour Istambul ou Palerme sous ce patronyme-là.

Le premier chimiste de la Mafia sicilienne vient d'être arrêté. Avec ses deux laborantins, Daniel Bozzi et Jean-Claude Ranem, qui s'obstine à prétendre :

— Je m'appelle Champion.

*

Sur sa Honda 125 remontant le boulevard Michelet entre les immeubles rectilignes, Pierre Michel imagine à regret les campagnes proches de Palerme, les chemins escarpés propices à la fuite. Que n'a-t-il demandé à partir en Sicile diriger les ultimes opérations ?

Les chefs de la Police de Palerme et leurs hommes se succèdent maintenant dans une autre pièce de la bâtisse en construction. Certains chuchotent en prenant garde que l'homme adossé contre une armoire métallique n'entende pas :

— U. Paccare... U. Paccare.

D'autres n'osent pas s'approcher et se contentent, depuis le couloir d'épier U. Paccare, « le petit gros », laid, ventru et humilié. Pas d'être arrêté comme un voyou des bas quartiers mais d'apparaître devant les policiers qu'il maudit, sans maquillage et sans apprêt. Avec son tricot de mauvaise laine à raies noires, vertes et bleues, ses jambes gonflées d'un pantalon de velours et ses godillots sales, il a tout d'un valet de ferme. Il est mal rasé, a les mains noires, et son crâne chauve brille comme un œuf. D'habitude, on le rencontre coiffé d'une des six perruques noires taillées à ses mesures, avec de vrais cheveux, chez Guili, le grand perruquier de Milan, portant une chemise de soie à ses initiales et un de ses nombreux costumes bleus à fines rayures blanches, sa couleur préférée, avec à son bras de grandes et belles italiennes.

U. Paccare à qui s'attachent avec les menottes les délégués italiens du juge Michel est en effet un chef mafioso. Plus encore. Un *capo di tutti capi*. Un chef de tous les chefs, Gerlando Alberti.

*

Lorsque le téléphone finit par briser la quiétude de la villa Les Buis, Pierre Michel joyeux comme un enfant répète les mots en imitant l'accent italien.

— Gerlando Alberti.

Mais il entend aussi trembler la voix de son évêque de la Guardia di

Finanza. A Palerme, en Sicile, et partout où règne la mafia, lorsque la police arrête un de ses chefs, ou même un de ses valets ce n'est pas lui qui a peur, c'est elle.

— S'ils avaient su qu'Alberti était avec le docteur, dira plus tard Le juge Michel, ils auraient hésité avant d'envahir la maison.

Pierre Michel n'a pas peur. Il n'a aucune peur. Pourtant, alors qu'on conduit Gerlando Alberti dans un fourgon blindé, les yeux noirs du mafioso brillent de haine et sa haine est pour le juge. Le docteur Bousquet et les carabiniers trop heureux de se blanchir ont, chacun de leur côté, déjà prévenu Alberti. Le seul responsable est le juge de France... Bientôt ce sont tous les chefs de la Mafia sicilienne qui seront alertés. Il est vrai qu'on n'a pas découvert de laboratoire de drogue en Sicile depuis 1948.

Depuis 32 ans...

Et c'est un étranger, un inconnu, qui s'est mêlé de cette « industrie locale ».

Le juge de France...

Près de Gerlando Alberti, le cinquième homme du labo de Sant'Onofrio di Trabia : Vincenzo Citarda, son beau-frère officieux, compagnon de sa sœur Mariana, venu à Marseille la semaine précédente représenter Alberti et sceller les accords de la mafia sicilienne et du Milieu marseillais.

Drôle de revanche ou drôle de situation... ! Jamais Pierre Michel n'a réussi en France à faire tomber pareil personnage. Gerlando Alberti, l'un des maîtres de la Mafia et du crime organisé, ne se contente pas de rester dans l'ombre. Il se trouvait à Sant'Onofrio, dépouillé de ses masques, en tenue de travail, pour aider son employé, son chimiste français à entamer de nouveaux cycles de fabrication. Il a lui-même requis l'endroit à cause du courant électrique. Qui irait vérifier la forte consommation dans une bâtisse en construction où des ouvriers sont censés brancher leurs machines et leurs outils ?

Un *capo di tutti capi* doit penser à tout. Etre prêt à tout.

Gerlando Alberti n'a pas eu besoin d'hommes de main pour exécuter tous ceux qui selon lui devaient être exécutés.

Deux des magistrats italiens condamnés par la Mafia lui doivent la mort.

Gerlando Alberti a été inculpé de l'assassinat de Pietro Scaglione, le procureur de la République, premier magistrat de Palerme et de l'assassinat du juge Terranova.

Et sa biographie de sang est une des plus lourdes de la Mafia.

*

Le « petit gros » de Palerme a 54 ans, il est entré dans la carrière en dérobant un fromage à l'étal d'un laitier à l'âge de 17 ans dans son quartier natal de Dannifini, les bas-fonds de la ville. Débuts modestes suivis de son entrée dans le clan de Salvatore Filiponne, l'un des patrons de la Mafia sicilienne de l'après-guerre dont il devient rapidement l'un des lieutenants spécialisés dans le racket des commerçants. Prêt à gravir tous les échelons de l'Honorable Société.

En 1957, il connaît pour la première fois l'Ucciardone, la prison de Palerme, fief de la Mafia. On l'accuse de tentative de meurtre. Il mène la révolte lorsque les prisonniers en équilibre sur les toits bombardent de tuiles passants et policiers... et il est acquitté faute de preuves.

Comme en avril 1960 après l'assassinat de Francesco Scaletta, le patron d'un bar du centre de Palerme lui-même accusé d'avoir tué Leonardo Calo, un mafioso proche de Filiponne. Il est acquitté faute de preuves.

On le retrouve à Milan en 1961 honorable marchand de tissus sur la via Malia, mais rarement présent dans son immense boutique... Chaque matin et chaque soir il se rend chez un coiffeur chargé d'entretenir ses ultimes cheveux, et change de costume trois fois par jour. Puis il est de nouveau arrêté en septembre 1963 et inculpé dans l'affaire du massacre de Sciaculli, quartier de Palerme où une Alfa Romeo bourrée d'explosifs tue neuf carabiniers.

A titre d'avertissement pour les autorités qui s'occupent trop des affaires de la Mafia.

Avec ce nouveau fait d'arme Gerlando Alberti devient Don Gerlando surnommé déjà le roi de l'acquittement. A juste titre. Il est libéré après le procès. Qui s'aviserait de témoigner contre lui, de le charger ? S'il va en prison, cinq tueurs attendent des ordres pour éliminer ceux qui ne respectent pas le silence.

Don Gerlando est arrêté encore en mai 1970. Accusé d'avoir éliminé un autre chef mafioso Michele Caviato, lors d'une opération de commando où il s'est déguisé en policier. Il est relâché faute de preuves. Le 16 septembre de la même année Mauro de Mauro, journaliste au quotidien *l'Ora,* disparaît. Francesco Rosi l'a chargé d'une enquête pour préparer le scénario de son film sur « l'affaire Mattei ». Il s'est acharné à reconstituer les dernières heures en Sicile de Enrico Mattei, le grand patron de l'E.N.I., l'organisme national chargé d'exploiter le pétrole pour le gouvernement italien, mort en 1962 dans un étrange accident, aux commandes de son avion. Enrico Mattei s'est engagé dans une politique pétrolière opposée à celle des démocrates-chrétiens, très liés à la Mafia... Qu'a découvert le journaliste réputé pour ses talents d'enquêteur ? Nul ne le sait, sinon ceux qui ont abandonné son cadavre dans quelque bloc de béton quelque part en Sicile.

Encore une fois Don Gerlando est soupçonné de s'être acquitté de la besogne. Soupçonné seulement. Avant d'être arrêté pour l'assassinat du procureur Scaglione, puis relâché, faute de preuves et de témoins... Avant d'être encore arrêté en octobre 1971 à Gênes. Cette fois, c'est le général Alberto Dalla Chiesa, alors commandant des carabiniers de Palerme et premier vrai rival policier de la Mafia qui est à l'origine de son arrestation au cours de la célèbre rafle de la Sainte-Rosalie. 110 mafiosi sont conduits en prison, et un autre maître de l'Honorable Société est du nombre : Frank Coppola, surnommé Frank Trois doigts, tout juste débarqué des Etats-Unis où il veille sur les intérêts de la Cosa Nostra. Mais la ténacité et le courage du général Dalla Chiesa ne peuvent résister aux protections politiques de la Mafia. La plupart des mafiosi sont rapidement relâchés, Don Gerlando en décembre 1972. Il est arrêté de nouveau en 1974 et condamné enfin à six ans de réclusion.

Don Gerlando s'évade de la prison de l'Asinara, en Sardaigne, en 1975, le 22 mai. Repris à Bergame le 20 décembre, il s'évade encore de l'Asinara en 1977. Puis il est suspecté du meurtre de Vitos Adamo, un « courrier de la drogue » de Trapani, et de son amie Laura, enterrés ensuite dans le jardin du restaurant O Palastricello à Naples. Tous deux auraient commis un crime de lèse-Mafia : le détournement de dix kilos d'héroïne destinés au marché canadien.

Don Gerlando, correspondant privilégié des familles italo-américaines de la Mafia : les Gambino, les Spatola, les Inzerillo, s'est préoccupé de diriger la Sicilian Connection devenue et surtout avec le recrutement du docteur Bousquet la French Sicilian Connection. Les meurtres des policiers Boris Giulano, Emmanuele Basile, et de Gaetano Costa lui doivent sans doute beaucoup.

Vingt milliards de lires de bénéfices méritent qu'un Don même « petit gros » ne range pas les armes.

A la Drug Enforcement Administration à New York, on ne se leurre pas. Gaetano Costa allait identifier tous les autres chefs « au-dessus de tout soupçon » de la Sicilian Connection et surtout les banquiers chargés de purifier les milliards.

Au début de 1978 d'ailleurs dans une villa de la banlieue de Milan, Gerlando Alberti a rencontré le chef d'une délégation américaine de la Mafia : John Li Voti, « le bossu », une réunion au sommet. Quand la Squadra mobile est intervenue « le bossu » a justifié sa présence en Italie par l'achat d'une statue de sainte Rosalie pour l'Association des Siciliens de New York. Haute d'un mètre, elle pouvait permettre de passer 50 kilos d'héroïne, mais lorsqu'on l'a cassée, elle était encore vide et Don Gerlando avait disparu.

*

Le juge Michel à la veille de partir en vacances à Metz rencontre les chefs de la police sicilienne venus à Marseille pour mettre au point la suite de l'enquête.

Le juge soupire :

— Alberti, ça c'est un client.

A Marseille et Paris ont été arrêtés d'autres membres de la filière franco-sicilienne. De Guiragossian, le cabaretier à Pietro Dore, de Genovesi, l'artisan carrossier à Joseph di Geronimo, le chirurgien-dentiste, de Gérard Curbaille, l'inspecteur des Impôts à Jean-Marc Pache, le dilettante sans emploi.

Le juge Michel n'inculpe même pas. Il laisse le juge Marie-France Brayzat s'acquitter de cette formalité, et quitte Marseille pour Metz.

Il laisse le commissaire François le Mouël, sorti pour l'occasion de son petit bureau de l'Office Central de Répression du Trafic des Stupéfiants tenir une conférence de presse à l'Evêché, en compagnie de Jean-Pierre Sanguy et d'Alain-Pierre Boidé.

Comme toujours...

Le juge a été à l'origine du démantèlement de filières de drogue le plus important jamais réalisé sur le plan international. Mais l'intéresse seulement de poursuivre le dossier.

Une affaire de drogue n'est jamais terminée.

Il sait que malgré l'arrestation de Don Gerlando Alberti et du docteur Bousquet, à Palerme et à Marseille demeurent d'autres membres de la filière, et surtout les commanditaires.

A Palerme qui est par exemple ce mystérieux « Professeur de Lilli », à l'accent italien hésitant que personne ne s'est hasardé à identifier?

A Marseille Gabriel Graziani ne peut être le seul à avoir « fixé » le docteur pour le compte de la Mafia.

Et l'obsède toujours le même nom :

Gaétan Zampa...

« L'œil de la Mafia sicilienne en France. »

*

Dès son retour de vacances le juge Michel annonce :

— Je vais aller inculper Bousquet là-bas, et je le ferai parler. Il connaît forcément les noms... Et puis, j'essaierai de le faire extrader. Les peines sont trop faibles en Italie. Je veux qu'il paie cher. Là-bas il prendra cinq ans. Ici on s'arrangera pour qu'il en prenne trente.

Sa hiérarchie s'inquiète une nouvelle fois. Pourquoi le juge Michel veut-il à tout prix aller à Palerme interroger André Bousquet et sans attendre ? Pourquoi cet empressement ? Il pourrait très bien laisser cela aux policiers de la Brigade des Stupéfiants habitués du voyage et qui seront moins remarqués que lui. Un substitut au visage de fouine confiné au premier étage dans un bureau aux murs écaillés s'interroge.

— Là-bas ils n'hésitent pas à tuer.

Comme si le juge Michel s'arrêtait à ce détail.

— Et alors ? Je dois continuer mon dossier, et je dois aller là-bas. Donc j'irai.

*

Deux jours après l'arrestation d'André Bousquet, Carmelo Ianni, le patron de l'hôtel Riva Esmeralda, a été abattu de deux balles de pistolet. Sur l'ordre de Gerlando Alberti depuis sa cellule de l'Ucciardonne. Pas seulement parce qu'il a accepté d'engager un brigadier de la Guardia di Finanza comme valet de chambre, et a permis à la police de surveiller le chimiste de la Mafia et ses internes, mais surtout parce qu'il n'a pas prévenu l'Honorable Société de la présence de cet intrus.

L'omerta, la loi du silence, doit savoir être transgressée.

*

Quand le juge Michel apprend ce nouvel assassinat il appelle aussitôt la Brigade des Stups pour qu'elle prépare le voyage à Palerme.

Il veut partir. Il partira.

XI

EN SICILE POUR DÉFIER LA MAFIA

« *Giudice francese in guerra contro la Mafia.* »

De gros caractères noirs barrent la première page de *l'Ora,* l'un des journaux quotidiens de Palerme. Pour comprendre, le juge Michel n'a pas besoin de l'interprète, Gigliola Nelli, jeune femme aux longs cheveux roux, assise près de lui dans l'Alfa Romeo noire. Ni de Marino Pascucci, le commandant de la Guardia di Finanza, visage sec et petits yeux malicieux, qui se retourne en souriant.

— Votre réputation est déjà faite.

— Ils exagèrent.

Gigliola Nelli traduit et Marino Pascucci appuie ses doigts sur les parois de verre.

— Vous ne risquez rien.

De lourdes flaques de pluie fracassent les vitres blindées. Devant, dans une seconde Alfa Romeo noire, des carabiniers en armes ouvrent la route. Derrière, dans une troisième Alfa Romeo, Alain-Pierre Boidé, le chef de la Brigade des Stupéfiants de Marseille, roule en compagnie de son homologue sicilien. Le 8 décembre 1980 les deux « Francese » ont décollé de Marignane à 13 h 30, pris un avion d'Al Italia à Rome, avant d'atterrir dans le fief de la Mafia, accueillis par une ribambelle de policiers, pistolets à la ceinture, postés tout autour de l'aéroport de Punta Raisi. Le juge Michel ne s'attendait pas à cette protection. Marino Pascucci montre son arme prête à servir.

— Vous n'êtes plus à Marseille.

L'interprète se met à traduire l'article de *l'Ora,* paru quinze jours plus tôt, lorsque le juge français a annoncé officiellement qu'il se rendait à Palerme.

« La police française et le juge Michel s'attaquent à la Mafia. »

Suivent les explications de ce voyage sicilien. Le juge vient interroger le docteur Bousquet et les deux chimistes français arrêtés en même temps que Gerlando Alberti.

Depuis l'aéroport, la campagne sicilienne se déroule comme une photographie floue et le juge Michel écoute se mêler les voix du colonel et de l'interprète.

— Il y a encore des tas de labos de drogues qui fonctionnent sur l'île... Alberti vous a menacé depuis sa prison... Ils se demandent ce qu'un magistrat français vient faire à Palerme... C'est la première fois... Ils prennent cela pour un défi.

Soudain, l'Alfa Romeo ralentit et les vitres blindées débordent de soleil. L'image devient nette. Marino Pascucci hausse les épaules, fataliste :

— C'est ça, Palerme. La pluie, le soleil... la mort, la vie. On a l'habitude.

Des troupeaux de Fiat se poussent le long des rues étroites, entre les immeubles en construction et les banques serrées les unes contre les autres. Les gens de Palerme se faufilent sur les trottoirs à travers la mosaïque des motos et des autos garées en quinconce. Sous ses lunettes aux verres gris, le regard du juge Michel dédaigne un peu les passants pressés, aux habits gonflés de vent, et s'attache sur les banques aux façades modernes et propres. Derrière, se lave l'argent de la Mafia.

— Il y en a combien ?

— Des centaines. Tout l'argent de la drogue passe par là. Elle contrôle toutes les banques privées. De toute façon, ici, personne ne peut ouvrir un commerce sans qu'elle soit d'accord. Il faut d'abord payer.

— C'est le racket.

— Non, la protection. Ici, le racket n'existe pas !

Palerme est une cité miniature, un théâtre aux décors en trompe-l'œil. Au fond de la Piazza Terama, le tribunal se dresse comme un gros cube blanchâtre, démesuré. De chaque côté du gigantesque escalier de pierre s'enfonce une rampe de béton, plane et grise. Marino Pascucci fait un signe au chauffeur :

— Ça permet aux juges d'entrer directement à l'intérieur.

L'Alfa Romeo s'engouffre sous la rampe de droite, tandis que les hommes d'escorte jaillissent de l'autre véhicule pour surveiller la manœuvre. Devant la porte vitrée, entrée du tribunal, le juge Michel a le temps d'apercevoir des carabiniers, pistolets mitrailleurs en bandoulière. Il imagine la quiétude des bâtiments de la rue Fortia, l'étroite porte ouverte à tous les vents, et le labyrinthe des couloirs où peut se balader tout Marseille. Arrivés dans la cour intérieure, Marino Pascucci aide le juge Michel à descendre.

— Vous n'êtes plus à Marseille.

Le juge Michel porte un costume gris croisé, Alain-Pierre Boidé est habillé de bleu. L'escorte les entraîne à l'intérieur du tribunal, sous les voûtes rectilignes, puis le long d'un couloir long et sombre, aux murs moulés de dorures et de fresques colorées. Le colonel de la Guardia di Finanza montre d'autres baies vitrées donnant sur la place.

— Elles sont toutes blindées aussi. Ici, tout est blindé.

— Et à Marseille je me balade sur ma moto... le visage au vent...

A gauche, un panneau de bois ciré s'ouvre aussitôt. Pas de planton, pas de greffier ou de garde du corps. Le juge Giovanni Barrile, dont Pierre Michel a entendu tant de fois la voix au téléphone, s'occupe lui-même de sa porte, et elle n'est pas blindée ! Le juge Michel rencontre enfin son frère de justice. 35 ans, grand, les cheveux noirs, le visage ensoleillé, il contraste par son calme avec la peur qui semble envahir le tribunal de Palerme.

Le juge Michel et Alain-Pierre Boidé s'assoient devant lui comme deux inculpés. Le cabinet d'instruction est aussi impersonnel qu'à

Marseille. Un bureau de bois banal, deux armoires, les chaises administratives et des dossiers par dizaines. Le juge désigne une chemise de carton, avec un français presque sans accent.

— C'est la filière franco-sicilienne. Nous en parlerons demain à la prison. Le soir, vous serez nos invités à Trapani.

Pierre Michel s'étonne encore de l'impressionnant dispositif de sécurité.

— A chaque seconde à Palerme, ceux qui s'occupent de la Mafia sont en danger de mort. Vous le savez bien. Le procureur et les trois juges qui s'occupent de la Mafia sont escortés en permanence.

— Je n'arrive pas à le croire.

— C'est la réalité. En France, ça ne s'est produit qu'une fois : à Lyon. Ici, ça fait partie des habitudes.

Le procureur Guisto Sciacchitano, dans son bureau du premier étage, aux fenêtres blindées doublées d'une grille, est encore plus direct quand le juge Michel le salue.

— Regardez mon fauteuil. C'est celui de Gaetano Costa. Je l'ai gardé volontairement. Un magistrat ne doit pas être superstitieux. Costa avait conservé celui de Scaglione...

Rocco Chimicci, le président de la section Instruction du tribunal, réserve le même accueil au juge Michel. Il occupe un autre fauteuil maudit. Celui d'un autre assassiné, le juge Terranova.

— Vous recevez des menaces, en France, monsieur Michel ?

— Oui.

— Moi aussi.

— Ils veulent à chaque fois nous faire peur, dit le juge Chimicci, mais on tient la barre. Vous avez aussi votre Mafia en France ?

— Oui...

— Méfiez-vous. Ce sont les 4 enfants de nos mafiosi. Ils agiront pareil.

Le juge Michel est troublé depuis qu'il est arrivé à Palerme. Il lui semble être vraiment à des milliers de kilomètres de Marseille. On dirait que tous ces policiers et tous ces magistrats vivent avec la mort au bout de leur métier. Qu'ils se suicident à petit feu... comme il sait lui qu'il se suicide à Marseille, en France.

— Je ne crains rien.

— Vous ne pouvez pas le savoir. Ce sont eux qui décident.

A Palerme, au tribunal comme dans les rues, la mort est banale, habituelle, sans importance et, lorsque l'escorte accompagne les deux Français à l'hôtel Centrale, dans le centre de Palerme, sur le corso (l'avenue) Vittorio Emanuele, le colonel Marino Pascucci récite d'une voix désabusée sa géographie de sang. On est loin de Marseille et de ses 30 règlements de comptes en deux ans. Pas une rue, pas une place qui n'évoquent un assassinat de la Mafia. Dès que hurle la sirène d'une voiture de police, le colonel s'approche de la vitre blindée, le regard et l'oreille aux aguets. Des fois que ses visiteurs de marque aient la chance d'apercevoir la mort presque en direct.

L'hôtel Centrale est vieux, beau et froid. Dans le brouillard glacé du soir, ses colonnes blanches et dodues ressemblent à d'immenses pattes d'éléphant. Le toit en losange se découpe comme une dentelle. Le sirocco venu d'Afrique balance les palmiers de la rue trop bruyante. Marino Carana, un policier de la Squadra Mobile, géant au visage rieur, devance le portier et l'employé de la réception, et conduit le juge et le chef des Stups à leurs chambres du premier étage. S'assure qu'elles sont vides et que n'y traîne pas un objet suspect.

— A demain.

Il attend pour s'éloigner que les clés jouent dans les verrous centenaires. Et gagne pour la nuit la banquette du hall, d'où il voit les portes des chambres choisies tout exprès. Il est armé. Une servante en habit bleu lui apporte un pot de café noir. Il ne cessera pas sa surveillance de toute la longue nuit.

La nuit est longue aussi pour le juge Michel dans la chambre 42, pauvre et sans confort, dont le plafond s'effiloche comme les tapis aux motifs délavés. Un pichet de faïence poussiéreux, rempli d'une eau soi-disant potable, trône sur la table de chevet.

Le vin de Marsala de la trattoria où, avec Alain-Pierre Boidé, l'ont entraîné les policiers des douanes et de la Squadra Mobile lui brûle la gorge, mais il ose à peine boire. Il va finir par croire les magistrats italiens. Ça fait partie du jeu, dans cette ville de mort et de sang, asile du crime organisé.

Avant de quitter Marseille, le juge Michel était inquiet. Il a demandé à Daniel Borde, l'avocat du docteur Bousquet, qui a déjà visité son client à la prison de Palerme :

— Je risque quelque chose là-bas ?

L'avocat a répondu « Non ». Sans conviction.

Le juge Michel ne dort pas. A Marseille, sa hiérarchie lui a reproché ce voyage. Pas directement, mais par des allusions, des boutades.

— Tu voyages aux frais de la princesse !

Les ronds-de-cuir du tribunal, abrités derrière la paperasse des dossiers, ont fini par croire que le juge Michel se balade, parade, par bravade et par goût du tourisme. Et bien sûr qu'il en rajoute sur la nécessité de ses missions italiennes. Le procureur et sa suite ne se rendent même plus compte des inculpations, de la filière démantelée, de l'existence de la Mafia. Au tribunal de Marseille, les obsédés de l'avancement et de la carrière se vengent comme ils le peuvent du juge Michel.

Quand le jour éclate dans la chambre 42, la dessinant encore plus laide, le juge Michel n'a presque pas dormi, mais il se lève heureux. Heureux d'être à Palerme et d'y poursuivre son dossier le plus long. L'accordéon de l'antique radiateur est à peine tiède, et il songe à la villa Les Buis où Jacqueline Michel doit s'acquitter de la corvée de charbon pour ranimer les trois poêles.

Lorsqu'il descend les escaliers, Marino Carana, le garde du corps, et Alain-Pierre Boidé l'attendent. A chacun, ses désillusions sur le confort des palaces de Palerme. Les ratés de la douche ont interrompu la toilette du chef des Stups et les ratés du courant électrique donnent au juge Michel un visage à deux faces. Il n'a pu se raser qu'une joue et l'autre offre son profil gris et râpeux.

— J'ai l'air d'un bagnard. Ça tombe bien.

Le cortège des Alfa Romeo noires s'ébranle dans la cité renaissante. Le juge Giovanni Barrile a pris la place du colonel des douanes, l'interprète est la même. Derrière le port et ses ruines ensoleillées — vestiges des bombardements de la guerre — et après ses quais noirs et sales, apparaît l'Ucciardone, la prison, effrayante, colossale, encore plus démesurée que le tribunal. Un fortin hérissé de tours qu'ont construit les Français au temps où les ducs d'Anjou régnaient sur l'île.

Un monstre à l'échelle de la ville, et bien à son image. Le juge Barrile soupire :

— Un jour, elle finira par être trop petite.

A l'Ucciardone, sont enfermés, rien que pour le trafic des stupéfiants, 118 détenus et les cellules sans soleil grouillent de mafiosi de tous âges. La prison des Baumettes avec ses trafics de grâces médicales, de magouilles à la petite semaine, a l'air d'un couvent.

— Ici, dit le juge Barrile, tout entre et tout sort, et on n'y peut rien.

Dans la cour intérieure de la prison, le juge tape du pied sur le pavé.

— Là-dessous, ils ont des armes, de la drogue, de l'alcool, et même du pétrole.

Les tuyaux de l'oléoduc nourrissant le vieux port en carburant défilent sous les pierres séculaires de la prison de Palerme. Mauvais ou... bon calcul de l'architecte. Des mafiosi ont pioché la terre et branché des déviations. L'essence coule aux robinets de certaines cellules. Pompistes d'occasion, les gardiens en uniforme parcourent la cité avec leurs bidons. Une bonne partie des voitures de Palerme roule au carburant de l'Ucciardone.

Le docteur André Bousquet est assis dans le parloir réservé aux magistrats et aux avocats. Une pièce aussi haute de plafond que les cabinets d'instruction de Marseille, mal éclairée, humide, et qu'une simple grille sépare d'un couloir de cellules. Le docteur est grand, massif, avec un visage rond, et ses cheveux retombent en boucles sur le col roulé de son blouson de cuir. Daniel Borde, son avocat, mais aussi celui de ses laborantins, Jean-Claude Ranem et Daniel Bozzi, ne s'est pas déplacé de Marseille à Palerme. Ses trois clients sont entendus seulement comme témoins, et témoins muets. De plus en Italie l'instruction est secrète. L'avocat n'a pas accès au dossier avant qu'il soit clos. Le rêve pour le juge Michel qui en France continue à cacher des pièces importantes à ses « ennemis » du Barreau.

Le juge Michel, entouré du juge Barrile, d'Alain-Pierre Boidé et de l'interprète, s'essaye à un interrogatoire coup de poing, mais le docteur est un mur.

— Vous avez été vu avec Gabriel Graziani, qui a été condamné pour trafic de stupéfiants ?

— Je ne le connais pas.

— Vous avez conduit sa voiture ?

— Je ne sais pas.

— Vous n'avez pas de revenus officiels depuis six ans ?

— Je ne comprends pas.

— Vous ne voulez pas parler ?

— Je ne sais pas.

Le docteur Bousquet a la partie belle. La police italienne pas plus que la police française ne possède de preuves qu'il a fabriqué de l'héroïne. Et personne ne semble désireux de témoigner contre lui...

Le juge Michel, face au docteur et sans Meriam Amami, dans les murs familiers du cabinet n° 3, se sent bien seul. Le juge Barrile marque son étonnement. Il n'a jamais vu un juge interroger un inculpé de la sorte, et encore moins un témoin.

— Vous êtes toujours comme ça ?

— Je les méprise, et celui-là encore plus. Pédiatre et chimiste, c'est trop...

Le juge Michel n'a pas baissé la voix. Il s'est plutôt arrangé pour que le docteur Bousquet l'entende bien, et il continue.

— Vous ne voulez pas parler ?

— Je n'ai rien à dire.

— D'accord, mais en attendant, je vais t'inculper, et ta femme, tes parents, s'il le faut, je les mettrai tous au trou. Et lorsque je reviendrai, il faudra que tu me racontes tout, et que tu me donnes le nom de tes complices. A commencer par Graziani.

Le docteur Bousquet plisse les lèvres. Comme Giralt, comme Kechichian, comme Vartanyan, comme tous les autres...

— Vous êtes un salaud.

— Peut-être, mais vous parlerez et, comme les peines ne sont pas assez lourdes ici, je vous ferai extrader. A Marseille, on ne vous ratera pas.

— Vous êtes un salaud.

Pierre Michel regarde le docteur Bousquet droit dans les yeux.

— Et je vous préviens : vous êtes médecin, et aux Baumettes, les inculpés comme vous sont souvent malades, mais je sais que vous êtes très bien portant, alors ne faites pas comme Graziani ou d'autres, le coup de la liberté médicale. Je vous coincerai.

Le juge Barrile s'étonne encore :

— Mais vous allez peut-être trop loin.

— Non. Je veux qu'il sache que je le coincerai, et les autres aussi. Croyez-moi. Je l'aurai.

André Bousquet ne réplique pas. Quand le juge Barrile l'a interrogé pour la procédure italienne, s'est déroulé le même dialogue. Le docteur chimiste de la Mafia n'est pas un suicidaire. Trop de mafiosi quittent l'Ucciardone sur la civière de toile blanche dans le fourgon des morts. Pour avoir simplement répondu aux questions des juges. Il sait déjà que le patron de l'hôtel Riva Esmeralda a été exécuté, et sur ordre donné depuis l'Ucciardone, par Gerlando Alberti devenu après Luciano Liggio, dont il a été le lieutenant, le maître de la prison. Et puis, même si le docteur est extradé, il sera d'abord jugé en Italie et apprend l'italien pour mieux se défendre. Sans avoir à respecter *l'Omerta,* le code d'honneur des mafiosi, il ne doit pas parler. Et déjà comme à tout détenu de haut rang il ne partage plus une petite cellule avec un quelconque larbin de la Mafia. La direction a tenu à lui réserver une cellule où il est seul et ne manque de rien.

Les deux gardiens chargés de surveiller le parloir se tiennent très près du docteur et, même s'ils ne comprennent pas le français, ils savent au bruit des lèvres et à son visage figé, que le docteur ne dit rien. Si « on » leur demande comment s'est déroulé l'interrogatoire de cet homme très « protégé », ils pourront répondre. Sans doute ne sont-ils pas membres de fait de la Mafia, mais obligés de collaborer comme quiconque à Palerme, sous peine de mort.

Le juge Michel perpétue ses questions pendant deux heures, en vain. Quand le docteur s'éloigne, le juge n'en sait pas plus sur lui. Au tour du juge Barrile de questionner Vincenzo Citarda, le beau-frère de Gerlando Alberti, arrêté lui aussi dans le laboratoire de Sant-Onofrio. Il s'avance, petit Italien malingre, aux yeux en pointe, les mains sèches passant presque sous les menottes. Le juge Michel hausse la voix.

— Vous êtes un menteur... et Alberti aussi. Il faudra bien que vous parliez.

L'interprète n'ose pas traduire. Le juge italien s'y résigne, mais malgré son courage le cœur n'y est pas. Mais ça ne dure pas bien longtemps. Lui non plus n'a rien à dire. Et puis soudain, le regard d'un petit homme aux cheveux ondulants comme des vagues, aux longues pattes taillées à angle droit, envahit la salle. Le juge Michel ne le reconnaît pas, mais le juge Barrile lui souffle :

— C'est Alberti.

Son regard est encore plus terrible que celui de son beau-frère et les gardiens ne l'obligent pas à avancer. Pour venir maudire le juge français responsable de son arrestation et des milliards perdus de son clan, il a passé sa perruque. D'habitude, à l'abri de « sa » prison où rien ne peut se faire sans qu'il donne son avis, il se balade le crâne chauve, coiffé d'une casquette de marin. La première fois qu'il a été interrogé et qu'on a prononcé devant lui le nom de la Mafia, U. Paccare s'est contenté de répondre :

— C'est une nouvelle marque de fromage : Mafia ?

Maintenant, sa voix se crispe, et l'interprète traduit des oui, des non, des je ne sais pas, des je ne comprends pas. Le langage du mafioso. Soudain, le juge Michel n'y tient plus. Comme avec Vincenzo Citarda. Il penche la tête vers cet inculpé de choix, et parle d'une voix froide, comme s'il instruisait dans la solitude du tribunal de Marseille.

— Vous êtes un menteur, Alberti.

L'interprète ne traduit plus comme une mécanique, mais U. Paccare comprend le français, et se recule comme si l'insulte avait souillé son costume rayé. Le juge n'est pas dans le cabinet n° 3, pas à Marseille... et le juge Barrile prend son bras.

— Je vous en prie, ne le méprisez pas. N'oubliez pas que vous avez fait arrêter son meilleur chimiste et que vous l'avez fait arrêter.

Le juge Michel semble entendre le colonel des Douanes lui répéter :

— Vous n'êtes pas à Marseille.

Deux gardiens se sont rapprochés, le visage inquiet, la main sur leurs armes. Gerlando Alberti continue de défier le juge du regard. Il y a trois choses qu'un mafioso ne pardonne pas : qu'on mette en doute son honneur, sa virilité et ses affirmations... Le juge Michel se tait, puisque, apparemment il faut qu'il se taise. Et le juge Barrile, d'un signe, indique qu'il en a terminé avec celui qui, de l'Ucciardone, continue à donner ses ordres et même des ordres de mort. Le juge Michel s'en moque :

— Je ne compte pas m'arrêter là. Il faudra qu'il parle. Qu'ils parlent tous.

Le juge Barrile semble conciliant, mais comprend-il seulement le juge Michel ? Qui peut le comprendre ? Gerlando Alberti se retourne avant de franchir la grille. Il a déjà condamné le juge Michel, et le juge Barrile marmonne, un peu comme un avertissement au juge Michel :

— Il pense sans doute que vous ferez un « cadavre excellent ».

Un cadavre exquis... distinction posthume des victimes importantes de la Mafia.

D'autres Italiens, des seconds rôles, puis Jean-Claude Ranem et

Daniel Bozzi, défilent dans le parloir jusqu'à la fin de l'après-midi. Les deux juges et le chef des Stups ne se sont pas attardés pour le déjeuner. En Italie, il est interdit d'interroger les détenus deux jours de suite.

Le juge Michel se sent encore plus mal à l'aise qu'aux Baumettes. L'Ucciardone est vraiment la prison de la peur, de la menace et de la haine. Les murs noirs, d'où coulent des gerbes d'une eau croupie, verdâtre et puante, distillent l'angoisse, presque la folie. Au moment de s'éloigner, le juge français s'attarde dans la cour. Il parle comme s'il voulait justifier son passage en terre sicilienne.

— C'est à cause des drogués. Je veux abattre tous ceux qui vendent la mort.

Le juge Barrile entraîne le juge Michel vers l'Alfa Romeo.

— Oh, c'est pareil pour nous, croyez-le, même si vous nous trouvez un peu... prudents. L'année dernière, il y a eu 129 morts d'overdose dans le pays. On en est à 206, et l'année est loin d'être finie. On n'a pas de cadeau à leur faire, non plus.

Quand ils quittent la prison de Palerme, le gardien qui les accompagne les salue et marmonne des mots italiens. Le juge Michel est toujours curieux de tout.

— Qu'est-ce qu'il a dit ?

— Oh rien... Une phrase rituelle. *A benedita u signori.* Que Dieu te bénisse.

XII

IL EST DEVENU L'HOMME A ABATTRE

— Vous êtes dans le port de la drogue, monsieur Michel.

De l'Alfa Romeo noire dont le juge Giovanni Barrile a baissé les vitres blindées avec précaution, le juge Michel regarde la mer. Un cortège de barcasses aux larges flancs de bois balaie les eaux bleues et noires de la baie de Trapani. Sous la lumière des lampes à pétrole courbées au ras de la coque, les filets vont et viennent comme des étoiles filantes. Chemises de toile, manches relevées, les pêcheurs fouillent la mer et s'interpellent en criant fort. Plus loin, un caboteur tordu assailli d'un essaim d'autres barcasses couvre le ressac de son diesel enrhumé. Plus loin encore, au-delà des rocs en cerceau des rafiots se regroupent par dizaines.

Le long des hangars désaffectés du port, la nuit sicilienne dessine un impressionnant ballet d'automobiles. Dans chaque Alfa Romeo noire un carabinier veille. Sur le Dottore Cassara, le questeur, préfet de police de l'île, premier responsable de la lutte contre la Mafia, sur le procureur Schiacchitano, sur les juges Barrile et Falcone, sur toutes les hautes autorités policières de l'île, le colonel Pascucci et Bruno Contrada, le chef de la Garde Mobile en tête.

Tous présents en l'honneur du *giudice francese*, lui aussi escorté de « son » carabinier, comme Alain-Pierre Boidé.

Précédés et suivis de deux Alfa Romeo où s'entassent d'autres hommes armés, ils ont roulé deux heures le long de la côte aux rochers brisés, aux collines bosselées d'oliviers. Pour ce dîner officiel, le juge Barrile a choisi Trapani, grande ville moderne posée sur une langue de terre, à cent vingt-six kilomètres de Palerme. Conteur infatigable, l'honorable correspondant sicilien du juge Michel se charge de ses cours de mafia.

— Des cargos arrivent de Yougoslavie, de Turquie ou du Liban, si leurs capitaines sont plus téméraires et s'approchent de Trapani ou d'Agrigente. Ils ne mouillent pas dans nos eaux. Ils se contentent de payer et déchargent la marchandise comme s'ils lâchaient du lest ou des ordures. Puis deux ou trois bateaux de pêcheurs s'échappent du troupeau et s'en vont pêcher les caisses munies de flotteurs. Si la brigade maritime s'approche, ils rejettent tout à la mer. Il n'y a jamais de preuves...

Le juge Michel aperçoit les créneaux de brume d'où surgiront peut-être encore cette nuit de décembre les cargos chargés de morphine-base.

— Quand les pêcheurs se faufilent vers la zone de pêche, leurs amis leur offrent le poisson qu'ils n'ont pas pris, puis ils reviennent au quai, et les caisses de drogue s'échappent au moment de la criée. Pour les prendre, il faudrait surveiller chaque bateau.

Une vedette de la police se collant contre chaque rafiot comme une sangsue, c'est un rêve sicilien. Comme le rêve marseillais, d'arrêter Gaétan Zampa, les tueurs du Bar du Téléphone ou les associés de la mafia des Baumettes.

— On n'a jamais su comment les pêcheurs peuvent connaître exactement la date des livraisons. Des messagers doivent prévenir les chefs mafiosi, comme dans l'Antiquité. On ne repère jamais de lettres ou de conversations téléphoniques. Ils sont très organisés.

La nuit sicilienne fascine le juge Michel.

Comme le fascinent Palerme et la Mafia, organisation qui a su « fixer » en André Bousquet, le docteur, non seulement un expert de la chimie de l'héroïne, mais un joueur, un aventurier capable de s'occuper d'importer seul sa matière première, puis capable d'être arrêté sans qu'on découvre la moindre poussière de drogue.

Les vitres de l'Alfa Romeo se referment, les barcasses scintillent et s'estompent derrière l'épais verre blindé et le juge Barrile incarne l'inévitable fatalisme de tout magistrat sicilien.

— C'est comme partout ici. Les patrons pêcheurs ne sont pas tous des mafiosi, mais chacun est obligé d'accepter cette pêche sans poissons. Sinon on le raie des registres maritimes, on lui détruit son bateau et s'il résiste encore, on l'envoie au cimetière. D'ailleurs plus personne ne résiste depuis longtemps.

Le juge Michel s'est toujours battu contre le fatalisme marseillais, mafia ou pas mafia, parrain ou pas parrain, il n'est pas venu en terre sicilienne pour renoncer à son combat.

— Tout ça changera si on continue notre collaboration.

A chaque réplique du *giudice francese*, le juge Barrile comprend mieux pourquoi la police sicilienne, Guardia Di Finanza ou Garde Mobile, d'abord timorée, s'est engagée à la suite du juge Michel dans une traque perpétuelle des chimistes de la Mafia. Il se dit aussi qu'un juge qui provoque un chef mafioso dans son royaume de l'Ucciardone, la prison, et qui s'étonne ensuite du massacre des magistrats, et de la protection des survivants, n'a pas vraiment compris la Mafia.

*

Quand la procession des Alfa Romeo s'arrête sur la Via General E. Fardella, devant le Bettolacia 1613, la meilleure table de Trapani, le juge Michel est encore plus impressionné qu'au Palais de justice de Palerme. Une première troupe de carabiniers armés de mitraillettes cerne la bâtisse aux murs blancs, et une seconde troupe envahit le restaurant pour une fouille en règle, salle par salle, table par table. Des cuisines au domicile de Luigia Gavini, la patronne. Au bout d'un quart d'heure, les « officiels » peuvent enfin quitter leurs véhicules.

Le juge Barrile toujours aussi fataliste fixe les étroites fenêtres de l'immeuble d'en face.

— Ce soir, s'ils voulaient, ils pourraient tous nous abattre. La Mafia est partout.

Au fond du restaurant, où les murs sont vierges de toute fenêtre, on a rassemblé quatre petites tables en une seule longue et large, tendue d'une nappe rouge sang. Le juge Michel est placé au centre, entre le questeur et le procureur, face aux juges Barrile et Falcone, et à Alain-Pierre Boidé. Tandis que des serveuses en tablier de dentelle apportent sardines et thon grillés, plats de pâtes au parfum de basilic, bouteilles de vin du Piémont, le juge Barrile essaie d'expliquer encore à *giudice francese* l'importance de son voyage à Palerme, sa gravité.

— On n'avait pas découvert de laboratoire d'héroïne en Sicile depuis 1948... Et encore, c'était à peine un laboratoire. Tout vient de là.

*

1948. L'histoire recommence à rebours. Face à la mort blanche qui envahit les Etats-Unis, les autorités américaines demandent au gouvernement italien de traquer la mafia de l'héroïne en Sicile. Quelle héroïne ? On s'empresse d'enterrer l'affaire, mais devant tant de mollesse naît le Bureau des Narcotiques, et la police sicilienne se résigne à pénétrer dans une usine de dragées et bonbons que Don Carlo Vizzini, le chef de la Mafia, a créée sous la haute direction de Lucky Luciano. Seulement, les douceurs fourrées à l'héroïne ont disparu, de même que toutes les machines. Une usine vide. Pas de preuves, pas de coupables, mais il n'y aura plus jamais de laboratoire dans la ville de Palerme.

*

Le juge Michel, amateur d'ancien, meubles et objets comme dossiers criminels, n'en est plus à rêver sur Lucky Luciano. Le premier maître du Syndicat du Crime est mort depuis dix-huit ans, et l'eau si rare en Sicile a su couler sous les ponts de la Mafia. De règlement de comptes en assassinats, de corruptions en rackets, des familles ont survécu au massacre permanent de l'Honorable Société. Sont demeurés les grands clans : les Gambino, les Spatola, les Bontade, les Badalamenti, les Inzerillo, les Liggio, familles tantôt alliées, tantôt désunies sans que la police s'y retrouve vraiment. Mais la Mafia, ou les mafias, n'ont jamais été aussi puissantes, et c'est le juge Michel, le *giudice francese* qu'on fête sur son territoire. Et comme la Mafia est partout, dans chaque restaurant, chaque hôtel, chaque administration, elle est là, parmi le personnel ou les autres clients à l'épier à la table à la nappe rouge sang. Alors que le juge Barrile continue à s'étonner.

— En France, la police vous protège quand même un peu ?

— Jamais. Je me balade sur ma moto. J'ai seulement un casque et mon blouson. En France, on ne risque rien...

*

Sur la route du retour vers Palerme, le juge Michel est songeur. Le juge Barrile n'a-t-il pas raison ? Un Français, juge ou policier, peut-il comprendre la Mafia, issue de traditions centenaires et ancrée à cette terre sèche comme les vignes et les oliviers ?

On passe par Ségeste où un Français, autre fantôme de ses dossiers, membre d'une autre mafia, a cru pouvoir s'installer au pays de la vraie mafia.

Jean de Broglie, l'affairiste fil-de-fériste du grand cirque de l'investissement, a acheté un élevage de poulets, la Segestana Agricola. Quarante mille têtes, en oubliant la quarante mille et unième : le chef mafioso local, comme par hasard seul fournisseur de maïs et le vendant à prix d'or.

Le prince a alors voulu transformer les poulaillers en ensemble immobilier. Impossible. La mafia du bâtiment veillait. Quand il est tombé sous les balles de son tueur rue des Dardanelles, il possédait cette terre inutile et cinq cents mètres de plage à Syracuse, tout aussi inutiles.

On passe devant le Grand Hôtel des Palmes, aux allures de gare avec sa verrière en croissant et ses piliers grisâtres. Qui s'y souvient encore du suicide, un 14 juillet, à 14 heures, chambre 14, de Raymond Roussel, écrivain français, milliardaire et fantasque, toxicomane sur le tard ? Pour un mafioso, le suicide n'est pas nécessaire pour mourir, et le Grand Hôtel des Palmes est l'hôtel de la Mafia et ses grandes rencontres.

Le juge Barrile demande au chauffeur de stopper l'Alfa Romeo devant les énormes palmiers et la « gare » mal éclairée.

— C'est là, monsieur Michel, qu'ils ont fait la paix.

Les mêmes... Les représentants des grandes familles : les Gambino, les Spatola, les Inzerillo, les Liggio, les Bontade, les Badalamenti. Ils ont tous signé un document entérinant le partage du « travail » et les bénéfices de la drogue que John Gambino, le patron de la Cosa Nostra américaine, avait préparé avant d'être arrêté ensuite pour... trafic de stupéfiants.

Ils ont formé, un après-midi de juin 1979, la malsainte alliance du crime.

Depuis, bien de l'eau a encore coulé sous les ponts de la Mafia. Sont arrivées comme toujours de nouvelles familles, et surtout celles d'Altofonte et de Corleone.

Toujours fataliste, le juge Barrile soupire.

Et la famille Bontade est certaine que la famille Corleone a aidé la Guardia di Finanza à trouver les laboratoires de Carini et de Sant'Onofrio di Trabia. Une autre guerre a commencé... Mais on ne sait plus qui commande qui, qui veut le pouvoir...

*

Corleone, 25 000 habitants, H.L.M. sales, villas roses et moroses, fermes sans charme, béton de grisaille. Corleone, le nom du Parrain dans le film de Coppola. La famille s'est donné le nom de son village à cause du film. Tous se croient des Parrains.

— Et les Bontade faiblissent. Liggio les guidait depuis sa prison, Gerlando Alberti a pris le relais, mais ça n'est pas pareil.

Et la mort est toujours sur Palerme.

*

Seconde nuit dans la chambre 42 de l'hôtel Centrale. Marino Carana de la Garde Mobile veille dans le hall près de son pot à café. Le juge Michel ne dort pas. Songe encore à Gerlando Alberti, U. Paccare, et au juge Barrile. On ne dit pas à un chef mafioso qu'il ment même si l'on est juge. C'est une offense.

Se demande si la Mafia ne gagne pas toujours par la peur et ses simulacres, si l'on ne devient pas malade de la Mafia et si un magistrat sicilien, même incorruptible et déterminé, peut instruire un dossier avec sérénité jusqu'au bout. S'interroge sur les simulacres de cette ville en trompe-l'œil, et persuadé que comme pour chaque grosse affaire marseillaise manquent des dizaines et des dizaines d'inculpés. Ne lui a-t-on pas jeté en pâture à Marseille des « pieds nickelés » comme Guiragossian, Di Géronimo pour que d'autres continuent à œuvrer dans l'ombre.

*

Encore une Alfa Romeo noire, vitres blindées et carabiniers en armes. Le juge Barrile a voulu accompagner Pierre Michel jusqu'à l'aéroport de Punta Raisi. Plus tard, le juge italien dira :

— J'ai admiré tout de suite le courage du juge Michel. Une grande amitié est née entre nous.

Le juge Michel regrette déjà ce séjour trop court, balance la main dans ses cheveux.

— Je n'ai pas assez forcé Bousquet. Quand je reviendrai, je le coincerai. J'aurai des renseignements à Marseille. Il faudra qu'il parle. Après je le ferai extrader. A Marseille, il parlera peut-être plus facilement.

— Mais pourquoi...

— Il sait qui est derrière. Il faut que nous allions plus loin maintenant. Je suis prêt à tout.

Le juge Michel demande si le nom de Gaétan Zampa figure dans quelques dossiers siciliens. Il connaît déjà la réponse.

— Oui.

Le juge Michel est déchaîné soudain, comme il regrettait de quitter la ville de la Mafia. Ça lui fait comme Marseille la première année. Il n'aime pas cette ville, mais elle l'ensorcelle.

— Je sais qu'il y en a d'autres ici, des anciens de la French Connection, des chimistes, avec de nouvelles identités, de nouveaux visages. Comme il y en a en Thaïlande. Un jour nous pousserons jusqu'en Thaïlande. J'ai des informations.

*

Le juge Michel connaît au moins cinq noms de la filière thaïlandaise du trafic de l'héroïne. Il les tient d'une jeune toxico guérie. Elle est arrivée un soir dans le cabinet n° 3 et, seule avec le juge, elle a raconté son odyssée thaïlandaise.

Elle errait dans le quartier de l'Opéra, rue Lulli, l'ancien fief du père de Gaétan Zampa, en quête d'une dose d'héroïne. Elle est entrée dans un café connu pour son punch. Elle n'a pas payé sa dose ni sa surdose ni les suivantes, pas même en apprenant le trottoir. Il lui a suffi d'un voyage à Bangkok pour s'acquitter de ses dettes. Elle s'est retrouvée, nantie d'une garde-robe de prix, et de bagages luxueux, dans une suite de l'hôtel Siam Intercontinental, l'un des plus grands hôtels de Bangkok. En compagnie d'un bellâtre italien. Couple presque insoupçonnable à côté des « fourmis » de l'héroïne capables de faire le voyage pour 10 grammes de drogue dissimulés entre les deux morceaux d'une carte postale décollée puis recollée avant de se retrouver souvent pour trente ans dans les geôles du pays.

Ensuite, toujours en touristes, et sans oublier de visiter temples et marchés flottants, la jeune fille et son compagnon s'en sont allés au nord du pays à Chiang Maï, au cœur du Triangle d'Or. Et dans un autre palace, le Bakana, elle a même assisté à un règlement de comptes à coups de revolver. Un homme est mort sous ses yeux. Un trafiquant. Elle a dû jurer le silence.

Au retour, les douaniers, pourtant soupçonneux, n'ont pas protesté quand elle a déclaré comme son compagnon qu'ils emportaient plusieurs bouteilles de Mekong, le whisky national, au goût de caramel. Fausses bouteilles remplies d'une héroïne très pure, à la marseillaise. Cinq kilos. Environ 5 millions de francs à la revente aux Etats-Unis.

Un vol régulier pour l'enfer.

La jeune fille a raconté au juge Michel :

— J'ai fait deux fois le voyage. A chaque fois, la livraison avait lieu dans un bureau de la direction d'un grand hôtel à Paris. J'ai même été relancée chez moi par un avocat, Parisien également, qui s'occupe de cette filière. Mon compagnon de voyage était un Italien... Ils m'ont dit qu'ils m'avaient choisie parce que je présentais bien.

Avec la mère de cette ancienne toxico, seul le juge Michel connaît l'étrange aventure et les noms de l'hôtelier, de l'avocat, de l'Italien, et de deux correspondants à Bangkok.

Cinq noms de plus dans sa mémoire qu'il n'a pas voulu encore « exploiter » de crainte de condamner à mort la jeune fille.

Il attend. Et sait qu'entre le Triangle d'Or et le Triangle de Platine : Palerme, Agrigente et Trapani, il change seulement de Mafia.

*

Le juge Giovanni Barrile s'étonne encore.

— C'est dangereux d'avoir ses informations personnelles.

Air sicilien connu. Marino Pascucci, le colonel des Douanes, lui a répété à son arrivée :

— Ici, il ne faut surtout pas travailler en solitaire.

Le premier à l'avoir payé avant Boris Giulano, le capitaine de la Garde Mobile et les autres... est le colonel des carabiniers : Giuseppe Russo. Le premier aussi à avoir osé enquêter sur les affaires immobilières, les adjudications de la Mafia.

En 1976, la Mafia a organisé son procès, sans sa présence..., et le colonel a été acquitté. Parce qu'il partait à la retraite le mois suivant, en « pré-retraite ». Prétexte... Pour mieux continuer seul son enquête sur l'Honorable Société. Le 20 août 1977, il se baladait à Corleone avec l'un de ses informateurs, le professeur Felippo Costa. Une mitraillette les attendait tous les deux. Le colonel Russo venait de découvrir l'un des cimetières clandestins de la Mafia. Il n'a pas eu le temps d'expliquer où.

*

D'autres mitraillettes attendent à chaque coin des rues de Palerme sales, tapissées de gravats ou de détritus. On croirait la ville en état de siège. Pourtant c'est seulement la vie, la ville, quotidienne ; Palerme sous le soleil d'hiver un peu sombre paraît encore plus laide et encore plus fascinante.

Du béton, du bitume toujours et encore. Ville comme l'île, défigurée, mais qui ne peut l'être plus. Les kilomètres d'H.L.M., de tours de quarante étages, de ponts, d'autoroutes et de lotissements, autre grand cimetière de la Mafia, sont déjà en surnombre.

— Ils ont tout investi dans l'immobilier.

Les femmes de Palerme ont beau avoir la natalité facile, plus personne ne veut de ces appartements. La spéculation tourne court. Et les « hot dollars », dollars chauds, venus des Etats-Unis s'entassent dans les banques.

Des banques, encore des banques, toujours des banques.

100 banques locales pour 800 000 habitants et des succursales éparpillées jusque dans le moindre bourg, de 1 000 habitants. En dix ans 586 % de plus et dans l'Italie 86 % de plus seulement. Presque plus de banques que de cabines téléphoniques...

Un rapport de la Magistratura Democratica, le Syndicat de la magistrature italien, que possède le juge Michel indique : « Les intérêts conjoints entre banques et activités de la Mafia, la sélection du crédit, les subventions les plus étranges à des organismes inconnus font des banques de Sicile un instrument essentiel pour les affaires des groupes mêlant les hommes politiques et mafiosi. »

Pourtant les trois quarts des Siciliens, fonctionnaires, ne gagnent pas plus de 500 000 lires : 2 500 francs par mois.

On n'a jamais vendu par contre autant d'Alfa Romeo et de BMW, et le Sicilien arrive en tête des consommateurs de champagne, quant aux bijoutiers, ils vendent colliers, bracelets et diamants par poignées.

L'argent est partout.

Et la Mafia a dû enrôler des énarques et des polytechniciens locaux pour réfléchir à sa « crise financière ». Les nouveaux mafiosi au lieu d'être bergers ou paysans sont diplômés des *business school*. Et s'activent à chercher les moyens d'injecter l'argent dans les affaires sans que le fisc s'en mêle.

Le secret bancaire suisse n'est plus ce qu'il était.

Les hommes politiques sont toujours ce qu'ils étaient. Corruptibles mais déjà corrompus.

Alors dans cette pauvre Sicile encore gangrenée de bidonvilles, de squatters dans les palais en ruine, d'enfants vendant des cigarettes au détail dès la fermeture des bureaux de tabac pour s'acheter un morceau de pain, la Mafia pleure ses 100 milliards de francs de bénéfices par an.

Le juge Michel est à la fois fasciné et écœuré en quittant Palerme.

Gaetano Costa est mort de s'être attaché à vouloir contrôler la fortune des familles italo-américaines, les comptes bancaires apparemment insoupçonnables. Les volontaires ne se bousculent plus pour assurer la justice, le juge Barrile se qualifie lui-même parfois de kamikaze.

— Tous les jours, on nous annonce qu'un juge a demandé à aller du pénal au civil.

— Et la commission parlementaire ?

— Les forces politiques et surtout la démocratie chrétienne... n'ont pas voulu utiliser le rapport de la commission anti-Mafia. Pourtant c'est un document intéressant, mais qui restera inutile. On peut vous en envoyer une copie.

— Ça m'intéresse beaucoup.

*

Soixante-cinq pages mettant à nu les rouages de la Mafia, la multinationale du crime, ses liens avec les pouvoirs publics, ses multiples activités, de la distribution d'eau au trafic de drogue. Avec proposition de mesures à la fois logiques et utopiques. Contrôle du patrimoine des suspects, abolition du « Confino », la résidence forcée dans certaines régions du Nord où la Mafia ne fait qu'étendre son emprise. Et même projet de loi permettant de contrôler les avoirs de personnes soupçonnées d'enrichissement illicite.

*

Quand le juge Michel serre la main du juge Giovanni Barrile, il dit simplement :

— Un jour, ce rapport je le ferai rédiger en France.

— Il faudrait que le général Dalla Chiesa revienne ici et nous aide à faire le ménage.

— Ça c'est un type... Je m'entendrai très bien avec lui. J'applique ses méthodes. C'est le seul moyen.

Le juge Barrile s'étonne.

— Oui... Si les types me donnent des renseignements... je ne les charge pas. Dalla Chiesa a fait la même chose en infiltrant les Brigades rouges.

— Mais il est très protégé... et très menacé. Vous devriez vous arrêter, monsieur Michel. C'est très dangereux.

— Non, Barrile... Je ne m'arrêterai jamais. Il faut briser le crime organisé.

— Un jour, en France, j'inculperai Gaétan Zampa.

Giovanni Barrile sourit :

— Ici déjà vous les avez rendus fous. Bousquet et les autres.

— Pas assez fous.

*

A Marseille, rue Fortia, dans un tribunal où personne n'interdit au clochard frileux de se perdre pour un peu de chaleur dans la salle des pas perdus, où trois tueurs de passage pourraient rejouer le massacre du Bar du Téléphone dans le couloir de l'instruction, le juge Michel raconte son hiver sicilien.

Ironique d'abord.

— Là-bas, c'est autre chose que nos « pieds nickelés » marseillais.

Grave ensuite.

— Un Etat où il faut des policiers pour protéger des magistrats n'est plus un Etat.

Grave encore.

— Ce n'est pas la peine de mettre un policier derrière chaque magistrat et un policier derrière chaque policier. Il faut en tirer les conséquences.

Ironique enfin, comme toujours, en désignant d'un vague geste la direction de l'Hôtel de Ville.

— En tout cas, moi je ne pourrai jamais oublier Palerme.

*

En tirer les conséquences...

Toutes les conséquences.

Et ne pas oublier Marseille, la France, l'Etat pour lequel il est juge d'instruction.

Le juge Michel, au-delà de ses dossiers, sa « comédie humaine d'aujourd'hui » comme il le dit, lit au moins deux quotidiens chaque jour, écoute et regarde les journaux radio-télévisés. Sa thèse de doctorat n'était pas un hasard. L'information, ses apparences et ses secrets, ses « choses derrière les choses » le passionne. Dans le cadre de sa formation de juge, il s'est choisi des stages à Antenne 2, où il a travaillé avec Guy Thomas, puis au *Provençal* à Marseille.

Et c'est de l'information qu'il tire les premières « conséquences ».

On s'étonne soudain de ces affaires d'enfants racketés à l'école par d'autres enfants et qui se taisent un mois, une année, des années. Le juge Barrile lui a expliqué qu'à Palerme cela existe depuis dix ans.

On s'étonne de ces bandes d'enfants, de six, huit ans, profitant du mercredi pour saccager des classes, brûler carnets de notes compromettants, répandre de la peinture sur les bureaux. Trois ans déjà que dans le quartier Cep à Palerme, les enfants d'une école sont arrivés avec des molosses en laisse, puis les ont lâchés sur leurs instituteurs avant de détruire quatre salles de classe.

On s'étonne à Paris de ces bandes d'enfants Yougoslaves ou gitans, pickpockets du métro, dressés au vol à la tire, sans domicile connu, impossibles à inculper. Le juge Barrile a expliqué au juge Michel qu'il arrive au tribunal cinquante, soixante mineurs non inculpables par mois, depuis des années.

On s'étonne des enfants voleurs « faisant » les caves des immeubles pour le compte de leurs parents ou d'un chef de bande plus âgé. A Palerme existent des bandes d'enfants spécialisés dans le vol à la commission des accessoires de voiture. De 10 000 à 50 000 lires selon l'importance, et on voit dans les rues des voitures fantômes, aux conducteurs presque invisibles : des enfants livrant un véhicule entier...

Le juge Michel est persuadé que de la délinquance infantile au crime organisé, tout nous vient d'Italie, sans que la Mafia ait besoin d'imposer ses méthodes.

La Mafia sicilienne, mais aussi la Camora, la Mafia napolitaine, la Cosa Nostra italo-américaine tiennent le monde politique, la police, la justice, les jeux.

Le pot-de-vin s'est élevé à l'ère de l'ordinateur et est devenu corruption.

En France, les Trois Canards ont fait bonne école.

Le juge Michel l'a perçu au long de deux dossiers importants de fausse monnaie, de cinq dossiers de trafic de stupéfiants.

Tout est lié. Vraiment lié. La Mafia française existe, et l'important n'est pas de savoir si la Mafia sicilienne se contente de collaborer avec elle ou de la diriger effectivement.

L'important, pour le juge Michel, est de savoir qu'elle tient le monde politique, la police, la justice et les jeux.

Certes, lorsque cet homme secret se hasarde à évoquer cette idée, on prend ça pour une galéjade, on dit « qu'il fait un peu trop de cinéma ».

Un jour aux Dossiers de l'écran, François Colcombet, alors président du Syndicat de la Magistrature, a dit : « Nous espérons ne pas avoir à découvrir que l'argent du hold-up de Strasbourg servit à alimenter les caisses d'un parti politique. »

Le juge Renaud allait sans doute plus que découvrir, mettre à nu cette vérité.

— L'argent, c'est le pouvoir, la Mafia a l'argent, donc la Mafia a le pouvoir, a dit encore le juge Barrile au juge Michel.

Et le juge Michel a le tort de savoir.

Qu'à l'Office Central de Répression du Trafic Illicite des Stupéfiants, le patron, le commissaire divisionnaire François Le Mouel a découvert une « taupe ». Un fonctionnaire de police qui renseigne l'ennemi, les trafiquants. A cause d'une banale écoute téléphonique placée chez un gros bonnet seulement soupçonné.

— J'ai des relations avec quelqu'un de haut placé.

Qui ? Le commissaire Le Mouel enquête dans son service, et a même chargé une équipe restreinte de surveiller les groupes opérationnels pour attraper la « taupe ». Sans résultat encore.

Le juge Michel débutait dans la carrière en 1975 quand au S.R.P.J. de Marseille, il a fallu muter « dans l'intérêt du service » un inspecteur qui informait le Milieu et le commissaire qui l'avait imposé.

Et qui a permis lors du casse de Nice à quelques soupçonnés de choix, surtout Gaétan Zampa, de se mettre au vert avant la grande rafle ? Quelques honorables correspondants à l'Evêché, à la préfecture de police ou ailleurs.

Qui a protégé des années durant Roland Luperini, lui laissant toute liberté malgré le mandat d'arrêt du juge Floch ? La police. Et il n'est pas le seul.

Le juge Michel est lucide. Qu'un policier finisse par accepter quelques millions de centimes en billets usagés sans reçu, nets d'impôts, est inéluctable. La corruption est partout. D'autres se taisent en vertu d'amitiés politiques dont le S.A.C. est souvent responsable.

Le juge a en mémoire son affaire Melero, et d'autres encore.

Pour lui le mal est en l'Etat qui, comme en Italie, toléra des Jean Francisci, des Louis Giralt, des Robert Kechichian.

Jean Francisci :

— Je suis commerçant. Je ne puis vous donner aucun détail à ce sujet. Je puis toutefois vous préciser que je déclare 350 000 francs de revenus annuels.

Louis Giralt :

— Mes affaires ont un caractère occulte, elles ont donc échappé au fisc, mais je suis certain que mes revenus sont supérieurs à ceux officiellement connus.

Robert Kechichian :

— Je suis joueur de cartes professionnel. Je ne saurais indiquer exactement mes revenus.

*

Le juge Michel ne veut plus se contenter de dossiers marseillais. Il veut s'attaquer directement au crime organisé, à la Mafia française.

— Si on met à plat les revenus de Zampa, d'Imbert et des autres, si on a le droit de fouiller leur compte bancaire on trouvera bien la faille. En France on n'a jamais essayé.

En Italie, la commission anti-Mafia a œuvré pendant douze ans pour rien. Ou simplement pour conclure que les véritables chefs de la Mafia sont inconnus ou demeurent au-dessus de tout soupçon, que les noms trouvés ne sont qu'hommes de paille, prête-noms, que 140 hommes politiques sont compromis, que leurs noms ne peuvent être livrés au public, car on manque de preuves, et qu'il n'a pas été possible de mettre la main sur des documents comptables.

Toujours *l'omerta,* la loi du silence des mafiosi.

L'échec comme l'a dit le juge Barrile.

Aux Etats-Unis, un comité anti-Mafia a aussi existé, il y a longtemps, et il a dû renoncer, il y a longtemps.

Le juge Michel ne s'arrête pas à ces péripéties étrangères.

Son idée c'est de suggérer la création d'une commission parlementaire ou sénatoriale chargée de s'attaquer au crime organisé.

— Je leur préparerai un rapport détaillé avec ce que je sais.

Son espoir ? Les élections présidentielles de mai 1981.

— Ça pourra peut-être changer. Si la gauche passe on s'attaquera enfin au mal à la racine.

En Italie on évalue à 100 milliards de lires les revenus du crime organisé, un tiers du budget de l'Etat.

Entre le racket, la fraude fiscale, les fausses factures, la fausse monnaie et le trafic de l'héroïne et la prostitution, le juge Michel est certain qu'en France la proportion est la même.

Un tiers du budget de l'Etat.

— Ce qui m'inquiète, c'est que ça n'intéresse personne... On trouve ça normal.

*

Le juge Michel évoque son projet devant l'un de ses proches du tribunal, dans le cabinet n° 3.

— D'abord, procéder à une enquête détaillée sur la fortune de tous ceux qu'on appelle les parrains : Zampa, Imbert, les frères Zemmour, les frères Francisci, tous... et puis rouvrir les enquêtes, ou les ouvrir sur toutes les morts mystérieuses, même s'il n'y a plus de preuves.

Il songe aux « affaires », l'affaire de Broglie et la mort de René Carriac, le « témoin de Jacques Mérignac, à l'ancien député Charles Bignon, l'ami du prince, et à tant d'autres...

— ... Il faut inquiéter ceux qui liquident les gêneurs sans que personne les inquiète.

*

Le juge Michel, incorruptible au point de s'être fâché avec un journaliste marseillais qui l'avait invité à sa table en même temps qu'un « demi-sel » du quartier de l'Opéra se passionne pour ce nouveau combat. Il prend à témoin une femme magistrat qui lui est proche depuis des années.

— Personne ne s'intéresse au racket parce que ça ne laisse pas de traces... et que personne n'ose se plaindre, et ce sont des milliards chaque année qui alimentent les caisses du crime organisé.

*

Marseille n'est pas Palerme.

La France n'est pas l'Italie.

Pourtant, le juge Michel est arrivé à une concordance parfaite.

— A l'Ucciardone, les chefs mafiosi dirigent la vie de la prison et ceux qui leur résistent sont exécutés. Aux Baumettes, une autre mafia règne, avec les libertés médicales. Pour moi, c'est un signe. Tout est pareil et tout est lié...

*

Le juge Michel a brillamment « tiré les conséquences » de son voyage sicilien, mais il n'est plus un homme, un juge à menacer, à intimider.

Le temps des coups de téléphone anonymes, des lettres, et des boîtes d'allumettes-cercueils est terminé à jamais.

Le juge Michel en sait trop, en fait trop, et veut en savoir, en faire encore trop.

Il veut s'attaquer directement à Gaétan Zampa. Le juge Barrile dirait que le *giudice francese* n'a pas compris la Mafia, qu'elle soit sicilienne ou française.

Il est devenu l'homme à abattre.

QUATRIÈME PARTIE

LE COMPLOT

I

DE MYSTÉRIEUSES MISES EN LIBERTÉ

— Combien avez-vous payé et qui avez-vous payé pour qu'on les libère ?

Daniel Borde ne sourit pas sous sa barbe poivre et sel, et réplique au juge d'un ton aussi violent :

— Mais allez vous faire foutre... Mes clients sortent. Un point c'est tout.

Le juge Michel a le visage tourmenté, et ses doigts se crispent sur son stylo.

— Ce n'est pas possible. Ils veulent me couler.

La Chambre d'accusation de la cour d'appel d'Aix-en-Provence a décidé de libérer Martine Safiotti et Laurent Adamsky, tous deux inculpés dans le dossier de la filière franco-sicilienne. Et, le calme revenu dans le cabinet n° 3, Daniel Borde, leur avocat, doit en convenir. Cette décision peut surprendre.

— Je n'y suis pour rien, Michel. Mais enfin ce n'est pas avec eux que vous allez révolutionner ce dossier.

Le juge Michel parle d'une voix grave comme s'il venait de lui arriver un grand malheur :

— Lorsqu'on libère une seule personne dans un de mes dossiers, c'est tout mon édifice qui s'écroule. Et là, on m'a lâché. Il y a une combine quelque part... Du moment que je me suis opposé à leur libération dès que vous l'avez demandée, et que je me suis battu jusqu'au bout pour qu'ils restent en taule, c'est que je suis trahi. Et je saurai par qui.

Daniel Borde connaît suffisamment le juge Michel pour comprendre qu'il n'ironise pas, que ces mises en liberté l'obsèdent, qu'il vit encore un drame.

— Ecoutez, Michel... en tout cas, ça ne tient pas à mes clients... ni à moi. On les libère. Je suis content pour eux, mais ça ne va pas plus loin.

— Je vous crois, Borde, mais c'est un scandale. J'en suis malade. Mon seul vrai pouvoir, c'est le maintien en détention. Si on me l'enlève, je suis fichu.

Le juge Michel s'est en effet ingénié à faire arrêter Martine Safiotti et Laurent Adamsky. La première est l'amie de Daniel Bozzi, l'un des assistants du docteur Bousquet, le chimiste de la Mafia, et la sœur de Robert Safiotti, compagnon de Bozzi. Avec eux elle est allée à Palerme et à son retour à Paris où elle est prostituée, elle a été placée sous contrôle judiciaire. Ensuite, le juge Michel s'est arrangé pour qu'on ne la trouve pas à son domicile et ainsi a pu la faire transférer à Marseille depuis huit mois. Quant à Laurent Adamsky, compagnon de zinc de Jean-Claude Ranem, l'autre assistant du docteur Bousquet, il devait remettre de l'argent à Robert Safiotti.

Pourquoi le juge Michel s'est-il acharné sur ces seconds couteaux ? Ils entrent dans son implacable logique, seule capable de pousser plus loin le dossier de la filière franco-sicilienne.

— Ils n'ont pratiquement rien fait, mais ils me servent d'appât. Si je laisse sa fiancée au trou un bon moment, Bozzi finira peut-être par craquer, et il parlera de Bousquet et des Siciliens, et si Bozzi parle, Bousquet peut être obligé de parler. Pour Adamsky c'est pareil. Si je laisse son pote au trou, à force il ouvrira peut-être le bec !

Devant Meriam Amami, le juge Michel frappe du poing sur le dossier de la filière franco-sicilienne et le repousse au bord de la table.

— Ça sert à quoi de continuer. On m'empêche d'instruire une affaire comme je le veux, et en même temps, on détruit le boulot des flics. Il y a trois ans qu'ils se cassent la tête avec Bousquet, avec la Mafia.

Désormais, plus que le dossier, ce sont ces étranges libérations qui préoccupent le juge Michel.

*

Meriam Amami, aussi outrée que lui, est témoin des interrogations du juge, de ses inquiétudes. Pour lui, tout vient de la Cour d'Appel, du président Charon et donc de sa hiérarchie. Encore une fois, c'est un homme blessé.

Et pour la seconde fois.

Déjà un mois plus tôt le 20 mai Alain Chaffard et Françoise Bizard, le fils et la maîtresse du rescapé de la French Connection arrêté à Chambon-sur-Lignon, tous deux inculpés de trafic de stupéfiants ont été libérés par la même Chambre d'accusation, le même président Charon. Une décision surprenante pour le juge Michel, un premier désaveu de sa stratégie du « tous au trou ».

Françoise Bizard et Alain Chaffard assisteront plus tard à leur procès, en prévenus libres, mais comprenant qu'ils vont être condamnés à de lourdes peines — huit ans et sept ans de prison, ne se présenteront pas à l'audience de prononcé. Le juge Michel l'a prévu. On ne les retrouvera jamais.

Deux fois à un mois d'intervalle, c'est trop. Le juge Michel qui en perd le sommeil désormais et qui essaie de comprendre de toutes ses forces, comme si en dépendaient sa vie et celle des siens a trouvé une explication troublante :

— Ils tirent les ficelles derrière. Ils préparent le terrain. Ils commencent par libérer des inculpés sans grande importance, en attendant de s'occuper des ténors. Ça se remarquera moins quand ils feront sortir Kechichian et compagnie...

Devant ses proches, et devant certains avocats qui le visitent sous le prétexte d'un dossier, le juge Michel s'inquiète.

— S'ils sont assez puissants pour me briser mes dossiers c'est que la corruption est partout. Il y a quelque chose de pourri au tribunal et on m'en veut personnellement. On veut me briser, m'empêcher d'aller plus loin.

Le juge Michel se décourage :

— Le 10 mai n'a rien changé... « Ils » sont toujours aussi protégés. On dirait qu'aucun ne veut s'attaquer au mal. D'ailleurs la hiérarchie n'a pas changé, ni ici ni à Aix et avec un avocat comme garde des Sceaux, on est mal partis...

Le juge Michel s'interroge : « La hiérarchie veut me briser, mais pourquoi ? Est-ce qu' « ils » ont placé des hommes ici ? Si on ne me soutient plus, « ils » vont gagner. »

« Ils » ce sont bien sûr les maîtres du crime organisé.

Le juge Michel se demande même s'il n'est pas sur table d'écoute, et si des membres de sa hiérarchie ne font pas espionner ses communications. Dès lors, pour joindre certains de ses informateurs, il arrête le matin ou le soir sa Honda 125 près des rares cabines téléphoniques encore en état de marche à Marseille. Pour lui tout est lié. Ces libérations sont aussi un moyen de l'écœurer de Marseille, au moment où il se décide à y rester, et où ça commence à se murmurer dans les couloirs du tribunal, de l'Evêché et des Baumettes, trois territoires marseillais, où le crime organisé a su planter des antennes.

*

Le juge Michel est devenu juge à Marseille à cause d'une femme : Jacqueline, sa femme. Sept ans après il est à l'heure du choix. Nommé sur le tableau d'aptitude, donc d'avancement, en septembre 80, il a reçu depuis ses papiers de demande de mutation. Paris l'attire. La ville, mais aussi ses spectacles, l'Opéra, le théâtre. Et ses amis. Elisabeth et Michel Morel les « Bordelais », juges d'instruction à Nanterre, qui l'hébergent dans leur appartement de Neuilly chaque fois qu'il est de passage. Hubert Haenel, rencontré sur les bancs de la faculté à Nancy et désormais Maître des requêtes au Conseil d'Etat.

De plus les victoires marseillaises du juge Michel lui ont valu une grande réputation et malgré des inimitiés à la Chancellerie, il est certain d'avoir plus qu'un poste de juge d'instruction dans la capitale. Seulement à Marseille demeurent des dossiers inachevés, son œuvre inachevée. Le juge Michel est tout à fait conscient de sa valeur professionnelle et de sa « folie » à combattre le crime organisé comme aucun autre juge ne l'a jamais fait à Marseille, ni en France, à part le juge Renaud...

— Si je pars ça continuera de plus belle, surtout pour la drogue. Ils n'attendent que ça.

Comment pourrait-il continuer à Paris cette œuvre de démolition des trafiquants devenue sa mission, son idéal personnel ? Et compte acheter un appartement à Marseille avec le chauffage central... et craint enfin de ne pouvoir se le permettre à Paris.

Et puis celle qui l'a mené vers Marseille ne tient pas à quitter la région. Jacqueline est du Sud, aime le Sud et ne le suivrait sans doute pas à Paris. Reste alors Cahors où peut l'attendre, s'il le désire, un poste de président du tribunal. Une autre femme influence aussi son choix : Meriam Amami.

— Je ne pourrais pas travailler avec une autre greffière. On n'a pas besoin de mots pour se comprendre et coincer un gars.

Alors les jours de tempête sur ses dossiers, il annonce son départ.

— C'est trop dur. Il faut savoir s'arrêter. J'ai peur un jour d'avoir peur.

Mais viennent aussitôt les jours de soleil.

— J'en ai encore trop à coincer... Je suis trop avancé... Je dois retourner à Palerme. La mafia des Baumettes va tomber. Je veux voir Zampa dans ce cabinet d'instruction.

Quand René Saurel dont il a pris la succession dans le cabinet n° 3 et qui est désormais conseiller à la cour d'appel d'Aix le visite un après-midi, il essaie à sa façon peut-être de le sauver :

— Ne choisissez pas de rester à Marseille, Michel... Faites comme moi. C'est la sagesse.

Le juge Michel sourit, comme toujours :

— Oh, je vais rester pour ma femme.

Partir, pour Pierre Michel, est sans doute la dernière chance.

De vivre.

Mais est-ce vivre pour cet homme fait juge que se laisser glisser vers une carrière « brillante », sans trop de heurts, sans trop de vagues, puis vers la retraite paisible, entre ses collections de vieilles cartes postales et de trains électriques.

Pour lui, c'est déjà la mort, et cette mort-là, il la refuse. Il choisit Marseille, ou plutôt Marseille le choisit. Malgré ses rapports, plus qu'ambigus désormais avec sa hiérarchie, malgré ce complot qu'il pressent contre lui, on crée pour lui un poste de premier juge d'instruction à Marseille. Plus tard, des magistrats, des « gens compétents », diront qu'en lui donnant cette promotion sur place, à peine sept ans après son entrée en fonction, sur le théâtre de ses exploits, on le condamnait à mort. Mais alors, en cette fin de juin 1981, c'est le juge Michel lui-même qui se condamne à mort. Car ce poste, après bien des hésitations-alibis, il l'a désiré de toutes ses forces.

— Le métier de juge c'est ma drogue et juge à Marseille, c'est mon overdose.

*

— J'ai choisi de m'acharner contre les trafiquants qui gagnent des milliards sans prendre de risques, à moins que leurs labos explosent.. Enfin, ils ne sont jamais présents à ce moment-là. Et qui surtout, eux, ne se droguent pas. Je leur souhaite même la peine de mort. S'il fallait la voter, je la voterais. C'est mon combat. Je tiens à ce mot : combat.

Le juge Michel est assis dans le salon d'une villa du 4e arrondissement de Marseille. Une fois de plus il parle de son combat et en cherche les meilleurs prolongements. Depuis qu'il a vu la drogue en face, un après-midi de janvier 1975, et depuis qu'il est juge, Pierre Michel participe à plusieurs réunions par mois, dans les lycées, les collèges, les hôpitaux marseillais, partout où il peut aider à la lutte. Avec Rémy Warnery, l'éducateur, Marie Viangali, le substitut. Avec Juliette Gérin un expert judiciaire que ses amis appellent Gobi. Elle a organisé cette soirée chez elle. Dans un coin de la pièce, Anne Gérin, sa fille, blonde, grande, jolie, enceinte, écoute Pierre Michel.

— Il n'y aura jamais de peines assez lourdes pour les trafiquants et surtout les commanditaires.

*

Quand Anne Gérin entre dans le cabinet n° 3 trois ans plus tôt, en juillet 1978, le juge Michel ne la reconnaît pas. Pourtant, il l'a rencontrée souvent dans le cabinet d'instruction de Monique Mabelli, la « bonne mère » quand il était auditeur de justice. Monique Mabelli devenue conseiller à la cour d'appel d'Aix est l'amie de Juliette Gérin. Soudain devant lui apparaît une caricature de 21 ans, au visage dévoré de fond de teint et encore pourtant trop pâle, avec l'œil gauche exorbité, des habits aux couleurs violentes et pesant à peine 47 kilos. Elle est étudiante en médecine, droguée, et « témoin » d'une affaire où un médecin pourvoyeur d'ordonnances prescrivant du Palfium tenait la sinistre vedette. Le juge Michel la reçoit comme tout toxicomane la première fois. Arrogant, les pieds sur le bureau, jouant avec ses lunettes, la fixant d'un regard froid, et sans un bonjour, l'invite à s'asseoir.

— Ils me détestent au début, et même parfois toujours, mais tant pis. J'essaie de leur donner la plus grande peur de leur vie.

Le juge Michel dit à Anne Gérin d'une voix très sèche :

— Toi, ma petite, tu risques de passer un bon moment au trou si tu continues. Je ne te raterai pas si je te retrouve ici.

Pourtant, elle revient dans le cabinet n° 3, toujours toxico, inculpée cette fois. Avec les treize autres héros de l'affaire des blouses blanches. Des infirmiers en psychiatrie, des étudiants comme elle, certains voleurs de drogue, d'autres fourmis pour se payer leur dose.

Le juge Michel assiste au procès en correctionnelle. Comme à chaque fois qu'il le peut. Surtout pour parler aux parents des toxicos, les mêmes qu'il reçoit parfois très tard et qu'il aide.

— J'essaie de comprendre avec eux, et je leur demande de ne pas rejeter leur enfant, de ne pas dresser une autre barrière. Nous cherchons ensemble la meilleure cure de désintoxication.

Condamnée à trois mois de prison avec sursis, et trois ans de contrôle judiciaire, Anne Gérin, déjà désintoxiquée en vain par une méthode à base d'acupuncture et d'homéopathie, renoue avec la drogue, toutes les drogues, trafiquant les ordonnances de sa mère pour se procurer les mélanges de mort. Nouvelle désintoxication dans une clinique coûteuse avec un psychiatre apparemment heureux de donner directement des ordonnances aux toxicos sous prétexte de les responsabiliser. Nouvel échec. Des piqûres d'héroïne sans arrêt, même sur la langue. Des proxénètes qui cherchent à s'emparer d'elle sous prétexte de lui offrir ses doses. Et bientôt une nuit les portes de l'overdose. Anne Gérin dort. Trop profondément. Olivier, son frère, s'inquiète, prévient sa mère. Ils la réveillent et pour éviter l'asphyxie et la mort, lui donnent du café très fort et la font marcher en rond dans la maison pendant huit heures... En lui donnant des coups pour que surtout elle ne s'endorme pas.

Le juge Michel suit le cas d'Anne jour après jour. Il sait que Juliette Gérin a dû arracher sa fille d'un bar du quartier de l'Opéra où on allait l'obliger à « travailler », mais que choisir alors pour l'arracher à la drogue ? Un ami de Juliette Gérin dont le fils s'est longtemps drogué lui conseille :

— Mon fils est au centre de La Boere près de Toulouse. Ça a l'air de marcher.

Anne Gérin part en juillet 80, dans le cadre du contrôle judiciaire, à La Boere. Et maintenant elle est là, participant à la réunion, dans la maison de son enfance et contant son expérience de toxico devenue responsable d'un centre de désintoxication en Belgique, puis à Narbonne, puis continuant à s'occuper des drogués, et désormais, mariée, bientôt mère de famille.

— La Boere m'a sauvée.

Le juge Michel s'intéresse depuis des années à l'œuvre de Lucien Engelmayer, « le Patriarche » de La Boere, même si certains discutent sa thérapie. Il l'a déjà rencontré au cours de réunions à Marseille. Il veut aller plus loin, ne pas se contenter des apparences comme dans un dossier compliqué.

— Je pars la semaine prochaine à La Boere. Je veux voir de près sa façon de soigner. Je ne peux pas juger sans voir. Là-bas, comme ailleurs, on constate que l'âge des toxicomanes devient de plus en plus bas. Ils ont 13, 14, 15 ans. Les toxicos de 19 et 20 ans sont l'exception.

Anne Gérin explique au juge Michel qu'elle est prête à défendre toute sa vie « le Patriarche ».

— Quand on a essayé la cure classique, les psychiatres et tout ce qui peut exister, et que quelqu'un sauve votre fille, on ne peut être qu'à fond avec lui.

*

Pierre Michel conduit sa 305 bleu clair sur les routes en lacet de Marseille à Toulouse. Jacqueline, sa femme, l'accompagne. De nombreux magistrats ne voient pas plus loin que le bout de leur tribunal. A Marseille et ailleurs on quitte sa défroque de juge ou de substitut pour aller à la pêche, au cinéma ou surveiller sa collection de timbres. Le juge Michel a pris trois jours de congé pour vivre à La Boere au milieu des toxicos en cure. Au collège Sainte-Anne, Jacqueline Michel se consacre aux adolescents, connaît leurs tourments et a toujours suivi de près le combat de son mari. Son idéal. Elle n'apprécie pas le métier de juge, à cause du danger, des menaces, et du temps qu'il réclame, mais elle l'accepte mieux en songeant aux toxicos.

*

Lucien Engelmayer, « le Patriarche », a 42 ans. Avec sa femme Rena, ils se sont lancés dans un pari fou en 1972. Créer sans subventions, avec leur seule volonté, un lieu d'accueil pour guérir la toxicomanie. Officiellement existait alors seulement un centre de postcure, à Sartrouville près de Paris.

A l'époque, l'étudiant Pierre Michel ignore la vraie réalité de la drogue. Le Patriarche et sa femme trouvent un domaine abandonné sur la commune de Saint-Paul-sur-Save, en Haute-Garonne : La Boere. Tout est à refaire ; la bâtisse datant du XVIIIe siècle et ses annexes, ferme, chapelle, au milieu d'un fatras de toits effondrés, de tuyaux, ferraille rouillés. Ils vont tout refaire. Et un à un les toxicos arrivent pupilles dilatées, regard inquiet, un sac, un baluchon à la main. Envoyé par l'un, guidé par l'autre. Toujours accueillis sur le perpétuel chantier de La Boere par un homme à la barbe et aux cheveux épais, jadis fils de famille, devenu le Patriarche.

Le juge Michel demeure avec Jacqueline dans une chambre aménagée là où les murs s'écroulaient, les plafonds se lézardaient, neuf ans plus tôt. Certains vénèrent le Patriarche, d'autres doutent. Le juge Michel sait qu'il réussit dans 80 % des cas à détourner les toxicos de la drogue, de toutes les drogues. Il a voulu voir. Il voit des toxicos se lever à 6 heures du matin, travailler au jardin, dans le parc, s'occuper des clôtures. Il parle au hasard des chemins.

Un garçon de dix-huit ans au visage rougi de soleil :

— Je suis allé dans des tas de centres, et à chaque fois je recommençais à me défoncer. Je suis là depuis un an. C'est la première fois que j'arrête. Je crois que c'est pour toujours.

Une fille de vingt ans, blonde comme Anne Gérin :

— Ici on se sent dans une famille. Le Patriarche est un type formidable. Je ne m'entendais pas avec mes parents. Lui, c'est comme mon père.

Le juge observe, et marche aussi dans les allées du second centre, créé devant l'affluence des toxicos : le château de la Mothe, à Saint-Cèzert, à douze kilomètres de La Boere. Avec cette fois des appuis officiels, mais un nouveau combat du Patriarche pour rassembler des fonds et sauver encore des toxicos.

Le juge Michel connaît au moins un exemple vivant de la réussite du Patriarche : Hank Giraudon. Il était vaguement manutentionnaire et naviguait à Marseille dans les eaux des toxicos, dealers et fourmis, entre le Vieux Port et l'Opéra. Camé et connu des Stups, mais se jouant de toutes les filatures, il a été arrêté au moment où il vendait un sachet d'héroïne à un drogué. Il est arrivé en février 1979 dans le cabinet n° 3. Il avait 28 ans.

Le juge Michel a été dur avec lui, à sa manière, et l'a fait écrouer aux Baumettes. De même que huit autres acheteurs et vendeurs, dont le fils d'un célèbre fabricant de couscous, plus ou moins apparentés à cette filière d'héroïne thaïlandaise. Pierre Michel a ensuite essayé de comprendre Hank. Il le convoquait pour des interrogatoires injustifiés, dans le cadre du dossier, mais pas dans le cadre de la vie. Ils se sont affrontés, heurtés, parlé, compris sans doute. Hank Giraudon s'en est allé vers La Boere. Il a 31 ans. Il a passé son C.A.P.A., le Certificat d'aptitude à la profession d'avocat, va devenir avocat, et travaille avec le Patriarche.

*

— Je n'avais jamais planté un clou, monsieur le juge, avant de venir ici. Maintenant, je suis la reine du bricolage.

Elle est brune. Elle a connu l'enfer du cabinet n° 3. Puis La Boere. Et participé à la grande restauration. Même l'ancienne chapelle a été rebâtie et aménagée. Les vitraux ! De vieilles bouteilles dans du plâtre ! la récupération des matériaux sur des chantiers de démolition, dans la campagne, a permis que naisse et prospère le centre.

Le juge Michel rencontre le Patriarche. Ils parlent peu. Les mots sont inutiles. Le juge connaît les préceptes d'Engelmayer pour les avoir entendus et expliqués tant de fois.

— Le toxicomane est libre de venir et rester à La Boere. Dès le jour de son arrivée c'est le sevrage complet. Il renonce à toute drogue, café, vin et médicament compris. Travaille au moins cinq heures par jour. Celui qui ne travaille pas ne mange pas. L'effort physique est la meilleure façon de lutter contre la dépression, les crises de manque, guérit les angoisses futures. Des travaux de cuisine, ménage, donnent à chacun la conscience des autres, et les gros travaux de maçonnerie, construction, associent chacun à l'aménagement du lieu où il vit et qui est celui de la communauté.

La communauté... le grand reproche contre le Patriarche.

« Engelmayer devient un véritable gourou. Tous ces jeunes restent en état de dépendance. Leur nouvelle drogue, c'est le Patriarche. »

Le juge Michel n'apprécie pas les sectes, qu'elles soient menées par Moon ou par la Mafia. Il peut en témoigner. Le Patriarche n'a pas fondé de nouvelle secte. Comme Hank Giraudon, les toxicos qui ne le sont plus partent lorsqu'ils le veulent, lorsqu'ils se sentent prêts à affronter la vie du dehors sans seringue et sans dose. Le juge Michel connaît la suite. L'un est gendarme, l'autre professeur... Ils lui écrivent, et ces lettres-là ne vont pas dans le Sottisier.

*

Le juge Michel est un homme critique, autant pour lui que pour les autres. Il a réfléchi pendant le voyage du retour et Anne Gérin comprend que le juge ne nie pas les résultats du Patriarche, sans être d'accord avec tout.

— Des choses me choquent, peut-être la trop grande liberté des toxicos qui peuvent se battre sans qu'on intervienne, mais les critiques qu'on lui adresse au tribunal ne sont pas justifiées. Entre La Boere et la prison, il faut être fou pour hésiter.

Au tribunal de Marseille, en effet, certains magistrats préfèrent envoyer les toxicos aux Baumettes que chez le Patriarche. Quand le juge Michel s'y résout, c'est par contrainte.

D'abord au mois de février 1981, la ferme d'Entremont, à l'hôpital Salvatore a fermé sa porte aux drogués. A cause d'une circulaire du cabinet de Simone Veil. Manque de crédits. Une journée à Entremont pour un toxico coûtait 700 francs. Aux Baumettes elle revient à 80 francs seulement. Le juge Michel a essayé d'intervenir.

— C'est une honte de fermer Entremont.

Marie Viangali, le substitut, l'a aidé dans ce combat perdu d'avance. Ils se sont réunis avec le docteur Tosti, le docteur Paoletti, responsables d'Entremont, mais en vain. Le juge Michel en a souffert autant que d'un échec dans la lutte contre les maîtres du trafic. La ferme d'Entremont, où il s'est rendu souvent pour prononcer des inculpations, sans être un modèle, a permis aux toxicomanes d'attendre la cure. On les traitait sans neuroleptiques. Désormais les Baumettes et ses cellules noires leur donnent plus envie de se droguer que de renoncer. C'est souvent la course à la fiole — des calmants pilés dans une bouteille anonyme — pour dormir ou planer.

Et puis, alors que la Chambre d'accusation de la cour d'appel d'Aix-en-Provence donne si facilement la liberté à Safiotti, Adamski, Chaffard, Bizard et les autres, malades sans maladie, abonnés à la mafia des Baumettes, le juge Michel se heurte au Parquet pour la liberté provisoire des toxicos. Au début, le juge les accordait aisément, après un mois de geôle pour la peur.

Mais la peur est venue à la hiérarchie... Passe encore que le juge Michel démantèle les labos jusqu'en Sicile, sur le territoire de la Mafia, mais qu'il s'intéresse de trop près au sort des victimes de l'héroïne purifiée et ne dédaigne pas les fourmis, dealers et toxicos, quel sacrilège !

Le juge Michel a dû s'incliner devant sa hiérarchie en y voyant, depuis un an surtout, un autre signe du complot.

— Ils veulent ma peau. Par tous les moyens.

Alors les jours de procès en correctionnelle on le voit assister à des libérations à l'audience après trop de mois passés aux Baumettes. Le juge se tourmente. Son voyage à La Boere le lui prouve. Du côté des toxicos, il n'a pas encore réussi. Il connaît trop d'échecs, de récidives, de morts par overdose, mais il continue son combat :

— Il faut trouver la meilleure solution pour les aider.

L'empêcher d'aider les drogués, c'est le livrer encore plus à la haine des Baumettes. Ainsi, à l'heure de la promenade au quartier des femmes des Petites Baumettes, dans le bâtiment collé à la Prison-Hôpital, dans les deux cours du rez-de-chaussée et du premier étage, Anne Chaffard, l'épouse de Fernand, la mère d'Alain, mystérieusement libérée en mars 1981, entend ses compagnes de détention :

— Michel c'est un SS.

— C'est normal. Sa mère était française et elle l'a eu avec un Allemand.

— Il est brutal. Il ne sait pas nous comprendre.

— Ce sera le plus beau jour de ma vie quand il sera mort. Si seulement quelqu'un pouvait le descendre.

La plupart des trente femmes de l'étage sont des droguées passées dans le cabinet n° 3.

Puis après ces insultes contre leur juge elles attendent la fiole pour planer et le maudire encore plus. Pourtant à cause d'elles, à cause de tous les ravages de la drogue au même moment, le juge Michel demande à Jérôme Ferracci, Alex Panzani ou Paul Teissere, les trois chroniqueurs marseillais :

— Essaie de ne pas mettre le nom du type dans le canard. Il peut s'en sortir.

Il continue à harceler Rémy Warnery, l'éducateur, pour qu'il prenne en charge un jeune drogué sur le point de rechuter, lui téléphone à minuit pour être certain que le lendemain il a bien rendez-vous aux Baumettes pour rencontrer un détenu signalé par le service social. Avec lui il se rend encore au chevet de drogués sortant d'une tentative de suicide ou d'une cure épuisante.

Mais malgré cela aux Baumettes, de la Prison-Hôpital au quartier des femmes et au quartier des hommes, qui pourrait résister au complot de mort qui entoure le juge Michel, devenu pour tous les détenus le mythe d'un homme à haïr, « Shérif de Marseille » ou « justicier », selon les graffiti.

II

LE FAUX CANCER D'UN HOMME TRÈS PROTÉGÉ

— Kechichian n'a pas plus de cancer que moi, je le prouverai. Cette fois, je les aurai.

18 juin 1981. Le juge Michel vient de refuser la demande de mise en liberté du trafiquant, et ses yeux, sa voix, son visage sont graves.

— Putain... S'il recommence je vais le faire transférer à Fresnes comme Giralt et on verra bien que c'est du bidon.

Meriam Amami, comme ses proches de la villa Les Buis, comme Marie Viangali le substitut, sont témoins depuis plusieurs mois de sa lutte contre Robert Kechichian et contre la mafia des Baumettes. Le juge est certain, absolument certain, au plus profond de sa conviction, qu'il a affaire à un simulateur, mais comment le prouver ? Les certificats médicaux s'étalent sur le bureau, dans le cabinet n° 3, et ils sont inattaquables. Le scénario de liberté est diabolique. Le juge Michel le vit comme une défaite personnelle.

— Ils veulent que Kechichian sorte, ils ont besoin de lui dehors, et il sortira. Ils sont même capables de s'attaquer à moi pour que ça réussisse.

Le juge Michel est encore plus blessé dans son honneur, son éthique de juge, parce qu'il sait, désormais, tout ou presque, de la filière et du scénario et qu'à moins d'oublier sa responsabilité de magistrat, mais aussi d'homme, il est obligé de laisser Robert Kechichian revenir grossir les rangs de la Mafia.

— On ne le reverra jamais. Ils le garderont en Italie, ou en France avec une nouvelle identité, et il recommencera le trafic, avec Maneri et leurs hommes de main.

Le juge Michel doit se battre contre lui-même pour chercher la parade. Lui, le juge presque invincible, héros de la justice marseillaise, se trouve pris au piège de sa solitude. Il n'a plus rien à espérer de sa hiérarchie, et continue à s'interroger. Pourquoi l'a-t-on lâché ? Pourquoi est-il plus seul que jamais au moment où il ne doit pas être seul ? Pourquoi a-t-on libéré Safiotti, Adamski, Chaffard et les autres ? Il n'a plus rien à espérer non plus du Milieu marseillais, et de la Mafia italo-française ? On veut lui faire payer très cher sa joute avec Giralt, son combat contre les libertés médicales, et contre les commanditaires du trafic de l'héroïne. Alors pourquoi justement est-il seul ? Pourquoi tout se ligue-t-il contre lui après sept ans passés à Marseille et alors qu'il lui reste, entre autres, un énorme dossier de drogue prêt à exploser. Il n'y a guère que la Brigade des Stups, les vieux chasseurs, pour se battre à ses côtés, avec quelques grognards du Service Régional de Police Judiciaire, et bien sûr, Marie Viangali, Meriam Amami. Au-delà c'est le désert, et un désert dangereux, un enfer pavé de mauvaises intentions.

— Ils ont mis le paquet pour Kechichian et moi je suis à la limite. Il faudrait que je sois un superflic pour les coincer.

S'il en a le talent, le désir, il lui en manque les moyens. Son enquête personnelle se heurte à des portes qu'il ne peut ouvrir.

*

Robert Kechichian, le joueur professionnel sans revenu autre que ceux des filières de la drogue, du jeu et de l'argent lavé dans les grandes eaux de la Mafia a d'abord montré qu'il savait être persévérant. Il a poursuivi vaille que vaille sa grève de la faim jusqu'à perdre son allure de séducteur et flotter dans sa garde-robe achetée sur mesure lors de ses voyages italiens. Au cours des derniers interrogatoires où sa mémoire flottait elle aussi de plus en plus, et où il avait tout oublié de ses relations avec Jean Jehan, Orazzio di Maggio et Michaël Maneri, où le seul mot d'héroïne attristait son beau visage amaigri et donnait à ses larges yeux verts des éclairs de tristesse, il est devenu le malade type, façon Giralt ou façon Graziani.

Il a été transféré, bien sûr, selon la logique de l'organisation, à la Prison-Hôpital des Baumettes, royaume du docteur Colombani. Là, dans l'antichambre des fausses libertés médicales, soudain la maladie lui est venue. Pire. Le cancer.

Comme le dit le juge Michel :

— Kechichian ne s'est rien refusé. Ils ont vraiment mis le paquet...

Robert Kechichian a d'abord été examiné au C.R.A.C.M., le Centre Régional Anti-Cancéreux Médical de l'institut Paoli-Calmettes, à l'hôpital Sainte-Marguerite. Le patron du Mas, rue Lulli, quartier de l'Opéra, connu pour son humour noir, aux amitiés nombreuses dans le Milieu marseillais et à la mairie de Gaston Defferre, y possède de jolies relations...

On a trouvé Robert Kechichian, atteint du sarcome de Darier et Ferrand. Une forme très grave et assez rare de cancer de la peau. Résultat : il faut opérer d'urgence le « malade », se livrer à des greffes de la peau compliquées, et donc le transporter dans la salle d'opération d'un hôpital ou d'une clinique spécialisés. L'expertise pratiquée par deux spécialistes en cancérologie du C.R.A.C.M. est datée du 30 juin. Elle est formelle comme le verdict du cardiologue pour Louis Giralt. Kechichian a un cancer : des métastases au niveau des tissus de la paroi abdominale susceptibles de se généraliser et de le condamner à mort. Il doit être opéré.

Ces experts appartiennent-ils alors eux aussi à l'organisation ? A la mafia des Baumettes ? Un expert réalise son expertise à partir de prélèvements et n'est pas responsable des prélèvements. Par contre, celui ou celle qui prélève n'a pas besoin d'être un maître de la prestidigitation pour les manipuler...

*

Le juge Michel connaît le dossier Kechichian par cœur. Chaque détail est entré dans sa formidable mémoire. Mais il veut être certain de ses conclusions et relit les rapports de filature concernant le joueur, désormais maître du jeu. Les vieux chasseurs des Stups n'ont pas l'habitude de manquer un seul rendez-vous de l'homme qu'ils traquent. Chaque journée est disséquée au moins d'heure en heure, avec le nom des personnes rencontrées, et surtout si ces derniers ne sont pas trop marginaux, leur adresse, leur profession.

Robert Kechichian ne s'est jamais rendu chez un médecin, pas même pour une consultation banale, et encore moins chez un cancérologue. Aucun médecin ne lui a rendu visite ni dans son appartement ni dans son club de jeux.

Le juge relit les rapports d'écoutes téléphoniques branchées sur la ligne personnelle de Kechichian, et sur la Jacava. Longs, détaillés, précis, mais à part Jean Jehan, Orazzio di Maggio et son épouse, pour la « pompe à piscine », n'interviennent pas d'autres correspondants.

Robert Kechichian n'a jamais téléphoné à un médecin, à un cancérologue et n'a jamais reçu d'appels de l'un d'eux, à moins que ce ne soit en code... comme pour le gigot.

Le juge Michel relit les dépositions et les procès-verbaux d'interrogatoires de Kathy Kechichian. Elle a accumulé les détails sur son étrange société la S.O.N.O.R.E.P., a insisté sur son état de grossesse, et a défendu avec vigueur son joueur de mari.

Kathy Kechichian n'a par contre jamais évoqué de cancer ou d'autres maladies.

Le juge Michel ironise encore :

— Bah, c'est l'air des Baumettes qui lui aura donné le cancer. Il lui faut le grand air.

*

2 juillet 1981, une nouvelle demande de liberté médicale arrive sur le bureau du juge Michel. Il décide d'envoyer aussitôt Robert Kechichian à Fresnes, comme Louis Giralt. Il prévient officiellement la direction des Baumettes et donc son médecin-chef Alain Colombani. Il veut qu'ait lieu une contre-expertise à Fresnes en souhaitant qu'interviennent les incorruptibles de l'expertise : les docteurs Bailly et Deponge. A Fresnes, ou dans un institut spécialisé parisien de nouveaux prélèvements seraient effectués à leur demande, sans manipulation.

Imprudent juge Michel...

On s'acharne en face de lui à ce qu'il perde la partie, et il doit la perdre. La logique implacable du crime organisé l'exige. Robert Kechichian a payé suffisamment pour cela. Et même déjà avant son arrestation en nouant de précieux liens avec la Mafia et en organisant la nouvelle French Connection. Quelqu'un capable de payer chèrement des complicités jusque dans l'insoupçonnable C.R.A.C.M. ne doit pas traîner dans les quatre murs d'une cellule. Tout a été prévu pour que l'affaire Giralt ne recommence pas.

D'abord dans le choix du second avocat de Kechichian, maître Sixte Ugolini, que le juge Michel estime. Il a déjà prouvé dans l'affaire du tract notamment qu'il était intègre, et le juge est persuadé qu'il ignore tout du trafic. Il croit que son client a bien un cancer. André Fraticelli avocat du trafiquant et de Kathy Kechichian reste en coulisses... et Sixte Ugolini signe la demande de mise en liberté. L'été marseillais, synonyme de farniente, de mer et de pastis ne décourage pas la mécanique Kechichian.

Imprudent Pierre Michel...

Comment pourrait-il lutter avec ceux qui ont imaginé un si parfait cancer ?

Arrive le 5 juillet à la Prison-Hôpital des Baumettes une lettre dont il reçoit aussitôt le double. Comme un nouveau défi, une injure, une insulte à son métier de juge. Elle tombe comme un couperet, et marque bien, d'une certaine façon, sa condamnation à mort. Le juge, découragé, confie à ses proches.

— Là, ils se mouillent vraiment... Donc ils se sentent protégés. Ils iront jusqu'au bout pour m'avoir.

La lettre, de format 21 × 27 sur papier blanc réglementaire a en-tête du ministère de la Justice, tapée à la machine en caractères plutôt gros, est datée du 4 juillet. Un samedi... mais il y a vraiment urgence ! En voilà le texte dont chaque mot est une blessure de plus pour le juge Michel :

« Je soussignée Mme Troisier, professeur à la Faculté, chef de service à l'hôpital de Fresnes, certifie qu'il n'y a pas à l'hôpital de Fresnes les structures nécessaires pour soigner M. Kechichian Robert, âgé de 35 ans. Celui-ci est en effet atteint d'une affection si grave que ses jours sont en danger. Nous serions obligés de l'hospitaliser dans un service spécialisé dans le traitement du cancer. Je m'oppose donc à ce transfert entre les Baumettes et l'hôpital central de Fresnes. »

La lettre est signée à l'encre noire, de la main du docteur Solange Troisier, médecin-inspecteur général de l'Administration pénitentiaire, la plus haute autorité de France en matière de médecine pénitentiaire, l'une des femmes les plus en vue du ministère de la Justice, relation privilégiée d'un avocat de Robert Kechichian.

Le juge Michel n'a pas le cœur de classer la lettre dans son Sottisier. Il ne s'agit plus de l'habileté d'un avocat plus roué que les autres mais de corruption à un haut niveau, au plus haut niveau.

— Elle ne risque pas de finir comme le docteur Fully, dit le juge, mais son humour masque mal l'impuissance.

C'est lui qui est coincé, enfermé dans la cellule de ses responsabilités, prisonnier de sa fonction. Même certain que Robert Kechichian ne souffre pas d'un cancer, il est responsable du maintien en détention du trafiquant. S'il meurt aux Baumettes, l'affaire du tract recommencera, menée avec encore plus de hargne contre lui. La mafia des avocats, de certains avocats, tient ses photocopieuses et ses ronéos prêtes à imprimer les mots pour abattre le juge. Ne manquent pas les hommes de main pour envahir Marseille de cette prose calomnieuse.

Le juge Michel est un homme écœuré, poussé à bout.

— On ne reverra jamais Kechichian, et je dois le laisser sortir. Je vis vraiment dans la pourriture...

Et avec lui, Marie Viangali, la fidèle, sans doute la personne qui l'encourage le plus au tribunal avec Meriam Amami, mais quelle arme leur reste-t-il tant que Robert Kechichian demeure à Marseille, à la Prison-Hôpital ? Une arme bien émoussée...

Dès qu'il a connaissance de la lettre de Solange Troisier, le 6 juillet, le juge Michel désigne un expert marseillais pour une contre-expertise. Bernard Mariotti remet son rapport quatre jours plus tard, le 10 juillet. Le juge Michel et le substitut Marie Viangali sont floués, abusés, méprisés... D'après la contre-expertise marseillaise, aucun doute, Robert Kechichian souffre bien d'un cancer sarcome de Darier et Ferrand et doit être libéré dans les jours qui suivent pour être opéré. Pas de faille ne demeure dans le scénario et la mafia des Baumettes et des libertés médicales a largement rattrapé l'échec du cas Louis Giralt.

Le juge Michel et le substitut sont bien obligés de signer les dernières paperasses pour que Robert Kechichian quitte les Baumettes et déserte en même temps les dossiers de Chambon-sur-Lignon et de la nouvelle filière franco-italienne.

« A la suite de l'impossibilité de transporter Robert Kechichian pour pratiquer l'intervention nécessaire à sa santé », il est libéré sous contrôle judiciaire.

Quelle intervention ? Quel contrôle judiciaire ?

Le 16 juillet 1981, soit un an après son arrestation en pleine forme, soit même pas un mois après l'apparition miraculeuse de son cancer, Robert Kechichian franchit à pied les portes de la Prison-Hôpital. Il porte un costume gris, comme ses joues, légèrement creux. Il a le regard brillant et lorsque démarre le véhicule noir venu l'attendre, le gardien qui referme la porte l'entend rire très fort... Pourquoi ne serait-il pas joyeux ? Il a réussi un coup de maître, sans doute sa plus belle victoire de joueur professionnel. Où l'entraînent ses compagnons aux allures de mafiosi, habillés comme lui à l'italienne ? Vers Cagnes-sur-Mer, vers son enfant né en prison, vers cette ville où selon la loi il devra se présenter régulièrement au commissariat avant de passer devant les tribunaux ?

— On ne le reverra jamais, a dit le juge Michel.

Il a raison.

Nul ne verra Robert Kechichian dans ces lieux de police et de justice. Pas plus que nul ne le verra pénétrer dans une salle d'opération, ou même soigner son prétendu cancer. Disparu l'homme chargé des contacts avec la Mafia italienne, aux relations proches de Gaétan Zampa, au casier presque vierge, mais pas pour tout le monde.

Un avocat marseillais se souviendra plus tard :

— J'ai rencontré Robert Kechichian. Il était en pantalon blanc, avec un maillot rayé bleu et blanc, bronzé, en pleine forme. Il avait l'air de bien assumer son cancer.

Le juge Michel parlera alors du hâle des cancéreux. Lors du procès devant la cour d'assises, face à la place vide de Robert Kechichian au banc des accusés, maître André Fraticelli, défenseur de Kathy, provisoirement « veuve », se souviendra avec émotion du fuyard.

— Kechichian est venu me voir un soir, à mon cabinet, vers minuit. Il m'a dit : « Qu'on me laisse mourir tranquille. »

Marseille n'est pas à une galéjade près...

*

Le juge Michel est plus seul que jamais dans le cabinet n° 3. Devant de rares proches il se laisse aller aux confidences :

— Je les ferai tomber et inculper, même si ça me prend des années. Tous. Fraticelli, Colombani, Troisier et les experts bidons...

Le juge Michel a le sentiment de tourner en rond dans un monde loin d'être rond. Encore une fois il sait, mais il ne peut prouver, et pour prouver, il faut encore se battre, et se battre seul.

Le juge Michel sait.

Qu'André Fraticelli, l'avocat, un temps son ami, devenu l'un de ses ennemis, n'est plus une simple relation, mais l'ami de Solange Troisier.

Que depuis les ratés de l'affaire Giralt, ils ont même participé ensemble en septembre 1979 au Conseil International des Services Médicaux Pénitentiaires dont le docteur Troisier est présidente depuis sa création en 1977, à Athènes.

Qu'à cette occasion Solange Troisier a signé le Serment d'Athènes où il est question des efforts en faveur de la médecine pénitentiaire...

Qu'André Fraticelli possède même dans son cabinet du cours Pierre-Puget une copie de ce serment ressemblant à un parchemin jaunâtre, un diplôme, et qu'il le montre souvent à ses visiteurs, comme pour mieux les impressionner (1).

Que l'année suivante, en 1980, en compagnie de Jean-Paul Davin, ancien chargé de mission au ministère de la Santé et alors chef de cabinet du Premier ministre Raymond Barre, ils ont participé à une croisière plus privée, toujours en Grèce, et d'après ses informations, le juge Michel sait qu'André Fraticelli s'est chargé de louer le bateau et son équipage. Une avocate marseillaise, en vacances à Athènes au même moment, les y a rencontrés par hasard.

Qu'un voyage au Canada les aurait réunis encore.

Qu'André Fraticelli ne passe jamais par Paris sans rencontrer Solange Troisier, et qu'il lui rend visite dans sa propriété de famille à Saint-Tropez, qu'il leur arrive de faire du jogging ensemble (2).

Quelle tragique farce, quelle mascarade pour le juge Michel que ces drôles de coïncidences ! Lui qui a dû aller jusqu'à obliger Kathy Kechichian à accoucher en prison pour essayer d'obtenir des indications, des aveux et qui doit l'imaginer en cavale, débarrassé de son masque cancéreux.

« Il ne lui reste plus que trois mois à vivre », a dit le docteur Alain Colombani à Marie Viangali pour faire bonne mesure en lui annonçant qu'il ne gardait pas Kechichian dans son royaume.

Trois mois... et Robert Kechichian, lui, vit encore.

Or le juge Michel sait.

Qu'André Fraticelli est aussi l'ami d'Alain Colombani, le médecin-chef des Baumettes successeur du docteur Tosti dont il était l'adjoint depuis 1979 et qui, de plus, partage un cabinet de consultation à la Penne-sur-Huveaune, près d'Aubagne avec le docteur Ferri. On a même raconté au juge qu'un de ses proches parents était lié à une section locale du parti socialiste. Il n'est pas rare de rencontrer le médecin dans le cabinet de l'avocat, cours Pierre-Puget, aux abords du Palais de

(1) L'auteur du livre a vu ce document le 18 mars 1982 dans le cabinet de maître André Fraticelli.

(2) Maître André Fraticelli a proposé le 16 décembre 1981 à l'auteur du livre. de lui organiser un dîner avec Solange Troisier

justice, le soir venu, quand la nuit marseillaise se prête aux conversations « de travail » (1).

Au mois de mars, quatre mois avant qu'elle ne se soucie du cas Kechichian, le docteur Solange Troisier a pu converser, officiellement, avec le docteur Colombani. Après Toulouse, l'inspecteur général de la Médecine Pénitentiaire a inspecté les Baumettes. Elle a dit s'intéresser aux problèmes des toxicomanes, des grévistes de la faim, et aux conditions d'amélioration des thérapeutiques à apporter aux prisonniers dont l'état de santé nécessite des soins particuliers.

L'intérêt ? Le juge Michel sait où est l'intérêt. Une liberté médicale se négocie à Marseille, et à Paris entre 300 000 et 600 000 francs, suivant la réalité de la maladie. L'argent est versé par la famille aux avocats intermédiaires qui répartissent ensuite les parts. Mais avec un cancer, le nec plus ultra du trafic, Kechichian a dû s'acquitter de 800 000 francs. De la menue monnaie pour un joueur professionnel doublé d'un salarié de la Mafia, et ce n'est pas à lui qu'on apprend qu'il faut bien payer les intermédiaires, toujours nombreux dans ce genre d'affaires.

Le juge Michel sait aussi que le cadeau préféré de la mafia des libertés médicales pour récompenser ses bons éléments est une montre Cartier. Quand il rencontre certains de ses membres au tribunal, ou au hasard des rues de Marseille, facétieux mais très intéressé il lorgne vers leur poignet... Et sait encore qu'un soir d'octobre 1980 un dîner a réuni les principaux membres de l'organisation au premier étage d'un restaurant parisien. On fêtait la libération pour raisons médicales de la patronne des lieux incarcérée à la suite d'une affaire fiscale !

Lors de sa visite aux Baumettes, Solange Troisier a aussi rencontré Hamou Sadji, autre client privilégié d'André Fraticelli, toujours aux prises avec une prétendue grève de la faim, signe avant-coureur d'une demande de liberté médicale. La venue de Solange Troisier à Marseille coïncidait avec l'organisation, en novembre 1981, des journées nationales de la Médecine Pénitentiaire, à la faculté de médecine. Avec des magistrats, des avocats... et parmi les thèmes de réflexions choisis, l'expertise médicale...

Quelle farce tragique pour le juge Michel ! Lorsqu'on lui rapporte que Robert Kechichian profite de l'été pour naviguer en Méditerrannée sur de somptueux bateaux amis, il imagine le trafiquant buvant le champagne à la santé de la justice. Qu'écrivait Solange Troisier dans sa lettre de liberté ? « Une affection si grave ». « Ses jours sont en danger... » Le juge Michel se demande comment une organisation, même aussi parfaite que la mafia des libertés médicales, a pu arriver à ce que soit écrite cette lettre. Se demande quel est le rôle exact du médecin-inspecteur général de l'Administration Pénitentiaire, combien elle touche sur chaque liberté médicale.

Lorsque le 28 septembre 1981 le juge lit dans *France-Soir* une « interview exclusive » de Solange Troisier, il n'en revient pas. D'abord, comme si tout, vraiment tout, était lié dans les « grosses affaires » cet article fait suite à l'arrestation, le 29 juillet, du docteur

(1) L'auteur du livre a rencontré le docteur Alain Colombani le 16 décembre 1981, dans le cabinet de maître André Fraticelli. « Nous avons à travailler ensemble », a précisé l'avocat.

Nelly Azerad inculpée de tentative d'homicide volontaire sur Pierre de Varga, accusé, lui, d'avoir commandité l'assassinat de Jean de Broglie, et entendue la semaine précédente dans une affaire que le juge Michel connaît trop bien : l'assassinat du docteur Georges Fully, le « père » de son ami Lucien Aimé-Blanc, et le prédécesseur de Solange Troisier.

« C'est certain, dit Solange Troisier. Nelly Azerad ne m'aimait guère. Au point de m'en vouloir à mort ? Je l'ignore. Disons que ma disparition ne lui aurait probablement pas fait beaucoup de chagrin. (...) Mon prédécesseur à la Pénitentiaire, le docteur Fully, a été assassiné en 1973. J'étais sur la liste... Je crois bien que les hommes du commissaire Leclerc m'ont sauvé la vie. Ils ne m'ont pas quittée pendant six mois jusqu'à la fin de 1977. Toutes les nuits, une voix anonyme me réveillait : " Tu es trop dure avec les prisonniers. Ton heure est venue, ma fille. Tu vas mourir. "

Un matin, j'ai même vu par la fenêtre un homme qui m'épiait. Quand l'Antigang est intervenu, il avait disparu (...) En prison, comme ailleurs, je me contente de soigner des malades. Ma consœur, elle, avait pris des détenus sous sa protection, en particulier des cardiaques, à l'hôpital de la prison de Fresnes. Je n'étais pas d'accord avec ce genre de pratique. Au début de 1977, quand Georges Beljean, alors directeur général de l'Administration Pénitentiaire, a ouvert une enquête sur le cas Azerad, il est évident que je n'ai rien fait pour y faire obstacle. »

Nelly Azerad n'appartenait plus à la Pénitentiaire quand elle a été écrouée dans le cadre de l'affaire de Broglie.

« Un mois plus tard, dit encore Solange Troisier, le commissaire Leclerc me prévenait que j'étais très menacée. Six hommes de l'Antigang se sont relayés pour assurer ma protection rapprochée. Je sais parfois qu'on me considère un peu comme le Saint-Just des médecins de prison. Dans cette profession, il faut être irréprochable, incorruptible, d'une honnêteté et d'une rigueur à toute épreuve.

« Oui, j'ai eu peur. Pourtant à dix-neuf ans, dans la Résistance, j'ai fait le coup de feu. Mais les conditions n'étaient pas les mêmes et se sentir menacée à toute heure du jour et de la nuit par un tueur anonyme n'est guère rassurant. D'ailleurs actuellement, je suis toujours sur mes gardes. Mon chauffeur est armé. Ce sont les risques du métier. »

France-Soir signale ensuite que « le docteur Solange Troisier a fait l'objet d'une nouvelle protection policière de la mi-décembre 1980 à la mi-janvier 1981, confirmait-on de source policière ».

Le juge Michel entoure d'un lourd trait touge quelques mots de cette profession de foi, pour lui, et pour les rares magistrats de Marseille parvenus à des conclusions identiques, de mauvaise foi.

« Irréprochable »... « incorruptible »... « d'une honnêteté »... et « d'une rigueur à toute épreuve ».

Où est la rigueur dans la lettre écrite pour que Robert Kechichian le faux cancéreux n'ait plus qu'à retrouver la liberté ? Où est l'honnêteté dans ce retour précipité de Saint-Tropez pour que Louis Giralt reste à la salle Cuzco de l'Hôtel-Dieu et ne retourne pas à la prison de Fresnes ? Comment peut-on être incorruptible lorsqu'on fréquente assidûment l'avocat de Giralt, André Fraticelli, de Robert Kechichian, et d'autres, tous les « cas médicaux » du juge Michel.

Ce sont ces jours-là que le juge Michel doute. De son métier. De son honnêteté justement. Est-il possible en France, et à Marseille en particulier, de rechercher la vérité, la justice, si de tels rouages de l'Administration Pénitentiaire sont aussi corrompus. On a beau lui affirmer que la mafia des Baumettes a peut-être manipulé Solange Troisier en lui laissant croire que le Milieu marseillais l'avait condamnée à mort, le juge Michel rétorque :

— Je n'ai pas inventé sa lettre pour Kechichian, et j'en ai même, pour plus de sûreté, une photocopie chez moi. Je la coincerai.

Le juge Michel doute. De tout. De tous.

Il sait encore que la mafia des Baumettes est impitoyable pour qui n'accepte pas de se soumettre à ses lois financières. Comme Arlette Vidal, la compagne d'Henri Malvezzi. Le juge suit de près son odyssée honteuse qui le ramène au temps du premier labo, du premier chantage aux aveux avec Jo Poli.

L'égérie du milliardaire de Bouc-Bel-Air a bien changé. Toujours belle, mais le visage amaigri, couleur de craie, sans forces. Vraiment malade. Son seul tort : dès le mois de septembre 1978 une première expertise médicale lui décèle un ulcère à l'estomac et un déséquilibre nerveux : « état incompatible avec la détention ». Dès la première audience du procès du labo de Bouc-Bel-Air l'un de ses avocats, maître Henri Juramy, demande sa mise en liberté provisoire. Refusée car le procès est renvoyé.

Sept mois plus tôt Christina Von Opel, la fille du constructeur d'automobiles allemand, a pu en s'acquittant de 100 000 francs de caution regagner sa villa de Sainte-Maxime où l'on a découvert en juillet 1977 1 390 kilos de haschisch. Ses avocats dont Robert Badinter ont su démontrer qu'alcoolique et droguée leur cliente ne pouvait demeurer en prison.

Deux femmes. Deux mesures.

Le 16 novembre 1978 une nouvelle expertise démontre qu Arlette Vidal a encore perdu 5 kilos, n'en pèse plus que 40 et souffre d'hémorragies répétées. Elle quitte en janvier 1979 la Prison-Hôpital des Baumettes pour le C.R.A.C.M., le Centre Régional Anticancéreux Médical de l'hôpital Sainte-Marguerite et pas pour y acheter un faux cancer comme Robert Kechichian. Le 12 avril elle entre au pavillon des consignés de l'Hôtel-Dieu de Marseille. Enfin après une nouvelle audience qui ne clôt pas le procès ses deux autres avocats, Daniel Borde et Marc-Michel le Roux, obtiennent sa liberté provisoire pour raisons médicales sous caution. Deux fois Arlette Vidal a tenté de se suicider en s'ouvrant les veines. Pour 100 000 francs que regrette la mafia des Baumettes Arlette Vidal est libre. Marie Viangali le substitut aussi écœurée que le juge Michel par les fausses libertés médicales s'est opposée à cette décision craignant qu' « elle ne fasse la belle... »

Au contraire. Arlette Vidal ne manque ni de dignité ni de courage et elle impressionne le juge Michel. Non seulement elle est présente à l'audience le 6 octobre 1979 mais elle reconnaît, comme Henri Malvezzi, ses contacts avec les trafiquants de drogue turcs. Mieux encore. Elle est présente le 19 le jour où la 7e Chambre correctionnelle rend son jugement. Pour elle quinze ans de détention, la plus grosse peine jamais infligée à une femme depuis les débuts de la French Connection. Le juge Michel est dans la salle et voit Arlette Vidal tendre ses poignets aux gardiens de la paix, puis s'éloigner droite et calme. Au même moment Christina Von Opel bénéficie de circonstances atténuantes et n'est condamnée qu'à 10 ans de prison.

Deux femmes. Deux mesures.

Pour le juge Michel c'est trop :

— Cinq ans ça suffisait pour Vidal et il faut la soigner...

Mais Arlette Vidal ne veut toujours pas « marcher » avec la mafia des Baumettes. Elle raconte que le docteur Colombani lui demande « 30 unités » (300 000 francs) pour sa liberté médicale. Tant pis... Daniel Borde, l'un de ses avocats, ne cesse de demander suspensions de peine et mises en liberté. On les refuse toutes, tandis que la peine de Christina Von Opel est ramenée à 5 ans.

Deux femmes. Deux mesures.

Alors Daniel Borde las de ces démarches vaines finit par apprendre que l'Administration Pénitentiaire, en l'occurrence les autorités médicales des Baumettes, oublie volontairement de transmettre le dossier d'Arlette Vidal à la cour d'appel... qui affirme « ne pouvoir se prononcer faute d'éléments médicaux ». Un jour on réplique même à l'avocat, sur la foi d'un coup de téléphone aux médecins des Baumettes, que sa cliente est une... simulatrice. Quand le juge apprend cet incident il jure :

— Je ferai tout pour qu'on la libère...

En tant que juge il n'a plus pouvoir d'intervenir, mais peut pourtant donner son avis à la Chancellerie, tout en sachant que rien n'y a changé depuis le 10 mai et que l'arrivée de Robert Badinter comme garde des Sceaux n'a pas bousculé la hiérarchie de ces nombreux services où l'on considère le juge comme trop entreprenant, trop dérangeant...

Arlette Vidal gagne alors la prison de Rennes, qui n'est même pas une Prison-Hôpital. Le juge Michel ironise encore :

— Elle a eu tort de ne pas prendre Frati. Il lui aurait arrangé ça...

*

Le juge Michel doute. De tout. De tous.

Parlant de l'assassinat du juge Renaud, au cours d'une soirée chez des amis, il dit :

— Hélas on ne prouvera jamais toute la vérité. Il y a trop de gens compromis là-dedans, mais Marseille est pire que Lyon.

Ne voit-on pas au Son des Guitares, la boîte de nuit du quartier de l'Opéra dont s'occupe en partie avec un Casanova marseillais la sœur de Charles Pellegrini, ancien patron de l'Office Central de Répression du Banditisme, d'anciens et de nouveaux truands, et le directeur de la prison des Baumettes, M. Babin (1). Le juge Michel s'y rend parfois en compagnie d'amis journalistes ou avocats. Au son des guitares corses André Fraticelli y raconte volontiers qu'il vient de « s'occuper du nouveau dentiste des Baumettes et évoque son amie Solange Troisier. son ami le docteur Colombani (2) avec des sourires ironiques.

Il arrive au juge Michel de chantonner dans le cabinet n° 3 :

(1) L'auteur a vu M. Babin, directeur de la prison des Baumettes au Son des Guitares le 16 février 1982.

(2) L'auteur a entendu ces propos le 5 février 1982.

— Marseille... Marseille tu cries trop fort.
Et de conclure :
— Un jour, je ferai taire tous ces bavards. J'inculperai Fraticelli et j'irai assister à son arrivée aux Baumettes. Colombani, lui, sera sur place... Ils prendront dix ans s'il y a une justice.
Bernard Michel, l'avocat, dit :
— Mon frère prenait Fraticelli pour une ordure.

*

Reste que la libération de Robert Kechichian, faux cancer à l'appui, venant après les étranges libertés de Safiotti, Adamsky et les autres, est en sept ans à Marseille au-delà de l'affaire du Pouf de Calvi et du Bar du Téléphone, la première vraie défaite du juge.

Et Pierre Michel, que ce soit face à un adversaire au poker, ou dans un dossier, n'aime pas perdre. Mais ses honorables correspondants aux Baumettes donnent au juge Michel de nouvelles cartes.

Il apprend ainsi que Robert Le Noir, le patron du Mas, rue Lulli, l'ami des chanteurs vedettes, souvent en train d'évoquer son autre ami Gaston Defferre et qui parade en compagnie de notabilités socialistes, est dans le coup des libertés médicales...

— Cette fois je vais faire sauter la mairie de Marseille, plaisante le juge.

Il apprend aussi l'existence de la filière préférée de la mafia des Baumettes. Le docteur Alain Colombani est en relation avec une compatriote : Blanche Pantalacci, qui tient le Bar de l'Aiglon, dans le quartier de la Joliette. Cette femme à la cinquantaine alerte se charge simplement de collecter les fonds de la liberté médicale. C'est à elle que les amis bien intentionnés de Robert Kechichian sont venus porter la « provision » pour son faux cancer...

Le juge Michel apprend encore « la dernière » de la mafia des Baumettes et du docteur Colombani. Fredenucci, un ami intime de Robert Le Noir, détenu à la Prison-Hôpital reproche à un autre pensionnaire privilégié du docteur Colombani, un certain Marc Boyer, d'être encore aux Baumettes. Fredenucci a ses raisons. Il a fait porter 50 000 francs d'acompte à Blanche Pantalacci, dans son bar de la Joliette... et le docteur Colombani traîne, sans doute en attendant le prochain versement. Fredenucci est prêt à employer la manière forte. Il promet que si le médecin complice de maître Fraticelli ne respecte pas ses engagements, il fera se constituer par l'intermédiaire de Robert Le Noir un « tribunal du milieu » qui jugera le docteur Colombani.

Le juge Michel ironise encore :
— Robert le Noir mettra-t-il Defferre dans le coup ?
Le juge Michel apprend enfin qu'une discussion musclée a eu lieu au parloir des avocats, à la Prison-Hôpital. Entre Robert Kechichian, André Fraticelli, son avocat, Marc Boyer, compagnon de cellule du mafioso et son avocat, un Corse lui aussi. Robert Kechichian a dit à maître Fraticelli de sa voix de « pauvre cancéreux » :
— En plus de ce que je t'ai donné, à toi, n'oublie pas que j'ai filé dix briques au docteur Colombani...
Après cette discussion d'affaires, Robert Kechichian n'avait plus qu'à

disparaître Après cette nouvelle information le juge Michel n'a plus qu'à agir :

— Si je ne les coince pas tous, c'est que vraiment on ne veut pas que je les coince...

III

LE CHEMIN DE LA DROGUE PASSE PAR LA MAIRIE DE MARSEILLE

— Defferre ne va pas être content...

Deux jours que Pierre Michel a trouvé sur son bureau, dans le cabinet n° 3, la lettre de Solange Troisier, et pourtant, il sourit, tout en meurtrissant les faces multicolores de son Rubik's cube. Tandis que Robert Kechichian, le cancéreux d'opérette, se prépare à fuir la prison en toute légalité, les vieux chasseurs des Stups se préparent à arrêter un autre Arménien, Mitzigar Nazarian, plus connu sous le nom de « Monsieur Georges ».

Le juge Michel qui vient de signer le mandat d'arrêt jubile. Le frère de Monsieur Georges, Raffi Nazarian, est conseiller municipal, élu en 1977 sur la liste d'Union pour Marseille de Gaston Defferre, et propriétaire du bar Comptoir du Musée, boulevard Garibaldi. Et c'est dans cet établissement, dont il s'occupe d'ailleurs, que Monsieur Georges, financier intouchable du trafic des stupéfiants, fiché en vain aux Stups depuis 1970, au temps glorieux de la French Connection, recevait ses hommes de main. De plus, les frères Nazarian, très liés et solidaires, sont les cousins d'Edouard Toudayan, l'un des maîtres du trafic, condamné en 1971 à 18 ans de détention et, éternel malchanceux de la liberté médicale, enfermé dans une centrale du Haut-Rhin.

Le juge Michel évoque déjà une éventuelle perquisition à la mairie de Marseille, dans le bureau de Raffi Nazarian, et pourquoi pas son inculpation.

— On verra ce qu'ils diront là-haut...

« Là-haut », la hiérarchie s'inquiète des agissements de son premier juge bien décidé plus que jamais à la bousculer.

Le juge Michel s'attend désormais à tout, se défie de tous. On a su lui « trouer » ses derniers dossiers. Que va-t-on inventer pour celui-là alors que les Stups surveillent Mitzigar Nazarian depuis le début de 1978, que depuis trois ans et demi, ils ont mis le bar du conseiller municipal de Gaston Defferre sous surveillance ?

— On verra si la hiérarchie les protège ceux-là.

Les magistrats du sommet, en majorité membres de l'Union Syndicale de la Magistrature, plutôt marqués politiquement à droite ont toujours su entretenir les meilleurs rapports avec le maire de Marseille, préservant ainsi leur carrière sans vagues et sans tourments. Le juge

Michel qui doute d'eux, prend de jour en jour ses distances, et ne serait pas fâché de les mettre en difficulté. Lorsqu'il ouvre une information, le juge ne se préoccupe pas de politique. Il s'est déjà intéressé aux magouilles barbouzardes de la fausse monnaie aux relents de S.D.E.C.E. et R.P.R. S'il faut frapper du côté gauche, il frappera.

— Et après, on dira que je m'attaque à la municipalité...

*

Six heures du matin, le mercredi 8 juillet 1981. Quartier du Grand Rayol, aux confins de Saint-Maximin, dans l'arrière-pays varois. Au bout du chemin de poussière et de cailloux, tortueux comme une vieille couleuvre, se dresse la villa baptisée, en lettres de fer forgé sur la façade « Robert et Philippe ». Des murs couleur de terre cuite couverts d'un chapeau de tuiles rosâtres. Devant la porte, un tilleul centenaire, et, de chaque côté, au-delà d'un muret de pierres sèches, des champs de vignes en fleur, comme des sentinelles. Le paradis du vacancier et du cuisinier de la drogue.

Antoine Barbaza, le chasseur des chasseurs, en blouson de toile et chemise grande ouverte, est à l'affût au bord des vignes. Alain-Pierre Boidé, son patron, pas plus que ses prédécesseurs, n'étaient encore arrivés à Marseille, qu'il traquait déjà, de filoche en filoche, Mitzigar Nazarian, promoteur de ce laboratoire campagnard, frère jumeau de la Galéjade de Louis Giralt. Barbaza hante les bureaux maussades de La rue d'Oran depuis dix-huit ans déjà, et il serait prêt à planquer encore des nuits et des nuits pour que tombe enfin l'un des rescapés de la French Connection, toujours vu, jamais pris.

Au même moment, le juge Michel se lève, et débarrassé du souci hivernal de gaver les poêles de charbon, allume sa première Gitane en ouvrant les fenêtres de la villa Les Buis.

Six heures et demie du matin. La garrigue fleure bon le thym et le raisin presque mûr. Antoine Barbaza et ses collègues, flanqués de gendarmes de Saint-Maximin, Brignoles et Aix, se sont tapis le long des ceps noueux. De leurs fenêtres les occupants de la villa aperçoivent à trois cents mètres la Nationale 7 et l'autoroute. La première habitation est à soixante mètres et pourtant, malgré cette position stratégique, ils ignorent qu'ils apparaissent dans les jumelles et les téléobjectifs des Stups depuis deux jours. Ils ont loué la villa le 1er juillet et le lundi 6, après la livraison du colis de morphine-base, dans la nuit la lumière n'a cessé d'éclairer les fenêtres, puis toute la nuit du 7. Le cycle de mort a suivi son cours. Il est temps d'intervenir avant que le labo et l'héroïne aient pris la poudre d'escampette.

Sept heures du matin. Le juge Michel quitte la villa Les Buis sur sa Honda. Au bout du chemin à Saint-Maximin, abrités dans des voitures banalisées, d'autres spectateurs de marque arrivent aux premières loges de ce théâtre de plein air. Jean-Pierre Sanguy, le chef du S.R.P.J. de Marseille et, barbiche en avant, lunettes cerclées d'argent et sourire tranquille, Jacques Franquet, le nouveau patron de l'Office Central de Répression du Trafic Illicite de Stupéfiants.

Sept heures trente du matin. Devant la Buvette du Palais, Michel Debacq, l'auditeur de justice, attend dans la R 5 verte. Il n'est plus en stage dans le cabinet n° 3, mais la veille, Michel lui a dit : « Tiens-toi prêt. Tu verras ça en direct. » Marie Viangali, puis Alain-Pierre Boidé les rejoignent. Direction Saint-Maximin. Clin d'œil du juge Michel à Michel Debacq :

— Et il y en a qui croient qu'il n'y a plus de labos dans la région...

Huit heures du matin. Ordre est enfin donné de se porter vers la villa. Antoine Barbaza et deux autres inspecteurs se ruent dans la cour, se heurtent au barbecue, puis cognent le bois de la porte. Les accueillent deux hommes balbutiants et ahuris, encore alourdis de sommeil : les frères Cassant, seconds couteaux, inconnus des fichiers, amateurs seulement embauchés pour leurs qualités professionnelles ! Louis Cassant, 37 ans, chauve et maigre, est agent de maîtrise chez Procida, l'usine de produits chimiques... et Jean-Claude, 39 ans, gros et barbu, est contremaître à l'E.D.F. Il s'est chargé de contrôler les installations électriques et de louer la villa à un de ses collègues innocent, Ange.

Tandis que les menottes se referment sur leurs poignets de travailleurs consciencieux, Antoine Barbaza débouche dans la vaste salle de séjour. Tous les meubles ont été repoussés vers le fond de la pièce pour laisser place aux séchoirs électriques, poubelles grand format, balances et malaxeurs géants. A gauche, dans une lessiveuse se trouve la morphine devenue héroïne, pas encore sèche. Sept kilos déjà... De la marseillaise bon teint, bien blanche, et pas trop granuleuse. Et à droite restent dix kilos de morphine prêts à être cuisinés. Au bout du cycle, Nazarian aurait récolté entre 4 080 000 et 10 200 000 francs suivant les cours.

Huit heures et demie du matin. Alors que le jour tarde à naître, d'une R 20 descend un petit homme grassouillet, au ventre rebondi, avec un double menton et de grosses lunettes noires. Quand la porte de la villa s'ouvre il se trouve nez à nez avec Antoine Barbaza et se mue soudain en employé matinal de l'E.D.F.

— Bonjour, je viens relever les compteurs.

L'inspecteur lui prend le bras et soupire :

— C'est ton compte qui est bon.

Des dizaines de policiers et de gendarmes ont jailli des champs de vigne et entourent la villa. Arrive alors le juge Michel suivi de Marie Viangali et d'Alain-Pierre Boidé. Un inspecteur les accueille en se frottant les mains.

— Ça commence bien.

Des menottes unissent déjà Antoine Barbaza à André Malventi dit Gros Dédé. Lui, c'est l'enfant de la French Connection. Surveillé depuis vingt ans, il a vécu dans l'ombre des maîtres queux de l'héroïne et, ponctuel comme un Césari ou un Calmet, il arrivait pour se mettre aux fourneaux.

Le juge Michel le regarde monter dans une voiture banalisée, accompagné d'Antoine Barbaza. Comme Giralt, comme Kechichian, comme les autres... Pour combien de temps ? Il voudrait oublier pour une heure au moins les libertés médicales, et les libertés de la cour d'appel, de la hiérarchie, mais ça lui revient comme une obsession. Il est le premier juge, chargé des dossiers les plus brûlants de Marseille et il lui est impossible d'être sûr qu'une telle prise restera aux Baumettes ou ailleurs. Que vingt ans de soupçons puis de filoches ne s'achèveront pas par une nouvelle victoire de la mafia des Baumettes et d'une autre mafia. Le juge Michel est à la fois heureux et pessimiste. Pourtant, c'est bien le jour de son triomphe avec les Stups, même si c'est un triomphe dangereux.

— Trois labos en dix-huit mois ! Vous ne leur avez pas fait de cadeau. Et 51 gars... à l'ombre. Je vous serre la main.

Nick Panela, le superflic du Narcotic Bureau américain, est venu assister en connaisseur à la chute du labo. Il admire le juge Michel et il y a de quoi. Avec lui les labos se ramassent à la pelle et c'est autant d'héroïne en moins sur le marché américain. Et alors qu'ils assistent tous les deux à la saisie du matériel et de la drogue, les autres compagnons de l'équipe de Saint-Maximin sont arrêtés au saut du lit, à Marseille.

Mitzigar Nazarian, Monsieur Georges, dans son luxueux appartement du 106 boulevard Perrier, artère appréciée des gros bonnets. Louis Giralt y a possédé un immeuble, Raymond Soukassian, dit le Professeur, 49 ans, autre rescapé de la French Connection, ancien porteur de came au Canada, expert en langues moyen-orientales et précieux interprète au moment des achats. Homère Filippi, dit Mimi, 50 ans, fils de l'entraîneur de Marcel Cerdan junior, arrêté dans l'affaire du casse de Nice, pour un malheureux pistolet trouvé à son domicile. Joseph Muzziotti, dit Zé, 65 ans, vieux briscard du Panier, ancien du trafic des cigarettes, blessé dans une fusillade du quartier de l'Opéra en 1956 après l'exécution de son frère Dominique dans un bar du Panier, ensuite premier receleur de la place, à la tête de quatre entrepôts où s'entassait le butin de tous les casses de la région, jusqu'en 1971 où la police l'a obligé à se mettre en faillite, et enfin vaguement reconverti dans la peinture... au pistolet. Et Gérard Malventi, le fils du chimiste, et véritable émule de Calmet, exerçant la profession de cuisinier !

Et enfin plus vaillant que ses compagnons, Marc Chambault. A l'heure où les policiers s'embusquaient dans les vignes et où le juge Michel fumait sa première Gitane du matin, il s'en est allé à la pêche sur le bateau d'un ami, et deux chasseurs des Stups, assis sur le quai, ont attendu qu'il s'en revienne chargé de rascasses et de rougets, avant de conclure avec lui leur coup de filet.

*

Mitzigar Nazarian s'est assis dans le cabinet nº 3. Déjà il déteste le juge. Déjà le juge le méprise. Déjà il regrette ses premiers et rares aveux. Déjà le juge Michel le harcèle et le provoque. Déjà il évoque sa santé. Déjà le juge voit le fantôme de Kechichian, et est décidé à s'acharner pour que Monsieur Georges demeure pensionnaire des Baumettes.

Monsieur Georges a 56 ans. Il est né le 14 mars 1925 à Beyrouth, comme Bedros Vartanyan, le condamné à mort nanti d'une liberté médicale. Il possède un passeport iranien, est en cours de naturalisation. Il a la lourdeur et les manies d'un financier de la drogue jamais arrêté. Joufflu, bedonnant, cheveux et sourcils noirs. Pas habitué à converser avec les policiers, il s'est un peu laissé aller, pas trop, lors de sa garde à vue. Alors il chipote sur une rencontre, ergote sur quelques kilos de drogue, et menace, tempête, mais déçoit le juge Michel. Il se garde de mettre en avant ses relations municipales... Il ne connaît pas le conseiller municipal, mais le limonadier.

— On m'appelle Monsieur Georges. J'aide mon frère Raffi dans l'exploitation de son bar Le Comptoir du Musée.

— Et il vous a aidé pour l'héroïne... en toute fraternité ?

Monsieur Georges n'élève pas la voix.

— C'est moi seul qui ai fait venir les dix-sept kilos de morphine trouvés dans le labo. Ensuite, je devais récupérer l'héroïne.

Il ne faut pas lui parler de laboratoire.

— C'est eux, les autres, qui devaient se débrouiller.

Et si, par exemple, il a donné de l'argent à Zé Muzziotti c'est uniquement parce que sa femme était malade... Le juge Michel, les pieds sur le bureau, se met à applaudir.

— Vous êtes généreux... Ça rapporte d'aider un conseiller municipal.

Monsieur Georges a donné à Zé une première fois 30 000 francs, bien sûr en argent liquide, 10 000 francs en billets de 500 neufs, 20 000 en billets de cent francs usagés. Une seconde fois 8 000 francs en billets de 500 neufs, avec une recommandation surprenante pour un « ami » :

— Ventile bien les billets car les numéros se suivent...

Le juge Michel est toujours aussi encourageant.

— Vous auriez dû lui dire d'ouvrir une laverie automatique. D'où venait cet argent ?

Mystère et boule de drogue... Nazarian prétend avoir des revenus de 60 000 francs par mois, mais de là à en expliquer l'origine. C'est la méthode Francisci-Kechichian-Giralt.

— Je ne peux pas parler...

Les affaires... sont les affaires. Les enquêteurs ont eu pourtant la surprise de trouver le coffre de Nazarian à la Société Générale étrangement vide. Il avait chez lui dans une sacoche 11 000 malheureux francs en petites coupures. Au diable les chéquiers... Nazarian explique avec des pudeurs d'esthète :

— J'attendais un colis de tissu d'Edimbourg. Ça valait 5 500 francs.

Nazarian avait le projet d'en tapisser les murs de sa bonbonnière. En perquisitionnant dans l'appartement du troisième étage acheté par miracle au nom de son épouse, Marie Adrienne Sigari, d'origine tunisienne, et par miracle sous le régime de la séparation de biens, les enquêteurs ont pu admirer des meubles, bibelots et autres collections peu en rapport avec leurs salaires de fonctionnaires de police.

Mitzigar Nazarian est un artiste... Comme Robert Kechichian comme Pietro Dore, il se déclare pantalonnier, tailleur en pantalons, et depuis 1972, dit exercer l'honorable profession de commerçant ambulant en confection et bonneterie. Quant à son casier judiciaire, il est d'une extrême virginité. De 1966 à 1972, il a simplement tenu un hôtel de rendez-vous, le Home Cirta, dans la grande rue, mais c'est sa future épouse qui a été condamnée pour proxénétisme hôtelier en 1970. Ils se sont mariés ensuite, le 31 août 1971.

Le juge Michel revient à la charge :

— Zé Muzziotti devait vous trouver un chimiste. Or vous lui avez versé tout cet argent au début de 1980, et vous recevez les dix-sept kilos de morphine-base ce mois-ci.

Le juge Michel est persuadé que Nazarian a monté d'autres labos et qu'entre ces deux dates, un an et demi, ils ont dû tourner à qui mieux mieux. Nazarian a réponse à tout :

— J'avais préféré prendre des précautions à l'avance.

Des précautions, Nazarian a toujours su les prendre. Comme tout trafiquant de haut niveau qui se respecte, il s'est installé une annexe, une boîte à lettres. Marseille est sans doute la ville de France la mieux équipée en ce domaine, sans que les Postes et Télécommunications en soient responsables. En l'occurrence elle a pour nom, Lucie Gallard, épouse Maréchal, jolie Marseillaise de 46 ans que Nazarian s'obstine à nommer Micheline, et pour adresse la rue Félix-Eboué dans le 2e arrondissement. Nazarian y recevait des amis Turcs de passage et on pouvait lui laisser des messages.

Là encore la fraternité des Nazarian n'est pas oubliée.

— J'ai connu Georges, il y a deux ans, dit Lucie Maréchal, et Raffi, le conseiller municipal, un peu plus tard. Ils subviennent à mes frais, et viennent me voir à tour de rôle.

Qu'en termes élégants on parle des Nazarian... et elle a déclaré aux vieux chasseurs :

— J'ai vu Raffi, le conseiller municipal, récemment. Il m'a dit que Georges a eu une rentrée d'argent.

Le juge Michel évoque cette « rentrée ». Nazarian souffle comme un gros bonnet.

— C'est faux, je n'ai que 11 000 francs.

Le pôvre... Pierre Michel prend son portefeuille.

— Si ça peut vous dépanner.

Monsieur Georges se retient pour ne pas répondre. Encore un qui aux Baumettes encouragera à la haine contre Pierre Michel.

Lucie qui a pris pour Nazarian une véritable boîte postale ouverte à d'autres messages venus d'Orient, reconnaît avoir reçu chez elle deux Turcs de passage à Marseille. Comble d'infortune, ils sont venus proposer de la morphine à Nazarian. De quoi lever les bras au ciel du cabinet n° 3.

— Tous les Turcs venaient s'adresser à moi parce qu'ils pensaient qu'à cause de mes liens de parenté avec Toudayan j'étais susceptible de leur acheter de la morphine-base...

Le juge Michel compatit :

— Vous êtes victime d'un drame familial. Un cousin trafiquant et un frère conseiller municipal à Marseille, c'est trop...

IV

INCULPER ENFIN GAÉTAN ZAMPA...

— J'ai été employé à la Bédoule, chez Léon Toscano. J'assurais sa protection...

Léon Toscano... Un nom magique pour le juge Michel.

Qui le prononce ? Marc Chambault, le pêcheur inculpé qui, dans ce nouveau dossier, passionne tout autant Pierre Michel que Monsieur Georges, le frère du conseiller municipal. Encore une fois, tout est lié, absolument lié. Léon Toscano a été arrêté dans le château de la drogue de Cereseto gardé par les dobermans, que dirigeait Orazzio di Maggio, le mafioso ami de Kechichian. Le ballet de la drogue et des mafias française et italienne, continue. D'un dossier à l'autre. Et dans le cabinet n° 3, Marc Chambault parle. De Léon Toscano, de Nazarian...

Marc Chambault mesure 1,70 m. Il est mince et avec ses moustaches poil-de-carotte en arabesque, ses cheveux presque blonds, et ses fines lunettes teintées, quand il pénètre dans le cabinet n° 3, il a des allures de baroudeur. On dirait qu'au lieu de s'asseoir face à son juge, il s'apprête à prendre la mer. Un aventurier ? Il y a de cela dans son passé, même si le juge Michel n'en connaît pas tout.

Marc Chambault est né à Paris, dans le 14e arrondissement et dès son enfance, il a bourlingué. Placé chez un père nourricier au château de la Systière, dans le Loir-et-Cher, de 12 à 14 ans, il a ensuite vécu en maison de correction à Senlis, dans l'Oise, pendant quatre ans, et y a obtenu ses C.A.P. de serrurier et de forgeron. Il a effectué trente-huit mois de service militaire, au commando de l'armée de l'air, G.L.A. 48, comme engagé volontaire, et il est titulaire de deux citations pour faits de guerre. Après l'armée, il a épousé Nelly, en 1963, ils ont eu une fille et un fils. Depuis quatre mois il est au chômage. Auparavant, il a été conducteur de travaux chez Grisano, rue de la Libération à Marseille. Et puis il a rencontré Léon Toscano... qui s'occupait entre autres entreprises des piscines Carlano à La Ciotat.

D'après ses informations personnelles le juge pense que Marc Chambault est une ancienne barbouze, un ancien du S.A.C., avec ou sans carte officielle et qu'il a participé à l'attaque d'un train de munitions à Versailles, qu'on l'appelait alors le commandant et qu'il a été gracié par le général de Gaulle. Qu'ensuite enfin il a été amené pour diverses missions à se rendre aux Etats-Unis.

*

Le juge Michel comprend dès le premier interrogatoire qu'il a enfin affaire à un homme qui sait et enfin à un homme décidé à jouer le jeu. Ils sont chacun à leur façon des aventuriers. L'un du côté de la légalité, mais prêt à l'enfreindre si la cause lui paraît juste, et l'autre dans l'illégalité, mais à cause des circonstances, sans être un truand professionnel. D'après les informations de Pierre Michel, Marc Chambault est un ancien du S.A.C., peut-être même du IIe Bureau, et selon les fichiers de police, il n'a jamais été condamné. Mais certaines périodes de son passé sont aussi épaisses qu'un brouillard marseillais. Ainsi, il a été vaguement, très vaguement entendu dans une affaire de faux billets, mais faute de preuves, il s'en est retourné protéger Léon Toscano.

Et plus il parle, de son accent parisien, pointu et précis, plus le juge reprend espoir en son combat, malgré la hiérarchie et la mafia des Baumettes. Pourquoi Chambault parle-t-il ? Sans doute parce que lui aussi s'est reconnu dans ce juge qui n'hésite pas à descendre aux geôles pour des conversations très privées, que Meriam Amami ne transcrira jamais sur des procès-verbaux. Et sans doute parce qu'il a compris qu'il n'aura pas affaire à un ingrat.

Pour le juge Michel c'est l'aboutissement. Depuis le laboratoire de La Ciotat, il a pu relier chaque dossier de drogue. Là encore, il a trouvé le lien qui rattache le labo de Saint-Maximim à tous les autres.

Comment Marc Chambault a-t-il connu Mitzigar Nazarian, Monsieur Georges ? Mais par l'intermédiaire de Léon Toscano.

— J'étais venu lui demander de l'argent pour la famille de Toscano. J'agissais à la demande de Jeannot Franceschi. J'ignore pourquoi il n'y est pas allé lui-même.

Jeannot Franceschi. Encore un nom que le juge Michel accroche à sa mémoire...

*

Dans le rapport (1) dédaigné par ses supérieurs, l'inspecteur de la Sûreté écrit au mois de mars 1981 :

« Toscano était associé à un certain Franceschi Jean, dit Jeannot, demeurant à La Ciotat. Ce dernier est propriétaire d'une usine dans la région grenobloise, à l'enseigne Société Tramel-Métaux. C'est en ces lieux que se fabriquaient les serpentins destinés aux laboratoires. »

*

Marc Chambault raconte ses rencontres avec Nazarian comme s'il s'agissait de parties de pêche.

— Comme j'étais dans le besoin, puisque j'étais au chômage, et que Toscano avait été arrêté pour trafic de stupéfiants, je suis allé revoir Monsieur Georges dans son bar...

Ils sont nombreux les amis, ou les relations de Monsieur Georges, à

(1) Document en possession de l'auteur.

avoir fini par croire que le bar Comptoir du Musée lui appartenait. Certains d'ailleurs le confondent avec le conseiller municipal.

— ... Et Nazarian m'a dépanné plusieurs fois en me donnant des petites sommes d'argent, 2000... 3000 francs.

Derrière son comptoir, Nazarian est décidément des plus généreux. Et toujours victime des liens du sang il a vite parlé de son cousin Toudayan à Marc Chambault. Sacré cousin ! Voilà un détenu qui par miracle, de sa centrale du Haut-Rhin, l'a associé à l'exploitation de plusieurs commerces et notamment à une affaire de machines à sous que Marc Chambault a été un temps chargé de placer dans des cafés de Marseille. Et c'est encore Toudayan qui a envoyé à son bon samaritain de cousin Homère Filippi avec de solides recommandations. N'ont-ils pas été ensemble aux Baumettes en 1971, à Fresnes en 1973, puis à Melun en 1974. En sortant de ces maisons, Homère Filippi est passé par Nice, au moment du casse, puis libéré à nouveau en 1977, il a poussé la porte du Bar Comptoir du Musée... comme tant d'autres.

*

Dans le rapport dédaigné par ses supérieurs, l'inspecteur de la Sûreté a écrit dès juillet 1979 :

« La French Connection renaissait de ses cendres sous l'égide de Toudayan Edouard, qui, depuis le fond de sa cellule, donnait par l'intermédiaire de sa femme, ses ordres à son lieutenant Toscano Léon. dit Tonton.

Le juge Michel n'a pas hélas connaissance de ce rapport, mais de dossier en dossier, il est parvenu aux mêmes résultats.

Toudayan... Nazarian... Toscano. Quelle famille et quelle filière !

*

Marc Chambault a été arrêté. Il parle. Alors, dans l'ombre du dossier on s'inquiète. Il a déclaré sur procès-verbal d'interrogatoire et tout avocat ayant un client dans le dossier peut le lire :

« J'ai fourni des tuyaux sur Nazarian à M. Alessandra et à M. Chatelain. Ils m'ont promis un casier judiciaire vierge si je leur donnais le labo. »

Gérard Allessandra est alors directeur de cabinet du préfet de police et Pierre Chatelain, chef de la Sûreté Urbaine.

De là à passer pour un indic et quelqu'un de très dangereux... Pour le juge Michel une indication prime tout. Quand quelqu'un de déterminant apparaît dans un dossier, il ne faut pas chercher sa photo dans les journaux régionaux. Ainsi Robert Kechichian n'a pas eu les honneurs de la presse. Or qui sait si en cavale un témoin n'aurait pas pu aussi le reconnaître. Kechichian comme Mérignac, Quattri... demeurent des inconnus. Marc Chambault également. Sept inculpés de l'affaire de Saint-Maximim, de Nazarian à Soukassian, de Malventi à Muzziotti ont leurs visages en bonne place. L'aventurier manque à l'appel. Et encore une fois les journaux marseillais n'y sont pour rien. Les services de police ont oublié le portrait de Marc Chambault, au fond d'un tiroir. N'existe aucune fiche de recherche ou pièce de justice à son nom.

De cet homme qui reste de longs moments dans le bureau du juge Michel, André Fraticelli dira bientôt :

— Lui, c'est la balance...

Puis croisant les avocats de l'aventurier :

— S'il continue à parler, il aura une balle entre les deux yeux.

André Fraticelli, avocat de Giralt, de Robert et de Kathy Kechichian, ami de Solange Troisier, est devenu l'avocat de Mitzigar Nazarian, Monsieur Georges. Et celui-ci supporte de plus en plus mal la détention. Mais aussi du « Professeur », Raymond Soukassian dont il évoque le possible transfert à la prison de Fresnes pour raisons de santé... Y aurait-il de la liberté médicale dans l'air ?

Mis au courant des « menaces » d'André Fraticelli, le juge Michel décide de faire surveiller discrètement Marc Chambault, tout en sachant qu'aux Baumettes personne n'est vraiment protégé.

*

Marc Chambault ne cache pas ses nombreuses relations dans la police marseillaise. Le juge Michel n'a jamais rencontré Roland Luperini, mais remarque.

— Chambault est un Luperini qui aurait bien vieilli et su mener sa barque.

Par contre Marc Chambault a connu Roland Luperini comme il a connu tant et tant de personnages apparus dans les grandes affaires. « Il sait des choses », dit-on de lui au juge à l'Evêché. Sans préciser lesquelles, mais ce sont surtout ces « choses derrière les choses » que le juge apprécie tant. Ainsi dans l'affaire Roland Agret, dans des affaires de fausse monnaie... Comme le juge Michel, mais pas pour les mêmes raisons, Marc Chambault est effectivement un homme qui en sait trop.

A Jean-Claude Cassant, l'employé de l'E.D.F., Chambault a dit, lorsque naissait le labo, qu'il connaissait un commissaire Ottavioli, sans préciser lequel, et l'inspecteur Briffa.

Le juge Michel qui a recours de plus en plus souvent à l'armée de ses « indicateurs » regrette.

— J'aurais dû connaître Chambault plus tôt.

*

Lorsque le juge convoque Marc Chambault, il s'attarde sur chaque question, chaque réponse. Il sait que c'est de lui que pourra venir l'information capitale, lui permettant enfin de boucler la boucle et de démontrer, preuves à l'appui, que tout est lié, que la Mafia italienne et la Mafia française ont construit un réseau gigantesque de labo en labo, et parvenir aux maîtres de ce réseau. Il essaie d'abord de préciser les liens de Nazarian et de Toscano, pour remonter plus haut dans cette hiérarchie.

Le juge Michel lit à Marc Chambault un rapport de surveillance de la Brigade des Stups du 2 mai 1979, assorti de photographies noir et blanc : la rencontre entre Nazarian, le frère du conseiller municipal, et Chambault, à Aubagne, au Bar du Marché. Les moustaches rousses de l'aventurier ne tressaillent pas.

— Nos discussions tournaient toujours autour de la drogue, du laboratoire que nous devions monter et d'argent... En fait, à cette époque, il n'a jamais été question d'un laboratoire précis. Nous parlions des « conneries » de Léon Toscano... et de gagner de l'argent avec un éventuel trafic. Nazarian avait très peur que Léon ait parlé, mais j'ignore absolument de quoi.

Rien d'étonnant qu'après de telles déclarations Nazarian et André Fraticelli son avocat trépignent. Nazarian se montre discret.

— Toscano ? Une vague relation...

Mais le juge Michel frappe et frappe fort.

— Vous vous fichez de moi. Vous êtes un menteur.

— Vous ne pouvez pas dire ça.

— Notez mademoiselle Amami : « Vous ne pouvez pas dire ça. »

A chaque fois l'interrogatoire tourne court. Nazarian semble soudain victime d'une conspiration. C'est toujours Marc Chambault qui permet au juge Michel de dépasser son dossier et d'apprendre ainsi l'existence du trésor de la Cassidène. Histoire plus étrange que tous les épisodes étranges de la French Connection.

— Je sais que Nazarian a souvent eu des rentrées de drogue. De 15 à 20 kilos. Les colis arrivaient par voiture et étaient livrés chez un vieux Corse. Mais il y a eu aussi une livraison par mer de 100 à 200 kilos débarqués à Hyères durant l'été 1979. Toute cette drogue devait transiter par lui. Et puis surtout les 600 kilos livrés par mer. Quand le cargo est arrivé au large de Cassis, à cause d'un fort mistral, un filin a cassé. Les marins ont été obligés de tout larguer près du phare de Cassidène, par 280 mètres de fond.

Tandis que le juge Michel écoute Marc Chambault, réapparaît l'ombre de Léon Toscano. Prêt lui aussi à la chasse au trésor... Diable ! 600 kilos de morphine représentent plus de 300 millions de francs.

— Oh, ces 600 kilos sont facilement récupérables. Toscano avait dans sa voiture une carte indiquant l'endroit où ils ont été largués. Je l'ai vue souvent quand je le protégeais.

Cette fortune au fond des eaux de la Méditerranée n'émeut pas Marc Chambault, le dilettante de la came :

— Apportez-moi une carte de la baie de Cassis. Je vous montrerai l'endroit.

Puis il continue ses explications.

— Bien sûr Nazarian m'a demandé plusieurs fois de me charger de la récupération, mais il n'avait pas les capitaux nécessaires. Il faut à peu près 50 000 francs.

— Vous avez tout prévu ?

— Vous louez une caméra à la Spirotechnique à Nice, puis vous localisez exactement le paquet. Il n'y a plus qu'à plonger et le remonter à la surface.

— Et Toscano pensait vraiment le récupérer ?

— Sans doute...

Le juge Michel est persuadé que Nazarian craignait qu'une fois arrêté Toscano parle à la police italienne de ce trésor plutôt compromettant. Marc Chambault se charge de parler pour deux ou trois. Devenu l'homme à tout faire, l'homme de main et l'homme de tête de Nazarian après avoir « perdu » son patron Toscano, il a assisté à une réunion d'affaires avec un mystérieux capitaine de cargo turc, Isik Mehmet Ali. Les vieux chasseurs des Stups l'ont fixé sur pellicule, mais en ignorant qu'un trésor de 600 kilos de morphine préoccupait les esprits de ses hôtes.

Le capitaine turc est arrivé à l'aéroport de Marignane le 30 juillet 1979, venant de Rome, a pris une chambre à l'hôtel Brasserie de la Gare, avant de repartir en homme d'affaires très pressé, pour Nice et Rome le 1er août.

Le « Professeur », Soukassian, accompagnait Nazarian et Chambault lorsqu'ils ont rendu une visite de politesse au capitaine.

— C'est le professeur qui a tout traduit. Ils parlaient en turc et en arménien. C'est là que Isik m'a montré sur une carte l'emplacement où ont été jetés les 600 kilos de morphine-base. La même carte que celle de Toscano. Les dessins indiquaient le même point. Pour le reste, je n'ai pas compris de quoi ils ont parlé.

Mais Soukassian le « Professeur », le sait et le dit. Cet ami d'enfance de Nazarian, pensionné pour un accident du travail... et s'occupant de préparer les tickets de tiercé des consommateurs dans un bar marseillais possédait lorsqu'on a perquisitionné chez lui 14 000 francs d'argent très liquide. Après avoir chuchoté qu'il l'a gagné au jeu, il se souvient de l'entrevue :

— Nazarian a commandé cinquante kilos de drogue au capitaine Isik. Le Turc en voulait 100 000 dollars, livrables en Turquie. En attendant, Nazarian lui a remis 1 000 francs pour ses frais de séjour !

Quand le juge Michel répète à Nazarian les souvenirs du « Professeur », l'intouchable frère du conseiller municipal est horrifié. Cinquante kilos, jamais ! Dix-sept seulement et livrés deux ans après. Le juge ironise :

— Eh oui, monsieur Nazarian, vous avez pris vos précautions pour l'avenir... en attendant de récupérer les 600 kilos, il fallait bien faire bouillir la marmite.

— Quels 600 kilos ?

Nazarian n'est pas au courant. Pourtant, son ami Léon Toscano désormais à l'abri des geôles italiennes, le frère du conseiller municipal, s'est décidé le 11 décembre 1980 à traîner sa lourde carcasse — sous le téléobjectif des Stups — vers la boutique Le Vieux Plongeur pour y acheter du matériel de plongée. Or Nelly, l'épouse de Marc Chambault travaille justement au Vieux Plongeur. Quelle coïncidence ! Nelly, flanquée du numéro 5, c'est aussi le nom du bateau de Marc Chambault. Le Nelly 5 comprend deux cabines et un pont en cale sèche aux chantiers navals de Bandol au moment de l'arrestation de son capitaine, semble avoir servi à des pêches à la morphine et qui aurait pu voguer pour une fructueuse chasse au trésor dans la baie de Cassis.

*

Monsieur Georges, aussi rompu qu'il soit aux grandes manœuvres de la drogue, s'est retrouvé face au problème de tout financier : le recrutement d'un chimiste, et un vrai. Par chance, Zé Muzziotti, l'ancien, était là.

— A la fin de juillet 80, j'ai pensé à Malventi parce qu'il avait été garçon de café chez Momond Leonetti qui avait des connaissances en chimie...

Quelles connaissances en effet ! Momond Leonetti, dans la plus noble tradition du Milieu et du milieu des cuisiniers marseillais a légué sa formule de transformation de la morphine et les secrets de son tour de main à son garçon de café.

Le juge Michel a consulté à l'Evêché l'un de ses vieux évêques, précieux aide-mémoire. Edmond Leonetti, « Momond » ne s'est pas contenté de manipuler la morphine. Il a été arrêté pour proxénétisme et trafic d'armes en 1962. Il avait ouvert avec l'une de ses maîtresses, Henriette, l'Auberge de la Vallée, à Ollioules, palace aux miroirs sans tain et aux portes secrètes, abritant des pensionnaires aux charmes réservés.

André Malventi, son fils spirituel, sans profession, mais jamais dans la gêne, reçoit donc en juillet 80 un coup de téléphone. Une affaire à lui proposer. Avec rendez-vous sur le parking du géant Casino de la Valentine. Monsieur Georges, vêtu avec goût et recherche se présente, en compagnie d'un moustachu.

— Monsieur Georges m'a demandé si je voulais faire de la drogue. Il savait que je détenais la formule. Je veux parler d'un papier écrit de sa main que m'avait remis Momond Leonetti quelques mois avant de mourir. Momond m'avait dit que ça pourrait me permettre de gagner de l'argent si je me trouvais dans le besoin. De toute façon, j'ai refusé de faire de la drogue.

— Et comment Monsieur Georges le savait-il ?

— Je ne sais pas.

— C'est vrai que Marseille est un village. Vous avez dû être trop bavard.

André Malventi affirme que deux fois encore, il a refusé les propositions de Monsieur Georges, le frère du conseiller municipal. Celui-ci, comme Louis Giralt, comme Robert Kechichian, ne peut guère pourtant s'adresser à une société d'intérim.

— Monsieur Georges m'a dit qu'il avait tout le matériel pour travailler, que c'était une organisation cloisonnée, et que je ne risquais rien, qu'il y avait deux cents kilos à transformer, ce qui me rapporterait au moins 500 millions d'anciens francs. J'ai encore refusé.

Ensuite, André Malventi prétend avoir reçu des menaces par téléphone.

— Un homme à l'accent italien. Il faisait allusion à mes petits-enfants et répétait : « Tu as réfléchi ? » J'ai répondu que je ne voulais pas travailler mais que j'étais prêt à leur donner la formule... Deux mois plus tard, Monsieur Georges m'a proposé de me l'acheter. J'en ai demandé cent millions de centimes. Monsieur Georges m'a confié : « J'ai deux personnes sous la main, elles font des essais, mais n'y arrivent pas. Je te donne 70 millions pour la formule, une fois que tu auras aidé ces deux chimistes à réussir la transformation. Il croyait que j'avais « tourné » avec Momond... Ce qui n'est pas le cas.

Quelle cuisine et quelle générosité !

« A la fin de 1980, j'ai fourni à Monsieur Georges un papier avec les noms des produits chimiques à acheter et les proportions. Gratuitement. Vous avez d'ailleurs trouvé ce document sur trois feuilles de papier différentes dans la villa.

Ensuite, André Malventi raconte au juge Michel comment il a rencontré Marc Chambault :

« C'était en mai 1981. Monsieur Georges m'avait dit de me rendre au bar Régence à Aubagne avec mon chien en signe de reconnaissance. Marc est arrivé avec Louis Cassant. Plus tard, Marc m'a convaincu de venir l'aider à tourner cinq kilos. Ça devait me rapporter cent millions anciens en cas de réussite. Il m'a fixé rendez-vous le lundi 6 juillet à 8 heures du matin, toujours au bar Régence. Là, j'ai connu Jean-Claude Cassant, le frère de Louis. Marc a apporté les dix-sept kilos de morphine dans un sac de plastique jaune. Le lundi soir et mardi matin, nous avons purifié quatre kilos dans deux poubelles en plastique. Le reste de la journée du mardi, nous avons purifié six autres kilos dans trois poubelles. J'ai travaillé seulement avec Louis. On tâtonnait tous les deux !

Infortuné Nazarian. Capable, avec les revenus de ses pantalonnades et de la limonade du conseiller municipal, d'offrir cent millions à un chimiste sur le retour, mais incapable de dénicher un vrai maître chimiste.

« Le mardi, vers une heure du matin, nous avons pris un peu de morphine-base purifiée déjà sèche et nous l'avons placée dans un ballon rond à fond plat avec de l'anhydride acétique. Nous avons chauffé ce mélange à 80° au bain-marie pendant huit heures. Nous l'avons ensuite précipité à l'aide de carbonate de soude. Lorsque cette nouvelle pâte a été sèche nous l'avons ensuite traitée avec de l'acétone tiède, mais... elle s'est diluée complètement dans le liquide. Bref, quelque chose n'allait pas ! Louis a testé l'anhydride acétique. Il a conclu qu'il contenait trop d'eau. »

Le juge Michel sourit.

— Cesari doit se retourner dans sa tombe. Quant à Momond il doit regretter dans l'au-delà de vous avoir donné sa formule !

— A partir de ce moment-là nous avons décidé de tout arrêter et de déménager le labo. Dès le mardi, Marc et Louis ont emporté des cartons. On allait finir quand vous êtes arrivé...

André Malventi précise encore :

« C'est bien la première fois que je tournais dans un laboratoire. »

Meriam Amami frappe scrupuleusement cette ultime déclaration, mais le juge Michel en doute. Malgré les ratés du chimiste il est certain que le frère du conseiller municipal a dû ainsi faire traiter des centaines et des centaines de kilos de morphine, et pas seulement pour son compte. Le juge Michel l'affirme encore :

— Il y a quelqu'un ou un groupe au-dessus de Monsieur Georges et au-dessus de Toscano, Kechichian, Giralt. C'est eux que je dois trouver.

*

Mitzigar Nazarian, Monsieur Georges, est de nouveau face au juge Michel. Le juge est précis, implacable, dur.

— Comment avez-vous pu proposer cent millions à Malventi ? Avec vos revenus de marchand de bonneterie. Votre frère vous a aidé avec le bar ?

— Non... Vous n'avez pas le droit.

— Notez, mademoiselle Amami : « Vous n'avez pas le droit. »

— Mais il ne faut pas marquer ça.

— Notez, mademoiselle Amami : « Il ne faut pas marquer ça » (sic).

*

Le juge Michel n'en espérait pas tant. La perquisition dans la villa de Marc Chambault, l'Oasis, à Eoures, un quartier de Marseille, recèle des trésors. D'abord, le scellé n° 42. Une feuille de carnet publicitaire portant l'adresse :

« M. Nazarian — Hôtel de Ville, Bureau N° 1, le mardi et le vendredi entre 17 et 18 heures de la part de son frère. »

Lorsqu'on est un industriel de la came, qu'on a un frère conseiller municipal élu sur la liste de Gaston Defferre, qu'on tient son bar, et qu'on partage la même amie, autant se servir de cette précieuse relation et en faire profiter ses complices.

Marc Chambault est toujours aussi direct :

— Je passais régulièrement voir Georges car il devait faire avoir un poste à mon fils par l'intermédiaire de son frère, le conseiller municipal, et de députés. A ces occasions, il me parlait de notre affaire, et il m'informait...

— Autant joindre l'utile à l'agréable. Et quels députés ?

Marc Chambault hausse les épaules :

— Je n'en sais rien, mais forcément des amis de son frère.

Donc des députés socialistes.

Pour le juge Michel le dossier du labo de Saint-Maximim devient de jour en jour, et surtout par la grâce de cet étonnant conquistador de Chambault, un dossier explosif. Quelles peuvent être les relations des frères Nazarian, assez proches l'un de l'autre, pour connaître leurs activités respectives, avec les notabilités socialistes de Marseille ? Le juge Michel, et avec d'autant plus de liberté qu'il a voté pour François Mitterrand, se demande s'il va enfin trouver, après les mystères des Cigales, de Mérignac, Taffani et de leurs liens avec le S.A.C. et le R.P.R. une collusion précise entre la politique locale, les élus socialistes et le Milieu, et surtout, s'il ne va pas arriver à le prouver.

— Cette fois, dit-il, ça peut aller très loin. Je suis capable d'attaquer la municipalité... si on me laisse faire.

Le juge Michel s'acharne à chercher toutes « les choses derrière les choses » de ce nouveau dossier.

Que découvre-t-il au fil des semaines ?

Que les frères Nazarian connaissent et fréquentent Jean Masse, l'un des quatre députés socialistes de Marseille. Pour quelles affaires ? Le juge voudrait bien le savoir. Jean Masse a 70 ans. Il est conseiller municipal et adjoint de Gaston Defferre depuis 1948, député dans la huitième circonscription de Marseille depuis 1962, et conseiller général du 12e canton de Marseille depuis 1945. Un parcours politique sans faille qui le place dans les premiers rangs des hommes de confiance de Gaston Defferre. N'est-ce pas lui qui a représenté la municipalité en 1966 lors des obsèques de Léon Rossi, cet ancien employé municipal au service des sports de la ville de Marseille qui le 22 août 1944 s'est emparé l'arme à la main des locaux du *Petit Provençal* avant que nombre de socialistes et surtout Gaston Defferre se placent à la tête du journal.

Le juge Michel se renseigne sur Léon Rossi. Pas par simple plaisir de mieux connaître encore d'anciens secrets de Marseille, mais parce que... tout est lié, même s'il doit remonter plus de trente ans en arrière.

Après la guerre Léon Rossi, ancien chef F.F.I. et ayant su nouer de précieuses relations multiplie les activités. Chef du service d'ordre de la S.F.I.O. du temps où Gaston Defferre et les socialistes s'emploient à prendre la mairie de Marseille, il accepte volontiers que le clan Guérini lui fournisse des escouades d'hommes de main. Amant d'une certaine Marie Aroussi, gérante du bar Gilbert, rue de l'Olivier, dans le centre de Marseille, près du boulevard Chave, il l'aide dans ses petites et grandes affaires.

Et retrouve à l'heure de l'apéritif les habitués du bar : Dominique Venturi, Nique pour les Marseillais, l'ami privilégié de la municipalité, et Eugène Matrone, Gégène le manchot, déjà dévoué à la cause socialiste tout en se préparant à œuvrer dans la bande des Trois Canards. Le bar de la maîtresse de Léon Rossi est un repaire de trafiquants en tous genres fichés aux Stups, le rendez-vous des futurs maîtres de la French Connection.

Passer de Jean Masse à Léon Rossi et de Léon Rossi à Eugène Matrone est une filière bien réelle pour le juge Michel. Un autre Matrone, l'un des frères du manchot, autre habitué du Skating Park, apparaît officieusement dans le dossier de Saint-Maximim, dans les « choses derrière les choses »...

Marc Chambault connaît en effet André Matrone qui s'occupe de l'entreprise générale du Sud-Est, travaux publics en tous genres, fermée depuis, et n'est pas un inconnu du monde socialiste et de l'Evêché. Son nom figure en toutes lettres dans le rapport étouffé de l'inspecteur Lubé. Sa société a-t-elle passé des contrats avec la mairie de Marseille ? Est-il protégé ? Quels sont ses liens avec les frères Nazarian ? Le juge Michel sait que pour cette enquête il ne peut pas faire appel à la police marseillaise. Il craint trop les fuites et sa hiérarchie, qui elle aussi, malgré le 10 mai, n'a pas changé, et se découvre au contraire d'hypocrites humeurs socialistes. A Marseille tout ce qui touche de près à la mairie et à Gaston Defferre est sacré. S'il doit y avoir sacrilège le juge Michel ne peut compter que sur lui.

Comment pourrait-il prouver ainsi que Marc Chambault a gardé en dépôt chez lui des tableaux de maître, 500 000 francs de vraie monnaie, mais aussi des livres de comptabilité concernant le trafic de la fausse monnaie et des plaques offset de billets de cent francs, qu'il a donné le « tuyau » à un ami policier, précisé que tableaux et documents s'en iraient sur un yacht de trente mètres vers la Sardaigne puis la Corse un dimanche matin sur le Vieux Port, que ce policier consciencieux a signalé l'affaire à la Brigade Financière, mais que celle-ci a laissé faire en prétextant qu'on n'avait pas à fouiller le bateau... Comment pourrait-il prouver que cette étrange cargaison appartenait à un entrepreneur de travaux publics proche de la mairie craignant un contrôle financier et donc s'attendant à une fouille de son domicile puisque cette histoire ne figure pas sur un procès-verbal d'interrogatoire ? Il est vrai que le commanditaire de ce transport a ses entrées à la mairie de Marseille.

Le juge ironise bien que le dossier de Saint-Maximim débouche encore sur d'extrêmes complications :

« Maintenant que les socialistes sont au pouvoir je m'occupe d'eux... Je suis fait pour m'attaquer au pouvoir. »

*

Jean-Claude Cassant, l'électricien de l'E.D.F. fourvoyé dans le labo de Saint-Maximim, évoque lui aussi la municipalité :

— Chambault m'a dit que Raffi Nazarian pouvait faire quelque chose pour moi à la mairie de Marseille. J'avais besoin d'un certificat d'urbanisme pour Roquevaire.

Jean-Claude Cassant projetait en effet d'acheter un terrain près de cette localité.

— Je suis allé à la mairie de Marseille. Raffi était à son bureau, mais je n'ai pas pu le voir car il s'occupait des élections législatives...

— Ah, la politique... Ça occupe. Il faut bien financer les campagnes.

— C'était entre les deux tours. Après, je n'y suis pas retourné.

— Dommage.

A propos de ce certificat d'urbanisme, Mitzigar Nazarian, Monsieur Georges, le frère du conseiller municipal, se montre très discret.

— Vous me parlez d'une histoire de certificat d'urbanisme concernant Chambault. En fait, il m'avait dit qu'il avait besoin d'une intervention pour un de ses amis. Il se peut que ça soit pour Cassant.

Et il en parle à son frère... le conseiller municipal de Gaston Defferre.

*

Lorsque Raffi Nazarian a été élu conseiller municipal sur la liste d'intérêts communs, son frère Mitzigar Nazarian était connu de longue date pour ses relations avec le Milieu marseillais et les importateurs de morphine-base. Est-ce que justement la position de son frère ne lui a pas valu d'immenses protections politiques ? Les premiers rapports de la Brigade des Stups, au début de 1978, parlaient déjà de rendez-vous donnés au bar Comptoir du Musée, déjà propriété du conseiller municipal.

Où a été remise la liste du matériel à acheter pour le labo dans le courant de 1981 ? Dans ce même bar. Jean-Claude Cassant l'a recopiée sur un morceau de nappe en papier.

Quant à la morphine raffinée dans la villa « Robert et Philippe », Marc Chambault était chargé de la livrer dans le bar du conseiller municipal. Et c'est encore Marc Chambault qui a confié au juge Michel une information importante. Comme Monsieur Georges s'était gardé de lui donner son adresse personnelle, le baroudeur, profitant de ses entrées à l'Evêché... a voulu se la procurer grâce à l'immatriculation de la Renault 16 TX marron avec laquelle le financier se rendait à tous ses rendez-vous préparatoires. Il a appris ainsi qu'elle était immatriculée au nom de Raffi Nazarian, le conseiller municipal.

Le juge Michel s'interroge. Doit-il essayer d'inculper le conseiller municipal, même si sa hiérarchie s'y oppose ? Le juge Michel confie ses doutes à un de ses amis de l'Evêché.

— Est-ce que j'y arriverai ? Je n'ai pas seulement les liens de Nazarian avec Jean Masse à éclaircir, mais aussi ceux de Charles Emile Loo avec les Matrone. Je crois qu'ils sont en relation. Pourquoi ?

Charles Emile Loo a 59 ans. Ancien typographe il est conseiller municipal et adjoint de Gaston Defferre depuis 1965, député des Bouches-du-Rhône dans la seconde circonscription de Marseille depuis

1965 et a longtemps été le trésorier national du parti socialiste. Après les liens de la fausse monnaie et des campagnes du R.P.R. le juge se demande s'il ne va pas se retrouver avec des liens précis entre la drogue et les campagnes électorales du P.S., mais la question reste la même :

— Est-ce que j'y arriverai ? Est-ce qu'ils me laisseront faire ?

Le policier rassure le juge :

— Venturi a toujours son bureau à la mairie. Il faut bien qu'un jour il y ait le grand nettoyage.

Le juge Michel constate hélas qu'aucun journal marseillais et surtout pas *le Provençal* n'a évoqué la parenté de Mitzigar Nazarian avec un conseiller municipal.

*

Au-delà des retombées municipales de l'affaire du labo de Saint-Maximim le juge Michel connaît encore un autre bonheur, l'un des plus importants de sa carrière, le plus inattendu peut-être, mais aussi le plus dangereux.

Le scellé n° 59 de la perquisition au domicile de Marc Chambault, procès-verbal numéro 743.67, correspond à un « simple morceau de feuille de papier portant au stylo : Gaétan Zampa, dit Tany, etc. » Cet etc. ambigu et discret cache le numéro de téléphone d'un bar où l'on peut joindre Gaétan Zampa ou au moins lui laisser un message. Il y a longtemps que pour l'un des rois du Milieu marseillais et français la liste rouge n'est plus un paravent. Impossible de le joindre directement. Difficile même de savoir où le joindre.

Quand le juge Michel découvre ce détail, à quatre lignes de la fin du feuillet 3 du procès-verbal de perquisition, il se sent pris d'un véritable vertige intellectuel :

« C'est extraordinaire. Je vais faire tomber Zampa... et dans une affaire où apparaît la mairie de Marseille. Personne n'a osé. Moi j'oserai, et j'aurai tous ceux qui marchent avec lui... »

Il se pose déjà mille questions.

Comment Marc Chambault est-il en possession de ce numéro très rare ? Quel lien Gaétan Zampa peut-il avoir avec le labo de Saint-Maximin, avec le frère d'un conseiller municipal socialiste ? Pourquoi, alors que pour la moindre perçeuse saisie chez l'aventurier on indique le numéro de série et que figurent de nombreux autres numéros de téléphone, l'officier de police judiciaire a-t-il omis de noter le numéro correspondant à Gaétan Zampa ? Est-ce donc une révélation si gênante ?

Le juge Michel doit téléphoner à un vieux chasseur des Stups pour savoir ce que cache le « etc. »... et demander une photocopie du document que Marc Chambault avait rangé dans sa sacoche, elle-même posée près du buffet de la cuisine dans sa villa du quartier d'Eoures. Pour sa partie de pêche en mer, ce numéro de téléphone ne lui était guère utile !

Dès lors, à l'obsession du juge de prouver le trafic des libertés médicales, d'éclaircir les relations de Monsieur Georges avec la mairie de Marseille, s'ajoute celle de relier les activités de Gaétan Zampa au labo de Saint-Maximin. Certes, des amis de Zampa sont apparus dans l'affaire Robert Kechichian, mais d'une manière trop floue pour un juge obligé de s'appuyer pour inculper sur le Code de procédure pénale. Ce morceau de feuille de papier, mal plié, chiffonné, lui ouvre enfin toutes les portes.

D'abord il lui faut interroger Marc Chambault, essayer, même et surtout en dehors des procès-verbaux, de lui arracher tous les renseignements possibles. Et puis, lorsqu'il aura assez d'éléments dans sa mémoire, faire interroger Gaétan Zampa à titre de témoin, et enfin, dans la logique de tout dossier, le convoquer dans le cabinet n° 3, pour trouver un moyen de l'inculper.

Ce serait sa plus grande victoire.

Le juge a les larmes aux yeux en évoquant déjà la scène...

Il a souvent conduit ses dossiers jusqu'au bout à force d'intuition. Il est persuadé que le nom de Gaétan Zampa n'apparaît pas à titre « gratuit » sur un banal procès-verbal de perquisition. Il s'imagine déjà hurlant au planton de l'instruction :

— Faites entrer M. Zampa.

Ou racontant à ses amis journalistes, comme jadis pour Antoine Melero « en fuite au Venezuela » :

— Zampa est en cavale. La police ne le trouve pas.

*

Dès lors le juge Michel « fait du renseignement » pour bien mettre au point son dossier Zampa, tout savoir, enfin ce qu'il peut savoir de « l'œil de la Mafia en France » depuis ces dernières années. En évitant bien sûr de délivrer une commission rogatoire dans ce sens. Il préfère s'adresser directement à quelques évêques choisis parmi les plus sûrs, à des informateurs qui, pense-t-il, ne peuvent le trahir. L'affaire du casse de Nice lui est une précieuse leçon. Tany le ténébreux a trop d'antennes policières. Certains disent même qu'il « arrose » là où il faut arroser et que, à Nice, à Marseille et à Paris, ses trois attaches françaises, des fonctionnaires de police bien notés de leurs supérieurs l'avertissent des dangers d'éventuelles enquêtes en cours...

Gaétan Zampa est plus que jamais l'homme fort du crime organisé, mais toujours de plus en plus nerveux, inquiet, ne se déplaçant pas sans un garde du corps choisi parmi les meilleures gâchettes. Sa guerre contre Jacky Imbert, Jacky le Mat, a ôté à son affection quelques-uns de ses plus efficaces hommes de main, et surtout les frères Regazzi : Gabriel, Jean-Claude et Jean-René, Richard Minassian, Jean Garcia. Tous exécutés à Marseille ou dans sa banlieue. Sans parler de Bimbo, Jean-Pierre Roche, l'homme du Ruhl. Arrivés à près de vingt morts dans les deux camps la sagesse de plus en plus rare dans le monde du crime fait choisir aux deux anciens amis des Trois Canards la trêve et la paix tacite.

Ils savent que plus les années passent plus se rapproche la sortie des Baumettes de Francis le Belge, qu'avec les remises de peine que lui vaudra sa conduite exemplaire et étonnante — il ne cherche pas à acheter une liberté médicale — il sera là bientôt pour demander des comptes et chercher leur règlement. Rien ne pourra empêcher que de nouveau les pavés de Marseille rougissent de sang, qu'arrive la nouvelle guerre des gangs. Mieux vaut préparer ainsi une future alliance...

Jacky le Mat se consacre à ses intérêts dans le monde de la nuit, aux courses de chevaux et à des opérations « ponctuelles », jamais en dessous du milliard de centimes, susceptibles de lui donner de nouveaux yachts. Par sécurité le miraculé de Cassis préfère habiter les océans, entouré de quelques porte-flingues promus moussaillons. Quand il débarque, il loge à Paris. Son adresse connue des initiés, policiers comme membres du crime organisé, est un « tuyau » onéreux. Le juge Michel n'a pas à s'en soucier. Un de ses honorables correspondants aux Baumettes possède l'information... et pour l'heure Jacky le Mat ne l'intéresse pas.

De son côté Gaétan Zampa aurait pu se retirer fortune faite, vivre du fruit juteux de ses placements et voguer sur les mers comme le Mat. Il a trop d'ambition et il a continué son œuvre pour qu'il soit dit au moins qu'il est plus que le successeur du clan Guérini ; et un digne fils de Mathieu Zampa, le grand proxénète.

Gaétan Zampa est propriétaire de bars, de restaurants, de boîtes de nuit, de salles de cinéma, mais sous des prête-noms, avec des parts judicieusement... réparties. Pour le juge Michel il incarne parfaitement le crime organisé. Le fisc ne doit guère l'inquiéter et pas plus sous un régime de gauche que sous un régime de droite. Alors après le Tea for Two dans le quartier de l'Opéra qui n'existe plus, on parle d'intérêts de Tany dans la Chope d'Or sur le Vieux Port et au Krypton à Aix, une immense boîte de nuit, par sa soeur interposée.

Gaétan Zampa s'est aussi risqué dans la production de films. Il demeure une fidèle relation d'Alain Delon qu'il « protège » toujours. On les dit associés dans des affaires. Et le monde du jeu qui déjà au Casino Ruhl à Nice a rapproché l'acteur et « l'œil de la Mafia » continue de fasciner Gaétan Zampa. Son fils Mathieu, élève de l'école des croupiers fondée par Jean-Dominique Fratoni sur le port de Nice puis croupier au Ruhl, exerce désormais au Casino d'Enghien. Tel père, tel fils. Tany veut qu'un jour sans doute il soit apte à diriger son empire. Il est en effet entré en guerre avec Marcel Francisci, le frère de Jean, que le juge Michel a rencontré dans le dossier de ferraille de Louis Giralt et qui lui aussi a d'étranges rapports avec le fisc français.

Que Marcel Francisci soit tombé en disgrâce avec le changement de gouvernement sert les intérêts de Gaétan Zampa. Dès le 3 juillet le « Mister Héroin » des Américains, l'ancien du service d'ordre du R.P.F. est mort une première fois. Gaston Defferre a suspendu l'exploitation de son prestigieux Cercle Haussmann à Paris. Marcel Francisci ne voulait pas se soumettre à la nouvelle réglementation instituée d'ailleurs par le précédent ministre de l'Intérieur Christian Bonnet : les directeurs de cercles de jeux doivent devenir les simples salariés de leur conseil d'administration. Il est vrai que deux dérogations successives avaient sauvé la mise... du conseiller général R.P.R. du canton de Zicavo en Haute-Corse. Il ne manquait pas de soutien, dans le clan corse de la précédente majorité.

Paradoxe... La gauche au pouvoir a donc arrangé Gaétan Zampa pourtant situé à droite par les observateurs policiers et même très à droite. N'a-t-on pas cité son nom comme commanditaire possible de l'assassinat de Pierre Goldman. D'une bien étrange façon encore, on a soupçonné Tany de fournir à la fois des armes aux autonomistes Basques et des tueurs, à 50 000 francs le cadavre à leurs ennemis Espagnols. Pierre Goldman, ancien truand, écrivain militant d'extrême gauche abattu le 20 septembre 1979 par deux tueurs. Une exécution en plein Paris revendiquée par le groupuscule « Honneur et Police ». Gaétan Zampa aurait déjeuné avec lui le mois précédent dans un grand restaurant parisien. Pierre Goldman cherchait à monter un réseau français pour protéger les militants autonomistes de l'E.T.A. et voulait acheter des armes, mais le Parrain marseillais aurait trouvé son compagnon de table trop rêveur. L'hypothèse est-elle crédible ? Avec Gaétan Zampa, et le juge Michel le sait bien, il faut s'attendre à tout. Qui peut-il craindre, lui qui, avec ses Siciliens, protégea jadis les socialistes marseillais en manque du clan Guérini...

Depuis que le Ruhl où il s'était investi auprès de Jean-Dominique Fratoni est fermé, Gaétan Zampa lorgne de ses yeux qui « parpalègent » toujours vers le Casino de Biarritz, en vente, et vers son concurrent le Casino d'Hendaye, seul fief provincial du clan Francisci, dirigé par Paul Baron, le beau-fils de Marcel Francisci.

Mais les yeux de Gaétan Zampa restent souvent sur la terre de ses ancêtres. Tany s'y considère plus en sécurité et se déplace seulement pour affaires. Là-bas il est près de ses frères mafiosi et là-bas il intéresse encore plus le juge Michel.

Son seul but c'est de prouver que « l'œil de la Mafia en France » a la haute main sur le trafic de l'héroïne. Après il pourra voir si l'argent de la blanche se blanchit dans les boîtes de nuit, la production de « polars » et les casinos.

Pourquoi Marc Chambault, le baroudeur de la came, le garde du corps de Léon Toscano, le compagnon de labo du frère d'un conseiller municipal de la mairie de Marseille connaît-il Zampa ? Le juge se torture pour comprendre... Il est certain que Toscano connaît Gaétan Zampa et que Robert Kechichian a fréquenté Gaétan Zampa.

Tous les dossiers du juge Michel l'ont mené vers Gaétan Zampa et il ne voudrait pas ne penser qu'à ça, se concentrer sur cette seule donnée, mais il en est déjà à relier l'exécution de Jeannot le Corse, l'ami de Roland Luperini, qui a été contacté pour assassiner le prince de Broglie au dossier de Saint-Maximin. Jeannot le Corse s'occupait en effet de trafic d'héroïne et avait toute la confiance de Gaétan Zampa.

Dans le rapport dédaigné par ses supérieurs, l'inspecteur de la Sûreté a écrit :

— Jean Bianchini aurait fait l'objet d'un contrat par Edouard Toudayan qui devant être libéré sous peu, désire retrouver une situation nette. En effet selon la source de mes renseignements Bianchini aurait détourné à son profit une somme de 350 millions d'anciens francs « récoltée » dans les quartiers nord de Marseille pour une commande d'héroïne. Le sieur Arthur Botte, de La Ciotat, était chargé, lui, de récolter la même somme dans les quartiers sud, le montant des transactions étant de 700 millions d'anciens francs. C'est ce détournement qui aurait valu sa perte à Bianchini.

*

Pourquoi Marc Chambault n'aurait-il pas cherché à « vendre » à Gaétan Zampa des informations sur le clan d'Edouard Toudayan provisoirement ressuscité par son cousin « Monsieur Georges » Nazarian ; frère du conseiller municipal de Gaston Defferre.

Le juge Michel ne peut s'empêcher d'ironiser dans la solitude du cabinet nº 3 :

— Si je mets au trou Zampa et le frère de Nazarian, on ne pourra rien me reprocher. Ça fera un coup à droite, un coup à gauche... Defferre ne pourra rien me reprocher.

*

La question est nette, sèche, précise :

— Pourquoi a-t-on trouvé chez vous un morceau de feuille de papier portant l'inscription : Gaétan Zampa, dit Tany...

Marc Chambault perd son large sourire, pâlit sous son bronzage pas encore altéré par les Baumettes :

— Je ne sais pas.

L'aventurier se fige soudain. D'un air de dire :

— Tout... Nazarian... son frère le conseiller municipal... Toscano, les magouilles... les combines... le trésor de la Cassidène, mais pas ça... pas Zampa.

Il tremble et souffle comme si le prenait une immense peur, comme si la mort était au bout d'un éventuel aveu.

— J'ai des enfants, monsieur le juge... Vous avez des enfants. Je ne peux pas. Vous ne pouvez pas. Vous ne vous rendez pas compte.

Le juge Michel n'est pas pressé. Pas à une semaine, un mois près... Il a attendu si longtemps. Et le grand Zampa, après le grand trafic des libertés médicales, après le grand frère d'un conseiller municipal, cela mérite la patience. Surtout que la peur de Marc Chambault prouve qu'il est vraiment tombé juste.

Encore une fois il en a les larmes aux yeux.

Le destin l'oblige vraiment à demeurer à Marseille. Il y restera. Même si comme le sous-entend Marc Chambault il se condamne à mort. Ne s'est-il pas condamné à mort en vivant comme il a vécu son métier depuis sept ans déjà à Marseille.

V

SI PRÈS DE LA MORT...
SI PRÈS DE L'AFFAIRE D'AURIOL...,
SI PRÈS DE L'AFFAIRE DU BAR DU TÉLÉPHONE

Les deux mains du juge Michel s'accrochent au mât de la planche à voile. A genoux sur le plastique mouillé, il essaie de se relever, mais frôle seulement la toile blanche et verte que le vent boursoufle, et s'écroule à nouveau. Le mât et la voile se courbent sous les assauts du vent. Le juge Michel dérape, puis se redresse, mais l'embarcation finit par se renverser. Le visage dévoré de sel et de soleil, à bout de forces, les doigts paralysés et le corps tout entier dans l'eau, le juge Michel laisse la planche dériver encore plus loin sur la mer couleur d'huître. Au large de Bandol des dizaines de planchistes ont envahi la mer ce dimanche 12 juillet, mais aucun ne regarde le juge, ne s'approche de lui. Il est seul. Ne parle pas, ne crie pas. Seul il veut lutter. Et seul il pense pour la première fois de sa vie qu'il va mourir, un dimanche. Seul.

Au bord de la plage, à deux kilomètres de la planche solitaire, Béatrice et Emmanuelle, les deux filles du juge creusent le sable, s'aspergent et rient. Jacqueline Michel bavarde avec le couple d'amis qui les a accompagnés. Pourquoi s'inquiéteraient-ils ? Ils ignorent tous les cinq où est Pierre Michel. Le juge s'est éloigné une heure plus tôt, seul, a pris la planche, a marché vers l'eau et s'est laissé glisser le long des rochers sous le vent déjà meurtrier. Seul. Ses proches connaissent sa passion de la solitude et la respectent. Qui imaginerait qu'il dérive de plus en plus loin vers le large, sans réussir à se relever, à maîtriser la planche, et qu'il se maudit de courtiser ainsi la mort au moment où il doit frapper le plus grand coup de sa carrière. Le lendemain, le lundi 13, puis le mercredi 15, il doit interroger Marc Chambault, tenter de l'obliger à révéler ce qu'il sait exactement de Gaétan Zampa, et avant de fermer les portes du cabinet n° 3, pour les vacances, il doit continuer son enquête personnelle sur le trafic des libertés médicales.

On croit le juge Michel parti comme d'autres dimanches pour une longue randonnée à pied, dans l'arrière-pays. Seul. Depuis les premiers jours de grand soleil, le juge s'arrache à ses dossiers, le temps d'un dimanche consacré à sa femme et ses filles. A Bandol, à une encablure de l'église de son mariage, il a découvert le tête-à-tête avec la mer et la solitude sur une planche. La pratique d'un sport ne peut être pour lui que solitaire. Il lui arrive de rouler des kilomètres sur une bicyclette d'emprunt. Il a souvent demandé à Joseph Cerna, le planton de l'instruction, de lui vendre son vélo de course gris métallisé. Il admire la volonté de Di Guardia, le substitut qui parcourt ses deux cents kilomètres par semaine. Et l'hiver, à Megève, quand il passe huit jours à l'hôtel Windsor il a le ski, surtout le ski de fond, combat solitaire contre les neiges et le froid.

Le juge Michel a réussi maintenant à se coucher à plat ventre sur la planche pour reposer sa jambe droite. Lorsqu'au bout d'une demi-heure de course la planche s'est à moitié retournée, sa jambe droite a glissé et heurté le plastique. Depuis, des douleurs lui brûlent le pied et la cheville. En s'élançant sans souci des vents, des courants et de la météo, en force, comme dans un nouveau dossier d'instruction, le juge Michel est allé tout droit vers ce naufrage. Il laisse reposer sa jambe, relève la tête, mais les derniers planchistes téméraires sont à plusieurs kilomètres et les chutes, puis la faim, la soif l'ont épuisé. L'antidérapant collé au plastique lui déchire la peau, et il tousse.

La mort... Le juge Michel ne pense qu'à elle. La mort... Il l'a toujours côtoyée. De l'enfance au métier. De la famille à ses dossiers. De son frère, dans les eaux de l'Est, et son oncle, en Algérie, aux crimes, aux règlements de comptes, aux overdoses... Des voix sourdes au téléphone aux poèmes vengeurs venus des Baumettes. Des menaces des inculpés aux mises en garde des avocats. La mort... Quelle dérision. S'ils le voyaient au milieu de cette arène liquide, ils pourraient tous crier sa mise à mort. La mort... Depuis sept ans à Marseille, entraîné dans la tempête des dossiers, des interrogatoires, des enquêtes personnelles, le juge Michel n'y a jamais beaucoup songé. Et malgré l'épuisement, le froid qui l'envahit, il ne peut que lutter encore. A sa manière. Avec hargne. Il n'a pas le droit, lui, de se résigner. Alors il s'agrippe encore de ses mains engourdies le long du plastique mouillé. Il veut se relever, redresser la planche. Il s'accroche encore. En vain.

Quand un autre planchiste qui le connaît un peu et l'a vu s'enfoncer vers le large, donne l'alerte, que ses proches commencent à se tourmenter de l'absence, des bateaux partent affronter le fracas du vent et des flots. Il faudra trois heures de recherche pour retrouver le juge Michel naufragé cinq kilomètres au-delà de la zone surveillée. Pour survivre, il s'est efforcé de demeurer bien à plat sur la planche, et de calmer sa douleur en laissant traîner son pied droit dans l'eau. Son beau visage s'est creusé, buriné, asséché sous le soleil. Un secouriste bande sa cheville enflée. Il boit. Il rassure Jacqueline, ses deux filles, les amis, mais il lui reste la peur. A 38 ans, il n'avait jamais connu la peur, la vraie, celle qui persuade que la mort est proche. De ses lèvres durcies, il répète sans cesse :

— Je ne pensais qu'à une chose : C'est con de mourir comme ça. Et il s'en prend à sa volonté de solitude.

— J'aurais dû vous dire où j'allais. Je n'aurais pas dû partir seul. Oui, c'est con de mourir comme ça.

De retour dans le cabinet n° 3, la cheville lestée d'un œuf de plâtre, appuyé sur une béquille d'acier, il répète à ceux qui le visitent, avocats et magistrats :

— C'est con de mourir comme ça.

D'habitude, le juge reste discret sur sa vie privée, en dehors du tribunal. Pourtant il raconte comment il a failli mourir sur une planche à voile, peut-être noyé, à bout de forces, dans les eaux de sa Méditerranée d'adoption. Et même à son inculpé favori, Marc Chambault, l'aventurier de la mer, capable de le comprendre.

— C'est con de mourir comme ça.

*

Le juge Michel revient, comme chaque été, vers le pays de son enfance. Deux semaines au milieu de juillet entre les deux maisons familiales de Metz et de Jussy, près de ses parents, ses frères, ses sœurs. Près de ses racines. Il ne s'ennuie pas, mais regrette les dossiers laissés à Marseille. Alors il s'assoit dans une pièce tranquille, et les yeux fixés sur des tableaux, des bibelots qui sont autant de repères du passé, il interroge sa mémoire et prépare des interrogatoires, des éléments d'enquête qu'il a décidé de mener seul. Il rêve à Marc Chambault, à Mitzigar Nazarian, le frère du conseiller municipal, à Robert Kechichian qui doit oublier son faux cancer quelque part en vacances, à son nouveau voyage à Palerme avant la fin de l'année. Il inculpera le docteur Bousquet, l'interrogera avec sa méthode coup de poing. Ses idées cheminent de dossier en dossier comme s'il avait devant lui les procès-verbaux frappés par Meriam Amami.

Tout est lié.

L'affaire de Saint-Maximin et Gaétan Zampa l'obsède. Il se jure de l'inculper et de démanteler la mafia des Baumettes. Avant la fin de l'année. Tant pis pour ce que pense l'un des plus fidèles amis aux Stups :

— Zampa ne supporte pas qu'on s'intéresse à lui. Vous avez tort. C'est un suicide. En plus c'est sûr que, à quelques heures près, on ne faisait pas tomber le labo de Saint-Maximin. Nazarian serait encore en liberté et vous n'auriez même pas l'idée d'aller plus loin, du côté de son frère. Ils sont prêts à tout pour effacer cette bavure.

Georges, son père, lui demande comment va le travail à Marseille. Le juge Michel se passe la main dans les cheveux.

— On n'a pas fini d'entendre parler de moi.

— Est-ce que c'est prudent ?

— A Marseille, on ne peut pas être prudent.

Le juge Michel profite de retrouver son frère Bernard, l'avocat, pour raviver leur passion commune : les chemins de fer. Il n'est pas trop tard, à l'aube de la quarantaine, pour se découvrir encore plus proche, et même, l'âge venant, de se ressembler encore plus au physique. Même visage volontaire, même impatience d'agir, même regard, même voix ironique.

— Heureusement qu'il nous reste l'humour, dit Bernard Michel.

Le juge Michel approuve. Ils sont presque d'accord sur tout. Ils sont abonnés tous les deux à *la Vie du Rail*. Pierre Michel s'écrie soudain :

— Vive Fiterman... Il paraît qu'il veut enfin rétablir les voies secondaires, les chemins de fer abandonnés. On verra s'il tient parole.

Souvenirs ferroviaires... Un jour le juge Michel est venu chercher son frère à la gare de Nîmes. Ensemble, à pied, ils ont longé la voie, sur la ligne de Nîmes au Vigan, comme deux poseurs de rails. Et là le juge Michel, loin de Marseille, loin du cabinet n° 3, parcourt la campagne, seul à la recherche des rails perdus. Avec Jacqueline, il visite les brocanteurs, les antiquaires. En quête de cartes postales, de vases Gallé — il parvient maintenant à reconnaître un faux d'un vrai — et de trains électriques ou mécaniques. Pour compléter ses collections.

*

Sur l'écran de télévision, la Bastide d'Auriol, mas provençal aux volets bleus fermés, au pied du Massif de la Sainte-Baume. Nouveau massacre ou tuerie, dans les Bouches-du-Rhône. Six morts. Dans la nuit du 18 au 19 juillet. Le juge Michel se revoit presque trois ans plus tôt au Bar du Téléphone. Ecoute la liste des victimes. L'inspecteur-stagiaire Jacques Massié, sa femme Marie-Dominique, leur fils Alexandre — 8 ans — sa belle-mère, son beau-père, les Jacquemes, et l'ami de sa sœur Marina, Georges Ferrarini. Le juge trépigne sur son fauteuil. « Qu'est-ce que je fous ici ? »

Il ne connaissait pas ce Massié, mais un policier, ancien responsable régional du Service d'Action Civique au centre d'un massacre, quel dossier ! Et sa mémoire l'alerte. A croire que subsistent toujours des fils reliant les grandes affaires, et pas seulement ceux qui tissent le roman noir de Marseille.

Georges Ferrarini... Les flics l'ont entendu dans l'affaire des Cigales en décembre 1978. Il connaissait Mérignac. Il devait être carrossier ou garagiste dans le 15e arrondissement de Marseille. Il avait dû fournir une voiture. On n'a rien prouvé. Il n'était même pas inculpé, mais devait en savoir beaucoup sur la fausse monnaie.

Metz. Chaque matin, le juge Michel achète les journaux sous les arcades. Il veut tout savoir sur l'affaire qui met le S.A.C. à la une. « Qu'est-ce que je fous ici ? »

Jeudi 22 juillet. Il doute de sa hiérarchie mais l'amour du métier, la passion de l'instruction l'emportent. Il compose le numéro de téléphone du Palais de justice de Marseille et joint l'un de ses « patrons ».

— Auriol m'intéresse. Je peux être là demain.

Trop tard. Inutile. Qu'il se repose. Il croule déjà sous les dossiers. Au bout du fil un membre patenté de l'Union Syndicale des Magistrats. Avec le S.A.C. au centre d'un dossier, on craint les remous, les vagues, même si le 10 mai autorise les tempêtes. Le juge Michel n'est pas là. Tant pis. Ou tant mieux. Le 23 juillet, le président du tribunal de grande instance par intérim, Albert de Volontat, préfère désigner Françoise Llaurens-Guérin, alors que Bernadette Augé, membre du Syndicat de la Magistrature, est de permanence. On prétexte le manque d'expérience. Françoise Llaurens-Guérin a 38 ans, est premier juge à Marseille depuis huit mois. Auparavant à Aix-en-Provence elle a instruit l'assassinat sans cadavre du Cove's Club sans que grâce à elle on n'en sache plus sur Roland Luperini. En arrivant à Marseille, et selon la démarche inverse du juge Michel, elle a quitté le Syndicat de la Magistrature pour l'Union Syndicale des Magistrats, à l'unisson de toute la hiérarchie judiciaire de Marseille. Depuis trois jours d'ailleurs, elle suit l'enquête à travers une photocopie de la procédure.

Le juge Michel est déçu, mais pas surpris. Après tout son interlocuteur appartient au clan de ceux qui, dans l'ombre des couloirs labyrinthes du Palais, s'acharnent à le mettre en difficulté.

« J'aurais quand même bien aimé avoir l'affaire. »

Quand le 28 juillet, Pierre Debizet le secrétaire général du S.A.C. est arrêté, transféré de Marseille à Paris, puis inculpé de complicité d'homicide volontaire et de séquestration, le juge Michel trépigne encore :

« Il m'aurait fallu ce dossier. »

Pour la première fois en sept ans lui échappe une grande affaire marseillaise, mais comment, même présent à Marseille, pourrait-il s'en occuper et bien ? Le juge Michel essaie de raisonner sa boulimie des dossiers. N'a-t-il pas dans sa mémoire, entre la Mafia sicilienne les libertés médicales, et surtout Gaétan Zampa, et les filières qui peuvent en découler, de quoi surprendre encore.

*

Le juge Michel n'a pas manqué la fête des Mirabelles en pays lorrain, ni ses retrouvailles avec des amis d'adolescence, mais il s'est arrangé pour revenir dans la villa Les Buis avant la fin de ses vacances. A Marseille, il appelle ses évêques, rencontre des informateurs. Pour en savoir plus...

Un soir, il rejoint Alex Panzani du *Provençal* en train de dîner avec Pierre Merindol du *Progrès de Lyon* et Christian Rodat du *Soir*, dans un restaurant du cours Julien. Michel est nerveux, ne tient pas en place. Comme s'il venait d'être nommé juge la veille et que l'attendait son premier dossier.

— J'ai l'intention de m'accrocher sur Auriol.

Alex Panzani connaît bien le juge dont il est devenu un proche au fil des années.

— Des gars qui s'occupaient d'Encre Noire sont venus me voir. Ils disent qu'ils ont tout compris, et qu'à l'époque avec les flics, tu n'as rien vu... L'attentat a été revendiqué par le groupe des amis de l'inspecteur Mazel. Et Campana était à la fois un copain de Mazel et un copain de certains gars d'Encre Noire.

Didier Campana est, avec Lionel Collard, « l'homme à l'oreille coupée », Jean-Joseph Maria, « Kojak », le responsable régional du S.A.C., successeur de Massié, Jean-Bruno Finochietti, « l'instituteur », Ange Poletti et Jean-François Massoni, l'un des principaux inculpés. Ils formaient le commando de la tuerie d'Auriol.

Un étrange personnage à l'image de Le Goupil, le rouquin de l'affaire des Cigales. 28 ans, tête de fouine et cheveux courts, blouson de moto. A la fois membre du S.A.C., membre du comité de soutien aux objecteurs de conscience et aux insoumis, fondateur de « l'Association des Motards en colère », contre le paiement d'une vignette moto, assurant lors de manifestations le service d'ordre, sympathisant de la C.G.T., membre de choc de tous les piquets de grève, capable d'ailleurs de séquestrer son patron en guise de revendication.

— Il a dû infiltrer les gars d'Encre Noire. Ils ont cru qu'il était de gauche comme eux.

Un étrange personnage. Bachelier, trois ans de philo, et depuis employé au tri postal, la nuit. Pour sillonner le jour les rues et les environs de Marseille sur une de ses motos et surtout sa Norton Commando rouge, une pièce de collection. Et qui, avec son compagnon de tri, et plus tard de tuerie, Poletti, le karateka, ceinture noire, a braqué Massoni, le troisième comparse, guichetier au bureau de poste du quartier de la Pomme, dans le 11e arrondissement. On a d'ailleurs trouvé une partie du butin — 10 millions de centimes — à son domicile.

Le juge Michel s'emballe aussitôt sur cet inculpé, le seul à ne pas se cacher le visage en arrivant au Palais de justice, mais qui, après la tuerie, est resté prostré chez lui sans sortir durant une semaine.

— Il faut que tes gars d'Encre Noire reviennent me raconter ça sur procès-verbal. Enfin... pas tout de suite. Je ne veux pas gêner Llaurens-Guérin.

Le juge Michel a compris : le seul moyen de récupérer un jour le dossier d'Auriol est de miser sur le dossier mort de l'attentat de l'imprimerie. Didier Campana et ses frères du S.A.C. seraient les auteurs d'autres attentats. Pour venger son ami, le commissaire Mazel, Campana a formé son groupuscule « Ordre et Justice Nouvelle ». Ils ont fait sauter la cuisine du Centre d'Accueil International de la Sainte-Baume.

Le juge Michel revenu au tribunal essaie même de convaincre des magistrats amis de faire ouvrir une information globale sur le S.A.C., pour association de malfaiteurs, et devant la cour de Sûreté de l'Etat même si une loi datée du 4 août vient de supprimer cette cour.

Lorsque enfin le substitut Bartoloméi donnera au procureur Villatte un rapport dans ce sens de 36 pages, il sera coupé de moitié avant d'être transmis au ministère de la Justice. Le juge Michel pourra dire encore :

— Rien n'a changé. Là-haut c'est toujours les mêmes compromissions. Là-haut, c'est la hiérarchie immuable.

*

De ses affaires passées et de sa mémoire, le juge Michel ne peut s'empêcher d'extraire les membres du S.A.C., officiels ou présumés liés aux dossiers qu'il a instruits.

Jacques Mérignac, et son ami ou ennemi selon les jours, André Quattri, le fondateur de la société Shark, les passionnés de la fausse monnaie.

Robert Kechichian, le cancéreux sans cancer. Le juge Michel sait qu'il était lié au S.A.C. Gabriel Graziani, autre correspondant de la Mafia, proche de Giralt et du docteur Bousquet, et proche des filières d'héroïne. Libéré médical et membre du S.A.C. Et Jacques Dupuy, le disparu du dossier des Cigales, maître de la fausse monnaie, et sans doute encore en Afrique où le S.A.C. se refait souvent une santé. Et puis dans le dossier, Giralt au beau milieu de ses drôles de sociétés de ferraille, en compagnie de Jean Francisci, apparaît un certain Tardivel. Alexianos, le gérant de La Gratinée, lui fait même parfois de « petits chèques » de 10 000 francs. Est-il parent avec Roger Tardivel ?

Roger Tardivel, un policier en retraite, est président du club de tir de la police nationale, à la C.R.S. 53, dans le quartier de Saint-Barthélémy, où Massié a débuté sa fulgurante carrière comme motard. L'inspecteur stagiaire y rencontrait ses amis du S.A.C. bien que, selon Tardivel, il préfère fixer ses rendez-vous à l'autre club de tir, à Allauch, qu'il avait d'ailleurs fondé en 1976 et où il monnayait des ports d'armes. Tardivel prétend ne pas connaître le S.A.C. Pourtant Gérard

Kappé, patron de l'organisation de 1967 à 1969, depuis militant du Mouvement des Démocrates de Michel Jobert, affirme :

— Tardivel était adhérent du S.A.C. jusqu'en 1969 et il est resté sympathisant actif à l'arrivée des nouveaux dirigeants imposés par Pierre Debizet.

Le juge Michel essaie de découvrir d'autres liens de l'affaire d'Auriol avec ses dossiers. Toujours par amour des « choses derrière les choses ». Le beau-père de Jacques Massié, Maurice-Jules Jacquemes, était connu sur le port de la Joliette comme ferrailleur et récupérateur de métaux avec sa société Midi-Containers. Avec des bureaux, rue Vincent-Leblanc, près de l'évêché. Mais difficile de savoir s'il connaissait Giralt et Francisci. Il était d'ailleurs militant socialiste. Maire du Puy Sainte-Réparade, il a été candidat sur une liste socialiste en 1965 aux élections municipales de la Roque d'Anthéron au nord d'Aix-en-Provence, et il a aidé dans ses campagnes électorales Louis Philibert, député de la 9e circonscription et président du Conseil Général des Bouches-du-Rhône.

Ce dernier rétorque que Maurice-Jules Jacquemes l'avait seulement sollicité par lettre le 9 juin pour aider sa société, dont il venait de déposer le bilan. Et auparavant pour obtenir les adjudications de la démolition des huileries Salador et des chartreux, et l'achat de grues sur le port de la Joliette. Mais on a vu pourtant, dans les premiers jours de l'affaire, la CX noire de Louis Philibert, avec cocarde tricolore, garée près du Palais de justice, son chauffeur au volant.

L'inspecteur Massié, homme très actif, s'était associé à son beau-père pour des affaires parfois plus que douteuses. L'ombre de Giralt et Francisci n'est pas loin.

— C'est toujours le même mélange, dit le juge Michel. Milieu, police et politique. Gauche, droite, gauche, droite comme à l'armée. On n'en sort pas.

Gaston Defferre dit que si la gauche n'était pas au pouvoir l'affaire d'Auriol aurait été étouffée, mais *le Provençal* son journal ne signale pas que Monsieur Georges, le trafiquant de drogue, est le frère d'un conseiller municipal.

Qui étouffe quoi ? demande le juge Michel.

Se mêle aussi de cette course au S.A.C. Roland Luperini, l'indicteur, le pensionnaire privilégié de l'Evêché, le compagnon des spadassins du S.A.C., le héros malheureux de la fausse monnaie. Encore une fois, dans une grande affaire marseillaise ressurgit son fantôme. On a retrouvé la Renault 5 qui a servi à transporter le corps de Jacques Massié à Nans-les-Pins, dans le Var, à 45 kilomètres de Marseille.

Dans ce village perché sur un plateau calcaire, au pied de la Sainte-Baume, comme Auriol, Jean-Joseph Maria s'exerçait souvent au tir avec son P38 spécial Smith et Wesson, avec des « collègues » qu'il présentait comme « de la police ». Parfois avec Lionel Collard. Il avait aussi ses habitudes au Chateauneuf, un trois-étoiles, et surtout à l'auberge Chez Grand-mère. Comme Roland Luperini, souvent attablé devant la spécialité maison : la mousse d'écrevisses, et qui, ses rares jours de repos, entre deux contrats de mort ou de fausse monnaie, venait chasser dans les bois voisins. Avant de s'arrêter chez son père qui habite toujours le village. Lorsque le 9 juin s'est déroulée la « réunion des 51 », avec 51 membres du S.A.C. discutant de la future organisation locale et donc du « cas Massié », ils ont choisi l'auberge chère à Luperini. Le corps de l'inspecteur stagiaire assassiné a été découvert au col du Petit Galibier, à Saint-Zacharie, pas très loin de là.

*

17 août 1981. Le dossier du premier grand massacre marseillais, record déjà légendaire de l'histoire du crime, se réveille soudain. Le juge arrive dans le cabinet n° trois quand un inspecteur du S.R.P.J. lui apprend par téléphone l'exécution de Pierre Castagna, Pierrot la Boulange, l'un des miraculés de la Saint-Gérard.

Le juge roule aussitôt vers le boulevard Finat-Duclos, qu'il appelle déjà « le boulevard du crime »... Pierre Castagna en est le quatorzième assassiné, tous dans des règlements de comptes. Encore une fois à Marseille le crime s'est perpétué au-delà des années dans le même quartier. Pierrot la Boulange repose le visage contre les carreaux de faux marbre, dans la sciure et le sang. Il venait d'ouvrir les portes de son Bar-Tabac et regardait le perco distiller le premier café du matin quand le tueur est entré. Quatre balles de 11.43 et quatre balles de 44 magnum. Un contrat sans bavures.

De la porte s'ouvrant vers le bitume de l'avenue de la gare, le juge regarde le Bar du Téléphone où deux ans et demi plus tôt l'écœurait le même parfum de poudre, de pastis et de sang.

— S'il avait voulu parler...

Celui que la Sûreté Urbaine du commissaire Pierre Chatelain avec son enquête pourrie, puis le S.R.P.J. avec son enquête aussi pourrie, n'ont jamais inquiété, pas même gardé à vue était devenu un homme inquiet, surtout depuis l'exécution de Jeannot le Corse, Jean Gabriel Bianchini, son compagnon du gang des Blouses Grises, demeuré l'un de ses meilleurs amis. Le juge Michel sait que les deux hommes se rencontraient souvent et que Pierrot la Boulange attendait devant la Rotonde de Jeannot le Corse en plaisantant avec quelques vieux flics de l'Evêché déjà en poste au temps de leurs exploits de jeunesse. Que savait Pierrot la Boulange des secrets de son éternel complice ? Lui avait-il parlé de l'affaire de Broglie et surtout du Bar du Téléphone ? Le juge est persuadé que Pierrot la Boulange, que l'on recouvre d'une grosse couverture grise après les photos d'usage savait le pourquoi du massacre et son heure précise, et qu'il s'est éloigné du boulevard Finat-Duclos le 3 octobre 1978 à 19 h 30 pour cette seule raison. Comme il a appris d'un informateur sûr que Pierrot la Boulange fréquentait Roland Luperini il comprend les peurs, sans doute plus que des pressentiments, de celui qu'un brancard entraîne vers un fourgon de police, le corbillard des caïds.

Deux fois après le massacre des patrouilles de police ont « contrôlé » Pierrot la Boulange. En novembre 1979, un 11.43 traînait dans la boîte à gants de sa Jaguar. En avril 1980, un 357 magnum. A chaque fois il a bredouillé :

— Vous comprenez... J'habite un quartier pas très sûr.

Ça n'avait pas l'air de l'alibi classique du truand. La seconde fois, condamné à sept mois de prison, il a ricané :

— Là au moins je serai à l'abri.

Ça ne ressemblait pas à une plaisanterie

Ces derniers mois Pierrot la Boulange offrait des tournées à ses clients sans raison apparente :

— Je viens de fêter mes 61 ans. Je n'aurai pas d'autre anniversaire...

Pour aller à l'hôpital de la Timone auprès de sa femme malade, il prenait toujours une arme dans sa vaste collection.

Le juge Michel fixe encore le Bar du Téléphone qui n'a changé ni de couleur ni d'allure en deux ans et demi :

— Ils me les tueront tous...

En parlant aux enquêteurs du S.R.P.J. déjà certains que constatations, besognes de routine et paperasses n'aboutiront qu'au dossier d'archive d'un règlement de comptes inexpliqué, tradition marseillaise, le juge Michel ressent la mort de Pierre Castagna comme une partie du complot :

— On dirait qu'on veut me bloquer tous mes dossiers, même les plus vieux. La Boulange aurait dû me laisser un testament sous pli cacheté...

Toujours l'ironie, mais aussi l'impuissance et la solitude ou presque.

A l'Évêché, au S.R.P.J. comme à la Sûreté les patrons ont changé et tous ceux qui sous leur règne ont enterré l'affaire du Bar du Téléphone s'en sont allés. Fernand Mathieu a fini sa carrière à l'Inspection Générale des Services. Certains de ses anciens collègues soupirent :

— Il a arrêté plus de flics que de truands !

Jean Laffue le patron des Polices Urbaines est parti à la retraite et Pierre Chatelain le chef de la Sûreté a été un des premiers promus-mutés de l'ère Gaston Defferre au ministère de l'Intérieur. En le nommant chef du commissariat central de Dijon, directeur départemental des Polices Urbaines de la Côte-d'Or après seize ans passés dans la police marseillaise, on a voulu lui faire payer une bavure. L'arrivée dans une cité de la Cayolle, fusil mitrailleur au poing, de dizaines de flics de la Sûreté qui ont défoncé portes et fenêtres, bousculé femmes et enfants. Deux jours plus tôt d'autres flics avaient dû battre en retraite en arrêtant un voleur de vélomoteur dans la même cité, et ceux-là revenaient officiellement chercher les coupables. Deux jours plus tard après que des habitants de la cité eurent porté plainte une bombe a détruit six appartements, et Gaston Defferre a réagi. S'est-on soucié seulement depuis des années de toutes les autres bavures et enquêtes mal menées, pourries d'avance, comme le Bar du Téléphone, le grand échec de la Sûreté pendant les dix-sept premiers jours de l'enquête ?...

Yves Souterene a pris la place de Jean Laffue, Yves Guillot celle de Pierre Chatelain, mais la police marseillaise n'a pas été plus avancée pour autant et de bons vieux flics de terrain comme le commissaire Jacques Tholance ont gagné des placards inadmissibles.

Seul le S.R.P.J. a sauvé la face avec l'arrivée de Jean-Pierre Sanguy à sa tête. A Paris, Lyon et Toulon, il a montré que rien ni personne ne l'effrayait. Mais même lui, en pleine affaire d'Auriol, au moment où le S.A.C. est au centre d'un autre massacre, où sur ordre des ministères de l'Intérieur et de la Justice il faut aller vite et balayer les rituelles peurs et lenteurs marseillaises, ne s'intéresse guère à l'exécution aux premières lueurs d'un matin d'été d'un caïd lié à un massacre qu'il n'a pas vécu.

Comme le juge Michel deux policiers se passionnent pour cette exécution sans doute parce que le Bar du Téléphone est « leur » affaire, une affaire à laquelle ils ont beaucoup donné même en dehors de leurs heures de service. L'inspecteur principal Yves Allegre du S.R.P.J. et l'inspecteur principal Jean-Claude de Munck de la Sûreté. Combien de fois le juge Michel a-t-il organisé des réunions « pirates » avec de Munck, le commissaire Tholance et le substitut Bartoloméi, chargé des affaires criminelles au tribunal de grande instance pour réfléchir sur le massacre. Le juge a confié des semaines entières des éléments du dossier à de Munck pour qu'il les potasse chez lui... sans que ses collègues du S.R.P.J. ne le sachent. Toujours pour essayer d'aller plus loin, de sauver le dossier. De Munck admire ce juge prêt à tout, en dehors des commissions rogatoires, pour qu'une affaire sorte. Il l'appelle affectueusement le minot, le petit, l'enfant en argot marseillais. Il sait comme lui que tout est lié et que malgré le temps qui use le dossier il est peut-être possible de briser la fatalité policière et de « tirer des fils ».

Quels fils connaissait Pierrot la Boulange, lui dont un informateur dit au juge :

— Il paraît qu'il était prêt à parler à condition qu'on le protège...

S'il avait parlé aurait-il expliqué le rôle exact de Roland Luperini, pourquoi Nicole Léoni a eu la vie sauve, et pourquoi la dixième victime, décédée après le massacre, François Fernandez, Francho le Gitan, est la seule à n'avoir pas été achevée d'une balle dans la tête.

Six mois plus tôt le juge Michel s'est interrogé sur ces mystères du Bar du Téléphone.

*

Dans la nuit du jeudi au vendredi 6 mars 1981 une patrouille d'intervention de la Sûreté interpelle un individu dans le centre de Marseille. Dans son véhicule un pistolet modèle 92 de calibre 8 mm. On le conduit à l'Evêché pour les vérifications de routine. Pourtant au petit matin le téléphone sonne dans la villa Les Buis. Les policiers sont perplexes. Le quidam si bien armé n'est autre que François Fernandez, le fils de Francho, la dixième victime du Bar du Téléphone. A l'époque du massacre il s'occupait de la caisse du tiercé et on l'a vu dès que les tueurs avaient rangé les armes visiter le Bar de la mort...

L'inspecteur de Munck se charge alors d'une perquisition au Bar du Téléphone. L'enquête préliminaire vient de révéler en effet que François Fernandez habite depuis des mois le Bar du Téléphone ! Dans sa chambre, au premier étage, où elle s'est réfugiée le soir du massacre avec sa sœur Christiane, Nicole Léoni s'obstine à rester assise sur le lit.

L'inspecteur de Munck doit lui demander de se lever pour fouiller dessous. Il découvre un magnifique fusil de chasse à canon et crosse sciés... et dans un tiroir de la table de nuit tout un lot de cartouches. Pas n'importe lesquelles... Des cartouches Eley-France, d'un modèle rare. L'inspecteur de Munck se souvient aussitôt que les tueurs ont usé des mêmes cartouches dans leur massacre... Explication des nouveaux occupants de l'appartement au-dessus de la salle du Bar :

— C'est un cousin qui nous a donné tout ça...

La perquisition s'achève sur une autre surprise, rangée avec précaution dans l'armoire, une chemise de carton contenant des centaines d'articles de journaux consacrés à l'affaire du Bar du Téléphone, tous soulignés et annotés à l'encre rouge. Ce qui prouve qu'on s'intéresse de très près à l'enquête dans la famille... Les policiers entendent Nicole Léoni et François Fernandez, mais ils n'ont rien de plus à dire sur ces étranges coïncidences et découvertes.

Déjà, alors qu'aucun autre massacre ne préoccupe la police marseillaise, personne ne semble vraiment se soucier de cet ahurissant « rebondissement », ni à l'Evêché ni au tribunal. Le juge Michel est bien sûr persuadé qu'on vient de tomber par hasard sur un élément de première importance. Jean-Claude de Munck garde précieusement une cartouche Eley-France de couleur bleue trouvée dans la chambre de Nicole Léoni et la lui apporte.

Ensemble ils franchissent une porte que le juge n'apprécie guère, celle du cimetière des grands mystères marseillais, le greffe de Louis Olive. Le juge et le policier fouillent dans les sacs et cartons de saisie. dans le scellé 96/1 se trouvent trois douilles de cartouches Eley-France calibre 12 mm, correspondant au corps de Jean-Claude Quercia, dans le scellé 96/8 deux douilles similaires correspondant au corps de Marcel Touchard et dans le scellé 96/12, une sixième douille Eley-France découverte dans la salle du bar. L'un des quatre tueurs a donc armé son fusil de chasse à répétition, de cartouches Eley-France, de couleur rouge celles-là, mais comme les autres pas fabriquées depuis dix ans... donc très rares. Et elles ont visé Marcel Touchard et Jean-Claude Quercia que le juge a toujours classés dans les « victimes importantes ».

Il s'enflamme autant que l'inspecteur de Munck.

— Il faut les coincer... la mère Léoni et le fils de Francho.

Mais l'explication ne varie pas :

— C'est un cousin qui nous les a donnés.

Comment aller plus loin ? L'inspecteur de Munck se réserve d'aller dans les bureaux de la société Eley pour en savoir plus sur ces cartouches, mais nul doute qu'au marché parallèle du crime, on en trouve encore. On peut seulement vérifier que le fusil à crosse et canon sciés trouvé dans la chambre du Bar du Téléphone n'est pas une des armes du massacre.

Comment aller plus loin ? Le juge cherche toutes les hypothèses. Pourquoi François Fernandez n'aurait-il pas été présent au moment du massacre, n'aurait-il pas essayé d'empêcher qu'on tue son père, et n'aurait-il pas obtenu qu'au contraire des neuf autres victimes il ne soit pas achevé ? Pourquoi en toute logique criminelle ne pas penser qu'il pouvait même être un des tueurs et expliquer ainsi la vie sauve de Nicole Léoni qui l'abrite désormais sous son toit.

Le juge s'émerveille des perpétuels hasards marseillais, comme un enfant, comme un minot :

— C'est extraordinaire. Le fils de Francho habitant au Bar du Téléphone. Qui aurait imaginé ça ?... C'est un vrai roman.

Sans dénouement véritable hélas.

Avec l'exécution de Pierrot la Boulange une page est encore tournée. Le juge Michel se réserve d'aller plus loin et même de convoquer de nouveau les « miraculés » du Bar du Téléphone, mais se raisonne d'abord, comme pour Auriol. Il ne doit plus se laisser aller à sa boulimie des dossiers.

— Je dois me concentrer sur Nazarian, Chambault et surtout sur Zampa...

*

Le 31 août le juge Michel est à Paris. Il loge à l'hôtel. Passe à Neuilly chez Elizabeth et Michel Morel, les « Bordelais », ses amis de promotion. Ils sont en vacances à Bandol. Il leur laisse un mot dans la boîte aux lettres... Qu'est-il venu faire à Paris ? Vérifier quelle piste ? Achever quelle enquête personnelle ? Les Morel qui auront une seule fois des nouvelles de leur ami en septembre se le demanderont toujours.

Ensuite il passe une semaine à Sallèles d'Aude dans une des maisons des Ramon, ses beaux-parents, au milieu des vignes, qui leur appartient déjà, et qu'ils projettent de faire restaurer avec Jacqueline. De longues visites à son artisan électricien, réparateur et sauveur de ses trains de collection. Mais le juge Michel trépigne encore. Il n'a pas vraiment le goût aux vacances cet été 81. Trop de tâches l'attendent. De retour dans le cabinet n° 3, il marche de nouveau sans béquilles. Il annonce à Meriam Amami :

— Il faut terminer l'année en beauté.

Sur la première porte grise de son cabinet, un juge d'instruction d'un cabinet voisin a écrit au feutre noir, en lettres bien épaisses.

« Toi le ringard, tu n'auras pas l'affaire d'Auriol. »

Quelqu'un d'autre a ajouté : « *Has been* ». Une plaisanterie dans la tradition du juge Michel et du clan de l'instruction. Pourtant malgré son ardeur d'après-vacances, le juge Michel est décontenancé. Ces graffiti presque anonymes lui montrent bien que l'actualité se fait sans lui. « Mamie Nova », Françoise Llaurens-Guérin apparaît presque chaque jour à la télévision. Des photographes se cachent près de chez elle pour la surprendre. Le juge du cabinet n° 6 que certains tableaux de service appellent Guérin-Llaurens devient le juge le plus cité de l'après-gaullisme, pompidolisme et giscardisme, et gagne un autre surnom « la dame de fer » en instruisant le dossier à toute allure et avec fermeté.

Quand Finochietti, l'instituteur assassin, est convoqué dans son cabinet, sept membres du groupe d'intervention de la police nationale le surveillent. Lorsque arrive Pierre Debizet, des pistolets mitrailleurs l'accompagnent dans le couloir. Tout inculpé ou témoin est protégé et des véhicules de police cernent les rues voisines. Plus qu'il n'y en a jamais eu pour les dossiers les plus brûlants du cabinet n° 3.

Le juge Michel qui aime son métier de juge d'instruction au point de l'avoir laissé dévorer sa vie est un homme écartelé.

— J'aurais aimé avoir Debizet devant moi. Ça c'est du gros calibre.

Quel choc aurait pu avoir lieu entre le géant du S.A.C., impassible du haut de ses 1,90 m et le juge presque aussi grand. Le choc de deux intelligences.

Le juge Michel connaît la solitude de l'instructeur de fond. Un après-midi il fume une Gitane dans le couloir de l'instruction quand apparaissent les moustaches de Paul Teissere, de *la Marseillaise*.

— Alors, tu ne m'adresses plus la parole... parce que je n'ai pas d'affaires à te donner.

Sourire de Paul Teissere.

— Mais non...

Le journaliste le côtoie à longueur d'année depuis quatre ans et sait que le juge a fait de la presse l'un des rouages de son métier, quitte à la manipuler un peu, et l'un des supports intellectuels de sa vie. Il s'éloigne en plaisantant.

— Ça reviendra.

Passe l'avocat de Marina Massié, Gilbert Collard, autre « vedette » de l'affaire.

— Alors le ringard ! c'est la première qui t'échappe.

— Je n'ai pas dit mon dernier mot.

— Encre Noire.

— On y pense...

Chaque boutade, chaque allusion, le juge Michel les ressent comme une frustration, même si dans sa mémoire, il possède d'autres bombes. Dans certains bureaux des étages supérieurs et de la Chancellerie à Paris on se félicite qu'il ait été absent...

— Il aurait été capable d'inculper Chirac !

*

Un Evêque visite le juge dans le cabinet n° 3.

— La police marseillaise a retrouvé son image de marque.

— Tu parles.

— Une enquête ficelée en douze jours, ça change.

— Tu parles. On a trouvé quarante-trois gars de chez vous fichés au S.A.C. Vous êtes tous du S.A.C. !

— Ça n'a rien à voir avec la P.J.

Les quarante-trois policiers de l'Evêché, membres du S.A.C., sont surtout regroupés dans la C.S.V.P., la Compagnie Spéciale de la Voie Publique, des gardiens en civil, et dans la Brigade des Rafles, utilisée pour les contrôles d'identité systématiques. Et c'est Jean Laffue, l'ancien directeur départemental des Polices Urbaines qui a « inventé » ces deux unités d'intervention.

— Votre Massié, c'est pourtant Laffue qui a proposé son nom à la direction de la police et l'a fait nommer inspecteur-stagiaire. Sur ordre de qui ? Mystère.

Jacques Massié, motard, gardien de la paix, puis brigadier-chef, figurait à 41 ans au septième rang du tableau d'avancement devant des policiers plus âgés que lui.

Quand il est arrivé à Marseille, après Lyon et Toulon, en 1977, Jean Laffue a tout de suite été considéré comme un membre du S.A.C. Interrogé plus tard par la commission d'enquête parlementaire il le niera farouchement, provoquant de sérieux doutes du président de la commission. D'ailleurs le juge Michel s'est toujours demandé si l'enquête sur le massacre du Bar du Téléphone n'avait pas été enterrée dès les premières heures à cause des liens de Roland Luperini et du S.A.C. Dès son départ à la retraite en mai 1980 Jean Laffue a pris la direction à Toulouse d'une des deux succursales — l'autre est à Paris — de la « Société d'Enquêtes et d'évaluation André Gilous », officine marseillaise officiellement spécialisée dans les dossiers de contentieux pour les banques et les compagnies d'assurances, et aux allures de Shark et compagnie. André Gilous est mort. Appelé en pleine nuit, le 1er décembre 1980 à son bureau par un étrange coup de téléphone, il a provoqué une explosion en poussant la porte. Une machine infernale pour un attentat que les services de police n'ont pu expliquer.. Et ce fils de remarquable policier, commissaire principal ancien chef de la Brigade Criminelle, de plus maire socialiste d'Eyguières, près d'Arles, n'a pas parlé avant de succomber à ses brûlures. Et sa société, fort prospère, continue d'enquêter et d'évaluer. André Gilous était aussi un personnage de la foire annuelle de Marseille. Chargé du maintien de l'ordre il employait des policiers en civil et en congé. Quels liens mystérieux unissaient son officine et certains membres de l'Evêché ? Que savait-il de si important pour qu'on l'exécute de si brutale façon ? Encore un sombre mystère marseillais.

Tout est lié encore. De Massié à Laffue, de Laffue au S.A.C., de Laffue à Gilous, et à quoi encore... Coïncidence ou pas coïncidence, là est la question...

— Je suis dans le triangle maudit, dit le juge Michel.

La jolie villa, siège social de la société de feu André Gilous se trouve au 375 du boulevard Michelet, à huit cents mètres de la villa Les Buis, et Lionel Collard, l'un des inculpés de la tuerie, de même que Yves Courtois, trésorier du S.A.C., chargé de mission en Corse, animateur de la C.F.T.C., très lié à un ancien député R.P.R., indic de certains policiers possédant dans la Lada blanche un émetteur-récepteur ondes courtes, surnommé « Colombo », et disparu depuis le 15 mai, travaillaient tous les deux chez Chambourcy, rue Jules-Isaac à 600 mètres, dans le quartier de Mazargues où l'on voyait souvent Jean-Bruno Finochietti, et où l'on a retouvé l'Ami-6 de l'inspecteur Massié. Yves Courtois a eu pour dernier domicile connu la rue Mireille-Lauze, où la bande des Cigales avait loué un local pour installer ses ateliers de fausse monnaie. Pierre Michel a pris l'habitude de chercher les liens entre les choses, entre les êtres, entre les lieux, ne croyant pas aux pures coïncidences.

— Tout est lié. Rien n'est le fait du hasard. Gaétan Zampa a longtemps habité boulevard Michelet, sur ma route. C'est un signe.

Pour le juge Michel, l'affaire d'Auriol qu'on présente comme déjà classée, sous prétexte que six membres présumés du commando logent aux Baumettes, lui paraît un nouveau mystère marseillais, aussi noir que l'affaire du Bar du Téléphone.

— On ne connaît pas les vrais mobiles. On ne les connaîtra jamais. Et ça se terminera comme l'affaire de Broglie. On fouillera sans fouiller. Finalement, je préfère ne pas à avoir à l'instruire.

A Auriol la guerre des polices n'a pas eu lieu. Seul le Service Régional de Police Judiciaire s'est chargé de l'enquête sous la direction du commissaire Jean-Claude Vegnaduzzi, l'adjoint de Jean-Pierre Sanguy, en vacances. Le S.R.P.J., le Parquet et la dame de fer ont donné l'impression de travailler enfin sans heurts. La dame de fer est allée sur le terrain. Pourtant il y a eu une bavure de taille aussi lourde que les premières heures de l'enquête et les ratés de la Sûreté au Bar du Téléphone. Malgré six morts, malgré la personnalité de l'inspecteur Massié, maniaque du renseignement, de l'archive, capable de transcrire de mémoire des heures de conversation, roi du micro caché et de la photocopie, malgré le premier mobile avancé : la récupération de deux valises pleines de documents, malgré l'ouverture d'une information judiciaire, les scellés ont été apposés sur la Bastide d'Auriol seulement le 21 juillet.

Trois jours après la tuerie...

N'importe qui, ou pas n'importe qui, a pu alors pénétrer dans le désordre des meubles cassés et fouiller les paperasses, les collections de livres et de journaux épargnés par l'incendie, laissés en vrac par les enquêteurs. Il a fallu qu'un voisin apercevant les ombres de ces vautours alerte l'Evêché et on s'est enfin décidés à surveiller de près les lieux.

Un commissaire a eu cette galéjade :

— C'était par manque de temps.

Quatre jours plus tard cependant un « inconnu » a fracturé lesdits scellés, et Dominique Gonod et son équipe de FR 3 sont entrés par la cuisine pour filmer pour la première fois l'intérieur dévasté de la bâtisse ouverte de nouveau à tous les vents. Gaston Defferre y est allé de sa déclaration à propos de l'enquête et du S.A.C. :

— Ce que l'on découvre chaque jour est énorme.

Il ne pensait pas si bien dire.

Les 13 et 20 août, Marina Massié a remis à Françoise Llaurens-Guérin une partie de la documentation qu'avait accumulée son frère. Huit cents feuillets. Des kilos de photocopies et de dossiers. Un fichier alphabétique de 180 noms avec photos en deux parties des militants du S.A.C. des Bouches-du-Rhône. Deux classeurs concernant les fonctionnaires de police adhérents et les « civils ». Des lettres banales de Pierre Debizet. Une chemise consacrée au « terrorisme arabe ». Et avec des noms et adresses à Marseille. La dame de fer, aidée de quelques autres magistrats, a commencé le tri. Pierre Michel se trouve d'accord avec Denise Mialou-Marsh Ferley, l'avocate de Pierre Debizet.

— Il n'y a rien d'essentiel pour l'enquête.

— Ça va fracasser les murs, dit Gilbert Collard.

— C'est de la soupe, dit le juge Michel. Les bons documents sont en lieu sûr ou déjà brûlés. Ça se terminera par une caricature de procès.

Lire dans les petits papiers de l'inspecteur Massié, la lettre d'un ressortissant sénégalais se recommandant du Président Léopold Senghor en vue d'obtenir un port d'arme pour un 357 magnum assorti de 150 cartouches, quelle bagatelle pour un massacre !

Le juge Michel, même s'il étonne certains de ses collègues, préfère s'intéresser à des « hypothèses marginales » comme celle que Paul Teissere a développée dans *La Marseillaise.* Jacques Massié aurait été membre actif de la Société maçonnique Les Templiers, comme beaucoup de membres du S.A.C. Se serait livré à un trafic d'armes avec la loge italienne Propaganda Due la loge P2. Au cours d'une livraison d'armes achetées en Turquie, Massié aurait gardé 558 millions d'anciens francs.

— Pourquoi pas, le juge Michel. On a déjà eu d'autres surprises à Marseille, et on en aura d'autres.

La Marseillaise raconte encore que Licio Gelli qui dirigeait la loge P2 et qui, après le scandale italien où sont compromis des membres du gouvernement, est en cavale, possédait une villa dans le quartier du Roucas Blanc et qu'il y tenait des réunions.

*

Le juge Michel s'est remis à ses dossiers, ses interrogatoires et lorsqu'on lui parle d'Auriol il répond désormais :

— Dans cette affaire, on oublie trop qu'un enfant est mort, et achevé à coups de couteau... que le beau-père de Massié a été tué de dix-neuf coups de couteau... qu'on a arraché les cheveux de sa femme avant de l'étrangler. On oublie trop cette haine.

Puis le juge Michel n'en parle plus ou confie :

— La vraie bombe n'a pas explosé. Moi j'ai plus gros là-dedans.

Et, en balançant sa main dans ses cheveux, le juge se frappe le front.

— Zampa, ça vaut bien Auriol.

VI

ALLER TOUJOURS PLUS LOIN, VAINCRE ENFIN LE CRIME ORGANISÉ

— Vous pensez que je suis armé ?

En sortant de la Buvette du Palais, le juge Michel secoue les pans de sa veste bleue. Jean-Claude Valèra s'étonne :

— Oui... Je l'entends dire aux Baumettes depuis des années.

— Je n'ai pas d'arme. Ça ne sert à rien. Je n'aurai pas le temps de dégainer.

Jean-Claude Valèra, inscrit au Barreau de Marseille depuis 1977, a l'âge du juge et n'est pas du clan de ses ennemis. Pierre Michel ferraille souvent à la loyale avec cet avocat aussi enthousiaste et passionné que lui, et qui mieux que d'autres comprend Marseille. Il est né au Panier... Il a même confié au juge Michel une photo de son grand-père en habit de pêcheur, sur une barque du Vieux Port. Le juge doit en demander l'agrandissement à un photographe pour compléter sa collection. Jean-Claude Valèra lui a souvent répété dans le cabinet n° 3 :

— Si on vous descend, je ne serai pas étonné.

Alors la question du juge Michel ne l'étonne pas. Pourtant, en cette fin de septembre, le juge en surprend plus d'un en évoquant cette arme imaginaire. La rumeur vient des Baumettes, le vivier de la haine et elle a été bien lancée : « Le juge Michel est armé, le Shérif a un colt dans sa poche. » A l'heure de la promenade, des discussions avec les gardiens, ou lorsque fonctionne le téléphone marseillais, les détenus désœuvrés s'excitent.

— C'est un salaud et il a peur.

— Ils lui feront quand même la peau.

Le juge Michel s'inquiète. Pour la première fois de sa vie. Comme sur sa planche à voile. Sa seule intuition lui dit qu'il y a danger. Soudain il ne rit plus des « pieds nickelés » marseillais. Il réfléchit. On essaie, en lui inventant une arme, de montrer qu'il a peur. Pourquoi aurait-il peur ? Parce qu'il travaille sur les dossiers les plus dangereux, les plus dérangeants de sa carrière de juge à Marseille. Aussi, le moment venu, tout le Milieu marseillais sera prêt. Soit à fournir des hommes de main, soit à applaudir et se taire. Et le juge Michel n'a pas à perdre de temps pour réfléchir. Il sait que dans l'ombre on s'agite. Gaétan Zampa, la mafia des Baumettes, et au-delà leurs maîtres, les maîtres du crime organisé. Qu'arrivera-t-il si, comme il en est certain, ses enquêtes personnelles mènent le juge vers une ribambelle d'inculpations à partir de Gaétan Zampa et du frère d'un conseiller municipal. Il enverra aux Baumettes ou ailleurs des médecins, des avocats, des gardiens de prison, et quelques « cadres supérieurs » du Milieu. Voilà comment il explique qu'ait commencé contre lui le complot, la machination, modèle d'organisation, et qui, au-delà de la haine, porte en elle la mort.

Est-ce pour l'obliger à demander sa mutation qu'un membre de sa hiérarchie lui cite encore l'exemple de tous ces juges marseillais qui ont « craqué » un jour ?... Saurel bien sûr, Di Marino, Mabelli, Palanque, celui de l'affaire Russier et Perrin Ravier, celui de l'affaire Nahmens, un dossier d'escroquerie où l'on a parlé du professeur Comiti, l'ancien ministre et qui a été classé sans suite. Ils ont tous quitté l'instruction. Pourquoi Michel ne s'y résout-il pas ? Le juge est à bout. On a vraiment décidé de l'écœurer, de l'abattre par tous les moyens.

Le juge Michel a interrogé ses informateurs des Baumettes, de l'Evêché, du Palais et du Milieu... Certains souffrent d'ignorance. Le juge Michel vit le drame contraire. Il en sait trop. Il sait tout, et déjà il en perd le sommeil.

La mafia des Baumettes s'acharne contre lui comme une peste. Aux Baumettes d'abord où hormis l'arme, on murmure que le juge, déçu d'être privé du dossier d'Auriol, sera plus impitoyable qu'auparavant et qu'il commencera par démanteler le trafic des libertés médicales. Avis aux amateurs ! Il ne sera plus question de sortir affublé d'un cancer de la peau, d'un œdème pulmonaire, ou d'une tuberculose spontanée. Et juste au moment où devant le succès de la filière, l'organisation allait baisser ses prix...

Mais cette accusation est trop honorable. La mafia des Baumettes décide aussi de s'attaquer à l'intégrité du juge. Hamou Sadji, le premier inculpé de l'affaire de la valise de fausse monnaie de la gare Saint-Charles, reconnu comme client du Bar du Téléphone, a vite compris les magouilles de la prison de Marseille. Il en est devenu l'un des patrons, ayant bien sûr ses grandes entrées à la Prison-Hôpital du docteur Colombani, et, selon une logique marseillaise, parmi ses avocats, maître André Fraticelli.

Pour un « malade », Sadji se livre à d'intenses activités cellulaires. Il a surtout la plume et la signature faciles. Dès le mois de décembre 1978 il a donné au parloir des avocats des Baumettes deux chèques, l'un de 440 000 francs et l'autre de 60 000 francs à l'un de ses avocats, maître Dominique Larrouy du Barreau de Marseille, libellés à l'ordre de maître Michel Patureau du Barreau d'Aix-en-Provence, de Lakdar Korichi, autre inculpé de l'affaire et détenu également aux Baumettes. A charge de cet avocat de transmettre les chèques à son collègue. Le plus gros étant destiné, d'après Hamou Sadji, à Lakdar Korichi, le harki, inculpé dans la même affaire pour qu'en échange de cette petite fortune il revienne simplement sur ses premières déclarations et s'accuse d'être le propriétaire de la valise miraculeuse aux cent millions de centimes. Et l'autre chèque de 60 000 francs reviendrait à Maître Patureau qui est justement son avocat. Aux autres inculpés et par le courrier des Baumettes, Sadji aurait envoyé des menaces et la promesse de 50 000 francs, par chèque, s'ils acceptent aussi de « se charger » de tous les maux.

Mais à qui se fier aux Baumettes ? Les chèques de Hamou Sadji sont sans provision ! L'affaire n'est pas simple. Lakdar Korichi, soi-disant outragé d'une telle proposition, qui remarque-t-il prouve son innocence... s'est plaint au juge Michel, mais sept mois plus tard... Quant à Sadji, pour une fois il ne nie pas mais affirme qu'il est victime d'un chantage de la part du harki de la fausse monnaie. Et les chèques, impossible de les garder dans le Sottisier... maître Patureau, atteint dans son intégrité, prétend qu'il les a détruits quelques jours après que maître Larrouy les lui eut remis. Est-ce parce qu'ils étaient sans provision ? Toujours est-il qu'une instruction est ouverte et confiée au doyen des juges, Robert Pagès. Hamou Sadji et les deux avocats seront inculpés de subornation de témoins. Deux ans de prison avec sursis seront requis contre maître Larrouy une amende de 7 000 francs contre maître Patureau, mais ils ne seront pas rayés du Barreau, pas même à titre temporaire. Marseille demeure Marseille. La mafia des Baumettes, pas tourmentée pour autant, se charge de viser Pierre Michel à travers ce scandale qui agite le Barreau marseillais. Ne découvre-t-on pas par hasard..., une lettre apparemment écrite par Sadji où il est question, ni plus ni moins, de 100 000 francs que doit toucher le juge Michel. Un évêque de Pierre Michel entend même au bar de l'Evêché une conversation entre deux autres policiers.

— Michel, il va lui arriver des histoires. A cause d'un chèque...

Le juge Michel est un homme en colère.

— J'ai eu déjà du mal à boucler le dossier. Ils sont vraiment prêts à tout.

Il sait qu'il a une légère part de responsabilité. Il a accepté, à la demande d'un de ses avocats, qu'on rende son carnet de chèques à Sadji pour convenances personnelles.

— De toute façon, Pierre Michel, il m'aurait fait un chèque en bois !

Mais la rumeur existe et se répand.

— Michel a touché.

Le complot se met bien en place.

Le juge Michel en est à se justifier devant quelques proches :

— S'ils savaient que le prix des appartements nous fait hésiter à changer.

S'ils savaient que les matins d'hiver il est de corvée de poêle, que ses parents l'aident encore parfois, comme pour sa dernière voiture, la 305 bleu clair et qu'un jour, déjeunant avec Gilbert Collard, l'avocat, Paul Georges, de Radio-Monte-Carlo et un médecin de leurs amis, au moment de l'addition, il a refusé qu'on l'invite, payant scrupuleusement sa part. Pour que personne ne puisse dire qu'un avocat lui a offert un simple repas rapide, dans un bistrot du quartier de l'Opéra.

Le juge respecte plus que quiconque l'obligation de réserve, tutoyant par exemple Gilbert Collard en privé, mais le vouvoyant dès qu'il franchit la porte du cabinet n° 3.

La mafia des Baumettes a réussi à ternir l'image du juge intègre. Mais elle va plus loin. Le juge Michel apprend ainsi que dans le dossier confidentiel qui peut être ouvert pour tout magistrat à la Chancellerie, figure à son sujet : « Fréquente les prostituées ». Ce qui pourrait être vrai, et sans incidence sur son métier, mais qui est absolument faux. Un avocat marseillais bien introduit à la Chancellerie s'est chargé de cette bassesse. Aisément d'ailleurs, car à la Chancellerie on n'apprécie pas les méthodes efficaces du juge Michel, on se félicite qu'il n'ait pas le dossier d'Auriol. Le juge Michel sait donc encore d'où vient l'attaque, mais comment pourrait-il essayer de la parer ? Ce serait violer sa source d'information. L'avocat à Marseille continue sa manipulation des autres. Il raconte d'un ton détaché.

— On m'a dit que le juge Michel était homosexuel. Je crois qu'il se contente d'avoir des maîtresses. Je préfère ça pour lui.

A cause de cet avocat pour qui la mafia des Baumettes n'a pas de secrets, on répète ensuite dans les boîtes du quartier de l'Opéra :

— Il paraît que Michel se travestit.

Rien n'est épargné au juge Michel qui répète :

— Je les coincerai tous.

*

— Vous pouvez me prêter votre voiture cet après-midi ?

Le juge Michel s'est adressé à un avocat qui lui aussi l'a toujours défié à la loyale. Ils sont seuls dans le cabinet n° 3 et le juge ne craint pas de s'expliquer :

— J'ai une filature...

— Vous allez trop loin. C'est de la folie. Surtout en ce moment.

— Pourquoi ?

— Aux Baumettes ils disent qu'il y a un contrat sur vous.

— Ça fait longtemps que je suis menacé.

— Là, ce n'est pas pareil... Alors ne prenez pas la voiture.

— Vous ne voulez pas me la prêter ?

— Pas pour une filature... Enfin si... puisque vous en trouverez toujours une autre.

Le juge Michel prend le trousseau de clés. L'après-midi il s'éloigne sans préciser où à Meriam Amami.

— Je serai là vers 6 heures.

Il lui est toujours arrivé dans le passé d'emprunter leurs voitures à des magistrats, des avocats amis, à des garçons de café du quartier. Sa greffière a l'habitude de ces disparitions. Elle a appris dans leur fraternité de travail à ne pas poser de questions.

Le juge Michel s'applique ainsi durant le mois de septembre à suivre certains médecins de Marseille et des environs. Selon ses informations ils se rendraient régulièrement dans le restaurant du frère d'un trafiquant de drogue. Le juge Michel roule trois fois jusqu'à Cagnes-sur-Mer, et planque comme un flic devant le boulevard d'Aguilon, devant le club la J.A.C.A.V.A., puis devant l'immeuble le Derby, où, toujours selon ses informations, Robert Kechichian, le cancéreux d'opérette, continuerait à venir, lorsqu'il n'est pas en Italie hébergé chez un mafioso.

Le juge Michel s'est mis à un moment dans la tête de surprendre Kechichian, de l'arrêter lui-même, de le ramener à Marseille, et de prouver avec des expertises authentiques qu'il n'a jamais souffert d'un cancer. Etrange façon d'agir pour un juge, mais la seule capable, après réflexion, de démanteler la filière. Et surtout la plus rapide et la plus efficace.

— Si je veux coincer Troisier, et les autres, il me faudra des années, et je n'ai plus le temps d'attendre.

Il appelle de son cabinet deux numéros à Cagnes-sur-Mer : le

20.23.53, le domicile de Robert Kechichian et le 34.14.08, le club de jeux la J.A.C.A.V.A., et en imitant un accent pied-noir demande M. Kechichian. Au cas où son interlocuteur se trahirait et donnerait des coordonnées pour le faux cancéreux. Il est vraiment prêt à tout pour aller plus loin. Vers l'impossible.

Le juge Michel prend vraiment des risques presque déraisonnés. Il planque aussi devant le Krypton, la discothèque d'Aix-en-Provence où Gaétan Zampa aurait des intérêts par sa belle-sœur interposée et peut-être avec Alain Delon ou un autre acteur et où il passerait parfois l'après-midi. En vain. Et encore devant l'appartement de Lucie Zampa, dans un bâtiment de la traverse Prat, dans le VIIIe arrondissement. Tany, fidèle aux traditions familiales, visite souvent sa mère, et y couche, à Marseille peu de logis étant sûrs pour lui. Michel en est persuadé et le dit à des proches, à Michel Debacq.

— Des labos tournent dans la région. Au moins trente, et avec des centaines de kilos de morphine-base. Il y en a à Paris aussi.

Il recherche des endroits toujours plus discrets pour rencontrer ses informateurs. Un jour par dérision il attend l'un des principaux dans le quartier Saint-Julien, au nord de Marseille... Le juge s'est toujours attaché, même pour les noms de lieux aux choses derrière les choses. Il s'est constitué ainsi une géographie marseillaise en rapport avec ses dossiers. Tout est lié et au bout du quartier d'Endoume, face au marégraphe, se trouve l'anse de la fausse monnaie. Comme si Marseille avait voulu consacrer et anoblir ce trafic...

Quand le juge donne des rendez-vous à ses informateurs au bar de certains hôtels, il laisse le numéro de téléphone à sa greffière. Pour le joindre, elle doit demander M. Marchand.

Seulement le juge Michel est à Marseille depuis sept ans. Même s'il choisit les véhicules des autres, dans sa garde-robe des vêtements passe-partout, et même s'il ramène ses cheveux plus bas sur le front, il est reconnu. Un « évêque » le met en garde :

— J'ai encore entendu parler de vous, et pas à l'Evêché.

Le juge Michel semble plus que jamais déterminé.

— Maintenant, c'est eux ou moi... Mais ne vous inquiétez pas. Quand j'aurai bien travaillé Chambault, et avancé sur Saint-Maximin, je convoquerai Zampa. Et je me débrouillerai. Je veux l'inculper, et tous ses mafiosi avec lui. J'ai une liste de sept noms. Je veux prouver qu'il s'occupe de drogue avec les Siciliens. En attendant mieux... Car si je tire bien ce fil, c'est tout le crime organisé qui viendra derrière... Je dois bien préparer mon affaire pour que tout tombe en même temps.

L' « évêque », rompu par dix ans de police à Marseille, s'étonne encore de ce qu'il appelle la naïveté du juge.

— Vous n'y arriverez jamais.

Le regard chamois du juge Michel s'illumine.

— Je mettrai les gars de la Financière sur le coup. On les aura tous comme ça. A commencer par Gaétan Zampa. Il faudra qu'ils justifient tous leurs revenus. A Chicago les incorruptibles ont coincé Al Capone et la Mafia avec la fraude fiscale. C'est le seul moyen de s'en sortir.

L' « évêque » n'est pas convaincu.

— Vous n'y arriverez jamais.

— J'y arriverai.

Cela n'empêche pas le juge Michel de surveiller le dossier déjà éteint, comme il l'avait prévu, de l'affaire d'Auriol. Il dit à Michel Debacq, en stage dans le cabinet de Françoise Llaurens-Guérin.

— S'il te semble qu'il y a quelque chose d'important pour moi dans le dossier, j'interviendrai.

L'auditeur de justice en revient à la filière des attentats.

— La Cayolle... Bassens... Encre Noire, c'est le S.A.C.

Michel fait un peu la moue.

— Je verrai ça plus tard.

*

Le juge Michel appelle sur le téléphone intérieur Michel Debacq placé désormais en stage au siège du tribunal.

— Si vous voulez assister à une réunion de travail avec les Italiens...

Le procureur Guisto Schiacchitano et le juge Giovanni Barrile sont arrivés à Marseille la veille, le mardi 29 septembre. Et pas seuls. Un policier-interprète les accompagne, ainsi que deux autres gardes du corps qui se relaient jour et nuit à leurs côtés, et montent la garde devant leurs chambres du P.L.M.-Beauvau, le quatre-étoiles dont les fenêtres s'ouvrent sur le Vieux Port au-dessus du Cintra toujours clos. L'un d'eux se tient dans le couloir de l'instruction, l'arme dépassant de la poche, près du sas où le planton renseigne témoins, avocats et familles d'inculpés.

On a rajouté des chaises dans le cabinet n° 3 comme pour un jour de confrontation dans une filière de drogue ou de fausse monnaie. Près des deux magistrats italiens, de leur interprète et d'une autre traductrice française, Marie Viangali, Alain-Pierre Boidé laissent une place à Michel Debacq. Pour la première fois des magistrats italiens et même siciliens de très haut rang, viennent à Marseille sceller l'alliance officielle entre les justices des deux pays. Et dans un dossier de trafic de stupéfiants qu'a commandité la Mafia. C'est le « pont » que Pierre Michel a si souvent souhaité, malgré les réticences, les peurs italiennes et pourtant, il n'en est pas satisfait. La police marseillaise assure elle aussi la protection du juge et du procureur. Ils se déplacent seulement dans une voiture banalisée coincée entre deux autres où veillent des fonctionnaires armés de l'évêché. Au tribunal et dans les bistrots annexes, l'information a circulé.

— Les Italiens sont là.

Ils doivent se rendre aux Baumettes interroger, en présence du juge Michel, trois des inculpés du dossier de la filière franco-sicilienne : Pietro Dore, Dominique Quilicchini et Jean-Marc Pache. Dans la maison d'arrêt-passoire tout détenu est au courant.

— Les Italiens sont là.

On s'arrange pour bien préciser que c'est une idée du juge Michel et que le « shérif » veut ainsi démanteler toutes les mafias. Et c'est là sa peur en voyant les Italiens dans son cabinet.

— Maintenant, nous allons être en première ligne. Ils seront plus méfiants et ne nous feront pas de cadeau.

Pourtant, le juge Michel se réjouit comme toujours en contant par le détail les derniers développements du dossier. Et surtout l'arrestation au quartier des Catalans au début de juillet d'un autre « bras droit » du docteur André Bousquet. François Girard, dit Francis le Blond, est déjà à 33 ans, l'une des figures du Milieu marseillais.

— On en est à peu près à 50 inculpations. Et encore on en a laissé...

Une allusion du juge Michel aux quelques caïds laissés volontairement en dehors du dossier, mais toujours surveillés par les Stups, en attendant de donner naissance à d'autres filières, selon la technique classique du Milieu et... du juge.

Le juge Michel a demandé à Alain-Pierre Boidé de s'occuper du séjour des magistrats italiens. Le patron des Stups a eu à cœur de répliquer dignement à l'accueil sicilien. Le mardi soir dîner à Cassis, dans un restaurant du port. Le mercredi matin visite des Baux-de-Provence et déjeuner à Gordes. Et enfin, le mercredi soir, dîner à Marseille sur un bateau-restaurant du Vieux Port, offert par Jean-Pierre Sanguy le chef du S.R.P.J. Le juge Michel qui n'a pas quitté les Italiens de tout leur séjour est assis près de Giovanni Barrile. Le juge italien attend la fin du repas pour lui demander :

— Vous avez l'air préoccupé ?

Le juge Michel lui semble en effet plus nerveux, plus sombre qu'à Palerme. Le juge français balance sa main dans ses cheveux :

— Ça devient dur. Comme chez vous...

— Vous êtes menacé ?

— Oui.

— Vous êtes protégé ?

— Non.

Le juge Michel ne se livre pas. Le juge Barrile qui le considère maintenant comme un ami et qui l'admire essaie d'en savoir plus.

— La Mafia ?

— La nôtre, mais c'est pareil. En tout cas, j'irai jusqu'au bout.

— Il faut que vous soyez protégé.

— Ça ne sert à rien... Vous avez vu pour Renaud... et puis chez vous.

Et le juge Michel évoque la venue des Siciliens à Marseille.

— Ça bouge dans le Milieu. Je le sais déjà. Ils se demandent ce que je prépare... Chez vous aussi ça va faire mal. Ça aura au moins ce mérite. Je vais prouver que tout est lié... et que les Marseillais et les Siciliens travaillent en très étroite association.

— Mais c'est dangereux. Faites-vous protéger.

— Tout est dangereux. Si on veut trouver les labos qui tournent encore, il faut frapper un grand coup.

Et le juge Michel se laisse aller, un peu seulement, à parler de Gaétan Zampa. A propos du dossier de Saint-Maximin, mais aussi de la filière franco-sicilienne. Les magistrats italiens connaissent son nom qui figure, ne serait-ce qu'à titre de pense-bête, et même pas bête du tout dans les coulisses de leurs dossiers.

— Il habite le plus souvent en Italie, et c'est là sa force. Si je le fais convoquer brutalement, je ne suis pas sûr qu'il viendra. Il sera encore en cavale. Je suis victime de ma réputation. Remarquez, si je l'ai en face de moi, je ne lui ferai pas de cadeau. Je le coincerai... Il ne doit pas aimer les juges comme moi...

*

Le juge Michel parle souvent d'un autre juge assassiné. Vittorio Occorsio, tombé en juillet 1976, sous les balles de Pier Luigi Concutelli. Le juge Occorsio, chargé de six affaires d'enlèvements et d'une instruction sur Ordre Nouveau pour « reconstitution de parti fasciste », a découvert des liens entre les bandits et les terroristes. Une semaine avant de mourir, il a ordonné une centaine d'enquêtes policières concernant Ordre Nouveau. Et lorsque son assassin a été arrêté, en février 1977, il préparait l'exécution du juge Pier Luigi Vigna, successeur de Vittorio Occorsio. Et parmi les noms qu'avait laissés Occorsio dans ses dossiers figurait celui de Giuseppe Pugliese, un imprésario de théâtre, recruté pour financer les fascistes en cavale, de pays en pays, et notamment Mario Tuti, le poseur de bombes du train italien. Lorsque cet étrange « passeur » d'Ordre Nouveau a été arrêté à la fin de 1976, il a donné les noms de quelques-unes de ses relations. Parmi elles, Gaétan Zampa...

Le juge Michel s'interroge devant le juge Barrile.

— Il est insaisissable sur tous les plans. On le soupçonne de ses liens avec l'Internationale néo-fasciste et d'ailleurs on parle de lui dans le casse de Nice dont l'argent a servi en partie à ce genre d'organisation... mais qui sait si maintenant il n'a pas changé de bord. Il a travaillé pour les socialistes et il a protégé Alain Delon. Avec lui il faut s'attendre à tout. Comme j'ai le frère d'un conseiller municipal dans le dossier et que le conseiller savait bien sûr ce que faisait son frère, et qu'ils étaient en relation avec des adjoints au maire, qui sont aussi députés, j'ai de quoi faire... Mais je l'aurai, ... Je lui ferai prendre vingt, trente ans.

Quand les magistrats siciliens quittent Marseille par avion le jeudi 1er octobre, le juge Michel soupire encore :

— Ils n'auraient peut-être pas dû venir. On a voulu trop en faire.

C'est lui peut-être, hélas qui, depuis son arrivée à Marseille, a voulu trop en faire.

*

3 octobre 1981. Trois ans que dix hommes sont morts au Bar du Téléphone. Et le dossier épais maintenant d'un mètre, et dispersé sur une table, de chemise en chemise, sous le regard du juge, est toujours la onzième victime des tueurs. Louis Quaranta, coupable parfait d'une enquête imparfaite, a quitté les Baumettes. Lorsqu'on prononce son nom devant Michel, il prend l'accent marseillais et rétorque :

— Peuchère, laissez-le tranquille. Il n'a rien à voir là-dedans. Comme tout le monde j'ai eu la faiblesse d'y croire à un moment, mais c'est beaucoup plus compliqué que cela.

A quoi pense-t-il en regardant le dossier de son seul échec ? A Pierrot la Boulange ? A Roland Luperini ? A Hamou Sadji ? A-t-il une idée précise sur le pourquoi exact du massacre ?

— J'en ai, dit-il parfois, mais je n'ai pas le temps de tout vérifier moi-même. Il y a le reste...

Mais peu de temps auparavant l'une des dernières compagnes de Roland Luperini qui vit désormais avec un commerçant du Sentier à Paris lui a rendu visite à Marseille. Le juge pense qu'elle sait beaucoup de choses, sur le massacre peut-être, mais surtout sur la personnalité et les affaires de Roland Luperini. N'était-elle pas en « repérages » avec lui lorsque se préparait l'expédition punitive contre Claude Dalle Nogare, le marchand de meubles. Elle est prête à parler et le juge est certain qu'avec ses confidences, ajoutées à la découverte des cartouches Eley-France au Bar du Téléphone et à l'exécution de Pierrot la Boulange, il peut arriver à sortir l'affaire.

— Tout arrivera en même temps.

*

Il lui arrive souvent de rapprocher le massacre du Bar du Téléphone du massacre d'Auriol en disant simplement :

— Dans les deux cas, on ne l'a pas fait pour rien. A l'origine, il y a un enjeu important.

Depuis que Hamou Sadji se signale par ses actions aux Baumettes, il essaie aussi de le « coincer » :

— S'il voulait parler... mais il ne parlera jamais. C'est un manipulateur manipulé.

Des membres de la sécurité militaire algérienne et le directeur des douanes algériennes sont venus à Marseille à propos de Sadji. Pourquoi ? Le juge Michel ne le sait pas, mais il cherche à le savoir, de même qu'il voudrait enquêter sur ses relations avec le fils de l'empereur Bokassa.

— De toute façon, c'est comme pour la drogue. Des imprimeries de fausse monnaie continuent à tourner à Marseille et dans la région, mais on ne les trouvera pas. Ils nous ont donné les Cigales et la gare Saint-Charles comme un os. Si Sadji voulait parler. Il connaît sûrement les commanditaires.

Chaque fois qu'il évoque le Bar du Téléphone avec un inspecteur de la Sûreté le juge conclut :

— Tu devrais te dévouer et essayer de coucher avec Kéramidas. Elle sait peut-être des choses.

Eliane Kéramidas est l'avocate de Jean Kokos, l'un des « miraculés », le frère de l'une des victimes Noël Kokos, qui s'est porté partie civile.

Le juge ne plaisante qu'à moitié. Plus que jamais sa philosophie de juge demeure :

— Il faut être prêt à tout pour avoir un tuyau. C'est le seul moyen de s'en sortir.

Et aux policiers qui lui sont fidèles et à qui il confie encore quelques vérifications en dehors des commissions rogatoires il assure :

— Je vous couvre.

Alors, ce 3 octobre, l'avocat qui, dans le cabinet n° 3, se hasarde à dire : « Pour le Téléphone, ça finira par un non-lieu », doit affronter un juge Michel déchaîné.

— Il n'y aura pas de non-lieu. Je ne le supporterai pas.

Non-lieu pour le juge Michel signifie échec, et il ne supporte pas l'échec.

— Ou en tout cas, ajoute-t-il, je ne serai pas là pour le voir.

A quoi fait-il allusion ? A un éventuel départ de Marseille ou à la mort ?...

Il ajoute d'un ton sec :
— Je n'aime pas le 3 octobre. C'est un mauvais jour.

*

Ce même samedi 3 octobre, une lettre occupe toute la page 25 du journal *Libération*. Avec au milieu la photo d'un homme en maillot de bain, affrontant les vagues, les bras en l'air. Peut-être l'auteur de ces mots que *Libération* a titrés : « Un détenu fait le portrait de son juge ».

« Maître, (mes avocats sont Collard et Hini). Ne pas confondre mon Collard qui est complet physiquement avec l'autre (... !) Maître, mon juge, est-il de droite ou de gauche ?

— Ben, il est, je pense comme nous (sic).

« J'ai quand même su que mes avocats sont militants P.S. (ouf). Avant le 10 mai, jamais il ne nous serait venu à l'esprit de chercher à savoir l'étiquette politique du juge saisi, ni même de nos défenseurs. Il nous ont traumatisés avec leur justice de gauche humaine. Quelle histoire !

Le 20.8.81-13 h 30 : Palais Benabou. 15 h 30... le cabinet de mon juge dégage une odeur bizarre. Mon juge s'appelle P... M... Il a une drôle de réputation dans le Midi, mon juge. Si, si, la bête noire des truands du midi, tellement vraie, mon pauvre, que je m'attendais à trouver en face de moi (malgré la chaleur étouffante) une face à frayeurs. Non. Non. Il avait une gueule chouette mon hibou de juge. Y m'a même dit bonjour avec tant de conviction que j'en ai oublié l'absence de mon avocat. Jamais vous ne verrez autant de haine que ce que j'ai vu dans les yeux de mon juge. Je vais vous raconter, mais promis, n'y dites rien au juge...

— Monsieur B..., je tiens à vous informer que j'apprécie beaucoup votre correspondance. Vous voudrez bien j'espère me tenir informé de vos pensées à mon encontre.

C'est vrai que j'y envoie des poèmes-mémoires-prose à mon juge. Le dernier en date avait pour titre : « Mon juge a autant de conscience qu'une bombe à neutrons. » Faut croire que mon juge « tout beau-sympa-dans un musée » a de la suite dans la rancune et qu'il ne porte pas les artistes dans son cœur, encore moins les artistes étrangers. Mais avec moi mon juge ne sait plus à quel saint se vouer (moi si. Ceux de sa secrétaire sont affolants...) : une mère juive, un père naturel français, une naissance en Algérie, une adoption par un père français-musulman, une éducation française puis une citoyenneté inconnue ! et pour clore le tout, une mesure d'expulsion pour... nulle part !

Revenons à mon juge.

— Monsieur B... vous posez un problème à la justice.

— Ah bon, j'ai toujours cru que c'étaient les autres qui m'imposaient un problème.

(...) Ben les gars le 20.8.81, il n'a pas eu le temps d'en placer une. Abasourdi qu'il était mon juge. No, niet, nixt, non, rien. Il a bien tenté de me faire taire. Vous savez comme on chasse une mouche qui vient se poser sur le nez. Macache ! J'ai même dit à mon juge : « Je vous remercie de votre attention forcée.

Mon juge est sympa et humain. Il a ajouté une note rouge dans mon dossier. J'aime bien le rouge. Non, non, j'ai rien contre (s' pas Georges).

Mais y a des cas où je peux plus gober. Disons, où je le déteste franchement. Et là, j' te laisse deviner.

J' l'aime bien mon juge surtout lorsqu'il se jette avec aisance en arrière pour te montrer la crosse de son arme qui dépasse du pantalon. Y' m' fait marer avec ses allures de shérif à la recherche d'une gloire lyonnaise. Il sert la justice. Même que depuis le 10 mai, il y met plus de cœur ou de cul (buté qu'il est mon juge). Mince ! C'est vrai qu'il vous pose des questions mon juge et répond lui-même (à sa secrétaire) pour après y' vous marque « refuse de signer ». Histoire de ne pas faire comme les autres, moi à la fin j'ai signé. J'ai tout de suite compris que ma condamnation était prête à l'avance. Même que les yeux de mon juge ont brillé d'étonnement. Cela me laisse supposer une remise de peine avant jugement. Avis aux amateurs.

18 heures. Le flic qui me ramène en geôle me dit : « Moi j' l' connais bien Michel. Y va te faire tomber en D.P.A.C. (lisez : détention pour autres causes). Avez-vous essayé de sortir d'un pays sans aucun papier, ni statut ? Si oui, donnez-moi la recette (légale). Donc condamné à rester en France avec une mesure d'expulsion sur les épaules, et sans moyen de contacter le boulot. Jugez un peu de la bonne marche de notre justice.

(...) Mon juge il est sympa comme la mort (C.Q.F.D.). Mon juge à moi, j'y assisterai à ses obsèques, un tube de Nivéa à la main, et la poche de mon pantalon trouée (tu comptes pas me voir sortir après des mois de détention ou des années avec un bénard neuf ! tout de même).

Mon juge... j'ai attendu en vain que l'avocat des sots (ou des sceaux) lui dise : « stop ! » ou encore quelque mot vilain : S' pas Roger K... T'aurais dû mieux choisir ton baveux, mon brave, (moi aussi). Non mon juge n'est pas capite-la-liste-de droite ! Il décapite la liste de gauche plutôt... Si, si, j' te dis. Moi, mon juge, il sait même que j' suis un fidèle de *Libé* et que j'y suis abonné. (...) Tu sais, moi z'aussi, j' risque plus rien là où tu m'as placé. Mais qu'est-ce que c'est terne et gris, mon vieux. Tout baigne dans l' noir... Lumière ! bon Dieu !

Mon juge à moi, il aime pas les petites bestioles, mais alors pas du tout. Moi j' m'en fiche. Puis j' suis croyant, si elles sont là, c'est le bon Dieu qui l'a voulu. Tiens, l'autre soir, y avait une drôle de mite errante dans ma cellule. Ben, j' lui ai accordé la grâce. Du coup la révélation s'est fait jour : il y a plein de mites maintenant dans ma cellule. Mais faut être logique, hein. Si j'en ai gracié une, je vais pas tuer les autres. J' vais vous dire, moi, mon juge y sait bien que je suis un artiste sans étiquette, en l'occurrence l'artiste des oubliettes du pou... voir. Bien des gens citoyens s' tirent de notre pays. Paraît qu' c'est pour fuir Nostradamus et ses idées noires. Moi, j' crois bien qu'il fuit la rose qui se fane et le jour où mon juge sympa suivra la foulée, y'aura-t-il quelqu'un pour se souvenir de moi. (...) »

Le juge Michel relit plusieurs fois la lettre de *Libération.* Encore une victoire de la mafia des Baumettes. Le juge n'est même plus en colère, mais désespéré.

— Une arme... mais ils sont fous...

Tous les mots le blessent et le poursuivent le long d'un dimanche sans fin.

— ... « ses allures de shérif à la recherche d'une gloire lyonnaise... J'y assisterai à ses obsèques... »

Des proches lui téléphonent :
— Il faut réagir, répondre à *Libération.*
— Ça ne servirait à rien. Le mal est fait. Je sais que la haine est partout sur moi, mais je tiendrai le coup.
A Gilbert Collard, l'un des avocats de l'auteur de la lettre, il dit :
— Des gars comme ça, ils me feront tuer.

VII

LA MORT DEVANT SOI

Le juge Pierre Michel a 38 ans, mais il semble avoir vieilli trop tôt. Des mèches grises et blanches masquent ses cheveux bruns. Le manque de sommeil, parfois des tics nerveux, torturent son visage. Lorsqu'il marche ses épaules se courbent un peu. Meriam Amami, la personne qui partage le plus de son temps avec lui chaque jour, s'inquiète de son inquiétude, a peur de sa peur. Entre eux s'est tissée une amitié vraie. Lorsqu'il a hésité pour sa mutation à Paris, il veillait au bonheur de Jacqueline, sa femme, mais aussi, à ne pas briser leur tandem. Il ne voulait pas la perdre. Pourtant, elle demeure discrète, effacée.

— S'il ne me parle pas, c'est pour me préserver.

La préserver de ce qu'il sait ou ce qu'il pressent.

Pour elle, comme pour d'autres proches, le juge déjà mal à l'aise, agité dès la fin de septembre, est devenu vraiment sombre, soupçonneux depuis le départ des magistrats siciliens et la lettre-insulte de *Libération*. Le juge Michel s'enferme dans le cabinet n° 3 face à tous ses dossiers importants. Il relit des kilos de procès-verbaux d'interrogatoires, de comptes rendus de filatures, de rapports de la Police Judiciaire. Défilent les affaires de drogue de La Ciotat, de Chambon-sur-Lignon, de Milan, de San Remo, de Palerme, de Saint-Maximin. Puis la fausse monnaie, la valise de la gare Saint-Charles, l'imprimerie des Cigales. Et le Bar du Téléphone... Le juge Michel ne prend jamais de notes, et s'il est dérangé pour des affaires plus urgentes, s'interrompt, puis reprend sa lecture. Il veut pénétrer sa mémoire des fils, des hommes, et des hommes tissant ces fils, de dossier en dossier.

L'interrogatoire de Marc Chambault, le 28 septembre, forme l'ultime pièce de la chemise Saint-Maximin.

— Pourquoi avez-vous un numéro de téléphone où joindre Gaétan Zampa ?

— Comme ça. On me l'a donné.

— Qui on ?

— Je ne sais plus.

— Pourquoi ?

— Mais je vous l'ai dit.

— On n'a pas de numéro pour rien. Ça devait bien vous servir à quelque chose ?

— Mais non... c'est comme ça.
Puis Marc Chambault crie dans le cabinet n° 3 et sa voix s'étrangle :
— Mais j'ai une femme et des enfants, moi... vous aussi, non, vous avez une femme et des enfants.
— Notez bien cette phrase mademoiselle Amami. L'inculpé a peur... Il a peur de Gaétan Zampa...
De nouvelles questions jaillissent.
— Est-ce que vous connaissez Zampa ? Avez-vous rencontré Zampa ? Zampa participait-il à l'affaire ? Zampa s'occupe-t-il de drogue ?
Sans réponse.
Le juge Michel sait que l'aventurier, le garde du corps rompu à tous les dangers, a peur et que c'est toujours le nom de Zampa qui lui fait peur. Alors il prépare d'arrache-pied le prochain interrogatoire du baroudeur de Saint-Maximin et vérifie la date.
— C'est bien le 21 octobre à 14 h 30 ?
— Oui.
— Ensuite, je fais convoquer Zampa. Ce jour-là, il y aura des journalistes devant la porte... Je ne chômerai pas cette semaine-là. Le 22, le jeudi, j'ai Di Geronimo le matin, et Beaucourt l'après-midi. Celui-là je crois qu'il va finir par parler. On saura peut-être la vérité sur la valise et... sur le Bar du Téléphone. Si tout arrive en même temps...
Revient le sourire ironique du juge. Le temps de plier en deux une feuille de papier blanc de format 21 × 27 et de la surcharger de notes concernant Zampa. Le juge Michel veut être certain d'avoir pensé à toutes les questions.
— J'ai des chances que Chambault s'explique enfin, et même s'il ne m'en dit qu'un peu, ça suffira. Si je trouve le reste...
En évoquant « le reste », le visage du juge Michel se tourmente de nouveau. L'informateur qui lui a affirmé que Gaétan Zampa hébergeait Robert Kechichian dans une planque sûre est lui-même un homme sûr. S'il arrivait à le prouver... Mais comment ? L'informateur, très proche de l'Evêché, a ajouté :
— Zampa est si bien conseillé qu'il est intouchable. Méfiez-vous.
Le juge Michel se souvient d'une autre information qu'il a pu vérifier dans le passé. Un avocat, lié de près à la mafia des Beaumettes, aurait demandé à Jean-Claude Pelletier, l'avocat de Gaétan Zampa, un numéro de téléphone où joindre le caïd. Officiellement, pour le transmettre à Jean-Claude Vella, un membre du gang des Lyonnais détenu aux Baumettes. N'était-ce pas simplement pour demander à Gaétan Zampa s'il désirait acheter un cancer tout neuf à Robert Kechichian ?

*

Le juge n'oublie pas les frères Siciliens de Gaétan Zampa. Le 5 octobre un inspecteur divisionnaire des Stups part pour Palerme porteur d'un rapport confidentiel du juge Michel pour son ami le juge Barrile. Y apparaissent précisément les liens entre Marseille et la Sicile, entre la Mafia française et la Mafia sicilienne. Le juge songe toujours à la rédaction d'un autre rapport sur les rouages du crime organisé français.

— Je serai prêt incessamment, sous peu... et ça fera du bruit. Là ils pourront vraiment me menacer. On verra bien que tout est lié...

*

Le juge Michel ferme à clé la porte du cabinet n° 3 et marche dans le couloir de l'instruction, un dossier et son casque de moto sous le bras. Il se retourne. Quelqu'un cogne contre la porte, mais à l'intérieur. Pierre Michel se précipite. Il avait enfermé Meriam Amani. Pour la première fois depuis qu'ils partagent le cabinet n° 3. Et pas pour une farce, comme d'autres fois, autrefois il a enfermé le juge Marie-France Brayzat. Pierre Michel n'invente plus de canulars. Il est trop préoccupé.

— Pardonnez-moi, mademoiselle Amami.

— Ce n'est rien, monsieur Michel.

La greffière comprend que le juge, son juge, vit un drame personnel terrible.

*

Un après-midi, le juge Michel quitte le tribunal, longe la rue Fortia jusqu'au Vieux Port, et du quai de Rive-Neuve au quai des Belges, marche à pied, vers la mairie de Marseille. Au risque d'être reconnu, aux abords du quartier du Panier. Le juge éprouve le besoin de voir le bureau de Raffi Nazarian. Comme un visiteur en quête d'un service, il se renseigne, puis se dirige vers la gauche du rez-de-chaussée. Au fond d'un couloir, à droite, près d'un escalier gris et mal éclairé, sur une porte poussiéreuse, une carte de visite blanchâtre indique « Raffi Nazarian — Conseiller municipal — reçoit le vendredi ». A côté, le bureau de Jacques Rocca-Serra, autre conseiller municipal.

Un vieux chasseur des Stups est tout aussi surpris que le juge Michel. Après l'affaire de Saint-Maximin, on lui avait dit que le frère du financier de l'héroïne devait présenter sa démission à Gaston Defferre Marseille n'est pas à une rumeur, à un excès près.

Mais le juge est persuadé maintenant que jamais il n'a eu de dossier peut-être aussi brûlant que Saint-Maximin. Mettre à la fois en cause le frère d'un conseiller municipal, en relation avec des députés socialistes et Gaétan Zampa, c'est peut-être trop... Vraiment trop.

*

Restaurant le Cabaret, rue Max dans le quartier de l'Opéra. Alex Panzani, grand reporter au *Provençal,* dîne avec un ami. A la table voisine, André Fraticelli achève son repas. Et soudain l'avocat interpelle le journaliste d'une voix sourde :

— Alex, la gauche n'a pas besoin de juges comme Michel. Je dîne bientôt avec Badinter, et puisque Michel est ton ami, tu pourras lui dire que je vais le faire monter à Hazebrouck !

Alex Panzani répond seulement :

— Fais ta commission toi-même.

Et l'avocat, persuadé que le journaliste racontera l'incident au juge continue ses discours contre Pierre Michel.

— Quel con, soupire le juge le lendemain. Ils veulent vraiment me détruire.

Seulement, le juge Michel n'est pas armé. Au contraire d'André Fraticelli. Que craint donc l'avocat ?

*

Une « amitié d'homme » lie le juge Michel à Sophie Bottai. Elle appartient à ces trop rares avocats à qui il peut parler franchement ou demander un véhicule l'après-midi.

— Tu peux me prêter ton Alfa Romeo ?

— Les freins ne marchent pas bien.

— Je me débrouillerai.

Le juge Michel prend le volant de l'Alfa Romeo bleu marine. Direction Grenoble. Le juge s'intéresse à Jeannot Franceschi, l'ami de Léon Toscano et de Marc Chambault, et à son usine. Dans la région grenobloise il se livre, seul, à d'autres investigations. Lesquelles ? Il n'en parle à personne. A aucun informateur, aucun proche. Mais les risques sont énormes pour un juge qui agit sans protection, en solitaire, comme le plus solitaire des détectives privés. Et pour des affaires qu'aucun détective privé n'aura jamais à traiter. De retour à Marseille dans la soirée, il conduit comme convenu avec Sophie Bottaï, l'Alfa Romeo dans le premier sous-sol du parking près du Palais de justice. Lorsque l'avocate revient chercher son véhicule, elle prend peur. Pas pour elle. Pour le juge. La serrure de la porte avant droite a été fracturée. On a fouillé sous les sièges, dans la boîte à gants. Sans rien voler. Apparemment. Comme si l'on cherchait un document. Le juge Michel a dû être suivi. Il a pris trop de risques, mais il est lucide.

— Ils sont sur moi.

Pourtant, il ne parle toujours pas. Ni à Jacqueline, ni à Meriam Amami, ni à la police. A personne... ou alors... à quelqu'un à qui il ne devrait pas parler et qui lui, ensuite, ne parlera plus.

*

5 octobre 1981, le juge Michel est seul dans le cabinet n° 3. Un magistrat qui a un temps flirté avec la mafia des Baumettes et qui s'en est éloigné, par respect, par admiration pour le juge Michel, s'assoit face au juge.

— J'en suis certain. Au mois de juillet dernier, il y avait déjà un contrat sur vous. Des tueurs sont venus de Lyon ou de Paris. On leur a donné la moto ici. Quelqu'un qui a ses entrées au Palais les a mal renseignés. Il s'est trompé en regardant le tableau de service accroché au mur. Sinon, il avait votre itinéraire habituel, vos heures de départ. Il fait aussi de la moto. Je ne dis pas qu'il est dans le coup. Il a voulu rendre service. C'est Zampa qui a tout décidé...

Depuis qu'il est juge à Marseille, des galéjades le juge Michel en a entendu des centaines, des mythomanes rencontré autant. Rien que pour le Bar du Téléphone, il a reçu un téléphone et dans le cabinet n° 3 des révélations plus inouïes les unes que les autres. Toutes fausses ou farfelues, même pour lui qui croit l'incroyable. Alors il sait à qui accorder sa confiance et ceux-là sont rares. Ce magistrat en est. Mais que répondre à ce qu'il pressent et sait déjà :

— Est-ce que je dois vous croire ?

— Non.

— Alors, pourquoi me le dire ?

— Vous pourriez réclamer une protection, quitter Marseille, annoncer à grand fracas dans la presse que vous avez demandé votre mutation. Ça pourrait les calmer.

— Et qui est derrière ?

— Zampa, et puis d'autres peut-être. Mais vous vous doutez d'où je tiens mes informations. Parlez-en à l'Evêché. Il ne faut pas que l'affaire Renaud recommence. Surtout pas à Marseille. Zampa est intouchable.

— Je verrai... Je préfère m'en occuper. Et je serai prêt avant lui.

*

10 octobre 1981. Le juge Michel reçoit une nouvelle lettre d'Arlette Vidal. De la prison de Rennes. Elle raconte ses maladies, ses angoisses, ses peurs. Elle a 40 ans. Cinq ans déjà que le juge l'a reçue dans le cabinet n° 3. Le labo de Bouc-Bel-Air, le palace de Malvezzi. Son premier labo. Son premier coup de poker pour savoir où il était caché.

— Il faut vraiment que je la fasse sortir.

Arlette Vidal évoque encore le cas de Christina Von Opel. Le juge Michel se promet de téléphoner à la Chancellerie, d'intervenir auprès de la Commission d'application des peines. François Mitterrand a usé de sa grâce présidentielle le 15 août pour libérer vingt et une femmes, toutes condamnées à des peines ne dépassant pas vingt ans et toutes ayant des enfants. Christina Von Opel, jadis défendue par Robert Badinter, le Garde des Sceaux, était du nombre.

Arlette Vidal a le tort de son âge, le tort des enfants qu'elle n'a pas. Chritina Von Opel avait été condamnée à dix ans en première instance, puis à cinq ans en appel. Le juge Michel est grave :

— Rien n'a changé... Il serait temps que la justice soit juste.

Mais il repousse son intervention au lendemain, puis à d'autres jours. Même téléphoner lui est un geste difficile.

*

13 octobre 1981. Devant la pharmacie de Mazargues, Alfred Sauli, son honorable correspondant à la prison des Baumettes arrive à pied. Le juge Michel l'attend sur sa moto en fumant une Gitane.

— Tu m'as appelé. Pourquoi ?

— Je vais avoir l'organigramme du S.A.C. Vous pourrez vous en servir.

Une autre mafia qui préoccupe le juge Michel.

— Et au P.H.B., du nouveau ?

— Toujours pareil. Colombani, Fraticelli...

La mafia des Baumettes continue à œuvrer pour la liberté des truands.

— Je m'en occupe. Ils vont sauter.

Alfred Sauli s'imagine souvent qu'il est suivi lorsqu'il donne rendez-vous à Pierre Michel. Il s'éloigne rapidement. Le juge Michel ne cherche pas à le rattraper. Le gardien de prison lui a répété tout ce qu'il pouvait lui révéler sur les combines du docteur Colombani et de ses complices.

*

13 octobre 1981. Encore un règlement de comptes à Marseille. Au bar Battista, rue Meissonnier, à la limite des quartiers des Chartreux et des Chutes Lavie, qu'une de ses amies vient de prendre en gérance et où il est le « patron », André Barberis regarde *le Parrain* sur la seconde chaîne. Tandis que les mafiosi s'entre-tuent dans une mise en scène de Coppola, deux hommes en cagoule s'avancent vers le comptoir. Le premier tire deux coups de fusil à pompe. André Barberis s'engouffre vers l'arrière du bar, déjà blessé à mort. Les tueurs le poursuivent et sur les pavés de la cour, cinq balles de 11.43 achèvent celui qu'on surnomme Chéri-Bibi pour sa calvitie qu'il entretient avec soin ou la Serrure pour ses talents, son art à fabriquer les fausses clés appris chez un maître du Panier. Proxénète, braqueur et casseur, c'est un ancien du gang des Blouses Grises jamais retiré des affaires, l'un des meilleurs amis de... Pierre Castagna, Pierrot la Boulange.

Le juge Michel n'en démord pas :

— Ils me les tueront tous...

La veille de la mort de Pierrot la Boulange, le « miraculé » du Bar du Téléphone, la Serrure, se promenait avec lui dans sa Jaguar. Coïncidence ?

On retrouve la 104 des tueurs de la Serrure près de l'église des Chartreux, avec les armes de l'exécution et deux magnum 357. La 104 est une voiture de location jamais rendue depuis un an. La marque de professionnels du contrat.

Le juge est presque fataliste :

— C'est vrai qu'on peut tuer qui on veut, quand on veut, à Marseille... et ailleurs. Alors ça sert à quoi d'être protégé ?...

*

14 octobre 1981. Juliette Gérin, l'expert judiciaire, la mère d'Anne la toxico que Engelmayer, le Patriarche a sauvée, appelle le juge Michel au téléphone. Elle a rencontré à Paris les magistrats chargés de donner forme à la Commission de la Drogue souhaitée par le gouvernement. Elle a parlé du juge du cabinet n° 3 à François Colombet. Ils souhaitent tous les deux qu'il appartienne à l'antenne de Marseille. Le juge répond d'une voix soudain enthousiaste :

— Tout à fait d'accord. Il y a tellement à faire... Nous déjeunons ensemble pour en parler.

— Monique Mabelli en fera sans doute aussi partie.

La bonne mère... cinq ans déjà aussi qu'elle lui a enseigné le métier qu'il avait déjà dans le sang : juge d'instruction.

— Je serai des vôtres.

La drogue le préoccupe toujours :

— Il y a de plus en plus de toxicos... J'ai vraiment peur pour les petites... Mais qu'est-ce qu'on peut faire ? Maintenant il y a la colle. Putain il faut vraiment en coincer d'autres, et les condamner à mort, que ça serve d'exemples.

Le juge Michel se souvient qu'il a promis à Jean-Claude Valèra, l'avocat, de chercher un centre de postcure pour un toxico détenu, capable s'il est bien soigné de s'arracher à la drogue.

— J'espère qu'il y aura de la place. Je ne dois pas le laisser tomber, mais tout m'arrive dessus en même temps.

*

15 octobre 1981. Un avocat du clan de ses amis passe sa tête dans le cabinet n° 3.

— Michel. Il y a un appartement à louer près de chez vous. 4 pièces. Tout le confort. Et un couloir pour votre train électrique. Pas très cher. Si vous voulez le visiter. C'est un cousin qui s'en va à Paris.

— J'aurais mieux fait d'y aller peut-être... On verra. Je crois que je n'aurai pas besoin de changer.

— Pourquoi ?

Le juge Michel essaie de sourire.

— On a toujours dit que j'avais beaucoup d'intuition et que ça m'avait réussi à Marseille...

*

16 octobre 1981. Huit heures et quart du matin. Devant la Buvette du Palais Patrick Barrou rencontre le juge. Il regrette les dimanches après-midi de train électrique, de musique classique dans la villa de l'Allée des Buis. Ils se voient moins avec le juge. Le juge Michel semble gêné. Il regrette aussi ces moments de vie personnelle où il peut enfin se raccrocher au passé, aux racines de l'enfance.

— Oh c'est dur, trop dur. Je prépare mon voyage à Palerme, à la mi-novembre. Il va falloir que je joue serré là-bas. Ça me tracasse. Il n'y a pas que ça. Et puis cette lettre dans *Libé,* ça me fait mal. Je ne comprends pas...

Ils se mettent d'accord pour un prochain déjeuner.

— On bouffera mardi à midi ensemble.

— D'accord, passe me prendre.

*

17 octobre 1981. Encore un règlement de comptes à Marseille. Deux hommes abattent André Spano, 24 ans, de quatre balles de 11.43 dans son salon de coiffure de la rue de Suez près du quartier des Catalans. Rien à voir avec les anciens des Blouses Grises, avec le Bar du Téléphone, ou avec Gaétan Zampa. André Spano besognait dans le trafic de bijoux, d'armes et de lingots d'or. Il a dû se tromper dans un partage. On l'appelait le coiffeur et le juge Michel trouve encore la force d'ironiser :

— Après la Boulange et la Serrure, il ne manque plus que le juge...

17 octobre 1981. Le juge Michel écrit à ses parents sur un bristol blanc frappé de son tampon de juge d'instruction sur les deux faces :

« Marseille, le 17 octobre. Bien chers tous. Comme promis, voici les photos mortuaires (!) ainsi qu'un article que j'ai suggéré pour avoir de la publicité à tout prix... Le type est complètement fou, mais il est quand même curieux qu'un journal se permette de publier ça. A part ça, tout va bien. A bientôt Noël, Je vous embrasse. »

Pierre Michel évoque des photos prises en vacances et l'article de *Libé* et ses allusions à la mort du shérif... Il a oublié un mot : « à » entre bientôt et Noël.

Le même jour, Pierre Michel téléphone à son père. Sa voix est inquiète, mal assurée :

— On va reparler de moi. Je suis sur un gros coup.

Le lundi 19, il donne la lettre à Meriam Amami. Jamais son juge ne lui donne de courrier personnel. Est-il donc si préoccupé ?

Le juge donne l'impression de ne plus vraiment savoir où il en est. Il en veut à sa hiérarchie :

— Je leur ai tout donné... et ils ont profité de mon acharnement pour m'écraser sous les dossiers. Ils m'ont envoyé au casse-pipe. J'aurais dû être plus disponible pour Jacqueline, pour mes filles... oh, et puis je l'ai voulu, je le veux encore. Il faut se battre...

A-t-il rêvé d'une autre vie lui qui souvent à Marseille s'est inventé un passé. Comme avec cette amie avocate à qui il a très longtemps raconté :

— Je suis d'origine pauvre. Mes parents étaient ouvriers... avant qu'elle découvre par des relations communes qu'il est fils de notaire.

Fils de notaire mais qui n'a pas hésité un jour à s'attaquer à l'un des plus influents notaires de Marseille et s'est opposé à sa hiérarchie. La clerc de ce notaire, également sa maîtresse, était enceinte, mais il ne voulait ni l'épouser ni entendre parler de l'enfant. Elle a gagné un autre clerc à sa cause et ensemble ils ont mis à sac l'étude chargée des plus grosses successions marseillaises. Puis elle est rentrée chez elle, a donné des barbituriques à son fils et tenté de se suicider. Le juge l'a inculpée de destruction d'indices et de violence sur enfant, avant de comprendre que sa hiérarchie le manipulait pour sauver la respectabilité du notaire et de s'apercevoir que si cette notabilité a porté plainte contre son clerc, il a omis de préciser qu'elle était sa maîtresse. Malgré les mises en garde du Parquet prêt à une nouvelle affaire Erulin le juge a inculpé le notaire d'outrage à magistrat puis a nommé un expert pour que l'on juge, au contraire de Kathy Kechichian, l'état de cette femme incompatible avec la détention. Elle a été libérée et le juge a compté un nouveau contentieux avec sa hiérarchie.

— Je ne regrette rien. Il y a une conjonction des forces contre moi. Tout est lié... J'ai touché à des intérêts trop importants. J'ai peut-être mené un combat utopique, mais c'est mon combat. C'est ma logique. Un juge doit pousser ses dossiers le plus loin possible... C'est un métier qui vous ronge, qui vous obsède... Je sais que je suis condamné...

Puis le juge se reprend :

— Ils n'oseront pas.

Ironique toujours :

— Zampa s'en est toujours sorti... Il n'a pas à avoir peur de moi... Je ne suis qu'un petit juge.

Fidèle à sa ligne de vie toujours :

— Je ne vais quand même pas faire comme Weisbuch à Grenoble. Un Smith et Wesson et des gardes du corps. Pourquoi pas une armure !...

Inquiet pour sa famille, dans la villa Les Buis :

— Ils ne s'en prendront pas aux petites. Ils n'oseront pas. Zampa a un fils.
Soupçonneux :
— Qui a dit à Zampa que je m'intéressais à lui... que je voulais le coincer avec le morceau de papier de Chambault. Les flics... Il n'y a qu'eux qui sont au courant. Il y a un enculé à la P.J.... ou alors c'est un avocat. Puisque c'est dans le dossier... Il faut que j'enlève la pièce... le procés-verbal de saisie. Ça ne m'empêchera pas de l'inculper.
Mais c'est trop tard...

*

18 octobre 1981. Deux avocats attendent dans le couloir de l'instruction.
— Michel me semble moins dur.
— Il m'a accordé un parloir. C'est un événement.
— Il est sorti me porter un dossier dans le couloir. Il est moins agressif.
— Il a des ennuis.
Pourtant, le juge Michel ne donne pas l'impression d'abandonner et continue de travailler ses dossiers, et pas seulement l'affaire de Saint-Maximin. Aux Baumettes, un mafioso inculpé dans l'affaire de la franco-sicilienne dit :
— Je préférerais être cuisiné par les flics que par lui. C'est un caïd.
Marie Viangali s'étonne. Avant le juge montait la voir trois ou quatre fois par jour dans son bureau exigu du premier étage, après un couloir étroit, derrière la septième Chambre où tant de « leurs » inculpés ont été condamnés. Le juge Michel se cloître. A l'avocat qui le compare à une carmélite, il consent un jeu de mots et sourit :
— Je suis sœur Sourire.
L'avocat s'interroge.
— Vous préparez un coup ?
Pierre Michel sourit encore.
— C'est vrai que ma seule idée c'est de sortir quelque chose de plus beau qu'Auriol.
Mais il n'en dit pas plus. L'avocat dira :
— Il restait le grand juge, souverain, discret, distant.

*

Et puis le magnétophone...
Au congrès de l'Union Syndicale de la Magistrature, Pierre Michel sait qu'on a parlé de lui, qu'on a critiqué ses attitudes, mais qu'on mette désormais sa propreté en doute, il y a de quoi se cogner la tête contre les murs du cabinet n° 3 et pleurer.
Le juge Michel va pleurer.
De rage, de colère contre Azibert, Aldémar...
— Cette hiérarchie qui veut ma peau, comme si j'étais un gauchiste.
Ont-ils seulement compris, tandis que se préparent les armes pour l'abattre, son combat de justice, peut-être utopique, mais si efficace

pendant six ans et qui leur a servi à tous à montrer qu'à Marseille peut exister une vraie justice, de vrais dossiers menés à bout.

Ou presque à bout.

*

Le juge Michel doute.

De tout. De tous.

Quelqu'un à l'Evêché ou aux Stups a prévenu Gaétan Zampa. Comme tant d'autres fois.

Prévenir, c'est guérir...

Le juge Michel doute.

Quelqu'un a vu le nom maudit dans son dossier, ou alors cet avocat concerné par ce dossier, son ennemi, membre de la mafia des Baumettes.

Tout est lié...

Le juge Michel a peur.

— La pourriture est vraiment partout.

Mais inlassablement rajoute des questions sur la feuille de papier blanc 21 × 27 consacrée à Gaétan Zampa. Tout en songeant qu'il doit acheter des somnifères si la nuit prochaine il veut trouver le sommeil.

*

20 octobre 1981. Midi. Le juge Michel s'avance sur les marches du tribunal, son casque de moto à la main. Marguerite Leca s'avance. Elle était auditeur de justice avec les Morel, Binoche, du temps où Fraticelli les côtoyait, les régalait... Elle est juge à Créteil, mais pas à l'instruction et en congé de maternité à Tarascon. Elle a voulu revoir sa ville natale. Elle voit le juge tel qu'il était six ans plus tôt, sérieux, élégant, en costume-cravate. Ils s'embrassent.

— Tu vas Pierre ?

— Oui... Qu'est-ce que tu deviens ?

— Je suis mariée. Et toi, tu es aux Affaires financières.

— Pas tout à fait. La drogue. Je suis surchargé. Je n'ai jamais le temps de rien.

Elle remarque ses cheveux plus sel que poivre, de vraies mèches blanches.

— Dis donc, tu as des cheveux blancs !

— Oh, j'ai des soucis...

Puis le juge se retourne pressé, comme s'il n'avait pas envie de parler, le regard plein de lassitude.

Demain il doit interroger Marc Chambault sur Gaétan Zampa.

Il doit se préparer à inculper le caïd.

Il a la mort devant soi.

ÉPILOGUE

UNE ENQUÊTE DÉJÀ MORTE

Bernard Michel, son frère, l'avocat, s'avance sous la nef et dépose sur le cercueil de bois clair la robe et la toque du juge assassiné. Michel passait souvent à pied devant l'église Sainte-Anne, à deux cents mètres de la maison de la villa Les Buis. Trop petite, ce vendredi 23 octobre pour contenir tous ceux qui assistent à ses obsèques religieuses. Une messe basse sans homélie. Jacqueline Michel, au premier rang, les yeux cachés derrière des lunettes noires, a souhaité la plus stricte intimité. Elle a refusé tout discours, toute délégation officielle et la présence du ministre de la Justice, Robert Badinter. Il a envoyé une couronne, comme le président de la République, mais il n'est pas représenté.

Le juge Michel l'aurait voulu ainsi.

Pas de spectacle d'après-mort, de louanges faciles, d'hommages et de phrases.

A la veille de mourir, le juge Michel a souffert, il a pleuré pour un magnétophone. Jacqueline Michel n'a pas oublié. Georges Azibert, le substitut qui, lui aussi, s'est occupé de cette « affaire », n'est pas présent. A juste raison, Jacqueline Michel ne s'est pas attardée lorsque Henri Aldemar lui a présenté ses condoléances. Elle n'a que faire des condoléances des chefs de son mari. La mort, même l'assassinat, ne balaie pas les trahisons et les haines.

Près de Jacqueline, Georges Michel, le père du juge, et sa femme, Simone. Elle a reçu la dernière lettre de son fils, une heure avant d'apprendre sa mort. Celle où il parlait de photos mortuaires. Près d'elle encore, les deux autres frères du juge, André le médecin, Jean-François le prof, et sa sœur Jacqueline, la prof. Et, venus à titre seulement personnel, des magistrats et certains membres de la hiérarchie qui se sont acharnés les dernières semaines, toujours pour le magnétophone. Et des avocats, les plus notoires, et des policiers, beaucoup des Stups se demandant désormais à qui ils pourront confier leurs « tuyaux », des fonctionnaires des Douanes, et quelques délégués du Milieu en observateurs.

Le juge Michel s'en serait moqué.

Mais derrière, et la plupart repoussés contre les murs ou derrière les portes, dans le mistral glacial, les anonymes. D'anciens toxicos, comme Anne Gérin, en manque de leur juge, leurs parents et les parents de ceux qui sont encore en prison, en fugue, ou morts d'une overdose. Ils pleurent.

C'est pour eux, et pour son idée de la justice, que le juge Michel est mort.

*

Au même moment à Messine, en Sicile, se tient un colloque sur la Mafia et le pouvoir. Rocco Chimicci, le président de la section instruction du tribunal de Palerme que le juge a rencontré lors de son voyage au pays de la Mafia prend la parole :

— Il faut compter le juge Michel comme un de nos morts. Sa fin est une nouvelle preuve de la puissance criminelle de la Mafia qui a des ramifications dans le monde entier.

Le successeur de Cesare Terranova assassiné par la Mafia ne sait pas ce que préparait le juge Michel contre « l'œil de la Mafia en France ». Il songe seulement à Gerlando Alberti, au laboratoire de Sant' Onofrio di Trabia, à la French Sicilian Connection, et au défi du juge français à la Mafia. Bientôt un rapport de la police marseillaise partira pour Palerme pour information. Les magistrats Italiens s'approprient déjà la mort du juge. Pourtant c'est bien en France qu'elle a été décidée ; même si elle réjouit Gerlando Alberti et les siens.

*

Bernard Michel, en imperméable noir, descend les marches de l'église, un bras sur l'épaule de son père et l'autre, serrant la robe et la toque. Quatre hommes portent le cercueil vers un break noir garé sur la place. Le véhicule s'éloigne aussitôt. Vers l'autoroute et vers Metz, où le juge Michel sera enterré le lendemain, entouré seulement des siens. Au cimetière de l'Est, dans le caveau municipal, sous la grande pierre grise où repose déjà son grand-père, maire de la ville. La cérémonie a duré trois quarts d'heure. D'anciens toxicos pleurent encore. Il est 15 heures.

*

A 15 heures, un fonctionnaire de police aperçoit de la fenêtre de son appartement, dans l'immeuble du 122 de l'avenue Clot-Bey, une moto garée derrière la haie verdâtre d'un petit parking. Il regarde le numéro d'immatriculation. A un chiffre près, celui de la moto des tueurs. Ses collègues arrivent aussitôt, munis de gants de caoutchouc, roulent la Honda dans un fourgon. Lorsque Jean-Pierre Sanguy, le patron du S.R.P.J. chargé de l'enquête sur la mort du juge, s'en revient de l'enterrement, dans son bureau 224, les spécialistes du Laboratoire interrégional de Police Scientifique examinent déjà l'engin.

Les trois principaux témoins de l'assassinat : un jeune homme, une jeune fille à mobylette et un chauffeur de taxi, affirment qu'ils ont vu le tueur et son chauffeur sur une petite moto, une Trial, comme celle du juge. Pourtant, le numéro d'immatriculation correspond, et l'avenue Clot-Bey se trouve à un kilomètre de la contre-allée où le juge s'est effondré. Un relais, sans doute dans une voiture, devait attendre les assassins. Avenue Clot-Bey, personne n'a rien vu, ou entendu. Jean-

Pierre Sanguy, qui a mis plus de quarante policiers sur cette enquête exceptionnelle, et qui a tant de fois travaillé avec le juge, est catégorique.

— Il faudra que la moto parle !

Elle parle presque trop vite... Le numéro du cadre et le numéro du moteur n'ont pas été effacés, et sur un autocollant Motul, posé sur le flanc droit du réservoir d'huile, figure le nom du concessionnaire marseillais Honda, qui a vendu la moto. Son propriétaire, un artisan Arménien du quartier d'Endoume, raconte :

— On me l'a volée, il y a juste un an, une nuit d'octobre 1980, dans mon jardin. C'est un bon motard qui a fait le coup. Je l'ai vu partir avec mon engin, et il a très bien su éviter une voiture qui venait vers lui en sens contraire, et à toute vitesse.

L'artisan se souvient du kilométrage, arrêté à peu près à 6000 kilomètres. Le compteur indique 9752 ; 3752 kilomètres en un an, c'est peu. La moto a dû être « gelée » dans un des ateliers du Milieu en prévision d'un « coup », mais pas forcément de l'assassinat d'un juge. A Marseille, existe un marché parallèle de la moto, de l'auto, de l'arme. Il suffit de connaître les filières.

Dès lors, dans les sous-sols de l'Evêché, puis dans les locaux du laboratoire de police, on démonte chaque pièce de la Honda. Jusqu'au moindre boulon, au moindre fil. 1243 pièces vont ainsi passer sous le microscope. Le juge Patrick Guérin, mari de Françoise Laurens-Guérin, à qui a été confiée l'instruction, désigne un expert-mécanicien de chez Honda pour aider les spécialistes. Tandis que commence cette minutieuse investigation, la seule reposant sur un élément sans doute vrai et concret, commence, ou recommence, le ballet classique de la police marseillaise.

Le juge Michel aurait pu en rire.

Comme au bon temps du Bar du Téléphone, on bouge, on presse le Milieu et des centaines de policiers lâchés dans Marseille chassent le truand de bars en boîtes de nuit, de domiciles connus en planques aussi connues.

— Ils n'ont pas d'indices, pas d'informations. L'enquête est déjà finie, soupire un policier à la retraite, ami du juge Michel.

*

Premier « coup de pied dans la fourmilière », l'après-midi du jour de l'assassinat. Avec l'interpellation de cinq trafiquants de drogue en liberté. On explique à l'Evêché :

— Ils auraient tous pu avoir une raison de tuer le juge.

Routine... Galéjade... Ils ont tous un alibi, et pendant ce temps, dans le quartier de l'Opéra, truands de haut vol et de bas étage arrosent la mort du juge Michel. Dans les bars, dans les boîtes, c'est à qui offre sa bouteille de champagne, et pas du mousseux pour pigeons noctambules. Du brut millésimé. On entend, surtout dès que passe un flic, en service ou en balade :

— A la santé du juge... Il fallait qu'il débarrasse le plancher... Tant pis pour lui... Il ne traitait pas les voyous comme des hommes.

Quelle faute !... Aux Baumettes, dès les premières heures de l'après-midi, les gardiens n'ont pu maîtriser le concert des gamelles, des cuillères contre les barreaux, et des rires et des chansons. Toute la prison tremble et hurle victoire. On entend :

— Le juge est mort. Vive le juge !

A la Prison-Hôpital du docteur Colombani où quelque héros des dossiers du juge soignent leurs « maladies », comme Bedros Vartanyan, c'est la même et horrible oraison. Loin des cellules insalubres, dans des appartements cossus de Marseille, Aix-en-Provence et Paris, et dans des villas protégées de l'arrière-pays, des personnalités intouchables du Milieu et du crime organisé ont célébré aussi l'assassinat du juge.

Le soir, tandis que se perpétue la fête du crime organisé, Gaston Defferre, maire de Marseille, donne un dîner au Caribou, l'une des bonnes tables de sa ville, place Thiars, à une portée d'escaliers du Palais de justice et du quartier de l'Opéra. La pression continue... et, pour se promener aux alentours de cette rue piétonne du Vieux Port, il faut répondre à un sévère contrôle d'identité. L'après-midi, dans les couloirs du Palais Bourbon, Gaston Defferre, ministre de l'Intérieur, a déclaré, alors que se pratiquait l'autopsie du juge Pierre Michel :

— Il semble que ce soit le milieu de la drogue qui est impliqué dans l'assassinat du juge Michel.

Oubliant que dans la « mafia » de la drogue est impliqué le frère d'un de ses conseillers municipaux, ignorant sans doute que le juge Michel s'occupait de lui ?... et il a ajouté :

— Le meurtre ne peut être admis dans un pays civilisé.

Plus tard, on s'ingéniera à démontrer que le Milieu n'a pas osé fêter la mort d'un juge à Marseille. Pourtant, il en a bien été ainsi. Et aussi dans un autre milieu, celui des avocats. Pas tous, bien sûr, mais hélas, assez avec les membres de la mafia des Baumettes pour que Libération publie, le jour des obsèques du juge, des témoignages anonymes d'avocats et de truands aboutissant à l'article : « des méthodes brutales et beaucoup d'ennemis », désavoués dès le lendemain par le bâtonnier de l'Ordre, Roger Malenconi.

*

Second coup de pied dans la fourmilière le 27 octobre, six jours après l'assassinat. Décidé la veille au cours d'une réunion dans le bureau de Louis Eon, le préfet de police des Bouches-du-Rhône. Cent policiers Marseillais et Niçois arrêtent à l'heure légale trente-cinq repris de justice, tous extraits des dossiers de drogue du juge Michel. Tous en liberté, souvent pour des raisons médicales... Mais pas en cavale. Parmi eux, Jean Jehan et d'autres vieux briscards du trafic, retirés dans des villas cossues, des propriétés agréables. On explique encore à l'Evêché :

— Ils auraient tous pu avoir une raison de tuer le juge.

Routine... Galéjade... Même si le commanditaire se trouvait par hasard dans ce groupe, est-ce qu'il avouerait, en 48 heures de garde à vue, l'organisation d'un assassinat dont l'arme repose déjà au fond de la Méditerranée ou dans un autre cercueil inviolable ? Prépare-t-on l'assassinat d'un magistrat de haut rang pour « se mettre à table » une semaine plus tard ?

Au bout de 24 heures, 33 personnes sont libérées ? On explique encore, à l'Evêché :

— Nous avons ausculté une partie du Milieu, la cible du juge et, à défaut d'indications, nous avons senti l'ambiance chez les truands. Revient vraiment le temps du Bar du Téléphone.

Ironie du sort. On découvre au cours de cette rafle des bijoux volés chez un des retraités de la came et un pistolet automatique au domicile de Paul Mondoloni, l'un des principaux complices de Paul Leca dans le vol des bijoux de la Begum, supposé être un des rois du trafic des stupéfiants, ami des frères Francisci, les amis de Louis Giralt, des frères Venturi et du gratin de l'immortelle French Connection, et d'André Fraticelli. Il passe aussitôt en saisine directe devant la Chambre correctionnelle, explique qu'il est commerçant — comme Jean Francisci l'a expliqué au moment de l'affaire Giralt — et qu'il doit s'occuper de gérer la fortune de sa sœur. Elle a hérité d'un immense domaine de plusieurs kilomètres sur le front de mer à Tizzane, près de Sartène, où est né Paul Mondoloni, soixante-quatre ans plus tôt, dans le sud de la Corse ? Un legs de Nicolas Pietri, mort à 97 ans, dont elle était la gouvernante, et lui-même, exécuteur testamentaire de Georges Clemenceau.

Celui que certains appellent encore avec vénération le Parrain à Marseille est condamné à une amende pour détention d'armes et libéré. Que ce « Parrain », marié à une Nicaraguayenne connue lors d'un de ses nombreux voyages, se retrouve en flagrant délit comme un collégien du Milieu, aurait amusé le juge Michel, mais bien sûr, l'enquête n'en avance pas pour autant.

Et les vieux chasseurs des Stups, de soupirer en songeant que le juge Michel n'aura pas de sitôt un successeur pour les comprendre comme lui :

— Avec cet assassinat, « ils » ont gagné au moins quatre ans.

En attendant, pour ne pas être en reste, Louis Bartoloméi, premier substitut du procureur de la République, qui a travaillé souvent sur des dossiers criminels du juge Michel, notamment le Bar du Téléphone, et qui est chargé de superviser l'enquête sur l'assassinat confiée au juge Guérin, parle :

— Nous allons entrer dans une période de guerre intense contre le Milieu marseillais. Je ne dévoilerai pas nos plans, mais ceux qui ont sablé le champagne vont avoir des crampes d'estomac, comme tous ceux qui se sont réjouis de l'assassinat du juge Pierre Michel. Les magistrats Marseillais, dès aujourd'hui, vont administrer la preuve qu'ils n'ont pas peur, que la justice ne se laisse pas intimider.

*

D'autres ne manquent pas d'estomac.

— Lors de la mort du juge Renaud, j'étais en prison, pour celle du juge Michel, je suis avec vous, dit Monmon Vidal.

Le hasard, par des fils invisibles — mais le juge Michel aurait dit que tout était lié — a voulu que l'homme présenté comme le chef du gang des Lyonnais, accusé d'être mêlé de près à l'assassinat du juge Renaud, ait choisi de tenir une conférence de presse le 21 octobre...

— En tant qu'individu, je regrette sa mort. Toutefois, il est mort, et cette mort me laisse indifférent.

Après sept ans de prison pour huit hold-up, mais pas ceux des Postes de Strasbourg et de Mulhouse, dont il a été seulement soupçonné, il a convoqué la presse... pour clamer sa peur.

— Je suis forcé de parler alors que j'apprends que certains policiers ont décidé de m'éliminer, d'une manière ou d'une autre, vraisemblablement de me faire tomber...

Près de lui, son fidèle avocat, Joannès Ambre, le spécialiste du grand banditisme, défenseur de Jean-Pierre Marin, l'un des assassins présumés du juge Renaud, abattu par la police en janvier 1976.

Au cours d'une autre conférence de presse Joannès Ambre comparera les méthodes du juge Michel à celles du juge Renaud, et sera hué, en son absence, au Palais de justice de Lyon. Le juge Michel n'a-t-il pas osé dire un jour à cet avocat, que dans le cabinet n° 3 il n'y avait pas de chaise pour lui, et qu'il devait rester debout. D'où son départ précipité de Marseille.

Il y a des crampes à l'estomac qui se paient par-delà la mort.

*

Troisième coup de pied dans la fourmilière le 6 novembre avec l'interpellation de vingt petits maîtres de la fausse monnaie. Inutile. Comme les « bouclages » nocturnes de certains quartiers par la Sûreté, chargée officiellement d'épauler le S.R.P.J., et de contrôler des établissements de nuit. Avec Yves Souterene, le directeur des Polices Urbaines et Jean Pierre Sanguy, la guerre des polices n'aura pas lieu, comme au temps du Bar du Téléphone, mais la guerre des nerfs, non plus. Le Milieu, les dirigeants du crime organisé, ne s'émeuvent pas de la pression rituelle. Que tout le S.R.P.J. soit mobilisé, que des réunions quotidiennes réunissent magistrats et policiers dans le joli bureau du procureur Villatte, que l'on épluche les dossiers épais du juge Michel, ne trouble pas le monde des affaires parallèles.

Tant que le juge Michel n'est plus là pour faire des siennes...

*

Alex Panzani est interrogé pendant quatre heures sur l'incident du restaurant Le Cabaret avec André Fraticelli. Un indic — il en existe encore — en a avisé le S.R.P.J. en jurant pourtant que l'incident s'était produit au Bar de la Presse... On n'est jamais trop prudent ! Le journaliste du *Provençal* répète avec objectivité ce que l'avocat a dit de son ami le juge Michel. L'avocat est entendu à son tour, et bientôt, son cabinet du cours Puget sera mis sur écoutes téléphoniques.

Sur le plan des affaires, André Fraticelli ne perd pas de temps. Le 23 octobre, il dépose avec d'autres confrères une requête en suspicion légitime pour que soit repoussé le procès de Chambon-sur-Lignon où il défend, à défaut de Robert Kechichian, Kathy, sa « veuve », la publicitaire de la S.O.N.O.R.E.P. Puis le 27, toujours en première ligne, il rend hommage « au magistrat intègre » et demande à la cour d'assises d'Aix, « compte tenu des événements cruels qui ont frappé la justice, le renvoi de l'affaire de la valise de la gare Saint-Charles », où il défend Hamou Sadji « pour qu'elle soit jugée en toute sérénité ». Refus pour Chambon. Accepté pour la valise, mais à Marseille la sérénité n'est plus ce qu'elle était et, revenu dans le silence de son cabinet, hors des hypocrites effets de manches et de robe, l'ami de Solange Troisier et du docteur Colombani n'oublie pas le juge Michel.

— Michel, c'était un carriériste légèrement schizophrène, qui voulait toutes les grosses affaires.

Et qui voulait percer les secrets de la mafia des Baumettes.

*

Sophie Bottai est interrogée pendant dix heures à propos de l'Alfa Romeo bleue. L'avocate, amie du juge Michel, ne peut expliquer pourquoi il a eu un besoin urgent de la lui emprunter, pour quelles filatures. Elle n'a relevé aucun indice à propos des « casseurs » du parking du Palais de justice, mais pensant soudain qu'il a dû être suivi, peut-être par ceux qui ont commandé son assassinat, elle a peur.

Le S.R.P.J. interroge aussi Meriam Amami, le double du juge Michel. Elle raconte les dernières semaines, terribles.

La police l'a protégée discrètement la semaine suivant la mort du juge. Elle ne veut plus travailler à l'instruction. Elle ne sera pas la greffière d'un autre juge.

— Personne ne l'a vraiment compris, dit-elle. Il était bon. Il aimait qu'on lui réplique.

Dans sa cellule de la maison d'arrêt de Rennes, une femme pleure depuis le jour où le juge Michel est mort. Arlette Vidal. Et elle écrit. A son avocat, Daniel Borde, à Marie Viangali, et même à Bernard Michel, l'avocat, frère du juge.

— Ma seule chance de sortir de prison s'est éteinte.

Elle promet de révéler tout ce qui peut aider à l'arrestation des commanditaires. Bernard Michel, l'avocat, qui s'est juré d'aider la justice et d'empêcher un nouveau Renaud, obtient un permis de visite et rencontre Arlette Vidal le 8 décembre 1981. Hélas, malgré sa bonne volonté, l'égérie de Bouc-Bel-Air ne connaît pas la vérité. Plus tard, toujours malade, amaigrie, et criant justement à l'injustice, elle obtiendra de l'Administration Pénitentiaire de passer à Marseille et rendre visite à Marie Viangoli. Avant de revenir dans sa cellule. Il ne suffit pas d'être souffrant pour obtenir une liberté médicale. Le juge Michel le savait.

*

— Et si on examinait l'envers de l'autocollant, la partie encollée ?

Ses collègues sont satisfaits, mais le fonctionnaire de police du laboratoire, à l'Evêché, pose l'autocollant Motul sur le microscope muni d'un agrandisseur. Encore une fois, comme pour l'affaire d'Auriol, et la bouteille de soda qu'avait touchée Jean-Bruno Finochietti, l'instituteur, l'espoir d'une enquête déjà morte va surgir du Laboratoire Interrégional de Police Scientifique.

— Il y a une empreinte...

Un pouce aux sillons balafrés, bien nets, comme une signature.

La surprise est telle à l'Evêché que ce fonctionnaire de l'Idendité Judiciaire travaillant sous la direction du commissaire principal Kaelbel touchera aussitôt une prime pour son idée, trois semaines après l'assassinat. Jusque-là, l'examen minutieux de la moto n'a révélé aucune empreinte, correspondant à une préparation parfaite du véhicule des tueurs. Dès lors, peut débuter la comparaison avec la grande filière des empreintes de la petite et de la grande truanderie. Doigt après doigt, avec priorité aux noms figurant depuis sept ans dans les dossiers du juge Michel. Tous les membres du service de Police Scientifique sont mobilisés.

Une empreinte dans une affaire aussi grave, c'est inespéré, même si la moto parle encore. L'expert mécanicien révèle que les bougies étaient neuves, que la moto a dû rouler seulement trois kilomètres, le jour de l'assassinat, que la batterie, d'une marque fabriquée à Formose, a été rechargée la veille. Deux précautions pour être certain que la machine roule sans anicroche le jour choisi. Sur la batterie, écrit au crayon bleu, un prénom : Jean-Claude. Un inspecteur du S.R.P.J. commence dans Marseille et les environs une tournée de garages en concessionnaires, la batterie dans un sac, pour essayer de retrouver le bon.

Jean-Pierre Sanguy, qui a dit après la mort du juge Michel : « nous avons travaillé sans hiatus, ni lapsus », est un policier lucide. Au-delà des passions et des pressions, sur le Milieu et l'opinion, seuls la moto et ses « aveux » peuvent laisser un espoir de faire progresser l'enquête.

*

Et l'affaire de l'affaire ?

Même l'assassinat d'un juge ne peut échapper à la tradition marseillaise. Le 17 novembre, alors que l'Evêché continue la chasse au « pouce coupé », Louis Bartoloméi, substitut chargé de suivre le dossier de l'assassinat, demande à en être dessaisi. Moins d'un mois après la mort du juge... De quoi se plaint-il ? Il vient d'apprendre par un tiers — un journaliste — l'existence de l'empreinte sur l'autocollant Motul. Le juge Guérin ne l'en a pas informé. Explication :

— Il fallait éviter les fuites.

Elles ne sont pas évitées, et « l'affaire » révèle au Milieu, au crime organisé, ou plutôt à ses membres encore ignorants de ce secret de Polichinelle, ce qu'ils ne devraient pas savoir.

Après la guerre des polices, Marseille a sa guerre des juges. Pour changer.

Le substitut Di Guardia prend la suite de celui qui n'aura guère pris le temps de donner au Milieu « des crampes à l'estomac »... Comme si Louis Bartoloméi ignorait que le Milieu marseillais a supprimé justement le juge Michel pour ne plus souffrir de ces maux et comme si un vœu pieux suffisait pour découvrir les assassins d'un juge. En fait, derrière l'affaire de l'affaire, se perpétue, après Auriol et après l'affaire du magnétophone, l'autre guerre marseillaise, celle des syndicats de magistrats. Louis Bartoloméi appartient au Syndicat de la Magistrature. Il en a même été le responsable régional et a toujours affronté la hiérarchie. Pierre Guérin, comme sa femme, appartient à l'Union Syndicale de la Magistrature. De plus, on lui reproche son manque d'expérience. Marseille est son premier poste après un stage à Aix. Seulement, il était de service le jour de l'assassinat. L'incident d'Auriol ne se répète pas, mais la hiérarchie accuse le « Syndicat » d'exploiter la mort du juge Michel à des fins politiques.

Un juge a été assassiné, mais au tribunal, ça chuchote, ça parlote...

Chaque jour, chaque heure qui passent sont une victoire de plus des commanditaires de l'assassinat.

*

Patrick Guérin, à qui devait échoir « le premier cabinet libre », a attendu un mois avant de quitter l'enfer du sous-sol, près des geôles, pour le purgatoire et... le cabinet n° 3. Il a laissé au 20 octobre le calendrier que le juge Michel n'a pas effeuillé pour la première fois en sept ans. Superstition ? Respect ? Peur ? L'ombre du juge assassiné est toujours présente dans les quatorze cabinets d'instruction qu'il dominait de son intelligence, de son courage et de son efficacité. Les volontaires ne se bousculent pas pour reprendre les « dossiers en cours » importants du cabinet n° 3. On en profite pour douter de la spécialisation qui a fait du juge Michel l'homme à abattre, alors que le juge assassiné s'acharnait à la défendre, y voyant malgré ses dangers, le seul moyen de lutter contre le crime organisé. On en profite aussi pour affirmer que « tous les juges sont pareils » et que « personne ne paralysera la S.N.C.F. en tuant le convoyeur d'un train ». Une comparaison ferroviaire qui aurait amusé l'amoureux des trains.

Comme s'il y avait deux juges Michel.

Comme si deux juges pouvaient « faire parler » du même dossier de la même façon.

Combien de fois à Marseille n'a-t-il pas d'ailleurs ressuscité un dossier à l'agonie chez ses collègues. Combien de fois à Marseille l'a-t-on consulté pour son extrême compétence.

Le dossier de la filière franco-sicilienne effraie. La Mafia... François Pagès, le doyen, en hérite, bon gré, mal gré. Il se rendra à Palerme le 15 décembre inculper le docteur Bousquet et ses assistants, nanti d'une très forte protection policière. Marie-France Brayzat prend le Bar du Téléphone, Bernadette Augé le labo de Saint-Maximin, et Jean-François Roude l'attentat contre l'imprimerie Encre Noire.

*

Depuis le 21 octobre, comme pour guérir les angoisses du tribunal, prévenir ses querelles, 120 CRS l'ont investi. Un homme armé devant presque chaque porte, de 8 heures à 18 heures. D'où le dernier bon mot des humoristes du Palais :

— Messieurs les tueurs, venez après 18 heures.

Devant l'Assemblée Nationale, le ministre de la Justice, Robert Badinter, annonce que des mesures de sécurité seront prises en faveur des magistrats les plus exposés, dans la mesure où ils le souhaiteront.

Paradoxe. Le juge Michel les a refusées et les aurait encore refusées.

Pourtant, à Paris, au mois de novembre, les autorités décident d'office de protéger un juge d'instruction, devant la gravité des menaces : Jean-Louis Bruguière, 38 ans comme le juge Michel, et chargé entre autres de la réouverture de l'enquête sur l'assassinat de Georges Fully et du dossier Nelly Azerad.

Le trafic des libertés médicales semble vraiment en France appeler la mort des juges.

*

L'affaire de l'affaire ?

Plutôt les affaires de l'affaire... Alfred Sauli, le gendarme de la Prison-Hôpital des Baumettes, témoin des étranges libertés médicales, n'informe plus son juge, mais il est toujours à l'écoute. A la recherche d'une information capable d'aider maintenant la police. Le lendemain de « l'affaire Bartoloméi », le 18 novembre, il marche sur le Rond-Point de Mazargues, à l'extrêmité du boulevard Michelet, où s'arrêtait souvent le juge Michel avec sa moto et où ils discutaient des « affaires en cours ». Il est 10 heures du matin.

— Soudain, raconte-t-il au S.R.P.J., une moto est arrivée à ma hauteur. Le passager a braqué son pistolet dans ma direction, mais soudain une voiture s'est arrêtée entre lui et moi. Il n'a pas pu tirer. Je me suis jeté à terre, et les deux hommes se sont enfuis sur la moto. Je suis certain qu'on voulait m'abattre.

Et selon le scénario classique de l'assassinat du juge Michel.

Le gardien-informateur du juge Michel raconte encore :

— Je devais lui donner l'organigramme du S.A.C., le dernier, avec le nom de chaque membre.

Il n'évoque pas la mafia des Baumettes et l'acharnement du juge Michel contre les trafiquants de libertés médicales. Par peur. A l'Evêché, on classe « l'incident ». Il a dû inventer tout ça pour qu'on parle de lui. Au Parquet, on s'en désintéresse. Pourquoi croirait-on l'informateur privilégié d'un « juge pas comme les autres », qui a été pour lui jusqu'à confesser au magnétophone des détenus ? Marseille revient à une conception traditionnelle de la justice. Marseille ne croit pas les humbles, les sans grade, alors que le juge Michel, même s'il triait ses informations, savait utiliser Alfred Sauli.

N'est-ce pas de rechercher l'incroyable, et de croire l'incroyable, puis de l'acharner à le prouver, que le juge Michel est mort ?

Qui aurait été comme lui s'acharner contre Gaétan Zampa à partir d'une feuille de papier découverte chez le compagnon de trafic de stupéfiants du frère d'un conseiller municipal de Gaston Defferre ? Aucun juge à Marseille. Aucun juge en France, ou alors... le juge Renaud.

Alfred Sauli a peur et ne tient plus à travailler à la Prison-Hôpital des Baumettes. Il choisit de choisir ce que le juge n'a pas choisi : la mutation. Il part le 27 décembre pour la maison d'arrêt de Draguignan.

*

Trois jours avant l'attentat manqué du Rond-Point de Mazargues, à Sées, dans l'Orne, les policiers de l'Office Central de Répression du Banditisme arrêtent Jacky Imbert, Jacky le Mat, le Parrain légendaire, ennemi acharné de Gaétan Zampa, héros de la guerre des gangs et que le juge Michel a jadis inculpé.

Le 17 août, alors que le juge Michel s'en revenait de Lorraine, trois hommes armés ont vidé les 132 coffres du Mas d'Artigny, un hôtel luxueux, avec chambres et piscine, de La Colle-sur-Loup, dans le Var. Butin : plusieurs milliards de centimes. Un indicateur de l'O.C.R.B. a affirmé ensuite que Jacky Imbert avait imaginé ce « casse de l'année ».

Six hommes sont arrêtés à Paris et Marseille. Le veilleur de nuit de l'hôtel a reconnu que trois d'entre eux, dont Théophile Skilas, que les policiers ont aussi photographié à Paris en compagnie de Jacky Imbert. Au moment de son arrestation, ce passionné de la mer bavardait avec l'un des ingénieurs du chantier maritime où l'on construit son nouveau yacht de 250 millions, son quatrième bateau.

Ce détail financier aurait intéressé le juge Michel...

Il est étonnant, que l'ancien roi de la bande des Trois Canards se retrouve derrière les barreaux. On pensait dans les « milieux autorisés » qu'après une simple garde à vue de 48 heures, il serait remis en liberté, et que seuls le fisc et les domaines s'occuperaient, peut-être, de lui.

*

A la prison de Grasse où il a été transféré, l'inspecteur principal Jean-Louis Pietri du S.R.P.J. de Marseille interroge Jacky Imbert, dans le cadre de l'enquête sur l'assassinat du juge. Au cas où... Mais le juge Michel, faute d'informations, n'avait encore qu'un regard lointain sur le Mat et celui-ci ne semblait guère se soucier de lui. Mais, puisqu'on a su où le trouver... autant l'interroger. Gaétan Zampa, lui, n'a pas d'adresse. A Marseille, les indicateurs racontent même qu'après la mort du juge que c'est un tuyau à cent bâtons ! Mais personne ne l'inquiète. Inquiéter Gaétan Zampa, ça serait du jamais vu même s'il a commandé l'assassinat d'un juge.

*

L'année 1981 s'achève. L'enquête sur l'assassinat du juge Michel n'a pas progressé d'un pouce... 1 682 000 empreintes ont été comparées à celle de l'autocollant de la moto. Pour plus de précision, les dix doigts de plus de 160 000 repris de justice. Avant de gagner les tables de réveillon, les spécialistes de l'Evêché manipulent encore les fiches des archives. Soudain, l'un d'eux s'exclame :

— Je l'ai ! C'est la bonne. Les points de comparaison concordent.

Le pouce balafré appartient à la main droite de Charles Giardina, un petit malfrat de 32 ans.

C'est pourtant lui qui va mener la police vers Gaétan Zampa.

GAÉTAN ZAMPA : « JE SUIS ÉTRANGER A LA MORT DU JUGE »...

Il n'y aura pas de réveillon pour deux inspecteurs du S.R.P.J. Ils partent dès le 31 décembre en planque devant le domicile de Charles Giardina dans le quartier de la Capelette. Bientôt 22 policiers seront attachés en permanence au moindre de ses gestes, à l'étude de ses moyens d'existence, de ses relations, de sa famille, de son passé.

De jour en jour va apparaître le profil d'un troisième, d'un quatrième couteau. Et encore... Charles Giardina, visage encore adolescent aux traits réguliers, avec un œil étrangement plus grand que l'autre, a été coursier pendant neuf mois dans un garage de son quartier. Depuis il est au chômage et vivote entre la peinture au noir et le bricolage de motos. Son père travaille à la mairie, sa mère dans une petite entreprise. Il a déjà une enfant de deux ans, sa compagne en attend un autre. Il est seulement fiché pour de dérisoires trafics de drogue, mais n'a jamais eu affaire au juge Michel. Il a pris cinq mois pour coups et blessures et détérioration de lieux publics. Rien à voir avec le gotha du crime. De plus, le jour de l'assassinat, les enquêteurs découvrent, sans qu'il s'en doute, un alibi sans faille.

Les mois passent... Sait-il qu'il est filé ? Toujours est-il qu'au volant de sa R 12 d'occasion, Charles Giardina balade ses suiveurs de gargotes des bas quartiers en bistrots de zonards. Ses principales relations : ses deux beaux-frères, Daniel et Jean-Claude Danti, sans doute la batterie dont on a trouvé finalement le vendeur qui ne se souvient pas de son client. Entre-temps, en tombant dans un escalier de l'Evêché, un inspecteur principal du S.R.P.J. l'a brisée, laissant penser qu'on avait voulu détruire un embryon de preuve, mais elle avait déjà « parlé ». Et puis Charles Giardina, seul nom certain du dossier des policiers, seule piste permettant de remonter aux commanditaires, fréquente assidûment un certain Gilbert Ciaramaglia. Un profil nettement plus intéressant.

*

Gilbert Ciaramaglia subit à son tour une filature et une « autopsie » serrée. Il a 35 ans. Il est sorti de prison en juin 1981. Avec une remise de peine d'un an sur une condamnation de neuf. Une broutille vu son passé. Au sommier de l'Evêché sa carte de visite occupe trois pages et montre l'ascension d'un homme capable de faire carrière. A 18 ans, en 1966, six mois pour vol. Un an plus tard, même inculpation, même peine. Ensuite du recel, deux ans de prison et cinq ans d'interdiction de séjour. De quoi se forger une réputation de dur, toujours disponible pour un coup. Et le 12 mai 1973, le voilà dans une Simca 1301 volée devant l'hôtel Noailles, sur la Canebière, à 10 h 30 du soir. Avec quatre autres compagnons. Une expédition punitive contre un « ami » : Jean-Pierre Klug. Soudain, un cri :

— Les flics ! On les allume !

Ils ouvrent tous le feu sur une patrouille de la brigade de la voie publique qui s'apprête à les contrôler.

Deux hommes sont arrêtés. Les trois autres prennent la fuite dont Ciaramaglia. Aucun policier n'est touché dans la fusillade. Une semaine plus tard la même équipe enlève et séquestre Jean-Pierre Klug, le blesse grièvement à coups de revolver et le laisse pour mort. Il n'avait pas respecté la loi du silence que Ciaramaglia s'est donnée dès ses débuts comme ligne de conduite.

Quand les policiers de l'Antigang l'interrogent, Jean-Pierre Klug reconnaît Ciaramaglia.

Arrêté enfin au Canet-Plage, il a eu le temps en août 1973 d'attaquer le Crédit Agricole de Perpignan. Il est condamné en décembre 1976 à dix ans de réclusion pour l'affaire Klug et la fusillade, et en novembre 1977, à neuf ans pour le hold-up. Mais les deux peines se confondent en neuf ans.

En feuilletant les archives, les policiers du S.R.P.J. découvrent deux des références essentielles du truand. D'abord, il était le bras droit et le compagnon inséparable de René Barsacchi, dit René Versailles, 50 ans, fiché au Grand Banditisme, et condamné à douze ans pour les mêmes délits. Or, René Versailles, très vite, comme il se doit pour un gangster de haut rang pensionnaire de la Prison-Hôpital des Baumettes, allait s'évader avec la complicité de deux gardiens quand il a été de nouveau arrêté. Et qui a alerté la direction des Baumettes, et à l'époque le docteur Tosti, médecin-chef de la prison-hôpital, de cette étrange cavale, ancêtre de la liberté médicale monnayée ? Alfred Sauli, le gardien informateur du juge Michel.

Comme si tout, vraiment tout, est lié par les fils invisibles du crime organisé. Les inspecteurs du S.R.P.J. marseillais se rendent en tout cas à la maison d'arrêt de Nîmes interroger René Versailles.

*

Et puis, Gilbert Ciaramaglia est un passionné de moto, même dans sa « vie professionnelle ». Avec une prédilection pour les grosses cylindrées de marque Honda qu'il a utilisées déjà pour enlever Jean-Pierre Klug et pour préparer son hold-up. Il pilote à merveille, prend des risques... Et l'artisan à qui l'on a dérobé la moto du crime a raconté :

— J'ai vu mon voleur. Il est parti à toute allure, une voiture arrivait en sens inverse. Il a su l'éviter en se déboîtant sur le côté et il a redressé avant de filer.

La moto semble être tombée sur la face droite. De ce côté, le réservoir porte la trace d'un choc brutal et à l'extrémité du guidon, la tige supportant le clignotant est cassée et rafistolée avec du ruban adhésif.

Il est possible donc que Ciaramaglia soit le voleur émérite et Giardina le bricoleur de la moto.

Enfin, Gilbert Ciaramaglia fréquente le Skating, et même un de ses serveurs. Le bar qui appartient à Eugène Matrone, le manchot, l'ancien des Trois Canards, l'ancien des Stups et des tiercés truqués lié à la municipalité socialiste... Et le Skating, près du parc Borely, est à une portée de fusil de l'endroit où l'on a retrouvé la moto

*

Charles Giardina continue ses bricolages et ses balades. Gilbert Ciaramaglia a été embauché comme soudeur, puis un accident l'a mis aussitôt au chômage. Un congé-maladie à 7 000 francs par mois. Peut-être une façade pour dissimuler ses revenus de dessoudeur ? Les deux amis sont prudents, et les filatures, les écoutes téléphoniques, pratiquées cette fois sans que le juge Guérin n'ait à commander de nouveaux appareils, sont décevants. Jamais n'apparaît le nom de Pierre Michel. Seuls quelques voyages de Ciaramaglia à Milan intriguent. Est-ce enfin le lien avec le Milieu italien, avec la Mafia dont on parle sans preuves depuis le début de l'enquête et qui bien sûr peut avoir condamné à mort le juge venu la défier sur la terre de Palerme.

En fait, l'enquête est morte et au S.R.P.J., on attend le miracle, la faille, la bavure, qui ne vient pas. Et puis va se dérouler soudain une opérette marseillaise en trois tableaux. D'abord, T.F. 1 diffuse « Crimes sans châtiment », un reportage sur l'assassinat des juges Michel et Renaud, dans les « Mercredi de l'Information ». Dans l'émission, un magistrat ami de Louis Bartoloméi évoque, à propos de l'affaire, l'existence de l'empreinte sur l'autocollant. Une révélation ? Non. Quelques journaux ont déjà évoqué l'empreinte en novembre, à propos de l'affaire. Une ligne dans un article a moins d'éclat qu'une phrase à la télévision. Branle-bas de combat dans certains cabinets des ministères de l'Intérieur et de la Justice. D'autant que se préparent les élections cantonales. D'où un branle-bas de combat à l'Evêché et au tribunal. Pourquoi s'accrocher à des filatures et des écoutes presque stériles ? Il faut agir et vite et donner de quoi réfléchir à l'opinion.

Une réunion entre le Parquet et le S.R.P.J. aboutit alors au second tableau. Avec pour décor la cour pavée de l'Evêché. Et pour vedette, la moto des tueurs. Jean-Pierre Sanguy invite, le mardi 22 février, les spécialistes des affaires policières des trois quotidiens marseillais, les envoyés spéciaux permanents d'Europe 1, R.T.L. et R.M.C., le représentant local de l'A.F.P. et, bien sûr, des photographes. Voilà comment, le mardi 23 février, apparaît la photo en couleurs de la moto Honda 900 Bol d'Or. Un mécanicien l'a remontée pièce après pièce. Sans plaque d'immatriculation, sans batterie... Et le métal fouillé aux acides et révélateurs a perdu de son éclat. A la une du *Méridional*, avec le titre : « Les tueurs sur le point d'être identifiés », du *Provençal*, avec le titre : « Les tueurs identifiés », et de *La Marseillaise*, avec le titre : « L'homme à la moto identifié ». Et en noir et blanc dans presque tous les journaux de France et à la télévision.

Exactement quatre mois après l'assassinat... Prétexte officiel : un appel aux témoins qui auraient vu cette moto le 20 octobre.

C'est oublier que, le lendemain de l'assassinat, les journaux locaux ont déjà publié un appel rédigé à peu près dans les mêmes termes. Prétexte officieux : affoler les hommes surveillés et les écouter, les voir commettre des erreurs. Toujours la pression. Faut que ça bouge... et ça bouge dès le lendemain mercredi 24 février, à 6 h 30 du matin, avec une rafle dans les quartiers de la Capelette, de Saint-Louis et d'Endoume. Charles Giardina et Gilbert Ciaramaglia sont arrêtés avec les frères Danti et deux autres personnes.

Se sont-ils affolés ? Ont-ils appelé soudain les commanditaires ? Gilbert Ciaramaglia s'est rendu le matin de la parution des journaux chez Daniel Danti, son beau-frère, un sableur au chômage de 32 ans, et lui a dit :

— Cache-moi ça. Ça sent le chaud !

Ça... Un colt 375 magnum, une cagoule et de faux papiers. Pas de quoi fouetter un repris de justice.

Et le lendemain de l'émission de télévision où la Mafia apparaissait comme le monstre assassin du juge, il a dit à Giardina, au téléphone :

— Tu as vu le film ? Tant qu'ils croient que c'est la Mafia, ça va.

Ça va pour Ciaramaglia. Quand il œuvrait sur sa Honda avec René Versailles, ils apparaissaient comme les marginaux du Milieu. On les appelait les silencieux. Et Ciaramaglia, le « coupe-circuit ». Un coupe-circuit dans le Milieu est capable de mourir pour tenir parole, et donc ne parle jamais.

*

Début de la garde à vue à l'Evêché. Charles Giardina, chez qui on a trouvé un pistolet de 8 mm, répète :

— J'ai dû toucher cette Honda en me promenant au bord d'un trottoir. J'aime les motos.

Vingt-quatre heures après, le demi-sel au visage d'angelot parle, mais cela fait partie du rôle qu'on lui a donné dans le complot contre le juge. Celui d'un homme qui n'a rien à dire.

— Ciaramaglia est arrivé chez moi sur la moto. Il m'a dit : « Prépare-la-moi. Pas la peine de limer le numéro du cadre et du vendeur. Mets surtout des autocollants sur le nom du vendeur. J'ai un coup à faire. » J'ignore pourquoi. Après l'assassinat du juge, j'ai eu des doutes.

Quarante-huit heures de garde à vue. Tête de démon, yeux noirs, front buté, Gilbert Ciaramaglia « le coupe-circuit » parle, mais en répétant le rôle qu'on lui a donné dans le complot contre le juge. Pour ne rien dire.

— Je me demande ce que je peux bien foutre ici... Je ne sais rien et, si vous ne me faites pas mal, c'est moi qui le ferai. Je me jetterai contre le mur.

Aucune menace ne l'effraie. Il nie tout comme jadis, pour la fusillade et l'enlèvement. En vrai coupe-circuit. Il sait que chaque seconde qui passe est une victoire de plus.

— S'il avait une montre, soupire un inspecteur, il refuserait même de nous donner l'heure !

*

Jeudi 26 février. Ciaramaglia, Giardina et Danti sont transportés dans les geôles du Palais de justice. A 6 h 30 du matin. Escortés d'une escouade du G.R.B. Par précaution. Dans le cabinet n° 3 où, sur une armoire, traînent encore des objets personnels du juge Michel, et son Rubik's cube, les deux figurants et le second rôle persistent, signent et sont inculpés : Gilbert Ciaramaglia et Charles Giardina, d'homicide volontaire avec préméditation, complicité, recel, infraction à la législation sur les armes, association de malfaiteurs, Daniel Danti, d'association de malfaiteurs, complicité, infraction à la législation sur les armes.

Patrick Guérin décide de les mettre au secret aux Baumettes. Ciaramaglia est conduit dans les locaux de l'ancien Quartier de Haute Sécurité où il entame aussitôt une grève de la faim pour crier son innocence... et Giardina, dans la cellule de force de la prison-hôpital du docteur Colombani. Et Danti, dans une cellule classique. Pour qu'ils ne puissent pas communiquer entre eux, et, surtout pour les deux premiers, qu'ils soient sous surveillance constante. Quant à leurs avocats, le juge Guérin leur interdit l'accès au dossier. Pour éviter les fuites. Quelles fuites ?

Le procureur Albert Villatte annonce :

— L'enquête continue.

Quelle enquête ?

La vérité, ou une vérité, sortira bientôt de la bouche d'une femme : Evelyne, l'épouse de Daniel Danti, belle-sœur de Charles Giardina. Et là, il y aura des fuites, comme pour le casse de Nice ! Les policiers, puis le juge Guérin, le mercredi 3 mars, l'interrogent et elle parle, car on a oublié de lui donner un rôle.

Au début du mois d'octobre, quinze jours avant l'assassinat du juge, Ciaramaglia lui a rendu visite à l'hôpital Nord où on la soignait pour spasmophilie. Sans doute parce qu'il l'a courtisée en vain, le coupe-circuit s'est trahi.

— Une personnalité importante va tomber à Marseille.

Et plus tard :

— Il faut que je rende ma moto. Des amis de Tany en ont besoin pour une grosse affaire.

Tany. Gaétan Zampa. Ça rime avec Ciaramaglia et Giardina. Tous des Italo-Marseillais et, sur les rapports d'écoutes téléphoniques concernant les conversations de Ciaramaglia, on découvre qu'il parle souvent d'amis de Gaétan Zampa, et en termes très ambigus. Ciaramaglia a connu Zampa et Tany lui a toujours promis qu'un jour « il s'occuperait de lui », qu'ils travailleraient ensemble... Hélas les écoutes sont seulement une indication. La loi ne les prend pas dans le cadre d'une procédure.

*

Gaétan Zampa a toujours su s'entourer de « muets », de « coupe-circuits ». Après le casse de Nice la police marseillaise a arrêté, à défaut de Tany, l'un de ses lieutenants : Gérard Vigier. On a découvert dans la chambre d'une de ses amies prostituées des billets de banque provenant des coffres de la Société Générale de Nice... Mais comme Gaétan Zampa, il a aussitôt nié s'être mué en égoutier le temps d'un hold-up. Et dans sa cellule des Baumettes pour qu'on ne mette pas en doute sa grève de la faim et qu'il n'ait plus à parler pour ne rien dire, il s'est cousu la bouche avec du fil et une aiguille, pendant deux mois.

Motus et bouche cousue... c'est la devise des amis de Gaétan Zampa. Utile car Gérard Vigier a été acquitté à Nice le 30 octobre 1979.

Roger Taillanave, « le grand Roger », autre lieutenant de Gaétan Zampa, surpris quinze ans plus tôt en train de creuser une tranchée qui devait déboucher sous le siège central de la Caisse d'Epargne et de Prévoyance des Bouches-du-Rhône, place Estrangin-Pastré, en face de la Banque de France... à une portée de pioche du Palais de justice. Presque une répétition du casse de Nice, mais le grand Roger, que maître André Fraticelli a plus tard défendu dans une autre affaire, est demeuré silencieux.

Dans l'entourage de Gaétan Zampa le silence est vraiment d'or.

*

Gaétan Zampa, que le juge Michel allait inculper. Gaétan Zampa, accusé d'être le commanditaire de l'assassinat. La boucle est bouclée. Gaétan Zampa qui, depuis la mort du juge Michel, « prend les matelas » et, plus encore qu'avant, couche de domicile en domicile, sans qu'on puisse le localiser. Comme toujours. Il est passé par ici, il repassera par là. On ne voit même plus ses yeux qui parpalègent à la Chope d'or, sur le Vieux Port, ou au Krypton à Aix.

Gaétan Zampa... apparaissant dans cette enquête sur un assassinat, est-ce la fin d'un dossier impossible ?

Pas du tout. Gaétan Zampa applique aussitôt la méthode rodée après le casse de Nice.

Prévenir, c'est guérir.

Jean-Louis Pelletier, l'avocat de Gaétan Zampa, publie un communiqué le dimanche 7 mars, de Paris où il a son cabinet :

« M. Gaétan Zampa affirme être totalement étranger à la mort de M. Pierre Michel, juge d'instruction à Marseille. Il s'élève contre l'accusation dont il fait l'objet le désignant comme commanditaire de l'assassinat. M. Zampa s'est mis spontanément en rapport avec les responsables de l'enquête, alors qu'aucune convocation de police ou de justice ne lui a été adressée. »

Pour lui demander quoi ?

Un alibi pour le mercredi 21 octobre, un alibi pour les dossiers qu'introduisait le juge Michel, une explication sur ses liens avec Marc Chambault. Celui qui trouvera des preuves contre Gaétan Zampa est-il né ? Le juge Michel allait inculper avec cet intouchable jamais touché, ou si peu.

Le juge Michel n'est plus là.

Ceci explique cela.

*

En 1976, Robert Chaix, préfet de police des Bouches-du-Rhônes, a dit, lors d'une conférence de presse en évoquant les assassins du juge Renaud :

— On connaît les coupables, mais on n'a pas de preuves.

*

Les anciens des Trois Canards, Gaétan Zampa en tête, se sont toujours acharnés à suivre ce précepte. Au début de février, avant le dérisoire coup de filet marseillais, Jacky Imbert a quitté, libre, la prison de Grasse après trois petits mois de cellule, de même que ses trois amis : Théophile Skillas, Georges Tapero et Marcel Vergoby. Le principal témoin à charge, le veilleur de nuit du Mas d'Artigny, s'est rétracté. Il ne reconnaît plus ni sur photographies ni au naturel les trois hommes soupçonnés du hold-up. Qui l'en blâmerait ? Il est marié et père de famille. Aux milieux judiciaires de songer à « l'hypothèse selon laquelle des pressions auraient pu être exercées contre le principal témoin à charge ». La danse des Trois Canards, dans les sous-sols du café de la rue de La Rochefoucauld a laissé des souvenirs à plus d'un.

Jacky Imbert a pu retourner dans l'Orne surveiller les finitions de son yacht, avec lequel il veut faire des charters.

Les affaires sont les affaires. Le juge Michel n'est plus là.

Gaétan Zampa peut continuer les siennes dans le ciel italien.

*

Patrick Guérin utilise un article du Code de procédure pénale aussi exceptionnel que déroutant : les quatre mois de délai avant de réinterroger des inculpés.

Quel contraste, soudain, entre la précipitation de l'arrestation, des inculpations, et les lenteurs de l'enquête en cours...

Gilbert Ciaramaglia a cessé sa grève de la faim, mais son avocat, comme celui de Giardina, ne peut le voir. Le dossier reste secret, et ses procès-verbaux, ses interrogations. L'explication ? La solitude du pourrissoir des Baumettes obligera les inculpés à craquer. Comme si le décor d'un ancien Q.H.S. pouvait ébranler le coupe-circuit Ciaramaglia. Et puis le temps qui passe permet aux enquêteurs de chercher de nouveaux éléments, mais le temps qui passe permet au contraire aux commanditaires de l'assassinat de devenir invulnérables.

Que pensent trouver au mois de mars, cinq mois après, en Italie, l'inspecteur principal Gérard de Fabritus et deux de ses collègues du S.R.P.J. marseillais munis d'une commission rogatoire internationale du juge Guérin. Ils se rendent à Rome, à Padoue, à Palerme et travaillent avec des collègues Italiens, jadis en contact avec le juge Michel. Ils vérifient avec minutie les dossiers concernant Gerlando Alberti, le chef mafioso que le juge Français a fait arrêter, et les activités de son clan. Qu'il fasse partie du complot, c'est presque certain, qu'il ait acquiescé à la décision du crime si on l'a consulté, c'est une hypothèse solide, qu'il soit en relation avec la Mafia française et les anciens des Trois Canards, spécialisés dans le trafic de stupéfiants, c'est une hypothèse encore plus solide, de même que ses rencontres avec Gaétan Zampa. Mais de là à le prouver, il y a un pas de géant que les policiers doivent renoncer à franchir.

Le juge Michel allait le prouver mais il n'est plus là.

*

Mercredi 29 avril 1982. Deux mois après les arrestations. Dans le cabinet n° 3, Patrick Guérin interroge Charles Giardina.

Près de l'ange de la Capelette, son avocate, Eliane Keramidas. Il répète :

— On m'a simplement demandé de préparer la moto. Je ne savais pas à quoi elle allait servir.

Patrick Guérin lui demande d'expliquer ses relations avec Gaétan Zampa. Dans ce même cabinet, Marc Chambault a tremblé de peur à la même question devant le juge Michel. Charles Giardina tremble de peur :

— Je ne connais pas cet homme. Je ne l'ai jamais vu. Je vous le jure, monsieur le juge.

S'il parlait, peut-être lui en tiendrait-on rigueur dans les allées de la justice, mais aussi dans les chemins tortueux du crime organisé.

Gaétan Zampa n'aime que les coupe-circuits.

Lundi 3 mai 1982. Plus de deux mois après l'arrestation. Pierre Guérin interroge Gilbert Ciaramaglia. Près du coupe-circuit, son avocat, Henri Juramy. On lui pose les mêmes questions sur Gaétan Zampa. Il consent à desserrer les lèvres :

— Je ne sais pas. Je ne le connais pas.

Depuis, Daniel Danti a fait la grève de la faim et s'est retrouvé « dans un état très grave » à la Prison-Hôpital. Son avocat, Georges Gelabert, a demandé sa liberté provisoire. Refusée. Depuis, les avocats des trois inculpés s'interrogent, et pas seulement eux. Quel procès donnerait ce dossier d'instruction, vide, désespérément vide, et que l'enquête de police agonisante n'a pas, et ne pourra pas compléter ?

Pourra-t-on laisser à Ciaramaglia et Giardina l'inculpation d'homicide volontaire, alors que rien ne prouve que l'un d'eux ait conduit la Honda 1 000 type Bol d'Or ? Les avocats auront même la partie belle pour se demander si la moto trouvée 48 heures après le crime n'est pas une moto-alibi dont seules les fausses plaques d'immatriculation sont vraies, et si celle des tueurs n'a pas été détruite en quelque autre atelier clandestin. Si le commanditaire, ou plutôt ses subalternes ont négocié deux contrats à la sicilienne, comme c'est le cas pour un contrat aussi important, l'un pour la préparaton de la moto, l'autre pour l'exécution. Ciaramaglia connaît-il seulement le nom du tueur et de son conducteur ?

L'assassinat de Roland Luperini a été jugé en Correctionnelle, comme un vol de sac à main. L'assassinat du juge Renaud n'a pas été jugé et ne le sera jamais.

Le juge Michel ne sera jamais, hélas, vengé, même si son frère Bernard est décidé à tout pour cela. Jamais, comme pour le juge Renaud, ne seront connus, officiellement, les noms des commanditaires de son assassinat.

Gaétan Zampa connaît pourtant toute la vérité sur l'assassinat du juge Michel.

Toute la vérité.

LE JUGE NE SERA JAMAIS VENGÉ

Marseille demeure Marseille.

Meurt le 4 mars 1982 René Lucet, le directeur de la Caisse Primaire d'Assurance Maladie des Bouches-du-Rhône. De « l'affaire Lucet » naissent deux affaires de l'affaire, à la marseillaise...

Le juge Michel a attendu dix-sept jours qu'Albert Villatte, le procureur, daigne lui donner à instruire le dossier déjà presque mort du Bar du Téléphone.

Le procureur attend vingt et un jours avant de confier le 25 mars l'instruction de « l'affaire Lucet » à Bernadette Augé, « pour rechercher par tous les moyens utiles les causes de la mort de René Lucet ».

Assassinat ou suicide ? Le dossier est truqué, tronqué, perdu d'avance. Comme au Bar du Téléphone on a fait le ménage, la grande lessive marseillaise et même arraché des morceaux de tapisserie souillés du sang de René Lucet. Comme au Bar du Téléphone, l'enquête a été confiée à la Sûreté Urbaine, sous la direction de son nouveau patron, le commissaire Yves Guillot. Bernadette Augé la confie au S.R.P.J. de Jean-Pierre Sanguy. Trop tard. Le meilleur policier du monde échouerait.

Marseille demeure Marseille.

Encore un dossier mort.

Albert Villatte s'est hâté avec lenteur.

Trop de lenteur. Il attendait l'ultime promotion d'une carrière paisible : procureur général à la cour d'appel d'Aix-en-Provence. Il est promu et muté avocat général à la cour à Paris « dans l'intérêt du service ». Pierre Truche, avocat général à la cour à Grenoble le remplace. Albert Villatte a préféré cet exil parisien à une procédure disciplinaire tendant à prouver qu'il a « arrangé » le rapport mettant en doute le suicide de René Lucet.

Quant à Marcel Guibot, procureur général à Aix-en-Provence, Georges Beljean, ancien directeur de cabinet de Robert Badinter, prend sa place. Une hiérarchie chasse l'autre, mais l'enquête sur l'assassinat du juge se meurt tout autant.

*

A disparu déjà du tribunal marseillais Gilbert Azibert, le substitut tatillon qui voulait tout savoir de l'importante affaire du « magnétophone suspect ». Il a été nommé « en avancement » au Parquet du tribunal de grande instance de Paris : délégué général du procureur auprès de la cour de cassation. Henri Aldemar, le vice-président du tribunal, lui aussi passionné par l'affaire du magnétophone, demandait une lettre d'explication que le juge Michel n'a pas eu le temps de lui faire parvenir. Il a été proposé dans l'ordre national du mérite.

A chacun sa fin de carrière.

Des méandres du dossier Lucet est sortie l'affaire des fausses factures. Chantal Coux, le juge du cabinet n° 5 amie du juge Michel, confidente des dernières peurs, dernières inquiétudes du juge du cabinet n° 3 inculpe une ribambelle de fonctionnaires municipaux, de dirigeants de sociétés. Et Dominique Venturi de faux, abus de confiance, et abus de biens sociaux dans l'affaire des fausses factures aux dépens de la mairie de Marseille.

Gaston Defferre parle :

— Je serai sauvage...

Nick, Nique pour les Marseillais, l'intouchable, le rescapé du Combinatie, accusé d'être un « gros bonnet de la drogue », était très en cour il n'y a pas si longtemps à la mairie de Marseille. Relation à la fois de Gaston Defferre, et des Guérini, des Francisci, de Gabriel Graziani, et de tant d'autres fantômes des dossiers du juge Michel.

Nick dont le magazine américain *Newsday* a écrit le 16 février 1973 en rappelant le procès de février 1956 à propos du Combinatie, sous la plume de Robert W. Greene :

« Durant un de ces procès en 1956, Venturi fut autorisé à s'asseoir dans les rangs du public au lieu de prendre place avec les autres accusés face à la cour. « Il était déjà protégé par Defferre » nous a dit une de nos sources. »

Nick que l'on a vu le 14 mars buvant le champagne dans la permanence du conseiller général socialiste Guérini, en compagnie d'un autre « fantôme » cher au juge Michel : Eugène Matrone, Gégène le Manchot, l'homme du Skating, ancien compagnon de Marius Bertella, et Gaétan Alboreo.

Au bon temps des Trois Canards...

Nick s'en est allé à 61 ans rejoindre une cellule des Baumettes.

Sans espoir désormais d'y trouver une liberté médicale.

*

Marseille demeure Marseille.

Un acheteur de liberté truquée a levé un coin du voile sur le trafic et sur cette mafia des Baumettes que le juge Michel allait briser après l'avoir combattue de toutes ses forces.

Mohamed Bonnaoura, repris de justice, petit casier mais grand portefeuille, porte plainte le 1er avril 1982 auprès du procureur de la République. Il a versé 180 000 francs simplement pour marcher de sa cellule à la douillette Prison-Hôpital des Baumettes du docteur Colombani. Avec promesse de liberté médicale. Jusque-là un marché classique aux Baumettes, mais hélas rien n'est venu.

Pas étonnant. Qui lui a proposé ce marché de dupes ? Hamou Sadji, qui, où qu'il soit, pratique le trafic. Défendu par maître André Fraticelli et tout juste condamné à dix ans de réclusion pour l'affaire de la valise de la gare Saint-Charles et de ses 100 millions de faux centimes qu'il n'a jamais vus... comme il n'avait jamais vu le Bar du Téléphone... inculpé de subornation de témoins pour avoir voulu acheter quelques-uns de ses co-inculpés avec des chèques sans provision, il a su étudier les trafics des Baumettes pour en prélever sa part. Et a chargé son rabatteur Abdelkrim Kadda de négocier des places à la Prison-Hôpital, auprès des autres détenus, surtout, — comme le marché n'avait pas encore été exploité — les Nord-Africains.

Le Parquet, décidément en pleine mutation, ouvre aussitôt une information. Le juge d'instruction François Ardiet s'engage dans un combat à la façon du juge Michel. Les enquêteurs du S.R.P.J. saisissent, aussitôt caché dans la cellule d'un autre « collaborateur » de Sadji, son livre de comptabilité. A chaque nom écrit à l'encre noire, d'une écriture appliquée, correspond une somme variant entre 100 000 et 300 000 francs, en principe versée à l'extérieur des Baumettes, à un intermédiaire, un avocat par exemple, et bien sûr en espèces. Hamou Sadji a déjà ainsi amassé un pécule de 800 000 francs, dont on retrouve quelques traces dans la cellule de la prison-passoire : 120 000 francs.

Pour qui travaille Sadji ? Quels membres de la mafia des Baumettes a-t-il observés pour tirer profit du trafic ?

*

Le 7 avril 1982 devant le juge François Ardiet Abdelkrim Kadda parle. C'est un interrogatoire de première comparution. Sans avocat.

— J'ai très peur de Hamou Sadji et du docteur Colombani. A chaque fois que je menace de « craquer », Hamou Sadji me rappelle qu'avec le docteur Colombani ils disposent d'hommes de paille qui pourraient me faire taire...

Oui j'ai reçu 180 000 francs de plusieurs membres de la famille Bounouara destinés en partie à Hamou Sadji et au docteur Alain Colombani. J'ai appris que cet argent devait aider à la libération de Bounouara lorsque son frère m'a menacé de représailles par téléphone s'il ne sortait pas immédiatement.

Hamou Sadji m'a précisé qu'il existait une comptabilité occulte portant sur une somme de 27 millions d'anciens francs. Je sais qu'il était en compte avec le docteur Colombani à propos de cette comptabilité. Même en prison Hamou Sadji se commandait de luxueux vêtements. Il me disait que le docteur Colombani lui fournissait l'argent, et qu'il gérait ses intérêts financiers à l'extérieur.

J'ai eu peu de contact avec le médecin-chef des Baumettes. Je lui ai d'abord téléphoné à la demande de Hamou Sadji. Il s'agissait de faire lever l'arrêté d'expulsion de son frère. Au téléphone le docteur Colombani m'a prié de ne pas citer de nom, mais de prendre rendez-vous auprès de son secrétariat.

Ensuite je me suis rendu deux fois au cabinet du docteur Colombani. La première pour une prise de contact et des politesses. La seconde avec mon épouse et le frère de Hamou Sadji. Nous avons porté des cadeaux de remerciements parce que le docteur avait fait lever l'arrêté d'expulsion. Il nous a reçus tous les trois, puis a demandé à mon épouse et au frère de Sadji de sortir. Il m'a dit en me retenant :

— Dis à Sadji de se calmer pendant quelque temps... J'ai l'impression d'être surveillé lorsque je vais le voir au P.H.B., on me surveille et on m'a à l'œil...

Quant à Robert Darrieux, un autre détenu du P.H.B., il m'a dit que Sadji était devenu un mythe au P.H.B... Et qu'un jour le docteur Colombani aurait de gros problèmes. Lorsque je suis allé chercher Pavicevic, encore un autre détenu à la sortie des Baumettes, celui-ci m'a embrassé et recommandé de bien remercier Sadji et Colombani...

Le samedi 3 avril, juste avant mon arrestation, je suis allé voir Sadji au parloir. Il m'a dit : « J'ai entendu dire qu'une information allait être ouverte sur l'affaire Bounouara. Surtout reste bouche cousue... Le docteur m'a interrogé pour savoir si on pouvait te faire confiance et m'a demandé d'insister auprès de toi pour que tu ne parles pas de lui... »

Yamina Kadda, l'épouse d'Abdelkrim Kadda parle le 21 avril 1982. Devant le juge François Ardiet :

— Mon mari est allé deux fois au cabinet du docteur Colombani. La première visite avait pour objet la remise d'un service à thé acheté par mon époux pour le compte de Hamou Sadji, dans un magasin de la rue Colbert... J'ai accompagné mon mari et le frère de Sadji. Nous avons remis le cadeau au docteur Colombani qui l'a accepté.

Elle évoque un certain Maître Guillon, notaire à Saint-Cyr-les-Lecques, village où André Fraticelli possède sa maison avec piscine. Ce notaire devait s'occuper d'un restaurant qu'un ami de la mafia des Baumettes avait ouvert.

Yamina Kadda ajoute :

— Je crois que c'est un notaire qui venait aux Baumettes une fois par semaine... D'ailleurs Maître Guillon m'a dit qu'il irait voir Sadji aux Baumettes dès qu'il y aurait un problème. »

Un notaire visitant le détenu Sadji aux Baumettes, le juge Michel aurait apprécié... A Marseille ça n'a l'air d'étonner personne, et surtout toutes les manigances du docteur Colombani, mais pas pressé de les faire cesser.

Robert Darrieux, 55 ans, un conducteur de travaux de Biarritz parle. Le 30 avril 1982 devant le juge François Ardiet.

— J'ai connu Bounaoura à la Prison-Hôpital des Baumettes, où j'étais détenu. Il était inquiet de ne plus voir le docteur Colombani. Il m'a expliqué que sa famille avait versé 180 000 francs (100 000 francs par mandat poste et 80 000 francs en espèces) pour lui faire obtenir une libération pour raisons médicales...

Lorsque le docteur Colombani a su que Robert Darrieux s'intéressait de trop près à son industrie des libertés, il l'a vite déclaré « guéri » et sans payer...

— Il était de notoriété, dit encore Robert Darrieux, que Sadji n'était pas malade et n'avait aucune raison sérieuse d'être à la Prison-Hôpital. Ceci m'a été confirmé par le docteur. Il m'a expliqué qu'il avait pris l'engagement envers Sadji de le maintenir à la Prison-Hôpital tout le temps de son instruction.

Sadji... que Nicole Léoni dit avoir vu au Bar du Téléphone et qui se baladait avec une valise aux 100 millions de centimes...

Devant le commissaire Dominique Paulian, de la Section Economique et Financière du S.R.P.J. de Marseille Robert Darrieux a déjà dit :

— Sadji m'a fait savoir que pour ma défense il était meilleur pour moi de désigner Maître Fraticelli qui selon lui « avait le bras long »... Je l'ai fait, et ensuite cet avocat m'a dit qu'il verrait lui-même le docteur Colombani pour mon cas. Il m'a demandé immédiatement 2 000 francs, mais je devais bientôt lui verser encore 2 000 francs... si je voulais être déclaré malade, plus la même somme comme honoraires...

Vous me citez les noms de Kéchichian et Fredenucci. Les rumeurs de la Prison-Hôpital disaient : « On les a libérés par combine... »

Pour être ainsi libéré, Robert Darrieux aurait même dû obliger sa belle-sœur à vendre son appartement, et l'argent aurait été versé directement à Maître Fraticelli.

Arlette Vidal que le juge Michel voulait faire libérer parle aussi. Le 29 avril 1982. Devant le juge François Ardiet.

— ... J'ai connu Lydia Leroux pendant mon premier séjour à la Prison-Hopital. En présence de Suzanne Marsan, elle m'a expliqué qu'elle avait contacté le docteur Colombani pour bénéficier d'une mesure de libération pour raisons médicales. Et que le docteur lui avait proposé d'attester que les glandes qu'elle avait aux seins étaient cancéreuses parce qu'elle les avait depuis la naissance de ses fils.

Elle a dit que le docteur Colombani lui avait demandé une somme importante dont elle n'a pas précisé le montant. Selon elle le docteur lui aurait conseillé de ne plus manger, de faire la malade et de refuser tous soins, même pendant les périodes d'hospitalisation à l'extérieur...

Je me souviens qu'un jour Lydia Leroux s'est mise en colère dans la cour de la prison, en menaçant le docteur Vuillet et en expliquant qu'elle avait payé pour sortir... Elle a été libérée le 26 août 1978, au bénéfice d'une suspension de peine... Mme Richartet, surveillant-chef, est venue nous dire à Marsan et à moi qu'il fallait débarrasser la cellule de Lydia Leroux et que le docteur Colombani avait donné ordre de ne rien dire à personne...

Après plusieurs comas, le docteur Colombani est venu me voir entouré du personnel médical. En me prenant le pouls, il a constaté que je portais une montre de marque Rolex. Il m'a dit : « on est en prison et on se paye des Rolex ». Une fois seule avec lui, il m'a lancé : « Alors on doit être solvable... » Je lui ai répondu : « Par solvable, vous voulez dire comme Lydia Leroux. »

Il s'est mis en colère : « que voulez-vous insinuer par là ?... » Quinze jours plus tard il m'a fait la proposition suivante : « arrêtez vos bêtises... Je ne suis pas venu pour vous soigner. Etes-vous prête à payer ? Dans ce cas ça vous coûtera trente unités... » Je lui ai répondu non. Il m'a dit alors : « Ici, c'est moi qui commande et quel que soit votre état de santé, vous ne sortirez pas de prison... »

Quelques jours avant mon transfert à la Prison-Hôpital de Fresnes et alors que j'étais dans un état de coma vigile, Colombani est venu me faire une piqûre de penthotal pour me faire parler. Il a essayé de me faire dire que j'avais été mise dans cet état par Mme Ferrie, sous-chef de la détention. Plus tard j'ai tout raconté à cette femme. Elle s'est mise dans une violente colère. J'ai appris ensuite qu'elle s'est pendue en décembre... »

A moins que la mafia des Baumettes ne l'ait pendue pour l'empêcher de parler...

Et enfin devant l'inspecteur principal Jean-Loup Tribes, de la Section Financière du S.R.P.J. de Marseille, Alfred Sauli, l'honorable correspondant du juge Michel aux Baumettes, parle. Le 14 avril 1982 au commissariat de Draguignan.

— Blanche Pantalacci, qui tient le Bar de l'aiglon dans le quartier de la Joliette, et chargée de collecter les fonds pour le docteur Colombani, venait souvent lui rendre visite au parloir de la Prison-Hôpital des Baumettes...

J'ai assisté aux discussions entre deux détenus : Marc Boyer et Fredenucci. Fredenucci est un grand ami de Robert Sagna, dit Robert le Noir... »

Robert le Noir, le patron du Mas, rue Lulli, le compagnon de route de députés socialistes marseillais... Alfred Sauli raconte l'histoire qui réjouissait tant le juge Michel. Ce tribunal que Robert le Noir devait créer pour « juger » le docteur Colombani ! Puis il précise :

— « Messieurs Fraticelli et Colombani sont amis intimes, et d'ailleurs le docteur Colombani avait fait embaucher la première femme de Fraticelli comme ophtalmo à la Prison-Hôpital.

« Il y a quinze jours environ, Maître Fraticelli est venu me voir à la prison de Draguignan pour me demander de la mettre « en veilleuse » au sujet de l'affaire Colombani, en me disant que de toutes façons aucune preuve ne pourrait être apportée à ce sujet.

J'ai téléphoné le soir même à M. Bignon le surveillant-chef de la Prison-Hôpital pour lui conter cette entrevue. Il m'a répondu : « C'est une bonne blague. Je crois qu'on est en train de tenir Colombani avec l'affaire Sadji ».

J'ai constaté que Hamou Sadji avait des relations privilégiées avec le docteur Colombani. A la suite d'un rapport écrit que je lui avais adressé, M. Bignon a eu une discussion avec le docteur Colombani, en lui disant qu'il n'accepterait aucun trafic à la Prison-Hôpital. Le docteur lui aurait répondu qu'il était « blanc comme neige ». Ce que M. Bignon semblait mettre en doute.

Je crois savoir que Gabriel Graziani, Robert Kechichian, et enfin Simoni inculpé pour une affaire de fausse monnaie ont bénéficié de libertés médicales obtenues grâce aux services du docteur Colombani... »

Le juge Michel n'en a jamais douté.

— « ... Je vous remets enfin une lettre que je destinais au surveillant-chef de la Prison-Hôpital, à la suite de ma première déposition. Je cite le nom de Fernand Chaffard. J'ai appris par un ancien détenu Sauveur Plombino, qui tient une pizzéria, dans le quartier Saint-Loup, traverse des Prudhommes, que « le milieu » devait contacter le docteur Colombani pour qu'il fasse venir ce Chaffard à la Prison-Hôpital. Il était prévu de l'en faire sortir ensuite. J'ai relaté ces faits à M. Babin, le directeur des Baumettes, en présence de M. Bignon, le surveillant-chef... Je crois que Fernand Chaffard n'est jamais venu à la Prison-Hôpital à cause de mon intervention. »

Fernand Chaffard... encore un des « clients » du juge Michel.

*

Marseille demeure Marseille.
Le juge Michel aurait souri.
Avant d'être inculpé d'escroquerie, de recel et son rabatteur de complicité de recel, Hamou Sadji, plus loquace que dans le cabinet nº 3, parle, même lui, d'un certain... docteur Alain Colombani.
Le médecin-chef de la Prison-Hôpital des Baumettes est interpellé en pleine rue, le 7 avril, à la sortie du métro Castellane par deux inspecteurs du S.R.P.J. Comme un vulgaire trafiquant de drogue, un vulgaire Kechichian, il est gardé à vue pendant trente-six heures, le temps de cinq perquisitions minutieuses, et sans sa présence, à son domicile, à son cabinet de La Penne-sur-Huvaune et dans son bureau de la Prison-Hôpital. On saisit notamment des pièces du dossier François Fériel, l'industriel, ami de Anja et Francis Lopez, victime d'un curieux enlèvement en 1976, « Arrêté, puis condamné plus tard lourdement pour fraude fiscale, bien que défendu par son avocat Maître Fraticelli ».
Lorsque Alain Colombani est relâché le 8 avril à 20 h 30, à la fin du délai légal, qu'il dénonce aussitôt cette « machination » et parle de porter plainte contre X pour dénonciation calomnieuse avec constitution de partie civile, il prend pour avocat son ami... maître André Fraticelli. Et s'indigne qu'à l'Evêché un policier lui aurait répliqué au cours de l'interrogatoire :
— Je suis là pour vous faire tomber. Je fais mon boulot, et mon boulot c'est de vous faire tomber.
Le juge Michel n'aurait pas tenu un autre langage.
Deux autres perquisitions ont lieu, l'une chez maître André Lhote, également avocat au Barreau de Marseille, et l'autre chez maître André Fraticelli... Les enquêteurs recherchent 50 000 francs, en espèces, récemment versés à un « avocat » de la mafia des Baumettes. Pour la seconde fois en huit ans André Fraticelli connaît un contrôle fiscal.
Quand il évoque le juge Michel, l'avocaillon n'hésite pas à dire :
— Il se conduisait comme un chien. Il est mort comme un chien.
Le juge Michel aurait souri.
Le docteur Alain Colombani et son avocat maître André Fraticelli sont placés, chacun à leur cabinet, sur tables d'écoutes téléphoniques, le 3 mai, à la demande du juge Ardiet.
Arrive alors l'affaire de l'affaire de l'affaire, à la marseillaise. Le Parquet de Marseille s'oppose à ces écoutes téléphoniques le 11 mai et la Chambre d'accusation de la cour d'appel d'Aix-en-Provence que saisit le juge Ardiet annule aussitôt les écoutes pratiquées sur la ligne du cabinet d'André Fraticelli, couvertes selon elle par le secret professionnel. Par contre, elle maintient les écoutes concernant le médecin-chef des Baumettes et demande qu'elles soient versées au dossier d'instruction, tout en assurant à Alain Colombani, des « garanties ».
Les hommes du commissaire Penaud, le chef de la Financière, sont les seuls à avoir entendu les notes d'écoute de maître André Fraticelli, mises sous scellé en attendant une ultime décision à leur sujet de la Cour de cassation. Ils savent à quoi s'en tenir.
Entre-temps Robert Badinter, le Garde des Sceaux, s'est ému de cette nouvelle « galéjade ». L'inspecteur Schmidt, de la Chancellerie, s'est

rendu à Marseille pour préparer un rapport confidentiel à son attention.

Le juge Michel aurait pu le rédiger sans avoir à enquêter, si les mafiosi des Baumettes et d'ailleurs lui en avaient laissé le temps.

Y figurent des noms que le juge assassiné connaissait par cœur. Fonctionnaires de l'Administration Pénitentiaire, conseillers de la Cour de cassation, médecins, experts, avocats.

Toute la Baumette Connection ou plutôt la Baumette Chancellerie Connection.

Le juge Michel aurait souri.

Après la garde à vue d'Alain Colombani, leur patron, les dix-sept médecins des Baumettes se réunissent en assemblée générale et dénoncent :

« La campagne injurieuse et diffamatoire à l'encontre des médecins de la Prison-Hôpital et de son médecin-chef concernant un prétendu trafic de grâces médicales. »

Puis adoptent... une motion :

« Regrettant le silence de leurs autorités de tutelle...

Qui s'en étonnera ?

... les médecins des Baumettes expriment leur indignation, décident une grève de huit jours renouvelables à partir du 6 mai 1982, réclament une redéfinition du statut des médecins des prisons reconnaissant bien leur indépendance médicale vis-à-vis de tous les pouvoirs, exigent le respect absolu, le secret médical, la personnalisation des consultations et des soins... Et s'élèvent contre les pressions qui sont exercées sur eux par certains magistrats du Parquet. »

C'est vraiment le monde ou la prison à l'envers ?

Respect absolu du secret médical, donc respect de la liberté médicale et trafic des libertés médicales érigé en institution.

De quelle pression parlent ces 17 médecins en colère ?

Comme si le juge Michel avait pu empêcher par une quelconque pression sur la mafia des Baumettes la fuite de Robert Kechichian, faux cancéreux dans le plus pur secret médical.

Kechichian a été finalement opéré et on lui a pratiqué des greffes de la peau... mais pas pour son cancer. Pour que, nanti d'un nouveau visage, dû à la chirurgie esthétique, et pourvu d'une nouvelle identité, il revienne à la vie dans les clubs de jeux, et reprenne sa place dans la hiérarchie du crime organisé.

Comme si le juge Michel avait fait pression sur les médecins des Baumettes en envoyant manu militari Louis Giralt à la prison de Fresnes, malgré une autre pression : celle des plus hautes instances... de la Baumette Chancellerie Connection.

Le Parquet de Marseille réagit à cette motion dérisoire des dix-sept médecins.

« Les magistrats du ministère public s'en tiennent strictement sur ce plan, aux règles définies par le Code de procédure pénale. »

Le docteur Alain Colombani dit encore après sa garde à vue :

— Etre indigné sur les conditions dans lesquelles le magistrat instructeur a cru devoir opérer, privant la Prison-Hôpital des Baumettes durant trente-six heures de toutes garanties médicales.

Le juge Michel aurait souri.

De dépit. D'écœurement.

En songeant à Idelfonso Martinez, la fourmi de l'héroïne, mort seul dans sa cellule avec toutes les garanties médicales, et à l'origine d'un tract ignoble contre le juge Michel. A Arlette Vidal qui, faute de pouvoir et vouloir purger une grâce médicale, a été traitée par le mépris. Celle pour qui le juge Michel s'acharnait à vouloir la liberté car elle est vraiment malade et d'ailleurs entendue par le juge Ardiet à la fois comme témoin et comme partie civile. Elle a déposé plainte pour non-assistance à personne en danger.

*

Le juge Michel aurait souri.

De dépit. D'écœurement.

Qui est le premier inculpé de « l'affaire » après Sadji et son rabatteur ? Un médecin, un avocat, une personnalité de l'Administration Pénitentiaire ?... Alfred Sauli, l'ancien gardien à la Prison-Hôpital, informateur privilégié du juge Michel, et qui sous ses apparences de mystère lui a souvent donné des informations essentielles, bien des éléments précis et précieux sur la mafia des Baumettes...

Les enquêteurs du S.R.P.J. l'entendent une nouvelle fois le 29 juillet. Comme témoin. Trop heureux de venger à sa façon l'assassinat de celui qu'il considérait comme son compagnon de justice, malgré ses peurs et malgré l'attentat, Alfred Sauli raconte tout ce qu'il sait. Tout ce qu'il a vu, entendu, donne des faits, des noms... pas du tout inattendus :

— Le docteur Colombani... l'avocat Fraticelli.

Trop naïf, trop confiant sans doute il ajoute dans un bel élan de sincérité qu'il a touché environ 10 000 francs pour rendre parfois quelques « services ». Une humble goutte dans les grandes eaux d'un trafic qui porte sur plus de 5 millions de francs, et qui lui a permis d'être mieux toléré de la mafia des Baumettes, donc de mieux renseigner le juge Michel.

Alfred Sauli persiste et signe. Les enquêteurs du S.R.P.J. s'observent. Le gardien de prison devient un témoin embarrassant. Ils avisent François Ardiet par téléphone. Le juge est bien obligé d'inculper le gardien-informateur de complicité d'escroquerie. Et de l'envoyer ni aux Baumettes ni à Draguignan, ses anciennes prisons, mais à la maison d'arrêt d'Avignon.

Alfred Sauli, bien placé pour connaître les méthodes et l'organisation implacable de la mafia des Baumettes, et de la Mafia marseillaise dans son ensemble, a voulu en fait se protéger de ses révélations. Dans une cellule, pour quelques mois, s'il obtient ensuite une liberté provisoire, il est à l'abri des tentations homicides, en attendant les inculpations des vrais maîtres du trafic des libertés médicales.

Peu de gens l'ont cru, et surtout pas la police, quand il a juré que deux hommes sur une moto ont voulu le tuer. Il est peut-être temps d'écouter le gardien débonnaire comme l'a souvent écouté le juge Michel. De savoir que la mafia des Baumettes, mafia des libertés médicales, ne peut s'encombrer de préjugés. Trop de personnalités de l'Etat sont en cause.

*

La première organisation ne s'est pas encombrée d'un docteur Fully médecin-chef de l'Administration Pénitentiaire trop honnête et trop lucide. La seconde, aussitôt mise en place dès l'arrivée de Solange Troisier pour que les bonnes et fructueuses habitudes ne changent pas, n'avait pas à s'encombrer d'un juge trop honnête et trop lucide (1).

Le rapport ultra-secret de l'inspecteur Schmidt le prouve dans ses conclusions. Rien n'a changé depuis l'attentat contre le docteur Fully. Au contraire. La liberté médicale monnayée entre 300 000 et 500 000 francs est devenue aussi banale qu'une liberté provisoire.

*

Ecœurée de l'attitude sournoise de certains magistrats, des haines vengeresses de certains avocats, Jacqueline Michel a pensé un temps se retirer dans un couvent, mais il y a Emmanuelle et Béatrice et elle a choisi de lutter.

Elle a quitté la villa de l'Allée des Buis pour un appartement d'une résidence proche, donnant sur l'avenue de Mazargues, à cent mètres de l'église Sainte-Anne.

Bernard Michel, le frère du juge, parle d'abandonner la profession d'avocat pour devenir juge d'instruction. Pour qu'il y ait toujours un juge Michel.

Lucien Aimé-Blanc, le farfadet, ami du juge Michel, patron de la 4e section de la direction centrale de la P.J. à Paris, a été nommé chef du S.R.P.J. de Lille, promotion-mutation-exil. On lui a reproché ses méthodes, ses indics et guerre des polices oblige, la Brigade Antigang s'est ingéniée à arrêter l'un de ses principaux informateurs : Jean-Pierre Maïone-Libaude, une « personnalité » du Milieu. Avant que libéré mais « trahi », il soit abattu sous les yeux de sa petite fille.

Le juge Michel aurait souri.

De dépit. D'écœurement.

Et répété ce qu'il a souvent dit à ses proches :

— Sans indics, sans informateurs, on ne sort pas de grosses affaires.

Lucien Aimé-Blanc n'était pas aux obsèques du juge, mais il est allé à Metz peu après et a rencontré ses parents et son frère Bernard, l'avocat.

On dit encore à Marseille :

— Si Michel avait parlé à Lucien, il ne serait pas mort.

Le juge Michel et Lucien Aimé-Blanc ne s'estimaient pas sans raison. Grâce aux informations du commissaire natif de Marseille, la Brigade Antigang a réussi à retrouver Jacques Mesrine, l'a exécuté en pleine rue, et s'est attribué la gloriole de cette victoire dérisoire. Grâce aux informations du juge Michel, à sa ténacité, cinq labos de drogue ont été démantelés en deux ans. D'autres que lui se sont chargés d'en tirer gloriole.

Mais depuis sa mort, depuis un an pas un labo à l'horizon... Les Stups marseillais sont vraiment orphelins. Aucun juge ne peut, ne sait travailler comme le juge Michel.

(1) Infirmant le jugement de condamnation prononcé par le Tribunal Correctionnel de Versailles, la Cour d'Appel de Versailles a, par arrêt du 21 février 1984, prononcé la relaxe des prévenus dans l'affaire dite des Grâces Médicales (Docteurs Troisier, Colombani, Marietti, Mazaud, ainsi que Maître Fraticelli). Un pourvoi en Cassation a été aussitôt formé par le Parquet Général.

Pourtant ils continuent à tourner à Marseille et Paris, malgré la Chinese Connection, filière venue d'Asie, « cassant » les prix du marché de l'héroïne, la demande est toujours forte pour la blanche marseillaise.

Le juge Michel l'affirmait encore à la veille d'être exécuté :

— Je sais que des labos tournent toujours et les commanditaires sont toujours les mêmes.

Mais qui va désormais s'acharner sur ces fantômes de dossiers?

Dès l'annonce de la mort du juge Michel, nombre de juges d'instruction se sont écriés à Marseille et ailleurs qu'un juge n'emporte pas ses secrets dans sa tombe, que les dossiers suivent leur cours.

Le juge Michel aurait souri.

De dépit. D'écœurement.

« Ce n'est pas en faisant sauter un train qu'on paralyse le trafic de la S.N.C.F... »

Et pourtant...

Le juge du cabinet n° 13, François Pagès, a inculpé le docteur Bousquet et ses internes, toujours aussi muets, puis a bouclé ce dossier mort à la mort du juge Michel. Un procès a eu lieu. Les seconds couteaux marseillais de la French Sicilian Connection ont été condamnés plus ou moins lourdement. De même que Bousquet et ses internes dans un autre procès à Palerme. De commanditaires point, à part Gerlando Alberti. De preuves que le docteur a été le chimiste de la Mafia, point. On n'a rien appris de plus, et surtout pas où ont été exactement transformés en héroïne les 171 kilos de morphine-base importés par la filière turque...

D'autres procès ont mis fin à des dossiers achevés par le juge Michel : la valise de la gare Saint-Charles, l'imprimerie des Cigales, le labo de Chambon-sur-Lignon...

Au cours de ce dernier procès, dont Robert Kechichian le faux cancéreux était le « grand absent », comme d'autres avocats, Daniel Borde, défenseur de Françoise Bizard, a voulu que soit reportée l'audience, pour « suspicion légitime », l'exécution du juge Michel remontant à quatre jours seulement et pouvant influencer le verdict. Il n'en a rien été, mais l'avocat a dit en pleine audience :

— Pourquoi le juge Pierre Michel était-il sur table d'écoute?

Personne n'a relevé. Personne n'a répondu.

Pourquoi chercher à percer les mystères marseillais alors qu'on a cherché à effacer toute trace du juge Michel.

*

Le Bar du Téléphone est à vendre. 70 000 francs pour le fonds et 1 500 francs par mois de loyer pour les murs. Nicole Léoni s'est lassée de ce bar de la mort. Le dossier du massacre est mort aussi. Un non-lieu viendra le clore. Qui s'acharnera encore à vouloir découvrir une vérité ?

Dans six ans, la prescription...

*

Le juge d'instruction Bernadette Augé n'a pas vu ou pas su qu'une main anonyme, ou presque, a ôté de la chemise de carton contenant les sous-chemises colorées du dossier de Saint-Maximin, une feuille de papier blanc format 21 × 27 banale d'apparence.

La feuille où le juge Michel avait griffonné à l'encre noire avec détermination le brouillon des questions suivies et indications précises qu'il voulait poser à Marc Chambault à propos de Gaétan Zampa.

Marc Chambault n'a plus jamais parlé de Gaétan Zampa.

Pourtant quelqu'un a bien pris soin d'ôter cette feuille de papier pour bien effacer toute trace de Gaétan Zampa. Et au tribunal de la rue Fortia, à moins de s'introduire dans les cabinets d'instruction, la nuit venue, ce qui est toujours possible à Marseille, qui a accès aux dossiers à part les magistrats ? Les avocats, dans ce cas tous ceux qui ont un client dans l'affaire de Saint-Maximin. Qui a eu intérêt parmi eux à ce qu'on parle le moins possible de Gaétan Zampa ?

Encore une fois, on a voulu effacer toute trace du juge Michel et de son combat. Et lorsque Marcel Francisci, l'homme des casinos, le frère de Jean, le ferrailleur de la S.O.R.E.S.A., a été abattu dans son pavillon, rue de la Faisanderie, on s'est contenté de « parler » de Gaétan Zampa, et de sa guerre des casinos.

D'en parler seulement.

Comme toujours.

*

Le 25 mars 1982, deux heures après que le procureur Villatte eut ouvert l'information de l'affaire Lucet, Robert Badinter, le garde des Sceaux qui fut l'avocat de François Renaud le fils du juge assassiné, raide et le regard froid, inaugure une plaque commémorative dans la salle des pas perdus du tribunal, à quelques mètres du cabinet n° 3, désormais salle Pierre-Michel. Il remet la croix de Chevalier de la Légion d'honneur décernée au juge Michel à titre posthume à sa famille, et parle :

« Le premier enseignement que nous laisse le juge Michel est qu'il existe en France des magistrats qui préfèrent risquer leur vie plutôt que de renoncer à leur mission... En vérité, il est fini le temps de la magistrature tranquille... Dans sa poursuite de la vérité, la justice doit être inlassable car le pire outrage à la justice est l'erreur judiciaire dont seule nous protège la recherche scrupuleuse de la vérité. La justice est défaite à chaque fois que le criminel n'est pas identifié ou confondu. »

La justice est donc défaite.

Une fois de plus.

Jean Lecanuet alors garde des Sceaux a parlé lui aussi à la mort du juge Renaud :

« Tout sera mis en œuvre pour que ses assassins soient arrêtés. »

Comme le juge de Lyon, le juge de Marseille ne sera pas vengé. Gaétan Zampa peut continuer sa carrière d'intouchable.

Pourtant l'assassinat d'un juge est l'affaire la plus grave qui soit.

Pour Renaud, on parle encore du Gang des Lyonnais. Pour Michel on parlera encore du Gang des Siciliens, du Gang des Marseillais, les hommes de Gaétan Zampa. Pour rien.

A Palerme, le général Alberto Dalla Chiesa, nommé préfet de Palerme pour coordonner la lutte contre la Mafia, après ses victoires sur les Brigades Rouges et dont le juge Michel appréciait les méthodes est tombé avec sa jeune femme Carmela sous les balles de la Mafia. Un assassinat logique. Déjà une première fois le général était tombé... en disgrâce pour avoir découvert le vrai chef de la Mafia sicilienne, Luciano Liggio, responsable du trafic de l'héroïne entre l'Italie et les Etats-Unis. Les démocrates-chrétiens très proches de la Mafia ne le lui avaient pas pardonné. Revenu en Sicile depuis trois mois, comme le juge Michel, il en savait déjà trop et, comme le juge Michel, quelqu'un de son entourage l'a dûment trahi.

A chacun ses Siciliens, à chacun ses mafiosi, mais que la mort soit venue des « familles » de Palerme et de Corleone ou des « familles » marseillaises de Gaétan Zampa et ses Siciliens, elle a brisé deux hommes au même idéal, au même combat, victimes du même complot.

*

Dès qu'une très importante enquête policière est morte — et le juge Michel s'en est aperçu avec le Bar du Téléphone — surgissent à intervalles réguliers des « fantaisies ». Au mois d'août 1982 on annonce soudain que vient d'être arrêté à Passo Oscuro, près de Rome, Gilles Marcel, un truand Marseillais recherché dans le cadre de l'enquête sur l'assassinat du juge Michel. On dément aussitôt. La confusion est née de l'arrestation d'Hugues Recchia complice de Gilles Marcel. Hugues Recchia est le neveu de Fernand Recchia un ferrailleur richissime de la région lyonnaise dont le nom a été avancé comme commanditaire possible de l'assassinat du juge Renaud. Le destin est dérisoire. On se met déjà à confondre les deux juges assassinés comme pour mieux démontrer que jamais ils ne seront vengés.

*

Pour un policier ami et compagnon de combat du juge il y a un seul moyen de le venger :

— Il faut « le » ou « les » rencontrer, avoir une explication avec eux et « le » ou « les » descendre. La loi du talion. Avant de tuer un magistrat les autres réfléchiraient. Il faut commencer par « descendre » Gaétan Zampa. C'est lui, et nous le savons, qui a fait tuer le juge.

Un autre observateur des « guerres » marseillaises soupire.

— Quand le Belge va sortir, même s'il est en Italie, Zampa y laissera sa peau. Ça sera toujours ça.

Est-ce donc le seul moyen en France de venger un juge pas comme les autres ?

Qui en France, désormais, osera s'attaquer à Gaétan Zampa ?

*

Dans la maison presque natale du juge Pierre Michel, place Saint-Louis à Metz, où il a vécu adolescence et solitude, au-dessus du fronton, derrière la porte d'entrée consacrée à Dornès, on pourrait écrire sur la plaque de marbre une autre épitaphe, plus juste que tous les discours :

« Pierre Michel, mort pour la justice en 1981, habita cette maison. Jamais homme ne mérita plus que lui d'être aimé avec vénération. »

DES DOCUMENTS PARMI D'AUTRES... DANS LES DOSSIERS DU JUGE MICHEL.

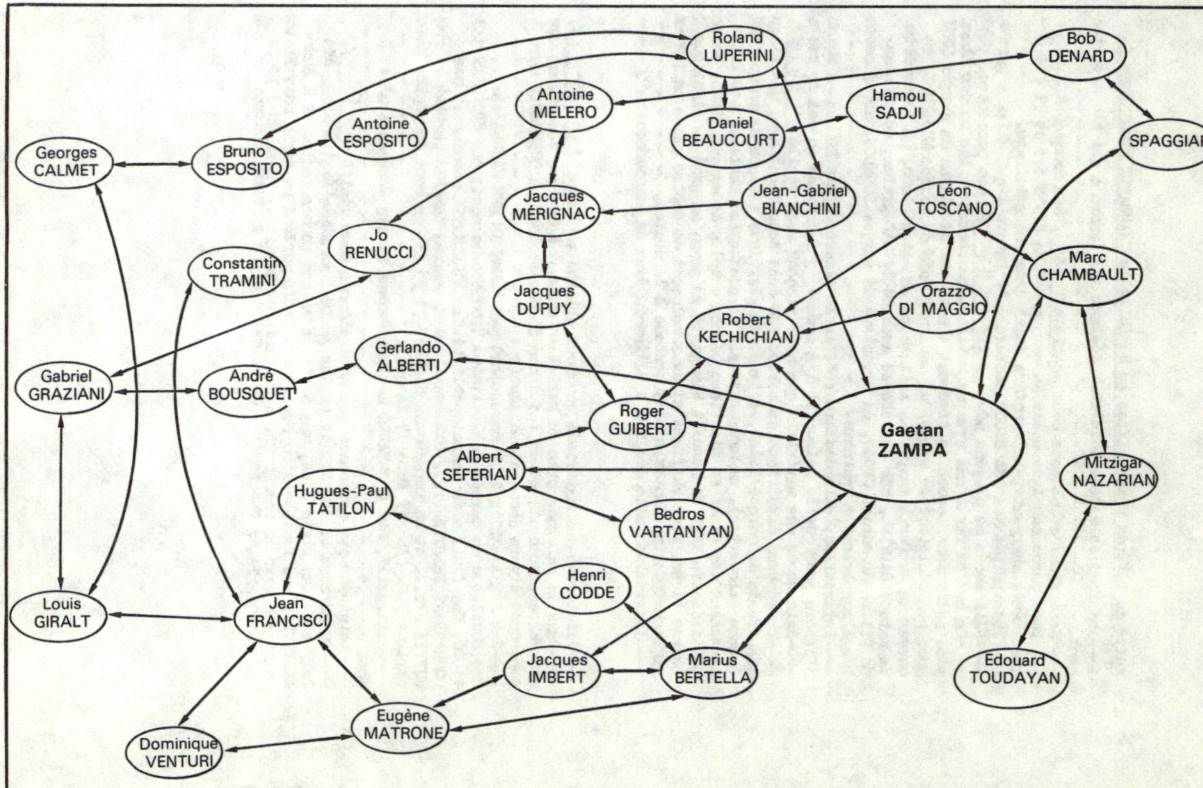

Le juge Michel était parvenu à former à partir de ses sept plus importants dossiers : laboratoires d'héroïne de Ceyreste, Chambon-sur-Lignon et Saint-Maximin, filière franco-sicilienne, imprimerie de fausse monnaie des Cigales, valise de la gare Saint-Charles et massacre du Bar du Téléphone, un organigramme du crime organisé où apparaît le frère d'un conseiller municipal de la mairie de Marseille, lui même cousin d'un « gros bonnet » de la drogue démontrant que tout est lié, et menant vers Gaétan Zampa, « l'œil de la Mafia en France ».

Suite du P.V. de perquisition au domicile de CHAMBAULT Marc Page 3.

——Interpellée madame CHAMBAULT déclare :"J'ignore à qui ils appartie
nent. -

LLE N° 52 ——Saisissons et plaçons sous scellé n° 52 / ces masques à gaz, -
——Deux perceuses sans cable de marque MAKITA N°91815 E et 91 814 E
avec leurs chargeurs, la dernière étant dans son emballage. - - - -
——Interpellée Mme CHALBAULT déclare : "J'ignore à qui elles a part
LLE N° 53 ——Saisissons et plaçons sous scellé n° 53 /, ces perceuses.
——Un bac en fer blanc avec un robinet, contenant un bac en fer blanc
plus petit dans lequel se trouvent : une base de mixeur de marque CYCI
avec son récipient en verre, un moulin à café de marque MOULINEX, un
couvercle en fer blanc, tois agitateurs en métal blanc, un thermomètre
de marque GALTIER, une aggrafeuse aved un lot d'agrafes, un pinceau,
un filtre de marque CPOAO, un manomètre de marque BOURDOU sur un assem
blage suppórtant 4 robinets. -
——Interpellée, elle déclare : "J'ai le mixeur depuis 20 ans au moins
j'ignore pour quelle raison il l'a emmené, j'ignore ce qu'est le reste
LLE N° 54 ——Saisissons ces matériels que nous plaçons sous scellé n° 54 /.
——Un réchaud électrique de marque ENO dans sons emballage, une plaqu
chauffante de marque GERAN, 4 tenue en plastique blanche de marque SAN
(genre salopettes), un masque souple de protection faciale, une boite
contenant des gants en plastique blancs souples de marque GAMMA, un sac
publicitaire KENT co ntenant Six gants en peau, un gant en plastique
Souple blanc, deux chiffons et deux morceaux de papier genre papier en
un sachet Casino contenant des bonbons à la menthe.- - - - - - - - - -
——Interpellé, elle déclare : "J'ignore tout de ces matériaux". - —

LE N° 57 ——Saisissons ces matériels que nous plaçons sous scellé n° 57 /.
——Dans la cuisine, près du buffet en entrant à droite, découvrons une
sacoche appartenant, selon les dires de son épouse, à CHAMBAULT Marc
contenant divers documents à savoir : - - - - - - - - - - - - - - - -
——Une feuille 21 x 29,7 commençant par "ADRESSE BEN KAOURA etc...
une feuille d'un carnet publicitaire KRONEN commençant par "EXPORT 463
19 08, Une feuille de carnet publicitaire NICE MATIN commençant par
COMMANDANT LELETTER...., Une feuille d'un carnet CASANIS portant un rec
CUFFIA etc... et au versoLouis CASSANT 71 95 45, un bout de papier blanc
portant J.C. CASSANT D 04 19 24 etc..." - - - - - - - - - - - - - - -
——Interpellé, Mme CHAMBAULT déclare "aucun de ces documents n'est à
moi" -
LE N° 58 ——Saisissons ces documents que nous plaçons sous scellé n° 58 /.
——Un morceau de feuille de papier portant au stylo "Gaétan ZAMPA dit
Tany etc...au stylo bleu, une carte de visite au nom de Mme et M André
MALVENTI, une feuille d'un carnet à spirale portant au stylo noir "Bouteil
le butane avec détendeur Une cuve Acétone 30 litres Cuve 30 X 30 H
300 voir ballon", une feuille de carnet à petit carreaux portant au stylo
.../...

CERTIFIÉE CONFORME A L'ORIGINAL
le 8/7/81
L'Officier de Police Judiciaire

A partir de ce simple procès-verbal de perquisition au domicile de Marc Chambault, inculpé dans l'affaire de trafic d'héroïne de Saint-Maximin dont le financier est le frère d'un conseiller municipal de la mairie de Marseille, le juge Michel s'apprêtait enfin à interroger et inculper Gaétan Zampa, l'un des maîtres du crime organisé, « l'œil de la Mafia sicilienne en France ».

RÉPUBLIQUE FRANÇAISE

MINISTÈRE DE L'INTÉRIEUR

DIRECTION GENERALE
DE LA POLICE NATIONALE

N° 743 /71

AFFAIRE

C / X...

FRACTION A LA LEGISLATION
SUR LES STUPEFIANTS

OBJET

ème audition du nommé Marc
IAMBAULT.

PROCÈS-VERBAL

L'AN mil neuf cent quatre vingt un le Dix Juillet
à : Dix heures

NOUS : André TORRES
Inspecteur Principal
au Service Régional de Police Judiciaire

Officier de Police Judiciaire en résidence à : MARSEILLE, - - -
----Poursuivant l'éxécution de la Commission Rogatoire vis au pr emier procès verbal, - - - - - - - - - - - - - - - -
----Entendons à nouveau le nommé Marc CHAMBAULT, qui après avoir prêté serment conformément à la loi déclare : - - -
----J'ai fait la connaissance de Georges NAZARIAN par l' i termédiaire de TOSCANO, j'étais venu lui demander de l'arge pour la famille de TOSCANO,

S.I. Georges ne me contestait pas, en principe, je passais assez régulièrement car il devait faire avoir un poste à mon fils par l'intermédiaire de son frère et de députés, à ses occasions il me parlait de notre affaire et m'informait des livraisons.

Comment Mitzigar Nazarian, « Mr. Georges », financier du laboratoire d'héroïne de Saint-Maximin, promet de faire intervenir son frère Raffi Nazarian conseiller municipal de la mairie de Gaston Defferre et des députés socialistes de leurs relations pour que le fils d'un de ses principaux complices, en relation avec Gaétan Zampa, trouve un emploi.

ANALYSES ET TRAITEMENTS
DE SOUS-PRODUITS D'USINES

S A R L AU CAPITAL DE 40.000 F
SOCIÉTÉ DE RÉCUPÉRATION SAVOYARDE
16, AVENUE DE CHAMBÉRY - 73 ALBERTVILLE
BANQUE DE SAVOIE - R C. 70 B 60 - TELEPHONE 283

- GRANDS MARAIS
73 TOURNON
TEL. 68 FRONTÉ

V/RÉF.
N/RÉF.
OBJET :

-POUVOIR-

ALBERTVILLE, LE

LE SOUSSIGNE :

Hugues, Paul TATILLON, Grand Croix de la Légion d'Honneur agissant en qualité de Gérant Statutaire de la SOCIETE DE RECUPERATION SAVOYARDE - SORESA - dont le siège est à ALBERTVILLE (SAVOIE) : 16, avenue de Chambéry,

donne par le présent Mandat à Monsieur Louis GIRALT, demeurant à MARSEILLE 15e : 4, boulevard Guizel,

de négocier un stock de matériaux (déchets de fondérie) entreposé sur le chantier SORESA situé : Commune de TOURNON (Savoie) Lieudit Les Grands Marais.

En conséquence du présent mandat qui lui est donné, Monsieur GIRAUT pourra entreprendre toutes démarches quelconques et toutes interventions relatives à la négociation ci-dessus [illegible]quée.

FAIT EN DEUX EXEMPLAIRES ORIGINAUX,

A MARSEILLE, le 19 JANVIER 1976.

SORESA
16, avenue de C[illegible]
73 - ALBERTVILLE

POUR LE MAIRE

Comment Louis Giralt, l'un des plus importants financiers du trafic de l'héroïne, jamais inquiété pendant vingt ans faute de preuves, obtient d'un ancien adjoint à Michel Carlini, maire RPF de Marseille, gérant de la SORESA un étrange pouvoir, certifié conforme à la mairie de Marseille, pour un étrange stock de ferraille lui permettant de voyager à son gré en Italie, de s'y approvisionner en morphine-base, et de justifier de ses salaires de « ferrailleur ».

QUESTIONNAIRE DE SANTE A REMPLIR PAR L'ASSURE

LA PROPOSITION D'ASSURANCE NE PEUT ETRE EXAMINEE UTILEMENT QUE SI LES REPONSES A TOUTES LES QUESTIONS, SANS EXCEPTION, SONT PRECISES ET EXPLICITES. Vous devez RAYER la case qui ne correspond pas à votre situation et compléter, s'il y a lieu, les rubriques correspondantes.

Une visite médicale peut éventuellement être demandée par les assureurs.

Ces déclarations servant de base à l'acceptation des assureurs doivent être sincères et complètes, faute de quoi la validité de l'assurance pourrait être mise en cause (art. 21 et 22 de la loi du 31 Juillet 1930).

1° Nom et prénoms GIRALT Louis
Date de naissance 23 AOUT 1924 Sexe MASCULIN
Profession Directeur Commercial - Cadre
Adresse (domicile) 4, bld Guizel - MARSEILLE

2° Quel est votre poids ? 75 kg
Quelle est votre taille ? 1,77 m.

3° Etes-vous actuellement dans un état physique vous permettant de remplir effectivement vos occupations ? OUI | XXXX → par suite de → ACCIDENT / MALADIE

4° Avez-vous été atteint d'une maladie grave (affection cardiaque ou pulmonaire, diabète, albumine, rhumatismes articulaires aigus, dépression nerveuse, poliomyélite, etc...), ou d'une infirmité ? NON | XXXX → laquelle ?
A quelle date ? (mois et année)
Durée et conséquences :

5° Au cours des 3 dernières années avez-vous eu un arrêt de travail supérieur à un mois ? NON | XXXX → Cause de l'arrêt de travail
Mois et année de l'arrêt de travail :
Durée et conséquences :

6° Avez-vous subi une intervention chirurgicale ? XXXX | OUI → laquelle ? Appendicite
Cause :
En quelle année ?

7° Etes-vous titulaire d'une pension d'invalidité NON | XXXX → CIVILE / MILITAIRE / ACCIDENT DU TRAVAIL
De quel taux ou de quelle catégorie Sécurité Sociale ?
Quels en sont les motifs ?

8° Avez-vous déjà souscrit un ou plusieurs contrats auprès de la C.F.E.C. ou de l'U.C.B. ? NON | XXX

Je certifie exactes et sincères les déclarations ci-dessus

A ______ le ______

BON POUR SOUSCRIPTION A L'ASSURANCE
Signature :

AVIS IMPORTANT – Les Assureurs conservent la possibilité de limiter l'assurance de certains risques tant en ce qui concerne la nature des garanties que le montant des prestations.
La couverture des risques sera acquise à l'Assuré à la date d'ouverture de crédit – ou à la date d'entrée en vigueur du contrat de prêt différé – sous réserve que la présente demande d'assurance ait été acceptée par les Assureurs. Les primes d'assurance qui seraient versées avant cette acceptation le sont à titre de dépôt et ne créent aucun droit de garantie en cas de décès ou d'incapacité de travail.

Comment Louis Giralt, avant d'être enfin inculpe par le juge Michel dans l'affaire du laboratoire d'héroïne de Ceyreste, remplit un questionnaire de santé pour obtenir un prêt bancaire et déclare qu'il a seulement souffert d'une appendicite. Pourtant il recherche très vite par tous les moyens une liberté médicale.. et va jusqu'à obliger le juge à se déplacer trois fois à la prison de Fresnes mais sans répondre à ses questions sous prétexte qu'il est très malade !

-CONVENTION-

ENTRE LES SOUSSIGNES :

La Société de Récupération Savoyarde (SO.RE.SA.) dont le siège est à ALBERTVILLE (SAVOIE) : I8, Avenue de Chambéry, prise en la personne de son Gérant,

D'UNE PART, et

Monsieur Jean FRANCISCI, né à CIAMANACCIA (CORSE) le Ier septembre I827, demeurant à MARSEILLE 8e : I, rue Henri-Cheneaux,

D'AUTRE PART.

IL EST , CONVENU ET ARRETE CE QUI SUIT .

I°) La SO.RE.SA a fait l'acquisition de I50.000 M3 de déchets à prélever sur un crassier sis à UGINE (SAVOIE) et appartenant à la société KUHLMANN.

La SO.RE.SA. doit, dans les meilleurs délais, débarrasser ce crassier de la partie dont elle a fait l'acquisition. De plus, elle se propose de trier ces déchets pour en négocier ensuite les divers éléments.

2°) La SO.RE.SA confie à Monsieur FRANCISCI la charge de l'exploitation générale de l'opération, soit :

a) transport de I50.000 M3 de déchets par bennes, depuis l'usine d'UGINE-KUHLMANN jusqu'à tel lieu d'entreposage qui sera déterminé par la SO.RE.SA ;

P.B. JF T.H.

- Ier Rôle -

Comment Jean Francisci, le frère de Marcel Francisci, l'empereur des cercles de jeux, surnommé Mister Heroin par le Bureau des narcotiques américain, et assassiné le 15 décembre 1981 à Paris, devient avec cette « convention » le « mandataire consciencieux » d'une étrange affaire de ferraille où l'on retrouve Louis Giralt, financier du trafic de l'héroïne, un ancien adjoint au maire RPF de Marseille et l'ombre de Constantin Tramini, membre de poids du Service d'Action Civique et un temps le successeur des frères Guérini avant d'être exécuté. Jean Francisci ne peut révéler à la police d'où proviennent les 350 000 francs annuels qu'il déclare au fisc mais assure n'avoir tiré aucun bénéfice de ses activités au sein de la SORESA...

b) triage des déchets,

c) vente des matériaux triés.

3°) Monsieur FRANCISCI traitera avec telles entreprises de son choix, et il s'assurera tous les concours qu'il jugera utile pour mener à bonne fin l'opération concernée.

4°) Pour les ventes à intervenir, monsieur FRANCISCI entreprendra toutes les démarches utiles augrès des diverses Sociétés industrielles susceptibles d'être intéressées bar les matériaux triés.
Il fixera les prix de gré à gré, selon les cours du moment et au mieux des intérêts de la SO.RE.SA.

5°) Monsieur FRANCISCI s'engage expressement à agir en mandataire consciencieux, à traiter toutes les opérations sus-indiquees au seul nom de la SO.RE.SA, et jamais en son nom personnel.

Il consacrera à sa mission tout le temps et tous les soins nécessaires.

6°) En rémunération de ses services et en remboursement de tout ses frais de déplacement et de représentation, Monsieur FRANCISCI recevra une commission de Cinq pour Cent (5%) sur toutes les ventes de matériaux, même lorsque ces ventes auront été traitées directement par la SO.RE.SA sans son intermédiaire.
De plus, monsieur FRANCISCI recevra une rémunération fixée, d'un commun accord, à Dix pour Cent (10%) des bénéfices, nets réalisés par la SO.RE.SA sur l'opération, objet du present.

7°) En cas de contestations, les parties attribuent compétence juridictionnelle à Monsieur le Président du Tribunal de Commerce d'Albertville, qui arbitrerant leurs différends éventuels.

Lu et approuvé

FAIT EN QUATRE EXEMPLAIRES ORIGINAUX,

à ALBERTVILLE (SAVOIE) le 6 AOUT 1976.

Lu et approuvé -

Lu et approuvé

SORESA

16. avenue de Chambéry

73 - ALBERTVILLE - Tel. 2.83

- 2ème RÔLE

DUBOIS

TRANSPORTS INTERNATIONAUX TERRESTRES MARITIMES AÉRIENS

ÉDOUARD DUBOIS & FILS
S.A capital de 10.000.200 F
Siège Social ROUBAIX
8, Av. Porte de la Chapelle
75880 PARIS CEDEX 18
TEL : 203.96.54 - TÉLEX 21.705 ET 68.844
TÉLÉGRAMMES MODERNEXPO-PARIS
R.C. 55 B 14012 - C.C.P. PARIS 1761-72
I.N.S.E.E. 07.175.118.0116

Société SORESA
c/o Maître Denis MARCANTETTI
22, rue Haxo

13001 MARSEILLE

V RÉF.
N RÉF. CG/OL 20.746
Dir. Commerciale

PARIS, le 26 Novembre 1973

A l'attention de Monsieur FRANCISI

Objet : 10.000 Tonnes de déchets - Ex. Crassier d'Albertville

Messieurs,

Nous faisons suite à votre lettre du 16 Courant et avons l'avantage de vous confirmer que les expéditions que nous avons faites pour votre compte sur les ETATS UNIS et l'ITALIE, étaient déclarées en Douanes sous le n° 26-02 de la nomenclature de la Convention de Bruxelles, donc pas soumises à Licence d'Exportation.

Le numéro de nomenclature 73-03 que vous nous citez, correspond aux déchets d'usinage, etc... autrement dit, aux déchets de matières premières, alors que le n° 26-02 concerne les déchets ou résidus de la fabrication proprement dite de la fonte du fer et de l'acier.

Toutefois, en raison du tonnage et dans le but d'éviter toutes contestations, il sera préférable de demander un classement officiel à la Douane, avant d'effectuer les formalités de sortie.

De toutes façons, nous tenons à vous préciser que l'obtention d'une licence d'exportation, si elle s'avérait nécessaire en raison d'une nouvelle règlementation de l'Administration Douanière, ce qui hélas est toujours possible, ne saurait être un problème, car après enquête faite, nous avons appris que celle-ci ne serait délivrée que dans le but de renseigner l'Administration sur le plan statistique.

Toujours dévoués à vos ordres,

Nous vous prions d'agréer, Messieurs, nos salutations distinguées.

O. GENIBREL L. TAMISIER

[illegible] CASABLANCA [illegible] DOUAI DUNKERQUE
[illegible] NIME [illegible] ROUBAIX ROUEN [illegible] TOULOUSE TOURCOING [illegible] TROYES VICHY
[illegible]

Redric Associates Limited

50 Pall Mall · London · SW1Y 5JQ · England

Telephone 01-930 1552 · Telex 918850 · Cables Redric London

RED/SF/0297

Londres, le 11 mai 1973

Monsieur J. Francisi,
chez: Maitre Marcaeteti,
12, rue Maxo,
13 - MARSEILLE,
France.

Cher Monsieur Francisi,

Scraps - Albertville

Maintenant que les deux containers d'Albertville sont arrivés à Detroit, nous pouvons attendre que les essais de fonte soient commencés d'ici quelques jours.

Je crois que vous voudrez peutêtre que la Société "Superintendents" surveille ces essais à Detroit pour maintenir votre intérêt. J'ai payé les frais de 543.80 francs suisses pour la prise d'échantillons et les essais à Albertville, et je ne considère pas que ceux-ci étaient excessives.. Une copie du note de paiement est ci-inclus pour votre information.

Si vous décidez que vous voudrez cette surveillance indépendante à Detroit, je pourrais l'arranger pour vous. A mon avis, il serait très utile d'avoir de tels rapports quand nous sommes en negotiations avec les Américains et avec nos banquaires anglais, après que les résultats des essais à Detroit sont connus.

Je vous tiendrai au courant. Est-ce que nous pouvons nous rencontrer pour revoir vos souhaits avant que les négotiations commencent?

En esperant votre réponse, je vous prie d'agréer, Monsieur Francisi, l'expression de mes sentiments les plus distingués.

RICHARD E. DUPONT

P.J.

Directors H G Rice Richard E Dupont
Registered in London England No 586059

Jean Francisci, homme d'affaires et de fer amnésique ne se souvient plus de ses tractations... bénévoles avec les Etats-Unis pour négocier des stocks de ferraille de la SORESA. Pourtant il entretient une grande correspondance dont le juge Michel cherche à percer les secrets.

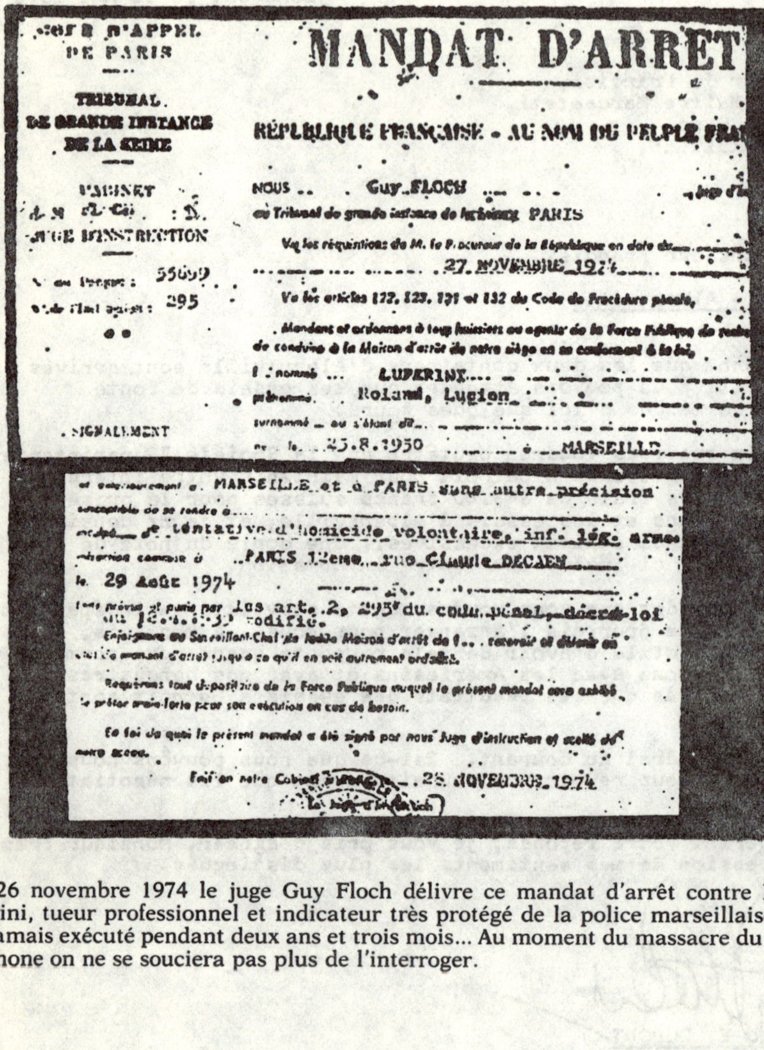

COUR D'APPEL
DE PARIS

TRIBUNAL
DE GRANDE INSTANCE
DE LA SEINE

CABINET
de M. FLOCH
JUGE D'INSTRUCTION

N° au Parquet : 55699
N° de l'Instruction : 295

SIGNALEMENT

MANDAT D'ARRET

RÉPUBLIQUE FRANÇAISE - AU NOM DU PEUPLE FRAN[...]

NOUS ... Guy FLOCH ... Juge d'In[...]
au Tribunal de grande instance de la Seine PARIS

Vu les réquisitions de M. le Procureur de la République en date du ... 27 NOVEMBRE 1974

Vu les articles 122, 123, 131 et 132 du Code de Procédure pénale,

Mandons et ordonnons à tous huissiers ou agents de la Force Publique de saisir et de conduire à la Maison d'arrêt de notre siège en se conformant à la loi,

Le nommé ... LUPERINI
prénommé ... Roland, Lucien
surnommé ... ou s'étant dit ...
né le ... 25.8.1950 ... à ... MARSEILLE

et antérieurement à ... MARSEILLE et à PARIS sans autre précision
susceptible de se rendre à ...
inculpé ... de tentative d'homicide volontaire, inf. lég. armes
infraction commise à ... PARIS 12eme ... rue Claude DECAEN
le 29 Août 1974

faits prévus et punis par les art. 2, 295 du code pénal, décret-loi du 18.4.39 modifié.

Enjoignons au Surveillant-Chef de ladite Maison d'arrêt de l... recevoir et détenir en vertu du présent mandat d'arrêt jusqu'à ce qu'il en soit autrement ordonné.

Requérons tout dépositaire de la Force Publique auquel le présent mandat sera exhibé de prêter main-forte pour son exécution en cas de besoin.

En foi de quoi le présent mandat a été signé par nous Juge d'instruction et scellé de notre sceau.

Fait en notre Cabinet ... le 26 NOVEMBRE 1974

Le Juge d'Instruction

Le 26 novembre 1974 le juge Guy Floch délivre ce mandat d'arrêt contre Roland Lupérini, tueur professionnel et indicateur très protégé de la police marseillaise. Il ne sera jamais exécuté pendant deux ans et trois mois... Au moment du massacre du Bar du Téléphone on ne se souciera pas plus de l'interroger.

Il est indéniable, en outre, que Roland LUPERINI avait une solide réputation d'indicateur de Police notoire

Il semble donc, à moins que des éléments supplémentaires plus précis touchant notamment aux relations ayant pu unir LUPERINI et une ou plusieurs des victimes du Bar du Téléphone ne se fassent jour à l'avenir, que la piste LUPERINI ne soit guère susceptible de faire avancer l'enquête dans l'immédiat.

A l'heure actuelle, il nous faut bien reconnaître en l'absence d'éléments nouveaux susceptibles de relancer l'enquête sur des bases nouvelles, qu'une seule hypothèse s'est trouvée confortée par les vérifications des enquêteurs, il s'agit de la querelle de deux proxénètes, Guy AUDEMAR et Louis QUARANTA, au sujet du contrôle d'une prostituée, Paulette TOMASINO.

- Si l'alibi fourni par QUARANTA, et partiellement démantelé par les enquêteurs, laisse donc sceptique, il n'en reste pas moins que les perquisitions n'ont pu permettre de retrouver d'éléments matériels démontrant irréfutablement la participation du Clan QUARANTA à la tuerie du Bar du Téléphone ; les vêtements découverts au domicile de Christian QUARANTA n'ont pu en effet, nous l'avons vu, être scientifiquement exploités.

- La présentation des suspects à deux des survivants, Patrick NOUAR et Mme LEONI, n'a également éveillé chez eux aucun souvenir.

- En l'état actuel de l'enquête, si les enquêteurs ont la conviction d'avoir mis le doigt sur ce qui est vraisemblablement le véritable ressort des évènements du 3 octobre 1978 au Bar du Téléphone, les élements de conviction qu'ils sont parvenus à reunir se sont averés insuffisants pour justifier l'inculpation des principaux protagonistes.

Le Commissaire Principal :

J. ETCHEBERRY.

Destinataire

- Mr. MICHEL Juge d'instruction au T.G.I. de MARSEILLE - 2 ex

Des extraits du rapport de synthèse du Service Régional de Police Judiciaire de Marseille, dit « rapport du Tché » adressé au juge Michel deux ans après le massacre du Bar du Téléphone. Ou comment enterrer à la fois le plus important règlement de comptes de l'histoire du crime et l'un des plus importants échecs de la police marseillaise. Roland Lupérini n'est pas coupable... Quant à Louis Quaranta qui ferait un coupable parfait... on ne peut prouver sa culpabilité...

TABLE

Achevé d'imprimer en juillet 1984
sur presse CAMERON
dans les ateliers de la S.E.P.C.
à Saint-Amand-Montrond (Cher)
pour le compte de France Loisirs

Achevé d'imprimer en juillet 1994
sur presse CAMERON
dans les ateliers de la S.E.P.C.
à Saint-Amand-Montrond (Cher)
pour le compte de France Loisirs

Dépôt légal : juillet 1984.
N° d'Édition : 9508. N° d'Impression : 1270.

Imprimé en France